Hilary Mantel

狼厅
Wolf Hall

〔英〕希拉里·曼特尔——著 刘国枝——译

上海译文出版社

Hilary Mantel
WOLF HALL
Copyright @ 2009, Tertius Enterprises Ltd.
This edition arranged with A. M. Heath & Co. Ltd.
Through Andrew Nurnberg Associates International Limited
Simplified Chinese edition copyright:
2023 SHANGHAI TRANSLATION PUBLISHING HOUSE(STPH)
All rights reserved.

图字:09-2010-179号

图书在版编目(CIP)数据

狼厅/(英)希拉里・曼特尔(Hilary Mantel)著;
刘国枝译. —上海:上海译文出版社,2023.10
书名原文:Wolf Hall
ISBN 978-7-5327-9387-7

Ⅰ.①狼… Ⅱ.①希… ②刘… Ⅲ.①长篇小说—英国—现代 Ⅳ.①I561.45

中国国家版本馆 CIP 数据核字(2023)第 171323 号

狼厅
[英]希拉里・曼特尔 著 刘国枝 译
责任编辑/宋玲 装帧设计/张志全工作室

上海译文出版社有限公司出版、发行
网址:www.yiwen.com.cn
201101 上海市闵行区号景路159弄B座
苏州市越洋印刷有限公司印刷

开本890×1240 1/32 印张20.5 插页6 字数420,000
2023年11月第1版 2023年11月第1次印刷
印数:0,001-5,000册

ISBN 978-7-5327-9387-7/I・5861
定价:158.00元

本书中文简体字专有出版权归本社独家所有,非经本社同意不得转载、摘编或复制
如有质量问题,请与承印厂质量科联系. T:0512-68180628

译 序

2009年10月6日，第41届布克文学奖揭晓，英国女作家希拉里·曼特尔（Hilary Mantel, 1952—2022）创作的以都铎王朝时代为背景的长篇历史小说《狼厅》(Wolf Hall)脱颖而出，一举击败诺贝尔文学奖得主、两度问鼎布克奖的J·M·库切的新作《夏日时光》和前布克奖得主A·S·拜厄特的《孩童之书》等强劲对手，摘取了大奖的桂冠。布克奖诞生于1968年，旨在奖励优秀作品，提高公众对严肃小说的关注。该奖每年颁发一次，奖励当年度最佳英文小说创作，且不限于英国籍作者。由于长期坚持纯粹的文学度量标准，它已经成为当代英语小说界的最高奖项，也是世界文坛影响最大的文学大奖之一。因此，《狼厅》的获奖使得这部原本已经十分畅销的作品以及作家本人受到更加广泛和深度的关注。

希拉里·曼特尔出生于英国德比郡格洛索普镇的一个工人阶级家庭，是家中三个孩子中的长女，少时上过罗马天主教小学。她八岁时，家里住进了一位名叫杰克·曼特尔的房客，渐渐取代了希拉里父亲在她母亲生活中的角色。在她十一岁那年，为了让她接受更好的教育，全家迁至柴郡，她的生父在搬家途中不知所终，全家人也从此改姓曼特尔。她大学期间攻读法律，结婚后随丈夫一起在博茨瓦纳和沙特阿拉伯等地生活多年。1985年，曼特尔发表了处女作《每天都是母亲节》(Every day is Mother's Day)，从此一发而不可收，迄今已出版10部长篇小说、1部短篇小说集及1部传记，多次获得各种权威文学奖项。

曼特尔不仅涉足不同文类的创作，而且作品的题材跨度极大。她对历史题材似乎一向青睐有加。1993年问世的《一个更安全的地方》(A Place of Greater Safety)就是通过追溯革命者丹东、罗伯斯庇尔等人的一生，而呈现出一幅法国大革命时期的历史长卷，该小说获得周日快报年度图书奖(the Sunday Express Book of the Year award)。1998年，曼特尔再次挑战历史题材，以十八世纪末的真实历史人物查尔斯·奥布莱恩为主人公，创作完成了小说《巨人奥布莱恩》(*The Giant O'Brien*)。而2009年推出的长达650页的《狼厅》无疑堪称作家对历史题材完美操纵的典范。

在2003年出版的自传《气绝》(*Giving Up the Ghost*)中，曼特尔提到自己十岁时，父母曾为她买过一本廉价的《莎士比亚全集》，书的纸张和印刷质量都很差，但是她非常喜欢它，书中的"每一页都留下了我幼稚的指印"，她将它保存了十几年，直至后来不慎丢失。那本书显然对曼特尔的创作——尤其是《狼厅》的创作——产生了很大的影响。有评论家已经发现，《狼厅》中的托马斯·克伦威尔就是一个外表冷静而内心繁复、自我意识和自我怀疑并存的莎士比亚式人物。新历史主义的代表人物、英国文学史研究专家、同时也是莎学专家斯蒂芬·格林布拉特也指出了《亨利八世》与《狼厅》的诸多相似之处，他说："有一点很令人吃惊，那就是莎士比亚取材的和曼特尔倚重的居然是同一史料——乔治·卡文迪什的《已故红衣主教托马斯·沃尔西生死录》，而更加令人吃惊的是，《亨利八世》的结尾与曼特尔小说的结尾几乎是在同一时间。"

当然，在《亨利八世》中，托马斯·克伦威尔只是一个籍籍无名的配角，而在《狼厅》中，他则从边缘走向中心，既是作品中举足轻重的关键人物，还是小说的叙述者，把握着叙事的角度和经脉，牵引着读者的视线和情绪。包括《亨利八世》在内的已有的文艺作品对克伦威尔往往采取单一的遮蔽式或妖魔化处理，而《狼厅》则颠覆了这种程式，刻画出一个百折不挠、冷酷中暗含温情、奸诈中不乏忠诚的更加丰满立体的主人公，呈现了一部自我锻造、自我发展、自我扩张、从乡野草根到荣光之巅的传奇。

历史上的托马斯·克伦威尔的确是一位传奇人物，出生年月不详，人们只知道他的父亲是铁匠和酿酒商，并且目无法纪，性情残暴。但当年的铁匠之子后来却成为英国历史上最重要的政治家之一，先后当过财政大臣、掌玺大臣、首席国务大臣，并被封为埃塞克斯伯爵。他辅佐亨利八世十年，其间力促议会通过一系列法案，推行宗教改革，与罗马教廷决裂，建立起国家的外部主权，同时解散修道院，并进行政治改革，大大提高乡绅和新兴资产阶级的经济实力和政治地位，为英国向近代国家过渡打下了良好的基础。

《狼厅》就是透过托马斯·克伦威尔的视角，讲述了一段个人既受制于历史又创造历史的故事。作品开篇是1500年伦敦西南部的帕特尼，少年克伦威尔遭到父亲的暴打而不得不离家出走。然后时间一跃跳至1527年，故事的节奏也缓慢下来，直至1535年7月戛然而止。通过他的喃喃自语，我们看到一个少年从父亲冷硬的靴子底下逃生后，一步步地在人生阶梯上攀爬，为了活命而偷过、骗过、乞讨过，先后当过雇佣兵、听差、厨工、会计师、商人、律师，学会了多种语言，积聚了非凡的商业智慧和权谋之术，最后成为一人之下、万人之上的政治家和改革家；而借由他独特的穿透性眼光，我们还被带入历史的纵深，看到政治和宗教对权力的依附，看到命运之轮的沉浮起落，看到暴行、战争、天灾、疫病对生命的恣肆蹂躏，看到婚姻和亲情被利益绑架，看到人对人是狼的事实与悲哀。

在评价《狼厅》时，布克奖评审委员会主席詹姆斯·诺蒂曾说，"我们选择布克奖得主的依据在于参评作品的整体内容，包括该书的篇幅、叙述时潇洒驰骋的语言以及场景的设置等"，而曼特尔在这些方面的表现非常出色，"简直优秀得不可思议"。的确，曼特尔不仅成功地运用了托马斯·克伦威尔的第三人称叙事这个因素，在语言驾驭、人物描摹、场面移易与控制等方面也展现了大胆而高超的技巧。虽然讲述的是一段早已成为过去的历史，作家却不仅使用现代英语，还明显悖逆语法规则地采用现在时态，使小说成为对历史的挖掘和翻新，而炉边闲谈式的日常语言和简短句式，乃至市井无赖的粗口，则使历史变得切近具体，触手可及。就标点符号而言，作家对冒号、分号的运用也独树一帜，而且许多直接引语并无引号标识，与此同时，文中有大量的心理独白和闪回，而表示第三人称单数的he的指称也显得模棱两可，它们无疑成为文本中召唤结构的搭建元素，呼唤着读者在阅读中的主动参与和对意义的阐释。作为一部洋洋650页的长篇巨著，《狼厅》中人物众多，在篇首的人物表中列出的就有96人，还有些虽然榜上无名，在作品中却有过现身。其中许多人都个性鲜明，如亨利的跋扈多变，安妮的步步为营，凯瑟琳的不卑不亢，莫尔的不肯妥协，沃尔西的自负，诺福克的暴躁等，他们往往有各自的招牌式语言或动作，所以一个个栩栩如生，如在眼前。而作品中的场面也十分宏大，上至富丽堂皇的宫廷，下至贫穷蛮荒的山野，既有教会世界，也有世俗社会，而且在地理上远远超出英伦三岛，经常延至欧洲大陆上的诸国。人物的聚集与换位，时空的穿梭与挪移，织成一张纠结密实的大网，这张网衬托出一个不可复制的托马斯·克伦威尔，也成就了一位不可替代的希拉里·曼特尔。

这部小说的名字《狼厅》颇有意味。"狼厅"是一个地名，乍看起来似乎与作品的主题关联不大，它是西摩一家居住的地方，远离故事的主要舞台，而西摩一家除了因为乱伦丑闻而成为人们的谈资和笑柄之外，在作品中的作用似乎无足轻重。而且"狼厅"一词到第三部第二章才千呼万唤始出来，在正文中共出现九次，多是在聊天中顺带提及，直到小说的结尾，克伦威尔在规划国王的巡游路线时，对照自己的日程表发现自己空出了几天时间，便计划去狼厅一趟，整部作品也以他在日程表上记下"九月初。五天。狼厅。"而结束。不过，由于西摩家的一个女儿简·西摩还是亨利八世前两位王后的侍女以及亨利八世本人的第三任妻子，也由于克伦威尔对简·西摩最初的同情以及后来渐渐变得微妙的情感，还由于克伦威尔在权力上逐步登顶时所悟出的"人对人是狼"的体会，"狼厅"之名便有了特别的意蕴。

《狼厅》的故事止于1535年7月，此时的克伦威尔正春风得意，深得亨利的赏识和宠信。历史告诉我们，在不到一年之后的1536年5月20日，安妮以通奸罪名处死，第二天，亨利迎娶简·西摩，而在这个故事结束五年之后的1540年7月28日，在亨利迎娶第五任王后的同一天，克伦威尔自己也未能逃脱命运之刃，在伦敦塔里被斩首。作为读者，我们有幸获得了这种"后见之明"，它虽然戳穿了悬念，却并未降低我们的阅读兴致，反而增添了我们对后续事件的期盼。事实上，因《狼厅》获奖而大受鼓舞的曼特尔正在创作其续篇《镜与光》（*Mirror and Light*），所以我们也可以期待都铎王朝继续归来。

刘国枝

2010 年 9 月

献给我特别的朋友玛丽·罗伯逊

目 录

人物表 …………………………………… 001
谱系表 …………………………………… 006

第一部
  1. 跨过海峡 …………………………… 003
     帕特尼，1500 年
  2. 亦师亦父 …………………………… 016
     1527 年
  3. 奥斯丁弗莱 ………………………… 032
     1527 年

第二部
  1. 灾祸突至 …………………………… 045
     1529 年
  2. 不列颠秘史 ………………………… 063
     1521—1529 年
  3. 无论成败 …………………………… 147
     1529 年万圣节

第三部
  1. 三张纸牌的游戏 …………………… 155
     1529 年冬—1530 年春
  2. 最亲爱的克伦威尔 ………………… 192
     1530 年春—十二月

3. 死者抱怨自己的葬礼 264
   1530 年圣诞节期

第四部

1. 调整表情 277
   1531 年
2. "唉！为了爱情我能做些什么？" ... 329
   1532 年春
3. 早间弥撒 405
   1532 年 11 月

第五部

1. 安妮王后 409
   1533 年
2. 魔鬼的唾沫 473
   1533 年秋冬
3. 画家的眼光 513
   1534 年

第六部

1. 至尊 519
   1534 年
2. 基督教世界的地图 566
   1534—1535 年
3. 去狼厅 625
   1535 年 7 月

作者手记 635
致谢 636

人 物 表

帕特尼，1500 年
沃尔特·克伦威尔，铁匠和酿酒商
托马斯，其子
贝特，其女
凯特，其女
摩根·威廉斯，凯特之夫

奥斯丁弗莱，1527 年—
托马斯·克伦威尔，律师
丽兹·维基斯，其妻
格利高里，克伦威尔夫妇之子
安妮，克伦威尔夫妇之女
格蕾丝，克伦威尔夫妇之女
亨利·维基斯，丽兹之父，羊毛商
茉茜，亨利·维基斯之妻
乔安·威廉逊，丽兹之妹
约翰·威廉逊，乔安之夫
乔安（乔），威廉逊夫妇之女
爱丽丝·威利费德，克伦威尔之外甥女，贝特·克伦威尔之女
理查德·威廉斯，后改姓克伦威尔，凯特与摩根之子
雷夫·赛德勒，克伦威尔的得力助手，在奥斯丁弗莱长大
托马斯·艾弗里，克伦威尔的家庭会计
海伦·巴尔，克伦威尔家收留的一位可怜女人
瑟斯顿，厨师
克里斯托弗，仆人
迪克·帕瑟，护家犬管理员

威斯敏斯特

托马斯·沃尔西，约克大主教，红衣主教，教皇使节，大法官，托马斯·克伦威尔的保护人

乔治·卡文迪什，沃尔西的门役，后为沃尔西立传

史蒂芬·加迪纳，三一学堂教师，红衣主教秘书，后成为亨利八世的国务大臣，克伦威尔的死敌

托马斯·赖奥斯利，印玺秘书，克伦威尔和加迪纳双方的被保护人

理查德·里奇，律师，后升为副检察长

托马斯·奥德利，律师，下院议长，托马斯·莫尔辞职后继任大法官

切尔西

托马斯·莫尔，律师，学者，沃尔西下台后继任大法官

爱丽丝，其妻

约翰·莫尔爵士，托马斯·莫尔之老父亲

玛格丽特·罗珀尔，托马斯·莫尔之大女儿，嫁威尔·罗珀尔为妻

安妮·克雷萨克尔，托马斯·莫尔之媳

亨利·帕廷森，仆人

伦敦

翰弗里·蒙茂斯，商人，因藏匿《圣经》英译者威廉·廷德尔而被监禁

约翰·皮蒂特，商人，被疑信奉异教而遭监禁

露茜，其妻

约翰·帕奈尔，商人，与托马斯·莫尔展开长期的法律之争

小比尔尼，学者，因信奉异教被处以火刑

约翰·弗里斯，学者，因信奉异教被处以火刑

安东尼奥·蓬维希，卢卡商人

史蒂芬·沃恩，安特卫普商人，克伦威尔之友

宫廷

亨利八世

阿拉贡的凯瑟琳，其第一任妻子，后被称为威尔士亲王遗孀

玛丽，两人之女

安妮·博林，亨利八世的第二任妻子

玛丽·博林，安妮·博林之姐，威廉·凯里之遗孀，曾为亨利之情妇

托马斯·博林，安妮·博林之父，后被封为威尔特郡伯爵并任掌玺大臣，喜欢被称为"阁下"。

乔治，安妮·博林之兄，后被封为罗奇福德勋爵

简·罗奇福德，乔治之妻

托马斯·霍华德，诺福克公爵，安妮之舅舅

玛丽·霍华德，托马斯·霍华德之女

玛丽·谢尔顿，女侍

简·西摩，女侍

查尔斯·布兰顿，萨福克公爵，亨利之老朋友，娶亨利之妹玛丽为妻

亨利·诺里斯，国王侍从

弗朗西斯·布莱恩，国王侍从

弗朗西斯·韦斯顿，国王侍从

威廉·布莱里顿，国王侍从

尼古拉斯·卡鲁，国王侍从

马克·史密顿，乐师

亨利·怀亚特，大臣

托马斯·怀亚特，亨利·怀亚特之子

亨利·菲茨罗伊，里士满公爵，国王之私生子

亨利·珀西，诺森伯兰伯爵

教士

威廉·渥兰，年事已高的坎特伯雷大主教

坎佩吉奥红衣主教，教皇使节

约翰·费希尔，罗彻斯特主教，阿拉贡的凯瑟琳之法律顾问

托马斯·克兰默，剑桥学者，渥兰的继任者，新教派坎特伯雷大主教

休·拉蒂摩,新教派神父,后任伍斯特主教
劳兰德·李,克伦威尔之友,后任考文垂和里奇菲尔德主教

加来
伯纳斯勋爵,总督,学者和翻译家
李尔勋爵,下一任总督
奥娜,李尔之妻
威廉·斯塔福德,警卫人员

哈特菲尔德
布莱恩夫人,弗朗西斯之母,负责照顾小公主伊丽莎白
安妮·谢尔顿夫人,安妮·博林之姑母,负责照顾前公主玛丽

大使
尤斯塔西·查普伊斯,来自萨瓦的职业外交家,查理五世皇帝之驻伦敦大使
让·德·丹特维尔,弗朗西斯一世之大使

约克家族王位继承人
亨利·科特尼,埃克塞特侯爵,爱德华四世的女儿之后
格特鲁德,亨利·科特尼之妻
玛格丽特·波尔,索尔兹伯里女伯爵,爱德华四世之侄女
蒙塔古勋爵,玛格丽特·波尔之子
杰弗里·波尔,玛格丽特·波尔之子
雷金纳德·波尔,玛格丽特·波尔之子

位于狼厅的西摩一家
老约翰爵士,与其长子爱德华之妻有私情
爱德华·西摩,老约翰爵士之子
托马斯·西摩,老约翰爵士之子
简,老约翰爵士之女,宫廷女侍
丽琪,老约翰爵士之女,嫁泽西总督为妻

威廉·巴茨,医生
尼古拉斯·克拉泽,天文学家
汉斯·霍尔拜因,画师
塞克斯顿,沃尔西之弄臣
伊丽莎白·巴顿,女先知

都铎家族

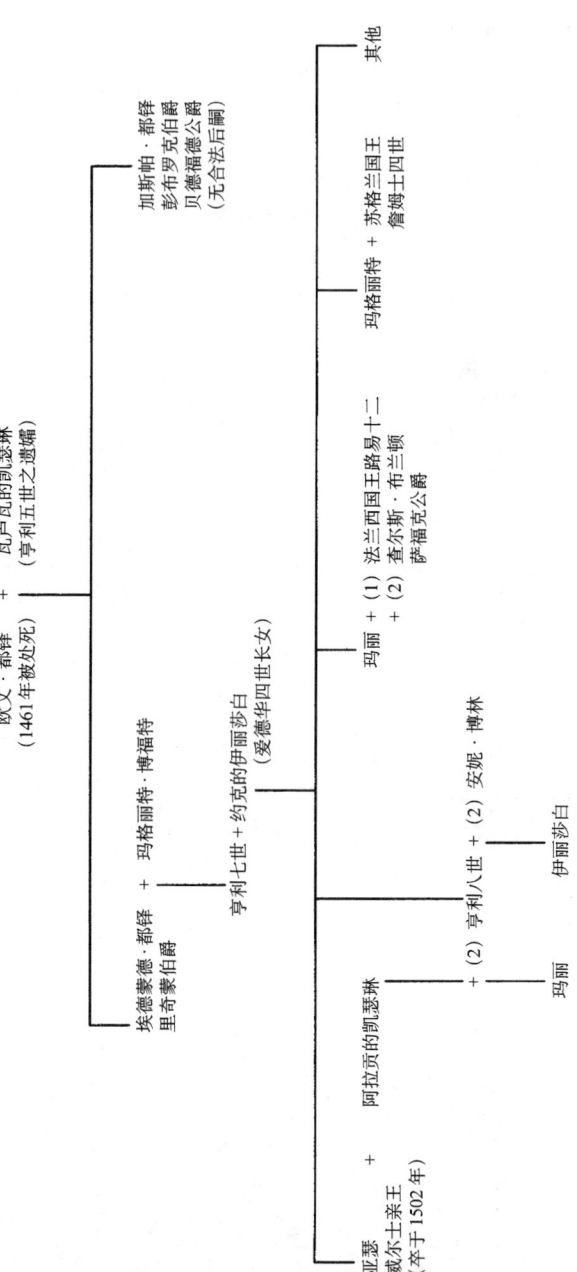

约克家族王位继承人

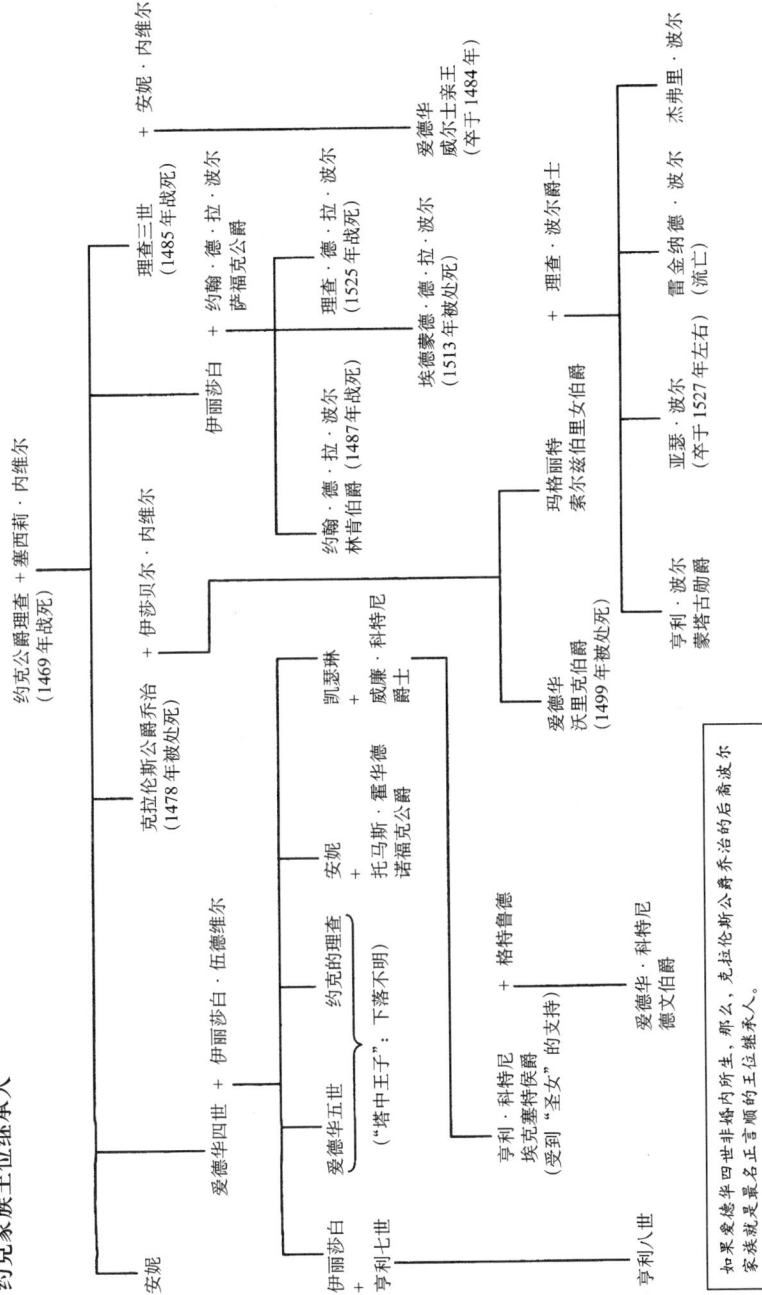

"舞台有三类,其一为悲剧类,其二为喜剧类,其三为山羊剧类。它们在装饰与设计上各不相同。悲剧类舞台以圆柱、山花饰、雕塑以及其他与君王身份相符的物体为标识;喜剧类舞台呈现的是私人寓所,有模仿普通住宅的阳台和象征着一排排窗户的风景;山羊剧类舞台由树林、洞穴、山岳以及其他描绘田园风光的乡村景物所装饰。"

——维特鲁威[①],《建筑十书》之"论剧场"(约公元前 27 年)

演员们的名字如下:

快乐　　　　秘密勾结
自由　　　　宫廷腐败
权衡　　　　愚蠢
高贵　　　　不幸
幻想　　　　贫穷
装模作样　　绝望
狡猾诡计　　灾难
　　　　信心
　　　　改过
　　　　谨慎
　　　　毅力

——约翰·斯凯尔顿[②],幕间剧《高贵》(约 1520 年)

① 维特鲁威是古罗马建筑师,所著的《建筑十书》是西方古代保存至今的唯一最完整的古典建筑典籍。
② 约翰·斯凯尔顿(1460—1529)曾是亨利八世的老师。幕间剧亦称插剧,是一种情节简单、人物较少的道德短剧,常常插在道德剧或奇迹剧的两幕间演出,或者在宴会或娱乐中插演,采用寓言手法,用抽象名词为剧中人物命名,说明善与恶为影响人类而进行的斗争。

第 一 部

1. 跨过海峡

帕特尼，1500 年

"你给我起来。"

他被打倒在地，头昏眼花，说不出话来，只是直挺挺地趴在院子里的鹅卵石上。他侧转脑袋，眼睛朝大门口望去，仿佛有人会赶来救他。现在只要再结结实实地来一下，就可能要他的小命。

头上有一道伤口——是他父亲的第一击所致——鲜血从脸上淌了下来。除此之外，他的左眼还一片模糊；不过，如果往旁边看去，他的右眼不难看到父亲靴子上的缝线挣断了。缝线从皮革上崩脱开来，上面的一个硬结碰在他的眉峰上，划开了另一条口子。

"你给我起来！"沃尔特低头朝他吼道，一边琢磨下一脚该踹在哪儿。他将头抬起一两英寸，匍匐着往前挪动，并尽量藏住自己的双手；沃尔特很喜欢踩他的手。"你是什么东西？是鳗鱼不成？"他退后几步，再猛冲过来，又踢出一脚。

他顿时喘不过气来；他觉得自己可能要断气了。他的额头重新贴在地上；他趴在那儿等着，等沃尔特跳到他身上。他的狗——贝拉——被关进了厕所里，正在汪汪地叫。他心里说，我会想念我的狗的。院子里有一股啤酒和血腥味。有人在河岸那边叫喊。他没有痛的感觉；不过也可能是全身都痛，他反而说不清具体痛在哪儿了。但是他感觉到了凉意，仅仅是一个部位：是他的颧骨，因为颧骨正贴在鹅卵石上。

"你瞧，你瞧呀！"沃尔特咆哮道。他单腿跳着，仿佛跳舞一般。"瞧我干什么了。因为踢你的脑袋，把靴子都踢爆了。"

他一寸一寸地往前挪动。无论他说你是鳗鱼还是爬虫或者是蛇，都不要去管。低下头，别招惹他。他鼻子里堵满了血，只好张开嘴巴呼吸。由于他父亲的注意力一时转移到自己那只被踢坏的好靴子上，从而给了他呕吐之机。"好哇！"沃尔特叫道，"到处乱吐吧。"到处乱吐吧，吐在我这漂亮的鹅卵石上。"行了，小子，快起来。让我们看着你起来。看在爬行的耶稣身上，用你的双脚站起来。"

爬行的耶稣？他心里想。他这话是什么意思？他的头侧向一边，头发耷拉在自己的呕吐物上；狗在哀号，沃尔特在怒吼，钟声在不远处的水面上回荡。他有一种颠簸的感觉，仿佛肮脏的地面变成了泰晤士河。他的身子底下在起伏、摇晃；他呼出一口气，长长地呼出最后一口气。这一次你得手了，有个声音对沃尔特说。但是他堵住了耳朵，也可能是上帝帮他堵住了耳朵。他躺在一股黑色的大浪上，顺流而下。

当他醒来时，已经快到中午，他发现自己靠在飞马酒馆的门口。他姐姐凯特从厨房里走了出来，手里端着一盘热馅饼。一看到他，她的盘子几乎失手坠地。她惊得目瞪口呆。"看看你！"

"凯特，别嚷嚷，吵得我很痛。"

她大声喊叫她丈夫："摩根·威廉斯！"她原地转过身子，睁大了眼睛，脸被炉火烤得通红。"把盘子接过去，我的上帝，人都去哪儿了？"

他从头到脚都在发抖，简直跟贝拉那次从船上落水时一样。

有个姑娘跑了进来。"先生进城了。"

"这个我知道，笨蛋。"弟弟那副模样把她完全吓糊涂了。她把盘子塞给那姑娘。"如果你不把它们放好，让猫给偷吃了，我会给你几个耳刮子，叫你眼冒金星。"腾出双手后，她双掌合十，慌乱地祈祷了片刻。"又打架了，还是让你爸揍的？"

嗯，他说，一边使劲地点头，鼻子里的血又滴了出来：嗯，他指了指自己，似乎在说，沃尔特来过这儿。凯特叫人拿盆子，拿水，叫人用盆子端水来，再拿一块擦布，还要魔鬼现身，马上现身，好把他的仆人沃尔特给带走。"快坐下，要不你会摔倒的。"他想解释说，他刚刚才起来。从院子里。也可能是一小时之前的事儿了，甚至可能是一天，或许，今天没准就是明天；只不过如果他在那儿躺了一天的话，沃尔特肯定会嫌他碍事，早就过来宰了他，或者他的伤口就应该开始结痂，他此刻会全身疼痛，肌肉会僵得几乎无法动弹。他已经多次领教过沃尔特的拳脚，所以知道第二天会比第一天更难受。"坐下。别讲话，"凯特说。

水盆端来后，她站在他身边忙乎起来，轻轻地擦着他闭着的眼睛，沿着他的发际线划着小圈，仔细地清洗着。她的呼吸很不平稳，那只空着的手搭在他的肩上。她时而低声骂几句，时而哭几声，一边轻抚着他的后颈，喃喃道，"好了，没事儿，好了，"倒好像哭的是他一样，可他并没有哭。他觉得自己似乎要飘起来，而她却把他摁在地上；他很想伸出双臂搂住她，把脸贴在她的围裙上，贴在那儿听她的心跳。可他不想把她弄脏，不想让血糊得她胸前到处都是。

摩根·威廉斯进来时，身上穿着一套进城时穿的好衣服。他一副威尔士人的长相，看上去有些好斗；他显然听到了消息。他站在凯特旁边，低头愣愣地看着，一时说不出话来；直到最后他终于说，"瞧见了！"他握紧一只拳头，朝空中挥舞了三次。"这个！"他说，"他会尝尝这个。沃尔特。他会尝尝这个。我会让他尝尝的。"

"得了，站开点儿，"凯特说，"你不想让托马斯的血沾到你的礼服上吧？"

当然不想。他退开几步。"我才不在乎呢，可瞧瞧你吧，小子。公平交手起来，你可以把那畜牲打残的。"

"从来都没有什么公平交手，"凯特说，"他是从背后偷袭你的，对吧，托马斯？手里还拿着东西。"

"看样子，好像是玻璃瓶，"摩根·威廉斯说，"是瓶子吗？"

他摇了摇头。鼻子又流血了。

"别摇头，弟弟，"凯特说。她手上到处是血；她把血擦在自己身上。她的围裙真是一塌糊涂；他还不如早点把头靠上去好了。

"我想，你大概没看到吧？"摩根说，"他手里到底拿着什么？"

"从背后偷袭就有这个好处，"凯特说，"就算是上法庭，你也输定了。听着，摩根，要我跟你说说我父亲吗？他会顺手捞起任何东西。有时候就是瓶子，真的。我见过他那样对我母亲。就连我们的小贝特也不能幸免，我见过他打她的头。还有过我看不到他下手的时候，那就更可怕，因为被打翻在地的就会是我了。"

"我真纳闷我老婆的娘家是怎么回事，"摩根·威廉斯说。

但实际上，这话摩根也只是说说而已；有些男人喜欢习惯性地抽鼻子，有些女人三天两头地闹头痛，而摩根则常常这样纳闷。孩子没有听他说话；他心里想，我妈死得那么早，如果我爸曾经那么对待她，没准就是他把她害死了？不会，否则他肯定会被抓起来；帕特尼虽然无法无天，但杀了人不会让你逍遥法外。对他来说，凯特就是妈妈：为他哭泣，轻抚他的后颈。

他闭上眼睛，好让左眼与右眼保持一致；他试着睁开双眼。"凯特，"他说，"我这只眼睛还在，对吧？因为它一点儿都看不见。"还在，还在，还在，她回答，而摩根·威廉斯则在继续刨根问底；撞在一个又硬又重的尖东西上，但可能不是一只破瓶子，否则，在沃尔特划伤他的眉头、想把他变成瞎子之前，托马斯就会看到那锯齿状的边缘。他听到摩根兀自推理着，很想说说那只靴子，那个结，缝线上的那个结，但是动起嘴来似乎得不偿失。他基本上同意了摩根的结论；他想耸耸肩，但刚刚一试，就痛得钻心，他觉得全身像散了架似的，不禁怀疑自己的脖子是不是断了。

"话说回来，"凯特说，"汤姆，你是干什么惹恼他了？如果完全无缘无故的话，他通常只是天黑之后才发作的。"

"是呀，"摩根·威廉斯附和道，"有什么原因吗？"

"昨天，我打架了。"

"你昨天打架了？看在老天的份上，你跟谁打架了？"

"不知道。"对方的名字，以及打架的原因，都被忘到了脑后；不过随着这种忘却，感觉就像从颅骨里取出了一小片尖利的碎骨头。他摸了摸头皮，很小心翼翼。是瓶子吗？有可能。

"哦，"凯特说，"他们总是在打架。那些小子。就在河边。"

"那么，让我相信我也有这种权利，"摩根说。"昨天他回到家里，衣服撕破了，指关节擦破了皮，于是老头子问，怎么啦？打架了？他等了一天，然后拿瓶子砸了他。接着又把他打倒在院子里，对着他乱踢，再随手操起一块木板，朝他全身上下一阵痛打……"

"他是这么干的？"

"整个教区都传遍了！他们在码头上排成长队来告诉我，船缆还没有系好，他们就七嘴八舌地说了起来。摩根·威廉斯，你听着，你岳父打了托马斯，他奄奄一息地爬到了他姐姐家里，他们把神父叫了过来……你叫神父了吗？"

"哦，你们威廉斯家的人！"凯特说。"你以为你们在这一带有多么了不起。别人排成长队来告诉你。可为什么会这样？是因为别人说什么你都信。"

"可这是真的！"摩根喊了起来。"差不多都是真的！行了吧？只是关于神父那一点除外。他也还没有死。"

"如果你好好研究一下尸体跟我弟弟之间的区别，"凯特说，"你一准就能当上治安官了。"

"如果我是治安官，我就会把你父亲铐起来。罚他的款？你怎么罚都不为过。可如果你罚一个人的款，而他只会找上一个随便碰到的无辜者，去抢劫或诈骗出那笔钱来，那又有什么意义呢？"

他呻吟出声：尽量不显出有打断他的意思。

"好了，好了，好了，"凯特低声安慰道。

"要我说，那些治安官也已经烦透了，"摩根说。"他如果不是在酗酒，就是在危害普通百姓，如果不是在抢劫百姓，就是在攻击治安人员，如果不是有了醉意，就是已经烂醉如泥，所以，如果他将来没有不得好死，那这个世上就没有正义可言了。"

"讲够了吗？"凯特说。然后又转身看着他。"汤姆，你现在最好呆在我们这儿。摩根·威廉斯，你看怎么样？等他的伤好后，他还能干些重活。他能帮你算算账，他会做加法和……还有一种叫什么来着？得了，别笑话我，摊上那样一位父亲，你以为我有多少闲工夫学算术呀？如果说我能写自己的名字，那也是因为汤姆教的我。"

"他不会，"他说，"愿意的。"他只能勉强这样说话：用短促、简单、直白的句子。

"愿意？他该觉得丢人，"摩根说。

凯特说，"上帝创造我爸的时候，忘了'丢人'一说。"

他说，"因为，只隔一英里。他很容易。"

"来找你？让他来好了。"摩根又挥了挥拳头——威尔士人那种神经质的小拳头。

*　　　*　　　*

等凯特帮他清理干净，而摩根·威廉斯也停止吹牛和重现他遭打的情景之后，他躺了一两个小时，好恢复一下体力。其间，沃尔特带着他的几个朋友曾来到门外，又叫嚷又踢门地闹了一通，不过声音传到他耳朵里时，显得隐隐约约，他以为可能是自己在做梦。此时此刻，他心里想的问题是，我该怎么办，我不能呆在帕特尼。一方面是因为他渐渐想起了一些事情，想起了前天以及早先那一架，他觉得什么地方好像有过一把刀；不管是捅在谁的身上,都不会是他,这么说,是他捅在别人身上了?他脑海里的那一幕很模糊。唯一清楚的是他对沃尔特的看法:我已经受够了这些。如果他再揍我,我就要杀了他,如果我杀了他,他们就会绞死我,而如果他们要绞死我,那么我需要一个更好的理由。

楼下,他们的声音时高时低。有些字眼他听不清。摩根说他已经烧了他的那些船。凯特已经开始后悔自己先前的提议,让他在这儿当服务员,打打下手,干干杂活;因为,摩根正在说,"沃尔特会不停地跑到这儿,对吧?口里嚷着'汤姆在哪儿,叫他回家,是谁付钱给那该死的神父来教他读书写字的,是我,而你他妈的现在却来捞好处,你这狗娘养的。'"

他下了楼。摩根高兴地说,"看起来,你还不错。"

真正的原因在于摩根·威廉斯——而他并没有因此不喜欢他——真正的原因,他脑子里一心想着的是,摩根说总有一天他会揍他岳父一顿。可事实上,他却害怕沃尔特,就像帕特尼——还有莫特莱克和温布尔登——的许多人一样。

他说,"所以我得走了。"

凯特说,"今晚你一定得留下来。你知道,第二天是最糟糕的。"

"我走了之后,他会找谁出气呢?"

"我们管不了,"凯特说。"感谢上帝,贝特出嫁了,算是解脱了。"

摩根·威廉斯说,"不瞒你说,如果沃尔特是我父亲,我就会离家出走。"他顿了顿。"我们刚好筹了一点现钱。"

大家一时无言。

"我会还你们的。"

摩根嘘了一口气,笑了起来,说,"你会怎么还呢,汤姆?"

他不知道。呼吸有些困难,可不是太要紧,只是因为鼻子里的血凝固了。鼻子好像没有破;他若有所思地摸了摸鼻子,凯特说,哦,小心点儿,我这可是一条干净围裙。她露出一丝苦笑。她不想让他走,可她不会跟摩根·威廉斯拧着干,对吧?在帕特尼,还有温布尔登,威廉斯家都算是有头有脸。摩根宠着她;总是说,她手下有那些姑娘可以干烘焙呀、酿酒呀之类的活儿,她自己干吗不像一位贵妇人那样,坐在楼上做做针线活?而当他穿着漂亮衣服去伦敦谈几桩生意时,她可以祈祷他马到成功。她可以穿着好看的裙子,在酒馆里一天巡视两次,处理一些小问题——这就是他的理想。尽管他看得出来她干活像自小以来那么卖力,可他同样看得出来她好像很喜欢这样,喜欢摩根要她坐下来,当一位贵妇人。

"我会还你们的,"他说。"我可能去当兵。我可以把挣的钱寄一部分给你们,还可能弄到战利品。"

摩根说,"可现在没有打仗呀。"

"什么地方会有的,"凯特说。

"我也可以到船上做帮工。可你们知道,贝拉——你们觉得我该回去带它吗?它在哀叫。他把它关了起来。"

"以免它咬他的脚趾吗?"摩根说。他喜欢拿贝拉开玩笑。

"我想把它带走。"

"我听说过船上有猫,可没听说过有狗的。"

"它很小。"

"但不会被当成猫,"摩根笑了起来。"话说回来,你个头太大了,船上不会要你的。那些家伙得像小猴子一样升帆缆——你见过猴子吗,汤姆?还是当兵更靠谱。说实在话,有其父必有其子——上帝在分配拳头的时候,你可不是排在队尾。"

"行了,"凯特说。"我们来看看是不是明白了你的意思:有一天,我弟弟汤姆出去打了一架。为了教训他,他父亲溜到他的背后,不知拿什么东西,反正很重,也可能很尖,砸了他,然后,当他倒在地上之后,他差点儿挖掉他的眼睛,还猛踢他的肋骨,并随手操起一块木板打他,打得他面目全非,如果我不是他的亲姐姐,我几乎都认不出他来,而我丈夫却说,托马斯,解决这个问题的办法,就是去当兵,去找一个你不认识的人,挖出他的眼睛,踢断他的肋骨,我想,说穿了就是干掉他,好挣点儿钱。"

摩根说,"这总比去河边打架,而任何人都得不到好处要强。你瞧瞧他——要依我的话,我会发动一场战争,好把他招进去。"

摩根拿出钱包,数出一些硬币:叮当,叮当,叮当;他的动作很慢,有意吊着胃口。

他摸了摸自己的颧骨。上面有伤,但不碍事,可是却冰冰凉的。

"听着,"凯特说,"我们是在这儿长大的,也许有人会愿意帮汤姆一把——"

摩根看了她一眼,那意思十分清楚:你以为很多人会愿意跟沃尔特·克伦威尔作对吗?让他砸垮他们家的门?仿佛听到他没有说出的想法一般,她说,"不会。也许。也许,汤姆,这样最好,你看呢?"

他站起身。她说,"摩根,你瞧他这样,他今晚不能走。"

"我必须走。再过一小时,他就会灌满一肚子酒,再一次回到这里。如果他认为我在这儿,他会放火烧了这地方的。"

摩根说,"你上路的东西够了吗?"

他想转向凯特说,没有。

可她已经别过脸去,正在哭泣。她不是为他而哭,因为他觉得,永远不会有人为他而哭,上帝没有给他安排这种命。她哭是为了她自己对生活的设想:礼拜天从教堂出来后,所有的妯娌姐妹你亲亲我,我抱抱你,拍一拍对方的孩子,一边怜爱地夸奖几句,揉一揉他们的小圆脑袋,女人们交换和比较着小宝宝,而男人们则聚在一起谈着生意,羊毛呀,纱线呀,长度呀,运输呀,该死的佛兰芒人呀,以及捕鱼权、酿酒、年营业额、很及时的消息、你来我往、小小的优惠、少量的定金、我的律师说……嫁给摩根·威廉斯,就该是这种生活,因为在帕特尼,威廉斯是一个大家族……但到头来,似乎并非如此。沃尔特把它全给毁了。

他小心而僵硬地站起身。现在他浑身上下都痛。明天会更痛;到第三天,瘀痕就会出来,别人会打听是怎么回事,你就得开始应付他们。到那时,他就远离了这儿,大概不会有人追根究底,因为谁也不认识他,谁也不会在乎。他们会认为他的脸被人打扁是家常便饭。

他拿起钱,说,"Hwyl,摩根·威廉斯,Diolch am yr arian。"谢谢你的钱。"Gofalwch am Katheryn. Gofalwch am eich busness. Wela i chi eto rhywbryd. Pob lwc."①

照顾好我姐姐。祝你生意顺利。我们以后再见。

摩根·威廉斯张口结舌。

他几乎要笑起来;如果不是怕脸上的伤口崩裂的话,他肯定就笑了。以前他经常呆在威廉斯家里:他们以为他只是来蹭饭的吗?

"Pob lwc,"摩根缓缓地说。祝你好运。

"如果我沿着河走,行得通吗?"

"你是想去哪儿?"

"海上。"

事情走到这一步,摩根·威廉斯一时显得很难过。他说,"你会好好的吧,汤姆?我跟你说,如果贝拉来找你,我不会让它饿着肚子回家。凯特会拿馅饼喂它的。"

他的钱必须省着用。顺河而下时,他可以沿路找点活干;可他担心一旦被人发现,沃尔特就会抓住他,通过他那些关系和朋友,为了一杯酒,那些人什么都干得出来。他首先想到的是,溜到驶离巴金、蒂尔伯里的哪艘走私船上。可他转而又想,法国才是有仗打的地方。有些跟他聊过天的人——他很容易跟陌生人攀谈——也这么认为。那么,去多佛吧。于是他上路了。

如果帮人装车的话,往往可以让人捎你一程。他由此不禁想到,那些

---

① 威尔士语,下同。

人装车是多么外行。他们常常搬着一个很宽的木箱子,想直通通地穿过一道狭窄的门口。只需要把物品简单地换个方向,就可以解决一大堆的问题。还有马,他以前经常跟马为伍,包括受惊的马。沃尔特总是为自己和他的朋友留了很多烈酒,如果早晨一觉醒来,他的酒劲还没有过去,他就会转而干起第二职业:铁匠和蹄铁匠;不知道是因为他的酒气,还是他的大嗓门或者整体的行事做派,就连很容易钉蹄铁的马也开始摇着脑袋,从火边退开。它们的蹄子被攥在沃尔特的手里,全身簌簌发抖;而他的工作就是搂住它们的脑袋,跟它们说话,他摩挲着它们耳朵间的柔软皮毛,跟它们说它们的妈妈仍然深爱着它们,并经常谈起它们,跟它们说沃尔特马上就会干完。

有一两天,他颗粒未进;身上太痛了。不过,到达多佛的时候,头皮上的大伤口已经愈合,他还相信,自己体内那些脆弱的部位,肾呀,肺呀,心脏呀,也已经自动修复。

通过别人看他的眼神,他知道自己脸上还有瘀伤。在他离开之前,摩根·威廉斯将他全身清点了一遍:牙齿还在口腔里(真是奇迹),两只眼睛还看得见,也是奇迹。两只胳膊,两条腿:你还能奢望什么?

他在码头上转来转去,逢人就问,您知道现在哪儿在打仗吗?

每个被问到的人都盯着他的脸,退开一步,说,"我还想问你呢!"

他们为此非常得意,为自己回答得这么巧妙而哈哈大笑,于是他不停地问,只是为了逗别人开心。

没有想到的是,离开多佛时,他发现自己比来时更富有了。他看过一个人玩三张牌的游戏,学会之后,他也摆了个牌局。由于他是个孩子,人们都会停下来试一把,结果只输不赢。

他算了算自己赢来的钱和花掉的钱。减去与一位妓女速战速决的小开销。这种事情在帕特尼、温布尔登和莫特莱克可不能干。否则威廉斯家的人一准会知道,然后就会用威尔士语对你说三道四。

他看到三位来自低地①的老人的行李遇到了麻烦,便过去帮帮忙。他们的行李又软又大,是羊毛布料的样品。一位港务局的职员因为他们的文件而找茬,正朝他们大嚷大叫。他装成一位低地的痴呆儿,懒懒地走到官员的身后,然后竖起指头,示意他们他觉得应该拿多少钱来打点。"拜托你,"一位老人用英语费力地对职员说,"帮我处理掉这些英格兰硬币好吗?我觉得它们很碍事。"职员顿时笑容满面。低地人也满脸笑容;要不然他们会花更多的钱。上船时,他们说,"这孩子跟我们是一起的。"

等船起锚时,他们问他多大了。他说十八岁,可他们呵呵笑了起来,说,孩子,这绝对不可能。他又说十五岁,他们交换了一下意见,认为十五岁差不多;他们觉得他还要小,但不想让他难堪。他们问他的脸是怎么回事。他本来可以编好几个故事,可还是决定说实话。他不愿他们当他是抢劫失手的坏人。他们彼此商量了片刻,接着,那个能翻译的老人转向他:"我们在说,英格兰人对自己的孩子可真狠心。简直铁石心肠。如果父亲进入房间,孩子必须站起身来。孩子总是得说,'父亲大人','母亲大人',丝毫不能出错。"

他吃了一惊。难道说这个世界上,还有人对自己的孩子不狠心吗?有生以来,他心里的重担第一次有所减轻;他想,有可能存在着其他的地方,更好的地方。他打开了话匣子;他跟他们说起贝拉,他们显出难过的神色,但是没有说出你可以再养一条狗之类的蠢话。他跟他们谈起飞马酒馆,谈起他父亲的酿酒厂,说他每年起码有两次会因为酒的质量差而被罚款。他谈起他怎样因为偷木材、砍别人的树而被罚款,还谈起他在公共用地上大规模放羊。他们对此很感兴趣,把毛料布样拿给他看;他们自己讨论着布料的重量和织法,还时不时地转向他,讲给他听。总体而言,他们对英格兰的成品布评价不高,不过这些样品可能会改变他们的看法……当

---

① 现在的荷兰、比利时、卢森堡及北部的部分地方,史称"尼德兰",由于海拔较低,这一地区被称为"低地"或"低地国家"。

他们跟他解释去加来的原因,并说起他们认识的那儿的不同的人时,他就觉得不知所云了。

他跟他们谈起他父亲的铁匠生意,那位懂英语的先生来了兴趣,问道,你会钉马蹄铁吗?他手里比划着,向他们描绘那是什么情形,滚烫的金属和一位脾气暴躁的父亲在一个很小的空间里。他们哈哈大笑;他们喜欢看他讲故事。嘴巴挺能说的,有一位说。船停靠之前,三人中话语最少的那位将会站起来,特别正式地讲几句话,另一位将会点点头,还有一位则为他翻译。"我们是三兄弟。这条街是我们的。你以后如果来我们城里,我们欢迎你随时来做客,食宿都没有问题。"

他将会对他们说,再见。再见,祝你们一生好运。*Hwyl*,卖布人,*Golfalwch eich busness*。他不会停下脚步,直到走上战场。

天气很冷,但海面很平静。凯特给了他一个护身符,要他戴上。他用一根细绳把它挂在脖子上。喉部的皮肤感到凉津津的。他解开绳子,用嘴唇碰了碰护身符,祈祷着好运。然后他松开手;随着"噗"的一声轻响,护身符掉进了水里。他将记住自己第一次看到空旷的海面的情景:那泛着微波的灰色一望无际,就像梦醒之后的模糊印象。

2．亦师亦父

1527 年

　　于是：碰到了史蒂芬·加迪纳。正要出去，而他正进来。天气很潮湿，而且对于一个四月的夜晚来说，还暖和得有点反常，但加迪纳穿着裘皮衣服，看上去就像油腻而浓密的黑色羽毛；他站住脚，扯了扯衣服，让它像黑色的天使翅膀一样裹住自己挺直的高身材。

　　"来迟了，"史蒂芬先生阴阳怪气地说。

　　他不动声色。"我，还是你自己？"

　　"你。"他等待着。

　　"是因为河上那些醉鬼。船夫说，这是哪位守护神的节日前夜。"

　　"你向她祈祷了吗？"

　　"我会向所有的神祈祷，史蒂芬，直到我踏上陆地。"

　　"我很惊讶，你竟然没有自己去摇船。小时候，你肯定在河上帮过工。"

　　史蒂芬每次开口都是这一套。你那位该进地狱的父亲。你卑微的出身。据说史蒂芬是一位私生子，有部分王室的血统，有人出钱给某座小镇上的一对谨小慎微的夫妇，让他们把他当亲生儿子一般谨小慎微地养大。那对夫妇从事羊毛生意，史蒂芬先生憎恨他们，但愿能忘记他们；由于他知道羊毛这个行当里的所有人，对史蒂芬的过去他也就了解颇多，从而让史蒂芬很不自在。这可怜的孤儿！

对于自己的情形，史蒂芬先生满腔怨恨。他怨恨自己是未被国王承认的表亲。他怨恨自己被送进教会，虽然他从教会受益良多。他怨恨别人跟红衣主教彻夜长谈，尽管他自己才是红衣主教的机要秘书。他怨恨自己虽然身材很高，但胸部不厚，显得不太结实；他怨恨自己知道，如果两人在一个漆黑的夜晚相遇，到头来，拍拍手、带着笑容离去的会是托马斯·克伦威尔先生。

"上帝保佑你，"加迪纳说着，一边走进暖和得有点反常的夜晚之中。

克伦威尔说，"谢谢。"

红衣主教在写着什么，头也不抬地说，"托马斯。还在下雨吗？我还以为你会早点儿来的。"

船夫。河上。守护神。他从一大早就在赶路，而且在这两周的大部分时间里，一直在马不停蹄地处理红衣主教的事务，现在才一站一站地——不大容易地——从约克郡回到这儿。他去格雷会堂①见过他的职员，借了件衬衫换上。他往东去过城里，去听一听哪些船到了，看看他在等待的那批没有记账的托运货物到了什么地方。可他还没有吃饭，也没有回过家。

红衣主教站起身，打开门，对候在外面的仆人说，"拿樱桃来！什么，没有樱桃？你说是四月份？才到四月吗？那么，我们只能拿些难吃的东西安抚我的客人了。"他叹了口气。"有什么就拿什么来吧。但这样下去可不行，你知道。为什么我被伺候得这么糟糕？"

于是整个房间一片忙碌：食物、酒水送了上来，火也很快生好。随着一位仆人殷勤的低语，他湿漉漉的外衣脱了下来。红衣主教府上的所有仆人都是这样：细致周到，轻手轻脚，总是一副欢然和逆来顺受的样子。红

---

① 伦敦四大律师会堂（又称律师协会、律师联合会等）之一，其他三所为林肯会堂、中殿会堂和内殿会堂，由于它们还是培养律师的四个学院，故亦称律师学院。

衣主教的所有客人也总是受到同样的款待。就算你十年来，每晚都来打扰他，每次都是闷闷不乐、愁眉苦脸地坐在那儿看着他，你仍然会是他的座上宾。

仆人们闪到一旁，朝门口退去。"你还想要点什么？"红衣主教问。

"让太阳出来？"

"在这么晚的时候？你真是浪费我的力量。"

"那么黎明也行。"

红衣主教朝仆人们点了点头，一本正经地说，"这项要求我自己来解决。"仆人们也一本正经地低声应诺，并退了出去。

红衣主教搓着手，面带微笑，长长地、深深地吁了口气，就像一只豹子在一个暖洋洋的地方躺了下来。他望着自己的律师；他的律师也望着他。红衣主教已经五十五岁，但依然像年轻时那么英俊。今天晚上，他身上的法袍不是平日的红色，而是深紫色，饰有典雅的白色花边；使他看上去像一位谦恭的主教。他身高过人；那本该属于另一位更加久坐不动的人的肚子只是他的王者气派的特征之一，而他的一只戴有戒指的白皙的大手则常常信赖地搭在肚子上。一颗大大的脑袋——显然是上帝的有意设计，以便承戴教皇的法冠——威严地立在宽阔的双肩之上，而肩膀的周围则往往（不过此刻没有）环着英格兰大法官的大项链。那颗脑袋微微一低；红衣主教用轻柔的语气——从这里到维也纳，他这种语气无人不知——说，"好了，跟我说说，约克郡是什么情况。"

"糟透了。"他坐了下来。"天气。人。举止。品行。"

"嗯，我想，在这儿抱怨算是找对了地方。尽管我已经跟上帝说起过天气的事儿了。"

"哦，还有吃的问题。从沿海到内陆五英里的地方，都没有新鲜鱼。"

"恐怕也很难弄到柠檬，我想。那他们都吃些什么？"

"吃伦敦人，如果能抓到他们的话。从没见过那样的野蛮人。他们身材奇高,额头很低。住在洞穴里,但在那儿却被视为上等人。"红衣主教应该自己去亲眼看看;他是约克大主教,却从没到过自己的教区。"至于大人的事务——"

"我听着呢,"红衣主教说,"事实上,还不仅如此。我已经入迷了。"

红衣主教一边听,脸上一边现出和蔼的、一贯专心的皱纹。他不时地记下听到的某个数字。他啜了一口杯子里的上等好酒,终于说,"托马斯……你都干什么了,你这位邪恶的仆人?哪位女修道院院长怀孩子了?还是两三位都这样?要么,让我看看……就是你心血来潮,放火烧了惠特比?"

对自己的亲信克伦威尔,红衣主教经常开的玩笑有两个,有时也两者结合成为一个玩笑。其一是他进门时要的东西:四月份要樱桃,十二月要生菜。其二是他下乡时到处强暴民女,然后把所需的开销记在红衣主教的账上。红衣主教也经常开些其他的玩笑:视他的心情而定。

已经是十点左右了。蜡烛的火苗朝红衣主教谦卑地弯了弯腰,然后又重新挺直。雨点——从去年九月份以来就一直在下雨——滴滴答答地打在窗玻璃上。"您的方案,"他说,"在约克郡不受欢迎。"

红衣主教的方案已经获得教皇的许可,其内容是:他打算将约三十座管理不善的小修道院与大修道院合并,而将这些破败但往往非常古老的小修道院的受赠所得转为他准备建立的两所神学院的收入,一为牛津的红衣主教神学院,另一所设在他家乡的小镇伊普斯威奇,那里的乡亲都知道他博学多才,而他父亲则是一位成功、虔诚的大肉商,是同业公会的成员,还开着一家经营有序、通常是优质客人所光顾的大旅店。问题是……不,事实上,有好几个问题。红衣主教十五岁获得文学学士,二十四五岁获得神学学士,他精通法律,但不喜欢它的拖拖拉拉;他可以快速而容易地将圣饼变成基督的身体,不动产却不能同样快速而容易地变成钱,这让他难以接受。有一次,他曾经仅仅是试着向红衣主教解释土地法中的一个小条款,涉及——哦,管它涉及什么呢,反正是一个小条款——但马上就看到红衣主教冒出了汗,并且说,托马斯,我该给你什么,才能说服你再也不要跟我提这个?遇到障碍时,他会说,想想办法,快点干去吧;而如果听说有哪位无名小卒阻挡了他的宏伟计划,他就会说,托马斯,给他们一点钱,打发掉他们。

他有暇想着这些,是因为红衣主教正低着头,盯着桌上那封写了一半的信。他抬起头来。"汤姆……"他刚想到了什么,一转念又说,"不,别管那个。告诉我你为什么满脸的不高兴。"

"那儿的人说,他们要杀了我。"

"是吗?"红衣主教问。他的表情在说,我既惊讶又失望。"那么,他们会杀了你吗?或者说,你自己怎么看?"

红衣主教的背后,悬着一张有整面墙高的挂毯。所罗门王向黑暗中伸出双手,在接见示巴女王①。

"我想,你如果要杀一个人,就直接去杀他。不要写信告诉他。不要又恐吓又威胁的让他提高警惕。"

"如果什么时候你准备放松警惕,可要让我知道。我很想看看那种情形。你知不知道是谁……不过我想,他们写信是不会落款的吧?我不会放弃那个方案。这些修道院都是我亲自而认真地选择的,教皇陛下也已经盖章批准。那些反对者误解了我的意图。谁也没打算让那些老僧侣四处流浪。"

这一点没错。他们会被重新安置;会有养老金,补偿金。事情可以商谈,只要双方有诚意。他会劝他们,听天由命吧。听红衣主教大人的。接受他考虑周全的、父亲般的关心;相信他敏锐的眼光关注着教会的最终利益。这就是商谈时的辞令。当你告诉那些老修道院院长怎么办时,应该强调的是:放弃财产,禁欲,顺从。"他们没有误解,"他说,"他们只是

---

① 《圣经》中的人物,曾朝觐所罗门王以测其智慧。

自己想要那些收益。"

"你下一次北上时，得带一支武装卫队才行。"

总是为基督徒的末日着想的红衣主教已经让佛罗伦萨的一位雕塑家为自己设计好了陵墓。他的遗体将躺在一具斑岩石棺里，在天使张开的翅膀守护之下。当他自己的血管在防腐处理中变干时，脉石将用作他的纪念碑；当他的四肢像大理石一般僵硬时，歌颂他品德的碑文将被镀上金色。不过，神学院将是他活着的纪念碑，在他辞世很久之后，还会继续运行、存在：红衣主教的智慧，他对奇迹和美的感受，他对礼仪和快乐的直觉，还有他的谋略，将由那些穷孩子、穷学者传扬到这个世界上。因此难怪他会摇摇头。通常情况下，你不必交给律师一支武装卫队。红衣主教讨厌任何形式的武力展示。他认为那样不高明。有时候，他的哪位手下——比如史蒂芬·加迪纳——会来向他举报城里的某群异教徒。他就会诚挚地说，可怜而蒙昧的人哪。为他们祈祷吧，史蒂芬，我也会为他们祈祷，看看我们同心合力，能否将他们的精神提升一个层次。并且转告他们，要改正自己的行为，否则托马斯·莫尔会把他们抓起来，关进他的地下室。而我们听到的就只有他们的哀嚎了。

"哦，托马斯。"他抬起头来。"你手下有西班牙人吗？"

"有一些。很难缠，您知道。性情粗野。"

"我想，你在西班牙军队里服役过。"

"是法国军队。"

"哦，是这样。没有亲敌吧？"

"还算不上。我会用西班牙语骂人。"

"我会记住这个，"红衣主教说。"也许你的机会到了。因为现在……我在考虑，在王后身边多些朋友会有好处。"

他指的密探。好看看她听到消息时是什么反应。看看凯瑟琳王后在摆脱外交语言的束缚后，私下里会说些什么——到时候，有人会用拉丁语极为策略地告诉她，国王在与她共同生活约二十年之后，要娶另一位女士。

任何一位女士。任何一位他觉得可能为他生儿子的公主。

红衣主教手托着下巴；接着又用拇指和食指揉了揉眼睛。"国王今天早晨召见我了，"他说，"特别早。"

"他想要什么？"

"同情。而且在这么早的时间。我陪他听了一场清晨弥撒，他一直说个不停。我爱国王。上帝知道我多么爱他。但我的同情有时心有余而力不足。"他举起酒杯，望着杯沿。"设身处地地想想吧，汤姆。这样想象一下。你是一位三十五岁左右的男人。身体很棒，胃口很好，每天能敞开肚子吃，你的关节很灵活，骨头很硬朗，另外，你还是英格兰国王。可是，"他摇了摇头，"可是！如果他要的是简单一点的东西就好了。点金石。不老仙丹。那种出现在故事里的箱子，里面满是金币。"

"你拿出一些之后，它马上又自动变满？"

"是呀。眼下，那装满金币的箱子，让人长生不老的仙丹，还有别的各种东西，我都有希望弄到。可是，在他之后要找一个儿子来统治他的国家，我该从哪儿着手呢？"

在红衣主教的身后，由于随着气流轻微起伏，所罗门王弯下了腰，面孔模糊起来。面带笑容、脚步轻盈的示巴女王使他想起了一位年轻的寡妇——在安特卫普时，他住在她的家里。既然他们已经同床共枕，他当时是不是该娶她为妻？从道义上说，没错。但如果娶了安塞尔玛，他就不可能娶丽兹；而他的孩子也就会跟现在的不一样。

"如果不能为他找一个儿子，"他说，"你就得为他找一段经文。让他安下心来。"

红衣主教似乎正在桌上找经文。"嗯，《申命记》。上面明确地说，男人应该娶自己已故的兄弟的妻子。像他所做的那样。"红衣主教叹了口气。"可他不喜欢《申命记》。"

问为什么是多此一举。同样，也不要说什么如果《申命记》要你娶你的寡嫂，而《利未记》却说不行，否则你会断子绝孙，反正你得接受这种矛盾，接受这种现实：关于该遵守哪一种说法的问题，是二十年前由一帮位高权重的高级牧师在罗马定下来的，罗马为此得到了一大笔钱，当时颁发了盖有教皇印章的特许状。

"我看他也不会拿《利未记》当回事。他现在有个女儿活得好好的。"

"不过我想，人们通常认为，《圣经》中的'孩子'指的是'儿子'。"

红衣主教讲起了经文，谈到了希伯来人。他的语气和缓轻柔。他好为人师，只要有人有意从师。他们已经相识多年，尽管红衣主教身份显赫，两人之间却早就不拘礼节。"我有个儿子，"他说，"当然，这个你知道。上帝饶恕我。是肉体一时的脆弱。"

红衣主教的儿子——大家都叫他托马斯·温特尔——似乎只喜欢钻在书堆里，过安安静静的生活，尽管红衣主教可能有其他的打算。红衣主教还有个女儿，一个谁也没有见过的姑娘。他明显有所指地称她为多萝茜亚，即上帝的礼物；她已经被安置在一所女修道院里，她将在那里为她的父母祈祷。

"你也有个儿子，"红衣主教说，"也许我该说，你有一个以你的名字命名的儿子。不过我猜想，还有些你不知道的正在泰晤士河岸上玩耍呢！"

"但愿没有。我离家出走时还不到十五岁。"

沃尔西对他不清楚自己的年龄感到很有趣。红衣主教往下看着社会的分层，从他自己作为一位肉商的吃牛肉长大的儿子这一阶层一直往下看去；看到了他的仆人的出生之地，而其出生之日却高度模糊，无人知晓。他出生时，他父亲显然已经烂醉如泥；而不难理解的是，他母亲则自顾不暇。凯特给他指定了一个日子；他为此很庆幸。

"嗯，十五岁……"红衣主教说。"不过我想，你十五岁应该可以干这种事了吧？我知道我是可以的。现在我有个儿子，你河里的船夫有个儿子，你街上的乞丐有个儿子，约克郡那些将要你命的人无疑有很多儿子，他们会发誓不放过你的子孙后代，而你自己呢，我们刚才也说过，制造了一大群在河边玩耍的捣蛋鬼——可是国王，只有国王，却没有儿子。这是谁的错呢？"

"上帝吗？"

"也许比上帝近一些？"

"王后？"

"对所有事情比王后更负有责任的是——？"

他忍俊不禁。"您自己，大人。"

"我自己，我这位大人。对此我会怎么办呢？我来告诉你我可能怎么办。我可能会派史蒂芬先生去罗马试探一下教廷。可我这儿又需要他……"

沃尔西看着他的表情，笑了起来。你争我斗的下属呀！他十分清楚，由于不满意自己原来的出身，他们彼此争宠，都想得到他的偏爱。"不管你怎么看史蒂芬先生，他其实很精通教会法规，也很能说服人，不过想说服你的时候除外。告诉你吧——"他顿了顿；他倾身向前，双手托住那颗狮子般的大脑袋——如果在最后一次选举中，让该拿的人拿到了该拿的钱，这颗脑袋将来的确会戴上教皇的法冠。"我恳求过他，"红衣主教说。"托马斯，我双膝着地，用那种谦恭的姿势，想劝他打消这个念头。我说，陛下，听我的吧。如果您想摆脱您的妻子，那么，只会带来一连串的麻烦和巨额的开销。"

"而他说……？"

"他竖起一根指头。警告我。他说，'永远不要把那位亲爱的女士称作我的妻子，除非你能给我讲明白，她为什么、以及怎么可能是我妻子。在此之前，称她为我的嫂嫂，我亲爱的嫂嫂。因为很显然，在跟我走结婚的形式之前，她是我哥哥的妻子。'"

从沃尔西的口里，你永远不会听到对国王不忠的半个字眼。"这件事情，"他说，"嗯……"他斟酌着词句，"嗯，在我看来……很荒谬。不过当然了，我的看法只限于这个房间之内。哦，当时的确有人对教规不以为然，这一点不用怀疑。而且多年来，总有人在国王的耳边嘀嘀咕咕；可他充耳不闻，不过现在我得相信他听了进去。可你知道，国王是最宠爱妻子的男人。所有的疑虑都消除了。"他的一只手轻柔而坚定地放在桌子上。"一次又一次地消除了。"

但亨利眼下的意图却显而易见。宣布无效。宣布他的婚姻从来不曾存在过。"十八年来，"红衣主教说，"他一直生活在一个错误之中。他对他的告解神父说，他有十八年的罪要赎。"

他等待着，等待某种令人满意的小反应。他的仆人只是静静地望着他：觉得告解室的封条自然可以在红衣主教方便的时候撕开。

"这么说，如果您派史蒂芬先生去罗马的话，"他说，"就可以将国王的心血来潮之念，如果我可以——"

红衣主教点点头：你可以这么说。

"——向全世界公开？"

"史蒂芬先生可以悄悄地去。事实上，是去请求教皇私下的准许。"

"您不了解罗马。"

沃尔西无法反驳他。当你从台伯河的金色光芒走进一大团阴影之中时，后颈上感觉到的那种使你想回头看看的凉意，他从来不曾体验过。在某座倒塌的圆柱旁，在某片原始的废墟边，明火执仗的劫匪们等待着，还有某位主教的情妇，什么人的侄子的侄子，某位身上散发着裘皮气息的有钱的公子哥儿；有时候，想到自己带着一颗完整的灵魂逃离了那座城市，他不禁觉得幸运。

"简而言之，"他说，"当史蒂芬还在收拾行装时，教皇的密探们就会猜出他的使命，于是，那些红衣主教和谋臣就会有时间定出价钱。如果您一定要派他去的话，就得给他一大笔现钱。那些红衣主教可不听什么承诺；他们真正喜欢的是一袋可以安抚他们的银行主的金币，因为他们的信用大多已经用完。"他耸了耸肩。"这一点我知道。"

"我该派你去的,"红衣主教开心地说,"你可以给克雷芒教皇一笔贷款。"

干吗不呢?他了解资金市场;也许可以做出安排。如果他是克雷芒,他今年就会借上一大笔,好雇佣军队来守住他的领土。也许已经为时太晚;要对付夏季的战斗,就得赶在圣烛节①之前招兵买马。他说,"您不打算在您的司法权之内来启动国王的案子吗?让他走出第一步,然后他就会明白自己是否真的想要他所说的那样。"

"这正是我的打算。我想要做的就是在伦敦设一个小型法庭。我们要做到出其不意:亨利国王,这些年来,您的生活似乎处于一种与法律相违的状态,跟一个并非您妻子的女人住在一起。他讨厌——恕我冒昧——别人说他有错;而我们则必须坚定地置他于这种境地。他可能会忘记最先感到良心不安的是他自己。他可能会冲我们大嚷大叫,并在一怒之下马上回到王后身边。此举不成的话,我们就得让那项特许被废除,要么在这里,要么在罗马,一旦我成功地让他离开了凯瑟琳,我会马上让他娶一位法国公主。"

不必问红衣主教是否具体考虑好哪一位公主。他的脑海中有不止一位,而是两到三位。他从来不会生活在某种唯一的现实里,而是生活在灵活的、暗影重重的外交可能性之中。尽管他恳求亨利忘却自己良心的不安,以尽力维持国王与凯瑟琳王后的婚姻以及与西班牙皇室的关系,但与此同时,他还要筹划另一种可能:国王良心上的不安必须得到关注,他与凯瑟琳的婚姻实为无效。一旦认可了它的无效——过去十八年的罪孽和痛苦也随之一笔勾销——他将重新调整欧洲的平衡,让英格兰与法国结盟,形成一个与年轻的查理皇帝——凯瑟琳的外甥——相对抗的权力集团。而各种结果都有可能,各种结果都能对付,甚至通过巧妙运作而使其如他所

---

① 圣母行洁净礼日。

愿：祈祷与施压，施压与祈祷，到头来发生的一切将会冠以上帝的意图，一种经由红衣主教的有益修正而被重新设想、重新描画的意图。他以前常说，"国王将如此这般。"接着又说，"我们将如此这般。"现在他说的是，"我要做的就是这样。"

"可王后会怎么样呢？"他问，"如果他抛弃了她，她会去哪儿？"

"修道院里可能很舒适。"

"也许她会回家，去西班牙。"

"不，我想不会。它现在是另一个国家了。从她踏上英格兰至今，已经有——嗯——二十七年了。"红衣主教叹了口气。"我还记得她来时的情形。你知道，她的船因为天气而耽误了，她在海峡上颠簸了一天又一天。老国王骑着马长途跋涉，一定要去迎接她：当时她停留在道格默斯菲尔德，在巴斯主教的宅邸，没有马上朝伦敦进发；那时正值十一月，没错，还下着雨。国王驾到后，她的家人坚持要依西班牙之礼而行：在新婚之日被丈夫看见之前，公主不得掀开面纱。不过，你是知道老国王的！"

当然，他并不知道；他出生的那天或前后，一生都在反叛、东躲西逃的老国王正在为那难以企及的王位奋力打拼。沃尔西滔滔不绝地说着，仿佛他自己见过、亲眼目睹了那一切，而在某种意义上也的确如此，因为只有经过他非凡的头脑认可、只有他的眼光觉得满意，刚刚过去的历史的面目才能得以呈现。他微微一笑。"老国王呀，在他晚年的时候，一点点小事都可能让他起疑。他假装勒住缰绳，回头向他的卫队发令，但随之他就纵身一跃——他的身形仍然很矫健——从马背上跳了下来，并直通通地对西班牙人说，他一定得看看她的面容不可。这是我的国家，得遵守我的法律，他说，我们这儿不许戴面纱。我为什么不能看她，难道我被耍了，难道她很丑陋，难道你们是想让我儿子亚瑟娶一个怪物吗？"

托马斯心里想，他的威尔士语模仿得并不像。

"当时侍女们已经让小姑娘上了床；也可能她们只是这么说，因为她们觉得只要上了床，她就可以避开他，就安全了。可这根本就行不通。亨利国王大步穿过一个又一个房间,那架势像是打算掀开被子似的。侍女们将她包裹了一下,不至于有失体面。他冲进她的卧房。一见到她,他的拉丁文顿时忘得一干二净。他口里支支吾吾的,像个口吃的小孩子一样退了出来。"红衣主教呵呵笑了。"后来,当她第一次在宫廷里跳舞时——我们可怜的亚瑟王子笑眯眯地坐在台子上,而小姑娘却在椅子里几乎坐不住——由于没有人会跳西班牙舞,她就让自己的一位侍女做舞伴。我永远都忘不了她转头的动作,还有那迷人的红发披在一边肩膀上的那一刻……所有见过那情景的男人都会想象——虽然那支舞其实很庄重……哎呀。她当时只有十六岁。"

红衣主教仰天望去,托马斯说,"上帝饶恕您吗?"

"上帝饶恕我们大家。老国王经常为自己的欲望而忏悔。亚瑟王子去世了,过了不久王后也离开了人世,当老国王发现自己成了鳏夫时,他觉得自己也许可以娶凯瑟琳。可是……"他抬了抬威严的双肩。"你知道,在嫁妆的问题上他们谈不拢。她父亲费迪南是一只老狐狸。他会耍各种手段,赖着不肯掏任何钱。但我们现在的国王陛下在他兄长的婚礼上跳舞时,还只是个十岁的孩子,不过我相信,就在当时当地,他已经迷上了她。"

他们坐在那儿,一时沉浸在思绪里。很悲哀,他们两人都知道这很悲哀。老国王既不愿放弃那份他自认仍然该得的嫁妆,又不肯在她守寡后付一笔赡养费打发她走,于是便冷落她,既把她留在宫廷,又让她孤苦伶仃。但另一方面也很有趣:小姑娘在那些年里建起了广泛的外交关系,学会了在不同的利益方之间巧妙权衡、为己所用的本领。亨利娶她时,才十八岁,是个心无城府的年轻人。他父亲刚刚辞世,他就将凯瑟琳娶为己有。她年龄比他大,多年忧心忡忡的生活使她的性格变得持重,神情显得淡定。不过,真正到手的这个女人比他记忆中的要苍白;他贪图着他哥哥曾经拥有的东西。他感觉到她的手在轻轻颤栗;在他十岁那年,当她的手扶在他胳膊上的时候,也曾经这样颤栗。仿佛当时就很信任她,仿佛——

他告诉过他的密友——她明白自己从来就不该是亚瑟的妻子,除了虚名之外,她为他——老国王的次子——守身如玉,她美丽的蓝灰色眼睛转向他,脸上带着温顺的笑容。她爱的始终是我,国王常常说。七年左右的处世之道——如果可以用这个词的话——使我不能接近她。但现在我不必惧怕任何人。罗马已经特许。文件都符合规程。该结盟的已经结盟。我娶了一位处女,因为我可怜的哥哥没有碰过她;我以我的婚姻与她的西班牙亲人结了盟;不过重要的是,我是为了爱而娶她。

而现在呢?都过去了。或者说几乎都过去了:半辈子都在等待着被撤销,从记录中清除。

"哦,是呀,"红衣主教说,"结果会怎么样呢?国王想一意孤行,而她呢,动起来也会很难。"

关于凯瑟琳,还有一个故事,一个不同的故事。亨利去法国打一场小仗,留下凯瑟琳摄政。苏格兰人被击败;他们溃不成军,国王在弗洛登被斩首。凯瑟琳这位肤色白里透红的天使主张把那颗头颅马上送过海峡,送到她夫君的营地提振他的斗志。他们阻止了她,说此举不符合英格兰人的风格。于是她让人送了一封信。随信还捎上苏格兰国王丧命时穿的铠甲上的罩袍:罩袍硬邦邦的,死者喷涌而出的血已经凝固发黑。

火灭了,有根烧成灰的木柴塌了下去;还没有从往事中回过神来的红衣主教站起身,用脚踢了踢木柴。他站在那儿,低头看着,一边扭动着手上的戒指,沉浸在回忆之中。他抖擞一下自己,说,"今天够累了。回家吧。别梦见约克郡的人。"

托马斯·克伦威尔现在刚刚四十出头。他身材不高,但体形健壮。他脸上有多种表情,其中一种不难看清:那是一种极力控制住的好笑之感。他的卷发又黑又密,那双小眼睛非常犀利,谈话时总是炯炯有神:过不了多久,西班牙大使就会这样告诉我们。据说他将整部拉丁文《圣经·新约》熟记于心,因此,作为红衣主教的仆人,如果哪位神父念诵经文一时卡壳,他总是——随时都可以——张口就来。他说话声音低,速度快,他的神态很自信；不管是在法庭还是在河边，不管是在主教府还是在酒馆的院子，他都从容自若。他能起草合同，驯练猎鹰，绘制地图，阻止街上的斗殴，布置房屋，摆平陪审团。他会恰到好处地给你引用传统作家的名言，从柏拉图到普劳图斯①，然后再倒回来。他懂新诗，还可以用意大利语朗诵。他总是在工作，起得最早而睡得最晚。他会赚钱也会花钱。他对什么都敢打赌。

他起身准备离开，一边说，"如果您真的跟上帝谈过，让太阳出来了，那么国王就可能带着侍从出去骑马，而如果他不是那么焦躁并能够放松一点的话，那么他的情绪就会好转，可能就不会想着《利未记》了，于是您的生活也就不至于那么难了。"

"你不太了解他。他喜欢研究宗教，几乎就像喜欢出去骑马一样。"

他走到门边。沃尔西说，"顺便提一下，法庭上的那些话……诺福克公爵大人的抱怨，说我招了一个恶鬼，并让它四处跟着他。如果有人跟你提起的话……就说没这回事。"

他站在门口，慢慢地笑了。红衣主教也笑了，似乎在说，我已经把好酒留到最后了。我还不知道怎么让你开心吗？接着，红衣主教埋头看起了文件。为英格兰服务时，他几乎不大需要睡眠；睡上四个小时就会让他精神焕发，当自鸣钟和城市的大钟响起，迎来又一个潮湿、多雾、阴暗的四月天时，他就会已经起床。"晚安，"他说，"上帝保佑你，汤姆。"

他的下人正举着火把等在外面，准备送他回家。他在斯特普尼有房子，但今晚要回位于城里的家。有只手放在他的胳膊上：是雷夫·赛德勒，一个浅色眼睛、身材瘦弱的年轻人。"约克郡那边怎么样？"

风儿吹得火把上的火苗在雨夜里摇曳，雷夫的笑容时隐时现。

"红衣主教没有要我多谈，担心会让我们做噩梦。"

雷夫皱了皱眉。在二十一年的人生里，他还从没做过噩梦；从七岁时

---

① 第一个有完整作品传世的古罗马喜剧家。

起，他就安安稳稳地睡在克伦威尔家的屋顶下，先是在芬丘奇，如今在奥斯丁弗莱，长到现在，他形成了有条有理的思维习惯，晚上担心的也都是实实在在的问题：盗贼呀，挣脱绳子的狗呀，以及路上突然出现的坑洞等等。

"诺福克公爵……"他说，但转而又改口道，"不，别管这个了。我不在的时候，有谁来找过我？"

潮湿的街上空无一人；薄雾正从河面上飘来。星星蒙上了一层湿漉漉、雾蒙蒙的色彩。未被清理的昨天的罪孽使城市上空弥漫着甜腻、腐败的气息。诺福克跪在自己的床边，牙齿磕磕直响；红衣主教的笔深夜里还在写着，发出沙沙的声音，犹如床底下的一只老鼠。雷夫与他并肩而行，一边简要汇报办公室里的情况，而他则琢磨着如何向相关人士进行澄清："有人说红衣主教派了一名恶鬼纠缠诺福克公爵，大人对此坚决否认。他义正词严地驳斥了这一说法。红衣主教大人从来不曾派遣任何无头的小牛、化身成吐着舌头的狗的堕落天使、皱巴巴的用过的裹尸布、麻风病患者或活死人来纠缠公爵大人；日后也不存在这种纠缠。"

码头边有人在尖叫。船夫在哼着小调。远处依稀有扑啦啦的水声；也许他们要把什么人淹死。"红衣主教大人发表此项声明，并不影响他侵扰和折磨诺福克大人的权利：将来的任何一天，在不预先告知的情况下；只要红衣主教大人觉得可行，就可以机智地选取任何幽灵来采取此种行动。"

这种天气让旧伤隐隐作痛。但他走进家门时，就像是在大白天一样：面带微笑，一边想象着公爵浑身颤抖的情景。已经一点钟了。在他的想象中，诺福克仍然跪在地上。有个黑脸小鬼正拿着一只三叉戟戳着他长满老茧的脚后跟。

3. 奥斯丁弗莱

1527 年

丽兹还没有睡。听到仆人迎他进门,她连忙走了出来,一条胳膊下搂着他的狗,小狗挣扎着,一边呜呜地叫。

"忘了自己住哪儿了?"

他叹了口气。

"约克郡那边怎么样?"

他耸了耸肩膀。

"红衣主教那儿?"

他点点头。

"吃过了?"

"是的。"

"累了吧?"

"也说不上。"

"来一杯?"

"好的。"

"莱茵白葡萄酒?"

"行啊。"

墙板上过油漆,泛着柔和的绿色和金色亮光。他走进房间。"格利高里——"

"——的信?"

"嗯。"

她把信和小狗交给他,自己转身去拿酒。她坐了下来,自己也端起一杯。

"他向我们问好。好像我们只有一个人似的①。拉丁文真糟糕。"

"哦,是嘛。"

"嗯,你听。他希望你很好。希望我很好。希望他两位可爱的妹妹安妮和小格蕾丝很好。他自己很好。由于时间关系就此搁笔,你们的孝顺儿子,格利高里·克伦威尔。"

"孝顺?"她说,"就这样吗?"

"那儿就是这样教他们的。"

小狗贝拉轻咬着他的指尖,那双无邪的圆眼睛犹如两颗奇特的小月亮,亮晶晶地望着他。丽兹虽然劳累了一整天,看起来精神还不错;在她的身后,蜡烛又直又长地挺立着。她戴着他新年时送给她的珍珠和石榴石项链。

"你比红衣主教好看,"他说。

"这是一个女人所得到的最小的恭维了。"

"从约克郡回来的时候,这话可让我想了一路。"他摇摇头。"好了!"他把贝拉举到空中;小家伙开心地踢着腿。"生意怎么样?"

丽兹制作一点丝绸饰品。文件封口上的丝带;宫廷里夫人小姐们用的精美发网。她很有时尚眼光,还在家里招了两名女学徒;不过像往常一样,她抱怨起了中间商,以及丝线的价格。"我们该去热那亚,"他说,"我会教你直视供货商的眼睛。"

"我倒是愿意。可你永远都无法从红衣主教那儿脱身。"

"今天晚上,他还在劝导说,我该结识王后身边的人。那些讲西班牙

---

① 指格利高里出现了语法错误,原本该用复数,却用了单数。

语的人。"

"是吗?"

"我跟他说,我的西班牙语不太好。"

"不好?"她笑了起来,"你真滑头。"

"他没必要知道我所知道的一切。"

"我去过齐普赛街,"她说。她提起一位老朋友,是一位大珠宝商的妻子。"想听听消息吗?有人订购了一颗很大的绿宝石,还让他们制作镶托,为一枚戒指,一枚女式戒指。"她伸出大拇指,告诉他绿宝石跟她的拇指甲一般大。"急切地等了几个星期之后,宝石到了,可他们在安特卫普进行切割时,"她的手指向外一伸,"把它打碎了!"

"那损失算谁的?"

"切割师说,他上当了,因为底部有一道难以发现的瑕疵。进口商说,既然难以发现,我又怎么可能知道?切割师说,那你去找供货商索赔吧……"

"这官司他们会打好多年的。能再弄一颗吗?"

"他们正在努力。我们猜,肯定是国王。在整个伦敦,这么大的宝石别的人谁也买不起。所以说,是为谁准备的呢?不是为王后。"

小贝拉现在靠在他的胳膊上,眨巴着眼睛,轻轻地摇着尾巴。他心里说,我很想看看是否以及什么时候会出现一颗绿宝石戒指。红衣主教会告诉我的。红衣主教说,这一套都挺好,对国王欲擒故纵呀,获取礼物呀,但今年夏天,他肯定会把她弄上床,而到了秋天,他就会厌倦她,出一笔钱把她打发走;如果他没有的话,我也会这么做。如果沃尔西打算进口一位生育能力强的法国公主,他可不希望她开头的几周因为与被她取代地位的小妾争风吃醋而毁了。沃尔西认为,国王对自己的女人要心狠才行。

丽兹等了片刻,终于明白他不会漏出口风。"好了,说到格利高里,"她说,"夏天快到了。是回这儿,还是去别的地方?"

格利高里快十三岁了。他在剑桥念书,在导师的身边。他还把两个外甥——他姐姐贝特的儿子——送去跟他一起读书。他很乐意为家人做这种事情。夏天是他们玩耍的时候；在城里，他们能干什么呢？就目前看来，格利高里对书本兴趣不大，不过他喜欢听故事，听龙的故事，以及住在森林里的绿林好汉的故事；只要你能让他相信后面会出现一条海蛇或一个幽灵，他就算不高兴，也会勉为其难地把一段拉丁文读下去。他喜欢去树林和田野，也喜欢打猎。他还要好好地长身体，而我们希望他会长得很高。所有的老人都会告诉你，国王的外祖父身高六英尺四。（不过，他父亲的身材更像摩根·威廉斯。）国王身高六英尺二，红衣主教可以与他四目平视。亨利喜欢自己身边的人像他的妹夫查尔斯·布兰顿一样，个个身材魁梧，肩膀宽阔。背街小巷的人们对身高没有讲究；在约克郡显然也不例外。

他微微一笑。关于格利高里，他说的是，起码他不像我在他这个年龄时的样子；而如果有人要问，你以前是什么样子？他就会说，哦，我以前常常拿刀子捅人。格利高里绝对不会这样；因此，就算格利高里没有真正掌握词形变化和动词变位，他也不会介意——或者不像别人想象的那么介意。当别人告诉他格利高里什么事情没做好时，他会说："他正忙着长身体呢。"他还觉得他可能喜欢睡觉，以补回他父亲失去的睡眠；他小时候睡得很少，因为沃尔特总是"哺哺哺"地走来走去，而离家出走之后，他如果不是在船上，就总是在路上；后来就当了兵。关于军队，人们所不了解的一点，就是按兵不动而形成的巨大而长期的浪费：你得去搜寻食物，由于你那位发疯的上尉的命令你们得驻扎在某个水位不断上涨的地方，或者在深更半夜被突然转移到某个防不胜防的位置，所以你永远不会有真正的睡眠，你的装备有毛病，炮兵总是弄出一些出乎意料的小炸响，弓箭手要么醉醺醺的，要么在祷告，箭倒是已被调往前线但眼下还没有到位，你满脑子忧心忡忡，担心会出事情，因为不论掌管今天的是君王还是别的什么普通神灵，显然连基本的思维都不大会。从那个冬天之后没过几年，他就离开了战场，做起了生意。在意大利，夏天总是有架可打，如果你想这样的话。如果你活腻了的话。

"睡着了？"

"没有，但在做梦。"

"橄榄香皂到了。还有你从德国买的书。包装得像别的什么东西。我差点儿叫那孩子走了。"

在约克郡的时候，他梦见了橄榄香皂——那里的人穿着羊皮袄，总是气咻咻汗津津的，身上散发着长期没有洗澡的味道。

后来她说，"那位女士是谁？"

他的手原本放在她那熟悉而迷人的左乳上，这时不解地抽了回来。"什么？"难道她以为他在约克郡勾搭上了哪个女人吗？他转身仰卧着，考虑该如何让她相信没有这回事；如果必要的话，他会带她去那儿，然后她自己会明白。

"那位绿宝石小姐？"她说，"我这么问，只是因为大家说，国王想做一件很奇怪的事情，而我真的无法相信。但城里都在这么说。"

是吗？在他北上、置身于那些歪脑袋的乡下人之中的两个星期里，传言已经满天飞了。

"如果他想这么做的话，"她说，"全世界一半的人都会反对的。"

他——还有沃尔西——原本以为，反对的只有皇帝和西班牙。只有皇帝。他手枕在脑后，在黑暗中笑了。他没有问是哪些人，但是等着丽兹告诉他。"所有的女人，"她说，"全英格兰所有地方的所有女人。所有生了女儿但没有儿子的女人。所有失去过孩子的女人。所有不再有希望生孩子的女人。所有四十岁的女人。"

她把头靠在他的肩上。由于太累，他们都没有说话，只是并排躺着，床上是上好的亚麻床单，上面盖着一条黄色的土耳其绸缎被子。他们的身体依稀散发出阳光和药草的香味。他想了起来，他能用西班牙语骂人。

"你现在睡着了吗？"

"没有。在想事情。"

"托马斯,"她说,语气很惊讶,"已经三点钟了。"

然后就到了六点。他梦见英格兰的所有女人都在床上,推呀搡的,要把他赶下床去。于是他起了床,趁着丽兹还没有把那本德文书怎么样,打开它读了起来。

她倒是什么也没说;即使在激将之后,她也只是回答,"对我来说,读祈祷书就挺好的。"接着,她还真的读起祈祷书,大白天的,心不在焉地把书捧在手上——但没有完全停下原先在做的事情——在咕咕哝哝的念叨声中,不时地就家务方面发几句指令;这本祈祷书是她的第一位丈夫送的结婚礼物,他在书中还写下了她婚后的新名字,伊丽莎白·威廉斯。有时候,他有些嫉妒,很想写些其他的东西,表达些不同的情绪:他认识丽兹的第一位丈夫,但这并不意味着就喜欢他。他说过,丽兹,廷德尔的书,那本《圣经》,锁在那个柜子里,你读一读吧,钥匙在这儿;她却说,如果你那么喜欢,那你念给我听好了,于是他说,是英文的,你自己读吧:关键就在这儿,丽兹。你读一读,就会惊讶地发现里面少了些什么。

原以为这种暗示会吊起她的胃口:但似乎不然。他无法想象为自己的家人念书;他不像托马斯·莫尔那样,是一位不成功的神父,一位失败的布道者。每次看到莫尔——另一片苍穹的星星,见到他时只是冷冷地点点头——他都想问,你怎么了?或者我怎么了?为什么你知道的所有东西,你学会的所有东西,都使你以前的信仰更加坚定,而我呢,我成长过程中的观念,我以为自己相信的东西,反而一步一步地变弱,今天磨掉一点,明天再磨掉一点?随着岁月的流逝,这个世界的安稳可靠的边角被削损:然后下一个世界也不例外。告诉我,《圣经》中哪儿提到了"炼狱"。告诉我,哪儿提到了圣骨、僧侣和修女。告诉我,哪儿提到了"教皇"。

他回到他的德文书上。在托马斯·莫尔的帮助下,国王写过一本抨击路德的书,为此,教皇授予他"信仰的捍卫者"这一称号。他自己倒不是热爱马丁教友；他和红衣主教都认为，如果他不曾来到世上会更好，或者如果他低调一点会更好。不过他还是了解书中的内容，了解经过海峡上的港口、英格兰东部的小河湾、受潮汐影响的小河——在这些地方，一艘载有可疑物品的小船可以被拖上岸，然后借着月色重新出海——而走私进来的东西。他把事情告诉了红衣主教，这样，一旦莫尔和他的教士朋友闯进来，对这最新的异端邪说大喷地狱之火，红衣主教就可以摆摆手，示意他们镇静，然后说，"先生们，我早就知道了。"沃尔西会烧书，但不会烧人。他只是去年十月在圣保罗十字学院烧过书：焚毁了大量的英语读物，那么多的低劣纸张，那么多的黑色印墨，都被付之一炬。

他锁在柜子里的那本《圣经》是从安特卫普得到的盗版，它比德文的正版更容易找到。他知道威廉·廷德尔；在伦敦要抓他的风声变得太紧之前，他在大布商翰弗里·蒙茂斯城中的家里住过半年。他这个人很讲原则，固执己见，托马斯·莫尔称他为反基督的人；他的样子看上去像是一辈子都没有笑过，可话说回来，如果你被赶出自己的故土，那还有什么值得笑的呢？他的《圣经》是八开本，纸质非常低劣：在本该印有出版社商标和地址的书名页上，出现的是"印刷于乌托邦"几个大字。他希望托马斯·莫尔看过这种版本。他很想拿一本给他，好看看他的神态。

他合上新书。今天这一天该开始了。他知道自己没有时间把这本书译成拉丁文，好让它在暗地里传播；他应该请人代而为之，不管是为了爱，还是为了钱。如今在懂德文的人中，还有这么多的爱，真是没有想到。

七点钟时，他已经刮好脸，用过早餐，并令人耳目一新地穿上了自己干净的亚麻和深色细羊毛服装。在这个时候，他有时会想念丽兹的父亲；那个善良的老人总是起得很早，常常把一只扁平的手放在他的头上，说，你要开开心心的，托马斯，为了我。

他很喜欢维基斯老头。当初来找他是为了一桩法律事务。当时他——大概二十六七岁吧？——刚从国外回来不久，跟人谈话时，常常是用一种语言开头，却用另一种语言结束。维基斯为人精明，在羊毛生意上赚了大钱。他自己早年也是帕特尼人，但之所以雇佣他，却并非这个原因；而是因为他有人推荐，而且要求很低。第一次交谈时，维基斯曾经一边摊开文件，一边说，"你是沃尔特的小子，对吧？发生什么事了？因为，上帝知道，你小的时候，可没有人比你更野的了。"

他倒是想解释，如果知道维基斯能理解哪一种解释的话。我不再打架，是因为我住在佛罗伦萨的时候，每天都看壁画？他说："我找到了一种更容易的生活方式。"

后来，维基斯渐渐精力不济，生意开始下滑。他仍然在把细平布运往北方的德国市场，而——在他看来，由于羊身上的毛如今太长，难以织出优质的细平布——他本该经营克尔赛薄绒呢之类更为轻软的布料，经安特卫普出口到意大利。但是他听着——他是个耐心的听众——老人的抱怨，然后说，"情况变了。今年让我带您去布市吧。"

维基斯知道自己应该去安特卫普和贝亨奥普佐姆露露面，但他不喜欢跨海旅行。"我会照顾好他的，"他对维基斯太太说，"我知道一户好人家，我们可以在那儿落脚。"

"好吧，托马斯·克伦威尔，"她说，"你记住了。不要喝奇怪的荷兰酒。不要找女人。不要去找地下室里的那些被驱逐的传道士。我知道你们都干些什么。"

"我不知道能不能做到不去地下室。"

"那就谈个条件。如果你不带他去妓院的话，就可以带他去听布道。"

他有些怀疑，茉茜以前的娘家可能存有并经常引用约翰·威克里夫的作品，她家的人可能一直都知道英文圣经；一段段经文被珍藏，遭禁的诗篇封存在脑海里。这些东西代代相传，就像眼睛和鼻子、温顺的性格或饱满的热情、肌肉的力量或冒险的欲望代代相传一样。如果你现在一定要去冒险的话，那就去找传道士，而不要找妓女；避开登革热先生，这种病在佛罗伦萨被称为那不勒斯热，而在那不勒斯，无疑被称为佛罗伦萨腐烂病。良好的判断力会让人节制自律——在欧洲任何地方，包括这些岛屿，都同此理。我们的生活就是这样受到限制，而我们先辈的生活却不是如此。

在船上，他听着同行的乘客经常挂在嘴上的牢骚：这些狗娘养的引航员，没有被测深的航道，英格兰人的垄断，商业行会的商人宁愿由自己的人将船带到格雷夫森德。德国人是一帮强盗，可他们知道怎样带船上行。他们起航时，老维基斯有些恶心。他留在甲板上，随时帮帮忙；先生，您肯定在船上帮过工，有位船员说。一到安特卫普，他们就去看了圣灵的标记。开门的仆人叫道，"是托马斯回来看我们了！"仿佛他是从死人堆里回来了。三个老人走了出来，就是以前船上的三兄弟，他们呵呵笑了，"托马斯，我们可怜的孤儿，我们离家出逃的孩子，我们经常挨打的小朋友。欢迎，快进来暖和暖和！"

只有在这里，他才仍然是一个离家出逃的人，仍然是一个很小的、挨打的孩子。

他们的妻子、女儿还有狗都过来亲了他。他把老维基斯留在火旁——出乎意料的是，老人们的语言居然这么国际化，他们交流着用药膏止痛的方法，对一些小小的不幸表示同情，述说着各自妻子的奇特念头和要求。像过去一样，最小的兄弟负责翻译：即使涉及到一些与身体结构有关的字眼时，也总是不动声色。

他与三兄弟的三个儿子一起出去喝酒。"你想要什么？"他们逗他。"老头子的生意？还是等他死后，他的遗孀？"

"不，"他回答，自己也感到吃惊，"我想，我要的是他的女儿。"

"年轻吗？"

"守寡了。但很年轻。"

回到伦敦后，他知道自己可以让生意好转。不过，他需要考虑日常事务。"我看了您的存货，"他说，"我看了您的账目。现在让我看看您的职员。"

当然,这才是关键,是可以打开利润之门的关键。人总是关键因素,如果你能看着他们的脸,就能确定他们为人是否诚实,工作能否胜任。他赶走了那位可疑的小头目——对他说,你走吧,否则我们诉诸法律——然后提拔了一位有些结巴、别人说很蠢的年轻人。其实他只是腼腆而已;每天晚上,他都检查他的工作,温和而默默地指出每一处错误和疏漏,四个星期之后,那孩子就表现得既能干又有热情,而且像小狗一样总是跟着他。投入了四个星期的时间,然后在码头上呆了几天,查出谁在损人利己:到了年底,维基斯就重新赢利了。

当他把数据拿给维基斯看后,老头子大步走开。"丽兹?"他大声喊道。"丽兹?到楼下来。"

她下来了。

"你想再要一位丈夫。他行吗?"

她站在那儿,上上下下地打量了他一番。"哦,爸爸。你挑中他可不是因为他的长相。"她转向他,抬起眉头,说:"你想要一位妻子吗?"

"我是不是该让你们好好谈一谈?"老维基斯说。他似乎有些不解:似乎认为他们该坐下来,马上拟一份合同。

他们几乎还真是这样。丽兹想要孩子;他想要一位在城里有不少关系、而且能继承一笔钱的妻子。过了几个星期,他们结婚了。不到一年,格利高里就呱呱坠地。一小时之后,他从摇篮中抱起哇哇大哭的健壮的小家伙:亲着他毛茸茸的脑袋,说,我对你一定会和蔼慈爱,决不会像我父亲对我那样。因为,如果一代人不能比上一代有所进步,那生儿育女又有什么意义呢?

所以,今天早上——醒得很早,寻思着丽兹昨晚所说的话——他心里想,我妻子干吗要为没有儿子的女人担心呢?也许女人就是这样:花时间设身处地地为彼此着想。

从这里可以了解一些道理,他想。

八点了。丽兹下了楼。她的头发扣在一顶亚麻帽子下面,袖子卷了起来。"哦,丽兹,"他笑话她道,"你看上去就像一位面包师的妻子。"

"你注意点儿礼貌,"她说,"酒馆服务生。"

雷夫进来了:"先回红衣主教大人那儿去吗?"还能去哪儿,他说。他拿起今天需要的文件。拍了拍他妻子,亲了亲他的狗。出了门。早晨还在飘着零星小雨,但天色在渐渐变亮,不等他们到达约克宫,就可以清楚地看出,红衣主教已经说话算数了。河面上洒着一层阳光,颜色像柠檬果肉一样浅淡。

第二部

1. 灾祸突至

1529 年

他们把红衣主教府翻了个底朝天。国王的人在清除约克宫的主人之物，每个房间都不放过。各种羊皮纸文稿、卷轴、弥撒书、备忘录以及红衣主教的多卷私人账目都被收走；就连墨水和羽毛笔也没能幸免。他们在从墙上拆除绘有红衣主教纹章的牌子。

两位怀恨在心的贵族是一个星期天到达的：诺福克公爵像一只目光炯炯的鹰，萨福克公爵也同样眼神犀利。他们对红衣主教说，他被撤销了大法官的职务，并要求他交出英格兰国玺。他，克伦威尔，碰了碰红衣主教的胳膊。匆匆商量了几句。红衣主教转过身来，彬彬有礼地对他们说：看起来，必须有国王的书面要求，你们有吗？哦：你们真是粗心。要显得这样若无其事，得很有威严才行；不过红衣主教原本就很有威严。

"你要我们骑马赶回温莎宫？"查尔斯·布兰顿难以置信。"就为了一张纸？在形势很明显的情况下？"

萨福克就是这样；觉得法律信函是某种奢侈。他又跟红衣主教耳语几句，而红衣主教则说，"不，我想我们最好告诉他们，托马斯……让事情顺其自然，不要拖得太长……各位大人，我这位律师说，我不能把国玺交给你们，不管你们有没有书面要求。他说，准确地说，我只能把它交给案卷司长。所以你们最好带他一起来。"

他语气轻松地说，"很高兴跟你们说清楚了，各位大人。否则你们就得跑三趟了,对吧?"

诺福克笑了。他喜欢争斗。"不胜感激,先生。"

他们走后,沃尔西转身拥抱了他,表情显得很兴奋。尽管这是他们的最后一次胜利,而且他们也很清楚,但重要的是,要显得足智多谋;二十四个小时很值得争取,因为国王性情多变。再说,他们也很享受这一刻。"案卷司长,"沃尔西说,"你是早就知道,还是临时编的?"

星期一的早上,两位公爵又来了。他们的命令是当天将所有的人赶出去,因为国王要派自己的建筑师和装潢师来,将宫殿修缮一新,送给需要在伦敦拥有自己的府邸的安妮小姐。

他准备站出来据理力争:是不是我理解错了?本宫殿归属约克大主教管区。安妮小姐什么时候成大主教了?

但是成群的人从水梯上涌了进来,将他们挤到一旁。两位公爵躲得不见踪影,所以想争也找不到对象。场面一片混乱,有人说:克伦威尔先生没办法施展拳脚。现在,红衣主教准备走了,但是去哪儿呢?在他平常所穿的红色法袍之上,他披了一件别人的旅行斗篷;他们把他衣橱里的东西一件件地没收了,所以他只能抓住什么算什么。眼下是秋天,他虽然身材魁梧,却感觉到了寒意。

他们在翻箱倒柜。各种东西扔得满地都是,有教皇的信,还有许多学者的信,发自欧洲各地:乌得勒支,巴黎,圣地亚哥-德孔波斯特拉;还有爱尔福特,斯特拉斯堡,罗马。他们把他的福音书收了起来,准备送往国王的图书馆。那些经文抱在手里很沉,像在呼吸一般地别扭;那些纸张是由早产牛犊的皮制成,再由作图者描出青金石或叶绿素色的脉络。

他们取下挂毯,让墙壁变得空荡荡的。羊毛织成的君王——所罗门王和示巴女王——被卷了起来;随着逐渐卷拢,两人越挨越近,眼睛里已经全是彼此,他们小小的肺里吸进了腹部和大腿的纤维。接着,又取下红衣主教狩猎的画像,他享受世俗快乐的画像:健壮的农民在池塘里击水,公鹿被团团围住,猎犬在狂吠,曲卡犬被丝绳拴住,獒犬套着项圈;猎手们系着装有饰钉的皮带,配着小刀,女士们戴着时髦的帽子坐在马背上,岸边长着灯心草的池塘,牧场上的温顺的羊群,泛着淡蓝色的羽状树梢,由近及远地延伸开去,最后是白色的悬崖和辽阔的白色天空。

红衣主教望着那些忙碌的扫荡者。"我们有酒水可以款待客人吗?"

在走廊旁边的两个大房间里,他们支起了搁板桌。每张桌子有二十英尺长,他们把越来越多的东西搬到了上面。在金器间里,他们摆出红衣主教的金器和各种珠宝,一边细看他的财产清单,叫出金器的重量。他们把他的银器和镀金物品堆在会议室里。由于所有的东西——小至厨房里的一只破锅——都被记录在册,他们在桌子底下放了几只篮子,以便把不会引起国王注意的东西扔进去。红衣主教的财务员威廉·加斯科因爵士忙得不亦乐乎,在各个房间穿来穿去,带领两位钦差大臣注意每个角落以及每个柜子箱子,唯恐他们有任何遗漏。

红衣主教的门役乔治·卡文迪什表情严峻、满脸愕然地跟在他的身后。他们拿出红衣主教的法衣和长袍。由于有硬挺的绣花,并缀有珍珠和宝石,它们仿佛能自动站立。入侵者们把它们逐一拆卸,就像在打倒[①]托马斯·贝克特[②]一般。将它们记录在案后,他们让衣服跪下,并敲断其脊骨,再扔进他们的旅行箱里。卡文迪什感到不忍:"看在上帝的份上,先生们,在箱子里垫两层薄布吧。这么精美的衣物可花了修女们毕生的时间,你们想毁了它们不成?"他转过身来:"克伦威尔先生,你觉得在天

---

① 英语中 knock down 既有"拆卸",也有"打倒"的意思。
② 12世纪时英格兰王国的坎特伯雷大主教,也是整个英格兰中古史中最著名的政治谋杀案的主角,因反对亨利二世而被谋杀,后被教会封为圣人,坎特伯雷大教堂也成为著名的宗教朝圣地。许多疯狂的朝圣者前往坎特伯雷,向教士购买传说中能治疗百病、趋吉避凶的贝克特圣水。该圣水据说由贝克特的血与脑浆用水稀释而成。

黑前我们能让这些人离开吗？"

"除非我们帮帮忙。如果非这样不可的话，我们可以保证让他们方法得当。"

这是个令人心酸的场面：一直统治着英格兰的人突遭降职。他们搬出了成卷的上等亚麻布、金丝绒、罗缎、薄绸和塔夫绸，都是按码买的红布：在夏天，他穿着鲜红色的丝绸抵御伦敦的酷暑，而当雪花飘落在威斯敏斯特或者雨夹雪洒在泰晤士河上时，深红色的织锦则让他的血液保持温暖。红衣主教在公共场所公开场合穿的是红色，他只穿红色，但布料的重量、织法、色泽却各不相同，而且都是最好的质地，是用钱所能买到的最好的红色。有时候，他会大摇大摆地走出来，说，"好吧，克伦威尔先生，按码给我定个价吧！"

而他会说，"让我瞧瞧，"然后围着红衣主教缓缓地走上几圈；他口里说着"可以吗？"一边用行家的食指和拇指捻起一只袖子；接着退开几步，打量着他，估算着他的腰围——红衣主教在逐年发福——最后说出一个数字。红衣主教会高兴地拍着手。"让妒忌者瞧瞧我们！走吧，走吧，走吧。"他的队伍会召集起来，举着银制十字架，他的警卫官带着金色的斧子：因为红衣主教不管公开地去哪儿，队伍都是浩浩荡荡。

因此，日复一日，应红衣主教的要求，也是为了逗他开心，他会给他的主人定个价。现在，国王派了一群办事员来履行这项职责。可他却恨不得强行夺过他们的笔，在那些清单上写下一句话：托马斯·沃尔西是一个无价之宝。

"听着，托马斯，"红衣主教拍了拍他，说，"我所拥有的一切，都来自于国王。国王给了我这一切，如果把约克宫连同里面的一切都拿走，能让他乐意的话，我相信我们还有其他的房子，还有其他的屋顶为我们遮风挡雨。你知道，这儿不是帕特尼。"红衣主教扶着他。"所以，我不许你揍任何人。"他假装将双臂贴在身体两侧，勉力挤出微笑。红衣主教的手指在颤抖。

财务员加斯科因走了进来，说，"我听说，大人您要直接去塔①里。"

"是吗？"他说，"你是从哪儿听说的？"

"威廉·加斯科因爵士，"红衣主教一字一顿地说，"你觉得我是干了什么，才让国王要把我送进塔里？"

"你就是这副德性，"他对加斯科因说，"捕风捉影地传小道消息。这就是你能表示的安慰吗——跑到这儿散布恶毒的谣言？谁也不会去塔里，我们要去——"全府上下的人都屏住气息等待着，他灵机一动，说，"伊舍。而你的任务呢，"他顺势在加斯科因的胸口上推了一把，"就是看好所有这些陌生人，确保从这儿搬走的东西都送到了该去的地方，而不要丢失任何东西，否则的话，你就会在伦敦塔的外面拍门，央求别人把你放进去，以免落到我的手上。"

传来了各种声音：主要是从房间后部传来的竭力压低的欢呼声。很容易觉得这是一出戏，而红衣主教也身在戏中：戏名叫"红衣主教及其侍从"。而且这是一出悲剧。

卡文迪什拉了拉他的衣服，显得很焦急，在暗暗冒汗。"可是克伦威尔先生，伊舍的房子里全是空的。我们没有锅，我们没有刀或者烤肉棒，红衣主教大人该下榻在哪儿呢，恐怕我们没有一张床是干爽的，我们既没有铺盖也没有柴火也没有……再说我们怎么去那儿？"

"威廉爵士，"红衣主教对加斯科因说，"别生克伦威尔先生的气，他刚才的话说得太直了；不过要记住我的话。既然我所拥有的一切都来自于国王，它们都必须一清二楚地还回去。"他转过身去，他的嘴唇在抽搐。除了昨天耍弄公爵之外，他已经一个月没有笑脸了。"汤姆，"他说，"这么多年来，我一直都在教你不要这样说话。"

卡文迪什对他说，"他们还没有夺走红衣主教大人的船。还有他

---

① 指伦敦塔，始建于1078年，后作为国家监狱，现为对公众开放的古代盔甲、武器及王室珠宝展览馆。

的马。"

"是吗?"他把一只手放在卡文迪什的肩上:"我们顺河而上,船上能装多少人就装多少人,马匹可以在——就在帕特尼——等我们,然后我们可以……借一些东西。好了,乔治·卡文迪什,动点儿心思,比起把府邸迁到伊舍,在过去的这些年里,更难的事情我们都干过。"

真是这样吗?卡文迪什性格敏感,口里念叨最多的就是餐巾,他以前从来没有怎么注意过他。但是他要尽力想办法让他产生一些斗志,而最好的办法就是暗示两人是一起出生入死过的兄弟。

"好的,好的,"卡文迪什说,"我们会叫人把船开过来。"

很好,他说,而红衣主教则说,帕特尼?他勉强笑了两声。他说,嗯,托马斯,你教训了加斯科因一番,真的,那家伙身上有些东西我一直都不喜欢,于是他说,哦,那您干吗留着他?红衣主教说,哦,不知怎么就留下了,接着红衣主教又说了一遍,帕特尼,是吧?

他说,"不管旅行结束时等待我们的是什么,我们都不该忘记,九年前,为了两位国王的会晤,大人您在皮卡第的一片悲伤潮湿的战场上,创造了一座金色的城池。从那以后,大人您增加的只是自己的智慧和国王的声望。"

他说这番话,是为了让所有的人听见;他心里想,从理论上说,当年是为了和平,而现在呢,我们不知道这是怎么回事,这是一场或长或短的战役的第一天,我们最好尽力行动起来,并且希望我们的补给线能延续一段时间。"我想,我们能设法弄到一些火炉用具和汤罐,以及乔治·卡文迪什觉得我们不可缺少的其他东西。因为我记得大人您曾经为赴法征战的国王的大军提供过补给。"

"是的,"红衣主教说,"而且我们都知道,当时你对我们的战斗持什么看法,托马斯。"

卡文迪什说,"什么?"红衣主教说,"乔治,你不记得我的手下克伦威尔在议会下院里是怎么说的吗?那是五年前吧,当我们需要为新的战争筹钱的时候？"

"可他那是跟大人您作对呀！"

加斯科因一直在旁边听着这些话，这时开口道，"你当时可没捞到好处，先生，发表跟国王和红衣主教大人作对的言论。因为我记得你那些话，我敢肯定其他人也一样，所以在这一点上你没有讨到好，克伦威尔。"

他耸耸肩膀。"我没有想去讨好。我们并不是都像你，加斯科因。我只是希望下院能从上一次吸取些教训。回顾一下历史。"

"你当时说我们会输。"

"我当时说我们会耗尽家底。不过我告诉你，如果不是红衣主教大人提供补给的话，我们所有的战争结局都会更糟。"

"1523年——"加斯科因说。

"我们现在一定得再打一仗吗？"红衣主教说。

"——萨福克公爵距巴黎只有五十英里了。"

"没错，"他说，"可是对一支步兵来说，如果大冬天里食不果腹，并且只能在潮湿的地上睡觉，然后浑身发冷地醒来，你知道五十英里意味着什么吗？你知道五十英里对马车的轮轴陷入泥泞的军需队来说意味着什么吗？至于1513年的荣耀——则是上帝在护佑我们。"

"图尔奈！泰鲁阿纳！"加斯科因叫了起来。"你对当时的战况视而不见吗？连克两座法国城市！国王在战场上那么神勇！"

如果我们现在是在战场上，我会朝你的脚上吐唾沫。"既然你那么喜欢国王，那去为他工作好了。没准你已经这样了？"

红衣主教微微清了清嗓子。"我们都是这样，"卡文迪什说，红衣主教也说，"托马斯，我们都在为他效劳。"

一行人来到红衣主教的船边时，他的旗帜在飘扬：上面是都铎玫瑰和康沃尔山鸦。卡文迪什睁大了眼睛，说，"看哪，那么多的小船在来来往往。"一时间，红衣主教还以为是伦敦市民出来为他送别。但当他上船之后，从小船里传来了各种嘲骂和嘘声；岸上围满了人群，尽管红衣主教的侍从阻拦着他们，他们的意图却显而易见。当船桨开始朝上游而不是朝下游的伦敦塔划去时，响起了一片叹息和高声的威胁。

只是到这个时候，红衣主教才支撑不住，一屁股跌坐在椅子上，开口说起话来，并且不停地说呀，说呀，一路说到帕特尼。"他们这么恨我吗？除了帮他们发展贸易，向他们表示友好之外，我还干什么了？我埋下过仇恨的种子吗？没有。不曾迫害过任何人。遇到小麦减产，就总是寻求补救。学徒暴乱后，当闹事者被套上要吊死他们的绞索站在一旁时，我跪在地上，含着泪水，恳求国王饶恕他们的性命。"

卡文迪什说，"民众嘛，总是希望变革。每当看到一位伟人升起，他们就一定得把他打倒——只是为了追新求异。"

"十五年的大法官。为他效劳了二十年。之前是为他父亲。从来都是不遗余力……早起，晚睡……"

"是呀，您瞧，"卡文迪什说，"为一位国王效劳是什么下场！我们得提防他的阴晴莫测。"

"做国王的不是一定得性情沉稳，"他说。他心里想，也许我会忘乎所以，探身上前，把你推下船去。

红衣主教没有忘乎所以，远远没有；他在回首往事，回首二十年前年轻的国王登基时的情景。"有人说，让他干吧。可是我说，不，他还是个年轻人，让他去打猎，骑马比武，放飞猎鹰……"

"弹琴，"卡文迪什说，"不是这种琴就是那种琴。还有唱歌。"

"照你这么说，他就像是尼禄[①]。"

"尼禄？"卡文迪什跳了起来。"我从没有这么说。"

"基督教世界最和蔼、最贤明的国王，"红衣主教说，"我不愿听任

[①] 古罗马暴君。

何人说他半句坏话。"

"您也不会听到,"他说。

"可我愿为他干任何事情!就像别人在街上跨过一泡尿似的轻轻松松地跨越海峡。"红衣主教摇了摇头。"不管是睡着还是醒着,不管是在骑马还是在祷告……二十年了……"

"是跟英国人的性格有关吗?"卡文迪什认真地问。他还在想着登船时的骚乱情景;即使是现在,也还有人在沿着河岸奔跑,一边做出下流的手势并吹着口哨。"跟我们说说,克伦威尔先生,你去过国外。这个民族是不是特别忘恩负义?在我看来,他们似乎是为了变革而喜欢变革。"

"我觉得不是民族性格。我觉得只是民众。他们总是希望可以有更好的东西。"

"但变革后他们能得到什么呢?"卡文迪什追问道,"一条吃腻了肉的狗被另一条饥饿的、可以一口咬进骨头的狗所取代。走了一个被尊荣养肥了的人,进来的人却是饥肠辘辘,瘦骨嶙峋。"

他闭上眼睛。河水在他们的脚下起伏,他们依稀就像命运寓言里的人物。衰颓的"高贵"端坐中间。靠在他右边的卡文迪什犹如一位"高尚的顾问",嘀嘀咕咕地出些不着边际、于事无补的主意,而可怜的大人在侧耳倾听;他则像一位"引诱者",坐在左边,红衣主教那只戴有石榴石和电气石戒指的大手紧紧地握着他的手。乔治肯定会掉进河里,不过他说的虽然都是老一套,却有几分残酷的道理。这是为什么?是因为史蒂芬·加迪纳,他想。说红衣主教是一条养肥了的狗也许不合适,但史蒂芬绝对是饥肠辘辘,瘦骨嶙峋,而且已经被国王提拔为自己的私人秘书。红衣主教的属下经过悉心调教,学会沃尔西式的心机和勤勉之后,再以这种方式调职并不奇怪;但是,这一职位毕竟让史蒂芬——如果他恪尽职守的话——变成了最接近国王的人,不过那些侍候国王如厕并给他递擦屁股布的侍从也许得除外。他想,如果史蒂芬得到的是那份工作,我是不会太介意的。

红衣主教闭上眼睛。泪水从眼眶里溢了出来。"因为事实就是这样,"卡文迪什说,"命运是不定、无常和多变的……"

他所要做的就是做出一个飞快的招脖动作,趁着红衣主教还没有睁开眼睛。卡文迪什似乎有所感觉,伸出一只手捂住了自己的喉咙。接着,两人四目相对,都有些难堪。一个话说得太多;另一个感受得太多。不容易找到平衡点。他的视线朝泰晤士河岸上看去。红衣主教还在垂泪,仍然紧握着他的手。

船往上游驶去,岸边渐渐平静下来。倒不是因为帕特尼的英格兰人不那么多变。而只是因为他们尚未得到消息而已。

马匹在等待着他们。由于其神职人员的身份,红衣主教总是骑着一匹健壮的大骡子;不过二十年来,因为经常陪国王打猎,他的坐骑让所有的贵族羡慕不已。这头牲口眼下就站在这儿,抽动着两只长耳朵,披戴着平常的红色马饰,旁边站着红衣主教的弄臣塞克斯顿先生。

"看在上帝的份上,他来这儿干什么?"他问卡文迪什。

塞克斯顿走上前来,凑近红衣主教的耳朵说了句什么;红衣主教哈哈大笑。"很好,帕奇。好了,扶我上去,表现乖一点儿。"

但是帕奇——塞克斯顿先生——却难以胜任这项工作。红衣主教似乎浑身无力;他似乎能感觉到堆在自己骨头上的肉的重量。他,克伦威尔,跃下马背,朝三位比较粗壮的仆人点点头。"帕奇先生,稳住克里斯托弗的脑袋。"帕奇假装不知道克里斯托弗就是骡子,一把将旁边那人的头夹在自己腋下,他不禁说道,哦,看在耶稣的份上,塞克斯顿,快让开,否则我要把你装进袋子里淹死。

那个脑袋差点儿被夹断的人站起身,揉着脖子,口里说着,谢谢克伦威尔先生,一边跟跟跄跄地走过去勒住骡子的笼头。他,克伦威尔,与另外两个人一起,将红衣主教拖到鞍上。红衣主教显得很难为情。"谢谢你,汤姆,"他有些喘息地笑道,"那是你说的,帕奇。"

他们准备启程。卡文迪什抬起头,叫道:"圣人保佑我们!"有位骑手朝山下飞驰而来。"来抓我们了!"

"一个人吗?"

"是侦察兵,"卡文迪什说,他说,帕特尼是不安宁,但是没有必要派侦察兵。接着有人喊道:"是哈里①·诺里斯。"哈里跳下马。不管他是为什么而来,他都显得很紧张。哈里·诺里斯是国王的密友之一;说得准确一些,他就是"司厕",负责递擦布的人。

沃尔西一眼看出,国王不会派诺里斯来拘禁他。"好了,亨利爵士,喘口气儿。是什么事情这么急?"

诺里斯口里说,请原谅,大人,红衣主教大人,一边取下自己的羽翎帽,用胳膊擦擦脸,露出最迷人的笑容。他彬彬有礼地告诉红衣主教:国王命令他赶过来追上大人,向他表示慰问,并把这枚他很熟悉的戒指交给他——他伸出一只戴着手套的手,手心里有一枚戒指。

红衣主教从骡子背上爬下来,跪倒在地。他接过戒指,贴到唇边。他在祷告。一会儿祷告,一会儿感谢诺里斯,一会儿祈求上帝保佑国王。"我没有什么可以送给他。没有任何有价值的东西可以送给国王。"他朝四周看了看,仿佛他的视线可能捕捉到某种可以赠送的东西;一棵树?诺里斯想扶他站起来,结果自己跪到了他的身旁,跪在——这个爱整洁、爱漂亮的人——帕特尼的泥地上。他捎给红衣主教的信息似乎是,国王只是显得不快,但并非真的不快;而且他知道红衣主教有敌人;而他自己,亨利国王,并非他的敌人;演这场夺权的戏只是为了安抚那些敌人;他会双倍补偿从红衣主教这儿拿走的东西。

红衣主教哭了起来。天开始下雨了,风儿将雨水吹到他们的脸上。红衣主教对诺里斯急速而低声地说着,然后从自己的脖子上取下一条项链,想戴到诺里斯的脖子上,不想却缠住了他的斗篷的系带,几个人连忙跑来帮忙,但没能解开,于是诺里斯站起身,用一只戴着手套的手拍了拍身

---

① 英文名 Harry 是 Henry 的变体,所以在作品中,"哈里"与"亨利"经常互用。

上,另一只则攥着项链。"戴上吧,"红衣主教对他恳求道,"看到它,你就想想我,帮我在国王面前美言几句。"

卡文迪什骑在马上凑了过来。"他的圣物盒!"乔治很不安,很惊讶。"就这样送人了!那是个真正的十字架啊!"

"我们会再给他弄一个。我在比萨认识一个人,花五弗罗林①就可以给你做十个,如果预先付款的话,还可以给你整整一打。同时你还可以得到一份证书,上面有圣彼得的拇指印,以表明它们是真的。"

"真是耻辱!"卡文迪什说,然后勒转马头走开了。

诺里斯已经传过了信息,这时也正在走开,而他们正努力把红衣主教重新扶上骡背。这一次是四人齐上,仿佛是某种惯例一般。这出戏已经变成了某种低劣的喜剧性插曲;他心里想,正是因为这样,帕奇才出现在这儿。他策马过去,从马背上向下说道:"诺里斯,你说的这些能让我们看看书面文件吗?"

诺里斯一笑,说:"不能,克伦威尔先生,这是给红衣主教大人的密信。我主人的话只能说给他一个人听。"

"那么,你刚才提到的补偿是怎么回事?"

诺里斯大笑起来——要消除敌意时,他总是这样——小声说道,"我想,这也许是比喻说法。"

"我也这么想。"红衣主教的财产的两倍?凭亨利的收入就不可能。"把拿走的东西还给我们。我们不要求双倍。"

诺里斯的手伸到已经戴上脖子的项链上。"可它们都来自于国王。你不能说这是抢劫。"

"我没有说是抢劫。"

诺里斯若有所思地点点头。"你的确没有。"

"他们不该拿走那些衣服。那是我家大人司圣职所穿的。下一步他们

---

① 14世纪英国金币。

还会拿走什么?他的圣俸吗?"

"伊舍——你们是准备去那儿,对吧?——当然是红衣主教大人作为温彻斯特主教所拥有的府邸之一。"

"这是什么意思?"

"他暂时可以以那种身份住在那座府邸,不过……我们是否该说……必须经过国王的考虑?你知道,由于在这里坚持领土外管辖权,红衣主教大人已经被人以蔑视王权罪起诉。"

"用不着给我上法律课。"

诺里斯低下了头。

他心里想,从去年春天刚刚出问题时起,我就应该劝说红衣主教大人让我掌管他的收入,将一部分钱转移到国外不让他们拿到;可话说回来,他绝对不会承认出了问题。我怎么让他保持那么乐观呢?

诺里斯的手勒住了马缰。"我以前一直很尊敬你的主人,"他说,"我希望他遇到不幸时能记住这一点。"

"我想他不会有不幸吧?你刚才说过的。"

如果允许他跃下马背,拽住诺里斯一阵猛摇,从他口里摇出几句实在话,该有多么简单。但事情并不简单;这是整个世界与红衣主教共同教给他的道理。他想,天啊,在我这个年龄,我应该知道。凭敢于创新是行不通的。凭头脑聪明也行不通。凭身强体壮还是行不通。只有凭狡黠卑鄙才行得通;他觉得诺里斯似乎就是这样的人,同时感到心里生出一股不理性的厌恶,他想赶走这种情绪,因为他宁愿自己的厌恶能够理性,可话说回来,眼下的情形毕竟绝无仅有,红衣主教趴在泥地上,好不容易才帮他爬上骡背的羞愤场面,还有他的喋喋不休,在船上的喋喋不休,更凄凉的是他跪在地上喋喋不休,仿佛沃尔西在敞开自己,在褪去一层层的红色衣衫——那红色的衣衫可能引导你返回一个红色的迷宫,而在迷宫的中央,则是一个濒临死亡的怪物。

"克伦威尔先生?"诺里斯叫道。

他肚子里的话无法说出口；因此他俯视着诺里斯，表情有所缓和，说，"谢谢你带来这么大的安慰。"

"好了，别让红衣主教大人在这儿淋雨了。我会禀告国王我找到他的经过。"

"禀告他你也一同跪在泥地里。他可能会开心的。"

"是呀，"诺里斯显得几分难过。"你永远都不会知道怎样才能让他开心。"

就在这时，帕奇尖声大叫起来。一心想找件礼物的红衣主教似乎把他献给了国王。他经常说，帕奇可以值一千英镑。他将马上跟诺里斯一起走；红衣主教的手下又增加了四个人才一同将他制住。他又打又咬，不断地挥拳踢腿，直到最后，终于被扔到运行李的骡子背上——行李已经取了下来；他终于哭了起来，抽抽搭搭的，肚子一起一伏，晃荡着那双愚蠢的脚，身上的衣服也破了，帽子上的羽毛断成了小半截。

"但是帕奇，"红衣主教说，"我亲爱的朋友，一旦我跟国王重新取得理解之后，你就会经常见到我了。我亲爱的帕奇，我会给你写封信，一封属于你自己的信。我今晚就写，"他许诺道，"上面还要盖上我的大印。国王会珍惜你的；他是基督教世界里心最仁慈的人。"

帕奇还在以同一种调子低嚎，犹如被土耳其人抓住并钉在了尖桩上一样。

瞧吧，他对卡文迪什说，他可不仅仅是某种弄臣。他不该让人注意自己的，对吧。

伊舍：在老韦恩弗里特主教的城堡的影子下，红衣主教下了骡背。城堡之上，矗立着几座八边形的塔楼。城门建在一堵防御性的城墙里，城墙上面有一条人行走道；整个城堡乍看起来很坚固，但其实是由砖砌成，装饰有漂亮的菱形花纹。"你没法给它加固，"他说。卡文迪什没有接话。"乔治，你该接着说，'可绝对不会有这种需要的'。"

自从建成汉普顿宫之后,红衣主教就一直没有使用过这里。他们已经提前送了信,但这儿是否有所准备呢?让大人舒服一点儿,他说,然后径直朝厨房走去。在汉普顿宫,厨房里有自来水,而在这儿,流个不停的只有厨师的鼻涕水。卡文迪什没错。情况比他想象的其实还要糟。食物储藏室已经所剩无几,仅存的一点东西看上去好像保存不善并且遭人抢过。面粉长了象鼻虫。放糕点的地方有老鼠屎。马上就要到圣马丁节①了,而他们甚至还没有想到腌制牛肉。厨具简直不堪入睹,汤锅也发了霉。有几个小男孩坐在炉子旁,给几个小钱的话,可以让他们干点儿洗洗擦擦的活儿;小孩子都喜欢新奇,对他们而言,做清洁似乎就是一件新奇的事情。

他说,大人马上需要吃喝;他需要吃喝……我们也不知道是多长时间的事儿。这厨房得收拾妥当,好迎接眼前的冬天。他找到一个会写字的人,口授了自己的命令。他的目光盯在厨工的身上,一边勾着左手指布置着,你干这个,然后是这个,再然后是这个。而他的右手则在把鸡蛋打进一只盆里,每打一个,就发出一声熟练的脆响,粘乎乎的蛋白便从他的指缝间缓缓流出,脱离了蛋黄。"这蛋放多久了?换一位供应商。我需要肉豆蔻。肉豆蔻?藏红花?②"他们愣愣地望着他,仿佛他说的是希腊语。帕奇的尖叫声还在刺痛他的耳朵。他大步走回大厅,布满灰尘的天使在俯视着他。

等他们侍候红衣主教睡上一张名不副实的床后,时间已经很晚了。他的管家去哪儿了?他的财务主管去哪儿了?此时此刻,他真的觉得自己与卡文迪什是同生共死过的老战友。他跟卡文迪什一起呆着没睡——倒不是说想睡的话还是有床——商量着需要些什么东西,才能让红衣主教过得相对舒适一些;他们需要盘子,除非大人准备用坑坑凹凹的锡器吃饭,还需要床单,桌布,柴火。他说,"我会叫些人来,把厨房清理一下。是意大

---

① 每年的 11 月 11 日。
② 肉豆蔻和藏红花都可以用作食品调料。

利人。开始时会乱糟糟的,但三个星期之后厨房就可以用了。"

三个星期?他想让那些孩子马上动手擦洗铜器。"我们弄得到柠檬吗?"他问这句话时,卡文迪什正好说,"现在谁会是大法官呢?"

他心里想,不知道下面会不会有耗子?卡文迪什说,"会召回坎特伯雷主教大人吗?"

召回他——在红衣主教把他从那个职位赶走十五年之后?"不会,渥兰太老了。"而且太顽固,太不会顺着国王的心意。"也不会是萨福克公爵——"因为在他看来,查尔斯·布兰顿跟骡子克里斯托弗一样蠢,尽管在打架闹事、追赶时髦和到处炫耀方面他更胜一筹。"不会是萨福克,因为诺福克公爵不会接受。"

"反过来也一样。"卡文迪什点点头。"滕斯托尔主教呢?"

"不会。是托马斯·莫尔。"

"但是,他是一般信徒和平民呀!而且他那么反对国王陛下的婚姻诉讼……"

他点点头,是的,是的,会是莫尔。大家都知道,国王喜欢把自己的良心交给出价高的人。也许他希望有人不让他放纵自己。

"如果国王给他这个职位……我看,作为一种姿态,他也许……托马斯·莫尔肯定不会接受吧?"

"他会的。"

"打个赌?"卡文迪什说。

他们讲好条件,握手为定。这使他们一时忘记了迫在眉睫的难题,即耗子,还有寒冷;以及如何将留在威斯敏斯特府里的上上下下几百号人安顿到伊舍这个小得多的地方。红衣主教的属下,如果包括他的主要宅院,把上至神父和秘书、下至清洁工和洗衣工都算进去的话,共有大约六百人。他们知道有三百人会随后就到。"就目前情况来看,我们得遣散一些人,"卡文迪什说,"可我们没有现钱可以发薪水。"

"让他们不拿钱就走人,要我下地狱我都不相信,"他说,卡文迪什说,"我想你反正要下地狱的。在说过那么一番关于圣骨的话之后。"

两人四目相对,一同笑了起来。他们好歹弄到了值得一喝的酒;酒窖里满满的,卡文迪什说,还算运气,因为在接下来的几个星期里,我们都需要喝点酒。"你觉得诺里斯的话是什么意思?"乔治说,"国王怎么可能犹疑不定呢?红衣主教大人怎么可能被撤职,如果国王不想这样的话?国王怎么能屈服于我家大人的敌人呢?国王不是凌驾于各派敌人之上的主宰吗?"

"你可以这么想。"

"没准是因为她?肯定是的。他害怕她,你知道。她是个女巫。"

他说,别说孩子气的话:乔治说,她真的是女巫:诺福克公爵说她是女巫,而他是她的舅舅,他应该知道。

两点钟了,接着是三点;有时候,想到因为没有床而不必上床,反而觉得轻松。他不必想着要回家;现在无家可回。他宁愿躲在伊舍府邸的大厅一角,跟卡文迪什一起喝酒,感到又冷又累,并且为将来忧心忡忡,也不愿想起他的家人以及他失去的一切。他说,"明天我会让我的职员从伦敦过来,一起看看我们家大人还有多少财产,估算起来会不太容易,因为他们拿走了所有的文件票据。他的债主们如果获悉发生的事情,不会要求他马上还债。不过法国国王发给他一笔津贴,如果我没忘记的话,总是会拖欠的……也许他愿意送一袋金币来,直到我们家大人重新获宠。至于你嘛——可以去抢劫。"

随着第一缕曙光,当他让卡文迪什骑上一匹精神抖擞的马时,卡文迪什的脸颊和眼睛显得有些凹陷。"让别人帮帮忙。在这一带,几乎没有哪位先生不或多或少地欠红衣主教大人的情。"

现在是十月下旬,太阳犹如一枚边缘缺损的硬币,刚刚出现在地平线上。"让他开心,"卡文迪什说,"让他唠叨。让他谈论哈里·诺里斯说的那些话……"

"你快走吧。如果看到焚烧圣劳伦斯[①]的煤，我们这儿倒是可以给它派上好用场。"

"哦，别这么说，"卡文迪什央求道。从昨天起，他经历了很多，所以可以拿圣徒殉道者开玩笑；但是他昨晚喝得太多，笑起来全身发痛。但是不笑也很难受。乔治垂着头，眼神非常迷惑，他身下的马抖动着。"怎么会到这一步呢？"他问，"红衣主教大人跪在泥地上。怎么会这样？这到底是怎么回事？"

他说，"藏红花。葡萄干。苹果。还有猫，弄几只猫来，又大又饿的猫。我不知道，乔治，猫是从哪儿来的呢？哦，等一等！你看我们能弄到鹌鹑吗？"

如果能弄到鹌鹑，我们就可以把胸肉切碎，炖好了上桌。不管我们用这种方式能干什么，我们都会去干；这样，我们就会尽量避免我们家大人中毒。

---

① 罗马教会中最负声誉的殉道者，于公元 258 年在罗马被处以火刑。

2. 不列颠秘史

1521—1529 年

在很久很久以前的远古时代，曾经有位希腊国王养育了三十三个女儿。每个女儿都起来造反，谋杀了自己的丈夫。她们宽宏的父亲想不明白自己怎么养出这样的叛逆，但是又不想杀死自己的亲骨肉，于是将她们流放，让她们乘坐没有舵的船只漂流。

船里装有可以使用半年的物品。半年快结束时，海风和潮水将她们带到了已知大陆的岸边。她们登上一座迷雾笼罩的岛屿。由于岛屿没有名字，年龄最大的凶手用她自己的名字将它命名为阿尔比娜。

上岸后，她们非常渴望男人的肉体。但是这里没有男人。岛上只是魔鬼的家园。

三十三位公主与魔鬼交媾，生出了一群巨人，巨人接着又与自己的母亲交媾，生出了更多的同类。这些巨人散居到不列颠全岛的各地。没有神父，没有教堂，没有法律。也没有办法知道时间。

统治了长达八个世纪之后，他们被特洛伊人布鲁图推翻。

布鲁图是埃涅阿斯的曾孙，出生于意大利；他母亲在生他时难产而死，而他父亲则被他不慎用箭射死。他逃离出生地，在特洛伊成了一帮曾经身为奴隶的人的首领。他们一同乘船北上，变幻无常的海风和潮水将他们送到了阿尔比娜岛的岸边，就像三十三姐妹曾经被送到这里一样。上岛后，他们被迫与歌革玛各所率领的巨人作战。巨人战败，他们的首领被扔进海里。

不管你怎么去看，事情都是起于杀戮。特洛伊人布鲁图与他的后人一直统治到罗马人的到来。在被称为路德城之前，伦敦被称为新特洛伊。而我们曾经是特洛伊人。

有人说，都铎王朝超越了这段既血腥又混乱的历史：他们经由圣海伦娜之子康斯坦丁一系而成为布鲁图的后裔，而圣海伦娜是英国人。至高无上的不列颠国王亚瑟是康斯坦丁的孙子。他娶了三个女人，都叫格温娜维尔，他的坟墓在格拉斯顿伯里，不过你得明白，他并没有真的死去，而只是在等待着卷土重来。

他神圣的后代，英格兰的亚瑟王子，出生于1486年，是第一任都铎国王亨利的长子。这位亚瑟娶了阿拉贡的公主凯瑟琳为妻，然后于十五岁时去世，葬于伍斯特大教堂。如果他现在还活着，他就会是英格兰国王，他的弟弟亨利就可能是坎特伯雷大主教，就不会（至少我们虔诚地希望不会）去追求一个红衣主教从来不曾听人说过她半句好话的女人：在公爵们闯进来抢劫他的几年前，他就应该留心这个女人；在他倒霉之前，他就应该理解这个女人的历史。

在每一段历史下面，都有另一段历史。

那个女人于1521年圣诞节出现在宫廷里，当时穿着一条黄裙子翩翩起舞。那年她——大概——二十岁左右吧。她是外交官托马斯·博林的女儿，从小在梅赫伦和布鲁塞尔的勃艮第宫廷长大，近些年是在巴黎，常常跟着克劳德王后的随从队伍在卢瓦尔河边的漂亮城堡间走动。现在她说的母语带着几分让人不易确定的口音，每当假装想不起英语时，她就在句子中夹上几个法语词。忏悔节时，她在宫廷的假面舞会上跳舞。女士们装扮成各种美德女神，而她则扮演了"毅力"的角色。她的舞姿优美而轻快，脸上是开心的神色，挂着一种淡然、清高的笑容。过了不久，她身后就跟了一小群没什么名头的男人；还有一个却颇有名头。有传闻说她要嫁给诺森伯兰伯爵的继承人哈里·珀西。

红衣主教召来了她的父亲。"托马斯·博林爵士,"他说,"跟你女儿谈谈,否则我自己去谈。我们把她从法国接回来,是为了嫁给巴特勒家族的继承人,与爱尔兰联姻。她为什么还留在这里?"

"巴特勒家……"托马斯爵士开口道,红衣主教说,"怎么了?巴特勒家怎么了?如果这方面有任何问题,我会找巴特勒家解决。我想知道的是,是你让她这么做的吗?在角落里跟那个蠢小子偷偷摸摸?因为,托马斯爵士,让我把话说清楚:我不允许这样。国王不允许这样。必须到此为止。"

"最近几个月我几乎都不在英格兰。大人可不能认为这里有我的一份。"

"是吗?至于我可能怎么认为,你会感到吃惊的。你没有更好的借口吗?也就是说,你管不住自己的孩子?"

托马斯爵士露出苦笑,并伸出双手。他正想说,如今的年轻人……可红衣主教拦住了他。红衣主教怀疑——而且说出了他的疑虑——那年轻女人对基尔肯尼堡及其非常有限的条件不甚满意,也不满于那有限的社交生活,到时候,每逢特殊的场合,她得在泥土路上一路颠簸着去柏林。

"谁在那儿?"博林说,"在那个角落里?"

红衣主教摆摆手。"只是我的一位法律顾问。"

"让他出去。"

红衣主教叹了口气。

"他在记录这次谈话吗?"

"你是吗,托马斯?"红衣主教叫道,"如果是的话,马上停下来。"

全世界有一半的人都叫托马斯。后来,博林永远也不会弄清楚指的是否是他。

"您瞧,大人,"他说,一边使出外交家的惯技,让声音抑扬顿挫:

他很坦率,他是个通世故的人,而他的笑容则说,得了沃尔西,得了沃尔西,你也是个通世故的人。"他们还年轻。"他做了一个手势,旨在表明自己的坦率。"她吸引了那孩子的目光。这很自然。我已经跟她说过了。她知道不能这样下去。她知道自己的身份。"

"好的,"红衣主教说,"因为这与珀西家的地位不符。我是说,"他补充道,"在王朝的意义上不符。我所谈的不是一个人在温暖的晚上可能在干草堆里干的事情。"

"那年轻人并没有接受。他们要他娶玛丽·塔尔波特,可是……"博林短促而没有顾忌地笑了一声,"他不愿意娶玛丽·塔尔波特。他相信自己能自由选择他的妻子。"

"选择他的——!"红衣主教打断了他。"我从来没有听过这一套。他不是什么农夫。过不了多久,他将要为我们守住北方,如果他不明白自己在这个世界上的位置的话,他要么必须学会,要么必须失去。与什鲁斯伯里的女儿已经定下的婚姻对他来说门当户对,它是我定下的,而且得到了国王的同意。我可以告诉你,对一个已经跟他女儿订婚的小子这样疯疯癫癫丢人现眼,什鲁斯伯里伯爵可不会太喜欢。"

"问题是……"博林有意谨慎而巧妙地顿了一下。"我想,哈里·珀西跟我女儿,他们可能已经发展得快了一点。"

"什么?你是说,我们谈的就是干草堆和温暖的夜晚吗?"

他在黑暗中观察着;他觉得博林是他所见过的最冷酷、最圆滑的人。

"从他们告诉我的情况来看,他们已经在证人面前发了誓。所以说,誓言怎么能收回呢?"

红衣主教一拳砸在桌子上。"我来告诉你好了。我会把他父亲从边境召回来,如果那个浪子跟他父亲作对,他就会被彻底剥夺继承权。伯爵还有其他的儿子,他们更有出息。如果你不想让跟巴特勒家的婚姻取消,不想让你的宝贝女儿在苏塞克斯嫁不出去孤独终老并要你为她的后半辈子提供食宿,你就会再也不提什么誓言,或者证人——那些证人是谁呀?我知道一些证人,当我要找他们的时候,他们从来不会露面。所以,再也不要让我听到这一套。誓言。证人。契约。我的老天!"

博林仍然面带微笑。他是个沉着而身材修长的人;他身上每一块训练有素的肌肉都得做出努力,才能保持他脸上的笑容。

沃尔西不留情面地说,"我没有问你,在这件事情上,你是否咨询过你们霍华德家亲戚的意见。我不想觉得,你是经过了他们的同意才使出了这一招。如果我听说诺福克公爵早就知情的话,我会很遗憾的:哦,甚至会非常遗憾。所以,不要让我听到,好吗?去让你的亲戚提些好的建议。趁着巴特勒家还没有听到那些风言风语说她行为不检前赶紧把她嫁到爱尔兰去。倒不是说我会主动提起。但宫廷里的闲话的确很多。"

托马斯爵士的双颊上有两团愤怒的红晕。他说,"讲完了吗,红衣主教大人?"

"是的。走吧。"

随着一阵黑色丝绸的拂动,博林转过身子。他眼里是气愤的泪水吗?灯光很暗,但是他,克伦威尔,视力很敏锐。"哦,等一等,托马斯爵士……"红衣主教说。他的声音传到房间的另一头,将他的受训对象拖了回去。"听着,托马斯爵士,别忘了你的祖先。我从内心里认为,珀西家是本国最高贵的家族之一。而你们家呢,尽管走了大运,娶到一位霍华德家的女儿,但博林家族早年是经商的,对吧?有个跟你同姓的人曾经当过伦敦市长,对不对?要不,就是我把你们跟另一个更高贵的博林家弄混了?"

托马斯爵士的脸变得煞白;他面颊上的红晕已经无影无踪,他气得几乎要晕倒。离开房间的时候,他嘀咕了一句,"屠夫崽子"。而当他从职员——职员的一只结实的大手随意地放在桌子上——身旁经过时,又挖苦道,"屠夫的狗。"

门"砰"地一响。红衣主教说,"出来吧,狗。"他双肘搁在桌子上，坐在那儿抱头大笑。"好好学着吧，"他说，"你永远都不可能提高自己的出身——而且天知道，汤姆，你出生的场所比我的更不光彩——所以诀窍就在于，永远让他们极力维持自己的标准。他们制定了规则；如果我执行得不偏不倚，他们也无可抱怨。珀西家比博林家更高贵。他以为自己是谁？"

"激怒别人算上策吗？"

"哦，不算。但是这让我开心。我活得不容易，觉得自己要寻点儿开心。"红衣主教和蔼地看了他一眼；他不禁怀疑，既然博林已经被撕成碎片并像桔子皮一样扔在地上，他自己可能会成为今晚寻开心的另一个靶子。"人们该尊敬谁呢？珀西家，斯塔福德家，霍华德家，塔尔波特家：没错。如果需要的话，拿根长棍子将他们搅一搅。至于博林——哦，国王喜欢他，他也很能干。正因如此，我才拆开他的所有信件，而且拆了好多年了。"

"那么，大人已经听说——不，请原谅，这话不该说给您听。"

"什么话？"红衣主教说。

"只是些传闻。我不想误导大人。"

"你不能说半句留半句。现在你一定得告诉我。"

"只是女人们的议论。那些做丝绣的女人。还有布商们的妻子。"他笑眯眯地等待着。"我敢肯定，您对这些没兴趣。"

红衣主教哈哈笑了，他推开座椅，他的影子与他本人一道站了起来。在火光映照下，那影子跳跃着。他伸出手臂，他的手臂很长，他的手就像上帝之手。

但是当上帝握拢自己的手时，他的臣民在房间的另一端，靠在墙上。

红衣主教收回手臂。他的影子摇曳着。它摇曳着，然后静止下来。他站定不动。墙壁记录着他呼吸的动作。他垂着头。在一道光环里，他似乎顿了片刻，研究着自己空空的手。他张开手指，张开那只火光映照着的大手。他把手平放在桌子上。它消失了，被绸缎布掩住。他重新坐下。低着头；面孔半明半暗。

他，托马斯（也叫托莫斯，或托马索，或托梅斯）·克伦威尔，把过去的自己收进他现在的身体内，慢慢挪到他刚才所站之处。他一个人的影子在墙上移动，犹如一位不确定是否受欢迎的客人。哪一个托马斯意识到了变故即将发生？有时候，一段往事会突然浮现在你的面前。你退让，你躲闪，你跑开；否则，不等意志的干预，过去就会抓住你的手让你马上行动。假设你手里有把刀子呢？杀人就是这样发生的。

他说了句什么，红衣主教也说了句什么。两个人都停住。两个句子不知所终。红衣主教坐在自己的椅子里。他在他面前迟疑片刻；也坐了下来。红衣主教说，"我真的很想听听伦敦的那些传闻。可我不打算用武力逼你说出来。"

红衣主教垂着头，蹙眉望着桌上的文件；他拖延着，捱过那艰难的一刻，重新开口时，他的语气平静而轻松，就像晚饭后在讲些趣闻轶事。"我小时候，我父亲有位朋友——其实是顾客——他的脸膛很红。"他碰了一下自己的衣袖，解释着，"跟这个……一样红。他叫瑞威尔，麦尔斯·瑞威尔。"他的手滑到一旁停住，手掌朝下搁在发暗的缎子上。"不知道为什么，我总是以为……尽管我敢说他是个诚实的市民，喜欢喝点儿莱茵白葡萄酒……我总是以为他喝人血。我不知道……我猜可能是由于从我的保姆那儿听到的什么故事，也可能是从别的哪个傻孩子那儿听到的……后来，我父亲的学徒都知道了——只是因为我很蠢，又哭又闹的——他们常常大喊，'瑞威尔来喝血了，快跑，托马斯·沃尔西……'我总是撒腿就跑，像被恶魔追赶似的。一气跑到集市的另一头。我都纳闷自己居然没有被货车撞倒。我总是狂奔，从不回头。即使到了今天，"他说——他从桌上拿起一枚火漆印章，翻过来，翻过去，又放下——"即使到了今天，每当看到金发、红脸膛的人……比如说，萨福克公爵……我都很想哭一场。"他顿了片刻，视线也停止不动。"所以，托马斯……一位教士难道只要是一起身，你就认为他是来喝你的血吗？"他再一次拿起印章,在手里转动着;他移开目光,开始玩起文字游戏。"主教会让你紧张吗?教区执事会让你惶恐吗?执事会让你不安吗?"

他说,"那个词怎么说?我不知道它的英文……estoc①……"

也许英文中没有这个词:那种短刃刀,近身时可以插进别人的肋骨。红衣主教说,"哦,那是什么时候的事儿?"

大约二十年前。他吸取了教训,深深地吸取了教训。夜晚,寒冰,欧洲的宁静的心脏:一座树林,湖面在一片冬天的星辰下泛着银光;一个房间,炉火在闪烁,一个身影在墙上悄悄移动。他没有看到他的杀手,但看到他的影子在移动。

"不过……"红衣主教说。"我已经有四十年没有见到瑞威尔先生了。我想,他应该早就死了。你那位呢?"他迟疑着。"也早就死了吗?"

这是能够想到的最为巧妙的方式,来问别人是否杀了人。

"我想,下地狱了。如果大人愿意的话。"

沃尔西听到这里笑了;倒不是因为提到了地狱,而是因为证实了他的大致判断。"这么说,谁要是攻击年轻的克伦威尔,就直接下火坑了?"

"您如果见过他就知道了,大人。他太脏了,不能进炼狱。我们也听说,绵羊的血很有作用,可我怀疑能否将那家伙洗干净。"

"我很拥护一个完美无瑕的世界,"沃尔西说。他显出几分悲哀。"你好好地忏悔过吗?"

"那是很久以前的事儿了。"

"你好好地忏悔过吗?"

"红衣主教大人,我当时是军人。"

"军人也有希望上天堂。"

他抬头望着沃尔西的面孔。很难看出他相信什么。他说,"我们都是

---

① 法语,指古代长剑。

这样。"军人，乞丐，水手，国王。

"这么说，你年轻时是个恶棍，"红衣主教说，"这不算什么。"他沉思着。"那个攻击你的脏家伙……从事的其实不是圣职？"

他微微一笑。"我没有问。"

"这种记忆的小把戏啊……"红衣主教说，"托马斯，如果我要动手，我会尽量事先提醒你。这样我们就会合作得很好了。"

但红衣主教在打量他；他还是感到不解。这是他们刚刚共事不久的时候，而他的性格，经过红衣主教的调教，此时正处于逐渐进步的阶段；其实，也许是今天晚上才开始进步的？在随后的年月里，红衣主教总是说，"我经常想不明白，关于修道士的理想——尤其是对年轻人而言。比如说我的仆人克伦威尔——他年轻时过着与世隔绝的生活，几乎整天都在斋戒、祈祷和研究那些教父[①]。正是因为这样，他现在才这么野性。"

有时别人会说，是吗？——但想来想去，似乎也只能想起一个似乎特别谨慎的人；还有时会说，真的吗？你的仆人克伦威尔？于是红衣主教就会摇摇头，说，不过当然，我会尽力补救。如果他砸了别人的窗户，我们就马上把装玻璃的工人找来，出钱完事儿。至于那一个又一个被他糟蹋过的年轻女人……那些可怜的人啊，我就拿钱打发走她们……

但今天晚上，他又回到了正题；他的双手放在桌上，彼此交叉，仿佛想握住傍晚已逝的时光。"好了，托马斯，你刚才说要告诉我什么传闻。"

"根据丝绸商得到的订单，那些女人判断国王有了一位新——"他顿了顿，说，"大人，如果一位妓女刚好是一位爵士的女儿，那该怎么称呼她？"

"哦，"红衣主教只当这是一个问题，说，"当她的面，就称'小姐'。在背后嘛——嗯，她叫什么？哪位爵士？"

[①] 指初期教会的领袖。

他朝博林十分钟前所站的地方点点头。

红衣主教似乎大吃一惊。"你刚才干吗不说出来？"

"我怎么能提这个话题呢？"

红衣主教一时难住了。

"但不是那位刚进宫廷的博林小姐。不是哈里·珀西的女友。而是她姐姐。"

"我明白了。"红衣主教重新靠在椅背上。"当然了。"

玛丽·博林是一位和善、娇小的金发姑娘，据说在法国宫廷里很不检点，最近才回到国内的宫廷，逢人就表示友好；她妹妹则总是满脸不悦地跟在她的身后。

"当然了，我顺着陛下的目光观察过，"红衣主教说。他自顾自地点着头。"他们现在很密切吗？王后知道吗？还是你也说不清？"

他点点头。红衣主教叹了口气。"凯瑟琳是个圣人。不过，如果我是圣人，同时还是王后，也许我会觉得玛丽·博林不会危害到自己。礼物，对吧？你说不是太贵重？那么，我为她感到遗憾；她得趁着现在尽量抓住自己的机会。倒不是说我们的国王有太多的风流韵事，尽管人们的确说……他们说，陛下年轻的时候，那时还没有当国王，是博林的妻子帮他破了童子之身。"

"伊丽莎白·博林？"他很少大惊小怪。"这一位的母亲？"

"哪位都一样。也许国王在这方面缺乏想象力。我倒是从来都不信……如果我们是在另一边的话，你知道，"他朝多佛的方向指了指，"我们甚至会懒得记住那些女人。我的朋友弗朗索瓦国王——他们真的说，有一次，他缓缓走到一位头天晚上跟他共度良宵的女人面前，很正式地亲吻她的手，询问她的名字，并且说希望他们能成为更好的朋友。"他点着头，为这个精彩的故事而得意。"但玛丽不会惹麻烦的。她是个好对付的小美人。国王这样还不算太糟。"

"可她家里的人一定想从中得到什么。他们以前得到什么了？"

"给自己派上用场的机会。"沃尔西停住话头,写了一点儿什么。他能想象它的内容:如果好好地要求的话,博林能得到什么。红衣主教抬起头。"这么说,我跟托马斯爵士交谈时,本该——用什么词表达——更温和一些的?"

"我觉得,大人已经是友好至极了。瞧瞧他离开我们时的脸色。简直是一脸的轻松和满意。"

"托马斯,从现在开始,城里有任何传闻,"他摸了摸缎子衣服,"就马上来向我汇报。别管是怎么传出来的。让我来操心好了。而且我保证永远不会袭击你。真的。"

"我已经忘了。"

"我不相信。如果这些年来你一直记着那次教训,你就不会忘。"红衣主教靠到椅背上,沉思了一会儿。"起码她结婚了。"他指的是玛丽·博林。"所以,如果她有了孩子,他可以承认,也可以不承认,随他自己乐意。他让约翰·布朗特的女儿生了个儿子,他可不想要太多。"

王室的育儿室太大,对国王会是一种拖累。历史以及其他国家的例子表明,母亲们会争宠夺利,并使用各种手段让自己的孩子获得继承权。亨利所承认的那个儿子名叫亨利·菲茨罗伊;他是个面容俊秀、一头金发的孩子,长相酷似国王。他父亲封他为萨默塞特公爵和里士满公爵;他还不到十岁,已经是英格兰的高等贵族了。

儿子相继夭折的凯瑟琳王后很有耐性地接受了这一切:也就是说,她忍受了下来。

离开红衣主教之后,他既痛苦又生气。当他回想起早年的自己——那个奄奄一息地躺在帕特尼的鹅卵石上的孩子——时,他对他不觉得同情,而只是隐隐有些不耐烦:他干吗不站起来?而对后来的自己——仍然动不动就打架,或者起码是经常出现在打架的地方——他则感到几分不屑,同时还有些不安。世界就是这样:黑暗中的刀子,眼睛余光里的动作,一连串最终捅进身体里的警告。他让红衣主教吃惊不小,这不是他的职责;他的职责,按照他这一次的说法,就是向红衣主教传递信息,帮他调整心情,理解他,附和他的笑话。错只错在他没有把握好时间。如果红衣主教没有行动太快;如果他不是太过焦急,因为不知道该怎样示意红衣主教对博林不要那么不由分说。他想,英格兰的问题就在于手势过于贫乏。我们应该确定一个手势,表示"打住,国王跟这个人的女儿有一腿。"他很奇怪意大利人没有发明这个手势。不过也许他们有了,只是他一直没能理解。

  1529 年,红衣主教大人刚被革职时,他会回想起那个夜晚。

  他在伊舍;这是一个没有灯、没有火的晚上,那位伟人已经上了(可能很潮湿)的床,只有乔治·卡文迪什来帮他提振心绪。他问乔治,哈里·珀西跟博林的女儿安妮后来怎么样了?

  对这个故事,他听到的只是红衣主教冷冷的、很是不屑的说法。但乔治说,"我来告诉你怎么样了。好了,站起来,克伦威尔先生。"他站了起来。"往左移一点儿。好了,你想扮演谁?红衣主教大人,还是年轻的继承人?"

  "哦,我明白了,是演戏吧?你当红衣主教。我觉得演不了。"

  卡文迪什调整了一下他的位置,将他从窗边稍稍挪开,窗外的夜幕和光秃秃的树是他们的观众。他的目光望向空中,仿佛在看着过去:影影绰绰的身形,在这个黑暗的房间里移动。"你能做出苦恼的样子吗?就像你在思考一段大逆不道的话,可又不敢说出来?不,不,不是那样。你年纪很轻,瘦瘦高高的,低着头,红着脸。"卡文迪什叹了口气。"我想你一辈子都没有红过脸,克伦威尔先生。这样吧。"他把双手轻轻地放在他的上臂上。"我们交换一下角色。坐在这儿。你当红衣主教。"

  他看到卡文迪什马上变了一个人。乔治颤抖着,手足无措,只差没有哭出来;他变成了浑身哆嗦的哈里·珀西,一个恋爱中的年轻人。"我跟她为什么不般配呢?"他叫道,"尽管她只是一个单纯的姑娘——"

"单纯?"他说,"姑娘?"

乔治瞪着他。"红衣主教从来不会这么说!"

"当时不会,我相信。"

"现在我又是哈里·珀西了。'尽管她只是一个单纯的姑娘,她父亲只是一位爵士,但她的家世不错——'"

"她是国王的什么表亲,对吧?"

"什么表亲?"卡文迪什又一次停下自己的角色,显出一脸怆然。"红衣主教大人会把他们的身世摆在他的面前,全都由纹章官画得清清楚楚的。"

"那我该怎么办?"

"假装呀!听着:她的祖先并非一无是处,年轻的珀西争辩道。但是那孩子越争,红衣主教大人就越生气。那孩子说,我们已经订有婚约,几乎就是真正的婚姻了……"

"真的?我是说,他这么说了?"

"没错,就是这个意思。几乎是真正的婚姻。"

"那红衣主教大人是什么反应?"

"他说,老天啊,孩子,你在跟我说些什么?如果你做出了这种不该做的事情,就该让国王知道了。我会派人去叫你父亲,我们会一起想办法消除你做的蠢事。"

"哈里·珀西怎么说?"

"没怎么说。他低着头。"

"我怀疑那姑娘是否在乎他。"

"不在乎。她只喜欢他的爵位。"

"我明白了。"

"后来,他父亲从北方回来了——你愿意当伯爵,还是那孩子?"

"孩子吧。我现在知道怎么做了。"

他跳了起来,假装后悔不迭。伯爵和红衣主教似乎在走廊里谈了很久;接着,他们喝了一杯酒。肯定是某种烈酒。卡文迪什说,伯爵"嗵嗵嗵"地从走廊上过来,然后坐在一张仆役们常常坐在那儿待命的凳子上。他叫他的继承人站到他面前,当着仆人们的面狠狠地训了他一顿。

"'先生,'卡文迪什说,'你一直都是妄自尊大,自以为是,眼高于顶,挥霍无度。'怎么样,这开场白不错吧?"

他说,"我喜欢你记得清清楚楚。你当时把它们都记下来了吗?还是你获得了某种许可?"

卡文迪什露出狡黠之色。"谁的记忆力都不会超越你,"他说,"红衣主教大人问到什么账目时,你对那些数字总是张口就来。"

"没准我是编的。"

"哦,我不这么想,"卡文迪什显得愕然,"你不可能长期这么干。"

"是一种记忆的方法。我在意大利学的。"

"在这个府上以及其他的地方,有人愿意出大本钱来了解你在意大利学到的一切。"

他点点头。他们当然愿意。"但是行了,我们说到哪儿了?你说,跟安妮·博林小姐几乎是结了婚的哈里·珀西站在他父亲面前,他父亲说——?"

"如果他继承了爵位,就会彻底毁了他高贵的家族——他将是最后一任诺森伯兰伯爵。不过'赞美上帝',他说,'我还有别的儿子……'说完,他'嗵嗵嗵'地走了。那孩子留在那儿痛哭。他全身心放在安妮小姐身上。但红衣主教让他娶了玛丽·塔尔波特,现在他们就像圣灰星期三[①]的黎明一样痛苦。而安妮小姐则说——我们当时都哈哈大笑——她说,任何能让红衣主教大人感到不快的事,她都愿意去做。你能想象我们笑得多

---

① 基督教西派教会的大斋节首日,因当日有以灰抹额以示忏悔的宗教仪式而得名。

么厉害吗？一个面色苍白的小丫头，原谅我，一位爵士的女儿，居然威胁红衣主教大人！因为得不到一位伯爵，她的鼻子都气歪了！但是我们无法知道她会怎样步步高升。"

他笑了。

"那么告诉我，"卡文迪什说，"我们哪儿做错了？我来告诉你。自始至终，我们都被误导了，不仅是红衣主教，年轻的哈里·珀西，他父亲，还有你和我——因为，当国王说，安妮小姐不能嫁给诺森伯兰时，我想，我想，国王就已经盯上她了，已经很久很久了。"

"他一边与玛丽关系亲密，一边却想着她的妹妹安妮？"

"没错，没错！"

"我真是想不明白，"他说，"怎么能够这样，虽然所有的人都自以为了解国王的好恶，国王到头来却处处碰壁。"处处受到阻挠：感到愤怒和沮丧。他挑选了安妮小姐来让自己开心，当他抛开旧妻，迎进新人后，安妮小姐却拒绝跟他上床。她怎么能拒绝呢？谁也无从知道。

卡文迪什显得情绪低落，因为他们没有继续演戏。"你肯定累了，"他说。

"不。我只是在思考。红衣主教大人怎么……"他想说"错过了机会"。但是这样说红衣主教未免显得不敬。他抬起头。"继续吧。后来怎么样了？"

1527年5月，一方面迫于压力，另一方面心境很糟，红衣主教大人便在约克宫开设了一个调查委员会，对国王婚姻的有效性进行调查。这是一个秘密法庭；王后没有被要求出庭或派代表出庭；她甚至不应该知道，但整个欧洲都知道。亨利被要求出庭，并出示允许他娶他兄长的遗孀的特许状。他出示了，并且相信法庭会找到该文件的某些漏洞。沃尔西准备说他们的婚姻很容易被质疑。但是他告诉亨利，在完成这一准备步骤之后，他不知道教皇使节法庭能为他做些什么；因为凯瑟琳无疑会向罗马上诉。

凯瑟琳与国王（就世人所知）曾经六次有望得到一位继承人。"我还记得冬天出生的那个孩子，"沃尔西说，"我猜想，托马斯，你当时还没有回到英格兰。王后突然发生阵痛，王子提前降生了，正好是在新年开始之际。他出生不到一小时的时候，我把他抱在怀里，窗外飘着雨夹雪，室内炉火通明，三点钟天色就暗了下来，那天晚上鸟兽的脚印被雪覆盖，旧世界的印迹被彻底清除，我们所有的痛苦烟消云散。我们称他为'新年王子'。我们说，他会是最富有、最漂亮、最受拥戴的人。伦敦城灯火辉煌，全城庆祝……他度过了五十二天，我计算着每一个日子。我想如果他还活着的话，我们的国王可能会——我不是说会是个更好的国王，因为这不大可能——但会是一位心满意足的基督徒。"

第二个孩子是男孩，不到一小时就夭折。1516年，他们有了一个女儿，玛丽公主，身材瘦小，但精力充沛。一年后，王后流产了一个男孩。接着，一位小公主只存活了几天；她被取名为伊丽莎白，用的是国王母亲的名字。

红衣主教说，有时候，国王谈起自己的母亲伊丽莎白·金雀花，会眼含泪光。你知道，她是一位绝代佳人，非常冷静，面对上帝降临的不幸，表现得那么隐忍。她和老国王有幸生育了很多孩子，也有些没有活下来。但是，国王说，我父母结婚不到一年，就生了我哥哥亚瑟，接着，没有过太久，就又有了一个优秀的儿子，那就是我。所以，二十年后，为什么我只留下一个随便起一阵风就可以要了她的命的弱女儿？

时至今日，这对结婚已久的夫妇被无法理解的负罪感拖垮了。有人说，让他们解脱也许是件好事？"我不相信凯瑟琳会这么认为，"红衣主教说，"如果王后觉得良心负罪的话，相信我，她会去忏悔以求赎罪的。哪怕要花去随后的二十年。"

我干什么了？亨利向红衣主教发问。我干什么了，她干什么了，我们一起干什么了？红衣主教无法回答，尽管他的心在为他最仁慈的君王流血；他无法回答，在这个问题里，他觉察出几丝不太真挚的成分；他想，任何有理性的人都不会崇拜一个动不动就实施报复的上帝,而他相信国王是一个有理性的人,不过这些话他不会说出口,除非是跟他的律师单独呆在一间小房里。"看看我们前面的例子吧,"他说,"克利特①主教,那位大学者。他父母养了二十二个孩子,只有他一个人长大成人。有人会说,亨利·克利特爵士和他妻子一准是多行不义的恶人,在基督教世界声名狼藉,才会得到上天如此的惩罚。但事实上,亨利爵士一度是伦敦市长——"

"是两度。"

"而且发了大财,所以我得说,上帝待他丝毫不薄;相反,他们得到了神的各种眷顾。"

杀死我们的孩子的不是上帝之手。而是疾病,饥饿,战争,老鼠咬伤,污浊的空气以及疫病地区散发出来的瘴气;是年成歉收,就像今年和去年;是照料不周。他对沃尔西说,"王后现在多大年龄了?"

"马上四十二了,我想。"

"而国王说她不会再生孩子了?我母亲生我时,已经五十二了。"

红衣主教盯着他。"你确定吗?"他说,接着他笑了起来,笑得开心而爽朗,你不禁觉得当红衣主教真好。

"哦,反正差不多。五十多岁。"克伦威尔家对这类事情总是含糊其辞。

"而她熬过那场折磨了?是吗?祝贺你们母子。但不要告诉别人好吗?"

王后多次分娩的仅存结果是小玛丽——算不上一个完整的公主,也许只能算是三分之二个公主。他陪同红衣主教进宫时见过她,觉得她跟他女儿安妮一般大小,而安妮却要小两三岁。

---

① 此处是指约翰·克利特(1467—1519),伦敦圣保罗大教堂的主教,著名的学者、文艺复兴时期的人文主义者、神学家。他的父亲是亨利·克利特爵士,曾担任伦敦市长。

安妮·克伦威尔是个健壮的小姑娘。她早餐可以吃下一个公主。像圣保罗的上帝一样，她对所有人都一视同仁，一旦有谁跟她作对，她就用那双与她父亲酷似的坚定的小眼睛冷冷地盯着别人；家里人常常开玩笑说，我们的安妮如果成了伦敦市长，不知道伦敦会变成什么样。玛丽·都铎是个面色苍白、头脑机灵的小丫头，长着一头赤褐色金发，说话的模样比一般的主教还要严肃。她还不到十岁，她父亲就将她送到勒德洛，以威尔士王妃的身份坐镇宫殿。凯瑟琳早年就是在那里成了新娘；她丈夫亚瑟也在那里去世；而她自己在那年的流行病中也险些性命不保，她孤零零地躺在那里，浑身无力，被人遗忘，直到老国王的妻子拿出自己的私房钱，派人用马车来接她，辗转多日之后她才回到伦敦。凯瑟琳掩藏了——她掩藏了太多——与女儿分离的痛苦。她自己也是一位在任女王的女儿。玛丽为什么就不能统治英格兰呢？她认为那是国王感到满意的迹象。

但是现在，她知道并非如此。

秘密听证刚刚开始，凯瑟琳的满腹怨愤就一股脑儿地倒了出来。在她看来，事情全是红衣主教的错。"我告诉过你的，"沃尔西说，"我告诉过你会是这样。寻找国王的作用？寻找国王的意愿？不，她不能那么做。因为在她的眼中，国王是完美无缺的。"

王后说，自从沃尔西得到提升，开始效命于国王之后，他就处心积虑地剥夺她作为亨利的知己和顾问的合法地位。她说，他用尽了一切办法，将我从国王的身边赶走，好让我对他的计划一无所知，好让他自己，红衣主教，一手遮天。他阻止我与西班牙大使见面。他在我的宫里安插密探——我的女侍都是为他工作的密探。

红衣主教疲倦地说，我从来没有偏袒法国人，也没有偏袒皇帝：我偏袒的是和平。我没有阻止她见西班牙大使，只是提了一个很合理的要求，让她不要单独见他，以便我能了解他跟她说的有哪些是含沙射影和不实之词。她宫里的女侍都是英国的淑女，她们有权侍候自己的王后；她在英格兰已经快三十年了,难道还只肯用西班牙人吗?至于把她从国王的身边赶走,我怎么可能呢?多少年来,他挂在嘴上的话就是"王后必须了解这个",以及"凯瑟琳会很高兴听到这个,我们必须马上去她那儿。"从来没有哪个女人比她更了解她丈夫的需要。

她了解那些需要;有生以来第一次,她不想满足他那些需要。

一个女人难道必须惟夫命是从吗,如果结果是被剥夺妻子的身份?他,克伦威尔,很敬重凯瑟琳:他喜欢看到比较矮胖的她穿着长裙在偌大的王宫里走动,那缀满长裙的宝石看上去与其说是为了装饰,不如说是为了抵挡利剑的攻击。她赤褐色的头发已经褪色,并染上几丝花白,它们被罩在一顶三角形发帽之下,犹如城里麻雀的谦恭的翅膀。在长裙里面,她穿着圣方济各会修女的服装。沃尔西说,任何时候,都要尽力了解别人衣服里面穿的是什么。换了更年轻的时候,他听了会很吃惊;他一直以为,人们的衣服里面,"穿"的就是皮肤了。

红衣主教说,有很多先例有助于国王解决他目前的心事。国王路易十二曾获准将第一任妻子撇到一边。从更近处说,他自己那位先是嫁给苏格兰国王的姐姐玛格丽特,在与第二位丈夫离婚后,又重新再嫁。还有国王的老朋友查尔斯·布兰顿,如今是他最小的妹妹玛丽的夫君,但以前也解除过一段婚姻,当时的情形几乎不堪一查。

但尽管如此,问题是教会不能拆散既成的婚姻,或者让孩子为父母所弃。如果特许状存在技术上的漏洞,或任何其他方面的漏洞,为什么不能用一纸新文来弥补呢?克雷芒教皇也许会这么想,沃尔西说。

他此话一出,国王就咆哮起来。对这种咆哮,他可以不去在乎;看多了就习以为常,于是他观察着红衣主教在雷霆当头时的举止;他面带笑意,礼貌而歉然地等待随后而来的平静。但沃尔西已经开始不安,他等待着博林的女儿——不是那位和气的小美人,而是那个胸脯平平的妹妹——给予羞怯的暗示,讨取国王的欢心。如果她能这样,国王就会持更宽容的人生观，就不会经常谈及自己的良心了；说到底，如果两人情意正浓，他又怎么会那样呢？但是有人说，她在跟国王讨价还价；有人说她想成为新妻；这真是荒唐，沃尔西说，不过话说回来，国王已经被她迷住，所以，他也许不会表示反对，起码当她的面不会。他已经让红衣主教注意到安妮小姐现在所戴的绿宝石戒指，并且告诉了他来源和价格。红衣主教似乎大吃一惊。

哈里·珀西败退之后，红衣主教将安妮送到了她位于赫弗的家里，但不知怎么回事，她又夹在王后的女侍当中，不声不响地回到了宫里，现在他永远也不知道她在哪里，不知道亨利是否会从他的控制下消失，因为他在天南海北地追她。他想把她父亲托马斯爵士找来，再教训他一次，但是——就算不提亨利与博林夫人当年的孽情——你怎么能跟一个人解释，由于他的大女儿是婊子，所以他的二女儿也一定是婊子：含沙射影地说，他让她们卷入的是某种家族事业？

"博林不是很有钱，"他说，"我去把他找来。帮他算算账。贷方是多少，借方是多少。"

"好呀，"红衣主教说，"可你擅长的是解决实际问题，而我呢，身为一位教士，就得小心翼翼，不能主动建议我的国王开始一段有计划的奸情。"他把羽毛笔在桌上移来移去，又清理了一下纸张。"托马斯，一旦你有机会……我该怎么说呢？"

他想象不出红衣主教接下来可能说些什么。

"一旦你有机会接近国王，一旦你发现，也许在我走了之后……"谈论死亡并不容易，就算你已经安排好后事。沃尔西无法想象一个没有沃尔西的世界。"哦，好了。你知道，我很愿意向他举荐你，决不会阻拦你，可问题是……"

他指的是帕特尼。这是铁一般的事实。由于他不是教士，所以没有教会的头衔来软化它，正如它们软化了有关伊普斯威奇的铁一般的事实一样。

"我在想,"沃尔西说,"你对我们的君王会有耐心吗?三更半夜的时候,他还在那里与布兰顿一起喝酒,说笑,或者唱歌,当天的文件还没有签署,而如果你催促他,他就会说,现在我要上床了,我们明天要去打猎……如果你得到任职的机会,你一定得接受他的现状——他是一位追求享乐的国王。他也将不得不接受你的现状——你很像一条低地人用绳子套着牵来牵去的方头斗狗。不过你偶尔也不乏魅力,汤姆。"

说到他或者任何别的人可能会对国王具有沃尔西那样的影响力,这简直就跟安妮·克伦威尔成为伦敦市长一样,希望很是渺茫。不过他也没有完全不信。人们听说过圣女贞德的故事;它不一定得以大火结束。

他回到家,跟丽兹谈起斗狗的比喻。她也觉得十分贴切。他没有跟她提及偶尔的魅力,也许只有红衣主教才能发现这一点。

调查委员会正准备解散,让事情得到进一步的考虑时,从罗马传来了消息:由于连续几个月没有发放军饷,皇帝的西班牙和德国军队在圣城横冲直闯犒劳自己,他们抢劫财宝,砸毁艺术品。他们怪模怪样地穿着偷来的衣服,随意奸淫罗马的妇人和处女。他们将雕像和修女打翻在地,让他们的脑袋撞击地面。有位普通士兵偷走了刺中基督肋部的长矛的矛头,并将它安在自己的杀人武器的柄上。他的战友挖开了古墓,掏出死者的骨灰,让它随风飘走。台伯河上满是新的尸体,被刺身亡或窒息而死的人拍击着河岸。最令人痛苦的消息是教皇已经被俘。由于年轻的查理皇帝在名义上统领这些军队,同时可能宣布掌权并利用这种形势,亨利国王的婚姻诉讼被搁置下来。查理是凯瑟琳的外甥,克雷芒教皇只要控制在皇帝的手里,对英格兰使节呈上的任何请求,他就不可能持于国王有利的看法。

托马斯·莫尔说,帝国军队正在把活生生的婴儿插在铁棒上烧烤来取乐。哦,亏他说得出来!托马斯·克伦威尔说。听着,当兵的不会那么干。他们太忙,只顾着搬走他们可以换成现钱的所有东西。

大家都知道,莫尔的衣服里面穿着一件马毛短上衣。他用有些神职人员使用的那种小鞭子抽打自己。托马斯·克伦威尔心里所想的是，有人在制造这些日常折磨的工具。有人把马毛简单地梳成一束束的系好，切下钝端，知道其目的在于扎进皮肤，形成流血的伤口。干这个的是僧侣们吗？他们满怀正义感地又系又切的，想到会给那些不知名的人带来的痛苦，禁不住暗自发笑？单纯的乡民们制造带有上蜡的结的连枷，得到了报酬吗？是怎样付酬——按打计算吗？在冬天漫长的几个月里，这会让农场工人有活可干吗？当那些制造者用诚实的劳动所换来的钱交到他们手中时，他们是否想到将拿起这种产品的手？

我们没有必要自寻痛苦，他想。痛苦在等待着我们：这只是迟早的问题。问问罗马的处女们好了。

他还想到，人们应该有更好的事情可做。

红衣主教这时说，让我们从眼前的形势下后退一步。他的确是吃惊不小；他一直都很清楚，维护欧洲稳定的秘诀之一，就是让教皇保持中立，既不被法国左右，也不受皇帝牵制。但他敏捷的头脑已经开始为亨利着想了。

他说，假设——因为在这种紧急事态下，克雷芒教皇会指望我来把基督教世界团结起来——假设我穿越海峡，在加来稍作停留，以稳定我们的民心并平息所有不利的传闻，接着前往法国，与他们的国王进行面对面的交谈，然后再去阿维尼翁，那儿的人们知道如何成立教廷，那儿的肉商、面包师、烛台制造商、旅店主乃至妓女这些年来都生活在希望之中。我会邀请红衣主教们来跟我会面，并成立一个委员会，这样，当教皇陛下承受着皇帝的款待时，教会政府的工作能够继续进行。如果呈至这个委员会的工作包含国王的私事，那么，为解决意大利的军事问题，我们有理由让这么虔诚的一位国王久等吗？我们就不能裁决吗？凡人或者天使应该能想出办法，给哪怕是囚禁中的克雷芒教皇捎个信，还是那些人或者天使会传信回来——他肯定会赞成我们的裁决，因为我们会听取全部的事实。等到——当然，不会太久，而我们都多么期待着那一天——克雷芒教皇彻底恢复了自由,对于我们在他离开期间保持的良好秩序,他会十分感激,任何签名或者盖章之类的小事就成了一种形式。于是——英格兰国王成为一个单身汉了。

在走到这一步之前,国王必须跟凯瑟琳谈谈;当她在自己的房间里为他摆好晚餐,耐心而坚定地等待着他时,他不可能总是在别处打猎。现在是 1527 年 6 月;国王的头发和胡子经过精心的修剪和卷曲,他身材魁梧,从某些角度看去仍然风流倜傥,穿着白色的丝绸服装,朝他妻子的房间走去。当他走过时,周围飘过一阵玫瑰精油所散发的香气:仿佛他拥有所有的玫瑰,拥有所有的夏夜。

他的声音低沉,温和,很有说服力,充满了遗憾。他说,如果他能选择,如果没有障碍,在所有的女人中,他会选择她作为他的妻子。没有儿子并不重要;那是天命。他多么希望能重新来过,再娶她一次;这一次是合法的。但问题在于:这不可能。她是他哥哥的妻子。他们的结合违反了神的戒律。

你能听到凯瑟琳说了什么。从那由饰带和胸衣所支撑的饱受打击的身体里,发出了你远在加来都能听到的声音:它回荡着,在这里与巴黎之间,在这里与马德里之间,与罗马之间。她在坚持自己的地位,她在坚持自己的权利;窗户咔哒作响,从这里一直传到君士坦丁堡。

她真是个不寻常的女人,托马斯·克伦威尔用西班牙语自言自语道。

到七月中旬时,红衣主教在为自己的跨越海峡之行做准备。温暖的天气把汗热病带到了伦敦,城里的人越来越少。有些人已经病倒,更多的人想象自己患了病,抱怨头痛和四肢发痛。人们在商店里谈的全是药片和冲剂,修士们在街上卖圣章①大捞了一笔。这种疫病在 1485 年发生过,当时

---

① 铸有宗教人物像、图案的硬币状金属牌,通常为天主教徒所佩戴。

是随着为我们带来亨利都铎一世的军队而来。如今每隔几年,它就让墓地尸满为患。不到一天就可以要人的命。他们说:早餐还乐呵呵的,中午就没命了。

所以,能够离开城里,让红衣主教颇觉宽慰,尽管他必须带上与其身份相称的随从队伍才能启程。他必须让弗朗索瓦国王确信应该在意大利做出努力,用军事行动救出克雷芒教皇;他必须让弗朗索瓦相信英格兰国王的友好和帮助,但不能承诺派兵或提供经费。如果上帝赐他顺风的话,他带回来的将不只是婚姻无效的判决,还有一份英法两国互相帮助的条约,它会让那年轻的皇帝哆嗦着大嘴,会让他哈布斯堡家族的小眼睛滴出眼泪。

那么,当他在约克宫内他自己的房间里踱来踱去时,他为什么不太开心呢?"如果我取得了我想要的一切,克伦威尔,我又会得到什么?王后会被抛弃,她并不喜欢我,而如果国王一意孤行,博林家的人就会得势,他们也不喜欢我;那姑娘恨我,她父亲呢,这些年来我总是让他出尽洋相,还有她舅舅诺福克,宁愿看到我死在阴沟里。你觉得等我回来时,这场瘟疫会结束了吗?他们说这些灾难都是来自上帝,可我不能假装了解他的意图。我走了之后,你自己也该离开城里。"

他叹了口气;红衣主教是他全部的工作吗?不是;他只是一位要人时刻陪伴在侧的保护人。事情总是越来越多。当他在伦敦或别的地方为红衣主教工作时,他自己以及他派出去为沃尔西办事的人员的费用都是由他自己支付。红衣主教说,你自己报销吧,并让他额外拿走一定的比例;他没有推辞,因为对托马斯·克伦威尔有利的事情,对托马斯·沃尔西同样有利——反之亦然。他的法律事务蒸蒸日上,他已经能取息贷款,并在国际市场组织大额借贷,获取中间人的费用。市场变幻无常——来自意大利的消息从来没有连着好过两天——但是,正如有些人眼光独特,知道马或牛会升值,他则对风险独具慧眼。许多贵族都很感激他,不仅因为组织借贷,还因为让他们的房地产有了更好的收益。不是去找承租人强行索要,而是首先，为地主们准确测出土地的价值、作物的产量、供水情况、建筑资产，再对以上各项的潜力做出评估；然后，选用头脑聪明的人做房地产经纪人，与他们共同建立一套行之有效、逐年审计的会计制度。在选择海外贸易伙伴方面，城里的商人都需要听取他的意见。他还兼职仲裁，大多是商务纠纷，因为在这里、加来以及安特卫普，他评估案件的事实和迅速而公正地做出裁断的能力广受信任。如果你和你的对手能达成起码的一致，都想节省开销，避免拖拖拉拉的庭审，那么，支付一定的费用，克伦威尔就可以为你们所用了；而且他还经常能够友好而荣幸地让双方满意而去。

这是他的一段好时光：每天都能打一场胜仗。"看来，你还在效忠你的希伯来上帝，"托马斯·莫尔爵士说，"我是说，你的高利贷偶像。"但是，当受全欧洲尊敬的学者莫尔在切尔西醒来，即将用拉丁文晨祷时，他醒来去朝见的则是一位说着流利的市场行话的创造者；当莫尔准备开始一顿自我鞭笞时，他和雷夫正奔往朗伯德街去了解当天的汇率。不完全是奔跑；有一处旧伤拖累了他，有时累了之后，他的一只脚会向内转，仿佛正朝他自己走回来。有人说，这是在凯撒·博基亚手下战斗了一个夏天所留下来的伤。他喜欢别人编排的关于他的故事。但凯撒现在在哪儿？他已经死了。

"托马斯·克伦威尔？"人们说，"那人很聪明。你知道吗？他对《新约全书》烂熟于心。"发生关于上帝的争论时，你找他准没错；他能告诉你的承租人租金很合理，并说出十二条漂亮的理由。他能帮你一举解决纠缠了你们家三代人的法律纠纷，或者说服你哭哭啼啼的小女儿接受她誓死不从的婚姻。不管是对动物、女人还是腼腆的当事人，他的态度都是亲切而随和；但是他能让你的债主伤心流泪。他可以跟你谈论凯撒家族，或者以非常合理的价格帮你买到威尼斯玻璃器皿。只要他想说话，就谁也说不过他。当市场崩溃，人们站在思罗格莫顿的街上痛哭流涕，撕毁信用凭证时，他能比任何人更好地保持冷静。有天晚上，他说，"丽兹，我想，再过一两年我们就会很富有了。"

她正在用一种黑缎图样为格利高里绣衬衣；王后用的也是这种图样，因为国王的衬衣她总是亲手缝制。

"如果我是凯瑟琳，我会把针留在里面，"他说。

她笑了。"我知道你会。"

当他说起国王跟凯瑟琳见面时说的那些话时，丽兹一言不发，表情严肃。他跟她说，在等待对他们婚姻的裁决期间，他们应该分居；也许她愿意离开宫廷？凯瑟琳说不；她说这不可能；她说，她会向精通宗教法规的律师咨询，而他自己呢，最好也找几位更好的律师，还有更好的神父；然后，在叫过闹之后，那些把耳朵贴在墙上的人听到凯瑟琳在哭。"他不喜欢她哭。"

丽兹伸手拿起剪刀。"男人常说，'我受不了女人哭'——就像在说，'我受不了这潮湿的天气'。似乎女人的哭跟男人毫无关系。似乎这只是一件平常小事。"

"我可从来没有让你哭过，对吧？"

"你只是让我笑得哭，"她说。

两人渐渐不再说话；她在若有所思地绣着，他在寻思如何处理自己的钱。他在资助两位年轻学生，他们不是这个家里的人，直到他们念完剑桥大学；天资只赋予肯付出的人。我可以增加资助，他想，而且——"我想，我该立个遗嘱，"他说。

她伸手握住他的手。"汤姆，不要死。"

"天啊，不，我可没有想死。"

他想，我也许不富有，可我很幸运。瞧瞧我怎样从沃尔特的靴子底下死里逃生，还有凯撒的那个夏天，以及一连串在背街小巷里的可怕夜晚。据说，人们都想把智慧传给自己的儿子；而他宁愿付出很多，只要不让他儿子得到他学识的哪怕四分之一。格利高里可爱的天性是从哪里来的呢？肯定是他妈妈祈祷的结果。凯特的儿子理查德·威廉斯为人机灵、热心而懂事。他姐姐贝特的儿子克里斯托弗也很聪明和听话。他还有雷夫·赛德勒,他像信任自己的儿子一样信任他;他想,这不是一个王朝,但是一个开端。像这样宁静的时刻非常少有,因为他家里每天都挤满了人,他们都希望被带去面见红衣主教。有寻找创作主题的画师。有腋下夹着书本的一脸庄重的荷兰学者,以及滔滔不绝地讲着黑色的德国笑话的吕贝克商人;有半路经过的乐师在抱着奇怪的乐器调音,有吵吵嚷嚷的意大利银行经纪人;有愿意提供秘诀的炼金术士和帮你算出好命的占星家,有路过时进来看看谁会讲他们的语言的孤独的波兰皮货商;有印刷商、雕刻工、翻译家和密码专家;有诗人、园林设计师、秘法家和几何学家。他们今晚都在哪儿?

"别出声,"丽兹说,"听听房子的声音。"

开始时,没有任何声音。接着,木头嘎吱轻响,在缓缓呼吸。烟囱里,有筑巢的鸟儿在走动。一阵微风从河面吹来,轻轻地摇动着树梢。他们能想象孩子们睡在其他的房间里,听得到他们的呼吸。"上床吧,"他说。

国王对他妻子不能说这句话。而对人们所说的他心爱的女人,即使说了也没用。

现在,红衣主教去法国的各种行李已经收拾完毕;他的随从队伍声势浩大,比起七年前跨海奔赴金锦营①时并不逊色。他上船前的行程很从容:将经过达特福德,罗切斯特,法弗沙姆,然后在坎特伯雷停留三四天,在贝克特的圣坛前祈祷。

所以,托马斯,他说,一旦知道国王得到了安妮,你就马上给我送信。只有从你这儿听到我才相信。你怎么知道到了这一步?我想你从他的

---

① 即1520年6月7日至24日法王弗朗索瓦一世和英王亨利八世会晤之地,当时两王都大事铺张,尤其是法王,搭起了金锦帐篷,希望给英王强烈印象,使他同意英法两国结盟,共同对付奥地利王,以图达到法国称霸欧洲的目的。

脸上可以看出来。如果你没有这种荣幸怎么办？这倒也是。真希望我早些举荐了你；我早该利用好机会的。

"如果国王没有很快厌倦安妮，"他对红衣主教说，"我想不出您会怎么办。我们知道，君王们总是随心所欲，而且通常情况下，为他们的行为找些冠冕堂皇的理由并不难。但您能为博林的女儿找个什么说法呢？她能带给他什么？没有条约。没有土地。没有钱财。您该怎样说明这是一桩值得称道的婚姻呢？"

沃尔西坐在那儿，双肘支在桌上，手指揉着紧闭的眼皮。他深吸一口气，开始说了起来：开始说起了英格兰。

他说，要了解阿尔比恩①，你就必须返回到人们对阿尔比恩有所了解之前。必须返回到凯撒军团到来之前，返回到久远以前的年代，当时，在有朝一日将建成伦敦城的土地上，巨兽和巨人的尸骨还随处可见。你必须返回到新特洛伊，新耶路撒冷，了解那时的国王所犯下的罪孽——他们骑在马上打着亚瑟的破旗，或者娶了来自海里或从蛋里孵出来的身上有鳞和鳍或羽毛的女人；相比之下，他说，与安妮的婚姻就不那么异乎寻常了。这都是些古老的故事，他说，但是我们得记住，有些人还真的相信。

他说起了国王之死：说起理查二世怎样消失在庞蒂弗拉克特城堡，在那里被杀害或者饿死；说起篡位者亨利四世怎样死于麻风病，那种病让他面目全非，并且让他的身体缩小得只有侏儒或孩子一般大。他说起亨利五世在法国的胜利，以及为阿金库尔战役②所付出——不是用钱——的代价。他说起那位伟大的王子所娶的法国公主；她是一个可爱的女人，可她父亲是个疯子，并且相信自己是玻璃人。从亨利五世与玻璃公主的婚姻中，诞生了另一位亨利，他统治的英格兰像冬天一般黑暗，寒冷，死气沉沉，灾祸连连。约克公爵的儿子爱德华·金雀花降临人世，成为春天的第一个迹

---

① 也即本章开头所说的阿尔比娜，英格兰或不列颠的雅称。
② 1415年，亨利五世在法国北部阿金库尔村重创兵力数倍于己的法军。

象：他属于白羊星座，那正是整个世界重现生机的星座。

十八岁时，爱德华夺取了王国，他做出此举是因为得到了一个征兆。他的部队屡屡受阻，十分厌战，时值上帝最黑暗的年月里的最黑暗的时候，他刚刚听到一个本该让他崩溃的消息：他的父亲和最小的弟弟被兰卡斯特王朝的军队俘获、羞辱并最终杀害。当时是圣烛节；他与他的将军们一起挤在帐篷里，为被杀害的灵魂祈祷。圣伯拉修节到了：二月三日，黑暗而冰冷。上午十点钟，天上出现了三颗太阳：三个模糊的银盘，在迷蒙中隐隐地闪烁。它们的光环罩在悲伤的战地上，罩在威尔士边境湿漉漉的森林上空，罩在他的士气低落、军饷未付的队伍身上。他的下属跪在冻地上祈祷。他的骑士在朝天跪拜。他的全部生命长出了翅膀，飞向高空。在那片金色的光芒中，他看到了自己的未来。别人都看不见时，他却能看见；而这正是身为王者的意义所在。在莫提玛十字一役，他俘获了一位欧文·都铎。他在赫里福集市上将他斩首，并将他的头颅挂在集市的十字架上腐烂。一个不知名的女人端来一盆水，洗净被斩下的头颅；她梳理着那溅满鲜血的头发。

从那天——伯拉修节，三颗太阳同时照耀——起，只要一碰自己的剑，他就战无不胜。三个月后他到达伦敦，成了国王。但是，他再也没有像那一年那样，清楚地看见自己的未来。他双眼昏花，犹如在迷雾之中，跌跌撞撞地行使着王权。他完全成了占星家、圣人和幻想家的玩偶。他没有像他该做的那样，为了外交利益而婚娶，而是陷入一连串对数不清的女人所作的半真半假的承诺。其中包括一位姓塔尔波特的姑娘，名叫艾莉诺，她有什么特别之处呢？据说，她的一位祖先——母系一支——是个由天鹅变成的女人。那他为什么最终钟情于那位兰卡斯特骑士的遗孀呢？是因为像有些人所说的那样，她冰冷的白肤金发之美让他心跳加快吗？并不尽然；而是因为她自称为蛇女的后代，在古老的羊皮纸书上，你可以看到蛇女，身体缠在智慧树上，主持日与月的婚姻。蛇女化身为一位普通的公主，一个凡人，但是有一天，她丈夫发现她光着身子，所以瞥见了她的蛇尾。从他手里逃脱时,她预言说,她的子孙将建立一个王朝:权力无边,有魔鬼作保。红衣主教说,她逃走了,再也没有任何人见过她。

有些蜡烛已经熄灭;沃尔西没有叫人再点一些。"所以你看,"他说,"爱德华国王的顾问当时计划让他娶一位法国公主。我……我也一直这么打算。可你瞧瞧到头来怎么样了。瞧瞧他选了什么人。"

"有多久了?从蛇女之后?"

时候已经不早;约克宫偌大的宫内一片寂静,城市正在沉睡;河水在河道里悄悄地流淌,侵蚀着河岸。红衣主教说,在这种事情上,不存在时间之说;这些幽灵很阴险,多变,狡猾,它们从我们的手里逃脱,溜进了岁月的长河。

"但是,爱德华国王所娶的女人——她不是卡斯提尔①王位的继承人吗?那个王国很古老,几乎被人淡忘了吧?"

红衣主教点点头。"这就是三颗太阳的意义。英格兰王位,法国王位,卡斯提尔王位。所以,我们的现任国王迎娶凯瑟琳时,便朝他古老的权利更近了一步。当然,我想谁也不敢向伊莎贝拉王后和斐迪南国王提起这些。但是,还是要记住,并时时提起,我们的国王是三个王国的统治者。如果它们各有统治者的话。"

"按照您的说法,大人,就是我们国王的金雀花外祖父将他的都铎曾祖父斩了首。"

"这种事知道就行。不要去说。"

"那博林家族呢?我以为他们是商人,但是不是还该知道他们是否有蛇的毒牙,或者有翅膀呢?"

"你在笑话我,克伦威尔先生。"

"丝毫没有。但是您要我留心目前的事态,所以,我想充分了解情况。"

---

① 古西班牙北部的一个王国。

于是，红衣主教说起了谋杀。他说起了罪孽；说起了需要赎的罪。他说起了被谋杀在伦敦塔里的亨利六世国王；说起了属于天蝎座的理查国王，而蝎子正是阴谋、灾难和恶行的象征。在天蝎座国王死去的博斯沃思，做出了错误的选择；诺福克公爵为败方作战，其继承人被剥夺了爵位。他们不得不尽力卖命，长期而尽力地卖命，才重新获得爵位。所以，他说，你是不是感到奇怪，有时一旦国王发怒，诺福克就会浑身哆嗦？这是因为他觉得，凭着一个正值气头上的人的一时冲动，他会失去所拥有的一切。

红衣主教注意到他的属下记住了这一点；他又说起伦敦塔铺路石下那些零零落落、咔哒作响的骸骨，那些被砌进楼梯、埋进泰晤士河底淤泥的骨头。他说起爱德华国王的两个失踪的儿子，其中的小儿子死心塌地闹复辟，并且几乎将亨利·都铎赶下王位。他说起觊觎王位者制造的硬币，上面铸有给都铎国王的信息："你已经时日无多。你被放在天平上称过；被发现不合格。"

他说起当时的忧虑，关于再次爆发内战的恐慌。凯瑟琳三岁时起，就缔结了婚约，她被封为"威尔士王妃"，将嫁往英格兰；但是，在让她从科伦那启程之前，她的家人索取了一项血和肉的代价。他们要求亨利注意金雀花的主要继承人——爱德华国王以及邪恶的理查国王的侄子，还是个十岁的孩子时起，他就被亨利关在塔里。为缓解压力，亨利国王做出了让步；时年二十四岁的白玫瑰得以出来重见天日，以便将他斩首。但总是有另外的白玫瑰；金雀花一系的白玫瑰，虽然并非未受关注。总是会需要杀更多的人；我想，人们肯定有这种嗜好，红衣主教说，虽然我不知道自己是否也这样，处决人时我总是觉得难受。我为那些早已死去的人祈祷。有时，我甚至为邪恶的理查国王祈祷，尽管托马斯·莫尔告诉我他正在承受地狱的大火。

沃尔西低头看着自己的双手，摆弄着指头上的戒指。"我不知道，"他喃喃着，"不知道他们有什么。"那些妒忌红衣主教的人说，他有一颗奇妙的戒指，可以令其主人飞起来，还可以置他的敌人于死地。它能查出毒物，能让猛兽不伤人，能保障君王的青睐，能保护他不被溺死。

"我想别的人知道，大人。因为他们雇用了魔法师，好把它抄录下来。"

"早知道是这样，我也会让人抄录下来。我还会给你一份。"

"有一次，我抓起了一条蛇。是在意大利。"

"你干吗要那样？"

"为了打赌。"

"是毒蛇吗？"

"当时不知道。所以才会值得打赌。"

"它咬你了吗？"

"当然。"

"为什么说当然？"

"否则就不算什么了，对吧？如果我没有受伤就把它放下来，并让它溜走了的话。"

红衣主教不由自主地笑了起来。他说："置身于言不由衷的法国人中间，没有你我该怎么办呢？"

在奥斯丁弗莱的家里，丽兹躺在床上，但睡得并不安稳。她迷迷糊糊地醒来，叫着他的名字，钻进他的怀里。他亲亲她的头发，说，"我们国王的祖父娶了一条蛇。"

丽兹喃喃道，"我是睡着了还是醒着？"她听到了心跳声，便从他怀里挪开，翻了个身，伸出一条胳膊；他心里想，不知道她会梦见什么。他毫无睡意地躺在那里，寻思着。爱德华所做的一切，不管是打仗，还是征服，都是依赖美第奇家族[①]的经济支持；他们的信用证比征兆和奇迹更为

---

① 当时的意大利望族，成员中有多位银行家和商人，还出过教皇和王后。

重要。如果像许多人所说，爱德华国王不是他父亲的儿子，不是约克公爵之子；如果像许多人坚信的那样，爱德华国王是他母亲与一位普通的英国士兵——一位名叫伯雷波恩的弓箭手——所生；那么，如果爱德华娶了一位蛇女，他们的后代就会……他脑海里想到的是"不可靠"这个词。如果要相信所有这些古老的故事，有些人也要我们记住一定得相信，那么，我们的国王就既是弓箭手的私生子，又是隐藏的蛇的后代，还有威尔士人的血统，不管是哪种身份，他都受惠于意大利银行……渐渐地，他也进入了梦乡。他不再在算账；鬼怪的世界飘了进来，取代了一页页的数字。红衣主教说，总是要尽力了解别人衣服里面穿的是什么，因为里面不仅仅是皮肤。在国王身上彻底查一查，你就会找到他的带鳞的祖先：找到他那温暖、结实、蛇一般的肉体。

在意大利的时候，为了打赌他抓起过一条蛇，他得一直抓着它，直到他们数到十。他们数得很慢，用的是语速很慢的语言：*eins, zwei, drei*[①]……数到四时，受惊的蛇掉头咬了他一口。从四数到五时，他抓得更紧了。有人叫了起来，"天啊，快扔掉！"有人在祈祷，有人在咒骂，还有些人只是继续数着。蛇看起来很难受；他坚持到最后，直到他们全都数到十，才将那盘成一团的蛇轻轻地放在地上，让它溜进了自己的未来。

当时并不觉得痛，但是可以清楚地看到那个针眼般的伤口。他下意识地尝了尝，几乎咬到自己的手腕。他注意到并惊讶于自己手臂内侧那较为隐秘的、白色的、英国人的肌肉；他看到了那细小的蓝绿色血管，蛇将毒液射进了那血管之中。

他拿到了赢得的钱。他等待着一死，但根本就没有死成。相反，他变得更加强壮，藏身快，出手也快。米兰军需官谁也吵不过他，他恶名在外，常常是先让你流血，再讨价还价，拿钱买到官衔的伯尔尼上尉一概对他敬而远之。今晚很热，现在是七月；他睡着了；他在做梦。在意大利的

[①] 德语，"一，二，三"。

什么地方，一条蛇有了后代。它给自己的后代取名为托马斯；它们的脑袋里装着泰晤士河的画面，装着泥泞而低矮的河岸的画面，那河岸潮汐漫不到，河水冲不到。

第二天早上他醒来时，丽兹还在沉睡。床单有些潮湿。她身上很暖和，面色红润，脸孔像年轻姑娘的一样光滑。他亲了亲她的发际线。感觉有点咸。她喃喃道，"你回来之前，先捎个信。"

"丽兹，我不走，"他说，"我不跟沃尔西一起走。"他离开她。他的理发师来帮他刮脸。他对着一面发亮的镜子，看着自己的眼睛。它们充满生气；蛇的眼睛。他对自己说，真是个奇怪的梦。

下楼时，他觉得看到丽兹跟在他身后。他觉得看到她的白帽子闪了闪。他转过身说，"丽兹，回去睡吧……"但丽兹不在。他弄错了。他拿起文件，朝格雷会堂走去。

现在不是开会期。这是违法的活动；讨论经文以及廷德尔的下落（在德国的某个地方），而眼下的问题是一位律师同行（所以，谁能说他不该在这儿，不该来格雷会堂呢？），名叫托马斯·比尔尼，他也是一位神父，还是三一学堂的学者，由于身材瘦小和虫子般地动个不停的特点，他被称为"小比尔尼"；他坐在长凳上扭着身子，讲述自己探访麻风病人的经历。

"对我来说，圣经就犹如甘泉，"小比尔尼说，一边扭动着自己的瘦屁股和踢着两条细腿。"我陶醉于福音之中。"

"看在耶稣的份上，伙计，"他说，"别以为红衣主教走了，你就可以从洞里爬出来了。因为伦敦主教现在已经腾出手来，更不用说我们在切尔西的那位朋友了。"

"弥撒、斋戒、守夜、免受炼狱之苦……这些都毫无益处，"比尔尼说，"我得到了启示。事实上，剩下的就是去罗马，跟教皇陛下讨论。我相信他一定会接受我的观点。"

"你以为自己的观点很有创意吗？"他阴沉着脸说，"不过在这一点上，也算是吧，比尔尼神父。如果你以为在这些事情上教皇会欢迎你的建议。"

他走了出去，一边说，这是个准备跳进火坑的人。先生们，你们可要小心。

参加这种集会时，他没有带上雷夫。只要有危险，他就不让家里的任何人陪伴。克伦威尔的家庭与伦敦所有的家庭一样正统，一样虔诚。他说，他们必须是无可指责。

这一天里其余的事情不值一提。他原本可以早点回家，但因为安排了一次会面，他要去德国人的钢院商站见一个从罗斯托克来的人，那人带了一位来自斯德丁的朋友，愿意教他一点波兰语。

傍晚结束时，他说，这比威尔士语还难学。我需要好好练习。他说，以后去我家吧。提前通知我们，我们可以腌一点鲱鱼；要不就只能吃顿便饭了。

如果你傍晚回家，而家里却燃着火把，那一定是出了事。空气甜丝丝的，你进门时感觉非常好，你觉得年轻，身心健康。接着，你注意到了愕然的面孔；一看到你，他们就别过脸去。

茉茜走了过来，站在他面前，但现在没有仁慈①。"说吧，"他央求道。

她移开目光，一边说，真是对不起。

他以为是格利高里；他以为他的儿子死了。接着他明白了一半，因为丽兹在哪儿？他央求她，"说吧。"

"我们找过你。我们说，雷夫，去看看他在不在格雷会堂，去叫他回

---

① 茉茜的原名 Mercy 也有"仁慈"之意。

来,但看门人说一整天都没有见过你。雷夫说,相信我,我会找到他的,就算是把城里找遍:但到处都没有你的影子。"

他想起了早上的情景:那潮湿的床单,她潮湿的额头。他在心里说,丽兹,你没有反抗吗?如果我知道死神来了,我会抓住他,揍扁他的脑袋;我会把他钉在墙上。

小姑娘们还没有睡,虽然有人帮她们换上了睡衣,仿佛这只是一个平常的夜晚。她们光着腿,光着脚,戴着睡帽,是她们的妈妈所做的圆形蕾丝女帽,由一只坚定的手将带子系在她们的下巴底下。安妮的面孔犹如一块石头。她紧紧地握着格蕾丝的手。格蕾丝抬头望着他,将信将疑。她几乎很少看到他;他来这儿干什么?但是她相信他,一声不吭地让他把她抱进怀里。她靠在他的肩膀上,转眼就睡着了,胳膊还搂着他的脖子,脑袋依偎在他的下巴下。"好了,安妮,"他说,"我们得送格蕾丝上床,因为她很小。我知道你还不准备睡觉,但是你得去躺着陪她,因为她可能会醒来并觉得冷。"

"我可能会觉得冷,"安妮说。

茉茜走在他前面进了孩子们的房间。把格蕾丝放上床时,她还在熟睡。安妮在哭,但是在无声地哭。我陪她们坐一会儿,茉茜说:但是他说,"还是我来吧。"他等在那里,直到安妮不再流泪,她的手在他手里放松下来。

会发生这种事情;但不会发生在我们身上。

"现在让我见见丽兹,"他说。

房间——早晨还只是他们的卧室——里弥漫着为防止传染而燃烧的药草的味道。他们在她的头和脚旁点了蜡烛。他们还用亚麻布把她的嘴巴包了起来,所以,她看上去已经不像是她了。她看上去像是死人;她看上去无所畏惧,而且像是能评判你;她看上去比他在战场上看到的肠子流了出来的人还要扁平,还要没有生气。

他下了楼,要听听她临死前的情况;也安排一下一家老小。茉茜说,今天上午十点钟时,她坐了下来,说:天啊,我太累了。一天的活儿才干了一半呢。这可不像我,对吧?她说。我说,是不像你,丽兹。我伸手摸摸她的额头,说,丽兹,亲爱的……我告诉她,去躺一会儿,上床去,你得把汗发出来。她说,不,给我几分钟,我头昏,也许我需要吃点什么东西,可我们坐在桌子旁时,她却把食物推开了……

他希望她能长话短说,但是他明白她需要倾诉,需要一点一点地说出来。她就像在制造一个语言的包裹,好交给他:现在它是你的了。

中午时分,伊丽莎白躺了下来。她全身发抖,但皮肤发烫。她说,雷夫在家吗?叫他去找托马斯。雷夫马上就去了,许多人都去了,但是都没有找到你。

十二点半时,她说,告诉托马斯照顾好孩子们。接着还说了什么?她说头很痛。但是没给我留什么话吗?一句也没有吗?没有;她说她很渴。再没有说别的。不过话说回来,丽兹一向都话语不多。

一点钟时,她要人去请神父。两点钟,她做了忏悔。她说她曾经在意大利抓起过一条蛇。神父说,这是发热说胡话。他赦免了她的罪。他当时迫不及待,茉茜说,他迫不及待地要离开这所房子,他害怕自己会被传染而死。

下午三点钟时,她不省人事。四点钟,她放下了生命的负担。

他说,我猜想,她会希望跟她的前夫埋葬在一起。

你怎么会这么想呢?

因为他在我之前。他走开了。没有必要把平常的关于丧服、祈福者、蜡烛等各项盼咐写下来。像所有其他染上此病的人一样,丽兹必须马上下葬。他不可能派人去接格利高里或者将全家人召集拢来。根据规定,他们必须在家门外挂一把草,作为传染的标记,然后闭门谢客四十天,并尽量不要外出。

茉茜走了进来,说,只是发热,可能是任何性质的发热,我们不必承认出汗的事……如果我们都呆在家里，那伦敦就会陷入停顿了。

"不行，"他说，"我们必须这样。红衣主教大人制定了这些规矩，如果我不遵守会很不合适。"

茉茜说，你到底去哪儿了？他直视着她的面孔，说，你知道小比尔尼吗？我跟他在一起，我警告了他，我说，他会跳进火坑。

那后来呢？后来我在学波兰语。

当然。你会那样的，她说。

她没有指望听明白。他也从来没指望比现在说得更明白。他已经将整部《新约》熟记于心，但是找一段经文吧：找一段适合于眼下的经文。

后来，回想起那天早晨时，他希望能再一次瞥见她的白帽子的闪动：尽管当他转过身去，却并没有人。他希望能想象她站在门口的情景，身后是忙碌而温暖的家，她口里说着，"你回来之前通知我一声。"但是，他只能想象出她孤零零地站在门外；身后是一片荒地，还有一盏蓝色的灯。

他想起了他们的新婚之夜；她穿着塔夫绸拖地长裙，有些戒备地抱着双肘。第二天，她说，"这样还不错。"

他笑了。她留给他的就是这些。一向话语不多的丽兹。

他在家里呆了一个月：读书。读《新约》，但里面的内容他早已熟悉。也读他所喜欢的彼特拉克①的书，了解他如何向医生挑战：当他们放弃对他的汗热病的治疗后，他仍然活着，而等他们第二天早上再来时，他已经坐在那里写作。从那以后，诗人再也不相信任何医生；但丽兹走得太快，没有听到医生的建议，管它是好是坏，也没有得到药剂师用肉桂、良姜、苦艾配制的药，或者印有祈祷文的纸牌。

他得到了尼科洛·马基雅弗利②的书，《君主论》；是拉丁文版本，印刷于那不勒斯，质量很低劣，而且似乎经过了许多人之手。他想到了战

---

① 彼特拉克（1304—1374），意大利诗人，学者，欧洲人文主义运动的主要代表人物。
② 马基雅弗利（1461—1527），意大利政治家和政治哲学家，其代表作《君主论》建议统治者为获取和掌握权力可能必须不择手段。

场上的尼科洛；想到了行刑室里的尼科洛。他觉得自己现在就在行刑室里，但是他知道，有朝一日他能找到出去的门，因为钥匙掌握在他的手里。有人问他，你那本小书里讲了什么？他说，一些格言警句呀，老生常谈呀，都是我们早已知道的东西。

他每次从书中抬起头来，都能看到雷夫·赛德勒。雷夫身材瘦小，理查德和其他人经常开的玩笑就是假装对他视而不见，然后说，"不知道雷夫在哪儿？"他们像三岁的小孩一样对这个玩笑乐此不疲。雷夫长着一双蓝眼睛，头发是沙褐色，你不可能把他当成克伦威尔家的人。不过，从将他养大的人的身上，他仍然受到影响：性格顽强，有些愤世，有很强的领悟能力。

他和雷夫读起一本棋谱。这本书印刷于他出生之前，但配有图片。他们蹙眉研究着那些图片，不断完善自己的棋艺。有时候，两人似乎几个小时都一动不动。"我真蠢，"雷夫说，食指放在一枚卒上。"我本该找到您的。当他们说您不在格雷会堂时，我应该知道您在的。"

"你怎么可能知道？我不一定就在我不该在的地方。你是打算走那枚卒呢，还只是摸一摸而已？"

"我只是把它摆正，"雷夫拿开了手。

两人坐在那里，久久地注视着棋子，注视着彼此相持不下的棋局。他们明白，只能和棋了。"我们真是棋逢对手。"

"也许我们该找别人比一比。"

"以后吧。等我们能打败所有比赛者的时候。"

雷夫说，"哦，等一等！"他执马跳了一步。接着，他望着结果，目瞪口呆。

"雷夫，你完蛋了。"

"不一定。"雷夫揉着额头。"没准您也会走一着臭棋。"

"没错。你还有希望。"

传来了轻轻的说话声。外面阳光明媚。他觉得自己几乎要睡着，但一旦睡着，丽兹·维基斯就会回来，快乐而忙碌，等他醒来后，就不得不再一次感受失去她的痛苦。

不远处的房间里有个孩子在哭。头顶响起了脚步声。哭声停止了。他拿起国王，看看它的底座，似乎想弄清是怎么制成的。他小声说了句"我只是把它摆正"，然后将它放回了原位。

外面在下雨，安妮·克伦威尔坐在他旁边，正在自己的练习本里学写拉丁文。到圣约翰节时，她学会了所有的普通动词。她比她哥哥学得快，他告诉了她这一点。"让我看看，"他说，一边伸手接过她的本子。他发现她把自己的名字写了一遍又一遍，"安妮·克伦威尔，安妮·克伦威尔……"

从法国传来了消息，说红衣主教大获成功，举行了游行、公共弥撒和拉丁文即兴演讲。登陆之后，他似乎登上过皮卡第的每一座圣坛，赦免了礼拜者的罪过。几千个法国人获得了自由，又可以新生了。

国王多数时候都在波利欧，这座府邸位于埃塞克斯，是他不久前从托马斯·博林爵士手里买来的，他已经封博林为罗奇福德子爵。他成天都去打猎，风雨无阻。到了晚上，他就宴请宾客。萨福克公爵和诺福克公爵与他共进私人晚餐，新任的子爵也加入其中。萨福克公爵与国王是多年的朋友，如果国王说，给我编一对翅膀，好让我能飞起来，他就会说，要什么颜色？而诺福克公爵呢，当然是霍华德家族的首脑以及博林的大舅子：他矮小而健壮，很会察言观色，决不放过有利可图之机。

他没有给红衣主教写信，说英格兰的所有人都在说国王准备娶安妮·博林。他没有红衣主教需要的消息，所以他干脆不写。他把写信的差事交给了他的职员，以便让红衣主教随时了解他的法律事务以及财政状况。他说，告诉他我们这儿一切都好。向他表达我的敬意和忠诚。告诉他我们多么盼望见到他。

家里再没有其他的人染病。伦敦今年逃过了一劫，损失不大——至少大家都是这么说。城市教堂里举行了感恩祷告；不过，也许该称之为安抚祷告？在夜晚召集的秘密会议里，上帝的意图受到了质询。伦敦知道自己犯了罪。正如《圣经》中所言，"行商的必难免不做不义之事。"在另外一处还说，"一夜暴富者必不是无辜之人。"习惯于引用圣经，正是感到迷惘的表现。"上帝爱之，则改正之。"

到九月初，疫情已经结束，一家人可以聚在一起为丽兹祈祷。她那么突然地离他们而去，现在终于可以得到当初省去的仪式。给教区里的十二个穷人发了黑衣服，他们原本会跟在她的棺材后面哀悼；家里的每个男人都发誓要为她的灵魂做七年的弥撒。在定好的日子里，天空短暂放晴，空气有些寒冷。"收成已经过去，夏天已经结束，我们还没有得到拯救。"

最小的孩子格蕾丝半夜醒来，说看到她妈妈穿着寿衣。她没有像小孩子那样又叫又闹或者抽抽搭搭地哭，而是像个大人一样，留下了恐惧的泪水。

"所有的河流都归入大海，但大海现在还没有满。"

*　　　*　　　*

摩根·威廉斯一年一年地老了。今天，他尤其显得瘦小、苍白和疲惫，他抓住他的胳膊，说，"为什么让好人都走了？哦，这是为什么？"接着，他又说，"我知道你跟她生活得很快乐，托马斯。"

大家回到了奥斯丁弗莱，一群女人和孩子，还有身强体健的男人们——他们服丧时几乎不用换下平常的黑色服装，那都是律师、商人、会计师和经纪人的装束。他姐姐贝特·威利费德也来了；还有她的两个儿子以及小女儿艾丽丝。凯特也在这里；两位姐姐正在商量，看看由谁搬进来帮助茉茜照看两个小姑娘。"直到你再一次结婚，汤姆。"

他的外甥女和姨外甥女是两位乖巧的小姑娘，手里仍然握着念珠。她们朝四周看了看，不知道接下来该干什么。大人们都在讲些她们无法理解的事情,无暇顾及她们,于是她们靠到墙上,彼此对望了一眼。接着,她们直着背,慢慢地蹲下来,直到只有两岁的孩子那么高,然后踮着脚尖蹲在那儿。"爱丽丝!乔安!"有人厉声喊道;她们又表情严肃地慢慢起身,完全站直身子。格蕾丝靠近了她们;她们一声不响地把她吸引了过来,取下她的帽子,松开她的金发,帮她编起了辫子。他的姐夫们还在谈论着红衣主教在法国干些什么,他的注意力却转到了她的身上。当表姐们把她的头发往后拉紧时,格蕾丝眯大了眼睛。她的嘴巴也无声地张开,像鱼的嘴巴。她不由自主地叫了一声,这时,丽兹的妹妹大乔安走过房间,将她抱了起来。他望着乔安,像往常那样在心里想,她们姐妹俩真是相像:丽兹在世时,两人真是相像。

他的女儿安妮不理睬那些女人,而是挽住她姑父的胳膊。"我们在谈低地国家的贸易问题,"摩根告诉她。

"有一点可以肯定,姑父,如果沃尔西跟法国签订条约,安特卫普的人是不会高兴的。"

"我们跟你爸爸说的正是这个。但是,他会支持他的红衣主教的。行了,托马斯!你跟我们一样,并不喜欢法国人。"

他知道——而他们却不知道——红衣主教多么需要弗朗索瓦国王的友谊;如果没有欧洲的大国之一帮他说话,国王怎么离得了婚呢?

"永久和平的条约?我们想想看,上一次的永久和平是什么时候?我看也就三个月。"说话的是他的姐夫威利费德,还伴随着哈哈的笑声;而约翰·威廉逊,也就是乔安的丈夫,则问他们是否愿意打个赌:三个月,还是六个月?接着,他想起这是一个严肃的场合。"对不起,汤姆,"他说,随后是一阵猛咳。

乔安的声音响了起来:"这老赌棍如果再这样咳个不停,这个冬天就会让他完蛋了,到时候我就嫁给你,汤姆。"

"你会吗?"

"哦,当然。只要我从罗马得到准许的文件。"

大家不禁笑了，但马上藏起笑容。他们会心地你看看我，我看看你。格利高里说，这有什么好笑的？你不能娶你妻子的姐姐，对吧？他与几位表兄弟——贝特的儿子克里斯托弗和威尔，凯特的儿子理查德和沃尔特——走到一个角落，说起了悄悄话。他们干吗给那孩子取名为沃尔特？难道需要有人提醒他们，别忘了他们那位死后还躲在附近的父亲，需要有人提醒他们不要太快乐？一家人从来没有相聚过，但是他感谢上帝，沃尔特再也不会跟他们在一起了。他告诉自己对父亲应该宽容一些，但他的宽容只能限于花钱为他的灵魂做弥撒。

在他永远回到英格兰之前的那一年，他曾几度跨越海峡，始终犹豫不定；在安特卫普，他不仅有很好的业务关系，还有许多朋友，而随着城市不断扩大——每年都在扩大——他似乎越来越应该留在那里。如果说有思乡病的话，那么，他想念的是意大利：那里的阳光，以及语言，他在那里被称为托马索。即使他对泰晤士河岸有任何思念，也已经被威尼斯治愈。佛罗伦萨和米兰给了他比呆在国内的人更为灵活的思想。但他心里还是有所牵挂——想了解哪些人死了、哪些人已经出生的好奇心，想再次见见两位姐姐并对小时候的事情一笑置之——人们总能找到笑的理由——的愿望。他给摩根·威廉斯写了信，信中说，我在考虑回到伦敦。但不要告诉我父亲。不要告诉他我准备回来。

在起初的几个月里，他们尽力对他好言相劝。你瞧，沃尔特现在安定些了，你会发现他几乎变了一个人。他的酒喝得少了。嗯，他知道这会要他的命。他近来一直没有进过法庭。他甚至还当过教会执事。

什么？他说，他没有拿圣酒把自己灌醉吗？他没有揣着蜡烛钱逃走吗？

任凭他们说破嘴皮，也不能说服他回帕特尼。他等了一年，直到娶妻生子。然后，他觉得安全了，可以回去了。

他离开英格兰已经不少于十二年。人们的变化让他感到吃惊。他走的时候，他们都还年轻，现在却是人到中年，要么变得温和，要么变得急躁。当年身手矫捷的人如今又干又瘦。当年身材丰满的人则进一步发福。清秀的五官已经变得模糊，失去了棱角。明亮的眼睛失去了光彩。有些人他第一眼根本就认不出来。

但不管走到哪里，他都能认出沃尔特。当他父亲朝他走来时，他在心里说，我现在看到的是二三十年后的我自己，如果我能活到那一天的话。他们说，酗酒几乎要了他的命，但他看上去并没有半死不活。他看上去跟往常完全没有两样：仿佛能把你打倒，并且似乎决定这样做。他矮而壮实的身材变得宽阔、粗糙了。那头浓密的卷发几乎没有一根发白。他的目光像锥子一样；那双金褐色的小眼睛炯炯有神。他以前常说，在铁匠铺里你需要一双好眼睛。不管你在哪里都需要一双好眼睛，否则他们会将你洗劫一空。

"你去哪儿了？"沃尔特说。如果是在过去，他的语气会很愤怒，但现在只是有些不高兴。仿佛他的儿子只是去莫特莱克送了个信，并在那儿耽搁了一阵。

"哦……许多地方。"

"你看起来像个外国人。"

"我是个外国人。"

"那么，你一直在干些什么？"

他能想象自己在说，"各种各样的事儿，"并说了出来。

"那你现在在干哪种哪样的事儿？"

"学习法律。"

"法律！"沃尔特说，"如果不是因为所谓的法律，我们早就是贵族了。还有庄园。在这一带有很多的庄园。"

他想，这一点说来倒是有趣。如果通过打架、大叫大嚷以及比别人块头大、有力气、更大胆、更无耻就可以成为贵族，那么，沃尔特的确应该是贵族。但事情还不仅如此；沃尔特认为他有这种资格。他小时候听到过无数次：克伦威尔家族曾经很有钱，我们拥有过庄园。"什么时候？在哪儿?"他常常问。沃尔特就说,"北部的一个地方,在那边!"并因为他顶嘴而朝他大吼。他父亲在告诉别人弥天大谎时,不喜欢别人怀疑。"那我们现在为什么败落到这一步了呢?"他会问,而沃尔特就说,是因为律师和骗子,那些律师全是骗子,把土地从别人的手里偷走。懂不懂随你,沃尔特会说,反正我是不懂——而我并不傻,小子。就因为我在所谓的公地上放羊,他们竟敢把我拽上法庭,罚我的款!既然人人都有份,那儿就该是我的公地。

这又怎么可能,既然家里的土地是在北部?说这话毫无意义——事实上,从沃尔特的拳头里吸取教训是最快的方式。"但是难道没有钱吗?"他会追问,"钱都去哪儿了?"

只有一次,沃尔特在清醒的时候,似乎说过几句真话,而且说得很在理:我想,他说,我想是我们把它败掉了。我想,一旦失去就永远失去了。我想,财富一旦失去,就永远不会再来。

许多年来,他常常想起这个问题。在回帕特尼的那一天,他问过他,"如果克伦威尔家曾经富有过,如果我去把剩下的东西找回来……你会满意吗?"

他用的是安慰的语气,但是你难以安慰沃尔特。"哦,是呀,我猜再跟别人分享?你跟那该死的摩根,你们真是够热乎的。那是我的钱,如果人人都有份的话。"

"那会是家族的钱。"他心里想,我们这是干什么,见面不到五分钟就吵,为并不存在的财富争执不休?"你现在有了个孙子。"接着,他声音不大地加了一句,"你绝对不许靠近他。"

"哦,我早就有了,"沃尔特说,"孙子们。她是什么人?某位荷兰姑娘吗?"

他跟他说起了丽兹·维基斯,因而也承认他早已回到英格兰,在这里娶妻生子。"给自己捞了个有钱的寡妇,"沃尔特嘲笑道,"我想,这比回来看我更重要。一定是的。我想,你大概以为我死了。律师,对吧?你一贯都很多话。捆你嘴巴都止不住。"

"但上帝知道你试过。"

"我想,你现在不会承认干过铁匠活了。也不会承认给你叔叔约翰打杂或者在萝卜皮上睡觉的事儿。"

"天啊,爸爸,"他说,"在朗伯斯宫[①],他们不吃萝卜。莫顿红衣主教吃萝卜!亏你想得出来!"

当他年龄很小,而他叔叔约翰为大人物当厨师的时候,他经常跑到朗伯斯的官邸,因为那里更可能填饱肚子。他总是在最靠近河边的那个门口转悠——当时莫顿还没有修建那座气派的大门——看着他们进进出出,询问他们是谁,下一次再根据他们衣服的颜色以及画在盾牌上的动物和其他东西来辨认他们。"别老站在那儿,"人们朝他喊道,"去找点儿活干。"

除他之外,其他的孩子都在厨房里找活儿干,做些杂事,他们的小手指忙着为鸟儿脱毛,为草莓去蒂。每到用餐时间,府里的官员们就在厨房外的过道上排成一队,把桌布和各种调料逐一送进去。他叔叔约翰负责称量食物,如果分量或大小不对,就扔进篮子留给下人。那些称量过关的食物,每送进去他都会计数;而他站在他叔叔身边,装成他的助手,就这样学会了数数。各种肉和奶酪、腌制的水果和喷香的薄脆饼进了大厅,送上大主教的餐桌——当时他还不是红衣主教。残羹剩菜撤回来后,被分成几份。最好的给厨房的员工。剩下的送往济贫院、医院,或打发门外的乞丐。不适合给他们的则交往更下一层,填进孩子和猪的肚子里。

每天早晚的时候,孩子们都在后楼梯奔上跑下地挣口饭吃,他们将啤酒和面包送到楼上的食柜里,为年轻的绅士们准备好。那些年轻人是红衣主教的侍从,都有良好的出身。他们侍候在餐桌旁,因此与一些大人物关系密切。他们听那些人高谈阔论,从中不断学习。如果不在餐桌旁侍候,

---

[①] 伦敦坎特伯雷大主教的官邸。

他们就在阅读音乐大师或其他大师的大部头作品，那些大师说的是希腊语，手持花束和香盒在主教府踱来踱去。有人指着一位侍从告诉他：那是托马斯·莫尔先生，连大主教自己都说，他已经是学富五车，而且性格风趣讨人喜欢，将来肯定会成为大人物。

有一天，他送来一条全麦面包，放进食柜，然后留在那儿不走，托马斯先生说，"你怎么还不走？"但是并没有扔东西砸他。"那本大书里有什么？"他问，托马斯先生笑着回答，"文字，文字，仅仅是文字而已。"

有人说，莫尔先生今年十四岁，即将去牛津。他不知道牛津在哪里，也不知道他是否想去或只是受人派遣。孩子可以受人派遣；而托马斯先生还不是大人。

十四是七的两倍。我七岁了吗？他问。不要只说"对"。告诉我是不是。他父亲说，看在上帝的份上，凯特，给他编个生日吧。跟他怎么说都行，但是让他安静下来。

每当他父亲说，我讨厌看到你，他就离开帕特尼去朗伯斯。每当约翰叔叔说，我们这一周帮手很多，魔鬼会为游手好闲的人找事儿做，他就动身回帕特尼。有时他会得到一个礼物带回家。有时是一对腿被绑在一起、张着红喙的鸽子。他沿河岸走着，一边在头顶挥舞着鸽子，使它们显得像在飞翔一般，直到有人朝他喊叫，住手！他做任何事情，总是会惹得别人喊叫。约翰说，你调皮捣蛋，动不动就跟人顶嘴，总是出现在你不该出现的地方，都让人见怪不怪了！

在厨房过道旁边一间寒冷的小屋里，有个名叫伊莎贝拉的女人，负责制作杏仁蛋白小糖人，以供大主教和他的朋友们晚饭后游戏之用。有些糖人是英雄，如亚历山大国王和凯撒国王。有些是圣人；我今天制作的是圣托马斯，她说。有一天，她制作了不少小动物，给了他一只狮子。你可以吃掉它，她说；他宁愿保存起来，但伊莎贝拉说它很快就会破碎。她说，"你难道没有妈妈吗？"

从出自伙房的写有小麦粉或干豆子、大麦、鸭蛋等的字迹潦草的货物单上,他学会了认字。在沃尔特看来,能够认字的意义就在于可以占那些不能认字的人的便宜;出于同样的目的,一个人还应该学会写字。所以,他父亲将他送到了神父那里。但他总是犯错误,因为神父们有些很奇怪的规定;他应该专程来上课,而不是在干别的事情时顺道而来,书包里不能装有癞蛤蟆,不能装着没有磨好的小刀,身上不能有被某扇门划伤或撞伤的痕迹——他常常闯进那些名叫沃尔特的门里。神父们朝他怒吼,忘了让他吃饭,于是他又去了朗伯斯。

每当他回到帕特尼,他父亲就说,我的天啊,你都去哪儿了:除非他在里屋,正在哪位后妈的身上忙乎。有些后妈呆的时间太短,等他回家时,他父亲已经跟她们告吹,将她们赶了出去,但凯特和贝特会跟他说起她们,一边乐得大笑。有一次,他身上又脏又湿地回来,当天的后妈说,"这是谁家的孩子?"还想把他踢到院子里。

有一天快到家时,他发现第一只贝拉躺在街上,还看出谁也不想要它。它的体型跟一只小耗子差不多,而且又惊又冷,甚至都没有哀叫。他用一只手将它抱回家,另一只手上拿着一小块用蒿叶包着的奶酪。

那只狗死了。他姐姐贝特说,你可以再找一只。他到街上去找,但一直没有找到。狗倒是有。但它们都有主人。

从朗伯斯到帕特尼,路上的时间可能很长,有时他会吃掉礼物,如果是熟食的话。但如果得到的只是一棵白菜,他就会将它一路滚着踢着,直到彻底踢烂。

在朗伯斯时,他常常跟在管理员的身后,他们说出一个数字,他就记在心里;于是大家说,如果你没有时间写下来,就告诉约翰的侄子好了。对于订购的任何东西,他只要朝袋子看过一眼,就会提醒他叔叔检查一下,看是否缺斤少两。

在朗伯斯时,到了傍晚,如果天色还亮,而所有的坛坛罐罐都已经洗刷干净,孩子们就会到外面的碎石地上踢足球。他们的叫声升到了半空。

他们骂骂咧咧，互相冲撞，有时拳脚相加，甚至用嘴巴咬，直到有人高喊要他们停下。楼上敞开的窗户里，年轻的绅士们正用他们学会的尖嗓门在认真地合唱。

托马斯·莫尔先生的面孔有时也会出现。他朝他挥手，但托马斯先生望着下面的孩子们，并没有认出他。他一视同仁地微笑着；那只学者特有的白皙的手把百叶窗拉了下来。月亮升起来了。侍从们各自上了自己的小床。厨房的杂工则用粗麻布将自己一裹，在炉边席地而卧。

他记得一个夏天的晚上，踢球的孩子们静静地站在那儿，抬头仰望。正是暮色苍茫之际。有支竖笛吹出了尖而细的音符，在空中回荡。一只乌鸫听见了，在水闸旁的灌木丛中跟着唱了起来。有位船夫在河面上吹起了口哨，与之应和。

1527年：红衣主教刚从法国回来，就马上开始筹备宴会。法国大使将会出席，以便将协议确定下来。他说，款待这些先生要用最好的东西。

国王一行于8月27日离开波利欧。过了不久，亨利接见了回国的红衣主教，这是六月初以来两人第一次会面。"你会听说国王接见我时很冷淡，"沃尔西说，"但我可以告诉你并非如此。她——安妮小姐在场……这没错。"

从表面上看，他的出国之行收效甚微。红衣主教们不愿到阿维尼翁与他会晤：他们借口说，不想顶着酷热去南方。"不过现在，"他说，"我有了一个更好的计划。我会请求教皇再给我派一位使节，我要在英格兰审理国王的案件。"

您在法国的时候，他说，我妻子伊丽莎白去世了。

红衣主教抬起头来。他的双手猛地捂住胸口。他的右手向下移到自己佩戴的十字架上。他问是怎么回事。他听着。他的拇指抚摸着上帝受难的身体：一遍又一遍，仿佛从中可以吸取勇气。他低下头，喃喃道，"我主所爱……"他们静静地坐着。为了打破沉默，他开始向红衣主教问一些无关痛痒的问题。

他几乎不需要打听在刚刚过去的夏天所使用的策略。红衣主教答应帮忙资助一支法国军队，该队伍将开往意大利，设法把皇帝赶出去。而与此同时，不仅失去了梵蒂冈以及教皇领地，而且眼睁睁地看着自己的美第奇亲友被赶出佛罗伦萨的教皇，则会对亨利国王感激不尽。不过，说到与法国恢复长期邦交——他，克伦威尔，与他城里的朋友一样心存怀疑。如果你到过巴黎或鲁昂的街上，看到一位母亲用手拽着自己的孩子，口里说，"别嚎了，否则我找个英国人来治你，"你就很容易相信，两国之间的任何协议都只是一种形式，为时不会长久。英国人一旦离开自己的岛国，就展现出巨大的破坏才能，为此他们永远不会得到原谅。英国军队所过之处，总是一片狼藉。他们仿佛是有系统地做出有悖于骑士规范的所有行为，并违犯所有的战争法。打仗不算什么，留下印记的是他们在打仗间隙的所作所为。他们行军途中对方圆四十英里的地方抢掠奸淫。他们烧毁田中的作物，还连人带房一起焚烧。他们接受钱物的贿赂，如果在某地扎营，就让当地民众为没有被骚扰的每一天进行补偿。他们杀死神父，将他们扒光衣服吊在集市上。就像异教徒一般，他们对教堂大肆洗劫，将圣杯装进行李，用宝贵的书籍生火做饭；他们毁掉文物，将祭坛清洗一空。他们找到死者的亲属，要活人为死者付赎金；如果活人无力支付，他们就在别人的眼皮底下焚烧尸体，没有仪式，没有任何祈祷，就像处理病牛的尸体一样处理这些死者。

尽管如此，国王们可能会互相原谅；民众却很难做到。这句话他没有对沃尔西说出口，等待着他的坏消息已经够多了。他不在时，国王已经派出自己的特使前往罗马秘密协商。红衣主教了解到了这一情况；不过当然毫无作用。"可是，如果国王不跟我开诚布公，对我们的目标就毫无助益。"

他以前从没遇到这种两面手腕的行为。事实上，国王明白自己的案子在法律上处于弱势。他明白这一点，却不愿意明白。在他的思想中，他已经让自己相信他从未结婚，所以现在能随意婚娶。不妨这么说吧，他的意志相信了，但他的良心没有信服。他了解教会法规，对以前不了解的内容现在也烂熟于心。作为弟弟的亨利原本是为教会抚育培养的，以便担任教会内的最高职务。"如果国王陛下的哥哥亚瑟还活着，"沃尔西说，"那么，红衣主教就会是国王陛下，而不是我了。哦，这念头真棒。你知道吗，托马斯，自从……我想是自从上船之后，我就一天也没有休息过了。自从在多佛启程，我晕船的那天起。"

他们曾经一起跨越过海峡。红衣主教躺在下面，呼天喊地，而习惯了航行的他则将时间花在甲板上，画着船帆和索具，或者画装有假想的索具的假想的船，并想让船长相信——"请别介意，"他说——有一种方法可以航行得更快。船长想了片刻，说，"等你装备了一艘自己的商船时，你就可以那么干了。当然，所有基督徒的船只都会以为你们是海盗，所以，如果遇到麻烦，可别指望得到帮助。水手们都不喜欢新事物。"

"别的人也一样，"他说，"就我看来都一样。"

英格兰不可能有新事物。会有旧事物以新的形象出现，或者新事物假装成旧事物。为了受到信任，新人必须为自己编出一个古老的门第；像沃尔特的一样，或者进入古老的家族效命出力。别打算单干，否则别人会认为你们是海盗。

今年夏天，红衣主教重新踏上旱地之后，他想起了那次航行。他等待着敌人来到身边，等待着交手的开始。

但此时此刻，他下楼来到厨房，想看看他们在准备什么拿手好戏，好赢得法国特使的好感。他们已经做好圣保罗教堂的甜面模型上的尖塔，但制作十字架和上面的小球时却遇到了麻烦。他说，"用杏仁蛋白软糖做些小狮子吧——红衣主教想要。"

他们翻了翻眼睛，说，难道没完没了了吗？

他们的主人从法国回来之后，脾气一直不好。让他抱怨的不只是公开的失败，还因为幕后见不得人的把戏。有人印发讽刺和诋毁他的材料，他刚刚将它们全部买下，新的一批就在街上出现。法国的所有窃贼似乎都朝他的行李车涌来；在贡比涅时，尽管他派人日夜守卫着他的金器，还是发现有个小男孩在后楼梯溜上溜下，将盘子偷给一个训练过他的大盗。

"后来怎么样了？您抓到他了吗？"

"大盗被处以枷行。小男孩逃走了。接着有天夜里，有个坏蛋溜进我的房间，在窗户旁刻了一样东西……"第二天早晨，透过薄雾和细雨，初升太阳的一缕亮光映照出一个绞刑架，红衣主教的一顶帽子挂在上面晃荡着。

又是一个潮湿多雨的夏天。他可以发誓根本就没有晴朗过。收成要遭殃了。国王和红衣主教交流着治病的药方。国王一旦打个喷嚏，就会放下国事，给自己开出轻松一天的处方，奏奏乐，或者——如果雨停了的话——在花园里散散步。到了下午，他和安妮有时会避开众人，闭门不出。已经有了传言，说她允许他脱掉她的衣服。每天傍晚，好酒会驱除寒意，然后安妮会阅读《圣经》，向他指出一些尤其值得注意的地方。晚饭之后，他开始胡思乱想，说法国国王可能在笑话他；皇帝可能也在笑话他。天黑之后，国王就为相思所苦。他心情忧郁，有时让人无法接近。他喝很多酒，睡得很沉，孤枕独眠；一觉醒来时，由于他很健壮，而且还年轻，他又变得乐观，头脑清晰，做好了迎接新的一天的准备。在大白天里，他的目标又有了希望。

红衣主教即使生病也不会停止工作。他只是继续坐在桌子旁，打着喷嚏，全身酸疼，口里咕咕哝哝地抱怨着。

如今回想起来，不难看出红衣主教的失宠是起于何时，但当时却并不容易。回首过去，就会想起在海上的情景。地平线令人晕眩地一起一伏，海岸线消失在迷雾之中。

到了十月，他的两位姐姐以及茉茜和乔安拿出他亡妻的衣服，将它们细致地剪成新的式样。没有任何浪费。每一小块好布都改成了别的东西。

圣诞节时，宫廷里唱着：

> 正如冬青树长成青翠，
> 颜色从来不变，
> 我心如是，一如既往，
> 对姑娘你真情直到永远。
>
> 冬青树长成青翠，常春藤也一样，
> 尽管冬天里风寒且狂。
>
> 正如冬青树长成青翠，
> 常春藤也一样，
> 当百花不见踪影
> 新树的叶儿落尽，
> 冬青树青翠如常。

*　　　*　　　*

1528年春：和蔼可亲、不修边幅的托马斯·莫尔缓缓走过来。"正好是你，"他说，"托马斯，托马斯·克伦威尔。我正好想见你。"

他和蔼可亲，总是和蔼可亲；他的衬衣领很脏。"你今年要去法兰克福吗，克伦威尔先生？不去？我还以为红衣主教会派你去交易会，打入那些异教徒书商里去。他花了不少的钱来买他们的书，但诋毁他的潮流屡堵不止。"

在攻击路德的小册子中，莫尔称那位德国人为臭大粪。他说他的嘴巴就像世界的肛门。你不会想到这种话会出自托马斯·莫尔，但事实却是如此。只有他才使拉丁文变得这么粗俗。

"异教徒们的书，"克伦威尔说，"其实不关我的事。国外的异教徒会在国外得到处理。教会是世界性的。"

"哦，可一旦这些圣经学者到了安特卫普，你知道……那是个什么样的城市啊！没有主教，没有大学，没有适当的学术中心，没有适当的官方部门来阻止所谓译本的扩散，在我看来，那些圣经译本都居心不良，有意误导民众……不过当然了，这些你知道，你在那儿呆过一些年。有人说，现在在汉堡又发现了廷德尔的译本。如果看到他，你能认出他来，对吧？"

"伦敦主教也能认出来。您自己可能也一样。"

"没错。没错。"莫尔思索着。他咬着嘴唇。"嗯，你会跟我说，追查伪译本不是律师的职责。可我希望能找到途径，以起诉教友们发表煽动言论，你明白吗？"他用了"教友们"这个词；这是他的小玩笑；语气中充满了鄙夷。"如果有反政府罪，我们的协议就能起作用了，我可以将他们引渡过来。让他们在更严格的法庭体系中对自己负责。"

"您在廷德尔的书里找到煽动言论了吗？"

"啊，克伦威尔先生！"莫尔搓着双手。"我欣赏你，真的欣赏你。现在我体会到肉豆蔻被碾压时的反应了。换了一个平庸的人——一个平庸的律师——就会说，'我读过廷德尔的书，觉得里面没有问题。'但克伦威尔可不会上当——而是把球又踢给了我，反而问我，您读过廷德尔的书吗？我承认读过。我研究过这个人。我给他的译本挑过毛病，逐字逐句地挑过。我当然读他的作品，是的。我得到了许可。我的主教许可了。"

"《次经传道书》里说，'摸过沥青之人必会脏手。'除非他的名字叫托马斯·莫尔。"

"你瞧，我就知道你也读《圣经》！一准会这样。如果神父在听忏悔，听到淫邪的事情，难道神父就因此变得淫邪吗？"为了转移注意力，莫尔取下帽子，心不在焉地在手里叠着；帽子对折起来；他那双明亮、疲惫的眼睛朝四周扫视了一番，仿佛他会受到各方的反驳。"我还相信，对红衣主教学院的那些年轻神父，约克红衣主教自己也许可他们阅读分裂教派的小册子。也许他把你包括在他的许可范围之内。对吧？"

把自己的律师包括进去未免奇怪；但话说回来，律师干的也全是奇怪的事情。"我们兜了一圈又回来了，"他说。

莫尔朝他一笑。"哦，这毕竟是春天。过不了多久，我们就会围着五月柱跳舞了。是出海航行的好天气。你可以借此机会做一点羊毛生意，除非你现在只想拔人身上的毛了？如果红衣主教要你去法兰克福，我想你会去吧？如果他想拆除某座小修道院，因为他觉得它有不小的捐赠，因为他觉得僧侣们年老体衰——上帝保佑他们——而且有些神志模糊；因为他觉得粮仓已满，池塘里鱼虾充足，牛羊肥壮，而修道院长又老又瘦……去吧，托马斯·克伦威尔。东南西北都行。你和你的小徒弟们。"

如果说这些话的是另一个人，他很可能会拳脚相向。可说这些话的是托马斯·莫尔，到头来则以共进晚餐的邀请而结束。"上切尔西来吧，"他说，"那儿的交谈很精彩，我们希望你去锦上添花。我们的饭菜很简单，但很不错。"

廷德尔说，在上帝的眼中，厨房里洗盘子的孩子与布道坛上的传道士和加利利岸边的使徒一样让人喜爱。他想，也许我不会提起廷德尔的观点。

莫尔拍拍他的胳膊。"你没有再婚的打算吗，托马斯？没有？也许是明智之举。我父亲总是说，挑选一位妻子就像把手伸进一只装满蠕动的动物的袋子里，里面鳗鱼和蛇的比例是 1∶6。抓出鳗鱼的可能性有多大呢？"

"您父亲结过……嗯……三次婚吧？"

"四次。"他笑了。这是真正的笑容。让他的眼角堆起了皱纹。"为你祈祷，托马斯，"说完，他慢慢地走了。

莫尔的第一任妻子死后，尸骨还未寒，她的继任者就进了家门。莫尔原本会成为神父，但是，人的肉体将容易造成麻烦的需求向他呼吁。莫尔不想成为不称职的神父，因此成了一位丈夫。他爱上了一个十六岁的姑娘，但她十七岁的姐姐尚未出嫁；他娶了姐姐，以免她的自尊受到伤害。他并不爱她；她既不会读书也不会写字；他希望这种情形能得到改善，但看来没有如愿。他要她背诵布道文，但她牢骚满腹，顽固地坚持着自己的无知；他把她送到她父亲家里，她父亲建议揍她一顿，她吓坏了，发誓再也不会抱怨。"她的确再也没有抱怨了，"莫尔总是说，"不过也没有学会任何布道文。"莫尔似乎对这种协商很满意：从各方面保住了荣誉。那个冥顽不化的女人给他生了孩子，当她二十四岁那年去世时，他娶了一位城里的寡妇，年纪不小，顽固的性格也颇有了年头：又是一个不会认字的女人。就是这样：如果你放任自己，一定要找个女人一起生活，那么，为了你的灵魂起见，你应该找一个你真正不喜欢的女人。

教皇应沃尔西的要求派到英格兰来的坎佩吉奥红衣主教，在当神父之前已经结婚。这使得他成为最合适的人选，在阻挠国王心愿这一旅程的下一个阶段，可以为沃尔西——对婚姻问题他当然没有任何经验——提供协助。尽管帝国军队已经撤离罗马，一个春天的谈判并没有产生任何确切的效果。史蒂芬·加迪纳已到罗马，带有红衣主教的一封称赞安妮小姐的信，想打消教皇可能产生的心理——以为国王选择自己的新娘是率性而为，心血来潮。写那封信时，红衣主教坐在那儿斟酌了很久，一一列举她的品德，在自己的手上写着。"女性的谦逊……贞洁……我能说贞洁吗？"

"最好要说。"

红衣主教抬起头。"知道吗？"他迟疑着，又回头看那封信。"应该很能生养吧？嗯，她家的人都很能生养。是教会的可爱而忠诚的女儿……说一句也许是题外话……有人说，她让人在房间里摆放法文圣经，还让侍女们阅读，不过，我对此事也没有确切的了解……"

"弗朗索瓦国王允许有法文圣经。我想，她是在那儿学的圣经。"

"啊，但是女人，你瞧。女人读圣经，这是另一个受到争论的问题。她知道马丁教友是怎么看待女人的地位的吗？他说，如果我们的妻子或女儿在分娩时死去，我们不应该悲哀，因为她只是在履行上帝赋予她的职责。马丁教友很严厉，很难以对付。不过也许她并不是个读圣经的女人。这也许是对她的诽谤。也许她只是对神父们失去了耐心。但愿她不要把自己的难题都怪到我的头上。不要怪罪我太多。"

安妮小姐让人给红衣主教捎来了友好的口信，但他觉得她不是出于真心。沃尔西曾说，"如果我看出国王的婚姻真有宣布无效的可能，那么，我会亲自去梵蒂冈，切开自己的血管，让他们蘸着我的血书写那些文件。如果安妮知道这一点，你觉得她会满意吗？不，我想不会，可如果你见到博林家的任何人，主动跟他们提一提。顺便说一下，我想你认识一位叫翰弗里·蒙茂斯的人吧？在廷德尔逃到了不知道什么地方之前，是他让廷德尔在他家里藏了半年。他们说他还在送钱给他，但这不可能是真的，因为他怎么知道送到哪儿呢？蒙茂斯……我只是顺口提起他的名字。因为……嗯，我为什么要提起呢？"红衣主教闭上眼睛。"因为我只是顺口提提而已。"

伦敦主教已经把自己的监狱装满了犯人。他把路德教徒和分裂派教徒关在纽盖特监狱和舰队监狱，与普通罪犯关在一起。他们会呆在那里，直到放弃信仰并公开悔罪。如果他们恢复之前的信仰，就会被烧死；不会有第二次机会。

蒙茂斯的家被突然查抄时，里面没有任何可疑书籍。几乎就像事先有人通风报信。没有任何可以表明他与廷德尔及其朋友有牵连的书或信件。不过，他还是被关进了伦敦塔。他家里人惊恐万分。蒙茂斯温和慈祥，是一位大布商，在自己的同业公会乃至整个城市都口碑很好。他爱护穷人，即使生意不好，也买他们的布，以便织工们不至于失业。关押的目的无疑在于整垮他；等他出狱时，他的生意已经摇摇欲坠。由于缺乏证据，他们不得不释放他，因为你无法拿炉子里的一堆灰烬做文章。

如果依托马斯·莫尔的意思，蒙茂斯自己也会变成一堆灰烬。"还没来看我们吗，克伦威尔先生？"他说，"还在地下室里吃光面包吗？来吧,我的嘴巴虽然不饶人,但不会针对你。我们得成为朋友,你知道。"

听起来像是威胁。莫尔摇着头慢慢走开,一边说,"我们得成为朋友。"

灰烬,光面包。红衣主教说,英格兰一直是个痛苦的国家,是一个被排斥、被抛弃的民族的家园,这个民族在为自己的救赎而缓缓地努力,这个民族承受着上帝降临的特殊苦难。如果英格兰受到上帝的诅咒,或者中了某种邪恶的魔咒,那么,这种诅咒或魔咒似乎一度被魅力四射的国王及其魅力四射的红衣主教所破解。但那些魅力四射的黄金年代已经结束,在即将到来的冬天里,大海将会封冻;亲眼见过的人将会终生难忘。

乔安与她丈夫约翰·威廉逊以及女儿小乔安——孩子们都叫她乔,他们觉得她太小,不用叫全名——一起搬进了奥斯丁弗莱的房子里。克伦威尔家的生意需要威廉逊帮忙。"托马斯,"乔安说,"你现在做的到底是什么生意?"

她以这种方式把他留下来说话。他说,"我们的生意是让别人致富。有很多方法可以做到这一点,而约翰就是要帮我使用这些方法。"

"但约翰不用跟红衣主教大人打交道,对吧?"

有传言说,关于红衣主教关闭的修道院,已经有人——有影响的人——向国王抱怨,而国王则向沃尔西有过抱怨。他们不关心红衣主教对相关资产的妥善利用;他们不关心他的学院,不关心他资助的学者和他正在建立的图书馆。他们唯一感兴趣的是从那些战利品中分一杯羹。由于他们被撇在该事件之外,便假装相信僧侣们已经衣不蔽体,在大路上伤心痛哭。事实并非如此。他们被调往其他的地方,调往管理得更好的更大的修道院里。有些年轻人倒是被打发走了,他们对这种生活没有使命感。询问他们时,他常常发现他们一无所知,这对修道院宣称要成为学术之光的传播体是一种讽刺。他们可以结结巴巴地说出一段拉丁文祈祷词,但是如果你说,"好的,再告诉我它是什么意思,"他们就说,"意思,先生?"

仿佛在他们看来,语言与意思只是松松垮垮地系在一起,随便一拉就会断开。

"别人说什么你不用担心,"他对乔安说,"一切由我负责,我一个人负责。"

红衣主教十分傲慢地听取了那些怨言。他在自己的文件夹里严肃地记下抱怨者的名字。接着,他从文件夹里取出那张名单,苦笑着交给他的亲信。他唯一关心的是他的新建筑,以及让他的旗帜飘扬,让砖墙上饰有他的纹章浮雕,还有他的牛津学者;他从剑桥挖了一批最有前途的年轻博士,送到红衣主教学院。复活节前出了一点麻烦,院长发现有六位新人藏有不少禁书。务必把他们关起来,沃尔西说,把他们关起来,跟他们讲道理。如果天气不是太热或总是下雨的话,我可能会亲自过来跟他们讲道理。

跟乔安解释这些毫无用处。她只想知道她丈夫不会被那些蜚短流长所中伤。"我想,你知道自己在干什么。"她的眼睛望向半空。"最起码,汤姆,你看起来一直像是知道。"

她的声音,她的脚步,她抬起的眉毛,她明朗的笑容,这一切都让他想起丽兹。有时候他转过身,以为丽兹进了房间。

这种新的格局让格蕾丝感到不解。她知道她妈妈的第一任丈夫叫汤姆·威廉斯;他们在家庭祷告中会提到他。那么,威廉逊叔叔是他的儿子吗?她问。

乔安想尽力跟她解释。"别费口舌了,"安妮说。她敲敲自己的脑袋,那可爱的小手指从帽子上的小珍珠上弹回来。"迟钝,"她说。

后来,他告诉她,"格蕾丝不是迟钝,而是太小。"

"我从来不记得我有那么蠢过。"

"他们都很迟钝,除了我们?是这样吗?"

安妮的表情在说,差不多是这样吧。"人干吗要结婚?"

"为了可以生孩子。"

"马不结婚。但是有马驹。"

他说,"多数人觉得这能让他们更幸福。"

"哦,是这样,"安妮说。"我可以自己挑丈夫吗?"

"当然,"他说;意思是在一定程度上。

"那我就挑雷夫。"

有一分钟,一共有两分钟的时间,他觉得自己的生活可能会出现转机。但他转念一想,我怎么能要求雷夫久等?他需要建立自己的家。就算从现在起再过五年,安妮仍然会是一位非常年轻的新娘。

"我知道,"她说,"而时间过得很慢。"

的确如此;人们似乎总是在等待着什么。"你好像都考虑好了,"他说。你不必告诉她,把这个埋在心里,因为她知道这样做;你不必用大多数女人所要求的转移话题和表示反对的小手段来让这个小姑娘跟你聊下去。她不像一朵花,一只夜莺;她像……像一个商人冒险家,他想。只需看你一眼,就能看穿你的意图,于是手掌一拍就做成一桩生意。

她取下帽子;她的手指捻弄着小珍珠,又拉起自己的一缕黑发,拉得长长的,直到显不出波浪。她拢起其他的头发,扭了扭,再绕在自己的脖子上。"我可以绕两圈,"她说,"如果我的脖子再细一点的话。"她听起来很苦恼。"格蕾丝认为我不能嫁给雷夫,因为我们是亲戚。她认为住在这个房子里的所有人肯定都是亲戚。"

"你跟雷夫不是亲戚。"

"你肯定吗?"

"我肯定。安妮……把帽子再戴上。你姨妈会怎么说呢?"

她做了个鬼脸。模仿她的乔安姨妈的样子。"哦,托马斯,"她喃喃道,"你总是这么肯定!"

他抬手掩住自己的笑意。一时间,乔安似乎不那么令人担心了。"把帽子戴上,"他温和地说。

她把帽子压在自己的头上。她是那么小,他想;不过她更合适戴头盔。"雷夫是怎么来这儿的?"她说。

*　　*　　*

他是从埃塞克斯来这儿的,因为他父亲当时刚好就在那里。他父亲亨利是爱德华·贝尔纳普爵士的管家,而爵士是格雷家的表亲,因此也与多塞特侯爵攀上了亲戚,侯爵又是沃尔西的保护人——红衣主教当时还是牛津的学者。哦,没错,都是裙带关系。事实上,他回到英格兰才刚刚一两年,似乎就与红衣主教有了密切的联系,虽然他还从来没有见过那位大人本人;他,克伦威尔,当时已经是个用起来得心应手的人。他为多塞特家处理各种错综复杂的诉讼。老侯爵夫人让他到处为她搜罗床帷和地毯。把那个送来。上这儿来。在她看来,全世界的人都得听她使唤。如果想要龙虾或鲟鱼,她就只管吩咐,如果想要好味道,她同样是只管吩咐。侯爵夫人常常抚摸着佛罗伦萨丝绸,开心得咯咯直笑。"你买到这个了,克伦威尔先生,"她常常说,"而且非常漂亮。你的下一个任务就是想好我们怎么付钱。"

就是在履行这各种各样的职责和任务的过程中,他遇到了亨利·赛德勒,并同意把他儿子接到他家中。"把你知道的都教给他,"亨利说,他的语气有点担忧。他做好了安排,在去他负责的地区办完事情之后,顺道来接雷夫,但不巧那天碰上了坏天气:道路泥泞,大雨倾盆,乌云从海岸边滚滚而来。当他一身泥水地赶到他家门口时,才两点刚过不久,但天色已经开始暗下来;亨利·赛德勒说,你不能留下来吗,没等你赶到伦敦,可能就关城门了。他说,我今晚得尽量赶回去。我要上法庭,再说还要打发多塞特夫人的债主,你知道是怎么回事……赛德勒太太担心地看看外面,又看看自己七岁的儿子:她现在要与他分别,把他交给天气和旅途。

这并不残酷,而是很正常。但雷夫身材太小,他几乎觉得有些残酷了。他的小卷发刚刚剪过,姜黄色的头发立在头顶上。他的父母跪下来拍着他。接着,他们用一层层的厚衣服将他裹了又裹,全身上下严严实实,以至于他的小身材臃肿起来,像一只小木桶。他看着外面的大雨,心里想,有时候,我本该跟别人一样干爽暖和;可为什么他们能做到,我却永远做不到呢?赛德勒太太跪在地上,双手捧住儿子的脸。"记住我们跟你说的一切,"她低声道,"要祷告。克伦威尔先生,请一定要他祷告。"

她抬起头时,他看到她的眼睛里蓄满了泪水,还看到孩子也无法忍受,正在那一堆厚衣服里全身发抖,马上就要号啕大哭。他自己披上斗篷。一阵雨点飞溅起来,给这一幕进行了洗礼。"嗯,雷夫,你看怎么样?如果你是个男子汉的话……"他伸出一只戴着手套的手。孩子把自己的手放了进去。"我们看看能走多远行吗?"

他想,我们行动要快,好让你不回头。门开了,交加的风雨将父母逼到一旁。他把雷夫抱上马鞍。大雨呈水平方向朝他们袭来。到达伦敦市郊时,雨停了。他当时住在芬丘奇街。在门口,有个仆人伸出胳膊,准备接过雷夫,可是他说,"我们这些溺水的人要守在一起。"

孩子沉沉地睡在他的怀里,瘦小的身体缩在七层湿透的毛料衣服里。他让雷夫站在火旁;蒸汽从他身上袅袅升起。温暖让他醒了过来,他抬起冻僵的小手指,开始试着脱去那一层层的衣服。这是什么地方,他用清醒、礼貌的语气说。

"伦敦,"他说,"芬丘奇街。家。"

他拿出一条亚麻毛巾,从他脸上轻轻擦去一路旅行的痕迹。他擦擦他的头。雷夫的头发一束束地竖了起来。丽兹走了进来。"天啊:这是孩子还是刺猬?"雷夫朝她转过脸去。他微微一笑,站在那儿睡着了。

* * *

当汗热病在1528年的这个夏天卷土重来时,人们又像去年那样说,只要不去想它，你就不会得病。但怎么可能不想呢？他把几个小姑娘送出了伦敦；先安置在斯特普尼的家里，后来送得更远。这一次宫廷里有人传染。亨利从一个狩猎营地转到另一个狩猎营地，想躲过疫病。安妮被送到了赫弗。汗热病是在那儿的博林家里爆发的，那位小姐的父亲最先病倒。他活了下来；她姐姐玛丽的丈夫死了。安妮也病了，但据说不到二十四小时就已经痊愈。不过，还是可能毁掉女人的容貌。你不知道该为什么样的结果而祈祷，他对红衣主教说。

红衣主教说，"我在为凯瑟琳王后祈祷……也在为亲爱的安妮小姐祈祷。我在为弗朗索瓦国王在意大利的军队祈祷，祈祷他们取得胜利，但不要是太大的胜利，好让他们记得还需要他们的朋友和盟友亨利国王。我在为国王陛下和他的所有议员、为地里的牲口、为教皇和罗马教廷祈祷，但愿他们的决定受到上天的指引。我在为马丁·路德、为所有受他的异端邪说蛊惑的人、为所有跟他战斗的人，尤其是兰卡斯特郡的大法官、我们亲爱的朋友托马斯·莫尔祈祷。尽管有违所有的常识和眼前的实际，我还在祈祷有个好收成，祈祷雨能够停止。我为所有的人祈祷。我为所有的事祈祷。身为红衣主教就是这样。只有当我对上帝说，'嗯，关于托马斯·克伦威尔——'上帝才回答我，'沃尔西，我是怎么跟你说的？你就不知道什么时候该放弃吗？'"

当汉普顿宫出现传染时，红衣主教将自己与外界隔离了开来。只有四位仆人可以接近他。等他重新露面时，看上去真像是一直都在祈祷。

当姑娘们在夏末回到伦敦时，已经长大了一些，格蕾丝的头发由于日晒而颜色稍稍变浅。她在他面前有些胆怯，他心里想，不知道现在看到他，她是否只会想起那天晚上，当她听说她妈妈死后，他送她上床的情景。安妮说，明年夏天，不管发生什么，我都宁愿跟你在一起。城里的疫病已经结束，但红衣主教的祈祷效果却各不相同。收成非常糟糕；法军在意大利节节溃败，他们的指挥官染病身亡。

秋天来了。格利高里要回到他的老师那儿；他看得出他不情不愿，尽管他对格利高里的了解其实很少。"怎么了?"他说,"有什么问题吗?"孩子不肯说。跟别人在一起,他总是开朗活泼,但在他父亲面前,他却戒备而礼貌,仿佛要在两人之间保持正式的距离。他对乔安说,"格利高里是害怕我吗?"

像针尖刺进帆布一般,她飞快地扭头看他。"他不是僧侣,干吗要怕你?"接着,她的语气有所缓和。"托马斯,他怎么会怕你呢?你是一位和蔼的父亲;事实上,我都觉得你太和蔼了。"

"如果他不想回他的老师那儿,我可以送他去安特卫普,到我的朋友史蒂芬·沃恩那儿。"

"格利高里绝对成不了商人的。"

"是呀。"你无法想象他跟福格尔家族的某个代理人或某位暗自窃笑的美第奇职员就利率问题谈成生意。"那么,我该拿他怎么办呢?"

"我来告诉你怎么办——等他准备好后,给他结一门好亲事。格利高里是一个绅士。这一点谁都能看出来。"

安妮迫切地想开始学希腊文。他在考虑由谁来教她最好,并询问其他人的意见。他想找一个意气相投的人,一个他可以在饭桌上交谈的人,一个可以住在他家里的年轻学者。对于给他儿子以及外甥们请的老师,他感到后悔,但眼下不想让他们调换。那家伙喜欢争吵,当然,的确发生过一件不成体统的事情——由于他喜欢点支蜡烛在床上看书,不知道是哪个小子让他的房间着了火。"不会是格利高里,对吧?"他当时说,心里也一直这么希望;那位老师似乎以为他拿这件事情当玩笑。而且他不断地给他寄来一些他觉得已经付过的账单;我需要一个家庭会计了,他想。

他坐在桌旁,面前堆着厚厚一叠从伊普斯维奇和红衣主教学院送来的图纸和方案,还有工匠们为沃尔西的建设计划提出的报价和账单。他端详着手掌上的一道疤痕;早年烫伤的疤痕,形如麻花状。他想起了帕特尼。想起了沃尔特。想起了受惊的马战战兢兢移动的脚步,以及酿酒厂的气味。想起了朗伯斯的厨房,还有总是送鳗鱼来的那个蓬头散发的小男孩。

他记得曾经拽着那孩子的头发,把他的头按进一桶水里,摁了好一会儿。他想,我真的干过这种事吗?真不明白是为什么。红衣主教也许说得没错,我真是罪不可恕。疤痕有时会痒;硬得像一枚骨刺。他想,我需要一个会计。我需要一位教希腊语的老师。我需要乔安,可谁说我需要就能要到呢?

他打开一封信。是一位名叫托马斯·伯德的神父写来的。他需要钱,而红衣主教似乎欠他一笔钱。他把事情记了下来,准备去查一查并把钱还掉,然后又拿起信。信里提到了两个人,两位学者,克勒克和萨姆纳。他知道这两个名字。是六位大学教师、藏有路德著作的牛津学者之二。红衣主教当时说,把他们关起来,跟他们讲道理。他手里拿着信,转开了视线。他知道有什么不好的事情要发生了;它的影子正在墙上移动。

他开始读信。写信的人说,克勒克和萨姆纳已经死了。红衣主教应该了解。由于没有其他的安稳之处,院长认为只能把他们关在学院的地下室里,那里又深又冷,原本是存放鱼肉的地方。即使在那种寂静、隐秘、寒冷的所在,夏天的疫病还是盯上了他们。他们死在黑暗之中,没有任何神父到场。

我们一整个夏天都在祈祷,但祈祷得还是不够。红衣主教会不会是完全忘记了他的异教徒?我得去告诉他,他想。

这是九月份的第一周。他压抑的痛苦变成了愤怒。但他能拿愤怒怎么办呢?同样得压抑下去。

不过,当终于迎来新的一年时,红衣主教说,托马斯,我该给你什么样的新年礼物呢?他说,"把小比尔尼给我吧。"不等红衣主教回答,他又接着说,"大人,他已经在塔里关了一年。伦敦塔会让所有的人感到恐惧,而比尔尼胆子很小,身体瘦弱,而且我担心他们对他很严厉,大人,您还记得萨姆纳和克勒克以及他们是怎么死的。大人,动用您的权力,写写信,必要的话向国王请求。放了他吧。"

红衣主教靠在椅背上,双手指尖相接。"托马斯,"他说,"我亲爱的托马斯·克伦威尔。很好。但比尔尼神父必须回到剑桥。他必须放弃去罗马找教皇、要教皇改变思维方式的打算。梵蒂冈有非常深的地下室,他一旦到了那里,我的胳膊再长也够不着了。"

"您连自己学院的地下室都够不着,"这句话到了他的嘴边,可他又咽了回去。允许他说些怪话——偶尔调侃几句——是红衣主教对他小小的纵容。他总是乐于得到最新的禁书,并用饰带点缀封面,以及了解德国商人聚居地钢院商站的各种传言。他喜欢拿一两本书翻一翻,或者晚饭后来一场争论。但在红衣主教面前,任何有争议的话题都必须用最委婉、像头发丝一般柔软的语言一层层地包裹起来。表达任何危险的见解时,也必须用几串笑声、几次道歉来遮遮掩掩,乃至于到头来,这种见解变得像你背后的靠垫一样膨胀而无害。诚然,听到地下室里的死亡事件时,红衣主教大人也曾伤心落泪。"我怎么可能不知道呢?"他说,"那些优秀的年轻人!"

近几个月来,他动不动就落泪,尽管这并不意味着他的泪水不再真诚;事实上,此时此刻,他就抹去了一滴泪水,因为他知道那个故事:格雷会堂里的小比尔尼,那个说波兰语的人,无功而返的送信人,目瞪口呆的孩子,伊丽莎白·克伦威尔的面孔以及她那僵直、严肃的遗体。他从桌子那边探过身来,说,"托马斯,请不要绝望。你还有孩子。也许有朝一日,你会希望再婚。"

他想,我是个谁也安慰不了的孩子。红衣主教把手放在他的手上。宝石在日光下闪烁,显得深不见底:像血泡一般的石榴石,闪着银光的绿松石;还有散发着黄灰色光芒的钻石,像猫的眼睛。

他永远也不会跟红衣主教说起跟玛丽·博林那一幕,虽然肯定会有这种冲动。沃尔西可能会笑话他,他可能成为笑料。他得断章取义地把信息透露给他。

1528年秋:他进宫为红衣主教办事。玛丽朝他跑来,她拎着裙子,露出一双漂亮的绿色丝袜。她妹妹安妮在追赶她吗?他等在那儿想看个究竟。

她猛然停下脚步。"哦,是你!"

他原以为玛丽并不认识他。她一只手撑住墙板喘息着,另一只手扶在他肩上,仿佛他也是墙壁的一部分。玛丽还是非常迷人;皮肤白皙,五官秀美。"今天早上,"她说,"我舅舅。我舅舅诺福克。他为你大发雷霆。我问我妹妹,那可怕的家伙是什么人,她说——"

"是那个看起来像一面墙的人?"

玛丽的手拿开了。她咯咯一笑,脸红了起来,胸脯轻微起伏着,努力止住喘息。

"诺福克大人发什么牢骚了?"

"哦……"她的一只手像扇子似的给自己扇着。"他说,红衣主教呀,教皇使节呀,只要我们这儿有红衣主教,英格兰就绝对不会有开心的时候。他说约克红衣主教在洗劫贵族家庭,他说他恨不得一手遮天,而让那些贵族像小学生一样匍匐上前挨鞭子。不过我说的这些你不必在意……"

她看上去很柔弱,还在娇喘吁吁;但他的眼睛告诉她说下去。她发出一声轻笑,说,"我哥哥乔治也大发雷霆。他说约克红衣主教出生于一家专门收容穷人的医院,他还雇佣了一个在阴沟里出生的人。我父亲说,得了,我亲爱的孩子,说清楚点儿你也不会有损失;我想,不完全是阴沟,而是一个酿酒商家的院子里,因为他显然不是绅士。"玛丽退开一步。"你看起来像是绅士。我喜欢你的灰色丝绒,你是在哪儿弄到的?"

"意大利。"

他得到了提拔,不再是一面墙。玛丽的手又悄悄探了回来,入迷似的抚摸着他。"你能帮我买点儿吗?尽管对一个女人来说,颜色也许素淡了些?"

对寡妇来说并不素淡,他心里说。这个念头可能表现在他的脸上,因为玛丽说,"是呀,你瞧。威廉·凯里不在了。"

他垂下头,表现得非常得体;玛丽让他感到害怕。"宫廷上下都很悲伤,都想念他。你自己肯定也一样。"

她叹了口气。"总体而言,他是个好人。"

"您当时肯定很不容易。"

"由于了解法国是什么样的情形,国王把心思转到安妮身上时,以为她可能会接受……某种地位,在宫廷里。还在他的心里,用他自己的说法。他说他愿意放弃所有别的情妇。他写了很多信,亲手写的……"

"是吗?"

红衣主教总是说,你永远不可能让国王亲手写信。哪怕是给另一位国王。哪怕是给教皇。即使效果可能会不一样。

"是的,从去年夏天起。他总在写信,而且有时候,在原本该署亨利国王之名的地方……"她拿起他的手,让它掌心向上,再用自己的食指在上面画了一个形状。"在本该署名的地方,他画了一颗心……并且把他们两人的首字母写在里面。哦,你不要笑……"她自己也掩不住笑意。"他说他在受煎熬。"

他很想说,玛丽,那些信,你能帮我把它们偷来吗?

"我妹妹说,这儿不是法国,我也不像玛丽你这么蠢。她知道我是亨利的情妇,也看到了我现在的下场。她从中吸取了教训。"

他几乎屏住了呼吸:不过她现在已经不管不顾了,一定得一吐为快。

"告诉你吧,就算要赴汤蹈火,他们也会结婚的。他们已经发过誓。安妮说她一定要得到他,她才不管凯瑟琳或所有的西班牙人是不是在海上并且淹死。只要是亨利想要的,他就一定会得到,而只要是安妮想要的,她也一定会得到,我可以这么说,因为我了解他们两人,还有谁比我更了解呢?"她的眼神柔和起来,泪水盈眶。"正因为这样,"她说,"我才想念威廉·凯里,因为现在她成了一切,而我则像残羹剩饭一般在晚餐后会被扫地出门。我既然没有了丈夫,他们就可以对我想说什么就说什么。

我父亲说我是一张要吃饭的嘴,而我舅舅诺福克则说我是婊子。"

倒好像其中没有他的功劳似的。"你缺钱吗?"

"哦,是的!"她说,"是的,是的,是的,可是没有任何人甚至想到这一点!以前没有任何人问过我这个问题。我有孩子。这你知道。我需要……"她用手指按住自己的嘴唇,不让它颤抖。"如果你见过我儿子……嗯,你以为我为什么给他取名为亨利呢?国王原本会认他为子,就像他认了里士满那样,但是她不让。他对她言听计从。她想自己给他生个王子,所以不愿让我的儿子留在他的育儿室里。"

红衣主教得到过报告:玛丽·博林的孩子是个健康的男孩,长着一头金红色的头发,胃口很好。她还有个女儿,年龄稍大一点。不过在这种环境下,女儿不太令人关注。他说,"你儿子现在多大了,凯里夫人?"

"到三月份三岁。我女儿凯瑟琳五岁了。"她又一次按住自己的嘴唇,显出几分愕然。"我忘了……你妻子去世了。我怎么能忘了呢?"你怎么会知道的呢,他心里说,可她马上做出了回答。"凡是为红衣主教工作的人,安妮都了解得清清楚楚。她问一些问题,还把答案写在一个本子里。"她抬起头来望着他。"你有孩子吗?"

"是的……你知道吗,也从来没有人问过我这个问题?"他将一边肩膀靠在墙上,她也朝他稍稍凑近,两人的神色可能也有所缓和,从平常勇敢面对的痛苦,转为丧亲的同病相怜。"我有个儿子,比较大了,在剑桥他的老师那儿。还有个小女儿,叫格蕾丝;她很漂亮,长着一头金发,虽然我没有……我妻子相貌一般,而我呢,你也看到了。我还有个女儿安妮,她想学希腊语。"

"天啊,"她说,"对女人而言,你知道……"

"是呀,可她说,'凭什么托马斯·莫尔的女儿就该智慧过人?'她掌握了很多精彩的词语。而且出口就是。"

"你最喜欢的是她。"

"她外祖母跟我们住在一起,还有我妻子的妹妹,可这不是……对安妮来说，这不是最好的安排。我原本可以把她送到别的什么人的府上，可那样的话……嗯，她的希腊语……而且我也就不能经常见到她了。"好久一段时间以来，除了对沃尔西之外，他似乎从来没有一口气说这么多。他说，"你父亲应该为你提供适当的生活保障。我会请红衣主教跟他谈谈。"红衣主教会很乐意的，他心里想。

"可我需要一位新丈夫。好让他们不再骂我。红衣主教能帮人找丈夫吗？"

"红衣主教无所不能。你想要什么样的丈夫呢？"

她沉吟片刻。"他得愿意照顾我的孩子。能对抗我的家人。能好好地活着。"她的双手指尖相触。

"你还应该要求他年轻英俊。不是请求，不是寻找。"

"是吗？我从小所受的教育不是这样的。"

那么，你妹妹所受的教育跟你可不同，他想。"在约克宫的化装舞会上，还记得吗……你扮演的是美貌女神，还是善良女神？"

"哦……"她笑了，"那——应该是——七年前吧？我记不清了。我参加的化装舞会太多了。"

"当然，你仍然既美貌又善良。"

"我以前唯一关心的就是那些。成天化妆打扮。不过我记得安妮。她当时扮演的是坚韧女神。"

他说，"她的这一美德可能会经受考验。"

坎佩吉奥红衣主教从罗马带着阻拦的指令来到了这里。阻拦和推迟。要竭尽全力，但避免做出评判。

"安妮总是在写信，或者在自己的小本里写着什么。她总是走来走去，走来走去。一看到我父亲，她就朝他竖起一只手掌，不敢出声说话……而一看到我，她就拿手掐我。就像……"她用左手的手指比划了一个掐的动作。"就像这样。"她的右手指抚摸着自己的喉咙，然后停在锁骨之上那搏动的小凹窝处。"在这儿，"她说，"有时候都青紫了。她想让我变得难看。"

"我会跟红衣主教反映的,"他说。

"拜托你一定,"她等待着。

他得走了。他还有事情要做。

"我只想跟博林家一刀两断,"她说,"还有霍华德家。如果国王肯承认我的儿子,事情会不一样,可鉴于目前的现状,我再也不想参加什么化装舞会呀,宴会呀,或打扮成美德什么的。他们根本就没有美德。全部是做秀。既然他们不想了解我,我也不想了解他们。我宁愿做乞丐。"

"其实……事情不至于到那种地步,凯里夫人。"

"你知道我想要什么吗?我想要一个让他们感到不安的丈夫。我想嫁给一个让他们害怕的男人。"

她蓝色的眼睛突然一亮。计上心头。她把一只手指停留在她十分羡慕的灰色丝绒上,柔声说,"不是请求,不是寻找。"

让托马斯·霍华德做舅舅?让托马斯·博林做父亲?跟国王到头来成为连襟?

"他们会杀了你的,"他说。

他觉得不应该就此多说:只是陈述事实。

她笑了起来,然后咬了咬嘴唇。"当然。他们当然会的。我在想些什么呀?不管怎么说,我很感激你,为你已经做出的事情。为今天上午的短暂的安宁……因为当他们在为你的事大喊大叫时,就不会为我的事大喊大叫。有朝一日,"她说,"安妮会希望跟你谈谈。她会派人去请你,而你会受宠若惊。她会派给你一件小差事,也可能是想听听你的意见。因此,在那一天到来之前,你可以听听我的建议。转过身去,走另一条路吧。"

她吻了吻自己的食指尖,然后用指尖碰了碰他的嘴唇。

红衣主教当天晚上不需要他,所以他回到奥斯丁弗莱的家中。他打算与博林家的所有人都保持距离。对一个曾经做过两任国王的情妇的女人,也许有些男人会着迷,但他不是那种人。他想到了那位安妮妹妹,不明白她何以会关注起他；也许她得到了某些信息，通过托马斯·莫尔所谓的"你们的福音派兄弟会"，不过这还是令人费解：博林一家似乎不像是常常会考虑自己灵魂的人。诺福克舅舅有神父来为他代劳。他讨厌各种思想，从来都不读书。乔治哥哥感兴趣的是女人、打猎、服装、珠宝以及网球。而托马斯·博林爵士，那位风度翩翩的外交家，则只对他自己感兴趣。

他很想把发生的事情跟谁说一说。可是他无人可说，于是告诉了雷夫。"我看是您想象出来的，"雷夫表情严肃地说。乍一听说那颗心里的首字母的故事，他睁大了浅色的眼睛，不过丝毫都没有笑。他只是对求婚之事难以置信。"她肯定有别的意图。"

他耸了耸肩；很难看出是什么意图。"诺福克公爵会像恶狼似的扑向我们，"雷夫说，"他会冲过来，放火烧了我们的房子。"他摇了摇头。

"但招人呢，这是什么意图？"

"自我保护。很显然，"雷夫说。

"没准会引发问题。"

"现在谁也不会注意玛丽。"接着他又略带责备地说，"除了您之外。"

由于教皇的使节已经到达伦敦，安妮·博林的准王后宫只好解散。国王不想让事情搅在一起；坎佩吉奥红衣主教来到这里，是为了解决他对自己与凯瑟琳的婚姻的疑虑，他会强调，不管他对安妮小姐怀着怎样的感情，都完全是两码事。她被送往赫弗，她姐姐也陪同前往。有消息传回伦敦，说玛丽已经怀孕。雷夫说，"恕我冒昧，先生，您确定当时只是靠在墙上吗？"已故丈夫的家人说不可能是他的孩子，而国王也说与他无关。看到人们毫不迟疑地认为国王是在撒谎，真是可悲。安妮是怎么想的呢？在被送离宫廷的这段日子里，她会有时间消气的。"玛丽会被掐得全身青紫的，"雷夫说。

全城的人都跟他津津乐道，不知道他对此是否很有兴趣。这让他感到悲哀，感到怀疑，让他对博林家的人感到不解。对自己与玛丽之间的事情，他现在有了不同的看法，不同的理解。想起来他就全身起鸡皮疙瘩——如果他当时觉得受宠若惊，真的动了心，如果他答应了她，那么过不了多久，他就会再次当上父亲，可那个孩子却丝毫不像克伦威尔家的人，而是酷似都铎家族。作为一种计策，你还真得佩服。玛丽看上去也许像个玩偶，可她并不蠢。当她露出绿色的长袜沿着走廊跑来时，她还具有捕获猎物的敏锐的目光。对博林家的人而言，别人都是供他们利用的，用完了就弃置一边。别人的感受，或者声誉、姓氏都一文不值。

想到克伦威尔家也有姓氏，或者有需要保护的声誉，他不禁笑了。

事情虽然闹得沸沸扬扬，最后却不了了之。也许是玛丽弄错了，还可能是有人蓄意编造；天知道，那家人是自作自受。也许她的确怀了孕，但孩子没保住。风波渐渐平息，没有定论。没有孩子。就像红衣主教的那些不可思议的童话里所说的，自然本身很怪异，女人都是蛇，想出现就出现，想消失就消失。

凯瑟琳王后有个孩子就消失了。嫁给亨利的头一年里，她流产了，但医生们说，她怀的是双胞胎，红衣主教自己也记得在宫里看到她穿着宽松的衣裙，脸上泛着神秘的笑容。然后她闭门待产；过了一段时间，当她重新露面时，穿的是束腰的裙子，肚子平平的，没有孩子。

这肯定是都铎家族的特色。

没过多久，他听说安妮成了她姐姐的儿子亨利·凯里的监护人。他心里想，不知道她是打算毒死他，还是吃掉他。

1529年新年：史蒂芬·加迪纳在罗马，代表国王向克雷芒教皇发出某种威胁；威胁的具体内容没有透漏给红衣主教。即使在最有利的情况下，克雷芒教皇也容易惊慌失措，所以，史蒂芬先生的一番添油加醋让他一病不起，也就不足为怪。人们说他可能活不长了，而红衣主教的人则在欧洲四处打探消息，清点人数，他们的钱袋开心地叮叮作响。如果沃尔西成了教皇，国王的问题就可以迅速得到解决。对可能升职之事，他偶尔也咕哝几句；红衣主教热爱自己的祖国，爱它五月的花环，爱它婉转的鸟鸣。在噩梦中，他看到了那些身材粗短、杀人如麻的意大利人，看到了绞索如林，尸横遍野。"我希望你能跟我一起去，托马斯。你可以站在我身边，如果那些红衣主教想行刺我，你就可以飞快出手。"

他想象着自己的主人身上插满匕首的情景，就像圣塞巴斯蒂安身上插满了箭一样。"教皇为什么一定得住在罗马呢？什么地方这样写着？"

红衣主教的脸上慢慢浮上了笑容。"把圣座①搬回来。怎么就不行呢？"他喜欢大胆的计划。"不能把它搬到伦敦吧，我想？如果我是坎特伯雷大主教就好了，那我就可以把教廷设在朗伯斯宫……不过老渥兰可真是能活，他总是碍我的事……"

"大人可以搬到您自己的教区呀。"

"约克太远了。你看，我能不能把教廷设在温彻斯特？那是我们英国的古都，而且离国王更近。"

那会成为一个多么不寻常的政体呀。国王与教皇——同时也是他的大法官——共进晚餐……国王是不是得给他递餐巾，得先招待他？

克雷芒身体康复的消息传来时，红衣主教没有说，失去了一个绝好的机会。他只是说，托马斯，我们下一步怎么办？我们得让使节法庭开庭了，再也不能耽搁了。他说，"去帮我把一个叫安东尼·博恩斯的人找来。"

他抱着双臂站在那儿，等待着进一步的明确指令。

"去怀特岛看看。把威廉·托马斯爵士也给我带来，我想你可以在卡马森找到他——他年纪大了，所以，交待你的人动作慢一点。"

"我雇的人没有动作慢的。"接着，他又点点头。"不过您的意思我明白。要保住证人的性命。"

---

① 即梵蒂冈教廷。

关乎国王大事的庭审时间越来越近。国王准备表明，凯瑟琳王后在嫁给他时已经不是处女之身，因为她早已跟他哥哥亚瑟圆房。为了证明这一点，他正在召集侍候过他们的所有随从，不管是在他们于贝纳德城堡度过的新婚之夜，还是在宫廷于当年十一月迁往的温莎城堡，直至后来他们被派去受封为威尔士亲王和王妃的勒得洛。沃尔西说，"托马斯，亚瑟如果还活着，年纪就该跟你差不多。"那些随从，那些证人，在年龄上起码大了一代人。而且已经过去了那么多年——准确地说，是二十八年。他们能记得那么清楚吗？

根本就不该走到这一步——不该这样有伤体面地公之于众。坎佩吉奥红衣主教恳求过凯瑟琳，请她遵从国王的意愿，承认自己的婚姻无效，然后去修道院隐居。当然可以，她和颜悦色地说，她愿意去当修女：只要国王愿意去当僧侣。

与此同时，她还提出了使节法庭不应该审理这个案件的原因。首先，罗马方面尚未决定。其次，她说自己是个陌生人，置身于一个陌生的国家；几十年来，她一直非常了解英国政策的各种变化，可她对此有意忽略。她说，法官们对她有偏见；她显然有理由这么认为。坎佩吉奥把自己的手按在胸口上，向她保证说，哪怕是有性命的危险，他也会做出公正的判断。凯瑟琳觉得他跟他的使节同行关系过于密切；在她看来，任何人只要是跟沃尔西相处过一定的时间，就不再有公正可言。

谁在为凯瑟琳当顾问呢？是罗切斯特主教约翰·费希尔。"你知道那家伙让我受不了的是什么吗？"红衣主教说，"他一身的皮包骨。我讨厌你那位瘦骨嶙峋的教士。这让我们其他人显得很难看。显得……满身是肉。"

当国王和王后被传唤到贝克法亚斯的两位红衣主教面前时，沃尔西穿着质地上好的红色法袍，显出的正是一副满身是肉、颇有气派的样子。大家都以为凯瑟琳会派来一位代理人，可是她却亲自到场。全体主教都悉数出席。国王听到叫自己的名字，便用饱满洪亮、发出回声的嗓音回答，那声音从他佩戴着珠宝的宽阔的胸脯里传出来。如果可能的话，他，克伦威尔，会建议偶尔插个手势，或者嘟哝几句，或者低个头承认法庭的权威。在他看来，多数的谦恭都是做作；但做作可以赢得人心。

大厅里挤满了人。他和雷夫远远地站在一边观看。后来，在王后陈述——有人发现少数人哭了——完毕，他们出了大厅，来到阳光下。雷夫说，"如果我们站得近一点的话，也许就能看到国王是否敢正视她的眼睛。"

"是呀。大家需要知道的其实就是这一点。"

"很抱歉要这么说，可是我相信凯瑟琳。"

"嘘。不要相信任何人。"

有什么东西挡住了阳光。是史蒂芬·加迪纳，阴沉着脸，紧蹙着眉，那副尊容并没有因为罗马之行而有任何改善。

"史蒂芬先生！"他说，"回家之旅怎么样？两手空空地回来，总是很郁闷的，对吧？我一直都为你感到难过。我想你已经尽力了，虽然没什么收获。"

加迪纳的脸阴沉得更厉害了。"如果本法庭不能满足国王的愿望，你的主人就会完蛋了。到那个时候，就是我为你感到难过了。"

"你才不会呢。"

"我才不会，"加迪纳承认道，接着往前走去。

王后没有再露面，避开了诉讼程序中令人难以启齿的那一段。她的律师替她进行了辩护；她曾经告诉过她的告解神父，在与亚瑟共度的夜晚，他从来没有动过她的身体，她已经允许神父将她的告解开封，将她的话公之于众。她已经向最高法庭——也就是上帝的法庭——倾诉；难道她会撒谎，让自己的灵魂下地狱吗？

另外，还有一点大家都记忆犹新。亚瑟去世之后，她被介绍给未来的新郎——起码是老国王，或者是年轻的亨利王子——时，都是以处女的身份。他们原本可以找个医生来，给她检查一下。她也许会害怕，也许会哭泣；但是她会服从。也许时至今日，她反而宁愿当时曾经那样；宁愿他们找来了一位有着一双冰冷的手的陌生人。不过他们根本就没有要求她证明自己所说的话；也许当时的人们没有这么不顾羞耻。教皇特许她嫁给亨利，对于她是/或者不是处女这两种情形，都能说得过去。文件的西班牙语文本与英语文本并不一样，这才是我们应该关注的地方，关注那些条条款款，研究那些白纸黑字，而不是在法庭上为一片薄膜和床单上的几点血迹而争执不休。

如果他是王后的顾问，哪怕她大吵大闹，他也会要她出庭。因为如果当着她的面，那些证人还会说出他们在她背后说的那些话吗？那些人老态龙钟，满头白发，人人都清楚地记着一肚子的往事，她会无颜面对他们；但是他会让她礼貌地问候他们，并且说过去这么多年，她简直完全认不出他们；然后问他们是不是有了孙儿孙女，夏天的高温是不是可以缓解他们上了年纪后身体的酸痛？更加无地自容的会是他们：在王后真诚目光的久久注视之下，他们难道不会犹豫，不会畏缩吗？

由于凯瑟琳不在，庭审便成了一场低级的娱乐活动。什鲁斯伯里伯爵出庭了，他曾经在博斯沃思与老国王交战过。他回忆起自己早年的新婚之夜，他当时还是个十五岁的孩子，跟亚瑟王子一样；以前从来没有过女人，他说，但还是对他的新娘尽了丈夫的本分。在亚瑟的新婚之夜，他和牛津伯爵一起将王子送往凯瑟琳的房间。是的，多塞特侯爵说，我当时也在场；凯瑟琳躺在床上，盖着被单，王子上了床，睡到了她的身边。"谁也不愿发誓说陪着他们上了床，"雷夫小声说道，"不过我感到纳闷，他们怎么没有找到这种人。"

法庭必须以他们第二天早晨说的话作为证据。王子从婚房出来时，说自己很渴，要安东尼·威洛比爵士要了一杯麦芽酒。"我昨晚在西班牙，"他说。这是一个小孩子被叫醒之后所开的粗俗的玩笑；在这三十年里，那孩子只是一具尸体。那么年轻就死去，孤零零地走进黑暗，该有多么寂寞啊！在他位于伍斯特大教堂的墓穴里，莫里斯·圣约翰没有陪着他：还有克罗默先生，威廉·伍德尔，以及所有听到他说"先生们，有妻子真是一件快活事儿"的人，都没有去陪他。

当他们听完这一切，然后来到外面时，他感到出奇的冷。他把一只手伸到脸上，摸了摸自己的颧骨。雷夫说，"如果新郎早晨出来时说，'白天好，先生们。什么也没干！'，那肯定是一位可怜的新郎。他在吹牛，对吧？仅此而已。他们已经忘了十五岁是什么样子。"

就在开庭的同时，弗朗索瓦国王在意大利吃了一场败仗。克雷芒教皇准备跟皇帝——也就是凯瑟琳王后的外甥——签订新的条约。此刻他还不知道这个消息，所以说道，"这一天真是不值。如果我们想让欧洲笑话我们，他们现在可有充分的理由了。"

他转头看看雷夫，很显然，他具体的难题就是，他无法想象任何人——哪怕是一位迫不及待的十五岁的孩子——希望与凯瑟琳亲热。那无异于跟一尊塑像交欢。当然，雷夫不曾听红衣主教说起王后以前是多么迷人。"哦，我保留自己的意见。法庭也会这样的。他们只能如此。"他说，"雷夫，你对这些事情了解得这么多。我都记不起自己十五岁的时候了。"

"是吗？您到达法国的时候，不就是十五岁左右吗？"

"没错，肯定是的。"沃尔西说过，"托马斯，亚瑟如果还活着，年纪就该跟你差不多。"他想起在多佛的一个女人，背靠着墙；想起她那纤小的、几乎一捏就碎的骨头，还有那张年轻而忧郁、苍白的面孔。他突然感到一阵恐慌，一阵迷惘；万一红衣主教的玩笑并非玩笑，万一地球上到处都有他的孩子，而他从来没有善待过他们呢？唯一可做的实实在在的事情就是：照顾好你的孩子。"雷夫，"他说，"你知道吗，我还没有立过遗嘱？我说过要立的，但一直没有动手。我想我该回家起草一份了。"

"为什么？"雷夫显得很不解，"为什么是现在呢？红衣主教会需要您的。"

"回家吧。"他握住雷夫的胳膊。在他的左侧,有一只手摸了摸他的手:用没有了血肉的手指。有个鬼魂在一旁走着:是亚瑟,坚定而苍白。他心里想,亨利国王,是你把他拉了出来;现在你再把他送回去吧。

* * *

1529年7月:伦敦的托马斯·克伦威尔,绅士。身体健康,记忆健全。留予其子格利高里六百六十六英镑十三先令四便士。以及羽毛褥垫床,长枕,黄色土耳其绸缎被,弗兰德斯工艺组合床,雕花衣柜,碗橱,银器,镀银器物及十二枚银汤匙。还有农场的租契,由执行人代为保管,直至他完全成年,在他成年之日还将得到两百英镑价值的黄金。留予执行人的数目,用以照顾他的女儿安妮和他的小女儿格蕾丝以及支付两人的嫁妆。赠予他的外甥女爱丽丝·威利费德的嫁妆;礼服、外套和马甲赠予他的几个外甥;各种家常用品、部分银器以及执行人认为她应该拥有的其他东西留给茉茜。赠给他已故妻子的妹妹乔安及其丈夫约翰·威廉逊的遗产,还有给她的女儿小乔安的嫁妆。留给仆人的钱。四十英镑平均分给四十个穷人家的女儿,在她们出嫁时给予。二十英镑用于修路。十英镑用于给伦敦监狱里的贫困囚犯提供食物。

他的遗体葬于他去世时所在的教区,或者根据执行人的意见下葬。

剩余的遗产用于为他父母做弥撒。

他的灵魂交给上帝。他的书籍留给雷夫·赛德勒。

当夏天的病疫卷土重来时,他对茉茜和乔安说,我们是不是该把孩子们送走?

朝哪个方向送呢,乔安说:不是为了反驳他,而是想知道答案。

茉茜说,有谁能跑得过它吗?她们自我安慰地认为,这种病既然去年要了那么多人的性命,今年就不会那么凶猛了;他觉得事情并不一定是这样,他还觉得,她们似乎赋予了这种非人性的病疫以某种人性的——或者起码是兽性的——智力:狼下山来到羊圈,但不是在人们带着狗等待着它的夜晚。除非她们认为病疫不仅仅具有兽性或人性——认为是上帝藏在幕后——是上帝在玩起了老把戏。当沃尔西听到从意大利传来的坏消息,说克雷芒已经与皇帝签订了新的条约时,不禁垂下了头,说,"我的主人真是变化无常。"他指的不是国王。

七月的最后一天,坎佩吉奥红衣主教宣布使节法庭休庭。他说,这简直是以他人痛苦为乐的罗马假日。有消息说,国王的老朋友萨福克公爵在沃尔西面前拍了桌子,并当面威胁了他。他们都知道再也不会开庭。他们都知道红衣主教失败了。

那天晚上,与沃尔西在一起时,他有生以来第一次相信红衣主教将会倒台。如果他倒了,他想,我也就一起倒了。他的名声很糟糕。红衣主教的玩笑似乎已经被具体化:仿佛他是从一条条血河中走来,身后留下的都是碎玻璃和火光,以及无数的孤儿寡母。人们说:克伦威尔呀,那是个坏蛋。红衣主教不愿谈及发生在意大利的事情,也不愿谈及使节法庭庭审的经过。他说,"听说汗热病又爆发了。我该怎么办呢?我会死吗?我病过四次。在……大概是……我想是1518年……哦,你会感到好笑的,但事情就是那样——当我熬过来后,模样都跟费希尔主教差不多了。简直是骨瘦如柴。上帝挑中了我,差点儿要了我的命。"

"大人骨瘦如柴?"他说,想露出一丝笑容。"真希望您当时请人画了像。"

就在罗马假日开始之前,费希尔主教在法庭上说,没有任何力量——不管是人力还是神力——能够解除国王和王后的婚姻。如果他想给费希尔上一课的话,那就是教他不要信口说大话。他了解法律能够做些什么,其实跟费希尔所想的不一样。

在此之前,在今天之前的每一天,在今晚之前的每一个晚上,如果你对沃尔西说有些事情不可能，他都只会一笑置之。今天晚上，他说——当他终于能被引入这个话题时——我的朋友弗朗索瓦被打败了，我也被打败了。我不知道该怎么办。不管有没有传染病，我想我可能要死了。

"我得回家了，"他说，"但您能祝福我吗？"

他跪在他的面前。沃尔西抬起手，但接着，像是忘了要干什么似的，让手悬在半空。他说，"托马斯，我还没有准备好去见上帝。"

他微笑着抬起头。"可能上帝也没有准备好要见您。"

"希望我死的时候你能在我身边。"

"但那会是一个比较遥远的日子。"

他摇摇头。"如果你今天看到萨福克冲我发脾气的样子就知道了。他，还有诺福克，托马斯·博林，托马斯·达西大人，他们一直在期待着这一刻，期待着我的庭审的失败，而且我听说他们在编一本书，里面有很多篇文章，他们在编出各种罪状，说我如何削减贵族的势力等等——他们在编一本书，书名叫——他们会用什么书名呢？——《二十年的欺辱》？他们在酝酿一场落井下石，像酿酒一般把他们想象出来的所受的轻慢全都扔进一口大缸里，还要说成是我亲口告诉他们的实话……"他重重地吸了一口气，然后望着天花板，天花板上饰有都铎玫瑰的图案。

"大人您的厨房里是不会有这种大缸的，"他说。他站起身，望着红衣主教，而看到的只是更多有待去做的事情。

茉茜说，"丽兹·维基斯如果还活着，肯定不想她的女儿们在乡下被送来送去。特别是安妮，就我所知，她见不到你就会哭的。"

"安妮？"他很惊讶。"安妮会哭？"

"你是怎么想的？"茉茜有些没好气地问，"以为你的孩子们不爱你吗？"

他交给她去决定。女儿们呆在家里。这是个错误的决定。茉茜在她们的房门外挂出了汗热病的标志。她说，怎么会成这样的呢？我们洗呀，刷呀,地板也擦得干干净净,我想整个伦敦城都找不出哪一家比我们家更干净。我们也祈祷了。我从来没有见到哪个孩子像安妮那样祈祷。她祈祷的样子就像是准备上战场似的。

最先病倒的是安妮。茉茜和乔安大声呼唤她,摇晃着她,不让她睡着,因为她们说,一旦睡着就会死去。但疾病的力量比她们的更大,她躺在枕头上,精疲力竭,艰难地呼吸着,越来越深地陷入漆黑的寂静之中,只有她的手还在动,手指时而握紧,时而放松。他把那只手握在自己的手里,想让它安静下来,可它却像迫不及待地想要打仗的战士的手。

后来,她苏醒过来,要找她妈妈。她要那本写有她名字的练习本。黎明时分,烧退了,乔安如释重负地哭了起来,茉茜让她回去睡觉。安妮吃力地坐起身,清醒地望着他,笑了,叫了他一声。他们端来一盆放有玫瑰花瓣的水,帮她洗了脸;她试着伸出手指,把花瓣按进水中,于是每一片花瓣都变成了一艘运水的船,变成了一只杯子,一只芬芳的酒杯。

但太阳出来后,她又发烧起来。他不愿意那一幕重新来过,不愿意让她握拳、挥动、颤抖;他把她交到上帝的手中,请求上帝对他仁慈。他跟她说话,但她没有显出听见的迹象。他自己并不害怕传染。既然红衣主教能四次战胜病魔,我就肯定我没有危险,就算我死了,我也立好了遗嘱。他坐在一旁陪着她,眼睁睁地看着她胸口在起伏,看着她反抗但是失败。她死的时候他不在场——格蕾丝已经病了,他在送她上床。所以他正好离开了房间,当她们把他喊进来时,她严肃的小脸已经松弛下来,显得很安详。她看上去淡然而温和;她的手已经很沉,沉得他无法承受。

他走出房间;他说,"她已经开始学希腊语了。"当然,茉茜说:她是个了不起的孩子,是得了你真传的女儿。她靠在他的肩膀上,哭了起来。她说,"她既聪明又乖巧,而且你知道,她有一种独特的美。"

他心里想的却是:她在学希腊语:也许现在已经学会了。

格蕾丝死在他的怀里;她没吃什么苦,走得跟出生时一样自然。他把她轻轻地放回到潮湿的床单上:这个完美得令人无法置信的孩子,她的手指舒展着,像细嫩的白色树叶。我从来都不了解她,他心里想;我从来都不知道我拥有她。想到某个平常的晚上,他的某种行为,他和丽兹不经思索地做过的某件事情,居然给了她生命,他一直都觉得不可思议。他们原来打算如果是男孩就叫亨利,是女孩就叫凯瑟琳,丽兹还说,这也是对你姐姐凯特表示敬意。但是一看到她躺在襁褓里,那么漂亮,那么十全十美,他就给她取了另一个名字,丽兹也表示同意。我们无法得到恩典①。我们不配得到恩典。

他问神父,他的大女儿下葬时,能否带上那个练习本,练习本上写有她的名字:安妮·克伦威尔。神父说,这种事情他闻所未闻。他太疲惫,太愤怒,因而懒得反驳。

他的女儿们现在置身于炼狱,那是一个烧着慢火、竖着尖冰的国度。在《福音书》里,哪儿提到过炼狱呢?

廷德尔说,要保持信心、希望和爱,甚至三者兼有;但三者中最重要的是爱。

托马斯·莫尔认为这是蓄意的错译。他坚持要用"仁慈"。翻译中出了一个错,他就会把你关起来。如果你的希腊语说得不一样,他会要了你的命。

他有一次想到,不知道死去的人是否需要翻译;也许在一瞬间,在离开人世的一刹那,他们已经了解了需要了解的一切。

廷德尔说,"爱永不止息。"

转眼到了十月。像往常一样,沃尔西主持国王枢密院②的会议。但米迦勒节刚刚开始,就有人在法庭上提出了反对红衣主教的动议。这一起诉获得成功。他被控动用职权。尤其是被控在国王的领土上坚持领土外管辖

---

① 格蕾丝的名字 Grace 还有"恩典"之意。
② 英王的私人顾问机关,也是代表王权的最高行政机关。

权——也就是说，运用他作为教皇使节的权力。他们意在表明：他是另一位国王。他简直是——一直都是——比国王还要威风。如果这是一种罪的话，他也就因此而有罪。

于是，这个王国的两大贵族，萨福克公爵和诺福克公爵，现在大摇大摆地进了约克宫。萨福克的金色胡子又短又硬，看上去像一头寻找块菌的猪；他还记得，一个红脸膛的人让红衣主教大人病倒了。诺福克面有惧色，胡乱翻动着红衣主教的物品，显然以为会找到一些小蜡像，也许是他自己的蜡像，也许上面还会扎满长针。红衣主教是因为与魔鬼签了约才能成就非凡；他对此深信不疑。

他，克伦威尔，送走了他们。可他们再次返回。他们返回时带来了进一步的、更高级别的授权令和更重要的签名，还带来了案卷司长。他们从红衣主教这里拿走了国玺。

诺福克转头看着他，朝他飞快地、探究似的一笑。他不明白这是何意。

"过来见我，"公爵说。

"为什么，大人？"

诺福克闭上了嘴巴。他从不解释。

"什么时候？"

"不用急，"诺福克说，"等你学会讲规矩之后再来。"

这一天是1529年10月19日。

3. 无论成败

1529 年万圣节

万圣节前夕：世界的边缘在渗漏。每逢这个时候，炼狱的管理人、以及职员和看守，都会倾听为死者祈祷的生者的声音。

每年的这个时候，他和丽兹都会与教区的人一起守夜。他们会为她的父亲亨利·维基斯、还有丽兹已故的前夫托马斯·威廉斯祈祷；会为沃尔特·克伦威尔和一些远房表亲祈祷；还会为那些快被忘却的、已经死去多年的同父异母或同母异父的姐妹和继子继女们祈祷。

昨天晚上，他是独自守夜。他毫无睡意地躺在床上，希望丽兹回来；等待着她回来躺到他的身旁。没错，他在伊舍与红衣主教在一起，而不是在奥斯丁弗莱的家中。但是他想，她会知道怎样找到我。她会循着香火和烛光，穿过两个世界的间隙来寻找红衣主教。红衣主教在哪里，我就会在哪里。

不知道什么时候，他肯定是睡着了。天亮时，房间里感觉特别空荡，似乎连他自己也不存在。

万圣节：悲痛一阵阵地袭来。此时此刻，他几乎要被痛苦所吞没。他不相信死者会回来；但他仍然能感觉到他们的手指尖、翅膀尖在轻触着他的肩膀。从昨晚开始，他们与其说是单个的形体和面孔，不如说是一个坚实的集合体，他们的身体你推我搡地挤在一起，他们的肌理像海洋生物一样密实，他们的面孔很苍白，泛着久居水中般的光泽。

他此刻正站在窗口，手里拿着丽兹的祈祷书。他的女儿格蕾丝很喜欢看这本书，今天，他的手指能感觉到她的小手指所留下的指印。书中是圣母在祈祷时间的祈祷文，书页上绘有一只鸽子和一瓶百合花。这是晨祷，玛利亚跪在嵌着方格瓷砖的地板上。天使在问候她，他的问候之语写在一幅卷轴上，卷轴从他握紧的双手中展开，看上去仿佛是他的手掌在说话。他的翅膀是天蓝色。

他翻过一页。是赞美经。出现的是降福的画面。玛利亚的腹部扁平小巧，她那位有孕在身的表姐圣伊丽莎白在问候她。两人都前额很高，抬起眉头，显出惊讶的神情，其实她们肯定会感到惊讶；她们一个是处女，另一个上了年纪。春花在她们的脚边开放，两人都戴着精致的头冠，是由跟金色发丝一般柔细的镀金的金属丝制成。

他翻过一页。安静娇小的格蕾丝跟他一起翻着。这是初时经。显示的是基督诞生的场景：皮肤白皙的小基督躺在妈妈的裙裾里。接着是午时经：东方三博士献上宝盒；在他们的身后是一座山巅之城，是意大利的一座城市，上面有钟楼，放眼看去，有起伏的土地和薄雾笼罩的成行的树木。然后是申初经：约瑟用篮提着鸽子去圣殿。接着是晚祷：希律王送来的一把匕首在一位惊恐的婴儿身上扎出一个清晰的洞口。有个女人高举双手在抗议，或者祈祷：她那无助的手掌在诉说着千言万语。婴儿的尸体洒下了三滴血，每一滴都形同眼泪。每一滴血泪都完全是鲜红色。

他抬起头。犹如残留的图像一般，有泪水涌上了他的眼眶；画面模糊了。他眨了眨眼。有人朝他走了过来。是乔治·卡文迪什。他搓着双手，一脸的关切。

但愿他不要跟我说话，他暗暗祈祷。让乔治走过去吧。

"克伦威尔先生，"他说，"我想你是在哭呢。这是怎么啦？有关于我们主人的坏消息吗？"

他想关上丽兹的书，但卡文迪什伸手要看。"噢，你在祈祷。"他看上去很吃惊。

卡文迪什无法看到她女儿的手指在触碰书页，也看不到他妻子的双手在捧着书。乔治只是上下颠倒地看了看图画。他深吸一口气，说，"托马斯……？"

"我是为自己哭，"他说，"我会失去一切，失去我这辈子辛辛苦苦挣来的一切——因为红衣主教一倒，我也就完了——不，乔治，别打断我——因为一直以来，他让我干什么我就干什么，我是他的朋友和得力助手。如果我没有在乡下跑来跑去四处树敌，而是在城里守着我的生意，我早就会发了财——而且我会邀请你，乔治，到我乡下的新房子里，并在家具和花圃等问题上听取你的意见。可是瞧瞧我！我完蛋了。"

乔治想说点什么：他安慰性地喃喃了两句。

"除非，"他说，"除非，乔治。你怎么看？我已经派我的手下雷夫去威斯敏斯特了。"

"他去那儿干什么？"

但是他又哭了。鬼魂在聚集，他感到身体发冷，他的局面已经不可挽回。在意大利时，他学会了一种记忆方法，所以他能记得一切：记得他走到这一步的每一个阶段。"我想，"他说，"我该去追他。"

"求求你了，"卡文迪什说，"吃完饭再去。"

"为什么？"

"因为我们得想想怎样给大人的仆人开工钱。"

过了片刻。他抱紧祈祷书，把它抱在怀里。卡文迪什给了他需要的东西：一个算账的问题。"乔治，"他说，"你知道，大人的教士们成群结队地跟着他来到这里，由于大人很慷慨，他们每个人每年都要挣——多少呢？一百镑，还是两百镑？所以，我想……我们要让那些教士和神父来给仆人们开工钱，因为我觉得，我注意到，那些仆人比那些神父更爱大人。所以现在，我们去吃饭吧，吃完了饭，我会让神父们感到羞愧，我会要他们打开自己的血管放放血。我们起码得给所有的人一个季度的薪酬，还有聘用的定金。直到我们的大人恢复原职的那一天。"

"哦,"乔治说,"如果有谁能做到这一点的话,那就非你莫属了。"

他不由自主地笑了。也许是一丝苦笑,但是他根本没想到他今天会笑。他说,"事情办完后,我就要离开你。一旦确定在议会里弄到一个席位之后,我马上就回来。"

"但两天后就要开会了……你现在能有什么办法呢?"

"我不知道,但是得有人为我们大人说话。否则他们会杀了他的。"

他看到对方很痛苦,很震惊;他想收回刚才的话;但这是事实。他说,"我只能试一试了。无论成败,我都得试一试,然后再回来见你。"

乔治几乎要鞠躬致意了。"无论成败,"他喃喃着,"这是你一贯的口头禅。"

卡文迪什走开了,逢人就说,托马斯·克伦威尔在读一本祈祷书。托马斯·克伦威尔哭了。只是到了现在,乔治才意识到形势有多么严峻。

在塞萨利,曾经有一位诗人,名叫西蒙尼德斯[①]。他受命出席一场由一个叫斯哥帕斯的人举办的宴会,并朗诵赞美主人的诗歌。诗人们常常让人难以捉摸,在他的诗中,西蒙尼德斯增加了赞美卡斯托尔和波吕丢刻斯[②]这对双子星的诗行。斯哥帕斯很不高兴,就说他只付一半的费用:"至于那另一半,就找那孪生兄弟要去吧。"

过了一会儿,有位仆人来到大厅。他低声对西蒙尼德斯说,外面有两位年轻人,指名道姓地要见他。

他起身离开了宴会厅。他到处寻找那两位年轻人,但是不见他们的踪影。

[①] 塞萨利位于希腊东部,西蒙尼德斯是古希腊一位著名的抒情诗人。
[②] 希腊神话中的人物。

他转过身，准备回去继续用餐，突然听到一阵可怕的声响，是石头爆裂和粉碎的声音。屋顶也塌了下来，他听到人们在垂死中的喊叫。所有参加宴会的人中，只有他一个人幸免于难。

尸体都残缺不全，面目全非，所以死者的亲属都无法辨认出他们。但西蒙尼德斯是个不同寻常的人。不管看到什么，他都会印在脑海里。他带领每一位亲属穿过废墟；然后指着被压扁的遗体说，这就是你要找的人。他根据自己脑海中的坐席图案，把死者与他们的名字对应了起来。

是西塞罗[①]告诉了我们这个故事。他告诉我们，就在那一天，西蒙尼德斯如何创造了记忆术。他记住了那些名字，那些面孔，有的阴沉傲慢，有的快乐随和，还有的很无聊。他清楚地记得，在屋顶倒塌的那一刻，每个人坐在什么地方。

[①] 古罗马政治家，雄辩家，著作家。

第 三 部

1．三张纸牌的游戏

1529 年冬—1530 年春

乔安："你说，'雷夫，去给我在新议会里找个席位。'而他也听了就去，就像一个女佣被吩咐去把衣服收进来似的。"

"这事儿可没那么容易，"雷夫答道。

乔安问，"你怎么知道？"

下院的席位多是上院的议员们所赐；是议员、主教以及国王本人所赐。为数不多的有选举权的人如果受到上面的压力，往往只会听命于人。

雷夫帮他谋到了汤顿的席位。那是沃尔西的地盘；如果国王没有点头，如果托马斯·霍华德没有同意，他们可不会让他进去。公爵的意图是一片令人捉摸不定的领地，他派雷夫去伦敦打探过：去弄清那丝皮笑肉不笑的背后隐藏着什么。"遵命，先生。"

现在他明白了。雷夫说，"诺福克公爵相信红衣主教大人埋藏了金银财宝，而且认为您知道藏宝的地点。"

他们在私下交谈。雷夫说："他会请您去为他效力。"

"没错。大概还不会多费口舌。"

他一边揣摩着目前的形势，一边打量着雷夫的表情。诺福克已经是——除非你把国王的私生子也算进去——这个国家的首席贵族了。雷夫说，"我再三表达了您对他的敬意，还有……景仰，说您乐意——

嗯——"

"听他调遣？"

"差不多吧。"

"他听了怎么说？"

"他说，唔。"

他笑了起来。"就用这种语气？"

"就用这种语气。"

"还一本正经地点点头？"

"是的。"

很好。我擦干眼泪，擦干万圣节那天的眼泪。我陪着红衣主教坐在伊舍的炉火旁，房间里的烟囱多处冒烟。我说，大人，您以为我会离您而去吗？我叫来负责烟囱和壁炉的仆人。对他吩咐了一番。我骑马前往伦敦，去贝克法亚斯。那天大雾弥漫，正是圣休伯特节。诺福克在等着告诉我，他会是我的好主子。

公爵现在已经年近花甲，但丝毫也不显老。他面孔冷酷，眼神犀利，身材瘦得像被狗啃过的骨头，心肠像斧头一般冰冷；他的关节犹如用灵活的链环串在一起，当他走动时，还的确经常发出咔哒的响声，因为他的衣服里藏有圣徒的遗物：那些小巧的宝盒里装有一小块皮肤，或者是一小撮头发，他还戴着用圣徒遗骨做成的吊坠。他一激动就说"马丽亚！"或者"看在弥撒的份上！"，有时还拿出不知藏在身上什么地方的圣章或宝物，热切地亲吻着，祈求圣人或殉道者帮助他，让他不要火冒三丈。他会高喊"圣犹大教我忍耐吧！"；可能他把圣犹大当成了自己小时候在第一位神父的膝前听到的故事中的约伯[①]。很难想象公爵小时候是什么模样，

[①] 约伯为《圣经》人物，虽经历失去家人、家园、财产等磨难，依然坚持信奉上帝。常用于形容某人极其耐心。

也无法想象他比现在年轻或者跟现在不同时的样子。他认为《圣经》这本书对一般信徒来说毫无必要，虽然他知道神父们能将它派上一些用场。他认为读书完全是装模作样，希望宫廷里越少人读书越好。他的外甥女安妮·博林总是在读书，也许正是因为这样，她二十八岁了还嫁不出去。他不明白一位绅士干吗要写信；这种差事可以交给职员嘛。

此刻，他那双发红的、炯炯有神的眼睛直盯过来。"克伦威尔，很高兴你成了议会的议员。"

他微微俯首。"大人。"

"我在国王面前帮你说了几句，他也很高兴。你在下院得贯彻他的旨意。还有我的。"

"两者是一回事吗，大人？"

公爵沉下了脸。他踱着步子；发出轻微的咔哒之声；他终于吼了起来，"真该死，克伦威尔，你怎么是这样的……一个人？你似乎没有这样的资本。"

他面带微笑地候在那里。他明白公爵的意思。他是一个人，是一个幽灵。他知道怎样悄无声息地溜进房间而不被人发现；不过，那种日子也许已经一去不复返了。

"你尽管笑好了，"公爵说，"沃尔西府是毒蛇的巢穴。倒不是……"他的手碰到一枚圣章，不禁瑟缩了一下，"但愿我不会……"

把红衣主教比作毒蛇。公爵觊觎着红衣主教的钱财，还觊觎着红衣主教在国王身边的地位；但另一方面，他又不愿承受地狱之火。他走到房间的另一头；击了一下手掌；摩挲着双手；然后转过身来。"国王正准备跟你辩论一番呢，先生。哦，真的。国王想接见你，因为他想了解红衣主教的情况，不过你还会发现，他的记性很好，能清楚地记得很久以前的往事，而他所记得的，先生，则是你上一次当议会议员时对他的战争所唱的反调。"

"希望他不是还在想着要入侵法国。"

"你真该死！哪个英国人不想呢！法国是我们的。我们得夺回自己的东西。"他脸上有块肌肉在抽动；他焦躁地踱着步子；接着转了个身，揉着脸颊；抽搐停止了，他用一种极为平静的声音说，"听着，你说得没错。"

他顿了顿。"我们赢不了，"公爵说，"但我们得打仗，得装着我们能赢一样。不计代价。不计浪费——管它是钱、人还是马和船。你瞧，沃尔西错就错在这里。总是坐在谈判桌上。一个屠夫的儿子怎么能理解——"

"荣誉的问题？"

"你是屠夫的儿子吗？"

"我是铁匠的儿子。"

"真的吗？钉蹄铁？"

他耸了耸肩。"如果需要我干的话，大人。可我想不出——"

"想不出？你能想出什么？战场，营地，大战前夕——你能想出这些吗？"

"我自己以前当过兵。"

"是吗？我敢肯定不是在英国军队里。你瞧，说对了吧。"公爵毫无敌意地咧嘴笑了。"我早就知道你这人不寻常。我早就知道我不喜欢你，但说不清是什么原因。当时是在哪儿？"

"加里格利亚诺。"

"在哪一边？"

"法国人那边。"

公爵吹了声口哨。"站错了队呀，伙计。"

"我也发现了。"

"在法国人那边，"他呵呵笑着。"在法国人那边。那你是怎么从那场灾难里脱身的？"

"我去了北方。做起了……""投资"这个词到了他的嘴边，但公爵不会理解投资一说。"布料生意,"他说,"主要是丝绸。你知道一旦有了当兵的,市场就会变成什么样。"

"看在弥撒的份上,是呀!那些雇佣兵——把钱都贴在身上。那些瑞士佬!像一班戏子。衣服上都是花边呀,条纹呀,还戴着花哨的帽子。简直是好靶子。你射箭吗?"

"偶尔吧,"他笑了笑,"技术不怎么样。"

"我也是。嗯,亨利很会射箭。他拉弓的姿势很美。他身材挺拔,手臂也长,适合拉弓射箭。不过。我们不会像以前那样频频告捷了。"

"那么,干脆不打仗行吗?谈判,大人。这样更节省。"

"要我说,克伦威尔,你倒是挺厚颜的,居然来这儿。"

"大人——是您请我来的。"

"是吗?"公爵显出几丝惊慌。"都到这一步了?"

国王的顾问们为红衣主教拟定了不下四十四桩罪行。从蔑视王权罪——也就是说,在国王的疆域内维护领土外管辖权——到以与国王同样的价格购买牛肉家用;从财政上的渎职到未能制止路德教异端邪说的传播。

蔑视王权法源于另一个世纪。目前在世的人中,没有人真正明白它的意思。长期以来,似乎都是国王怎么说它就怎么算。这件事情在欧洲所有的议事会里广受争议。在此期间,红衣主教大人只是坐在那儿,时而喃喃自语,时而大声叫嚷,"托马斯,我的学院!无论我个人发生什么事情,一定得挽救我的学院。去找国王谈谈。不管他是为了怎样的莫须有的伤害而对我实施报复,他肯定不至于要扑灭学术之光吧?"

在伊舍这个流放地,红衣主教来回踱步,焦虑不安。这位一度为欧洲事务运筹帷幄的智者现在却一刻不停地掂量着自己的损失。他越来越沉默寡言,不愿动弹,常常苦思冥想,直到天黑;卡文迪什恳求道,看在上帝的份上,托马斯,如果你来不了,就别跟他说你要来。

好吧,他说,不过我会来的,只是有时给耽搁了。议会一直开得很晚,而离开威斯敏斯特之前,我还得去取别人写给红衣主教大人的信件和请愿书,并且跟那些想捎信却不愿写在纸上的人谈谈。

卡文迪什说,我明白;但是托马斯,他常常伤心痛哭,你无法想象伊舍这儿成了什么样子。红衣主教大人会问,现在几点了?克伦威尔会在什么时候到这儿?不到一个小时,又问一遍:卡文迪什,现在几点了?他要我们提着灯出去,然后告诉他天气情况;仿佛冰雹或天寒地冻会拦住你克伦威尔这个人似的。接着他又会问,如果他在路上遇到了不测怎么办?从伦敦来的路上到处都是强盗;随着夜幕的降临,那些荒坡野地里危机四伏。接着他就又说,这个世界满是陷阱和骗局,我就多次陷入其中,我这个可怜的罪人。

当克伦威尔终于脱下斗篷,一屁股坐进炉火旁——上帝呀,那漏烟的烟囱——的椅子里时,还没等他喘口气,红衣主教就连珠炮似的发问了。萨福克大人怎么说?诺福克大人看上去怎么样?还有国王,你见到他了吗,他有没有跟你说话?还有安妮小姐,她健康漂亮吗?你有没有想出办法来讨好她——因为我们必须讨好她,你知道吧?

他说,"要讨好那位小姐,有一条捷径,就是让她坐上王后的宝座。"一提起安妮,他就紧闭双唇,不再多说。玛丽·博林说她已经注意到他,但在不久之前,安妮并没有任何表示。她的目光总是越过他,落在某个更吸引她的人身上。那双黑眼睛微微凸起,像算盘珠子一样闪闪发亮;不仅发亮,当她盘算着自己的优势时,还总是转个不停。但诺福克舅舅肯定跟她说过,"那边那个人了解红衣主教的秘密,"因为现在只要他进入她的视线,她的长脖子就会向前一伸;她上下打量着他,考虑着可以怎样利用他,而那双发亮的黑眼珠也滴溜溜地转动着。虽然这一年即将过去,他觉得她很健康;既没有病怏怏的总在咳嗽,也没有缺胳膊少腿。他觉得她也漂亮,如果这是您的希望的话。

圣诞前的一个晚上,他很晚才到达伊舍,红衣主教正独自坐在那儿,听一位少年弹奏诗琴。他说，"马克，谢谢你，退下去吧。"少年向红衣主教鞠了一躬；他朝他轻微地点点头，很符合自己作为议会议员的身份。少年退出房间时，红衣主教说，"马克不仅琴弹得好，还很讨人喜欢——在约克郡的时候，他是我的唱诗班的歌手之一。我想我不该把他留在这儿，而该把他献给国王。或是献给安妮小姐，因为这小家伙这么俊秀。她会喜欢吗？"

少年还留在门口，倾听红衣主教的赞美。克伦威尔狠狠地瞪了他一眼——犹如重重地踹他一脚——终于将他赶走。他希望人们不要问他安妮小姐喜欢或是不喜欢什么。

红衣主教说，"莫尔大法官有没有给我捎信来？"

他把一沓纸放在桌上。"您好像病了，大人。"

"是的，我病了。托马斯，我们该怎么办？"

"我们得收买一些人，"他说，"对大人您留下的财产，我们得慷慨大方——因为您还有圣俸可以对付，您还有土地。听着，大人——就算国王拿走了您所拥有的一切，人们仍然会问，国王真的能把属于红衣主教的东西拿来随意赠与吗？即使得到国王的赠与，谁也不敢肯定自己有这种权利，除非得到您的确认。所以大人，您手上仍然握有几张牌。"

"可说到底，如果他想给我定个叛国罪……"他的声音低了下去，"如果……"

"如果他想定您叛国罪的话，您现在就会在伦敦塔里了。"

"的确——让我身首异处，对他有什么益处？事情是这样的：国王想通过将我削职，来好好教训一下教皇。他想表明，在我自己的国家里，只有作为英格兰国王的我才能说了算。哦，可说了算的是他吗？还是安妮小姐或者托马斯·博林？这是一个不能问的问题，出了这个门就不要再问。"

现在的战斗是，要趁着国王身边没人的时候接近他；弄清他的意图——如果国王明白自己的意图的话——并达成一桩交易。红衣主教急需现钱,这是第一仗。他日复一日地等待着召见。国王伸出一只手,接过他呈上的信件,朝红衣主教的印章瞥了一眼。他没有正眼看他,只是心不在焉地说了声"谢谢"。有一天,他终于正眼看他了,并且说,"克伦威尔先生,是的……我不能谈论红衣主教。"而当他张口欲言时,国王说,"你难道不明白吗?我不能谈论他。"他的语气温和而为难。"改天吧,"他说,"我会召见你的。我保证。"

当红衣主教问他,"国王今天看上去怎么样?"时,他说,他看上去像是彻夜未眠。

红衣主教笑了起来。"如果他彻夜未眠,那是因为没有打猎。冰冻的地面让猎犬的爪子受不了,它们无法出去。他是因为缺乏新鲜空气,托马斯。不是因为良心不安。"

后来,他会回想起碰到红衣主教听音乐的这个十二月底的夜晚。他会在脑海中一遍遍地回想起这一幕。

因为正当他离开红衣主教,并且心里默想着路途和夜晚的时候,他听见一个少年的声音从一扇半掩的门后传了出来:是马克,那位琴童。"……所以,因为我的演技,他说要把我推荐给安妮小姐。而我会很高兴的,因为呆在这里还有什么用呢?国王随时都可能砍了那老家伙的脑袋。我认为该当这样,因为红衣主教太狂妄自大了。今天他是头一次说我的好话。"

停了片刻。有人说话了,声音很模糊;他听不清是谁。接着是那少年的声音:"没错,律师肯定会跟他一起完蛋的。我虽然称他律师,可他是什么人呢?谁也不知道。据说他亲手杀过人,但忏悔的时候却只字不提。不过这些狠心肠的人哪,见到了绞刑吏就总是痛哭流涕。"

他毫不怀疑马克所盼望的是他的死期。在墙壁的另一面,那孩子在继续说着:"所以,等我去伺候安妮小姐时,她肯定会注意到我,并赐给我礼物。"随之是几声窃笑。"我会得到她的垂青的。你觉得呢?当她还没有答应国王时,谁知道她会倾心于谁?"

顿了顿。又是马克的声音:"她可不是黄花闺女。绝对不是。"

下人们的谈话真是有意思。接着是一声含糊的回答,然后是马克的声音:"你想,她在法国宫廷里呆过,回来时还会是黄花闺女吗?会比她姐姐强多少吗?而玛丽当时跟什么人都有一腿。"

不过这不算什么。他感到失望。我还以为会听到细节;原来只是些传言。可他还在犹疑,没有走开。

"再说,汤姆·怀亚特已经睡过她了,这一点谁都知道,就在肯特。我跟随红衣主教去过彭斯赫斯特,你知道,那儿离安妮小姐家所在的赫弗很近,骑马去怀亚特家也很容易。"

证人呢?日期呢?

但接着是那个看不见的人的声音,"嘘!"随后是几声轻笑。

对此你无可奈何。除了把它记在心里。两人讲的是佛兰芒语:那是马克的家乡话。

圣诞节到了,国王与凯瑟琳王后一起在格林威治度过。安妮呆在约克宫;国王可以到河的上游来看她。侍女们说,她的客人很小心;国王来的次数很少而且很谨慎,停留的时间也很短。

在伊舍,红衣主教已经卧病在床。他以前可从来不会这样,不过这一次他确实病得很重,应该卧床。他说,"当国王和安妮小姐还在交换新年之吻时,就不会发生任何事情。在主显节①之前我们会很安全,不会受到突袭。"他在枕头上转过脸来,热切地说,"天啊,克伦威尔。回家去吧。"

在奥斯丁弗莱,家里已经用由冬青和常春藤、或者月桂和带状紫杉编成的花环装饰一新。厨房里一片忙碌,为在世的人准备着食物,但今年省

---

① 主显节又称显现节,即每年的1月6日,是基督教节日,以纪念耶稣显灵。主显节前夕,1月5日夜,传统上标志着圣诞期的结束。

去了以往的圣诞歌和圣诞剧。这是最为不幸的一年。他的姐姐凯特及其丈夫摩根·威廉斯跟他的女儿们一样，突然之间就撒手人寰，头一天还在走动，说笑，第二天却像冰冷的石头一般躺进了泰晤士河畔的坟墓，他们长眠于地下，感受不到潮汐，既看不见也闻不到河水；如今，他们再也听不到帕特尼教堂的破钟发出的声音，闻不到未干的墨汁、啤酒花、麦芽以及仍然带有动物气息的毛织品的味道；再也闻不到秋天里松树树脂和苹果蜡的清香，闻不到烘烤蛋糕的香气。快到年底时，家里多了两个孤儿，理查德和小沃尔特。摩根·威廉斯虽然爱吹牛，却不乏精明之处，而且很勤劳顾家。还有凯特——哦，近年来，她对她弟弟的了解就像对斗转星移一样十分有限：她常常说，"你总是让我弄不懂，托马斯。"这完全是他教导无方，因为除了他，还有谁教过她掰着手指，去弄懂商人的账单呢？

如果让他给自己一条圣诞忠告，他会说，马上离开红衣主教，否则你会重新流落街头，去玩三张纸牌的游戏。不过，他的忠告只给予那些可能接受的人。

在奥斯丁弗莱，他们有一颗很大的金星，新年前夕总是把它挂在大厅里。整整一个星期，它闪闪发光，迎接着主显节的客人。从夏天开始，他和丽兹就会考虑三博士①的服装，一边留心搜集他们所看到的各种新奇的布料和新颖的饰物；然后从十月份起，丽兹就会暗地里缝缝缀缀，在头一年的长袍上添几块亮片，衬一副垫肩，加一道褶边，每年还要做几顶很别致的新帽子。而他的任务则是想好给博士们的宝盒里准备什么礼物。有一次，当礼物突然唱起歌时，有位博士惊得扔掉了盒子。

今年，谁也没有心情去挂那颗星；可他还是去看了看它，去了那个没有灯光的贮藏室。他打开那层保护着它的光泽的帆布套，确保它没有受损或褪色。会有更好的年头的，到那时，他们会把它重新挂起来；虽然他还想象不出具体是什么时候。他小心地套上护套，看到它做工这么精致，大

---

① 指《圣经》故事中向初生基督朝圣的东方三博士。

小也正好合适,不禁感到满意。三博士的长袍被叠放在一口箱子里,里面还有为扮演绵羊的孩子们准备的羊皮。牧羊人的拐杖斜靠在一个角落里;天使的翅膀挂在一个挂钩上。他抚摸着它们。手指拿开时,已经沾上了灰尘。他把蜡烛移到安全的地方,然后从挂钩上取下翅膀,轻轻地扇动。它们发出柔和的嘶嘶声,接着,空气中有了一股淡淡的琥珀味。他把它们重新挂到钩子上;他的一只手掌从上面滑过,安抚着它们,让它们不再颤栗。他端起蜡烛,退了出来并关上房门。他掐灭蜡烛,将门锁好,然后把钥匙交给了乔安。

他对她说,"真希望我们有个小宝宝。家里已经好久没有小宝宝了。"

"别看着我呀,"乔安说。

他当然还是看着她。他说,"威廉逊近来没有对你尽义务吗?"

她说,"他的义务我不乐意。"

他走开了,一边在心里想,我不该跟她谈这个话题。

新年这天,夜幕降临之际,他坐在写字台旁;他在为红衣主教写信,有时还穿过房间走到计算板前,把计数器推来摆去。如果红衣主教正式承认自己犯了蔑视王权罪,国王似乎就会退一步饶他不死,并给他一定的自由;不过要维持他的排场,不管留给他多少钱,相对于他过去的收入而言都只是九牛一毛。约克宫已经被没收,汉普顿宫早就不属于他,而国王还在考虑怎样对富裕的温切斯特主教辖区进行征税和搜刮。

格利高里进来了。"我给您送些灯过来。乔安姨妈说,去看看你爸爸。"

格利高里坐了下来。他等待着,显得很不安,然后叹了口气。他站起身,径直走到父亲的写字台前,犹犹豫豫地站在那儿。接着,就像有人对他说了句,"找点事儿做呀,"于是他怯怯地伸出手去,整理起文件来。

他仍然埋头于自己的工作,一边抬起目光看了看儿子。自格利高里出生以来,他可能是第一次注意到他的手,那双手让他吃了一惊:它们不再是稚嫩的小手,而是一位绅士之子的没有劳作过的白皙的大手。格利高里在干什么?他在把文件堆成一叠。他是根据什么原则呢?他读不懂那些文件,顺序完全不对。他不是按内容分类。是按日期整理的吗?看在上帝的份上,他到底在干什么?

他得把这个句子写完,里面有很多重要的修饰语。他又抬头瞥了一眼,终于明白了格利高里的意图。这是一种简单至极的方法:大纸在下面,小纸在上面。

"爸爸……"格利高里说,接着叹了口气,走到计算板前。他用食指轻轻地推动计数器。接着,他把它们拢成一堆,再一个一个地捡起来码整齐。

他终于抬起头。"那是一道算式。我不是把它们随意扔在那儿的。"

"哦,对不起,"格利高里礼貌地说。他在炉边坐下,呼吸时想尽量不搅动周围的空气。

即使是最温和的目光也能产生压力;在儿子的注视之下,他问,"怎么啦?"

"您觉得您写的东西能停一下吗?"

"稍等片刻,"他说,并抬起一只手示意稍候;他在信末署了名,以自己惯常的方式:"您最可靠的朋友,托马斯·克伦威尔。"如果格利高里要告诉他家里又有人病危,或是格利高里自己已经答应要娶洗衣女工为妻,或者是伦敦桥已经倒塌,他都必须像个男人一样去接受;不过他必须把这封信严密地缝好。他抬起头。"说吧。"

格利高里转过脸去。他在哭吗?这不足为奇,对吧,因为他自己不是也哭过吗,还是在大庭广众之下?他穿过房间,在炉壁旁面对着儿子坐下。他取下天鹅绒帽子,用双手理了理头发。

两人久久地没有说话。他低头望着自己那双布满老茧的手,掌心里还藏有划伤和烫伤的疤痕。他心里想,绅士?说得倒是好听,可是你想蒙谁呢?只有那些从未见过你的人,或者是那些你用礼节与之保持距离的人,你的委托人以及下院的同僚,格雷会堂的同行,大臣们的家仆,还有大臣们自己……他的思绪转移到了必须写的下一封信上。这时,格利高里开口了,他的声音小得似乎又回到了过去,"您还记得那个圣诞节吗,当时的游行队伍中有个巨人?"

"在这个教区吗?我记得。"

"他说,'我是一个巨人,我叫马林斯派克。'有人说,他跟麦山上的五月柱一样高。麦山上的五月柱是什么?"

"他们把它拆了。在发生骚乱的那一年。他们说,那是邪灵的五朔节①。你当时只是个小孩子。"

"那根五月柱现在在哪儿?"

"市政府把它收起来了。"

"我们明年会把那颗星再挂起来吗?"

"如果我们运气转好的话。"

"红衣主教现在下台了,我们会不会变穷?"

"不会。"

小小的火焰跳跃着,闪烁着,格利高里凝视着它们。"您还记得我把脸涂得漆黑、身上裹着黑牛皮的那一年吗?我在圣诞剧中扮演一个魔鬼?"

"是的。"他的神情柔和了一些。"我记得。"

安妮当时也想把脸涂黑,但是她妈妈说,这对小姑娘来说不合适。他但愿自己说过安妮必须轮着扮演一次教区天使——尽管因为皮肤黝黑,她不得不戴上教区的一副编织的黄色假发,那假发常常滑向一边,或者耷拉在孩子们的眼睛上。

格蕾丝扮演天使的那一年,戴上了用孔雀羽毛做成的翅膀。那是他自己的创意。其他的小姑娘们则装扮成慈乎乎的小笨鹅,翅膀一旦在马厩的

---

① 英国传统节日,时间为五月的第一个星期一。

某个角落绊住就会掉下来。但格蕾丝却显得光彩夺目,她的头发上缠着银色丝带;肩膀上系着一道光芒四射的、颤栗的光环,随着她的呼吸,簌簌响的空气里弥漫着芳香。丽兹说,托马斯,你的主意还真不少,对吧?她的翅膀是全城人所见过的最漂亮的了。

格利高里站起身;他走过来跟父亲吻别道晚安。一时间,他的儿子斜靠在他的身上,犹如孩子一般;又仿佛往事以及炉火中的画面能令人陶醉。

儿子去睡觉之后,他把他堆好的文件铺散开来,重新清理了一番。他将签了字的一面翻出来,以便随后归档。他想起了那个邪灵的五朔节。格利高里没有问,为什么会有骚乱?骚乱是针对外国人。他自己当时才刚刚回国不久。

1530年开年之际,他没有举办主显节宴会,因为太多的人都知道了红衣主教的失宠,所以会拒绝他的邀请。不过,他把几位年轻人带到了格雷会堂,参加主显节前夜的狂欢。他几乎马上就后悔了;今年的这里比他记忆中的任何一年都更为喧闹,更为粗俗。

律师学院的学生们表演了一出有关红衣主教的话剧。他们让他从约克宫里逃出来,奔往自己那艘停在泰晤士河上的船。有些人挥动着染过色的床单,模仿河流,接着另一群人跑了过来,用皮桶朝上面浇水。红衣主教刚刚手脚并用地爬上船,就传来了狩猎的叫喊声,有个傻乎乎的弄臣冲进大厅,手里还牵着两条猎水獭用的猎犬。还有些人拿着渔网和鱼竿跑来,要把红衣主教拖回岸上。

第二场表现的是红衣主教在奔往他位于伊舍的藏身地的途中,在帕特尼的泥泞中挣扎的情景。当红衣主教伤心痛哭并举起双手祈祷时,学生们一片欢呼。他心里想,当初目睹这一幕的所有人中,是谁把它当成喜剧说了出来呢?如果他当时知道,或者能猜到的话,就该他们倒霉了。

红衣主教仰面躺在那儿,犹如一座红色的小山;他胡乱摆动着双手;

他说只要有人能扶他重新骑到他的骡子的背上,他就把温切斯特主教的职位让给他。有几个学生扛着一副披挂着驴皮的架子,扮成骡子,转来转去,用拉丁语开着玩笑,并朝着红衣主教的脸放屁。他们拿"主教的职位"插科打诨,说成是"主教的鸡尾"①,如果他们是扫大街的,你也许会认为他们很风趣,但在他看来,学法律的学生这样未免太下作。他十分不满地从座位上起身,他的家人也只好跟着他起身出去。

他停下来对学院的几位老资格说:是谁允许这种事情发生的?约克红衣主教已经病了,可能不久于人世,到那个时候,你们和你们的学生该怎样站在上帝的面前?你们在这儿培养的是些什么样的年轻人,竟然敢攻击一位交了厄运的伟人——如果是短短的几个星期之前,他们还会乞求他的青睐呢!

那些老资格跟在他后面,不断地道歉;但他们的声音淹没在从大厅里传来的雷鸣般的笑声里。他家里的几个年轻人还在依依不舍地频频回头。红衣主教正在拿他后宫的四十位处女做交换,求人扶他骑上骡背;他坐在地上,抽抽搭搭的,这时,一个用红色毛线编成的软软的、蛇一般的东西从他的袍子里面掉了出来。

外面的灯火在冰冷的空气中显得很黯淡。"回家吧,"他说。他听见格利高里在低语,"只有他允许了我们才能笑。"

"嗯,说到底,"他听见雷夫说,"是他在当家。"

他退回一步,好跟他们谈谈。"不管怎么说,养了四十个女人的是邪恶的博基亚教皇亚历山大。而且我可以告诉你们,她们当中没有一个是处女。"

雷夫碰了碰他的肩膀。理查德走在他的左边,跟他挨得很近。"你们用不着扶我,"他和气地说,"我可不像红衣主教。"他顿住了,接着笑了起来,说,"我想,刚才还是……"

---

① 主教职位的原文 bishoprics 与 bishop's pricks(主教的阴茎)谐音,故有此译。

"是呀，刚才挺有意思的，"理查德说，"大人的腰围肯定有五英尺。"

晚上到处都能听见圣骨的碰撞声，能看见无数的火把在闪烁。一队竹马唱着歌从他们身边咔咔地经过，还有一群人头上戴着鹿角，脚上系着铃铛。快到家时，有个装扮成橘子的男孩与他的朋友柠檬一起从他们身旁滚过。"格利高里·克伦威尔！"他们叫道，并礼貌地朝作为长者的他举起一片上面的果皮——而不是脱帽——致意。"上帝保佑您新年快乐。"

"你们也一样，"他大声说，接着又对柠檬说，"叫你父亲来找我，好谈谈齐普塞街的租契问题。"

他们到了家。"睡觉去吧，"他说，"已经很晚了。"想了想，他又加了一句，"上帝保佑你们平安。"

他们走了。他坐到工作台前。他想起了格蕾丝，想起她扮演天使那晚后来的情景：她站在那儿，在火光的映照之下，因为疲惫而脸色苍白，但她的眼睛炯炯有神，孔雀翅膀上的眼睛形图案也在火光中发亮，每一只眼睛都犹如黄宝石般闪着金光，如梦似幻。丽兹说，"离火远点儿，宝贝儿，不然你的翅膀会点着的。"他的小女儿退开几步，站到了阴暗处；当她朝楼梯走去时，羽毛呈现出烟灰色。他说，"格蕾丝，你准备戴着翅膀睡觉吗？"

"等祷告完了再取，"她一边说，一边扭头看了看肩膀。他跟在她的后面，有些为她担心，担心火以及其他的危险，不过他也说不清有什么危险。她踏上楼梯，羽毛沙沙作响，并变成了黑色。

哦，主啊，他想，至少我永远不需要再把她托付给别的任何人。她死了，我就不用把她嫁给哪个撅着嘴、只图她的嫁妆的小气鬼。格蕾丝肯定想要一个封号。她肯定觉得因为自己可爱，他应该为她买一个封号：格蕾丝小姐。真希望我的女儿安妮还在，他想，真希望安妮还在并许配给了雷夫·赛德勒。如果安妮再大几岁。如果雷夫再小几岁。如果安妮仍然在世就好了。

他重新埋头于红衣主教的信件。沃尔西要给欧洲的统治者写信,请求他们支持他,证明他的清白,并为他的事业而奋斗。他,托马斯·克伦威尔,但愿红衣主教不要写,或者说如果非写不可,这封密信可以写得更巧妙些吧?沃尔西敦促他们阻止国王的意图,难道不是叛国吗?亨利会这么认为的。红衣主教并没有请求他们为了他而向亨利宣战:他只是请求他们不要赞许一位国王,而这位国王非常希望得到别人的喜欢。

他靠回到椅背上,双手掩住嘴巴,仿佛要对自己隐藏内心的想法。他想,幸亏我爱戴红衣主教大人,因为如果不是这样,如果我是他的敌人——设想我是萨福克,设想我是诺福克,设想我是国王——我下周就会把他送上法庭。

门开了。"理查德?你睡不着吗?嗯,我就知道。那出戏让你太兴奋了。"

现在要笑并不难,但理查德没有笑;他的面孔在黑暗中。他说,"先生,我想问您一个问题。我们的父亲不在了,您现在是我们的父亲。"

理查德·威廉斯,还有以沃尔特命名的沃尔特·威廉斯:他们都是他的儿子。"坐下吧,"他说。

"所以,我们要不要改随您的姓?"

"这可让我感到意外。就我现在的情形,姓克伦威尔的人都恨不得应该改姓威廉斯呢。"

"如果姓了您的姓,我就绝不再改。"

"你父亲会愿意吗?你知道,他相信自己是威尔士亲王的后裔。"

"哦,没错。只要喝一点酒,他就会说,谁愿拿一个先令来买我的公国?"

"尽管如此,你们还是有都铎家族的血统。根据一些说法。"

"别这么说,"理查德央求道,"这让我羞得无地自容。"

"没有那么糟,"他笑了起来。"听着。老国王有个叔叔叫贾斯帕·都铎。贾斯帕有两个私生女,琼和海伦。海伦是加迪纳的母亲。琼嫁给了威廉·艾普埃文——她就是你的外祖母。"

"就这些吗？为什么我父亲把它弄得那么神秘？可如果我是国王的表亲，"理查德顿了顿，"也是史蒂芬·加迪纳的表亲……对我能有什么好处呢？我们不在宫廷，也不可能去那儿了，因为红衣主教……嗯……"他移开了视线。"先生……您当年在外漂泊的时候，有没有想过自己会死？"

"想过。哦，想过。"

理查德望着他：那是什么样的感觉？

"我觉得，"他说，"很焦躁。似乎很不值，我想。远离家乡。漂洋过海。就这样死了……"他耸了耸肩。"还不知道是为了什么。"

理查德说，"我每天都为我父亲点一支蜡烛。"

"这让你觉得好受些吗？"

"没有。可我还是会点。"

"他知道你这样做吗？"

"我想象不出他知道什么。我只知道活着的人得互相安慰。"

"你这话让我很受安慰，理查德·克伦威尔。"

理查德站起身，亲了亲他的脸颊。"晚安。*Cysga'n dawel*。"

睡个好觉；这是对离家很近的人经常说出的话。这是对父亲和兄弟经常说出的话。重要的是我们选择了什么姓氏，我们给什么姓氏争了光。死在战场上的人失去了姓氏，只是些没有家世的普通的尸体，没有人去寻找他们，也没有教堂，没有长久的祷告。他可以肯定，摩根的血脉不会失传，虽然他已经死于一个大难之年——这一年伦敦一片愁云惨雾。他摸了摸自己的喉咙，那只吊坠本该挂在这儿，凯特送给他的那只神圣的吊坠；他的手指没有摸到它，不禁有些意外。有生以来，他第一次明白自己为什么把它取下来扔进大海。是为了不让任何人能夺走它。海浪接纳了它，海浪仍然保存着它。

伊舍的烟囱还在冒烟。他去找诺福克公爵——公爵随时都可以见他——询问红衣主教府上的人该怎么处理。

在这件事情上,两位公爵都愿意帮忙。诺福克说,"失去主子的人是最不满的,也是最危险的。不管人们对约克红衣主教怎么看,他的那些下人毕竟一直把他侍候得很好。把他们转给我吧。让他们到我这边来。做我的下人。"

他探究地看了克伦威尔一眼。克伦威尔转过脸去。他知道对方心里想要的是他自己。他像女继承人一样显出狡黠、羞怯而冷淡的表情。

他正在为公爵办一笔贷款。他的外国朋友们兴致不是很大。他说,红衣主教垮台了,而公爵则像早晨的太阳一般高升,成了亨利的心腹。他们说,托马斯,说实在的,你拿什么担保呢?一个明天就可能翘辫子的老公爵——据说还是个暴脾气?你拿公爵领地做抵押,在你们那个总在发生内战的蛮荒小岛上吗?如果你们那位一意孤行的国王抛弃皇帝的姨母,而把那个妓女扶上王后的宝座,不是又要爆发一场战争吗?

尽管如此:他还是能找到关系。在别的地方。

查尔斯·布兰顿说,"你又来了,克伦威尔先生,把你的名单带来了吗?有没有你向我特别推荐的人?"

"有,不过,恐怕这个人地位很低下,我去找您厨房的管事谈可能更合适——"

"不用,跟我说说,"公爵说。他最怕吊胃口。

"只是个负责维护壁炉和烟囱的人,大人您不必亲自……"

"让他来吧,让他来吧,"查尔斯·布兰顿说。"我喜欢温暖的炉火。"

大法官托马斯·莫尔第一个在控告沃尔西的所有罪状上签了名。据说根据他的命令,还加上了一条奇怪的指控。红衣主教被控对着国王的耳朵说话和对着国王的脸孔呼气;由于红衣主教患有法国花柳病[①],因此意在

---

① 英国人对梅毒的称呼。

传染给我们的君王。

听到这个消息时,他心里说,设想一下,活在大法官的脑袋里会是什么情景。设想一下,要把这条指控写下来,送到印刷厂,然后在宫廷里乃至整个国家传播,把它传到人们什么都信的地方;传给山上的牧羊人,传给廷德尔的耕田人,传给路边的乞丐以及牛棚马厩里忍辱负重的牲口;传给刺骨的冬风,脆弱的初阳,还有伦敦花园里的雪花莲。

这是一个灰蒙蒙的早晨,天上的云很低,一片连着一片;勉强透过玻璃的光线无精打采,犹如失去光泽的白蜡。国王却是那么光鲜照人,就像一副新扑克牌里的大王:他那双平平的蓝眼睛是那么细小。

亨利·都铎的身边围着一群侍从;他们对他的到来视而不见。只有哈里·诺里斯朝他微微一笑,礼貌地说了声早上好。随着国王的一个手势,侍从们远远地退开;他们都穿着色彩鲜艳的骑马服——这是一个狩猎的早晨——时而走动,时而散开,时而聚拢;他们彼此交头接耳,并且用点头和耸肩制造了一套话语。

国王看了看窗外。"嗯,"他说,"最近……?"他好像不愿提起红衣主教的名字。

"在得到陛下的恩宠之前,他不可能会好。"

"四十四项指控,"国王说,"四十四项呀,先生。"

"恕我冒昧,陛下,每一项都能说清楚,如果举行听证,我们就可以解释。"

"你能在这儿解释吗?现在。"

"只要陛下愿意坐下来听。"

"听说你是一个随时有准备的人。"

"没准备好我会来这儿吗?"

他说这些话几乎是不假思索。国王笑了笑。红色的嘴唇微微一弯。他有一张好看的嘴巴,几乎跟女人的一样;对他的脸来说显得太小。"如果换个日子,我会让你试一试,"他说,"但萨福克大人正在等我。你看,云会散吗?真希望在做弥撒之前我就出去了。"

"我想会散的,"他说,"这是个打猎的好日子。"

"克伦威尔先生?"国王转过身,诧异地看着他。"你并不赞成托马斯·莫尔的观点,对吧?"

他等待着。他想不出国王准备说什么。

"狩猎。他认为这很野蛮。"

"哦,是这样。不,陛下,我赞成所有比战争要节省的运动。只不过……"他该怎么说呢?"在有些国家,人们猎熊、狼还有野猪。我们英国以前也有这些动物,那时我们有广阔的森林。"

"我的表亲弗朗斯①可以猎野猪。他总是说要给我运几头过来。可我觉得……"

你觉得他是在嘲弄你。

"我们常说,"亨利直视着他,"我们这些绅士们常说,打猎也是让我们备战。说到这儿,又回到了一个很麻烦的话题,克伦威尔先生。"

"的确如此,"他愉快地说。

"大约六年前,你在议会里说,我打不起仗。"

那是七年前:1523年。这次觐见才过了多久?七分钟吧?才七分钟,他心里就有了把握。退缩是没有用的;一旦退却,亨利就会乘胜追击。而如果前进,他也许只会有点趔趄而已。他说,"在全世界的历史上,从来没有哪位统治者能够打得起仗。它们不是用钱就买得起的东西。从来没有哪个国王说,'这是我的预算;所以这样的仗我可以打。'一旦开战,就会用掉你所有的钱,然后就会让你垮掉,让你耗光家底。"

"我1513年进入法国时,占领了泰鲁阿纳城,你在演说中称之为——"

---

① 即法国国王,也称"弗朗索瓦"或"弗朗西斯"。

"狗洞，陛下。"

"狗洞，"国王重复道。"你怎么能这么说呢？"

他耸了耸肩。"我去过那儿。"

怒色一闪而过。"我也去过，率领着我的军队。听我说，先生——你说我不应该打仗，因为赋税会毁了这个国家。国家如果不是为了支持其国王的事业，那还要国家干什么？"

"我想我说的是——恕我冒昧，陛下——我们没有财力让您打整整一年的仗。全国所有的金银都会给战争吞噬。我读到过，有一个时期，由于没有金属钱币，人们只好使用皮革制成的代币。我说我们会回到那个时代。"

"你说我不应该率领军队。你说如果我被俘了，国家会拿不出赎金。那么，你希望的是什么？你希望有一个不打仗的国王？你希望我像个生病的姑娘一样缩在家里？"

"从财政上考虑，这是最理想的。"

国王深深地、重重地吸了一口气。他一直在用大嗓门吼着。现在——出于突然的一转念——他决定大笑。"你提倡谨慎。谨慎是一种美德。但国王应该还有其他的美德。"

"坚韧。"

"没错，算算它的成本。"

"它指的不是打仗勇敢。"

"你在跟我说教吗？"

"它指的是目标坚定。指的是有忍耐力。指的是有力量去承受你所受到的束缚。"

亨利穿过房间。他的马靴嚯嚯作响；他准备去打猎了。他十分缓慢地转过身，以更好地表现他的威严：宽厚，结实，充满生气。"这一点我们得说清楚。我有什么束缚？"

他说，"距离。港口。地形。民众。冬雨和泥泞。当陛下的先祖们在法国战斗的时候,整个整个的省都在英格兰手中。我们可以从那里提供援助,提供补给。既然我们只剩下加来,又如何能够为一支在内陆的军队提供给养?"

国王注目凝视着银色的早晨。他咬着嘴唇。他是不是生气了,怒火在慢慢地燃烧,直到终于爆发?他转过身来,一脸灿烂的笑容。"我知道,"他说。"所以,我们下次进入法国时,就会需要一片海岸。"

当然。我们需要夺取诺曼底。或者布列塔尼。仅此而已。

"说得很有道理,"国王说,"我对你没有坏意。只是觉得你在政策或打仗方面毫无经验。"

他摇摇头。"的确如此。"

"你说过——我指的是以前,你在议会发表的那次演说中——这个国家有一百万英镑价值的金子。"

"我说的是个整数。"

"但这个数字你是怎么得出来的呢?"

"我在佛罗伦萨的银行里受过训练。还有威尼斯。"

国王盯着他。"霍华德说你以前是个普通士兵。"

"他说得也没错。"

"还干过别的吗?"

"陛下希望我干过什么?"

国王直视着他的脸:这可有点稀罕。他迎着对方的目光:这是他的习惯。"克伦威尔先生,你的名声可不好。"

他低下头。

"你不为自己辩解吗?"

"陛下能够做出自己的评价。"

"我能够。我也会的。"

门口的卫兵撤开了长矛;侍从们纷纷后退鞠躬;萨福克通通地走了进来。查尔斯·布兰顿的衣服似乎穿得太多。"准备好了吗?"他对国王说。"哦,克伦威尔,"他咧嘴笑了。"你那位胖神父怎么样了?"

国王不悦地红了脸。布兰顿没有察觉。"你知道,"他呵呵笑道,"据说有一次,红衣主教带着仆人骑马出门,在一片山谷的坡顶勒马停住,俯瞰着一座非常美丽的教堂及其周围的土地。他对仆人说,罗宾,那地方是谁的?但愿是我的教产就好了!罗宾说,是您的,大人,就是您的。"

他的故事没有什么反响,但他在顾自大笑。

他说,"大人,这故事在意大利到处都流传。红衣主教不是这一位,就是那一位。"

布兰顿的脸沉了下来。"什么,同一个故事吗?"

"*Mutatis mutandis*①。仆人不叫罗宾。"

国王与他视线相遇。他微微一笑。

离开时,他从那些侍从中间穿过,没想到居然碰到了国王的国务大臣!"早上好!早上好!"他说。他说话通常不会重复,但此时此刻似乎只能这样。

加迪纳搓着那双发青的大手。"很冷,对吧?"他说,"刚才怎么样,克伦威尔?我想不大好受吧?"

"恰恰相反,"他说,"哦,陛下要跟萨福克出去;你只有等了。"他往前走去,但接着又转过身来。他觉得如骨鲠在喉。"加迪纳,我们能不能别这样?"

"不能,"加迪纳说。他眨了眨松弛的眼皮。"是的,我觉得不能。"

"很好,"他说,然后走了出去。他想,你等着吧。你可能要等上一两年,但是你尽管等着。

---

① 拉丁文,意为"已做必要的修正"。

伊舍，两天之后：他刚刚跨进大门口，卡文迪什就从院子里朝他大步奔来。"克伦威尔先生！国王昨天——"

"冷静点，乔治，"他吩咐道。

"——昨天，他派人送来了四大车的家具设施——快来看！挂毯，餐具，帐幔——是您去要的吗？"

谁知道呢？他没有直接要任何东西。否则的话，他就会说得很具体了。不是那样的帐幔，而是这样的，这是我们家大人喜欢的；他喜欢女神，而不是贞洁的殉道者，所以圣阿格尼丝的就不要了，我们要林中的维纳斯。我们家大人喜欢的是威尼斯的玻璃制品；把这些旧银杯拿走。

他查看着这些新玩意儿，脸上现出鄙夷之色。"只是对你们这些来自帕特尼的穷小子们而言才是好东西，"沃尔西说。"当然，"他又带着一丝歉意地补充道，"可能国王叫人送给我的其实不是这些。下人掉了包，换成了这些伪劣品。"

"完全有可能，"他说。

"不过。尽管如此。有了这些我们还是舒服多了。"

"问题是，"卡文迪什说，"我们得搬家。这整个府上需要彻底打扫通风。"

"没错，"红衣主教说，"天可怜见，圣阿格尼丝会被茅房的气味熏倒的。"

"您会向国王的枢密院申诉吗？"

他叹了口气。"乔治，这有什么用呢？听着。跟我谈话的不是托马斯·霍华德。也不是布兰顿。而是他本人。"

红衣主教笑了。那是一脸慈父般的笑容。

对于亨利所掌握的细节——当他们研究关于红衣主教的财政结算时——他感到很惊讶。沃尔西一直都说国王的头脑很好使，跟他父亲的一样敏捷，但考虑问题则更全面。老国王年纪渐老就变得越狭隘；他采取强硬的手法统治英格兰；没有哪位贵族不因为欠他的债而受制于他，他还直言不讳地说，如果做不到被人爱，他就宁愿遭人怕。亨利的性格不一样，但是什么性格呢？沃尔西哈哈笑着说，我该给你写一本手册。可到了国王允许他搬至里士满的小屋，在花园里散步时，红衣主教的心情变得抑郁起来，他谈到了预言，谈到了英格兰的神父的败落，他说这件事情有人预言过，现在就要发生了。

即使你不相信征兆——他自己就不相信——你也能看得出问题。因为，如果红衣主教维护自己作为教皇使节的司法权是犯罪的话，那么，从主教以下的所有神职人员既然都认同他的使节身份，他们不是全都有罪吗？想到这一点的不可能只有他一个人；可他的政敌们多数只看得到红衣主教本人，只看得到前方他穿着红袍的巨大身影，而不会看到更远；他们害怕那个身影重新站立起来，随时准备报复。当他们再一次碰面时，布兰顿说，"自以为是的高级教士们可没碰到好时候。"他听起来有些得意，就像在吹着口哨为自己打气。"我们这个国家不需要红衣主教。"

"他还说呢，"红衣主教怒不可遏地说，"他，布兰顿，当年那么迫不及待就娶了国王的妹妹——她守寡没几天他就娶了她，明知道国王想把她嫁给另一位君王——当时如果不是我，一位无足轻重的红衣主教，在国王面前为他求情，他早就脑袋搬家了。"

我，一位无足轻重的红衣主教。

"布兰顿当时是怎么为自己开脱的呢？"红衣主教说，"'哦，陛下，您妹妹玛丽哭得很伤心。她哭得那么伤心，求我娶她为妻！我从没见过哪个女人哭成那样！'于是他帮她擦掉眼泪，让自己爬上了公爵的位置！而今他说起话来，仿佛从伊甸园时代他就有了爵位似的。听着，托马斯，如果一些有真才实学而且为人正派的人——比如说滕斯托尔主教，或者托马斯·莫尔——来找我，说一定要改革教会，那么，我会洗耳恭听。可布兰顿！居然还说自以为是的高级教士们！他是什么东西？国王的马夫而已！而我知道的一些马都比他有头脑。"

"大人，"卡文迪什恳求道，"请您息怒。再说，您也知道，查尔斯·布兰顿出生于一个古老的世家，生来就是绅士。"

"绅士，他吗？一个狂妄自大的牛皮大王。这才是布兰顿。"红衣主教精疲力竭地坐了下来。他说，"我的头很痛。克伦威尔，去宫廷吧，给我带点好消息回来。"

他一天天地在里士满听取沃尔西的吩咐，然后骑马奔赴国王所在的地方。他把国王看成一片他必须攻进去的地带，但是没有海岸为他提供补给。

他明白亨利从自己的红衣主教那儿学到了什么：悬而不决的外交手段，模棱两可的处事方法。他看到国王正如何运用这种方法，缓缓地、不落痕迹地、令人无法相信地毁掉他的大臣。对每一份仁慈，亨利都会配上一份残忍，提出另一项指控或没收另一处财产。直到红衣主教求饶道，"我想离开这儿。"

"去温彻斯特吧，"他对公爵们建议道，"红衣主教大人愿意去他那儿的府邸。"

"什么，跟国王那么近？"布兰顿说，"我们可不是傻瓜，克伦威尔先生。"

他是红衣主教的亲信，由于他经常伴在亨利的左右，整个欧洲都在传言沃尔西会再度出山。人们说，国王正在进行一项交易，通过让沃尔西重新获宠来得到教会的财产。各种消息从枢密院、从寝宫不断地传出来：国王不喜欢他的新班子。诺福克原来是个白痴；萨福克也受到批评，说他的笑声令人讨厌。

他说，"我家大人不会北上的。他还没有这种准备。"

"但我希望他去北部，"霍华德说，"叫他去吧。告诉他诺福克说他必须启程离开这儿。要不然——这一点要告诉他——我会赶到他那儿，用我的牙齿把他撕碎。"

"大人。"他鞠了一躬。"我能不能改成'咬'这个字？"

诺福克走近他。站得非常近。他双眼充血。每一根筋都在跳动。他说，"不许改任何字，你这窝囊——"公爵用食指戳着他的肩膀。"你……这家伙，"他说；然后又吐出一串，"你这个从地狱里出来的无名小卒，你这个杂种，你这个恶棍，你这个律师。"

他站在那儿，一下一下地戳着，犹如面包师在一条白面包上按出小窝。克伦威尔的肌肉很结实，无法戳破。公爵的手指被弹了回去。

在他们离开伊舍之前，有只被找来抓老鼠的猫在红衣主教的房间里生了一窝小猫。动物也敢这么放肆！但是等等——新的生命，在红衣主教的房间里？会是某种征兆吗？他担心有朝一日，会有另一种征兆：一只死鸟会从烟囱里掉下来，然后——哀哉！——这类事情就会没完没了。

但眼下红衣主教还是很开心，他把小猫放在一只敞开的箱子里的软垫上，看着它们渐渐长大。有只小猫披着一身软乎乎的黑毛，忽闪着一双黄色的眼睛，总是显得很饿。等它断奶后，他把它带回了家。在他把它从外套里面掏出来之前，小家伙一直趴在他的肩膀上睡觉。"格利高里，快瞧。"他把它拿给儿子看。"我是一个巨人，我叫马林斯派克。"

格利高里戒备而不解地望着他。他的目光躲闪着；他的手拿开了。"那些狗会弄死它的，"他说。

马林斯派克下了地，进了厨房，并将在那里长大，表现它动物的天性。不久将是夏天，尽管他无法想象它的快乐；有时在花园里散步时，他会看到它，一只半大的猫，慵懒而警惕地趴在苹果树上，或者在墙头的阳光下打鼾。

1530年春：商人安东尼奥·蓬维希邀请他去他家共进晚餐，蓬维希的家位于主教门，气派而宽敞。"我不会回得很晚的，"他告诉理查德，以为这将是一次跟往常一样的令人紧张的集会，每个人都很烦躁，饥肠辘辘：因为即使是一个很有钱、厨房里应有尽有的意大利人也拿不出一百种方法来做熏鳗鱼或腌鳕鱼。大斋节①期间的商人很怀念他们的羊肉和玛姆齐甜酒,怀念晚上跟妻子或情人在羽毛褥垫床上的呻吟;从现在起直到圣灰星期三,他们的刀子将被用于某种杀人的目的,被派上某种见不得人的商业用场。

但晚宴比他想象的更隆重;大法官也在那儿,周围还有不少法官和市政官员。曾经被大法官关押过的翰弗里·蒙茂斯坐在离大人物远远相隔的位置;莫尔显得很自在,他正在讲他亲爱的朋友——那位大学者伊拉斯谟②——的一个故事,让大家听得聚精会神。但当他抬起头看到克伦威尔时,他的一句话说到一半就停了下来;他垂下眼睛,脸上露出阴沉而冷漠的表情。

"您是想谈我吗?"他问,"我在这儿的时候您也可以谈的,大法官。我的脸皮厚得很。"他将一杯酒一饮而尽,笑了起来。"您知道布兰顿是怎么说的吗?我这一生让他捉摸不透。我四处漂泊。几天前他还称我为犹太商贩。"

"是当着你的面吗?"他的主人礼貌地问。

"不是。是国王告诉我的。不过话说回来,红衣主教大人称布兰顿为马夫。"

翰弗里·蒙茂斯说,"你现在可以出入宫廷了,托马斯。你是怎么想的,觉得自己当上大臣了吗?"

一桌子的人都忍俊不禁。因为,这种想法当然很荒唐,这种情形也只是暂时的。莫尔那帮人是城里人,说不上什么很高贵;但他自己很特殊,他是学者,是智者。于是莫尔说,"也许我们不该揪住这个不放。这里有

---

① 基督教复活节前一段时间要吃斋、戒欲和忏悔,以纪念耶稣旷野守斋,在西方教会里,此节日从复活节前第七个星期三到复活节前一周的星期六。
② 伊拉斯谟(约1469—1536),荷兰人文主义者和学者,北欧最重要的文艺复兴学者,对教会的讽刺作品包括《家常谈》(1518),为宗教改革铺平了道路,不过,他反对宗教改革中使用武力,并在其《自由抉择》(1523)中对路德进行了谴责。

些复杂的问题。不谈这个了。"

一位布商协会的老者从桌子的一方探过身来，小声提醒道，"托马斯·莫尔说了，只要坐下来了，他就不谈红衣主教，也不谈那位小姐。"

克伦威尔看了看周围的人。"不过国王让我很意外。他居然能够容忍。"

"容忍你吗？"莫尔说。

"我是说布兰顿。他们准备去打猎：他走了进来，高声嚷道，准备好了吗？"

"在国王统治的头几年，"蓬维希说，"你的主人红衣主教发现，要阻止国王的手下跟他关系太近，简直是一场长期的较量。"

"他只想让他自己那样，"莫尔说。

"不过，国王当然还是可以想提拔谁就提拔谁。"

"在一定程度上吧，托马斯，"蓬维希说；有人笑了起来。

"国王很享受他的友情。这显然不是坏事吧？"

"你居然也会说好话，克伦威尔先生。"

"才不是呢，"蒙茂斯说，"谁都知道，克伦威尔先生是一个肯为朋友两肋插刀的人。"

"我想……"莫尔顿了顿；他低头看着桌子。"说实在的，我不敢肯定有谁能把国王当成朋友。"

"但是，"蓬维希说，"亨利还是个孩子的时候，你不就了解他了吗？"

"没错，可友情不该让人那么心力交瘁……它应该给人力量。不像……"莫尔第一次转向他，似乎请他发表见解。"有时候，我觉得就像是……雅各与天使摔跤。"

他说，"而且谁也不知道干吗要摔跤。"

"是啊，《圣经》上也没说。就像该隐跟亚伯的争斗一样。谁知道呢？"

他察觉到桌子旁有了几分不安，在那些更虔诚、更严肃的人中间；也可能只是有些人在急着等下一道菜。会是什么呢？鱼！

"当你跟亨利谈话的时候，"莫尔说，"我请求你，要诉诸他善良的心肠。而不要诉诸他坚强的意志。"

他很想就此探讨一下，但那位年长的布商在招手再要一些酒，并问他，"你的朋友史蒂芬·沃恩怎么样了？安特卫普有什么新消息？"于是，谈话转移到了生意上；他们说起了运输、利率；无非是对不守规矩的投机买卖在背后评论一番。如果你走进一个房间，说我们谈的不是这个，那么你接下来谈的就只会是这个。如果大法官不在这儿，话题就只会是进口关税和保税仓库；我们就不会想到那位沉思冥想的红衣主教，这些处于大斋节期间的饥肠辘辘的外国人的脑海中就不会出现那样一幕：国王的手指在那位挣扎着的、呼吸急促的处女的乳房上摸索着。他靠到椅背上，凝神注视着托马斯·莫尔。后来，谈话声自然地停顿下来，安静了一会儿；接着，在一刻钟的时间里没有开口的大法官打破沉默，他的声音低沉而愤怒，眼睛盯着自己吃剩的东西。他说，"约克红衣主教一心想统治别人，他的贪心永远都得不到满足。"

"大法官，"蓬维希说，"您那样看着您的鲱鱼，好像很恨它似的。"

这位亲切的客人说，"鲱鱼没有任何问题。"

他往前探过身子，准备接招；他不打算听之任之。"红衣主教是一位公众人物。您也是。他应该回避自己的公众身份吗？"

"是的，"莫尔抬起头。"是的，我想，他应该稍稍有所回避。也许胃口不要显得那么明显。"

蒙茂斯说，"现在来给红衣主教上课，要他谦恭，为时已晚了。"

"他真正的朋友很久以前就教过他，但是他不听。"

"您认为自己也是他的朋友吗？"他坐直身子，抱着双臂。"我会告诉他的，大法官，天啊，当他流亡在外，坐在那儿想不明白您为什么要在国王面前污蔑他时,听到这对他会是一种安慰的。"

"先生们……"蓬维希紧张地从椅子里站了起来。

"不,"他说,"请坐下。我们干脆说开了吧。这位托马斯·莫尔会告诉你们,我本来想当个普通的僧侣,可我父亲要我去学法律。如果能选择的话,我宁愿为教会贡献一生。你们都知道,我对财富不感兴趣。我投身的是精神的东西。世俗的名誉对我来说有如粪土。"他环望着四周。"那么,他又怎么当上大法官了呢?是偶然吗?"

门开了;蓬维希连忙站起身,表情如释重负。"欢迎,欢迎,"他说,"先生们:这位是皇帝的大使。"

进来的是尤斯塔西·查普伊斯,同时还有人送来了甜点;人们都称他新大使,尽管他去年秋天就已到任。他优雅地站在门口,以便人们可以知道他,仰慕他;他身材矮小,有点驼背,穿着一件有灯笼袖的条纹短上衣,蓝色的缎带在黑衣上飘拂;下面是两条穿着黑裤子的小瘦腿。"很抱歉我来晚了,"他说,接着又假笑道,"*Les dépêches, toujours les dépêches.*①"

"大使的生活就是如此。"他抬起头一笑。"我是托马斯·克伦威尔。"

"啊,*c'est le juif errant!* ②"

大使马上又致歉:一边朝周围的人微笑着,仿佛对自己的笑话很逗乐感到不解。

请坐,请坐,蓬维希说,仆人们又忙碌起来。桌布被收走,客人们随便找个位置重新坐了下来,只有大法官仍然坐在原处。果脯端了上来,还有加了香料的酒,查普伊斯挨着莫尔坐到了主宾席上。

"我们说法语吧,先生们,"蓬维希说。

---

① 法语,意为"信件,总是有信件"。
② 法语,意为"是流浪的犹太人"。

法语刚好是帝国和西班牙大使的母语；跟所有的外交官一样，他从来不愿费神去学英语，因为即使学了，对他下一次任职又有何益呢？他一边坐进主人为他腾出的雕花椅子里，一边说，太客气了，太客气了；他的脚几乎够不着地面。莫尔这时也来了兴致；他与大使攀谈起来。他注视着他们；他们也转头忿忿地看了他一眼；可你没法不许人看啊。

在他们稍事停顿的工夫，他开口了。"查普伊斯先生？您知道，最近我跟国王谈到了那些事情，那些令人非常遗憾的事情，您主子的军队在圣城大肆洗劫。也许您能给我们指点指点？到现在我们都无法理解。"

查普伊斯摇了摇头。"那些事情的确令人遗憾。"

"托马斯·莫尔认为，闹事的是你们军队里那些秘密的穆罕默德教徒——哦，当然还有我的同胞，那些到处漂泊的犹太人。但在此之前，他还说过，奸污可怜的处女和毁坏圣坛的是德国人，是路德教徒。无论怎样，正如大法官所言，皇帝都必须为此负责；但是我们能归咎于谁呢？您能为我们指点一下吗？"

"亲爱的大法官先生！"大使十分惊讶。他的目光投向托马斯·莫尔。"您是这样说我们帝国皇帝的吗？"他转头朝一旁看了看，接着说起了拉丁语。

周围的人都懂几种语言，他们坐在那里笑吟吟地望着他。他友好地建议道，"如果不想让大家都听到的话，就说希腊语吧。真的，查普伊斯先生，您说好了！大法官能听懂的。"

聚会很快就结束了，大法官站起身来准备离开；但在走之前，他用英语向所有的人发表了一项声明。他说，"在我看来，克伦威尔先生的立场是站不住脚的。我们都知道，他从来都不是教会的朋友，可他是一位神父的朋友。而那位神父却是基督教世界最腐败的人。"

他稍稍点了点头就走了。甚至对查普伊斯也没有更多的表示。大使咬着嘴唇，疑惑地目送着他：似乎在说，我还以为从他那儿能得到更多的帮助和友谊。他发现，查普伊斯不管做什么，都像是在演戏。思考的时候，他就眼睛向下，两根手指支着额头。惋惜的时候他就叹气。感到不解的时候，他就晃动着下巴，似笑非笑。他像是在不经意之中走入了某出戏里，发现是一出喜剧，并决定留下来一直看下去。

晚餐结束了；客人们陆续散去，消失在刚刚降临的夜幕中。"也许你没有想这么早就散吧？"他对蓬维希说。

"托马斯·莫尔是我的老朋友。你不该来这儿招惹他。"

"哦，我扫你们大伙儿的兴了？你邀请了蒙茂斯；这难道不是招惹他吗？"

"不是，翰弗里·蒙茂斯也是我的朋友。"

"那我呢？"

"当然也是。"

他们很自然地说起了意大利语。"有些事情我很好奇，你跟我讲讲吧，"他说，"我想了解一下托马斯·怀亚特的情况。"怀亚特十分突然地给自己捞了一项外交使命，去了意大利；那是三年前的事了。他在那边过得很糟糕，但这可以另外找个晚上再聊；问题是，他为什么那么仓促地离开英国宫廷呢？

"哦。怀亚特跟安妮小姐，"蓬维希说，"我想，应该是个老故事了吧？"

哦，也许吧，他说，但他跟蓬维希谈起那位琴童马克，他好像很肯定怀亚特跟她已经发生过关系；如果整个欧洲，乃至仆人侍者之间，都在传着这件风流事，国王怎么可能没有耳闻呢？

"我想，在某种程度上说，为人之君的艺术就在于懂得什么时候要充耳不闻。而怀亚特也很英俊，"蓬维希说，"当然，是就英国人的标准而言。他身材颀长，金发碧眼，我们国家的人常常惊叹；你们是哪方水土养出了这样的人？当然，他还那么自信。而且是个诗人！"

他笑话了一下他的朋友，因为像所有的意大利人一样，"怀亚特"这个词他念不准：结果说成了"怪亚特"什么的。在骑士制度时代，有位埃塞克斯骑士曾经在意大利到处奸淫烧杀，他名叫霍克伍德；意大利人叫他阿库托，也就是"针头"①。

"是啊，可安妮……"他见过她几眼，感觉她不可能被诸如美貌这类转瞬即逝的东西所打动。"这几年来，她尤为迫切地需要一位丈夫：需要一个头衔，一种权力，一种能站着与国王讨价还价的地位。怀亚特如今已经结婚了。他还能给她什么？"

"诗歌？"商人说，"他离开英国不是出于外交的使命。而是因为她在折磨他。他再也不敢跟她呆在同一个房间。同一座城堡。同一个国家。"他摇了摇头。"英国人可真是奇怪吧？"

"天哪，可不是吗？"他说。

"你一定得小心。那位小姐的家人在一步一步地突破规定的限制。他们说，干吗要等教皇？没有他的同意我们就不能结婚了吗？"

"看起来事情将会这样发展。"

"尝一颗糖炒杏仁吧。"

他笑了。蓬维希说，"托马索，我能给你一点忠告吗？红衣主教已经完蛋了。"

"不一定吧。"

"真完蛋了，你如果不是因为爱他，也会明白这是真的。"

"红衣主教一直待我不薄。"

"但是他必须去北部。"

"所有的人还是会跟着他不放。你问问那些大使吧。问问查普伊斯。问问他们是向谁汇报。在伊舍，在里士满，都有这样的人。总是有信件。我们就是这样。"

"可他们控告他的正是这个啊！在国家里搞小王国！"

---

① 霍克伍德的原文"Hawkwood"被意大利人读成"Acuto"，后者意为"针头"。

他叹了口气。"我知道。"

"那你会怎么办？"

"请求他低声下气？"

蓬维希笑了起来。"哦，托马斯。得了吧，你知道，他如果北上，你就成了一个没有主子的人。这才是关键。你经常觐见国王，但只是暂时而已，因为他正在琢磨怎样打发一下红衣主教，好让他保持沉默。但是接着呢？"

他犹豫了一下。"国王喜欢我。"

"国王的欢心可不会持久。"

"对安妮不一样。"

"我必须提醒你的就是这一点。哦，不是因为怪亚特……不是因为什么流言蜚语，或者饭后谈资……而是因为这一切必须马上结束……她会让步的，她不过是个女人……想想看，如果一个男人把自己的命运跟那位小姐的姐姐——也就是先她一步的女人——联系在一起，那该有多傻。"

"是啊，想想也是。"

他环顾着房间。那是大法官刚才的位置。他的左边是那些饥肠辘辘的商人。右边是新大使。异教徒翰弗里·蒙茂斯在那边。那儿是安东尼奥·蓬维希。托马斯·克伦威尔坐在这里。还有些虚设的位置，为高大而平庸的萨福克公爵，为圣章叮铃作响、口里喊着"看在弥撒的份上！"的诺福克。为国王也留了席位，还有矮小而坚强的王后，在这个苦行的季节里，她极度饥饿，肚子在铁甲般坚固的衣袍里抽搐。还有安妮小姐的位置，她拨弄着自己细脖子上的珍珠，一双不安分的黑眼睛左顾右盼，什么都没有品尝，什么都没有疏忽。威廉·廷德尔和教皇各有一席之位；克雷芒望着那刀工粗糙的糖渍木梨，撇了撇自己那美第奇家族的嘴唇。脑满肠肥的马丁·路德教友坐在那边：一边怒视着所有的人，一边吐着鱼骨。

有个仆人进来了。"先生，外面有两位年轻人，指名道姓地要找您。"

他抬起头。"是吗?"

"是理查德·克伦威尔先生和雷夫先生,带着您府上的仆人,等着接您回家。"

他明白这场晚宴的全部目的就在于提醒他:提醒他脱身。他会记住这一切,记住这致命的席位安排:如果真是致命的话。那刺刺拉拉的轻响,那石头破裂的声音,是远处传来的墙壁在垮塌、泥块在脱落、石头砸在人们脆弱的头骨上的声音吗?那是基督教世界的屋顶砸在它下面的人们身上的声音。

蓬维希说,"你有一支私人军队呀,托马索。我想你得留心自己的背后。"

"你知道我会的。"他环视了一下房间:最后看了一眼。"晚安。晚餐很不错。我喜欢鳗鱼。能让你的厨师来见见我的厨师吗?我有一种新酱料,在这个季节能帮人提神。需要肉豆蔻,生姜,再加些切碎的干薄荷叶——"

他的朋友说,"我请求你,请你一定要小心。"

"——少量的,但只能是很少量的蒜——"

"下次不管在哪里就餐,千万不要——"

"——还有面包屑,只要一点点……"

"——跟博林家的人坐在一起。"

2. 最亲爱的克伦威尔

1530年春—十二月

他早早地来到约克宫。那些被捕捉的海鸥关在饲养的院子里，朝河面上那些自由的兄弟们呼喊，那些兄弟嘎嘎地叫着，在约克宫的墙头上盘旋。车夫们正把从河上运来的货物搬到岸上，庭院里弥漫着烤面包的香味。有些孩子正将成捆的新鲜灯芯草扛回来，他们直呼其名地跟他打招呼。由于他们的礼貌，他赏给他们每人一枚金币，于是他们停下来跟他聊天。"这么说，您是要去见那个坏女人。她给国王施了魔法，您知道吗？先生，您有没有圣章或者圣骨来保护自己？"

"我有过一枚圣章。但给我弄丢了。"

"您应该去找红衣主教大人，"有个孩子说，"他会再给您一枚的。"

灯芯草的气息浓烈而清新；早晨很晴朗。他对约克宫的房间很熟悉，当他穿过这些房间朝内室走去时，瞥见了一张似曾相识的面孔，他说，"是马克吧？"

那孩子原本靠在墙上，这时站直了身子。"你来得很早嘛。过得怎么样？"

对方不高兴地耸了耸肩。

"重新回到约克宫，感觉一定很奇怪吧，现在一切都变了。"

"谈不上。"

"你不想念红衣主教大人吗？"

"不想。"

"你快乐吗？"

"是的。"

"大人听到这话一定会很高兴的。"他走开了，一边在心里说，你可以从来不会想起我们，马克，但我们会想起你的。至少我会，我会想起你说我是个大罪犯，会不得好死。没错，红衣主教也总是说，没有绝对安全的地方，没有密不透风的墙，你在英格兰向任何神父忏悔，还不如在齐普塞街上大声宣布你的罪行。但是，当我跟红衣主教谈起杀人的事，当我看到墙上有个影子时，旁边并没有人听到；所以，如果马克认为我是杀人犯，那只是因为他觉得我样子很像罢了。

穿过八间前厅：他终于来到本该是红衣主教所在的地方，见到了安妮·博林。瞧，所罗门王迎接示巴女王的挂毯又展开了，重新回到了墙上。一阵微风吹过；示巴女王朝他的方向飘动了一下，她面色红润，体态丰满，他也跟她打招呼道：安塞尔玛，羊毛制成的女士，我还以为再也不会见到你了。

他曾经捎信到安特卫普，谨慎地打探过消息；史蒂芬·沃恩说，安塞尔玛已经嫁了人，丈夫比她年轻，是一位银行家。他说，那么如果他淹死了或者出了别的什么事，一定要告诉我。沃恩回信道：托马斯，你得了吧，英格兰不是满处都是寡妇吗？还有娇嫩如花的年轻姑娘？

示巴女王衬得安妮很难看：面色苍白，脸型瘦削。她站在窗边，手指在捻弄、轻掐着一枝迷迭香。一看见他，她就扔掉迷迭香，将双手缩回长长的袖子里。

十二月间，国王举办了一场宴会，庆祝她父亲被封为威尔特郡伯爵。王后当时在别的地方，安妮便坐到了原本属于凯瑟琳的位置。地面有霜冻，空气也结了霜。他们只是在沃尔西的府邸听说了这件事。诺福克公爵夫人——她总是动不动就生气——对她的外甥女地位超过自己十分生气。而萨福克公爵夫人,也就是亨利的妹妹,则以绝食抗议。这些贵妇都没有搭理博林的女儿。不过,安妮还是坐上了王国第一夫人的位置。

但眼下大斋节已接近尾声,亨利回到了他妻子的身旁;耶稣受难的那一周即将来临,他没有脸面跟情妇呆在一起。她父亲去了国外,处理外交事务;她哥哥乔治也在国外,他现在成了罗奇福德勋爵;托马斯·怀亚特,那位备受她折磨的诗人,也不在国内。她在约克宫既孤独又无聊;所以,她只好放下架子,派人找来了托马斯·克伦威尔,看他能提供什么消遣。

一群小狗——三只——突然从她的裙边冲出,汪汪叫着朝他奔来。"别让它们出去,"安妮说。他伸手抱起小狗,动作熟练而温柔——它们很像贝拉,耳朵尖尖的,小尾巴摇来摆去,在海峡的对岸,所有的商妇都愿意养这种小狗。他还没来得及把它们交还给她,它们就已经在轻咬他的手指和衣服,舔着他的脸,滴溜溜的眼睛渴求地望着他;仿佛它们早就盼望见到他。

他把其中的两只轻轻地放到地上;把最小的一只交还给安妮。"Vous êtes gentil,"她说,"我的宝宝们多么喜欢你!你知道,我没办法喜欢凯瑟琳养的那些猴子。Les singes enchaînés。①它们的小手,它们的小脖子都被拴住了。我的宝宝们从心底里喜欢我。"

她的个头真小。她的骨架那么单薄,她的腰那么纤细;如果说两个法学院的学生才顶得上一个红衣主教的话,那么两个安妮才顶得上一个凯瑟琳。有好几个女人坐在矮凳上,正在或者假装在做针线活。玛丽·博林也在其中。她一直低着头,这样也好。还有玛丽·谢尔顿,博林家的表亲,一个大胆泼辣、皮肤白里透红的姑娘,她上下打量着他,并且——很显然

---

① 这两句都是法语,第一句为"你真好",第二句为"被拴住的猴子"。由于在法国宫廷呆过,安妮说话常常夹杂法语词句或带有法语口音,所以将"克伦威尔"念成"克伦穆尔"。后来法国国王接见克伦威尔时也这样称呼他。

地——在心里说,圣母啊,凯里夫人希望得到的居然就是这样一个家伙吗?后面的暗处还有个姑娘,她的脸侧向一边,不想被人看见。他不知道她是谁,但他明白她为何目不转睛地盯着地面。安妮似乎喜欢她们这样;此刻,既然放下了小狗,他也在盯着地面。

"嗯,"安妮柔声说,"突然之间,好像什么事情都跟你有关了。国王时时刻刻都在引用克伦威尔先生的话。"她似乎说不好英语,把他的名字念成了克伦穆尔。"他那么有道理,他在各方面都很正确……另外,别忘了,克伦穆尔先生还很逗乐。"

"我看到国王有时的确笑了。但是你呢,小姐?在你的情形下?你自己怎么认为?"

她不高兴地扭头看了一眼。"我想我很少笑。思考的时候,我也会笑。不过我好久没有思考了。"

"你的生活已经变成这样了。"

一截截带有灰尘的干叶子和干花茎顺着她的裙摆掉了下来。她凝视着窗外的早晨。

"我不妨这么说吧,"他说,"自红衣主教被革职以来,你的事情有了多大的进展?"

"毫无进展。"

"对于基督教国家的运作机制,只有红衣主教大人最为了解。只有他跟各国君王的关系最为密切。安妮小姐,你想想看,如果你能够帮助消除这些误会,让他重新获得国王的恩宠,他对你会是多么忠心耿耿。"

她没有回答。

"想想吧,"他说,"在英格兰,只有他能让你如愿以偿。"

"很好。你帮他说说看。给你五分钟时间。"

"看来你真的是很忙。"

安妮不悦地望着他,用法语说,"关于我怎么安排时间,你知道些什么?"

"小姐，我们这次谈话到底是用英语还是用法语？完全由你决定。但我们最好用一种语言，行吗？"

他眼角的余光瞥见有人动了一下；半藏在暗处的姑娘抬起脸来。她相貌平平，脸色苍白，似乎大吃了一惊。

"你无所谓？"安妮说。

"是的。"

"很好。说法语吧。"

他接着告诉她：只有红衣主教才能从教皇那里获得有利的裁决。只有他才能解除国王良心的不安，使它变得清清白白。

她听着。他愿意把这番话说给她听。他常常纳闷，不知道在那窸窸窣窣、一层又一层的面纱和面罩后面，女人到底能听进去多少，但安妮让他觉得确实把他的话听了进去。她起码一直等到他说完；她没有打断他，直到最后才开口：她说，既然国王这么希望，既然红衣主教也这么希望——他此前可是这个国家的头号臣民，那么我得说，克伦穆尔先生，它实现起来花的时间可是太长了。

她姐姐在角落里用几乎难以听见的声音接口道，"而她也不再年轻了。"

从他走进房间的那一刻起，女人们的针线活儿没有动过一针。

"还可以继续努力吧？"他劝说道，"还有一点时间吧？"

"哦，是的，"安妮说，"但只有一点时间：在大斋节期间，我的耐性很有限。"

他告诉她，对那些说红衣主教阻挠她的目标的诽谤者要撤职查办。他告诉她，由于国王的心愿——也始终是红衣主教的心愿——不能得到实现，红衣主教非常痛苦。他告诉她，国王的所有臣民都对她寄予厚望，希望能有一位王位继承人；而他相信他们有理由这样。他提起她以前写给红衣主教的那些优美的信：他把它们都保存了下来。

"很好，"等他停下来时，她说。"很好，克伦穆尔先生，但是再试试吧。我们拜托红衣主教的只是一件事,一件简单的事,可他却不愿意。一件简单的事。"

"你知道这并不简单。"

"也许我是个简单的人,"安妮说,"你觉得对吗?"

"也许吧。我对你了解甚少。"

这个回答让她大为不悦。他看到她姐姐在窃笑。安妮说,你可以走了;玛丽也连忙起身,跟了出来。

玛丽又一次双唇微张,满脸通红。她把针线活儿也随手带了出来,这让他觉得奇怪;不过如果留在房间里,安妮也许会把它扯烂。"又喘不过气来了,凯里夫人?"

"我们还以为她会冲过来扇你耳光呢。你还会来吗?我和谢尔顿都迫不及待了。"

"她能承受的,"他说。玛丽说,实际上,她喜欢跟与她不相上下的人过招。你在那儿绣什么?他问,于是她拿给他看。是安妮的盾形纹章。他说,我想只怕哪儿都会绣的,她顿时满脸笑容,说,哦,是的,她的衬裙,手绢,头巾,面纱;她有些别人以前从未穿过的衣服,这样就可以把纹章绣在上面,更不用说墙帷,餐巾了……

"你还好吧?"

她垂下头,视线从他身上移开。"累坏了。你可能会说,有点憔悴。圣诞节……"

"听说他们吵架了。"

"开始是他跟凯瑟琳吵。然后他跑到这儿来寻求同情。安妮说,什么!我告诉过你不要跟凯瑟琳吵,你知道你总是落下风。如果他不是国王,"她开心地说,"人们还可以同情他。她们让他过的简直不是日子。"

"最近有传言说安妮——"

"是的,但是她没有。我会是第一个知道的人。她的腰围哪怕是变粗一英寸,也会是我帮她改衣服。再说,她也不可能,因为他们没有。他们一直都没有。"

"她会告诉你吗?"

"当然——出于恶意!"玛丽仍然不肯与他对视。但她似乎觉得欠他一些信息。"他们单独在一起时,她让他解开胸衣。"

"起码他没有让你去帮忙。"

"他解开她的内衣,吻她的乳房。"

"能找到也算不错。"

玛丽放声大笑;这是一种开怀的、丝毫也不像做姐姐的人的大笑。里面肯定也能听到,因为房门几乎马上就开了,那位藏藏掩掩的小姑娘从门后探出身来。她表情严肃,十分矜持;她的皮肤非常嫩滑,几乎像半透明一般。"凯里夫人,"她说,"安妮小姐找你。"

她对她们的称呼就像是在介绍两个毫不相干的人。

玛丽没好气地说,哦,天哪!接着转过身,很熟练地拖着裙裾往里走去。

让他意外的是,那个脸色苍白的小姑娘与他对视了一眼;在玛丽离去的身影背后,她抬头朝天上看去。

离开的时候——重新穿过八间前厅,去处理这一天里剩下的事情——他知道安妮已经迈步向前,走到了一个他能看到她的地方,上午的光线照在她喉咙的轮廓上。他看到了她那一弯细细的眉毛,她的笑容,以及她的头在修长的脖子上扭动。他看到了她的敏捷、智慧和严谨。他认为她并不会帮助红衣主教,但提一提又有何妨?他想,这是我向她提出的第一个建议;可能不是最后一个。

有片刻时间,安妮对他全神贯注:那勾人魂魄的黑眼睛凝视着他。国王也知道怎样去看人;用那双蓝色的眼睛,那柔和的眼神具有欺骗性。他们就是这样彼此对视吗？或者用其他的方式？顷刻间他懂了；一转眼又不明白。他站在一扇窗户的旁边。一群椋鸟停在一棵光秃秃的树上那紧致的黑色花蕾丛中。接着，犹如黑色的花蕾同时怒放一般，它们张开了双翅；它们拍着翅膀，鸣叫着，让一切都活动起来，空气，翅膀，音乐中的黑色音符。他意识到自己正在饶有兴致地观察着它们：某种几乎要灭绝的东西，某种面向未来的微小姿态，已准备好迎接春天；他怀着一种很少有、很急切的心理，盼望着复活节的到来，盼望着斋戒期和忏悔期的结束。在这个黑色的世界之外还有一个世界。还有一个可能的世界。一个安妮能成为王后的世界也是一个克伦威尔能成为克伦威尔的世界。他看到了那个世界；但接着它又消失了。这个时刻转瞬即逝。但这种体会剥夺不走。你不可能返回以前置身过的时刻。

在大斋节期间，如果你知道怎么走，就能找到肯卖给你牛肉的肉贩。在奥斯丁弗莱，他到厨房去跟下人们谈了谈，他对主厨说，"红衣主教病了，他不用斋戒了。"

厨师摘下帽子。"是教皇恩准的吗？"

"是我。"他扫视着刀架上那一排小刀，还有剔骨用的大刀。他拿起一把，看了看刀锋，发现需要磨一磨了，一边说，"你们觉得我看起来像杀人犯吗？我想听你们说实话。"

一片沉默。过了一会儿，瑟斯顿开口道，"此时此刻，先生，我得说……"

"不，假设我是在去格雷会堂的路上……你能想象一下吗？我拿着一沓纸和一个墨水瓶？"

"说实在的，我觉得那是职员拿的东西。"

"这么说你想象不出来？"

瑟斯顿又摘下帽子，把它翻了个面。他看着它，仿佛那里面装着他的智慧，或起码是有些提示，告诉他该如何答话。"我能想象出您当律师是什么样子。但杀人犯,我想象不出来。不过我说了您别介意,先生,您一直都像一个知道怎样将动物卸块的人。"

他吩咐厨房为红衣主教准备牛肉卷,用鼠尾草和马郁兰作填料,包紧后整整齐齐地摆在盘子里,这样里士满的厨子们只需将它们烤一烤就行。告诉我《圣经》里什么地方说过三月份不能吃牛肉卷。

他想起了安妮小姐,想起她未能满足的战斗欲望;还有她身边那些可怜的女士。他给那些女士送了几小篮用橙脯和蜂蜜做成的小馅饼。而给安妮本人则送了一盘杏仁酪。它是玫瑰香的口味,还点缀着制作过的玫瑰花瓣和蜜饯紫罗兰。不过,他不愿意骑着马长途跋涉,亲自去送食物;但也不是太不情愿。在佛罗伦萨的弗雷斯科巴尔第家厨房的经历并没有过去多年;不过也可能已经过去多年,但他记忆犹新。他当时正在制作牛腿肉冻,一边夹杂着法语、托斯卡纳语①以及帕特尼方言跟大家聊天,突然听到有人喊道,"托马索,他们要你到楼上去。"他的动作不慌不忙,点头示意一位小工帮他端来一盆水。他洗了洗手,用亚麻布巾擦干,然后解下围裙,把它挂在钩子上。就他所知,它仍然挂在那儿。

他看到一个小伙子——比他年龄要小——正趴在地上擦楼梯。他一边干一边唱着:

> *Scaramella va alla guerra*
> *Colla lancia et la rotella*
> *La zombero boro borombetta,*
> *La boro borombo...* ②

"请让一下,小伙子,"他说。为了让他过去,小伙子退到墙边的拐

---

① 广泛教授给外国学习者的标准意大利语。
② 当时在意大利流行的一首歌曲,大意为"斯卡拉梅拉上战场,带着盾牌和长枪"。

弯处。光线的移动抹去了他脸上的好奇,将它隐藏起来,使他的过去消失于过去,使他的未来一片清澈。斯卡拉梅拉上战场……可我已经去过战场了,他想。

他上了楼。耳边还回荡着那首歌的军乐声。他上了楼,就再也没有下来。在弗雷斯科巴尔第会计室的一个角落里,有张桌子在等待着他。他轻轻地哼着,斯卡拉梅拉去狂欢。他在自己的位置上坐了下来。削好鹅毛笔。他心潮起伏,用托斯卡纳语、帕特尼方言和卡斯提尔语①发了不少誓言。但当他把自己的思想付之于纸上时,写出来的却是拉丁文,而且非常流畅。

没等他从奥斯丁弗莱的厨房走进屋子,家里的女眷们就知道他去拜访了安妮。

"怎么样,"乔安问,"她是高还是矮?"

"既不高也不矮。"

"我听说她很高。脸色苍白,对吧?"

"没错。很苍白。"

"听说她很优雅。舞跳得很好。"

"我们可没跳舞。"

茉茜说,"可你是怎么想的呢?她相信福音吗?"

他耸耸肩。"我们没有祷告。"

他的小外甥女爱丽丝问:"她穿的什么衣服?"

哦,这个我可以告诉你;他将她全身上下——从头巾到裙摆、从双脚到指尖——的衣物的价钱和来源一一道来。安妮的头饰模仿的是法国风格,圆形风帽衬得她脸部秀美的骨骼更加好看。他解释着,尽管他的语气很平静,像商人一般,女眷们却似乎并不领情。

---

① 纯正的西班牙语。

"你不喜欢她,对吧?"爱丽丝说;这不是一个该他考虑的问题;也用不着你考虑,爱丽丝,他一边说,一边将她搂住,逗得她咯咯直笑。小乔说,我们家先生心情很好。茉茜说,那种松鼠帽檐,他说,是卡拉布里亚式帽檐。爱丽丝说,哦,卡拉布里亚式,说着还皱了皱鼻子;乔安说,我得说,托马斯,你们似乎走得很近了。

"她的牙齿漂亮吗?"茉茜说。

"看在上帝的份上,女人啊:等她用牙齿咬了我,我就会告诉你的。"

当红衣主教听说诺福克公爵要来到里士满用牙齿把他撕烂的时候,他哈哈大笑,说,"哎呀,托马斯,我们该离开了。"

但如果要北上,红衣主教就需要资金。问题被提交给国王的枢密院,枢密院意见不一,当着他的面争吵不休。"说到底,"查尔斯·布兰顿说,"你总不能让一位大主教蹑手蹑脚地去就任,就像偷了勺子的仆人似的。"

"他岂止是偷了勺子,"诺福克说,"能够喂饱全国人的饭食让他一顿就给吃掉了。上帝啊,他还偷走了桌布,并将酒窖里的酒喝得精光。"

国王总是避而不见。有一天,他以为约好了是去见亨利,见到的却是国务大臣。"请坐,"加迪纳说,"坐下来听我说。你要有点耐心,有几个问题我想跟你说清楚。"

他看着史蒂芬这个正午的幽灵在那里来回踱步。加迪纳的骨头似乎连接不紧,身体的轮廓似乎随时可能发生变化;他那双大手毛乎乎的,当他用左手的手掌握住右手的拳头时,指关节咔咔作响。

他领会了对方传达出的威胁和信息,转身离去。走到门口时,他停下脚步,温和地说,"你的表亲向你问好。"

加迪纳直盯着他。他的眉毛竖了起来,就像狗的颈背上的毛一样。他以为克伦威尔是想——

"不是国王,"他安抚道,"不是国王陛下。我指的是你的表亲理查德·威廉斯。"

加迪纳目瞪口呆,他说,"那个老掉牙的故事!"

"哦,得了,"他说,"作为王室的私生子没什么丢脸的。起码在我的家里,我们都这么看。"

"在你的家里?他们能懂什么规矩?我对这个年轻人毫无兴趣,我跟他没有任何亲戚关系,我也不会为他做任何事情。"

"说实在的,你也没有必要。他现在叫理查德·克伦威尔了。"他转身欲走——这一次是真的要走——这时又说了一句,"别为这个寝食不安,史蒂芬。我调查过这件事儿了。你跟理查德也许沾亲带故,但跟我没什么关系。"

他笑了笑。但他内心里非常愤怒,怒不可遏,仿佛他的血液已经变得很淡,全是稀释的毒液,犹如蛇的无色血液。一回到奥斯丁弗莱的家,他就搂住雷夫·赛德勒,揉乱他的头发,让它们都竖了起来。"天啊:这是人还是刺猬?雷夫,理查德,我觉得很后悔。"

"这正是悔罪的节期,"雷夫说。

他说,"我希望自己能镇静自若。我希望能钻进鸡笼却不搅乱鸡毛。我希望自己不要像诺福克舅舅,而更像马林斯派克。"

他与理查德用威尔士语进行了一席长谈,感到非常宽慰。理查德常常笑话他,因为有些词他一时想不起来,而且他经常夹进几句英语,带着一种边境地区的油滑语调。他把珍珠和珊瑚手镯送给了几位小外甥女,这些东西他几个星期前就已买好,却忘了给她们。他下了楼,到厨房里吩咐了一番,吩咐的都是些令人高兴的事情。

他把府里的所有员工以及职员都集中起来。他说,"我们需要计划一下,看怎样让红衣主教北上的旅途更舒适些。他想慢慢地走,好让人们表示敬意。他需要赶到彼得伯勒去度圣周①,然后从那儿分步骤地去索思韦尔,再在那里计划怎样去约克。索思韦尔的大主教府里有很不错的房间,但我们可能还是得请些建筑工来……"

乔治·卡文迪什告诉他,红衣主教现在常常用祷告来打发时间。他在里士满找到了些僧侣来陪他;他们给他讲解肉中之刺、伤口之盐的重要性,还有面包和清水的益处,以及自我惩罚的苦中之乐。"哦,就这么定了,"他懊恼地说,"我们得让他上路了。到了约克郡他就会好些的。"

他对诺福克说,"嗯,大人,我们该怎么办?你想不想要他走?想?那就跟我一起去见国王吧。"

诺福克"唔"了一声。请求传了上去。一两天后,他们一同出现在一间接待室里。两人等在那儿。诺福克来回踱步。"哦,看在圣犹大的份上!"公爵说,"我们去呼吸点新鲜空气吧?难道你们做律师的不需要新鲜空气吗?"

他们在花园里溜达;或者说,他在溜达,公爵直跺脚。"这些花儿什么时候开?"公爵说,"我小的时候,这儿什么花都没有。你知道,是白金汉让这座设计精致的花园有了这些玩意儿。哎呀,当时真是漂亮!"

白金汉公爵是一个热衷于园艺的人,后来因为叛国罪被斩首。那是1521年:迄今不到十年。现在,面对着满园春光,眼见每一丛灌木、每一棵大树都生机勃发,提起这件事情未免令人伤感。

有人来传他们进去。两人起身去觐见时,公爵突然犹豫起来;他的眼睛转动着,鼻孔张大,呼吸也变得急促。公爵将一只手搭在他的肩上,他只好放慢步子——按捺住要跑开的冲动——拖着他一同前行,两人就像混在乞丐队伍里的老兵。斯卡拉梅拉上战场……诺福克的手在发抖。

但直到真正出现在国王面前,他才彻底明白老公爵与亨利·都铎共处一室时有多么惶恐。国王气度不凡的活力衬得老公爵在自己的衣服里隐于

---

① 复活节前一周。

无形。亨利热情地跟他们打招呼。说这一天真不错，这个世界也非常美好。他在房间里走动着，挥舞着手臂，吟诵着自己写的几首诗。他什么都可以谈，就是不肯提红衣主教。诺福克十分沮丧，脸涨成了猪肝色，开始小声嘀咕。召见结束了，他们正准备退下。这时亨利喊道，"哦，克伦威尔……"

他和公爵交换了一下眼神。"看在弥撒的份上……"公爵嘀咕道。

他把手放到背后，示意道，你先行一步，诺福克大人，我随后会赶上你的。

亨利站在那儿，双臂交叉放在胸前，眼睛望着地面，直到克伦威尔走近了才开口。"一千英镑？"亨利低声说。

有句话到了他的嘴边：据我所知就我所看，您欠约克红衣主教一万英镑已经十年了，这一千英镑算是个开始吧。

当然，他没有说出来。在这种时刻，亨利期待着你跪谢——不管你是公爵、伯爵还是平民，不管你是胖还是瘦、是老还是幼。他跪谢了；伤疤扯得发痛；到了四十多岁，我们很少人身上没有伤疤。

国王示意道，你可以平身。接着他说，"诺福克公爵似乎对你很友好，很喜欢嘛。"他的语气有些好奇。

他指的是把手放在他肩上：公爵的手掌搭在平民的身上时那微小的、令人意外的颤抖。"公爵是很在乎等级之分的。"亨利好像松了口气。

他的脑海中闪过一个本不该有的念头：假设您，亨利·都铎，突然发病倒在我的脚边呢？我能把您扶起来吗？还是应该派人去找一位伯爵，或者一位主教来扶？

亨利走开了，接着又转过身，低声说，"我每天都在想念约克红衣主教。"顿了片刻，他轻声说，把这笔钱连同我们的祝福一起拿去吧。不要告诉公爵。不要告诉任何人。让你的主人为我祈祷。告诉他，我能为他做的就是这些了。

他仍然跪在地上，表达了谢忱，他滔滔不绝，千恩万谢。亨利淡淡地望着他,说,我的上帝啊,克伦威尔先生,你的话可真多,对吧?

他表情镇静地退出来,极力不让自己满脸笑容。斯卡拉梅拉去狂欢……"我每天都在想念约克红衣主教。"

诺福克说,什么,什么,他说了些什么?哦,没什么,他说。就是要我向红衣主教转告一些特别的狠话。

* * *

行程已经安排妥当。红衣主教的财产已经装到岸边的船上,将先运到赫尔,再从那里走陆路。他已亲自交代船上的人要以合适的速度行驶。

他对理查德说,你知道,让一位红衣主教搬家,一千英镑真不算什么。理查德问,"筹办这件事您自己贴了多少钱?"

有些账永远也算不清,他说。"谁欠我的,我自己心里清楚,但是老天作证,我也明白我欠别人多少。"

他问卡文迪什,"他带了多少仆人?"

"只有一百六十人。"

"只有。"他点了点头。"好吧。"

亨登。罗伊斯顿。亨廷顿。彼得伯勒。他派人带着具体的指示,骑马去打前站。

临行前的晚上,沃尔西给了他一个小包。里面装的是一个硬邦邦的小东西,像是印章或戒指。"等我走了你再打开。"

大家在红衣主教的私人房间里进进出出,把箱子和成捆的文件搬出去。卡文迪什捧着一个银制圣体匣走了出去。

"你会来北部吗?"红衣主教说。

"国王一下令召您回来,我就马上去接您。"这种事情能否发生,他也半信半疑。

红衣主教站起身。气氛有些压抑。他，克伦威尔，跪在地上等待赐福。红衣主教伸出一只手让他亲吻。他的绿松石戒指不见了。这没有逃过他的眼睛。红衣主教的手在他的肩上停留了片刻，他手指撑开，大拇指贴在他锁骨的凹陷处。

他该走了。两人之间已经谈了太多，不需要再多说只言片语。现在不该由他来为他们的交往做出动听的定论，或者是总结教训。在这种场合拥抱也不合适。如果红衣主教再也无话可说，他当然也没有。他还没有走到房间口，红衣主教就重新转向壁炉。他把椅子拖到火旁，抬起一只手挡住了脸；但他的手不是挡在自己与火光之间，而是挡在自己与正在关上的门之间。

他走到院子里，脚步有些蹒跚；在一个灯光已经熄灭但仍然冒着烟的壁凹处，他靠在墙上。他在哭泣。他对自己说，但愿卡文迪什不要过来看到我，然后将这一幕记下来，编进一出戏里。

他用多种语言低声咒骂着：咒骂生活，也骂自己不该屈服于生活的要求。仆人们从一旁经过，口里嚷着，"克伦威尔先生的马已经来这儿接他了！克伦威尔先生的护卫已经到了门口！"他等了片刻，直到控制住自己的情绪，才走了出去，给下人们发了些赏银。

他到家后，仆人们问他，我们要不要把红衣主教的纹章涂掉？不，天哪，他说。恰恰相反，要重新绘一遍。他退开几步看了看。"山鸦可以显得更鲜活一些。我们还需要把那顶帽子绘得更红。"

他几乎没怎么睡觉。他梦见了丽兹。他想，他发誓不久要变成另一个人：要变得心如铁石，手段温和，维护国王的和平——到那时，不知道丽兹还会不会认出他。

天快亮时，他打了个盹；醒来的时候，他心里想，红衣主教此时此刻正要上马；我为什么没有跟在他身旁？今天是四月五日。乔安在楼梯上碰见他；她清纯地吻了吻他的面颊。

"上帝为什么要考验我们？"她低声说。

他喃喃道，"我觉得我们通不过这场考验。"

他说，也许我该亲自去索思韦尔？我替您去吧，雷夫说。他给了他一张清单。将大主教府进行一次彻底的大扫除。大人会带上自己的床。从国王的士兵里抽调一些炊事兵。检查一下马厩。找几位乐师。我上次经过那儿的时候，发现府邸的墙边有几个猪圈。找到猪圈的主人，拿钱打发掉他们，再把猪圈拆掉。不要去皇冠酒馆喝酒；那儿的酒比我父亲酿的还难喝。

理查德说，"先生……该放开红衣主教了。"

"这是一次战术撤退，而不是溃败。"

他们以为他走了，但他只是进了一间里屋。他藏在文件堆里。他听见理查德说，"他的心在指引着他。"

"那颗心身经百战。"

"但是，做将军的如果不知道敌人在哪儿，又如何组织撤退呢？在这件事情上，国王太两面派了。"

"没准就直接撤进国王的怀抱。"

"天啊。你认为我们主人也是两面派吗？"

"至少是三面派，"雷夫说，"你瞧，背弃那个老头，对他没有任何益处——除了落得个背弃之名，他还能得到什么？也许坚守不弃反而能有所得。对我们大家而言。"

"那你就去吧，猪倌。还有谁会想到猪圈呢？比如说，托马斯·莫尔就永远不会想到它们。"

"也可能他会劝说养猪的人，老乡，复活节到了——"

"——你准备好领圣餐了吗？"雷夫笑了起来。"顺便问一句，理查德，你准备好了吗？"

理查德说，"这一周的任何一天，我都可以接受一片面包。"

圣周期间，有消息从彼得伯勒传来：人们蜂拥而至，来看沃尔西，在大家的记忆中，镇上从来不曾有过这么多的人。红衣主教北上的时候，他根据记在脑海中的小岛的地图而跟随着他。斯坦福，格兰萨姆，纽瓦克；一行人四月二十八日抵达索思韦尔。他，克伦威尔，写信去安慰他。他写信去提醒他。他担心博林家的人或者诺福克，或者他们双方，在红衣主教的随行人员中安插密探。

查普伊斯大使觐见国王后匆匆出来，碰了碰他的袖子，把他带到一边。"克伦威尔先生，我原本想去你府上拜访的。我们是邻居，你知道。"

"我很欢迎。"

"但有人跟我说，你现在经常跟国王在一起，这真是令人愉快，对吧？我每周都会收到你过去的主子的来信。他很关心王后的健康。他问起她的心情好不好，并恳请她要有信心，过不了多久她就会回到国王的怀抱。也回到他的床上。"查普伊斯笑了。他很自得其乐。"那位情妇是不会帮助他的。我们知道你试着找过她，但是没有奏效。所以他现在又回头寄希望于王后。"

他只好问，"那王后怎么说？"

"她说，我希望仁慈的上帝觉得能够原谅红衣主教，但我是绝对不会的。"查普伊斯等待着。他没有接话。大使继续说："我想，一旦教皇陛下批准——或者说是被迫批准——了这桩离婚案，就会出现什么样的混乱局面，你应该很清楚吧？皇帝为了保卫他姨母，会对英格兰宣战。你那些商人朋友就会失去他们的生计，许多人还会丧命。你们的都铎国王就可能垮台，那些古老的贵族就会东山再起。"

"你干吗告诉我这些？"

"我告诉了所有的英国人。"

"挨家挨户吗？"

对方是想要他向红衣主教传递一个消息：皇帝已经不再信任他了。这除了会使他向法国国王求助之外，还能有什么用呢？无论怎么做，都是叛国罪。

他想象着红衣主教在索思韦尔的教士会堂里，周围都是教士，他坐在自己的椅子上主持会议，头顶是高高的拱顶，他就像一位国王，自由自在地置身于一片林中空地，被雕刻的树叶和鲜花所环绕。那些图案是那么柔和流畅，圆柱和拱肋似乎都有了生机，仿佛石头也绽放出了鲜活的生命；柱顶饰有浆果，柱底是缠绕的藤茎，柱身有丛生的玫瑰，同一支茎梗上既花朵盛开，也花籽累累；一张张面孔在枝叶间张望，有狗，有野兔，还有山羊。还有人的面孔，它们栩栩如生，几乎能变换表情；也许它们正惊讶地看着下面他的保护人那魁梧的红色身形；也许在夜晚的静寂之中，当教士们睡觉后，那些石头人会吹吹口哨，唱唱歌。

他在意大利学过一种记忆法，并辅之以画面。有些画面来自于树林和田野，来自于矮树篱和杂树林：胆小的动物睁着明亮的眼睛，藏在灌林丛中。有些是狐狸和鹿，有些是狮身鹰首兽和龙。还有些是男人和女人：修女，战士，神学博士。他在他们的手中放进令人意想不到的东西：圣厄休拉拿着一张弩，圣杰罗姆握着一把长柄大镰刀，而柏拉图则拿着一把汤勺，阿基里斯端着一只木碗，里面装着十几枚李子。如果想用平常的物品和熟悉的面孔来帮助记忆，根本就没有作用。我们需要令人惊讶的并置，需要多多少少有些特别、荒诞甚至不雅的形象。等你构想出这些形象，就把它们放在你所选择的这个世界上的某个地点，每个形象还附带着自己的一套语汇和数字，一旦你需要，它们会随时提供。在格林威治，一只被剪了毛的猫可能从橱柜后面向你窥视；在威斯敏斯特宫，一条蛇可能从房梁上俯视着你，嘶嘶地叫着你的名字。

这些形象有些是扁平的，你可以从它们上面走过。有些穿着皮衣，在房间里走动，但他们也许是些脸长在脑袋后面、或者拖着纹章上的豹子那般长尾巴的人。有些像诺福克那样对你怒目而视，或者像萨福克大人那样张口结舌地望着你。有些在说话，有些在呱呱叫。他将它们井然有序地保存在自己脑海中的陈列馆里。

也许是因为他习惯了构思这些形象，他的脑海里装有上千出戏、上万场短剧中的人物。因为这种习惯，他常常会瞥见已故的妻子，瞥见她仰着白皙的面孔藏在某个楼梯井，或者在奥斯丁弗莱或斯特普尼家中的某个角落一晃而过。现在那个形象开始与她妹妹乔安的形象融合起来，以前属于丽兹的一切渐渐地属于她：那似笑非笑的神态，那探究的眼神，那不穿衣服时的样子。直到他说，够了，并把她从自己的脑海中赶走。

雷夫骑着马，长途跋涉去给沃尔西传信，有些信息十分秘密，不能写在纸上。他倒是想亲自去，不过尽管议会正在休会，他却不能离开，因为他担心一旦自己不在场帮忙辩护，不知道别人会怎么说沃尔西；再说，国王或安妮小姐可能随时要找他。"虽然我不能亲身陪伴着您，"他在信中写道，"但请您相信，此时此刻，以及在我的有生之年，我的心与灵魂都跟大人您同在，我会为您祈祷，为您效力……"

红衣主教在回信中说：他是"我在这场灾难中最真诚、最可信、最可靠的人"。他是"我最亲爱的克伦威尔"。

他在信中还要鹌鹑。而且还要花籽。"花籽？"乔安说，"他打算在那儿扎根了吗？"

傍晚时分，国王非常沮丧。在他争取重新变成已婚男人的战役中，又过去了一天；当然，他否认与王后有婚姻关系。"克伦威尔，"他说，"我需要找到办法，拥有这些……"他朝一旁看去，不想把自己的意思说出来。"我知道有法律上的难题。我没有不懂装懂。在你开始之前，我也不想听任何解释。"

红衣主教给自己的牛津学院和在伊普斯威奇的学校捐赠了不少土地，那些土地会带来长久的效益。亨利想要它们的金器银器，想要它们的图书馆，想要它们的年收益以及产生这些收益的土地；他想不明白他为什么不能得到自己想要的东西。二十九座修道院的财富被转入那些机构——教皇允许将它们扣留下来,除非那些收益是为学院所用。但是你知道吗,亨利说,我已经不怎么在乎教皇以及他是否允许了。

现在是初夏。夜晚很长,空气和青草散发着馨香。你可能会以为,一个像亨利这样的男人,在这样的一个夜晚,可以想上哪张床就上哪张床。宫廷里到处都是饥渴的女人。但在召见克伦威尔之后,他将与安妮小姐去花园散步,她的手扶着他的胳膊,两人喁喁私语;然后他会回去独睡空床,而她大概也一样。

国王问他从红衣主教那儿得到了什么消息时,他说他怀念陛下脸上的神采;他在约克就任主教仪式的准备也正在进行。"那他为什么还不去约克?我看他是在一拖再拖。"亨利不高兴地看着他。"我不妨替你说了吧。你还是向着你的主子。"

"红衣主教对我一直恩重如山。我怎么会不向着他呢?"

"而你眼下没有别的主子,"国王说。"萨福克大人问我,这家伙是从哪儿冒出来的?我告诉他,在莱斯特郡、北安普敦郡,都有姓克伦威尔的人——他们拥有地产,或是曾经有过。我想,你没准是那个家族某个不幸分支的后代?"

"不是。"

"你可能并不知道自己的祖先。我会让纹章官①去查一查。"

"陛下的好意我心领了。但他们是查不出什么的。"

国王有些不快。他没有利用这个送到眼前的机会:查出世系,不管是多么卑微。"红衣主教大人告诉过我你是孤儿。他还说你是在修道院长大的。"

"哦。那是他的一个小故事。"

"他给我讲的是小故事?"国王脸上的表情一连变了几次:恼火,好笑,回想起往事时的神往。"我想没错。他告诉我你憎恨宗教生活里的某

---

① 英国中世纪司宗谱纹章的官员。

些东西。正是因为这样,他才觉得你为他工作时很勤奋。"

"不是这个原因。"他抬起头。"我可以说吗?"

"哦,看在上帝的份上,"亨利叫道,"我希望有人说一说。"

他吃了一惊。接着就恍然大悟。亨利想找人谈话,谈什么都行。只要不涉及爱情,打猎,或者战争。既然沃尔西走了,这种机会就很有限;除非你想跟哪个神父聊一聊。而如果你找来一位神父,到头来会谈到什么话题呢?爱情;安妮;你想得到却无法拥有的东西。

"如果您让我谈谈僧侣,我会依据自己的经历,而并不是偏见,尽管我毫不怀疑有些机构管理得很好,但我所看到的却是浪费和腐败。我能向陛下提个建议吗?如果您想看看七宗罪①的展示,那么不用在宫廷里组织假面剧,只管在不提前通知的情况下去修道院看一看就行。我曾经见到僧侣们像大地主一样生活,靠的是那些宁可花钱祈福也不愿拿钱买面包的穷百姓的捐赠,而这不是基督徒的行为。我也不像有些人相信的那样,认为修道院是学识的宝库。格罗新是僧侣吗?还有科利特,利纳克尔,以及我们那些大学者?他们都是大学出身之人。僧侣们收留孩子,把他们当仆人使唤,甚至连蹩脚的拉丁语都不教给他们。我并不是说他们不该有一些身体上的享受。不可能总是大斋节。我无法忍受的是虚伪,欺诈,懒惰——他们那些磨损的圣物,老一套的礼拜,以及他们的毫无创意。修道院有多久没有给我们带来好东西了?他们不创新,他们只是重复,而他们重复的都是些陈腐的东西。几百年来,僧侣们握着笔,我们以为他们写下的是我们的历史,但我觉得其实并非如此。我认为他们删掉了他们不喜欢的历史,而写下的是有利于罗马的历史。"

亨利盯着他,似乎看透了他,直看到他背后的墙。他等待着。亨利说,"这么说,一塌糊涂?"

他微微一笑。

---

① 根据基督教传统,骄傲、贪婪、淫邪、愤怒、贪食、忌妒、懒惰被称为最为严重的七宗罪。

亨利说，"我们的历史……你知道，我在搜集证据。手稿。舆论。还有比较，看看有些事情其他国家是怎么定性的。也许你愿意去跟那些学识渊博的先生们商讨一下。为他们的努力指一指方向。跟克兰默博士谈谈——他会告诉你需要些什么。每年流向罗马的钱，我可以派上好用场。弗朗索瓦国王比我富有多了。我的臣民不及他的十分之一。他可以随意向他们征税。而我呢，却必须经过议会。如果不经过议会，就会有暴乱。"接着，他又忿忿地加了一句，"就算我经过了议会，也还是会有暴乱。"

"不要学弗朗索瓦国王，"他说，"他太喜欢战争，却不在乎贸易。"

亨利淡淡地一笑。"你不这么认为，但我觉得那是国王的权限。"

"如果贸易增加了，就可以多收税。即使收税受到抵制，也可以有其他的办法。"

亨利点点头。"很好。从学院开始吧。坐下来跟我的律师们谈谈。"

哈里·诺里斯在那儿将他带出国王的私室。他满脸严肃，没有一丝笑容，说，"如果是我，我可不愿当他的收税员。"

他想，难道我生命中最不寻常的时刻要在亨利·诺里斯的监视下度过吗？

"他杀死了他父亲的得力干将。燕卜逊，达德利。红衣主教不是得到过他们的一处府邸吗？"

有只蜘蛛从一张凳子底下爬过，让他想起了一个事实。"位于舰队街的燕卜逊府邸，十月九日赏赐的，在他统治的头一年。"

"他辉煌的统治，"诺里斯说，仿佛在对他的话做出更正。

夏天开始时，格利高里十五岁了。他骑马的姿势很优雅，剑术成绩也不错。至于希腊语……哦，他的希腊语原地未动。

但是他碰到了问题。"牛津的人都在笑话我的猎狗。"

"为什么？"那两条黑狗很般配。它们的脖颈曲线优美，肌肉结实，它们的脚也很漂亮;平常它们总是低眉顺眼,温和端庄,直到发现猎物。

"他们说,你干吗要养别人晚上看不见的狗?只有大坏人才养那样的狗。他们说我违法在森林里打猎。他们说我猎獾,就像下等人一样。"

"那你想要什么呢?"他问,"白狗,还是带斑点的?"

"哪一种都行。"

"你的黑狗给我吧。"倒不是说他有时间出去,而是理查德或雷夫可以用上它们。

"可别人笑话怎么办?"

"哎呀,格利高里,"乔安说,"这是你父亲。我向你保证,没人敢笑话的。"

当天气太湿不能打猎的时候,格利高里就坐在家里,认真阅读《金色传奇》;他喜欢圣人们的生活。他说,"这些事情有些是真的,有些不是。"他还读《亚瑟王之死》,因为这是一个新版本,他们都围在他旁边,越过他的肩膀看书名页。"这是关于最高贵、最杰出的亚瑟王——大不列颠以前的国王——的第一本书……"在画面上最显眼的位置,两对男女在拥抱。有个男人骑在一匹高头大马上,戴着一顶很蠢的帽子,帽子是用犹如粗蛇一般的环绕着的管子做成的。爱丽丝说,先生,您年轻的时候戴过这样的帽子吗?他说,我一周七天每天换一种颜色,但我的帽子要大些。

在这个男人的身后,坐着一个女人。"您觉得这是不是代表安妮小姐?"格利高里问。"他们说国王不愿意跟她分开,所以让她像一位农妇那样坐在他后面。"那女人长着一双大眼睛,似乎因为颠簸而感到不适;可能就是安妮。旁边有一座比一个人高不了多少的小城堡,还有一块木板当吊桥。在空中盘旋的鸟儿看上去犹如飞刀。格利高里说,"我们的国王的血统就来源于这位亚瑟。他从来就没有真正死去,而是等在森林里或哪一座湖中静候时机。他已经有几百岁了。梅林是个男巫。是后来才出现的。你后面就会知道了。一共有二十一章。如果一直下雨的话,我就要把它们读完。这些故事有的是真的，有的是假的。但它们都很精彩。"

国王再次召他进宫时，是想让他给沃尔西捎信。一位布列塔尼商人的船于八年前被英国人扣押，他如今投诉说没有得到许诺给他的赔偿。谁也找不到相关的文件。案子当时是红衣主教处理的——他会不会还记得？"我肯定他记得，"他说，"是那艘拿珍珠粉当压舱物、舱里装满独角兽的角的船吧？"

不会吧！查尔斯·布兰顿说；但国王笑了起来，说，"就是那艘。"

"如果数目乃至整个案子有疑问的话，可不可以交给我来处理？"

国王有些犹豫。"我不确定你能否参与这件事。"

非常出乎意料的是，布兰顿这时帮他说话了。"哈里，就交给他吧。等这家伙办完了，布列塔尼人就会酬谢你了。"

公爵们都在自己的圈子里转。当他们碰头交流时，也不是为了从彼此的圈子里获得乐趣；他们喜欢身边都是自己府里的人，这些人像是他们的影子，对他们惟命是从。如果是为了找乐，他们既可能跟别的公爵为伍，也可能去找养犬员；因此，他跟布兰顿查看着国王的猎犬，和和气气地呆了一小时。现在还不到猎鹿的季节，追猎犬在养狗场里被养得很壮，它们响亮的叫声升入了夜空；而跟踪犬受到的是保持安静的训练，这时蹲坐在后腿上，垂涎三尺地看着晚餐的到来。养狗场的孩子们送来了一篮篮的面包和骨头，一桶桶的动物内脏，还有一盆盆的猪血。查尔斯·布兰顿惬意地深呼吸；就像置身于玫瑰园的老太君一般。

有位猎手把一条招人喜欢的母狗唤了过来，这条狗名叫巴巴达，已经四岁，白色的皮毛上点缀着栗色的花纹。他骑在它身上，拽起它的脑袋，让他们看它的眼睛，只见上面有一层很薄的膜。他不愿杀掉它，但又觉得在这个季节它难以派上用场。他，克伦威尔，伸手握着它的嘴巴。"你可以用一枚弯针把这层膜挑出来。我看到别人做过。手要稳，动作要快。它不会喜欢这样，但话说回来，它也不愿意变瞎。"他抚摸着它的肋骨，感受着那颗小小的动物心脏的不安跳动。"针必须很细。而且只能这么长。"他用食指和拇指向他们比划着。"让我去跟你们的铁匠说。"

萨福克转脸看着他。"你懂得还真不少。"

他们走开了。公爵说,"你瞧。问题是我妻子。"他等待着。"我一直都希望亨利能心想事成。我对他一直都很忠心。哪怕是在他因为我娶了他妹妹而说要砍我头的时候。但是现在,我该怎么办呢?凯瑟琳是王后。对吧?我妻子跟她一直很要好。她最近经常唠叨,说什么我宁愿为王后献出生命之类的话。我妻子当过法国王后,让诺福克的外甥女凌驾于我妻子之上,我们无法接受。你明白吗?"

他点点头。我明白。"另外,"公爵说,"听说怀亚特就要从加来回来了。"是吗,那又怎么样?"我在考虑是不是该告诉他。我是说,告诉亨利。可怜的家伙。"

"大人,听其自然吧,"他说。公爵没有答话,似乎是陷入了沉思之中。

夏天:国王在打猎。他如果想见国王,就得去追赶他;如果国王要见他,他也是随叫随到。在夏季的巡游中,亨利要拜访威尔特郡、苏塞克斯郡、肯特郡的朋友,有时也会呆在自己的宅邸,或者是从红衣主教那儿没收的府邸。有时候,即使到了现在,当国王在自己的某个大庄园或某位大臣的庄园——在这里,鹿会被赶到弓箭手的射程以内——狩猎时,身材矮胖的王后也会带着弓,骑马随行。安妮小姐也会随行——但是在不同的场合——享受狩猎的乐趣。不过有一段时间,国王会将女士们留在家里,带着跟踪犬和追猎犬深入林中;他会在黎明之前,东方刚现出一丝鱼肚白时就起床;他会听听猎手的意见,然后让人把选中的雄鹿从藏身处赶出来。你不知道他们会追到什么时候或什么地方。

哈里·诺里斯哈哈笑着对他说,很快就要轮到你了,克伦威尔先生,如果他继续像现在这样喜欢你的话。给你一点忠告吧:天亮的时候,你骑马出门时，想好一条沟。在脑海中设想一下它的情景。等他累垮了三匹好马，而又一场追逐的号角响起时，你会想着那条沟，想象自己躺在里面：你唯一奢望的就是枯叶和沟里的冷水了。

他望着诺里斯：这么迷人地自我贬抑。他想，在帕特尼，当红衣主教大人跪在烂泥中时，你也在场；你有没有向宫廷、向全世界、向格雷会堂那些法学院的学生说出你脑海中的情景？因为除了你，还能有谁呢？

在林中你可能会迷路，没有任何同伴。你可能会来到地图上没有标示的小河旁边。你可能会看不到猎物，忘记自己为什么来到此处。你可能会碰见一个小矮人，或者活着的耶稣，或者一位宿敌；也可能是新对头，直到看见他的脸在窸窸窣窣的树叶中出现，直到看见他匕首上的亮光你才知道。你可能会看到有个女人在浓荫下沉睡。一时间，你会以为她是你认识的某个人，直到你看清楚其实不是。

在奥斯丁弗莱，你很少有机会独处，或者单独跟某个人在一起。字母表中的每个字母都在看着你①。会计室里有一位年轻的托马斯·艾弗里，你在训练他掌管你的私人财务。字母表的中间是马林斯派克，瞪着那双敏锐的金色眼睛在花园里转悠。快结尾的地方是托马斯·赖奥斯利，简称为赖斯利。他是个性情开朗的年轻人，二十五岁左右，有很好的关系网，是约克纹章官之子和纹章院长的侄子。在沃尔西府里，他原本在你的手下工作，后来被国务大臣加迪纳要走，去为他效力。现在他有时呆在宫廷，有时呆在奥斯丁弗莱。孩子们——理查德和雷夫——说，他是史蒂芬的密探。

赖奥斯利先生身材魁梧，一头金红色头发，但习性与那些跟他肤色相同的人不一样，比如说国王，心满意足时就面孔泛红，生气时脸色铁青；他总是苍白而冷静，总是那副英俊潇洒的样子，总是镇定自若。在三一学堂的学生演出中，他是一位出色的演员，有时也有些做作，总是很自信，

---

① 这里的字母指代所有的人或动物，是针对后面提到的名字或姓氏的首字母而言。

对自己的外表很自信；理查德和雷夫经常在背后模仿他，说，"我叫赖—奥—斯—利，不过我不想让你们太麻烦，所以你们对我可以简称赖斯利。"他们说，他把自己的名字弄得这么复杂，只是为了能来这儿到处签名，把我们的墨水用光。他们说，您知道加迪纳，他特别烦用长名字，叫他时就直接喊"你"。这个笑话让他们很得意，有一段时间，只要W先生一出现，他们就喊，"是你！"

他说，对赖奥斯利先生宽容点儿。剑桥的人应该得到我们的尊重。

他想问问他们——理查德，雷夫，还有那位"简称赖斯利"的赖奥斯利先生：我看起来像杀人犯吗？有个孩子说我像。

这一年，夏天没有发生疫情。伦敦人跪地感恩。在圣约翰节前夜，熊熊的篝火通宵达旦。黎明时分，人们从田野采来洁白的百合花。城里的姑娘们用颤抖的手指将它们编成花环，挂在城里大大小小的门上。

他想起那个像一朵白花似的小姑娘；安妮小姐的侍女，那个从门背后探出身来的姑娘。弄清她的名字并不难，但他没有去问，因为他正忙着向玛丽打听秘密。下次见到她时……但这么想有什么用呢？她会是出身于某个高贵的家庭。他原本想跟格利高里写封信，说，我见到了一个很可爱的姑娘，我会查清楚她是谁，如果在接下来的几年里我好好经营我们的家庭，也许你能娶她为妻。

他没有写信。在目前这种不确定的情势下，这封信意义不大，就像格利高里写给他的那些信一样：亲爱的爸爸，希望你身体健康。希望你的狗也很好。由于时间关系，就此搁笔。

莫尔大法官说，"过来见见我，我们得谈谈沃尔西的学院。我能肯定国王会为那些可怜的学者们做点什么。一定要来。来看看我的玫瑰，趁着酷热还没有把它们热坏。来看看我的新地毯。"

这一天很闷热，阴沉沉的；当他到达切尔西时，国务大臣的船停在岸边，都铎的旗帜在湿热的空气里懒懒地飘动。过了门房，是一座临河新建的很风光的红砖房。他穿过夹道的桑树朝它走去。史蒂芬·加迪纳站在门廊的金银花下。切尔西的地上到处都是小宠物,当他走上前去,而主人出来迎接时,他看到英格兰大法官正抱着一只皮毛雪白的垂耳兔;兔子静静地蹲在他的手上,看上去就像白毛手套一般。

"您女婿罗珀尔今天来了吗?"加迪纳问。"真遗憾。我还想看他再一次改变信仰呢。我想亲眼目睹。"

"在花园里转一转?"莫尔说。

"我还以为会看到他坐下来时是路德的朋友,像他此前一样,而等他们送来小葡萄干和醋栗时,他又重返教会了呢。"

"威尔·罗珀尔现在已经确定了,"莫尔说,"信奉英格兰,信奉罗马。"

他说,"无核小水果今年的收成可不好。"

莫尔用眼角的余光看了看他;然后微微一笑。他一边领他们进屋,一边亲切地寒暄着。亨利·帕廷森一蹦一跳地跟在他们后面,他是莫尔的仆人,莫尔有时称他为弄臣,对他没有约束。他是个很能胡闹的人;通常情况下,你收留一个弄臣是为了保护他,但就帕廷森而言,需要保护的是所有其他的人。他真的头脑简单吗?莫尔这个人有些狡黠,他喜欢让人难堪;收留一个其实不傻的人当弄臣,倒是符合他的性格。据说帕廷森曾经从教堂的尖塔上摔下来,伤着了头部。他的腰间系着一条打结的绳子,他有时说是他的念珠;有时又说是他的鞭子。有时还说,这是那条本该救他、不让他摔下来的绳子。

刚刚进屋,你就会看到一家人挂在墙上。你先看到他们真人一般大小的画像,然后才看到他们的真人;莫尔很清楚其中的双重作用,他有意停留片刻,让你打量一番,将它们记在心里。掌上明珠梅格坐在父亲的脚边,膝盖上摊着一本书。其他人不太紧密地围在大法官的身边:他的儿子约翰;他的被监护人同时也是约翰的妻子安妮·克雷萨克尔;他的另一位被监护人玛格丽特·吉格斯;他的老父亲约翰·莫尔爵士;他的女儿西塞莉和伊丽莎白；鼓着眼睛的帕廷森；还有他的妻子爱丽丝，只见她低着头，戴着一个十字架，在画像最边缘的地方。霍尔拜因[①]先生用自己的视线将他们排好队形，然后固定了下来，直到永远：只要没有虫咬，火烧，霉烂或其他的破坏。

在现实生活中，他们的主人有点令人紧张，衣服似乎随时会脱线；由于是闲暇，他穿着一件样式简单的羊毛长袍。等着给他们看的新地毯铺在两张搁板桌上。地板不是深红而是淡红色：他想，不是茜草玫瑰红，而是一种混合了乳清的红色染料。"红衣主教大人喜欢土耳其地毯，"他喃喃道，"总督有一次给他送了六十张。"羊毛很软，都是产自山地野绵羊，但没有一只是黑色，由于染色不均匀，在图案颜色最深的地方，表面摸起来已经有些粗硬，随着时间的流逝和不断的使用还会掉毛。他掀起一角，用指尖抚摸着线头打结的地方，估量着结与结之间的距离，这是一种简单而习惯性的动作。"这叫吉奥得结，"他说，"但图案却是帕加马图案——看到八边形里的八角星了吗？"他把地毯角抚平，退开几步，又走回来，说"你瞧"——他走上前来，将手轻轻地放在一处瑕疵上，由于这处瑕疵，织物显得不连贯，菱形稍稍变形，看上去有些歪斜。最糟的情况是，这块地毯是由两块拼接而成。而最好的情况是，它出自村子里的某位帕廷森之手，或者是去年由威尼斯的奴隶们在某个非法作坊里拼接起来的。很显然，他需要把实际情况说出来。他的主人说，"买亏了吗？"

他说，很漂亮，他不想坏了他的兴致。但下一次你要把我带上，他在心里说。他的手从华丽而柔软的地毯表面拂过。织物上的瑕疵几乎没什么影响。土耳其地毯也不是十全十美。在这个世界上，有些人喜欢一切都清清楚楚，不差毫厘，还有些人允许在边界上有几分模糊。他既是前一种人，也是后一种人。比如说，他不允许租契中存在着因为疏忽而含糊其辞

[①] 汉斯·霍尔拜因（1497—1543），德国画家和雕刻师，通称"小霍尔拜因"，他在英格兰成为一位著名的宫廷肖像画家，并受亨利八世委托提供国王未来新娘的肖像。

的情况，但直觉又告诉他，合同有时候不必制定得太严格。租约、令状、法规等都是写下来让人读的，而每个人则从利己的角度来解读。莫尔说，"你们怎么看，先生们？是垫在脚下，还是挂在墙上？"

"垫在脚下。"

"托马斯，你的品味太奢侈了！"几个人大笑起来。你还会以为他们是朋友。

他们出了门，走到鸟舍旁，站在那儿娓娓而谈，鸟儿们在一旁飞舞、鸣唱。有个小孙子蹒跚着走过来；后面紧紧地跟着一个系着围裙的女人。小家伙指着鸟儿，嘴里发出表示欢快的声音，并挥动着双臂。孩子看见了史蒂芬·加迪纳，小嘴撇了起来。保姆没等他（她）眼泪出来就连忙把他（她）搂进怀里；他问史蒂芬，你毫不费力就对小孩子有这么大的力量，这是什么感觉？史蒂芬恼怒地瞪了他一眼。

莫尔抓住他的手臂。"嗯，关于学院的事情，"他说，"我已经跟国王谈过了，国务大臣也尽力了——真的，他尽力了。国王可能会以红衣主教的名义重建红衣主教学院，但伊普斯威奇嘛，我看没有什么希望，毕竟它只是……很抱歉我这么说，托马斯，但它只是一个已经被革职的人的出生地，所以对我们没有什么特别的意义。"

"对学者们来说太可惜了。"

"没错，当然。我们进去吃饭好吗？"

在莫尔的大厅里，谈话完全用拉丁语进行，尽管莫尔的妻子爱丽丝是女主人，而且丝毫插不上话。他们的习惯是，念一段《圣经》经文作为餐前祈祷。"今晚该梅格了，"莫尔说。

他很愿意炫耀一下他的掌上明珠。她拿起书，吻了一下；虽然弄臣不断地打搅，她仍然用希腊语念着。加迪纳坐在那儿，紧闭着双眼；他看上去并不虔诚，而是很气恼。他打量着玛格丽特。她二十五岁左右。她的头发很有光泽，脑袋转来转去，很像一只小狐狸的脑袋，莫尔说他驯养了一只这样的小狐狸;不过为了安全起见,他还是把它关在笼子里。

仆人们进来了。他们上菜时用眼光询问着爱丽丝;这儿,夫人,还有这儿吗?当然,画像上的那家人不需要仆人;他们只是独自存在,飘浮在墙上。"吃吧,吃吧,"莫尔说,"除了爱丽丝,要不她的衣服会胀破的。"

她听到自己的名字便转过头来。"那种既痛苦又惊讶的表情并非她与生俱来,"莫尔说,"它的形成是因为她把头发狠命地梳向脑后,然后用象牙大发夹卡住,发夹几乎要戳破她的头骨。她觉得她的前额太低。当然,的确是很低。爱丽丝,爱丽丝,"他说,"提醒我一下,我当初干吗要娶你。"

"为了持家,父亲,"梅格小声说。

"没错,没错,"莫尔说,"只要看爱丽丝一眼,我就会免除欲望的诱惑。"

他有一种怪异的感觉,仿佛时间形成了某种回路,或者让自己陷入了一个圈套;他已经看到他们被汉斯定格在墙上的模样,而现在他们正扮演着各自的角色,带着不同的神情:有的冷漠,有的开心,有的温和,有的优雅:一个幸福之家。他更喜欢他们的主人在汉斯画中的样子;更喜欢墙上的托马斯·莫尔,你能看到他在思考,却不知道他在想些什么,而情况原本就该如此。画家将他们巧做安排,让彼此的间隙很小,再也插不进别的人。外人要想融进画面,只能像一团无意的墨迹或污渍;他想,当然,加迪纳就是一团墨迹或污渍。国务大臣正挥动着黑色的衣袖;跟他们的主人热切地争论着。当圣保罗说耶稣的地位比天使们稍低的时候,他是什么意思?荷兰人开过玩笑吗?对诺福克公爵的继承人来说,什么样的纹章才合适?远处的声音是雷声吗?这种热天气还会持续多久?正如画中的一样,爱丽丝有一只拴在金链子上的小猴子。画中的猴子在她的裙边玩耍。而生活中的猴子则坐在爱丽丝的腿上,像孩子一般紧紧地依偎着她。她时不时地低头跟它耳语几句,其他的人都无法听到。

莫尔用酒招待着客人,尽管他自己不喝酒。桌上有好几道菜,全都是一种味道——有一种什么肉,浇了些有点儿硌牙的酱,就像泰晤士河的泥浆——还有乳冻食品,外加一种奶酪,他说是他的某个女儿做的——女儿,被监护人,或者继女,反正是满屋子的女人中的一个。"因为你得让她们干活,"他说,"她们不能总是在看书,年轻的女人难免会搬弄是非或无所事事。"

"当然,"他喃喃道,"接下来就会上街去打架了。"他的目光很不情愿地朝奶酪望去;它看上去不干不净,颤颤悠悠,就像出去厮混了一晚上的马夫的脸。

"亨利·帕廷森今晚很兴奋,"莫尔说,"也许该给他放放血①。但愿他没有吃太油腻的东西。"

"哦,"加迪纳说,"在这方面我毫不担心。"

老约翰·莫尔——现在应该有八十岁了——也出来吃晚餐,于是他们都听他讲话;他喜欢讲故事。"你们听说过格洛斯特公爵翰弗里与一个自称是瞎子的乞丐的故事吗?你们听说过有人居然不知道圣母马利亚是犹太人吗?"面对这样一位精明的老律师,就算他已经老糊涂,你也以为会听到些更为有用的东西。随后,他讲起了一些蠢女人的趣闻,这种趣闻他有一大堆,而即使在他睡着之后,他们的主人又接着讲了下去。爱丽丝夫人坐在那儿,满脸的不高兴。以前听过所有这些故事的加迪纳则在咬牙切齿。

"你们瞧我的儿媳安妮,"莫尔说。那孩子垂下了眼睛;她绷紧了肩膀,等待着即将听到的话。"安妮特别想——我能告诉他们吗,亲爱的?——她特别想要一条珍珠项链。她把这件事成天挂在嘴上,你们知道年轻姑娘就是这样。所以想想看,当我给她一个摇起来叮叮响的盒子时,她是什么神情。再想想看,当她打开盒子时又是什么神情。里面装着什么

---

① 这里是指一种治疗方法。

呢?干豆子!"

那女孩深吸了一口气。她抬起脸。他看得出来她在竭力控制着自己。"父亲,"她说,"别忘了讲那个不相信世界是圆形的女人的故事。"

"当然,那是个精彩的故事,"莫尔说。

他看了看爱丽丝,她正痛苦而专注地盯着她丈夫,他想,她仍然不相信世界是圆的。

晚餐之后,他们聊起了邪恶的理查国王。许多年前,托马斯·莫尔曾动手写过一本关于他的书。他当时拿不定主意是用英语还是拉丁语写作,因此就用两种语言同时写,不过他根本就没有写完,也没有将任何一部分交给印刷商。莫尔说,理查天生就很邪恶;那本书是从他的出生写起的。他摇摇头。"血腥的事件。王者的游戏。"

"一段黑暗的日子,"弄臣说。

"但愿它们永远不要重现。"

"阿门。"弄臣指着两位客人。"但愿这些人也永远不要再来。"

有些伦敦人说,约翰·霍华德,也就是现在的诺福克的祖父,跟那些孩子的失踪有很大关联——那些孩子进了伦敦塔后,就再也没有出来。伦敦人传说——他认为他们还知道——王子们最后一次露面正是霍华德在当班;不过托马斯·莫尔认为是布雷肯伯里长官把钥匙交给了杀手。布雷肯伯里已经死于博斯沃思;他无法从坟墓里出来为自己申诉。

事实上,托马斯·莫尔与现在的诺福克交往密切,所以急于否认他的祖先插手过任何失踪事件——更不要说是两位王室子嗣的失踪。他脑海中浮现出现在的公爵的形象: 他的一只有力的、滴着血的手中拎着一具金发的小尸体,另一只手里拿着一把人们在餐桌上用来切肉的小刀。

他回过神来: 加迪纳正手舞足蹈地向大法官强调他的证据。过了一会儿,弄臣咕咕哝哝的声音越来越让人无法忍受。"父亲,"玛格丽特说,"请您叫亨利出去吧。"莫尔起身训斥了他几句,然后抓住他的胳膊。所有的目光都跟着他。但加迪纳没有放过这个间歇。他探过身来用英语低声说,"关于赖奥斯利先生。请提醒我一下。他是在为我工作呢,还是在为你工作?"

"我想,应该是为你,既然他已经是印玺秘书。他们就是辅助国务大臣的,对吧?"

"可他为什么总是在你府上?"

"他不是一位受约束的学徒。他可以来去自由。"

"我猜想他已经厌倦了神父。他想知道能从你——不管你近来怎么称呼你自己——身上学到些什么。"

"一个人,"他平静地说,"诺福克公爵说我是一个人。"

"赖奥斯利先生的眼睛盯着自己的利益。"

"希望我们都有自己的利益。不然上帝干吗要赐给我们眼睛?"

"他想的是怎么发财。我们都知道,钱都粘着你的手不放。"

就像蚜虫粘着莫尔的玫瑰不放。"哪里,"他叹了口气,"钱都从我手里漏掉了,唉。你知道,史蒂芬,我很喜欢奢侈。让我看一块地毯,我就会把它垫在脚下。"

莫尔把弄臣教训一顿并赶出去后,又回来跟他们聊天。"爱丽丝,我跟你说过喝酒的事儿。你的鼻子在发亮。"爱丽丝拉长了脸,显出反感和几分恐惧。年轻一辈的女人们明白这话是什么意思,于是低下头,打量着自己的手,拨弄着戒指,转来转去地照出那亮光。突然,有什么东西"嘭"的一声落在桌上。安妮·克雷萨克尔不自觉地用母语叫了起来,"亨利,快住手!"上面有一条装着凸肚窗的走廊;弄臣正从一扇窗户里探出身来,将碎面包皮撒在他们身上。"别躲呀,先生们,"他喊道,"我是在把上帝扔到你们身上①。"

老先生被他砸中,猛地一下惊醒了。约翰爵士朝周围看了看,用餐巾擦掉下巴上的口水。"行了,亨利,"莫尔向上面喊道,"你把我父亲弄

---

① 在基督教的圣餐仪式中,面包代表耶稣基督的身体。

醒了。而且你是在亵渎上帝。还浪费面包。"

"天啊,真该有人抽他一顿,"爱丽丝气恼地说。

他看了看四周;感到心底里有什么东西在涌动,他知道那是同情。他相信爱丽丝有一副好心肠;即使在他起身告辞,可以用英语向她道谢,而她突然问出"托马斯·克伦威尔,你干吗不再婚?"时,他仍然相信她的好心肠。

"没有人肯要我,爱丽丝夫人。"

"胡说。你的主子也许失势了,可你不差钱,对吧?我听说你把钱都存在国外。你还有一幢好房子,是不是?我丈夫说,你在国王那里也说得上话。而且据我在城里的姐妹们说,你把一切都安排得井井有条。"

"爱丽丝!"莫尔说。他微笑着握住她的手腕,轻轻地摇了摇。加迪纳呵呵笑了起来:那笑声很深,很低沉,仿佛是从哪个地缝里传出来的。

他们来到户外,朝国务大臣的船走去,空气里弥漫着浓郁的花香。"莫尔九点钟就上床,"史蒂芬说。

"跟爱丽丝一起吗?"

"据说不是。"

"你在他府上安插了密探?"

史蒂芬没有回答。

已经是傍晚时分;灯光在河水中摇曳。"天哪,我肚子饿了,"国务大臣抱怨道,"真希望我刚才把弄臣的面包皮留了一点儿下来。真希望我刚才抓住了那只白兔子;我可以把它生吃了。"

他说,"你知道,他不敢实话实说。"

"他的确不敢,"加迪纳说。在顶篷下,他缩着身子坐在那儿,似乎很冷一般。"但我们都知道他的想法,我觉得他那些想法很固执,再怎么争都没有用。就职的时候,他说自己不会插手离婚的事情,国王也接受了这一点,但我不知道他能接受多长时间。"

"我不是指对国王实话实说。我是指对爱丽丝。"

加迪纳笑了起来。"没错。她如果知道他是怎么说她的,一定会把他送进厨房,扒光衣服活烤了他。"

"假如她死了呢?他一准会伤心的。"

"她尸骨未寒,他就会再娶个妻子回家。可能长得更丑。"

他沉思着:依稀看到一个可以赌一把的机会。"那个年轻的女人,"他说,"安妮·克雷萨克尔。她是一位女继承人,你知道吗?是一位孤儿?"

"有不少传闻,对吧?"

"她父亲死后,她的邻居把她骗了过去,想嫁给他们的儿子。那男孩强奸了她。她当时才十三岁。是在约克郡……当地的人就是这么说的。红衣主教大人听说后非常气愤。是他把她接走的。他把她送到莫尔的家里,因为他觉得她会很安全。"

"的确也安全。"

但仍然免不了羞辱。"莫尔的儿子娶了她之后,就靠她的土地过活。她每年有一百英镑。你会认为她可以拥有一串珍珠项链。"

"你觉得莫尔对他儿子感到失望吗?他似乎干不了什么事情。不过,我听说你有个儿子也是这样。过不了多久,你就得为他找一位女继承人了。"他没有回答。没错,约翰·莫尔,格利高里·克伦威尔,我们是怎么教育儿子的?让他们成了游手好闲的年轻人——但是,我们只是想让他们享受我们没有过上的闲适生活,谁又能指责我们呢?关于莫尔,有一点毫无疑问,他从来没有虚度过一小时,他一生都在为他认为有益于基督教组织的一切而阅读、写作和讨论。史蒂芬说,"当然,你还可以有别的儿子。你难道不期待爱丽丝将为你找的妻子吗?她对你可是赞赏有加。"

他不禁有些担心。就像琴童马克一样:人们对自己无从了解的事情便肆意想象。他相信自己与乔安的事情很保密。他说,"你就没考虑过要结婚吗?"

水面掠过一阵寒气。"我任的是圣职。"

"哦，得了，史蒂芬。你肯定有女人。对吧？"

没有回答，在良久的沉默中，他能听见船桨在泰晤士河水中起落时溅出的水声；他能听见船桨荡过后留下的涟漪。他能听见南岸那边有一条狗在叫。国务大臣问道，"这算是什么样的帕特尼式调查？"

两人一路沉默到威斯敏斯特。但总体而言，旅程还不错。正如他下船时所说，谁也没有把对方扔进河中。"我在等河水再冷一些，"加迪纳说，"而且等到我能在你身上绑上重物。你总是有办法重新浮上来，对吧？顺便问一句，我怎么把你带到威斯敏斯特来了？"

"我要去见安妮小姐。"

加迪纳大为不快。"你之前没说过这个。"

"我所有的计划都得向你汇报吗？"

他知道加迪纳正希望如此。听说国王对他的枢密院正在失去耐心。他朝他们吼道，"红衣主教处理起事情比你们任何人都强。"他想，如果红衣主教大人回来了——依着国王的性子，随时都有这种可能——那么，诺福克，加迪纳，莫尔，你们全都死定了。沃尔西是个仁慈的人，但肯定也是有限度的。

玛丽·谢尔顿陪侍在侧；她抬起头，嫣然一笑。安妮穿着一件深色丝质睡袍，看上去很华贵。她的头发披了下来，秀美的光脚跐拉着一双小山羊皮拖鞋。她慵懒地坐在椅子上，似乎她一天下来已经耗尽心力。不过，当她抬起头的时候，她的眼睛依然炯炯有神，充满敌意。"你去哪儿了？"

"乌托邦。"

"哦。"她来了兴致。"有什么见闻？"

"爱丽丝夫人有只小猴子，吃饭的时候坐在她的腿上。"

"我讨厌猴子。"

"我知道。"

他踱着步子。安妮允许他比较平常地对待她,除非有时候,她突然产生一种身为"准王后"的强烈意识,要他恭恭敬敬。她端详着自己的鞋尖。"听说托马斯·莫尔爱上了他自己的女儿。"

"我想他们可能说得没错。"

安妮轻笑了几声。"小姑娘漂亮吗?"

"不漂亮。但是有学问。"

"他们谈到我了吗?"

"在那所房子里,他们从没提起你。"他心里说,他倒是想听听爱丽丝会怎么说。

"那他们谈些什么?"

"女人的恶毒和愚蠢。"

"我想你也加入了吧?话说回来,事实的确如此。多数女人都很愚蠢。而且很恶毒。我亲眼见过。我在这种女人堆里已经生活太久了。"

他说,"在这过去的两天里,诺福克和你父亲正忙于会见各位大使。法国的,威尼斯的,还有皇帝的人。"

他心里说,他们在合谋为红衣主教大人设圈套。这一点我知道。

"没想到你能提供这么好的消息。尽管有人说,你在红衣主教身上花了一千英镑。"

"我期待着这钱能收回来。从各种不同的渠道。"

"我想人们会感激你的。如果他们从红衣主教的地产中分得一杯羹的话。"

他在想,你的哥哥乔治、罗奇福德勋爵,还有你的父亲托马斯、威尔特郡伯爵,难道他们没有因为红衣主教的失势而获利吗?看看乔治如今的穿着吧,看看他在马和女人身上花的钱吧;但我没有看到博林家有多少感激的表示。他说,"我只是收取律师费而已。"

她笑了起来。"你看样子收益不错。"

"你知道,有各种各样的方式……有时候,人们会告诉我一些情况。"

这是一种暗示。安妮垂下头。她马上就要成为这种人之一。但也许不是今晚。"我父亲说,对那个人谁都没有把握,谁都说不准他是在为谁效力。我本该想到——可话说回来,我只是个女人——你很显然是在为自己效力。"

这倒是让你我很相似,他想;但是没有说出口。

安妮像猫似的打了个小哈欠。"你累了,"他说,"我该走了。顺便问一句,你请我来是为什么?"

"我们想知道你在哪儿。"

"那为什么不是你父亲或者哥哥派人请我?"

她抬起头。此刻也许不早了,但还有时间让安妮露出会意的笑容。"他们认为你不一定会来。"

八月:红衣主教写信给国王,信里满是牢骚,说他正被债主们所纠缠,"完全活在痛苦和恐惧之中"——但传回来的消息却并非如此。据说他经常举办宴会,宴请当地的名流。他像以往那样乐善好施,审理诉讼,对关系不和的夫妻耐心劝说,让他们重归于好。

六月份时,赖斯利与国王寝宫的威廉·布莱里顿一起去过一趟索思韦尔:让红衣主教在一份请愿书上签字——亨利在让人传签这份请愿书,他准备把它呈给教皇。这是诺福克的主意,让贵族和主教们在请愿书上签字,请求克雷芒让国王获得自由。请愿书中有些隐隐约约、不甚明确的威胁,但克雷芒对威胁已经习以为常——他最擅长让问题悬而不决,使一方与另一方抗衡,然后自己从中调停。

据赖奥斯利说,红衣主教看上去很健康。他的建筑工作似乎不只是小修小补和几处翻新。他一直在全国各地搜罗装玻璃的工人、木匠以及管子工;大人一旦决定改善卫生设施时,就是个不祥之兆。他每拥有一个教区,就一定要把塔楼加高;每下榻一处地方,就一定要制定排水规划。过了不久，就会是土木工程，还有管道的铺设。接着他还要修建喷水池。不管他走到哪儿，都会受到人民的欢呼。

"人民？"诺福克说，"就算看到一只野猴子，他们也会欢呼。谁在意他们欢呼什么呢？那些人都该死。"

"他们死了你向谁征税呢？"他说，诺福克忧虑地看着他，不知道他是否在开玩笑。

红衣主教受欢迎的传言并没有让他高兴，反而让他担心。国王已经赦免了沃尔西，但如果他被触怒过一次，也就可能有第二次。如果他们能编出四十四项指控，那么——如果想象不受事实的约束——他们还可以再编出四十四项。

他看见诺福克与加迪纳交头接耳。他们抬头看着他，眼中有怒色，但没有说话。

赖奥斯利如影随形地跟着他，帮他写机密信件，写给红衣主教，也写给国王。他从来不说，我太累了。他从来不说，天太晚了。他记得要求他记住的一切。就连雷夫也不会比他更出色。

到了现在，姑娘们该参与家族的事务了。乔安抱怨她女儿的针线活很糟糕，不过，当她偷偷地把针转移到反手上时，似乎缝出了一种笨拙的、让人难以模仿的来回针脚。她得到了将他写往北方的信缝起来的任务。

1530年9月：红衣主教离开索思韦尔，分步骤不慌不忙地向约克进发。他下一部分的行程变成了胜利大游行。乡村各处的人蜂拥而至，在路边岔口等待着他，希望他能用神奇的手抚摸他们的孩子们；他们称之为"坚信礼"，但这似乎是某种古老的圣礼。他们成百上千地拥来，惊奇地凝望着他；他则为他们所有的人祈祷。

"枢密院在监视红衣主教，"加迪纳一边从他身旁匆匆经过，一边说，"他们已经关闭了口岸。"

诺福克说，"告诉他如果我再碰见他，我会将他连骨头带肉生吃掉。"他把原话写了下来:"连骨头带肉",然后送往北方。他能听见公爵的牙齿嚼得"嘎嘎"响的声音。

10月2日,红衣主教抵达他位于考伍德的府邸,这里距约克还有十英里。他的即位仪式安排在11月7日。有消息称他已经召集教会的北方代表开会;会议将于他即位的次日在约克举行。这是他宣布独立的信号;有些人还可能觉得这是叛乱的信号。他没有告诉国王,也没有告知坎特伯雷大主教老渥兰;他能听见红衣主教温和而开心的声音在说,得了,托马斯,他们凭什么得知道?

诺福克召见了他。他满脸通红,一见面就咆哮起来,嘴角糊着白沫。他原本在军械官那儿试盔甲,有些部件此刻仍然穿在身上——比如护胸背的铁甲——所以看上去就像一口里面的水即将烧开的铁锅。"他以为自己能在那儿挖地三尺,给自己凿出一个王国吗?有了红衣主教的帽子还不够,非得要一顶王冠才能满足那该死的天杀的屠夫崽子托马斯·沃尔西,那我告诉你,我告诉你……"

他垂下视线,以免公爵停住话头,来揣摩他的心思。他心里想,红衣主教大人会是一位多么优秀的国王;他处理事情时那么和善,那么果断,那么老练,同时又那么公正,那么快捷,那么明察秋毫。他的统治会是最好的统治,他的仆从会是最好的仆从;他会为自己的国家感到多么满意。

他的目光跟随着公爵,只见公爵手舞足蹈,唾沫四溅;但出乎他意料的是,公爵转过身时,重重地捶了一下自己瘦骨嶙峋的大腿,接着,他的眼睛里涌出一滴眼泪——可能是疼痛,或别的什么原因。"啊,你认为我是个铁石心肠的人,克伦威尔。我并没有那么狠心肠,以至于看不到你所处的现状。你知道我在说什么吗?我说的是,就我所知,在英格兰,再也没有谁能像你一样,肯为一个已经失势和垮台的人这么竭尽全力。国王也这么说。就连皇帝的人查普伊斯也说,对那个叫什么来着的家伙,你真是无可指摘。我说,真是可惜,你先碰到了沃尔西。真可惜你没有为我工作。"

"嗯,"他说,"我们大家的愿望是相同的。让你的外甥女成为王后。难道我们不能合作吗?"

诺福克哼了一声。在他看来,"合作"这个词有些不妥,但他也说不清为什么不妥。"别忘了你的身份。"

他鞠了一躬。"我会记着大人你长期的关照。"

"听着,克伦威尔,我希望你能到肯宁霍尔去一趟,到我家去见见我,并跟我夫人谈谈。她是个很难对付的女人。她认为我不该为了自己享乐的欲望,而在家里养个女人,你明白吧?我说,那她该去哪儿?你想让我在寒冷的夜晚不得安宁,出门走结冰的夜路吗?我好像没办法跟她很好地交流;你看你能不能去一趟,帮我处理一下这件事?"他急促地解释道,"当然,不是现在。不是。现在的当务之急是……去见我外甥女……"

"她怎么样?"

"依我看,"诺福克说,"安妮恨不得要杀人。她恨不得把红衣主教的内脏装在盘子上喂她的猎犬,并把他的四肢钉在约克的城门上。"

这是个阴沉沉的上午,你的目光会不由自主地朝安妮看去,但在那一团亮光的边缘,有个影子在晃动。安妮说,"克兰默博士刚从罗马回来。当然,他没有给我们带来什么好消息。"

他们彼此认识;克兰默有时也为红衣主教效力,实际上,谁没有呢?他现在正为国王的案子而奔忙。他们谨慎地拥抱了一下:一位是剑桥学者,另一位是帕特尼人。

他说,"先生,你为什么不来我们学院呢?我是说,红衣主教学院?大人对此深感遗憾。我们会让你很舒适的。"

"我想他希望活得久一些,"安妮嘲讽道。

"但是恕我冒昧,安妮小姐,国王差不多跟我说过,他会亲自接管牛津学院。"他笑了笑。"也许能以你的名字命名?"

这个上午，安妮戴的金项链上坠着一个十字架。她时不时地用手指拨弄着它，似乎很焦躁，接着又把手缩回袖子里。这成了她的一种典型习惯，以至于有人说她是想掩饰什么，可能是有残疾；不过他觉得，她只是一个不愿意把手露出来的女人。"我舅舅诺福克说，沃尔西出门时，后面跟着八百名全副武装的人。据说他手中有凯瑟琳的信——这是真的吗？他们说罗马将做出判决，命令国王跟我分手。"

"那将是罗马方面的一个明显错误，"克兰默说。

"的确是的。因为他是不会听命于人的。英格兰国王难道是个普通教士不成？或者是个孩子不成？法国就不会发生这种事；他们的国王能管得住教士。廷德尔先生说，'一个国王，一种法律，这是每个王国的上帝之令。'我读过他的《基督徒的顺从》这本书。我还亲自把它推荐给国王，并且标出了与他的权威相关的段落。臣民应该像顺从上帝一样顺从国王；我理解得没有错吧？教皇将会明白自己的身份。"

克兰默似笑非笑地望着她；她就像一个孩子——你在教她读书，而她突然表现出的天资却让你感到惊叹。

"等一等，"她说，"我有样东西要给你们看看。"她侧过头去。"凯里夫人……"

"哦，拜托，"玛丽说，"这件事不要外传。"

安妮弹了一下手指。玛丽·博林走上前来，出现在亮光下，一头金发闪着光泽。"拿出来吧，"安妮说。她拿出一张纸打开。"这是在我床上找到的，你们能信吗？那是一个晚上，那个病怏怏的、面无血色的小鬼头正在铺床单，当然，从她嘴里我什么也没掏出来，你横她一眼她都会哭。所以我无法知道是谁放的。"

她展开的是一幅图。上面有三个人。中间是国王。他魁梧英俊，而且为了确保你不会弄错，他还戴着一顶皇冠。他的两边各站着一个女人；左边的那个没有脑袋。她说，"那是王后，凯瑟琳。这个是我。"她笑了起来。"无头的安妮。"

克兰默博士伸手想接过那张纸。"给我吧,我把它毁掉。"

她用手把它揉成一团。"我自己能毁掉它。有预言说,有位英国王后会被烧死。但预言吓不倒我,就算是真的,我也甘愿冒险。"

玛丽像泥塑木雕一般,站在安妮刚才让她所站之处;她的两只手合在一起,仿佛仍然捧着那张纸。哦,上帝啊,他想,把她从这儿带走;带到一个能让她忘记自己是博林家一员的地方。她曾经这样求我。我让她失望了。如果她再次求我,我还是会让她失望。

安妮转身对着光。她脸颊凹陷——她现在可真瘦——不过双眼发光。"Ainsi sera①,"她说,"不管是谁不愿意,反正会这样的。我一定要拥有他。"

出来的路上,他和克兰默博士都没有说话,直到看见那个脸色苍白的小姑娘朝他们跑来,那病怏怏的、面无血色的小鬼头手里抱着叠好的床单。

"我想这就是那个爱哭的姑娘,"他说,"所以别拿眼睛横她。"

"克伦威尔先生,"她说,"这可能是一个漫长的冬天。再给我们送些橘子馅饼来吧。"

"我们很久不见了……你最近在干些什么,去哪儿了?"

"多数时间在做针线活。"她把每一个问题分开考虑。"要我去哪儿就去哪儿。"

"还暗中监视,我想。"

她点点头。"我不大会干这个。"

"我不知道。你个子很小,所以不显眼。"

他本意是想恭维;她眨了眨眼睛表示认同。"我不会说法语。如果您愿意的话,请您也不要说。否则我就没什么可汇报的。"

---

① 出自拉丁语"ainsi sera, groigne qui groigne",意为"反正会这样的,你尽管抱怨好了。"据说安妮有一段时间把这句话当成座右铭,甚至绣在自己的衣服上。

"你是为谁监视呢?"

"我的几位哥哥。"

"你认识克兰默博士吗?"

"不认识,"她说;她以为这是一个真正的问题。

"好了,"他吩咐道,"你得说说你是谁。"

"哦。我明白了。我是约翰·西摩的女儿。来自狼厅。"

他吃了一惊。"我还以为他的几个女儿都在凯瑟琳王后身边。"

"是的。有时候。但现在不是。我跟您说过,要我去哪儿我就去哪儿。"

"但你去的地方并不欢迎你。"

"在某种意义上,其实欢迎我。您瞧,王后的任何侍女只要想来陪侍安妮小姐,她一概不会拒绝。"她抬起眼睛,一丝淡淡的光芒一闪而逝。"很少有人愿意。"

每一个正在上升的家庭都需要信息。既然国王自认是单身,任何小姑娘都能掌握通向未来的钥匙,而他的赌注也不全下在安妮一个人身上。"好吧,祝你好运,"他说,"我会尽量说英语的。"

"我不胜感激,"她向他鞠了一躬。"克兰默博士。"

他转头目送她朝安妮·博林的方向快步走去。关于床上的那张纸,他脑海中冒出一丝小小的疑虑。但是不会,他想。这不可能。

克兰默博士笑着说,"你认识的宫廷侍女真不少。"

"并不算多。我仍然没有弄清她是第几个女儿,他们家至少有三个。我想西摩家的儿子们都雄心勃勃。"

"他们我几乎都不认识。"

"红衣主教培养了爱德华。他头脑很敏捷。而汤姆·西摩并没有他假装的那么傻。"

"做父亲的呢?"

"呆在威尔特郡。我们从没见过他。"

"真令人羡慕，"克兰默博士喃喃道。

乡村的生活。田园的幸福。这是一种他从未体验过的诱惑。"在国王召你来之前，你在剑桥呆了多久？"

克兰默笑了笑。"二十六年。"

两人都穿着骑马的装束。"你今天要回剑桥吗？"

"不会久呆的。那家人"——他指的是博林家——"想要我留在身边。你呢，克伦威尔先生？"

"安妮小姐只是我的一位委托人。我不能靠着她气冲冲的样子养家糊口。"

侍童们牵着马匹候在一旁。克兰默博士从层层叠叠的衣服里掏出用布包着的几样东西。有切成长条的胡萝卜，还有一个切成四瓣的皱瘪的苹果。他就像一个小孩，分东西的时候不偏不倚，给了他两片胡萝卜和半个苹果来喂他的马；他喂马的时候，克兰默说，"你欠了安妮·博林不少的情。也许比你认为的还要多。她对你印象很不错。但是要当心，我想她不会愿意成为你的小姨子……"

两头牲口正弯着脖子，小口地吃着，一边满足地摆动着耳朵。这是宁静的一刻，仿佛上天所赐。他说，"没有不透风的墙，对吧？"

"是呀。没有。绝对没有。"神父摇着头。"你刚才问我为什么不来你们学院。"

"我只是顺口说说。"

"不过……我们在剑桥都听说了，你为学院尽心尽力……那些学生以及学院董事都对你赞不绝口……任何细枝末节都瞒不过克伦威尔先生。不过，你虽然以自己带来的安慰而自豪……"他平静温和的语气丝毫未变。"那个鱼窖里的事情呢？学生们死去的地方？"

"出了这种事，红衣主教大人的心情并不轻松。"

克兰默轻松地说，"我也是。"

"大人从不会让自己的观点凌驾于别人之上。你原本会很安全。"

"我向你保证，他不会在我这儿发现异端邪说。就连索邦神学院也找不出我的毛病。我没什么可担心的。"他勉强笑了笑。"但是也许……哦……也许我从心底里就是个剑桥人。"

他对赖奥斯利说，"他是吗？各方面都很正统？"
"这很难说。他不喜欢僧侣。你们会合得来的。"
"他在耶稣学院受欢迎吗？"
"据说他是个很严格的考官。"
"我想他没有失去太多。不过。他认为安妮是一位贞洁的淑女。"他叹了口气。"而我们是怎么想的呢？"

赖斯利嗤之以鼻。他刚刚结了婚——跟加迪纳的一位亲戚——但总体而言，他跟女人的关系并不和睦。

"他好像是个多愁善感的人，"他说，"这种人只想远离尘嚣，过隐居生活。"

赖奥斯利几乎是难以察觉地抬起淡色的眉毛。"他跟你说过那位酒吧女招待的事儿吗？"

克兰默登门拜访时，他拿出美味可口的狍肉招待他；两人单独用餐，于是他毫不费力地从他口里缓缓地、缓缓地听到了他的故事。他问博士来自什么地方，他回答说，是你不知道的地方，他便说，说来听听，我去过的地方可多呢。

"就算你去过阿斯洛克顿，你也不会知道自己到了那儿。如果一个人朝诺丁汉的方向走十五英里，只需让他去别处呆上一个晚上，他就不会留下任何印象。"他家乡的村庄甚至没有教堂；只有几座寒碜的小屋和他父亲的房子，他家已经有三代人生活在那里了。

"你父亲是绅士吗？"
"当然是。"克兰默显出几分惊讶：他还能是什么呢？"林肯郡的塔姆沃斯家是我的亲戚。还有克利夫顿的克利夫顿家。还有莫利纳家,你肯定听说过他们了。对吧?"

"你们家有很多地?"

"早知道的话,我会把账簿带来的。"

"请原谅,我们经商的人……"

目光落在他身上,揣度着。克兰默点点头。"面积不大。而我并非长子。但他在世时给了我很好的教育。教会我马术。给了我第一张弓。给了我第一只猎鹰让我驯养。"

他想,他父亲不在了,早就不在了:他还在黑暗中寻找他的手。

"我十二岁的时候,他把我送到了学校。我在那儿吃了不少苦。老师很严厉。"

"对你一个人吗?还是对大家都一样?"

"老实说,我当时只想到自己。我无疑很脆弱。我想他很会找别人的弱点。做老师的都是这样。"

"你不能向你父亲反映吗?"

"我现在也不明白为什么没有。但不久他去世了。当时我十三岁。又过了一年,我母亲把我送到了剑桥。我很庆幸得以离开。得以逃离他的教鞭。倒不是说剑桥的智慧之光有多么明亮。东风把它吹灭了。在当时,牛津——特别是红衣主教所在的莫德林学院——才是大家最向往的地方。"

他想,如果你出生在帕特尼,每天都看到河流,并想象着它奔向大海。就算你从未见过海洋,根据有时从下游上来的外国人告诉你的点点滴滴,你也会在脑袋中想象出它的样子。你知道有朝一日你会走进另一个世界,那里有大理石路面和孔雀,有热烘烘的山坡,当你走过时,身边弥漫着被踩碎的药草的馨香。你设想着此行将带给你的惊喜:抚摸温暖的陶俑,观看另一种气候的夜空,欣赏异域的花朵,感受石雕中其他民族的神祇。但是,如果你出生在阿斯洛克顿,出生在辽阔天空下的平原,你大概就只能想到剑桥:而不会想到更远。

克兰默博士试探地说，"我们学院有人听红衣主教说，你刚出生不久就被海盗抱走了。"

他愣愣地盯了他片刻，接着缓缓地露出开心的笑容。"我真想念我的主人。现在他去了北部，就没有人为我编故事了。"

克兰默博士小心翼翼地说："这么说不是真的？因为我一直怀疑你是否受过洗礼。鉴于这种情形，我担心这可能是个问题。"

"但根本就不存在这种情形。真的。海盗会把我送回来的。"

克兰默博士蹙起眉头。"你是个野性难驯的孩子吗？"

"如果我当时认识了你，我就可以帮你把老师打翻在地了。"

克兰默已经停止用餐；他并没有吃很多。他想，在心底里，这人会永远觉得我是异教徒；我现在再也无法让他摆脱这种想法了。他说，"你怀念你的研究吗？自从国王任命你为大使，让你跨洋越海四处颠簸之后，你的生活就被打乱了。"

"从西班牙过来的时候，在比斯开湾，我们不得不跳船。我听到了水手们的忏悔。"

"那一定很不寻常。"他笑了起来。"忏悔的声音要压过暴风雨的咆哮。"

在那次艰难的行程之后，克兰默原本可以重返以前的生活，尽管国王对他出使的结果很满意；但他偶然碰到加迪纳时，提到可以在欧洲的大学就国王的案子做民意调查。你们找过精通教会法规的律师；现在可以找神学家们试一试。为什么不呢？国王说：把克兰默博士找来，让他负责这件事。梵蒂冈说对此没有异议，只是不许给神学家们付钱：这是那位姓德·美第奇的教皇发出的开心的警告。在他看来，这种提议几乎毫无意义——但他想到了安妮·博林，想到她姐姐曾经说过：她已经不再年轻了。"听着，你们在二十所大学找到了一百位学者，其中有些人说国王是对的——"

"是多数人——"

"而就算你再找两百位,又有什么用呢?克雷芒现在不听劝。唯一的办法是施压。我指的还不是道义上的压力。"

"但是关于国王的案子,我们要说服的不是克雷芒,而是整个欧洲。是所有的基督教徒。"

"恐怕女基督徒可能更难说服。"

克兰默垂下视线。"我以前从来都说服不了我妻子。我从来都没有想过要做这种尝试。"他顿了顿。"我想,我们是两位鳏夫,克伦威尔先生,如果我们要一起共事,我就不能让你自己去瞎琢磨,或是任由你听信别人给你讲的故事。"

周围的光线在渐渐变暗,他缓缓地说着,他的声音,每一声低语,每一次犹疑,都消失在暮色之中。他们坐在房间里,整幢房屋已经踏上走向夜晚的旅程;而外面响起了一阵碰撞和刮擦的声音,就像有人在搬动搁板桌,接着是一阵模糊的欢呼和叫喊。但是他充耳不闻,只是将注意力放在神父身上。他说,琼父母双亡,在他以前常去的一位绅士家里当佣人;她没有亲人,没有嫁妆;他很同情她。嵌有装饰板的房间里的低语惊动了沼泽地的鬼魂,唤醒了故去的亲人;剑桥的暮色中,沼泽地里散发出阵阵湿气,在一个空荡荡的、亮着微光的干净房间里,发生了爱的行为。我娶了她,我是情不自禁,克兰默博士说,说到底,对于娶亲,哪个男人情能自禁呢?当然,他所在的学院解除了他的教职,总不能有已婚的教员。很显然,她也得离开主家,他想不出别的办法,只好把她安顿在海豚酒馆,酒馆是他的几位亲戚所经营,是——说到这里,他不由自主地垂下眼帘——他的几位近亲,没错,经营海豚酒馆的的确是他的几位近亲。

"这没什么可羞愧的。海豚酒馆是一座很不错的酒馆。"

噢,你也知道:他咬了咬嘴唇。

他端详着克兰默博士:他眨眼的样子,把手指小心地放在下巴上的神态,多情的眼睛,还有那做祷告的苍白的双手。所以,他说,琼并不是,你瞧,她并不是酒吧女招待,不管别人怎么说,而且我也知道他们说些什么。她是一位腹中怀有孩子的妻子,而他是一个穷学者,打算跟她守着清贫的日子,但到头来天不遂人愿。他以为自己可以找个职位,给某位有身份的人当秘书,或者是家庭教师,或者可以靠写作谋生,但所有的设想都落空了。他以为他们可以离开剑桥,甚至离开英格兰,但最终却没有这种必要。在孩子出生之前,他指望哪位亲戚会帮他一把:但是在琼难产而死的时候,他们谁也帮不了他,再也帮不了他。"如果孩子活了下来,我还能挽回一点什么。但面对那种结果,谁也不知道对我说些什么。他们不知道是该对我的丧妻之痛表示慰问,还是对耶稣学院重新聘用我而向我表示祝贺。我接受了圣职;为什么不呢?在我的同事们看来,所有的一切,我的婚姻,我以为会拥有的自己的孩子,似乎只是某种判断失误。就像在林中迷了路一样。回家之后,你就再也不会想起。"

"在这个世界上,有些奇怪而冷漠的人。我想,是那些神父。恕我冒昧。他们把自己训练得没有了自然的感情。当然,他们是出于好意。"

"那不是个错误。我们的确共同生活了一年。我每天都会想她。"

门开了;是爱丽丝送了几盏灯进来。"这是你女儿?"

他没有解释自己的家庭,只是说,"这是我可爱的爱丽丝。这事儿不该你干吧,爱丽丝?"

她朝教士微微屈膝,行了个礼。"是的,但雷夫和其他人想知道,你们是谈什么谈了这么久。他们一直在等着,想知道今晚是不是有信要送给红衣主教。乔手里拿着针线站在一旁。"

"告诉他们我要亲自写信,明天再送出去。乔可以去睡觉了。"

"哦,我们还没打算睡觉。我们在大厅里把格利高里的猎狗追得到处跑,吵得死人都能醒过来。"

"我能明白你们为什么不想休息。"

"是的,太棒了,"爱丽丝说,"我们的行为举止就像厨房里的女佣,这样谁都不愿意娶我们了。如果茉茜外婆小时候也跟我们这样,一定会有人敲她的头,直到她满脸是血。"

"那我们生活在幸福的时代，"他说。

她走了出去，随手关上了门，克兰默说，"这些孩子不挨打吗？"

"我们尽量用模范来教导他们，就像伊拉斯谟建议的那样，虽然我们都喜欢追着狗跑上跑下，闹成一团，所以在这方面我们做得不怎么好。"他不知道是否该笑一笑；他有格利高里；他有爱丽丝，还有乔安和小乔，从眼角看去，在他视线的边缘，还有那个监视着博林家的脸色苍白的小姑娘。他的鹰棚里有猎鹰，听到他的声音就会走上前来。这个人有什么呢？

"我想到了国王的顾问们，"克兰默博士说，"那些现在围在他身边的人。"

他还有红衣主教，如果在发生这一切之后红衣主教仍然对他有好感的话。如果他死了，他儿子的黑猎犬会躺在他的脚边。

"他们都很能干，"克兰默说，"会贯彻他的任何旨意，但在我看来——不知道你怎么看——他们似乎完全不理解他的处境……没有任何愧疚或宽容。没有任何宽容心。或者爱心。"

"正是因为这样，我才觉得他会把红衣主教召回来。"

克兰默凝视着他的面孔。"恐怕不会有这种事了。"

他想一吐为快，把憋在心里的愤怒和痛苦表达出来。他说，"有人在我们之间搬弄是非。让红衣主教相信我现在的所作所为不是为了他的利益，而只是为了我自己，说我已经被收买，说我每天都去见安妮——"

"当然，你的确是每天去见她……"

"如果不这样，我怎么能知道下一步该怎么走？这儿现在的情形，大人无法知道，他无法理解。"

克兰默轻轻地说，"你不能去看看他吗？你亲自去一趟，就会消除所有的疑虑。"

"没时间了。他们为他设下了陷阱，我不敢轻举妄动。"

空气中有了一丝凉意；夏天的鸟儿已经飞走，穿着黑袍的律师们聚集在林肯会堂和格雷会堂的庭院里，为新一期的开庭做准备。打猎的季节——或者起码是国王每天打猎的季节——很快就要结束。不管别的地方在发生着什么，不管有怎样的欺骗和挫折，一旦到了原野上，你就可以将它们忘却。猎人属于最单纯的人；着眼于眼前让他觉得很纯粹。晚上回来时，他全身酸痛，脑海里满是树叶和天空的情景；他不想处理文件。他的痛苦，他的困惑都渐渐淡化，它们会被弃之一边，只要他——酒足饭饱，谈过笑过之后——在天亮时起床，又开始同样的一天。

但冬天时的国王不会这么忙，他会开始考虑他的良心。他会开始考虑他的自尊。他会开始为那些能带给他成效的人准备奖赏。

秋季的一天，发白的太阳在日渐稀疏、轻轻摇曳的树叶后闪动。他们来到靶场。国王喜欢同时做几件事情：一边说话，一边搭箭瞄准。"在这里，我们可以单独呆一会儿了，"他说，"我可以跟你说说心里话。"

事实上，相当于一个小村——差不多就像阿斯洛克顿——的人正在他们周围走动。国王不知道"单独"意味着什么。他自己有没有单独过，哪怕是在梦中？"单独"意味着诺福克没有跟在他后面喋喋不休。"单独"意味着查尔斯·布兰顿不在身边——夏天时，国王有一次大发雷霆，要他走得远远的，不要踏进离宫廷五十英里以内的地方。"单独"意味着身边只有负责弓箭的卫士及其手下，只有寝宫的侍从，他们经过了严格的挑选，都是他的私交。其中两个人总是睡在他的床尾——除非是他跟王后同床共枕的时候；因此，他们已经履职好些年了。

看见亨利拉弓时，他想，我现在明白了他的王者气势。不管是在国内还是国外，是战争时期还是和平时期，是高兴还是苦恼，国王像普通的英国人一样，每周都喜欢练上几次；他利用自己的身高，还有手臂、肩膀、胸部经过训练的好看的肌肉，随着"啪"的一声，让箭直中靶心。接着他伸出胳膊，让人解开并换上王室的护臂；让人帮他换一张弓，并拿来备用品。有个畏畏缩缩的仆人递来一条毛巾，让他擦擦额头，等国王随手扔掉之后，再把它捡起来；有时候，碰到一两箭没有射中，英格兰国王就会气恼地弹弹手指，要上帝改变风向。

国王大声说，"我从各方面听到的建议都是，我应该认为，我的婚姻在信奉基督教的欧洲人心中已经被解除，我只要愿意就可以再娶。而且是马上。"

他没有大声回应。

"可其他人说……"一阵微风拂过，他的话被吹走，飘向了欧洲。

"我是其他人之一。"

"老天啊，"亨利说，"我都要崩溃了。你以为我的耐心能维持多久？"

他犹豫着，不知道该不该说您还在跟您妻子一起生活。你们在同一个屋檐下，在同一座王宫里，不管你们一起搬到哪儿，她总是住在王后那边，您总是在国王这边；您跟红衣主教说她是您嫂嫂而不是您妻子，但如果您今天射得不好，如果风向对您不利或者您发现泪水突然模糊了双眼，您却只能告诉凯瑟琳嫂嫂；您根本不能对安妮·博林承认您的弱点或失败。

亨利练习的时候，他在一旁观看。在亨利的邀请之下，他拿起一张弓，那些穿着金黄或紫红色丝绸衣服、三三两两地站在草地上或者靠在树上的侍从们不禁有些诧异。亨利虽然射得很准，他的动作却不像天生的弓箭手；天生的弓箭手将全身的力量都凝注在弓上。拿他跟理查德·威廉斯——也就是现在的理查德·克伦威尔——比一比。他的祖父艾普埃文是一位弓箭大师。他从没见过他，但他能肯定他的肌肉就像麻绳一般，而且从脚底往上的每一块肌肉都被调动起来。观察国王时，他很高兴他的曾祖父不是传说中的弓箭手伯雷波恩，而是约克公爵理查德。他祖父是王室成员；他母亲也是王室成员；射箭时他像一位业余爱好者，可他是地地道道的国王。

国王说，你的手臂不错，眼神也不错。他不屑地说，哦，这么短的距离。他说，我们家每个星期天都有一场比赛。我们去保罗教堂听布道，接着去穆尔菲尔兹,跟同业工会的其他会员碰面,并将那些肉贩和食品杂货商一一打败,然后我们共进晚餐。我们跟葡萄酒商总是互相较劲……

亨利转向他,不假思索地说:我哪一周跟你一块儿去怎么样?我乔装打扮一下?老百姓会喜欢的,是不是?我可以帮你射箭。国王有时该展现一下自己,你看对吗?一定很有趣,是吧?

不是太有趣,他想。他不敢百分之百地肯定,但是觉得亨利的眼中有了泪光。"我们肯定会赢的,"他说。这种话你会对小孩子说。"葡萄酒商们会气得像熊一样大吼。"

天下起了小雨,他们走到一片树丛中躲雨,一簇树叶遮住了国王的面孔。他说,安安威胁说要离开我。她说世界上有的是男人,她是在浪费自己的青春。

1530年10月的最后一周,诺福克大为惶恐:"听着。就是这个家伙,"他的大拇指朝布兰顿——他回到了宫廷,当然又回来了——粗暴地一指,"几年前,就是这个家伙,在竞技场上突然冲向国王,差点儿要了他的命。亨利没有把面甲放下来,只有上帝才知道是为什么——但这种事情时有发生。这位大人举起长矛——'当啷'一声——刺向国王的头盔,长矛顿时折断——离他的眼睛只有一英寸,一英寸。"

由于演示时用力过猛,诺福克弄痛了自己的右手。他蹙着眉头,但仍然气愤而急切地继续说着。"一年后的一天,亨利跟在自己的猎鹰后面——那儿是那种被凿了沟渠的乡村,看上去很平坦,其实不然,你也知道——来到一条沟边,他撑着一根杆子想借力一跃而过,可那要命的工具却断了,真是该死,于是陛下一头栽进一英尺深的泥水中,要不是有个仆人把他扒了出来,哎呀,先生们,我真是心有余悸。"

他想,这样就解答了一个问题。一旦遇到危险,你可以把他搀起来,或者捞出来。怎么样都行。

"万一他死了呢?"诺福克问。"万一一场发烧要了他的性命,或是他从马上摔下来折断了脖子呢？后面怎么办？他的私生子里士满？我对他并不反感，他是个好孩子，安妮也说我应该把我的女儿玛丽嫁给他，安妮可不是傻瓜，她说，我们要到处都安排上霍华德家的人，让国王随时都能看到。我对里士满没有意见，只是有一点，他是非婚生子。他能治国吗？问问你们自己吧。都铎家族是怎么登上王位的？是世袭的吗？不是。是凭武力？的确如此。承蒙天恩，他们打赢了。老国王的拳头你在常人中难得一见，他什么时候会捧着大本子，把心中的不满写在里面，然后宽大为怀？从来没有过。这才是治国之道，先生们。"他转向他的听众，转向等在一边旁观的顾问和宫廷以及寝宫侍从；转向亨利·诺里斯，转向他的朋友威廉·布莱里顿，转向国务大臣加迪纳；偶尔也看看托马斯·克伦威尔，他越来越频繁地出现在他不该出现的地方。他说，"老国王有子嗣，而且在上天的保佑下有了儿子。但亚瑟去世的时候，整个欧洲都磨刀霍霍，他们想瓜分这个国家。现在的亨利当时还是个孩子，只有九岁。要不是老国王艰难地多活了几年，战火肯定重新燃烧了起来。一个孩子是守不住英格兰的。何况是个私生子？上帝给我力量吧！而且又到了十一月！"

公爵的话几乎无可指摘。他完全理解；就连从公爵心中发出的最后那声呐喊也能理解。又到了十一月，自从霍华德和布兰顿闯进约克宫，解除红衣主教的一系列职务，并将他从自己家里撵出去，已经一年过去了。

片刻的沉默。接着有人咳了一声，又有人叹了口气。还有人——可能是亨利·诺里斯——笑了起来。他开口说话了。"国王有一个婚内所生的孩子。"

诺福克转向他。他的脸色变了，涨成了深紫色。"玛丽吗？"他说，"那个叽叽喳喳的小不点儿？"

"她会长大的。"

"我们都在等，"萨福克说，"她现在已经十四岁了，对吧？"

"可是，"诺福克说，"她那张脸只有我的指甲盖大。"公爵向在场的人展示他的手指。"女人坐上英格兰王位,这违背天理。"

"她的外祖母就曾经是卡斯提尔①女王。"

"她带领不了军队。"

"伊莎贝拉带领过。"

公爵说,"克伦威尔,你怎么在这儿?听贵族们谈话吗?"

"大人,您大声喊叫的时候,街上的乞丐都能听见。在加来的乞丐。"

加迪纳转向他;他有了兴趣。"那么,你认为玛丽能够治国?"

他耸了耸肩。"这取决于谁辅佐她。取决于谁娶了她。"

诺福克说,"我们必须尽快采取措施。凯瑟琳找了欧洲一半的律师帮她收集文件。这种教规。那种教规。据说西班牙还有一种他妈的措辞不同的教规。不过没关系。这已经不是文件所能解决的问题。"

"为什么?"萨福克说,"你外甥女怀孕了不成?"

"没有!真是遗憾。如果她怀孕了,他就不得不有所行动了。"

"什么行动?"萨福克说。

"不知道。授权自己离婚?"

有人换了一个站姿,有人在嘀咕,有人在叹气。有人望着公爵;有人看着自己的鞋尖。房间里所有的人都希望亨利能够得偿心愿。他们的生活和命运都有赖于此。他看到了前方的路:平坦的地面上,一条弯弯曲曲的小路,远处似乎一望无际,现在的都铎身上脸上糊着不少泥浆,喘息着被人拖到新鲜的空气里。他说,"那个把国王从沟里拉出来的勇敢的人,他叫什么名字?"

诺福克淡淡地说,"克伦威尔先生喜欢听那些出身卑微的人的事迹。"

他以为不会有人知道。但诺里斯说,"我知道。他叫埃德蒙·

---

① 古代西班牙北部一王国。

摩蒂。"

更像是马蒂①,萨福克说。他说话的声音很大,笑得也很响。他们都愣愣地望着他。

万灵节②到了:正如诺福克所说,又到了十一月。爱丽丝和乔来找他谈话。她们用一根粉红色丝带牵着贝拉——现在的贝拉。他抬起头:我能为两位女士效劳吗?

爱丽丝说,"先生,您的妻子,我的伊丽莎白舅妈,去世已经两年多了。您能写信给红衣主教,要他请求教皇让她脱离炼狱吗?"

他说,"那你姨妈凯特呢?还有你的小表妹们,我那几个女儿呢?"

两个孩子交换了一下眼神。"我们觉得她们在那儿的时间还不是太长。安妮·克伦威尔对自己的算术很骄傲,而且吹嘘说她在学希腊语。格蕾丝为自己的头发很得意,还总是说她有翅膀,这是撒谎。我们觉得她们也许该多受一点苦。但红衣主教也可以试一试。"

不是请求,不是寻找,他心里想。

爱丽丝用鼓励的语气说,"您为红衣主教的事情一直那么上心,他不会拒绝的。虽然他在国王那儿不再受宠了,但在教皇那儿肯定还是受宠的吧?"

乔说,"我猜红衣主教每天都给教皇写信。虽然我不知道他的信是由谁来缝。我猜红衣主教可能会因为他这么劳累而送他一个礼物。我是说,送他一笔钱。我们的茉茜外婆说,教皇不管干什么都是用钱的方式。"

"跟我来,"他说。她们相互对视了一眼。他推着她们往前走。贝拉的小腿跑得很快。乔放下牵狗绳,但贝拉仍然跑在后面。

茉茜和大乔安坐在一起。两人的沉默让人不大自在。茉茜在看书,一

---

① 原文 Muddy,也有"泥泞的"、"沾有泥浆的"之意。
② 万灵节:又称追思节。天主教会规定在11月2日这一天专门为炼狱中的灵魂祈祷。

边默默地念着。乔安愣愣地望着墙壁，针线活儿放在腿上。茉茜在页码上做出记号。"这是怎么了？来了一个外交使团？"

"告诉她，"他说，"乔，告诉你妈妈你们刚才跟我说什么来着。"

乔哭了起来。爱丽丝开了口，把事情讲了一遍。"我们希望丽兹舅妈能脱离炼狱。"

"你在教她们一些什么？"他问。

乔安耸了耸肩。"很多大人都相信他们所相信的东西。"

"亲爱的上帝，这个家里都发生什么了？这些孩子以为教皇能拿着一串钥匙去阴间。而理查德却拒领圣餐——"

"什么？"乔安张口结舌。"他干了什么？"

茉茜说，"理查德没有错。当万能的主说，这是我的身体，他的意思是，这代表着我的身体。他没有许可神父变成魔法师。"

"但他说的是，这是。他没有说，这像我的身体，他说的是，这是。上帝还能撒谎吗？不会。他不会这样。"

"上帝无所不能，"爱丽丝说。

乔安瞪了她一眼。"你这小妖精。"

"如果我妈妈在这儿，听到这话她一定会扇你两巴掌。"

"别吵了，"他说，"行吗？"奥斯丁弗莱就像一个小小的世界。近几年来，它与其说是一个家庭，不如说像一个战场；或者说像一个帐篷营地，幸存者们绝望地看着自己的残肢断臂，感受着渐渐无着的期望。但是，这支心变硬了的残兵，需要他来率领；如果不想在下一次战斗中一败涂地，他就必须教会他们一种防御性战术——信仰和善行，教皇和新的教友，凯瑟琳和安妮，要两边兼顾。他看看茉茜，她正在得意地笑。他看看乔安，她的脸涨得通红。他的视线避开乔安，也避开自己心中与神学不太相干的念头。他对孩子们说，"你们没有做错任何事情。"但她们一脸的难过，于是他哄着她们说："我要给你一个礼物，乔，因为我给红衣主教的信都是你在缝；我也要给你一个礼物，爱丽丝，我相信我们不需要理由。我要送小长尾猴给你。"

她们你看看我,我看看你。乔动心了。"您知道能在哪儿弄到它们吗?"

"我想是的。我去过大法官的家,他妻子有一只这样的猴子,就坐在她的腿上,她说什么它都听。"

爱丽丝说,"它们现在不时髦了。"

"可我们还是谢谢您,"茉茜说。

"可我们还是谢谢您,"爱丽丝重复道,"但自从安妮小姐来了之后,宫廷里就看不到小长尾猴了。为了时髦,我们想要贝拉的小宝宝。"

"那就等等,"他说,"也许会有的。"房间里满是压抑的情绪,有些他无法理解。他抱起他的狗,夹在胳膊下,去看看怎样再给那位乔治·罗奇福德哥哥弄些钱。他让贝拉坐在书桌上,趴在他的文件堆里打个盹。它一直在吮吸丝带的一端,想不经意地解开系在它脖子上的绳结。

1530 年 11 月 1 日,年轻的诺森伯兰伯爵哈利·珀西奉命去逮捕红衣主教。伯爵抵达考伍德来逮捕他时,距离他计划去约克即位只剩下四十八小时。他被押往庞蒂弗拉克特城堡,从那里又到唐卡斯特,再到什鲁斯伯里伯爵的家谢菲尔德庄园。在塔尔波特的府里,他病倒了。11 月 26 日,伦敦塔长官带着二十四名武装士兵来押送他南下。他从那里到了莱斯特修道院。三天后他离开人世。

在沃尔西之前,英格兰是个什么模样呢?一个贫穷寒冷的近海小岛。

乔治·卡文迪什来到了奥斯丁弗莱。他边哭边说。有时他擦干眼泪,说教一番。不过多数时候他都在哭。"我们连晚饭都没有吃完,"他说,"大人还在吃甜点时,年轻的哈利·珀西走了进来。他身上溅有路途的泥浆,手里拿着钥匙。他已经从门房那儿没收了钥匙,还在楼梯上布置了哨兵。大人站起身,说,哈利,早知道的话,我就会等你一起用餐了。恐怕我们差不多把鱼吃完了。我要不要祈祷发生奇迹?

"我小声跟他说,大人,不要亵渎上帝。然后亨利·珀西走上前来:大人,我以叛国罪逮捕你。"

卡文迪什顿了顿。等着他火冒三丈吗?但是他绞着手指,仿佛在祷告一般。他想,这是安妮策划的,肯定让她暗暗地狂喜;这是迟来的报复,为她自己,也为她那位曾经被红衣主教所训斥并收拾东西离开宫廷的旧情人。他说,"他看上去怎么样?哈利·珀西?"

"他从头到脚都在发抖。"

"那大人呢?"

"要求看他的逮捕证和授权令。珀西说,我这授权令中有些条款你不能看。那么,大人说,你如果不出示这个,我就不会束手就擒,这样可就难办了,哈利。走吧,乔治,大人对我说,我们去我的房间商量一下。伯爵的人紧紧地跟在他后面,因此我站在门口,挡住了他们。红衣主教大人进了自己的卧室,控制住自己,然后转过身来说,卡文迪什,看着我的脸。活着的人我谁都不怕。"

他,克伦威尔,走到了一旁,不去看对方痛苦的模样。他望着墙壁,望着上面的墙板,望着他新装的布轴式墙板,并伸出食指抚摸那些沟槽。"他们把他从房子里带出去时,小城的人都聚集在外面。他们跪在路边,失声痛哭。他们请求上帝让哈利·珀西不得好报。"

不用劳驾上帝了,他想:我会接手这件事的。

"我们骑马南下。天色越来越暗。我们到达唐卡斯特时已经很晚了。城里的人密密麻麻地站在街上,每人手里举着一根蜡烛来照明。我们以为他们会散去,但他们在路上站了一通宵。他们的蜡烛慢慢地烧完了。天也差不多亮了。"

"他一定很受鼓舞。看到那么多人。"

"是的,但到那个时候——我刚才没有说,我该早点儿告诉你的——

他已经一星期没有吃东西了。"

"为什么?他为什么要那样?"

"有人说他是想自我了结。我无法相信,一位基督徒……我找看守帮他要了一盘梨子,加香料烤过的——我没有做错吧?"

"他吃了吗?"

"吃了一点儿。但是接着,他就用手捂着胸口。他说,我胸口里有个冷冰冰的东西,又冷又硬,像磨刀石一样。事情就是那样开始的。"卡文迪什站起身。他也在房里走动起来。"我请来了药剂师。他配了一种药粉,我让他倒进三个杯子里。我喝了一杯。药剂师自己也喝了一杯。克伦威尔先生,当时我谁也不相信。大人喝下药,疼痛马上就缓解了,他说,你瞧,就像风一样来去无踪,我们都笑了,我想,他明天就会好起来的。"

"接着金斯顿就来了。"

"是的。我们怎么能告诉大人,说伦敦塔长官是来这儿抓您的?大人坐在一只行李箱上。他说,威廉·金斯顿?威廉·金斯顿?他不停地重复着他的名字。"

而与此同时,他胸中有一块石头,一块磨刀石,一根磨刀的钢棒,他心里有一把越磨越尖的刀。

"我跟他说,要乐观一些,大人。您会到国王面前,洗清自己的名誉。金斯顿也这么说,可大人说,你们在把我带进一个傻子的天堂。我知道等待我的是什么,我知道会是什么下场。那个晚上我们彻夜未眠。大人开始便血,黑色的血。第二天早晨他非常虚弱,甚至站不起来,所以我们无法骑马了。但后来还是骑了。就这样我们到了莱斯特。"

"白天很短,光线也不好。星期一早上八点时,他醒了。当时,我正给他送了几支点燃的蜡烛进来,把它们搁在橱柜上。他说,那墙上跳来跳去的是谁的影子?他大声叫着你的名字。上帝宽恕我吧,我说你已经在路上了。他说,路途很险。我说,您了解克伦威尔,魔鬼都拦不住他——既然他说上路了,就一定会来这儿的。"

"乔治,长话短说吧,我听不下去了。"

但乔治一肚子的话非说不可:第二天早晨四点,我们做了一碗鸡汤,但是他不肯吃。今天不是该吃素么?他让人把鸡汤拿走。到那时他已经病了八天了,不停地拉肚子,便血,很痛苦。他说,相信我,只有一死才能解脱。

大人遇到困难时,总是会有办法;凭着他的机智和精明,他总是会有办法,会有出路。是有人下毒吗?如果是的话,也是他自己所为。

第二天早晨八点,他咽下了最后一口气。在他的床边,念珠哒哒轻响,马厩里的马儿在不安地跺脚,而房子的外面,冬天的月亮淡淡地照在伦敦的街上。

"他是一觉睡过去的吗?"他希望他少受些痛苦。乔治说,不是,他到最后一刻还在说话。"他又提到我了吗?"

提到了吗?有没有留下什么话?

乔治说,我帮他净了身,准备好入殓。"在他那件很好的亚麻布衬衫里,我找到一个用毛发编成的带子……很抱歉告诉你这个,我知道你不喜欢这些做法,但事情就是这样。我想,他是在里士满跟那些僧侣交往之后才这么做的。"

"后来怎么样了?那根带子?"

"莱斯特的僧侣们把它保存起来了。"

"天哪!他们会用它牟利的。"

"你知道吗?他们能拿出的只是一口非常简陋的薄棺?"直到说到这里,乔治·卡文迪什才终于控制不住;直到这一刻,他才骂出声来,一边说,老天啊,我都听见了他们叮叮咣咣做棺材的声音。一想到佛罗伦萨的雕刻家和他的坟墓,想到那黑色的大理石,青铜,他头顶和脚边的天使……不过我让人帮他穿上了大主教的法袍,并打开他的手指,把权杖放进他手里,仿佛我觉得可以看到他在约克即位时手持权杖的样子。离即位只剩两天了。我们的行李已经收拾完毕,做好了上路的准备;可哈利·珀西却闯了进来。

"你知道,乔治,"他说,"我恳求过他,要他满足于从残局中挽回的局面,到约克去,庆幸自己还活着……如果就这样下去,他会再活上十年,我知道他会的。"

"我们派人去请来了市长和所有的市府官员,让他们亲眼看到他入殓,以避免再出现一些无稽之谈,说他还活着并逃到了法国等等。有人还说起了他卑微的出身,老天,我多么希望你当时在场——"

"我也希望如此。"

"因为克伦威尔先生,当着你的面他们从来没有这样,也不敢这样。天黑了之后,我们就开始守灵,他的棺材周围点满了小蜡烛,直到凌晨四点,你知道,这是祷告时间。接着我们听了弥撒。六点钟时我们把他抬到了教堂地下室。把他留在了那儿。"

早上六点,一个星期三,使徒圣安德鲁的纪念日。我,一位普普通通的红衣主教。把他留在那里,然后南下,在汉普顿宫找到国王。国王对乔治说,"就算给我两万英镑,我也不愿意红衣主教死去。"

"听着,卡文迪什,"他说,"如果有人问你,红衣主教在最后的日子里说了些什么,你什么也别说。"

乔治扬起眉毛。"我已经这样做了。什么也没说。国王问过我。还有诺福克大人。"

"对诺福克你不管说什么,他都会编造成叛国罪。"

"不过,由于他是财政大臣,他把拖欠的薪水付给我了。已经欠三个季度了。"

"你的薪水是多少,乔治?"

"一年十镑。"

"你该来找我的。"

这就是事实。这就是数字。如果死神明天在国王的寝宫现身,为两万英镑而制造一项拉撒路①的奇迹,把一个死人直接从坟墓中,从教堂的地下室里送回来——亨利·都铎就不得不凑齐这笔钱了。诺福克是财政大臣?很好;谁有这个头衔,谁掌握着开启那些空箱子的叮当作响的钥匙,这并不重要。

"你知道吗,"他说,"红衣主教以前常常问我,托马斯,你想要什么样的新年礼物,如果他现在还这样问,我就会说,我想看看这个国家的账目。"

卡文迪什犹豫着;他张开口,但欲言又止;可接着还是开口了。"国王跟我说了一些话。在汉普顿宫的时候。'三个人也能守口如瓶,如果两个人已经不在。'"

"这是一句谚语,我想。"

"他说,'如果我觉得我的帽子了解了我的秘密,我会把它扔进火里。'"

"我想这也是一句谚语。"

"他的意思是说,他现在不会再找任何人当顾问:不管是诺福克大人,还是史蒂芬·加迪纳,还是任何别的人,任何很接近他的人,像红衣主教那样接近他的人。"

他点点头。这好像是合理的解释。

卡文迪什一脸病容。是过于劳累所致,因为那漫长的不眠之夜,因为在棺材边守灵。他担心着红衣主教路途中的各种费用,他去世的时候没有拿到那些钱。他还担心怎样把自己的东西从约克运回家;诺福克好像答应给他派一辆马车,并给他一笔交通补贴。他,克伦威尔,一边谈着这些,一边想到了国王,他避开乔治的视线,将手指逐一弯起,紧紧地握进手掌里。玛丽·博林曾经在他的手掌上画过一种形状;他想,亨利,你的心握在我的手里。

---

① 《圣经》人物,源自《圣经》中耶稣让已死去的拉撒路复活的故事。

卡文迪什走后，他来到自己那个秘密的抽屉旁，拿出红衣主教在启程北上的那天交给他的小包。他解开系着小包的细线。线缠住了，打了结，他耐心地解着；没等他想到是怎么回事，那枚绿松石戒指就突然滚进他的手掌，冷冰冰的，仿佛刚从坟墓里挖出来。他想象着红衣主教那双白皙、没有疤痕、手指修长的手，多年以来一直稳稳地驾驭着国家的航船；不过戒指很适合他，就像是为他定做的一般。

红衣主教的红色衣袍现在空空的，叠放在一旁。它们不能被浪费，而会被重新剪裁，做成其他的衣物。谁知道若干年后它们会在何处？你的眼睛会注意到一个红色的坐垫，或者是一条横幅、一面旗帜上的一团红布。你会在一个男人的衣袖内侧或者一个妓女掀动的衬裙上瞥见它们。

如果是另一个人，肯定会去莱斯特，去看看他的辞世之地并跟修道院院长谈一谈。如果是另一个人，肯定会难以想象那一切，但对他并不难。地毯底子的红色，知更鸟胸脯或苍头燕雀的红色，水漆封印或玫瑰花蕊的红色：扎根在他的视野内，封存在他的内眼里，映照在红宝石的亮光和鲜血的红色中，红衣主教依然活着，还在说话。看着我的脸：活着的人我谁都不怕。

在汉普顿宫的大厅里，正在表演一场幕间剧：剧名为《红衣主教下地狱》。这使他想起了去年，想起了格雷会堂。在国王宫里的官员监视下，木匠们正在拼命干活，想获得一些奖赏，他们搭起一些架子，在上面蒙上绘有折磨场面的画布。在大厅的后部，幕帘被全部拉上，上面饰有熊熊的烈火。

剧情是这样的：一个穿着红衣的大胖子仰卧在地，大呼小叫地被装扮成魔鬼的演员们拖了出来。共有四个魔鬼，分别拖着死者的一条胳膊或腿。魔鬼们戴着面具。他们拿着叉子时不时地戳戳红衣主教，让他不停地扭动，打滚，求饶。他曾经希望红衣主教死去时没有痛苦，但卡文迪什说不是这样。他死的时候很清醒，还在谈论着国王。他睡觉时突然醒了过来，说，那墙上是谁的影子？

诺福克公爵在大厅里踱着步子，开怀大笑，"真是精彩，对吧？太精彩了，应该写成书！看在弥撒的份上，我就该干这个！我要找人把它写下来，这样我就可以把它带回家，等圣诞节的时候，我们可以再演一遍。"

安妮坐在那里大笑着，指点着，不停地鼓掌。他以前从未见过她这样：满脸兴奋，光彩照人。亨利僵硬地坐在她旁边。有时他也笑一笑，不过他觉得如果你能靠近一些，就会发现他眼中的恐惧。红衣主教在地上翻来滚去，用脚踢那些魔鬼，但他们穿着黑色的羊毛服装，不停地折磨他，口里叫着，"走吧，沃尔西，我们得带你去地狱，因为我们的主子别西卜[①]在等着你共进晚餐。"

那座红色的小山突然抬起头，问道，"他拿什么酒招待我？"他几乎不由自主地笑出声来。"我可不喝英国酒，"死者说，"也决不喝诺福克大人家的那种猫尿。"

安妮欢叫着，指点着；她指着她舅舅；坐席旁的人们笑着，喊着，胖主教哀嚎着，喧闹声与壁炉里升起的烟一起直冲屋顶。不会的，他们向他保证，魔王是法国人，于是又响起一片嘘声、口哨声，还有歌声。魔鬼们用套索套住了红衣主教的脑袋。他们拉得他站了起来，可他还在反抗。那拳打脚踢可不是做做样子，他听见了他们狠揍一记后的呻吟。但刽子手有四个，面对的只是一个囊中空空的红色大袋子，大袋子喘不过气来，伸手乱抓；所有的人都在喊着，"让他下去！让他活着下地狱！"

演员们松开了自己的手；他们跳开几步，让他摔倒在地。当他喘息着在地上打滚时，他们把叉子戳在他身上，并搅出一截截红色的羊毛肠子。

红衣主教破口大骂。他放着响屁，大厅四角的烟花也燃了起来。透过眼角的余光，他瞥见有个女人手捂着嘴跑开了；但诺福克舅舅在走来走去，一边指指点点："瞧啊，他的肠子都出来了，是刽子手们掏出来的！

[①] 指魔王。

哎呀，为了看这个，要我掏钱我都愿意！"

有人叫道，"羞不羞耻呀，托马斯·霍华德，为了看到沃尔西倒台，你都可以出卖自己的灵魂。"人们转过头来，他也转过头来，但没有人知道说话的是谁；不过他觉得也许是——可不可能是——托马斯·怀亚特？魔鬼们拍掉身上的尘土，渐渐缓过气来。随着一声"预备——起！"，他们猛扑过去；红衣主教被拖进了地狱，那地狱似乎位于大厅后部的幕帘背后。

他跟着他们来到幕帘后面。小侍从们拿着给演员们的亚麻毛巾跑了出来，但骤然冲进来的魔鬼们将他们撞到了一旁。起码有一个孩子的眼睛被胳膊肘撞了一下，一盆热气腾腾的水便失手打翻在脚上。他看着魔鬼们拉下面具，骂骂咧咧地扔到一个角落里；他看着他们用力脱掉针织的魔鬼衫。他们转身面对面地站着，大笑着帮对方把衣服从头顶拉下来。"这就像内萨斯[①]的衣衫，"乔治·博林在诺里斯帮他挣脱衣服时说。

乔治甩甩头，让发型保持原来的式样。他白皙的皮肤因为接触粗羊毛而有些发红。乔治和亨利·诺里斯是负责拖手的魔鬼，刚才拽着红衣主教的上肢。负责拖脚的两个魔鬼还在吃力地帮对方脱掉服装。一个是叫弗朗西斯·韦斯顿的小伙子，另一个是威廉·布莱里顿，他和诺里斯一样年龄已经不小，不该做出这种事。他们一门心思在自己身上——又骂又笑，一边叫人拿干净毛巾——完全没有注意到有人在观察他们，不过话说回来，他们也毫不在意。他们把水溅在自己或对方的身上，用毛巾擦掉汗水，从侍从的手里接过衬衫，套在自己的头上。他们甚至没有脱下分趾蹄，就大摇大摆地上台谢幕。

在他们腾出的场地的中央，红衣主教一动不动地躺在那儿，幕帘将他与大厅隔了开来；也许他睡着了。

[①] 希腊神话中被大力神杀死的半人半马怪物，可是他的血浸湿了大力神的外衣，将大力神烧死。

他走到那红色的小山旁,停下脚步,低头看去。他等待着。演员睁开了一只眼。"这肯定是地狱,"他说,"这肯定是地狱,既然意大利人在这儿。"

死者扯掉面具。是塞克斯顿,那个弄臣:帕奇先生。一年前,当他们要他离开他的主人时,帕奇先生哭闹得多么厉害啊。

帕奇伸出一只手,想让他帮忙站起来,可是他没有理会。这家伙骂骂咧咧地自己爬了起来。他开始脱那身红色的服装,用手又拉又扯的。他,克伦威尔,站在一旁,抱着双臂,写字的手攥成了一只看不见的拳头。弄臣扔掉垫在衣服里面的一团团羊毛。他身上瘦骨嶙峋,胸口长了一层硬毛。他说:"你到我的国家来干什么,意大利人?你干吗不呆在自己的国家里,啊?"

塞克斯顿是个弄臣,但他的脑袋不是一团浆糊。他很清楚他不是意大利人。

"你应该呆在那边,"帕奇用他自己的伦敦口音说。"现在应该有了你们自己的筑有城墙的城镇。有了大教堂。晚餐后吃你们自己的红衣主教形小糖人。这样过它一两年,对吧,直到一头更大的牲口过来,把你们从食槽旁赶走?"

他捡起帕奇扔掉的服装。上面的红色很鲜艳,是一种廉价的、易褪色的巴西苏木染的红色,散发着一股怪异的汗味。"你怎么能扮演这种角色?"

"只要有人给钱,我什么角色都演。你呢?"他大笑起来:那刺耳的笑声就像是疯子的狂笑。"难怪你最近总是愤愤的。没有人付钱给你了,对吧?克伦穆尔先生,退休的雇佣兵。"

"还没有完全退休。我可以修理你。"

"用你那把别在腰里的匕首,你那腰现在已经不是腰了。"帕奇跳开了,欢欣雀跃。他,克伦威尔,斜靠在墙上,看着他。他听见有个孩子在哭泣,但是没看见人在哪儿;也许就是那个眼睛被撞的小男孩,因为摔了盆子而再次挨打,也可能就是因为哭而挨打。童年就是这样;你受了惩罚,接着因为抗议而进一步受罚。于是,你就学会不去抱怨;这是来之不易的教训,但你会永远铭记。

帕奇正摆出各种姿势,还打着下流的手势;像是在为将来的某场表演做准备。他说,"我知道你是从哪条阴沟里生出来的,汤姆,那条沟离我的不远。"他转向大厅,在被幕帘隔开的看不见的那一边,国王大概在继续他快乐的一天。帕奇叉开两腿,伸出舌头。"弄臣在心里说,根本就没有什么教皇。"他转过头来;咧嘴一笑。"十年后回到这儿,克伦威尔先生,到那时再告诉我谁是弄臣。"

"你嘲弄我没有用,帕奇。白白地浪费了你肚子里那点货。"

"弄臣可以口无遮拦。"

"在我的地盘上行不通。"

"你的地盘在哪儿?就连你在其中的水坑里受洗礼的后院都不是。十年后的今天,到这儿来见我,如果你还活着的话。"

"如果我死了,你会吓一跳的。"

"因为我会站得一动不动,让你把我打倒。"

"我现在就可以把你的脑袋在墙上撞开花。他们不会想念你的。"

"没错,"塞克斯顿先生说,"等到早上,他们就会把我拖出去,扔到垃圾堆里。一个弄臣算什么?这种人在英格兰满处都是。"

让他意外的是,天还有一点蒙蒙亮;他原以为已经是深夜。沃尔西仍然在这些宫里留连;它们都是他负责建造起来的。走过每一个拐角,你都以为会见到大人——手里拿着一卷设计图纸,因为那六十块土耳其地毯而欣喜,希望将威尼斯最好的制镜师留下来款待一番——"听着,托马斯,在你的信里加上几句威尼斯人常说的好听的话,用当地的方言,并且尽量用最委婉的方式,很隐晦地暗示他们,我会付最高的价钱。"

于是他会加上几句,说英格兰人对外国人都很欢迎,说英格兰的气候很宜人。金色的鸟儿在金色的枝头鸣唱,穿金戴银的国王坐在一座钱山上,唱着自己谱写的歌曲。

他回到奥斯丁弗莱的家时,走进了一个觉得陌生、空旷的地方。他从汉普顿宫回来花了几个小时,现在已经很晚了。他望着墙上红衣主教的纹章熠熠闪烁的地方:根据他的要求,那红色的帽子已经被重新描绘。"你们现在可以把它们涂掉了,"他说。

"那在上面画什么呢,先生?"

"让它空着吧。"

"可不可以画一幅漂亮的寓言画?"

"当然。"他转身走开了。"留一块空处吧。"

3. 死者抱怨自己的葬礼

1530 年圣诞节期

半夜之后有人敲门。他的门卫叫醒了府里的人，他下了楼——满脸的凶相，但身上的衣服不管怎么说都还算整齐——发现乔安穿着睡袍，披着头发，口里问着，"这是怎么回事？"理查德、雷夫以及家里其他的男人把她领到一旁；在奥斯丁弗莱的大厅里，站着国王寝宫的威廉·布莱里顿，他还带了一队武装卫士。他们是来逮捕我的，他想。他走到布莱里顿面前。"圣诞快乐，威廉？你是起得太早了，还是睡得太晚了？"

爱丽丝和乔也下来了。他想起丽兹去世的那个晚上，他的女儿们穿着睡裙，孤苦而迷茫地站在那儿等他回家。乔哭了起来。茉茜走过来把姑娘们带走了。格利高里也下来了，一身出门的穿戴。"我在这儿，如果你们要带我走的话，"他怯怯地说。

"国王在格林威治，"布莱里顿说，"他现在要见你。"他用很普通的方式显示出他的急躁：一边在手掌上拍着手套，一边踏着脚。

"回去睡觉吧，"他对家里人说，"国王不会把我传到格林威治再逮捕我；程序不是这样的。"不过他也不清楚是怎样的程序；他转向布莱里顿。"他找我去干什么？"

布莱里顿的目光四下打量着，想看看这些人怎么生活。

"我实在是无法奉告。"

他看看理查德，发现他恨不得给这位小贵族甩上一嘴巴。我以前也曾经这样,他想。但是现在,我就像五月的早晨一样温和。他们——理查德,雷夫,他自己,他儿子——走进夜色和刺骨的寒气中。

一群人举着火把等在那里。有艘船停在最近的登陆跳板旁。这里离普拉森舍宫那么远,泰晤士河上那么黑,他们犹如在冥河①中划行。孩子们坐在他的对面,他们缩着身子,一声不吭,看上去像是他的一群亲戚;不过雷夫当然不是他的亲戚。我有点儿像克兰默博士了,他想: 林肯郡的塔姆沃思家是我的亲戚,还有克利夫顿的克利夫顿家,以及莫利纳家,你肯定听说过他们,对吧?他抬头望着星星,但它们似乎暗淡而遥远;他想,它们可能也的确如此。

所以,他该怎么办呢?该不该试着跟布莱里顿聊一聊?他家的土地在斯塔福德郡和柴郡,在威尔士边境。兰德尔爵士今年去世了,他儿子可以继承一大笔财产,王室津贴至少每年一千英镑,还有来自当地修道院的大约三百英镑……他心里暗暗地计算着。要到合适的时候才能继承;要到他这个年龄,或者差不多这个年龄。布莱里顿家的人喜欢无事生非,让人不得安宁,他父亲沃尔特肯定跟他们合得来。他想起星室法庭②审理过的一桩针对他们的诉讼,应该是十五年前的事了……这似乎不好作为聊天的话题。布莱里顿好像也不愿聊天。

旅行终有结束时;止于某个码头,某个迷雾蒙蒙的停泊处,已经有火把等在那儿。他们要马上去见国王,要去深宫,去他的私室。哈利·诺里斯在等他们;除了他还会有谁?"他现在怎么样?"布莱里顿说。诺里斯翻了翻眼睛。

"哦,克伦威尔先生,"他说,"我们总是在最奇怪的场合碰面。他们都是你的儿子吗?"他笑了笑,环顾了一下他们的面孔。"不,显然不是。除非他们有不同的母亲。"

---

① 希腊神话中环绕着地狱的河流。
② 15世纪晚期发展起来的一个英国民事和刑事审判法庭,专门审判影响到王室利益的案件,以专断暴虐的审判而出名,于1641年被废除。

他介绍他们的名字:雷夫·赛德勒先生,理查德·克伦威尔先生,格利高里·克伦威尔先生。看到他儿子脸上闪过一丝惊异,他解释道:"这是我外甥。这才是我儿子。"

"你一个人进去,"诺里斯说,"走吧,他在等着。"他回头说道,"国王担心自己会感冒,你去找一下那件黄褐色睡袍,那件带貂皮的,好吗?"

布莱里顿咕哝着答应了一声。翻找裘皮衣服,倒霉的活儿,而如果是在切斯特,你可以绕着城墙敲响大鼓,叫醒所有的老百姓。

这是一间宽敞的卧房,里面有一张高架雕花床;他的眼睛朝那边看去。在烛光下,床帷是墨黑色的。床是空的。亨利坐在一把天鹅绒凳子上。他好像是独自一人,但房间里有一股干爽的香味,一种肉桂皮的暖气,他不禁觉得红衣主教肯定在阴暗处,拿着一个去掉果肉、装满香料的橘子,当他与许多人在一起时,他总是拿着这个。很显然,逝去的人总是想避开生者的气息;不过,在房间的另一头,他看到的却不是红衣主教模糊的身影,而是一个苍白、飘忽的椭圆形,那是托马斯·克兰默的脸。

他一进门,国王就朝他转过头来。"克伦威尔,我做了一个梦,梦见我的亡兄来看我。"

他没有答话。怎样回答才算妥当呢?他看着国王,丝毫也不觉得好笑。国王说,"在圣诞节到主显节之间的十二天里,上帝允许死者走动。这是众所周知的。"

他轻声说,"他看上去怎么样,您的哥哥?"

"他还是我印象中的样子……不过很苍白,很消瘦。他的周围有一种白火,一种亮光。不过你知道,亚瑟现在应该有四十五岁了。你也是这个年龄了吧,克伦威尔先生?"

"差不多,"他说。

"我很会判断别人的年龄。我在想,亚瑟如果还活着,不知道会像谁。可能会像我父亲。而我呢,像我祖父。"

他想国王会问,你像谁呢?不过没有:他已经确认他没有祖先。

"他是在勒德洛去世的。那是冬天。道路不通。他们只好用一辆牛车去运他的棺材。一位英格兰王子,居然是用牛车。我一直觉得这件事情没做好。"

这时布莱里顿进来了,拿着那件貂皮衬里的黄褐色天鹅绒睡袍。亨利站起身,脱下一层天鹅绒,穿上另一层更高级、更厚实的天鹅绒。貂皮衬里滑落下来,搭在他的手上,仿佛他是一位兽王,长着自己的毛皮。"他们把他葬在伍斯特,"他说,"但我一直很不安。我从未见过他死去的样子。"

克兰默博士在阴暗处说,"死者是不会回来抱怨自己的葬礼的。只有活人才会为这类事情而烦恼。"

国王抱紧身上的睡袍。"只是到刚才的这个梦里,我才看到他的脸。还有他的身体,白得发亮。"

"但那不是他的身体,"克兰默说,"而是陛下脑海中浮现的形象。这种形象具有类身体性质。只是像身体罢了。可以看看奥古斯丁的书。"

国王似乎不像想派人去找书的样子。"在梦中,他站在那儿看着我。他好像很悲伤,非常悲伤。他似乎在说我占了他的位置。他似乎在说,你抢走了我的王国,还占有了我的妻子。他是回来羞辱我的。"

克兰默稍稍有些急躁,说,"如果陛下的哥哥还没有即位就去世了,那是天意。至于您所谓的婚姻,我们都知道而且相信它完全有违于圣典。我们知道罗马那个人没有权力不受上帝之法的约束。这是犯了罪,我们承认;但上帝也非常仁慈。"

"对我不会的,"亨利说,"当我接受审判的时候,我哥哥一定会反驳我。他是回来羞辱我的,而我必须承受。"想到这里他很愤然。"必须承受,独自承受。"

克兰默张口欲言;他迎上他的目光,不易觉察地摇了摇头。"在梦中，您哥哥亚瑟跟您说话了吗？"

"没有。"

"他有没有任何动作？"

"没有。"

"那您为什么相信他对陛下一定不是好意呢？就我看来，是您多心了，在他脸上读出了一些其实并不存在的意味，我们对死者常常产生这种误解。听我说。"他伸出一只手，放在这位王者的身上，放在他的黄褐色天鹅绒的袖子上，放在他的胳膊上，紧紧地握住它，连他自己也感觉到了手中的力度。"您知道律师们常说的一句话吗？*Le mort saisit le vif*。死人抓着活人不放。王子虽然去世了，但他的力量在他去世的那一刻就传了下来，没有间隔，没有中断。如果您哥哥来看您，那不是为了羞辱您，而是来提醒您，您拥有了生者和死者双方的力量。这是在告诉您要审视王权。并加以利用。"

亨利抬头看着他。他在思考。他抚摸着貂皮袖口，脸上现出迷惘之色。"这可能吗？"

克兰默又一次想开口。他又一次拦住了他。"您知道亚瑟的墓碑上刻着什么吗？"

"*Rex quondam rexque futurus*. 昔日之王也是未来之王。"

"令尊已经确证了这一点。一位来自威尔士的王子，履行了对其先祖的承诺。经过一生的流放之后，他回来索取他古老的权力。但索取一个国家还不够；还得把它守住。还得一代代地把它守住，确保它的安全。就算您哥哥似乎在说您占了他的位置，那也是要您成为他想要成为的国王。他自己未能实现预言，因此把愿望传达给您。对他而言是承诺，对您而言就是实施。"

国王的眼睛朝克兰默博士看去，克兰默博士不自然地说，"我觉得这个没错。不过我仍然建议不要把梦太当真。"

"哦，"他说，"可国王的梦跟其他人的梦不一样。"

"你也许没错。"

"但为什么是现在?"亨利说,问得很在理。"他为什么现在才回来?我当国王已经二十年了。"

他很想说,因为您已经四十岁,他要您快点长大,不过他没有说出来。您已经有多少次上演过亚瑟的故事——多少场化装舞会,多少次庆典演出,多少个拿着纸盾木剑的演出团体!"因为现在是十分关键的时候,"他说,"因为到了这个时候,您得成为您应该成为的统治者,成为您的国家里唯一而最高的首脑。问问安妮小姐。她会告诉您的。她也会这么说。"

"她的确是这么说的,"国王承认道,"她说我们不应该再向罗马俯首听命。"

"如果令尊也出现在您的梦里,那么也要像对刚才这个梦一样来理解。他来是为了让您的手更有力量。每一位父亲都希望儿子比自己更强大。"

亨利缓缓地笑了。他似乎从这个梦、这个夜晚、这个弥漫着说不清的恐惧的夜晚、从那些蠕动的蛆虫中摆脱了出来,舒展了一下身体。他站起身,容光焕发。炉火在他的睡袍上投下一条条亮光,睡袍上深深的褶皱里,闪烁着深浅不一的黄褐色,那是土地、是泥土的颜色。"很好,"他说,"我明白了。我现在全明白了。我早就知道该找谁。我一直都知道。"他转头对黑暗中说,"哈利·诺里斯?现在几点了?四点了吗?把我做弥撒时穿的教士袍拿来。"

"也许我可以为您做弥撒,"克兰默博士建议道,但是亨利说,"不,你累了。我打扰你们睡眠了,先生们。"

就是这么简单,这么不容分说。他们就这样被打发出来。他们从卫士面前走过,一声不响地回到各自的人身边,布莱里顿一直跟在他们后面。最终,克兰默博士开口道,"干得不错。"

他转向一旁。现在他很想笑却不敢笑。

"而且巧妙地加上一句，'如果令尊也出现在……'我猜想你不愿意在凌晨动都不动就被叫起来。"

"我府里的人都吓坏了。"

博士听了显出几分歉然，似乎自己可能不太得体。"当然，"他喃喃道，"因为我是单身，没有考虑到这些事情。"

"我也是单身。"

"没错。我忘了。"

"我前面说的话你不赞同吗？"

"从各方面看都说得很好。就像你事先有准备似的。"

"我怎么可能？"

"是啊。你是个极具创造力的人。不过……就福音而言，你知道……"

"就福音而言，我认为今晚干得很漂亮。"

"但是我不明白，"克兰默说，几乎是自言自语，"我不明白你是怎么看福音的。你认为它是一本里面全是白纸的书，任由托马斯·克伦威尔写下自己的愿望吗？"

他停下脚步，把一只手放在他的胳膊上，说，"克兰默博士，看着我。相信我。我是真诚的。如果上帝给了我罪人的一面，我也无能为力。他这样肯定有其目的。"

"我敢说，"克兰默笑了，"他是有意给了你这样一张脸，好让我们的敌人感到不安。还有你那只手，能够抓住机会——当你用力握住国王的胳膊时，我都感到畏缩。而亨利呢，也感觉到了。"他点点头。"你是一个具有很强意志力的人。"

教士们总能这样：谈论你的性格。作出定论：这似乎是个赞赏性的定论，尽管博士只是像算命先生一样，告诉他的不过是他已经知道的东西。"走吧，"克兰默说，"你的孩子们肯定很焦急，正盼着你平安无事呢。"

雷夫、格利高里和理查德围在他身旁：发生什么了？"国王做了一个梦。"

"一个梦？"雷夫大为惊讶。"为了一个梦，他就把我们从床上叫起来？"

"相信我，"布莱里顿说，"为了更小的事情，他也会把人从床上叫起来的。"

"克兰默博士和我一致认为，国王的梦跟其他人的梦不一样。"

格利高里问，"是不好的梦吗？"

"起初是的，他认为是的。现在不是了。"

他们望着他，一时听不明白，但格利高里懂了。"小时候我梦到了魔鬼。我以为他们就在我的床底下，但是您说，这是不可能的，我们在河的这边，这儿没魔鬼，守卫们不会让他们穿过伦敦桥。"

"这么说，"理查德说，"如果你过河到南华克，你就会很害怕？"

格利高里说，"南华克？南华克是什么地方？"

"你知道吗，"雷夫说，口气就像一位教书先生，"有时候，我在格利高里身上能看到某种火花。当然，不是熊熊的大火。只是火花。"

"那你还要取笑！都是长胡子的人了。"

"这是胡子吗？"理查德说，"这点稀稀拉拉的红色短毛？我还以为是理发师疏忽了。"

他们如释重负，互相拥抱着。格利高里说，"我们还以为国王把他关进了地牢。"

克兰默宽容又好笑地点点头。"你的孩子们很爱你。"

理查德说，"我们没有了主心骨可不行。"

离天亮还有几个小时。这就像红衣主教去世的那个阴沉沉的早晨。空气中有一丝下雪的气息。

"我觉得他还会召见我们的，"克兰默说，"等他把你对他说的话都琢磨一遍，而且，可不可以说，等他顺着自己的心思想到一定地步之后？"

"可我还是得回城里去露个面。"换一身衣服，他想，等着下一件事情。他对布莱里顿说，"你知道上哪儿找我。威廉。"

对方点点头，走开了。"克兰默博士，告诉安妮小姐，我们今晚为她干得很漂亮。"他伸出胳膊搂住儿子的肩膀，轻轻地说，"格利高里，你读的那些梅林的故事——我们还会再写一些。"

格利高里说，"哦，那些书我没有读完。后来太阳出来了。"

这一天的后来，他重新走进格林威治的一个镶着墙板的房间。这是1530年的最后一天。他取下手套，那小山羊皮上还散发着琥珀的味道。他右手的手指抚摸着那枚绿松石戒指，把它小心戴好。

"枢密院在等着，"国王说。他哈哈大笑，似乎为了某种个人的胜利。"到他们那儿去吧。他们会让你宣誓的。"

克兰默博士正陪伴着国王；他很苍白，很沉默。博士向他点头致意；接着，他脸上出人意料地露出了笑容，照亮了整个下午。

随后的一个小时里，充溢着一种即兴而为的气氛。国王不想多等，因此，问题只是在最短的时间里能找到哪些顾问官。公爵们都还在自己的领地，热热闹闹地过圣诞节。坎特伯雷大主教老渥兰在这儿。十五年前，沃尔西把他赶下了大法官的职位；或者像红衣主教经常所说的那样，是帮他摆脱了世俗的公务，使他得以有机会在晚年潜心祈祷。"哎呀，克伦威尔，"他说，"你都成顾问官了！这世界都变成什么样了！"他满脸皱纹，一双眼睛就像死鱼眼。当他拿出圣书时，那双手在微微发抖。

威尔特郡伯爵托马斯·博林也在场，他是掌玺大臣。大法官也在这儿；他有些恼怒地想，莫尔为什么不能把脸刮干净呢？他就不能少抽自己几顿鞭子，挤些时间出来？当莫尔走到亮处后，他才发现他比以往更加衣冠不整，看上去面容憔悴，有明显的黑眼圈。"您碰到什么事儿了？"

"你还没听说。我父亲去世了。"

"那个善良的老人,"他说,"我们会想念他在法律方面的英明建议的。"

还有他那些无聊的故事。我看不会。

"他是在我怀里去世的。"莫尔哭了起来;或者更准确地说,他似乎身体变小,全身都流出泪来。他说,我父亲是我的生命之光。我们不是那些伟人,我们只是他们的影子。请你在奥斯丁弗莱的家人为他祈祷吧。

"真是奇怪,托马斯,但从他一走,我就觉得老了。仿佛几天之前,我还只是个孩子。但上帝弹指一挥,我就发现我最好的日子已经过去了。"

"您知道,我妻子伊丽莎白死后……"他想说,接着是我的女儿们,还有我姐姐,我的亲人相继离世,家里的人一直穿着丧服,而现在红衣主教也走了……但是他不会承认悲痛削弱了他的意志,哪怕只是短暂地承认。你不会有另一位父亲,不过他不会想要的;至于妻子嘛,对托马斯而言,简直俯拾即是。"您现在不会相信,但激情会回来的。对这个世界以及您在其中应尽的义务的激情。"

"你经历过丧亲之痛,我知道。好了,好了。"大法官吸吸鼻子,叹了口气,摇了摇头。"我们先来处理当务之急吧。"

是莫尔带领他开始宣誓。他发誓要如实劝谏,言辞要坦诚、公正,方式要隐秘,要忠心耿耿。他正说到要提出明智而周全的建议时,房门突然大敞,加迪纳像一只发现了死羊的乌鸦一般闯了进来。"我想,在国务大臣不在场的情况下你们不能这样,"他说,而渥兰则温和地说,看在上天的份上,难道我们得让他重新宣誓一遍吗?

托马斯·博林捋着自己的胡子。他的目光落在红衣主教的戒指上,脸上的表情先是惊讶,接着只是显出轻蔑。"如果我们不知道程序,"他说,"我想托马斯·克伦威尔肯定会留意的。给他一两年的时间,我们可能会发现自己全都成了多余人。"

"我肯定是活不到那一天了,"渥兰说。"大法官,我们要继续吗?哦,你这可怜的人!又哭了。真为你感到难过。但人总是要死的。"

亲爱的上帝，他想，如果你从坎特伯雷大主教那儿得到的不过如此的话，那我也能干这份活儿了。

他发誓要拥护国王的权力。拥护他的至高无上，拥护他的司法权。他发誓要拥护他的后嗣与合法的继承人，这时他想到了私生子里士满，还有那个叽叽喳喳的小不点儿玛丽，以及诺福克公爵向大家展示他的拇指甲的情景。"好了，宣誓完毕，"大主教说，"我也表示赞成，因为我们还有什么选择呢？我们要不要来一杯热酒？简直是冷到骨头里了。"

托马斯·莫尔说，"既然你成了枢密院的一员，我希望你会告诉国王他该做什么，而不仅仅是他能做什么。狮子一旦明白了自己的力量，就难以驾驭了。"

外面下起了雨夹雪。模糊的雪花飘落进泰晤士河的水中。英格兰从他身边绵延开去，红色的太阳低垂在雪地上。

他回想起约克宫被搜的那一天。当他们翻箱倒柜，把红衣主教的法袍扔出来时，他和乔治·卡文迪什眼睁睁地站在一旁。法袍是用金线银线缝制而成，上面有各种图案，有金色的星星，有鸟、鱼、雄鹿、狮子、天使、花朵以及圆花窗。当它们被重新收好并装进旅行箱之后，国王的人又搜查起装着白色长短法衣的箱子，每一件法衣都被很讲究地叠出漂亮的褶痕。它们从一只只手上传过，像安睡的天使一般轻盈，在日光下发出轻柔的光泽；有人说，展开一件，让我们看看它的质地。有人拉扯着亚麻布带子；行了，让我来吧，乔治·卡文迪什说。展开之后，布料在空气中飘动，白得炫目，薄如蝉翼。当装着法袍的箱子的盖被掀开时，传出一股松木和香料的味道，庄重肃穆，隐隐约约，十分干爽。但是，那些飘逸的天使被重新收起来时，放的却是薰衣草；伦敦的雨打在玻璃上，夏天的气息在昏暗的下午弥漫开去。

第 四 部

1. 调整表情

1531 年

不管是因为痛苦还是恐惧，或者性格中的某种缺陷；不管是因为夏天的炎热，还是远处响起的狩猎的号角，或者是在空荡荡的房间里飞扬的星星点点的灰尘；也不管孩子是不是睡眠不足，因为从天亮时起，要跟她父亲出行的随从一直在她的身边收拾行装；不管是什么原因，她变得沉默起来，眼神像一潭死水。有一次，他正用拉丁语进行基本的礼节性问候时，看到她的手紧紧攥住了她母亲的椅子的靠背。"夫人，您女儿应该坐着。"为避免随之而来的意志较量，他端起一把凳子，果断地"砰"的一声，放在凯瑟琳的裙边。

王后的身体僵硬地束在用鲸骨撑起的胸衣里，她往后靠了靠，低声跟女儿说话。意大利的淑女贵妇们表面上轻松快乐，绸缎衣裙下却衬着铁丝架。要脱掉她们的衣服，不仅要好言商量，还需要无比的耐心。

玛丽低下头小声地回话；她用卡斯提尔语暗示道，她只是月事来潮感到不适。两双眼睛抬起来望着他。姑娘的目光几乎有些空洞；他想，在她的眼中，他可能只是一个充满痛苦的地方里的一团巨大的阴影。站直，凯瑟琳轻声说，要有英格兰公主的样子。玛丽撑在椅背上，深深地吸了口气。她那张平凡而紧张的面孔转向他：像诺福克的拇指甲一样冷硬。

现在是午后不久，天气很热。太阳在墙上投出一个个晃动的紫色或金色方块。温莎的干旱田野在他们脚下铺展开去。泰晤士河进入了枯水期。

王后用英语说话了。"你知道这是谁吗？这位就是克伦威尔先生。现在的法律都是他起草。"

他一时不知道用哪一种语言为好，便问，"夫人，我们下面是用英语呢，还是拉丁语？"

"你的红衣主教也会问同样的问题。仿佛我在这儿是外人。我要告诉你，就像我告诉过他一样，我第一次被称为威尔士王妃是在我三岁的时候。十六岁那年，我来到这儿嫁给了我的丈夫亚瑟。他去世时，我十七岁，还是处女之身。二十四岁时，我成了英格兰王后，为了避免你的疑虑，我还要说我现在四十六岁了，仍然是王后，而且我相信，我现在已经成了一个英格兰女人。但是，我对红衣主教讲过的话不会对你全部重复一遍。我想，关于这些事情，他肯定给你留有记录。"

他觉得自己应当鞠躬。王后说，"自从开年之后，他们就给议会提交了一些议案。在此之前，克伦威尔先生是放高利贷的天才，可现在他发现自己对立法也很有天赋——如果你想颁布一项新法案，就找他好了。我听说，你晚上还把草案带回家——你那个家在哪儿？"听她的语气，就像在问"你的狗窝"一样。

玛丽说，"这些法案是跟教会作对的。我觉得我们的议员们不会同意。"

"你知道，"王后说，"他们就是根据蔑视王权罪法案，而控告约克红衣主教企图篡夺你父亲作为英格兰统治者的司法权。如今，克伦威尔先生和他的朋友们发现，所有的神职人员都在这桩罪行中串通一气，因此要求他们支付一笔十万英镑以上的罚金。"

"不是罚金。我们称之为善款。"

"我称之为敲诈。"她转向女儿。"如果你问为什么没有人为教会辩护，我只能告诉你，有人听见这个国家里某些贵族"——她指的是萨福克，诺福克——"说，他们要推翻教会的势力，这样他们就再也不用忍受——他们用的是这个词——一位教士变得像我们已故的教皇使节那样位高权重。我们不需要新的沃尔西,这一点我赞同。但对主教们的攻击,我却不赞同。对我而言,沃尔西是敌人。但这不会改变我对我们的神圣教会的感情。"

他想,对我而言,沃尔西是亦父亦友。但这不会改变我对我们的神圣教会的感情。

"你跟奥德利议长,你们在烛光下反复商量。"王后提到议长的名字时仿佛在说"你的伙夫"。"等到了早上,你们就诱使国王把自己说成是英格兰教会的首脑。"

"可事实上,"那孩子说,"教皇是各地教会的首脑,而所有政府的合法性则源于圣彼得的宝座。而不是别的地方。"

"玛丽小姐,"他说,"你不坐下吗?"正当她双腿一软时,他扶住她,让她坐在凳子上。"只是因为太热了,"他说,以免她觉得难堪。她抬起那双浅浅的、灰色的眼睛,露出一种单纯的感激之情;可是她刚一落座,这种神色就消失了,取而代之的是一种犹如受到围攻的城墙般冷硬的神情。

"您说是'诱使',"他对凯瑟琳说,"可殿下比任何人都更清楚,国王是不可能被人牵着鼻子走的。"

"但是他可能被怂恿。"她转向玛丽,玛丽的双臂已经不知不觉地放到了肚子上。"因此,你父亲被称为教会的首脑,而为了安抚主教们的良心,他们又加上了这样一句客套话:'只要基督的法律所允许。'"

"这意味着什么呢?"玛丽说,"它毫无意义。"

"殿下,它意义深远。"

"是呀。非常聪明。"

他说,"我恳求您这样考虑这个问题:国王只是确定了一个以前存在过的职位,而古老的先例——"

"——这过去几个月才创造出来——"

"表明这是他的权利。"

在那粗笨的三角形头巾下,玛丽的额头汗涔涔的。她说,"确定的东西可以重新确定,对吧?"

"的确是的,"她母亲说,"并且以有利于教会的方式重新确定——只要我顺了他们的心,自动退出王后和妻子的位置。"

公主说得没错,他想。还有商量的余地。"这儿没有什么是不可改变的。"

"不,你等着吧,看我会把什么带到你的谈判桌上。"凯瑟琳伸出双手——那双粗短的胖手——表示她两手空空。"只有费希尔主教站在我这边。只有他坚持不变。只有他能说真话,因为他说,下院里全是异教徒。"她叹了口气,双手垂到两侧。"而现在是根据什么信仰,我丈夫没有道别就骑马离去?他以前可没有这样。从来没有。"

"他打算去彻特西打几天猎。"

"跟那个女人,"玛丽说,"那个人。"

"然后他会取道吉尔福德去拜访一下桑迪斯爵士——他想去看看他位于瓦因宅第的漂亮的新画廊。"他的语气很轻松,很令人宽心,有点像红衣主教;也许太像了?"从那儿再根据天气和猎物情况,他会去贝辛的威廉·波莱家。"

"我什么时候去跟他会合?"

"如果顺利的话,他两周之后就回来。"

"两周,"玛丽说,"跟那个人单独在一起。"

"在那之前,夫人,您要去另一座宫殿——他挑选了位于赫特福德郡摩尔的宫殿,您也知道,那儿很舒适。"

"作为红衣主教的宅邸,"玛丽说,"肯定会很奢华。"

他想,我的女儿们绝对不会这样说话。"公主,"他说,"你宽容为怀,对一个从未伤害过你的人,请不要说他的坏话好吗?"

玛丽从脖子红到了发际。"我没有想做有失宽容的事情。"

"已故的红衣主教是你的教父。你该为他祈祷。"

她的眼睛朝他看来；她似乎吓住了。"我祈祷他早日脱离炼狱……"

凯瑟琳打断了她。"送个箱子去赫特福德郡。送个包裹也行。别想把我送过去。"

"您可以拥有整个宫殿。那儿可以住两百人。"

"我要给国王写信。你可以把信送去。我要跟他在一起。"

"我的忠告是，"他说，"心平气和地接受这种安排。否则他会……"他指了指公主。他双手合拢再打开。让你们分开。

孩子在克制着痛苦。她母亲在克制着伤心、愤怒、厌恶和恐惧。"我料到了这一招，"她说，"可我没有料到他会派一个像你这样的人来告诉我。"他皱了皱眉：难道她认为让诺福克来更好吗？"听说你曾经从事过铁匠的职业；是真的吗？"

接着她就该说，会钉马掌吗？

"那是我父亲的职业。"

"我开始有点了解你了。"她点点头。"铁匠能制造自己的工具。"

半英里的石灰墙，犹如一面反光镜，让他感觉到一阵白热。在门口的一个阴凉处，格利高里和雷夫正在你推我搡，用他教给他们的厨房俚语对骂：老兄，你是个佛兰芒大胖子，在你的面包上涂黄油。老兄，你是个罗马穷小子，愿你的子孙吃蜗牛。赖奥斯利先生靠在那儿，脸上带着懒懒的笑容，一边晒太阳一边看着他们；成群的蝴蝶在他头顶上飞舞。

"哦，是你，"他叫道。赖奥斯利显得很高兴。"你这副样子很适合画下来，赖奥斯利先生。穿着天蓝色的上衣，一束阳光恰到好处地照在上面。"

"先生？凯瑟琳怎么说？"

"她说我们找的先例是假的。"

雷夫说，"她知不知道您和克兰默博士为这个熬了一通宵？"

"哦，狂热的时光！"格利高里说，"跟克兰默博士一起迎接黎明!"

他伸出一条胳膊,搭在雷夫精瘦的小肩膀上,并用力搂了搂他;离开凯瑟琳,离开那个像挨揍的小狗一样瑟缩的姑娘,真是一种解脱。"有一次,我自己跟吉奥瓦尼罗——嗯,跟我认识的一些孩子——"他顿住了:这是怎么了?我是不讲自己的故事的。

"求求您……"赖奥斯利说。

"——嗯,我们制作了一尊雕像,一个带翅膀的笑吟吟的小神像,接着我们用锤子和链子给它捣鼓了一通,让它变得像古董,然后雇了个赶骡子的人,把它运到罗马,卖给了一位红衣主教。"他们被带去见红衣主教的那一天非常热:远处雾蒙蒙的,雷声轰鸣,空气中飘浮着建筑工地上扬起的白色粉尘。"我记得他付钱给我们时热泪盈眶。'想想看,奥古斯都①皇帝的目光可能曾经落在这迷人的小脚和这可爱的翅膀上。'波尔蒂纳里家的那些仆人启程回佛罗伦萨时,沉甸甸的钱袋压得他们步履蹒跚。"

"那您呢?"

"我拿了自己那一份,然后留下来把骡子卖了。"

他们穿过内院,朝山下走去。来到太阳下之后,他手搭凉棚遮住眼睛,仿佛想看透绵延到远处的纠结交错的树梢。"我跟王后说,让亨利平静地走吧,否则他可能会不准公主与她一起去内地的。"

赖奥斯利惊讶地说,"可事情已经决定了啊。她们会被分开。玛丽要去里士满。"

他并不知道。他希望自己的犹豫没有被察觉到。"当然。但还没有告诉王后,还值得一试,对吧?"

瞧瞧赖奥斯利先生的用处有多大。瞧瞧他从国务大臣加迪纳那儿怎样

---

① 奥古斯都(前63年—公元14年),又名屋大维,根据其舅公尤利乌斯·凯撒的遗嘱被收为养子,并于公元前31年击败安东尼获得大权,公元前27年被授名奥古斯都,正式成为罗马帝国的第一任皇帝。

给我们捎情报。雷夫说，"真是残忍。用小姑娘来对付母亲。"

"残忍，没错……但问题是，你选择了自己的国王吧？因为你就是这样做的，你选择了他，而且你知道他是什么人。然后，一旦选择了，对他你就只能服从——是的，有这种可能，是的，可以这么做。如果你不喜欢亨利，你可以去别的国家，追随另一位国王，可我要告诉你——如果这里是意大利，凯瑟琳早就冷冰冰地躺在坟墓里了。"

"但您发过誓，"格利高里说，"说您会尊敬王后。"

"我是尊敬她呀。我还会尊敬她的尸体。"

"您不会置她于死地的，对吧？"

他停下脚步，抓住儿子的胳膊，让他转过来面对着他。"回头想想我们刚才的谈话。"格利高里挣脱了。"不，听着，格利高里。我说，你要遵从国王的要求，你要为国王的愿望扫清道路。这是臣子的职责。好了，你要明白：亨利不可能要求我或任何其他人去伤害王后。他是什么，恶魔吗？即使到了现在，他对她仍然有感情；怎么可能没感情呢？而且他有一颗希望得到拯救的灵魂。他每天都向他的神父忏悔。你认为皇帝或弗朗西斯国王能做到这份上吗？我向你保证，亨利的心是一颗充满感情的心；而亨利的灵魂，我发誓，是基督教世界被省察最多的灵魂。"

赖奥斯利说，"克伦威尔先生，他是您儿子，而不是什么大使。"

他放开了格利高里。"我们从河上走好吗？没准会有风的。"

在下区，六对猎狗在笼子里骚动着大声狂吠，它们被装上马车，将穿过乡村走向远方。它们互相推挤，摇着尾巴，抖动着耳朵，龇牙咧嘴的，那一阵阵狂吠和嚎叫给已经弥漫着几分恐慌的城堡平添了一丝混乱。这与其说是一次夏季巡游的开始，不如说更像是从城堡的撤离。满头大汗的搬运工们正把国王的出巡装备搬到马车上。有两个人抬着一口镶有铆钉的大箱子，被卡在门口进退不得。他想起自己以前在路上的情景，一个伤痕累累的孩子，为了搭一段顺风车而帮别人装货。他走了过去。"怎么成这样了，伙计们？"

他稳住箱子的一角,让他们退到暗处;然后挪挪手,调整一下箱子的角度;稍稍轻移梭动之后,他们就来到了门外,口里还欢呼着"出来了!",仿佛这办法是他们自己想出的。他说,下一步去给王后收拾行李,她要去红衣主教位于摩尔的宫殿,他们吃惊地问,是吗,先生,如果王后不肯去怎么办?他说,那我们用毯子把她裹起来,搬到你们的马车上。他给了他们一点赏钱,说:放松点儿,大热天的不要干得太累。他回到孩子们身边。有人牵着马来准备套在装有猎狗的马车上,一闻到它们的气息,猎狗就兴奋地狂吠起来,他们一路到了河上都还能听见那叫声。

褐色的河水缓缓地流淌;在伊顿的岸边,一群无精打采的天鹅在草丛中游来游去。他们的船在脚底下颠簸;他说,"这不是塞恩·马多克吗?"

"你还真能记人,对吧?"

"如果这个人很丑的话。"

"你有没有拿镜子照照自己?"船夫正在连核带肉地吃一个苹果;他很仔细地把果仁吐到船外。

"你父亲好吗?"

"死了。"塞恩吐掉苹果梗。"他们中有你的小子吗?"

"我是,"格利高里说。

"那个是我的。"塞恩朝对面的桨手点点头,那壮小伙脸一红,移开了视线。"你父亲以前碰到这种天气时,常常关门歇业。把火灭掉去钓鱼。"

"拿鱼竿在水上一顿乱拍,"他说,"把鱼都打昏。然后跳下去,从水底把它们抓上来。手指抠着鱼鳃:'瞧什么呢,你这长鳞的贱种?是在瞧我吗?'"

"他不是那种会坐下来晒太阳的人,"马多克解释道。"我可以跟你们讲不少故事,关于沃尔特·克伦威尔。"

赖奥斯利先生的表情很耐人寻味。他不明白你从船夫那儿能了解很多，虽然他们满口脏话，语速又快。这种话他十二岁时就说得很流利了，这是他的母语，现在又回到了他的口中，有些自然，有些粗俗。他掌握了一些希腊语的口头禅，在跟托马斯·克兰默和赖斯利交流时经常使用：早期的语言，未被污染破坏，就像娇嫩的水果。但任何一位希腊学者都没有像塞恩现在这样，用帕特尼人对于不要脸的博林家的评论，让你的耳朵这么大受刺激。亨利跟那做母亲的有一腿，祝他好运。他跟那做姐姐的也有一腿，不然当国王干啥？但总得在什么地方打住。我们不是野外的畜生。塞恩称安妮为鳗鱼，说她是从烂泥里跑出来的滑溜溜的河鸟①，他想起红衣主教曾经把她形容为：我的蛇蝎敌人。塞恩说，她跟她哥哥有一腿；他说，什么，她哥哥乔治？

"她只有一个兄弟。关在家里干的那种丑事。那种龌龊的法国式搞法，就像——"

"你能小声点儿吗？"他环顾四周，仿佛船边的水中可能潜有密探。

"——她就是这样，才不向亨利让步，因为一旦让他得手而怀上他的孩子，那么非常感谢，你可以走了，姑娘——所以她就，哦，殿下，我绝对不能允许——因为她哥哥弄了她的那天晚上她就知道，当时他舔得她销魂荡魄，后来他就，对不起，妹妹，我这个大包袱怎么办呢——她说，哦，不用愁，我的好哥哥，从后面进去好了，那样不碍事儿的。"

谢谢，他说，我以前不知道他们是怎么对付的。

孩子们只听个一鳞半爪。塞恩得到了一笔小费。能够重温帕特尼式的想象，花多少钱都值。他会记住塞恩模仿出的扭捏之态：与真正的安妮迥然不同。

后来，在家里，格利高里问，"怎么可以这样说话呢？而且还有人付钱？"

"他只是说出了自己的想法。"他耸了耸肩。"所以，如果你想了解

---

① 一种会潜水的鸟。

人们的想法……"

"赖斯利很怕您。他说您上次跟国务大臣一起从切尔西出来时,您威胁说,要把他从他自己的船上扔下去淹死。"

这与他记忆中的那次谈话有些出入。

"赖斯利认为我会这么做吗?"

"是的。他觉得您什么都做得出来。"

新年时,他送给安妮一套柄上饰有水晶石的银叉子作礼物。他希望她会用它们吃饭,而不是戳人。

"是威尼斯的!"她很高兴。她举起叉子,让叉柄迎着光亮,熠熠闪烁。

他带来了另一份礼物托她转交。礼物包在一块天蓝色绸布中。"这是给那个爱哭的小姑娘的。"

安妮微微张了下嘴。"你不知道吗?"她的眼里满是邪邪的笑意。"过来,我跟你说句悄悄话。"她的脸碰到了他的脸。她的肌肤上有一股淡淡的香味:琥珀,玫瑰。"约翰·西摩爵士?亲爱的约翰爵士?也就是人们所说的老约翰?"约翰爵士也许比他自己大不过十二岁,但和蔼可能会让人显老;由于他的两个儿子爱德华和汤姆如今是在宫廷里谋事的年轻人,他的确给人一种已经退隐的感觉。"现在我们才明白为什么总是看不到他了,"安妮小声说,"现在我们才明白他在乡下干些什么。"

"我猜,是打猎。"

"没错,猎获的却是爱德华的妻子凯瑟琳·菲洛尔。他们勾搭成奸,被逮个正着,不过我无法知道是在哪儿,是在她的床上,还是他的床上,也可能是在草地上或者干草棚里——没错,肯定会很冷,但他们可以互相取暖。现在约翰爵士已经全都公开承认了,当面跟他儿子说,自他们结婚以来,他每周都会和她幽会一次,也就是说差不多两年……嗯……零六个月,所以……"

"算下来就是一百二十次,如果他们在重要节日时有所节制的话……"

"通奸的人是不会因为大斋节而歇着的。"

"哦,我还以为他们会呢。"

"她生了两个孩子,所以要减去她因为分娩而休息的时间……而且他们都是男孩,你知道。所以爱德华……"他想象着爱德华会怎么样。那张如鹰一般坚毅的面庞。"他把他们撵出家门。他们会成为私生子。而她,凯瑟琳·菲洛尔,会被送到修道院。我觉得他该把她关进笼子!他在请求解除婚姻。至于亲爱的约翰爵士,我想我们近期是不会在宫廷里看到他的。"

"我们干吗要这么小声呢?我肯定是全伦敦最后听说这件事的人。"

"国王还没有听说。你知道他这个人是多么正统。所以,如果有人拿这件事在他面前取笑,希望不要是我或者你。"

"那他女儿呢?她叫简,对吧?"

安妮吃吃地笑了。"那灰白脸?去威尔特郡了。她最好的做法就是跟着她嫂子进修道院。她姐姐丽兹嫁得好,但这个胆小鬼没人要,以后更不会有人要了。"她的目光落在他的礼物上;她突然有些关切而嫉妒,说,"这是什么?"

"只是一本关于刺绣图样的书。"

"只要不让她太费脑子就行。你干吗送她礼物呢?"

"我为她感到难过。"当然,现在更是这样了。

"哦。你不会喜欢她吧?"明智的答案是,不,安妮小姐,我只喜欢你。"因为,你送她礼物合适吗?"

"这可不是薄伽丘[①]讲的故事。"

她笑了起来。"狼厅的那些罪人呀,他们都可以给薄伽丘讲故

[①] 指文艺复兴时期的意大利人文主义者、《十日谈》的作者乔瓦尼·薄伽丘(1313—1375)。

事了。"

*　　　*　　　*

二月底时，一位名叫托马斯·西顿的神父被处以火刑；他因为走私廷德尔的圣经而被罗彻斯特主教费希尔抓获。事后不久，十来位客人在主教家用过简朴的餐食后发了病，纷纷呕吐、痉挛，脸色煞白，浑身无力，被人抬到床上接受医生的检查。巴茨医生说事情出在肉汤上；根据侍者们的证词，这是唯一一道所有的人都尝过的菜。

自然本身也会酿制毒药。不过，在拷问主教家的厨子之前，他会先去厨房看看，撇一撇汤锅上的油。但没有别的人怀疑是有人犯了罪。

厨子很快供认在肉汤里加过一种白色粉末，是别人交给他的。是谁呢？只是一个男子。一个陌生人，说这只是一个善意的玩笑，帮费希尔和他的客人们清理一下肠道。

国王大发雷霆：既愤怒，又恐惧。他觉得是异教徒所为。巴茨医生摇了摇头，撇撇下唇，说，比起地狱，毒药让亨利更为恐惧。

你会因为一个陌生人跟你说只是个玩笑，就把毒药投进主教的饭菜中吗？厨子不肯多说，也许是到了一种无法再说的状态。那么是审问把握不当了，他对巴茨医生说；不知道这是为什么。医生这个人热爱福音，他讪讪地笑了笑，说，"如果他们想让那家伙开口，就该请托马斯·莫尔来才对。"

有人说，在将上帝的仆人们拉长、压缩这双重艺术方面，大法官已经成了行家。当异教徒们被抓获后，在伦敦塔里，他站在一旁看着他们受刑。据说在他切尔西宅邸的门房里，他让嫌犯们带上手足枷，对他们一边说教一边刑讯逼供：印刷工的名字，把这些书带到英格兰来的那艘船的船长的名字。他们说他用鞭子、镣铐以及它们称之为"斯克芬顿之女"的刑具。那是一种便携式刑具，把人弯成一团塞进去，膝盖抵着胸口，将一个铁环绕到后背；通过拧一颗螺钉，可以让铁环越套越紧，直至犯人肋骨折断。这需要技巧，要确保犯人不会窒息而死：如果犯人死了，他所知道的一切也就消失了。

接下来的一周里，两位用过餐的客人死了；费希尔本人则恢复过来。他猜想，厨子可能招供了，但他的话却不是说给普通人听的。

他去见安妮。她是两朵玫瑰间的刺，正坐在她的表亲玛丽·谢尔顿和她的弟媳罗奇福德夫人简之间。"小姐，您知道国王为费希尔的厨子设计了一种新死法吗？在沸水中活活煮死。"

玛丽·谢尔顿微微地倒抽一口气，脸也红了，仿佛哪个登徒子轻薄了她似的。简·罗奇福德慢条斯理地说，"Vere dignum et justum est, aequum et salutare."她为玛丽做了翻译："罪有应得。"

安妮的脸上毫无表情。就连一个像他这样见多识广的人也看不出任何内容。"他们会怎么干呢？"

"我没有问具体的细节。您要我去了解一下吗？我想应该会用链子把他吊起来，这样围观的人群就可以看到他皮肉分离，听到他尖声惨叫。"

对安妮公正地看，就算你走过去对她说，你将被煮死，她大概也只会耸耸肩，说：这就是生活。

费希尔在床上躺了一个月。当他能下床走动时，看上去就像一具行尸走肉。天使和圣徒们的斡旋也没能治好他受伤的肠道，并让他骨头上的肉重新长回来。

最近流传着廷德尔说出的残酷的真相。圣徒不是你的朋友，他们不会保护你。他们无法助你得救。你也无法用祷告和蜡烛让他们为你服务，就像雇人来帮你收获那样。耶稣的献身是发生在受难日；而不是在弥撒活动中。神父们无法帮助你升入天堂；你也不需要神父站在你和你的上帝之间。你的善行无法拯救你：只有活着的基督的善行才能拯救。

三月：露茜·皮蒂特为她丈夫——一位大食品杂货商，也是下院的一名议员——的事到奥斯丁弗莱来找他。她穿着一件黑色小羊皮外衣——估计是进口货——里面是一条得体的灰色精纺羊毛长裙；爱丽丝接过她的手套，暗地里伸进一个指头去试了试它的丝质衬里。他从桌子后面站起身，握住她的手，把她带到火边，并递给她一杯加了香料的热酒。她捧住杯子时手还在发抖，口里说，"真希望约翰也能这样。有这酒。这火。"

狮子码头被突然袭击的那天，黎明时下起了雪，但过了不久，一轮冬日升了起来，照亮了市区房屋的窗玻璃，使嵌有墙板的房间既有团团暗影，又有片片冷光，黑亮相衬，格外分明。露茜说，"我脑海中一直挥之不去的，就是那种冷。"而莫尔本人的脸则裹在毛皮衣领中，他带着警官站在门口，准备搜查仓库和他们自己住的房间。"我是第一个赶到的，"她说，"用一些玩笑话跟他周旋——我大声说，亲爱的，大法官为议会的事儿过来了。"酒劲上了她的脸，打开了她的话匣子。"我不停地问，您吃早餐了吗，先生，真的吗，仆人们都在他旁边穿来穿去，拖延着他——"她喘了口气，轻轻地苦笑了一声。"而约翰则一直忙着把他那些文件藏到一块墙板后面——"

"你做得很好，露茜。"

"等他们上楼时，约翰已经做好了面对他的准备——哦，大法官，欢迎光临我可怜的寒舍——但这个可怜的倒霉鬼，他把自己的《圣经》扔在桌子底下——我的眼睛马上就看到了，真奇怪他们怎么没有注意到我的视线。"

一小时的搜查毫无收获；大法官说，嗯，约翰，你确定自己根本没有那新书吗，因为我得到消息说你有呀？（而廷德尔的书就躺在那儿，犹如洒在瓷砖上的毒药的残渍。）约翰·皮蒂特说，不知道谁会告诉你这个消息。我为他自豪，露茜说，一边举着杯子要求再添点酒，我为他的大胆回答而自豪。莫尔说，今天我的确没有找到什么，但你必须跟这些人走一趟。副官先生，把他带走好吗？

约翰·皮蒂特已经不年轻了。根据莫尔的指示，他睡在铺着一层稻草的石板上;如果允许人探访,也只是为了让他们给他的左邻右舍带回一些坏消息,说他是如何满脸病容。"我们送了食物和厚衣服过去,"露茜说,"但是被人奉大法官之命给挡了回来。"

"有一种贿赂的行情。你给监狱的看守们塞点钱。你需要现钱吗?"

"如果需要的话我会来找你的。"她把杯子放在他的桌上。"他不可能把我们全都关起来。"

"他有足够的牢房。"

"对于身体而言,没错。但身体是什么呢?他能抢走我们的财物,但上帝会使我们兴旺。他可以让书店关门,但还是会有书。他们有他们陈旧的圣骨,有窗户上的玻璃圣徒,有他们的蜡烛和圣坛,但上帝却给了我们印刷机。"她的脸上容光焕发。她低下头,看到他桌上的画。"这些是什么,克伦威尔先生?"

"关于我的花园的规划。我想买下这后面的一些房子,我需要这地。"

她笑了。"花园……这是我这段时间以来听到的第一样令人高兴的东西。"

"我希望你和约翰能来这儿,并喜欢它。"

"这个是……你打算建一座网球场吗?"

"如果我得到这地的话。你瞧,我想在这儿种植一个果园。"

泪水涌上了她的双眼。"去向国王求个情吧。我们全指望你了。"

他听到一阵脚步声:是乔安。露茜猛然伸手捂住了自己的嘴。"上帝饶恕我……我一时间还以为你是你姐姐呢。"

"认错人了,"乔安说,"有时还将错就错呢。皮蒂特夫人,听说你丈夫被关进塔里了,我很难过。不过你们这是自作自受。你们这些人是最先对已故的红衣主教造谣污蔑的。不过我想,现在你但愿他能回来。"

露茜扭头久久地看了一眼,然后一言不发地出去了。他听见茉茜在外面跟她打招呼;从那儿她会听到几句亲切的话语。乔安走到火边暖暖手。

"她觉得你能帮她些什么？"

"去找国王。或者是安妮小姐。"

"那你会吗？不要，"她说，"不要去。"她用指关节抹去一滴泪水；露茜使她心烦意乱。"莫尔不会对他上肢刑[1]的。消息会传出去，城里人不会让他那样的。但他可能还是会死。"她抬头看了他一眼。"露茜·皮蒂特已经很老了，你知道。她不该穿灰色的衣服。你注意到她的脸颊凹陷了吗？她再也不可能生孩子了。"

"我听懂了，"他说。

她的手握成拳头放在裙子上。"但如果他真的那样呢？如果他真的给他上肢刑，而他供出了名字怎么办？"

"那跟我有什么关系？"他转过身去。"他早就知道我的名字了。"

他把事情向安妮小姐说了。我能怎么办呢？她问，他说，我想，你知道怎样让国王高兴；她笑了起来，说，什么，拿我的贞操换一位杂货商的命吗？

他也尽量找机会跟国王说了，但国王白了他一眼，说大法官知道自己的职责。安妮说，我试过了，你也知道，我亲自把廷德尔的书放在他的手上，他那尊贵的手上；你觉得廷德尔有没有可能回到这个国家？冬天时，他们就此商量过，书信在海峡两边来往。春天时，他在安特卫普的朋友史蒂芬·沃恩安排了一次见面：那是晚上，借着夜色的掩护，在城墙外的一处田野上。拿到克伦威尔的信后，廷德尔潸然泪下：他说，我想回家，我过腻了这种生活，从一座城市被赶到另一座城市，从一幢房子被赶到另一幢房子。我想回家，只要国王能够同意，只要他能允许用我们的母语写成的圣经，他可以选自己的翻译官，我会就此搁笔。他拿我怎么办都行，要杀要剐，悉听尊便，但只要让英格兰的民众听到福音。

---

[1] 古代一种以转轮牵拉四肢来折磨犯人的刑具。

亨利没有说不行。他从来没有说过。虽然廷德尔的译本和其他的译本都一概被禁，也许有朝一日，他会允许某位他所同意的学者翻译出一个版本。他怎么能说不行呢？他想讨安妮的欢心。

但是夏天来临，他，克伦威尔，知道自己已经走到了危险的边缘，必须摸索着回头了。亨利太过胆怯，而廷德尔又不肯让步。他写给史蒂芬的信中流露出一丝恐慌：弃船保命。他不想为廷德尔的好战而牺牲自己；亲爱的上帝啊，他说，莫尔和廷德尔，真是棋逢对手，虽然都人模人样，却是两头倔强的骡子。廷德尔不会公开赞成亨利的离婚；同样，僧侣路德也不会。你以为他们会为了向英格兰国王示好，而稍稍牺牲一点原则吧：但是不会。

当亨利问到"廷德尔是什么人，居然来评判我？"时，廷德尔马上有了回应，快得像话语也有翅膀一般：一个基督徒可以评判另一个基督徒。

"一只猫可以看国王，"他说。此刻他正抱着马林斯派克，跟他的学徒托马斯·艾弗里说话：艾弗里近来一直在史蒂芬·沃恩身边，以便跟着那边的商人学习业务，但任何时候，他都可以乘船回奥斯丁弗莱，带着自己的小包裹，包裹里面有一件羊毛短上衣和几件衬衫。他风尘仆仆地一进门，就大呼小叫地喊茉茜、乔安和几个小姑娘，他从街上的小商贩那儿给她们买了糖果和一些新奇的小玩意儿。而如果理查德、雷夫和格利高里就在一旁，他会一边给他们两拳头，一边说我回来了，但自始至终，他会把包裹夹在胳膊下。

小伙子跟着他进了办公室。"当您旅行在外时，您从来就没有想过家吗，先生？"

他耸了耸肩：我想，如果我有家的话，大概会想的。他把猫放下，打开包裹。手指掏出一串念珠；艾弗里说，掩人耳目，他说，好小子。马林斯派克跳到他的桌上；它盯着包裹里面，用一只爪子探了探。"那儿唯一的老鼠就是糖老鼠。"小伙子扯扯猫的耳朵，跟它疯闹起来。"沃恩先生的家里没有任何小宠物。"

"史蒂芬这个人一心扑在生意上。而且近来很严厉。"

"他说,托马斯·艾弗里,你昨晚什么时候回来的?你有没有给你的主人写信?去做弥撒了吗?好像他很在乎做弥撒似的!唯独不问,你的肠道怎么样?"

"明年春天你就可以回家来了。"

他们一边说话,他一边摊开那件短上衣。他轻轻一抖,让衣服翻了个面,然后用一把小剪刀剪开一处缝线。"针脚很工整……是谁缝的?"

孩子犹豫着;脸红了。"詹妮可。"

他从衬里中掏出一张叠好的薄纸。把它展开:"她的眼睛肯定很好。"

"是的。"

"而且还漂亮?"他微笑着抬起视线。孩子直视着他的脸。一时间,他似乎吃了一惊,又似乎想开口说话;接着又垂下目光,转过身去。

"只是逗逗你的,汤姆,别往心里去。"他读起廷德尔的信。"如果她是个好姑娘,又在史蒂芬的家里,那有什么坏处呢?"

"廷德尔说了些什么?"

"你一路带着它却没有看?"

"我宁愿不知道。以防万一。"

万一你不知怎么就成了托马斯·莫尔的客人。他左手拿着信;右手微微握成拳头。"让他靠近我的人试一试。我会把他从威斯敏斯特的宫里拖出来,在鹅卵石上撞他的脑袋,直到他对上帝之爱及其含义能明白几分。"

孩子咧嘴一笑,一屁股坐在一把凳子上。他,克伦威尔,重新看起信来。"廷德尔说,他觉得自己永远也不可能回来了,即使安妮小姐成了王后……在这件大事上他没有帮过任何忙,我得说。他说只要托马斯·莫尔还活着并且在任,他就不会相信什么通行证,哪怕是国王亲自签署的,因为莫尔说过,你不必遵守对异教徒许下的诺言。给你,你不妨自己看吧。"

我们的大法官既不关心无知也不关心无辜。"

孩子退缩了一下,但还是接过那张纸。这是一个什么世界,连诺言都不用遵守。他温和地说,"告诉我詹妮可是谁。你要我帮你给她父亲写信吗?"

"不用。"艾弗里诧异地抬起头来;他皱着眉头。"不用,她是个孤儿,沃恩先生自己花钱供养她。我们都教她英语。"

"那么,不会给你带钱来了?"

孩子显得有些困惑。"我猜史蒂芬会给她一份嫁妆。"

天气很暖和,用不着生火。时间还很早,用不着点蜡烛。廷德尔的来信他没有烧毁,而是把它撕碎。马林斯派克支楞着耳朵,咬着一块碎片。他说,"猫兄弟总是这么喜欢经文。"

*Scriptura sola*①。唯有福音才会引导和安慰你。对着一根雕刻的柱子祈祷,或者在一张画上的面孔前点蜡烛,都没有什么用处。廷德尔说的"福音"指的是好消息,指的是唱歌,指的是跳舞:自然,是在一定限度内。托马斯·艾弗里问,"明年春天我真的能回家吗?"

关在塔里的约翰·皮蒂特已经获准睡在床上;不过,他再也没有机会回到位于狮子码头的家了。

有天深夜在跟克兰默交谈时,克兰默告诉他,圣徒奥古斯丁说,我们不必追问我们的家在何处,因为最终我们都会回到上帝的怀抱。

大斋节让人萎靡不振,当然它本意也正是如此。再次去见安妮时,他看到琴童马克正低着头,奏着一首哀伤的曲子;经过他身旁时,他用一根手指戳了一下他的脑袋,说,"来点欢快的,行吗?"

马克险些从凳子上掉下来。他觉得这些人似乎恍恍惚惚,很容易受惊,很容易被突袭。安妮从自己的迷糊中回过神来,说,"你刚才干什

---

① 拉丁文,意为"唯有圣经"。

么了?"

"给了马克一下,"他比划着,"用一根指头。"

安妮说,"马克?谁?哦。他叫这个名字吗?"

1531年的这个春天,他决意要让自己心情愉快。红衣主教以前一向牢骚满腹,不过他发牢骚的方式总是很有趣。他越是抱怨,他的属下克伦威尔就越是开心;这是一种默契。

国王也喜欢抱怨。他的头很痛。萨福克公爵真是蠢。跟往年的这个时候相比,天气太暖和了。这个国家快要亡了。他还很忧虑;害怕会中邪,害怕别人对他产生具体或模糊的不好想法。国王越是忧虑,他的新仆人就越是镇静,越是充满希望,越是坚定可靠。国王越是不好侍候,到处找茬,想见他的人就越是频繁地来找克伦威尔——他总是这么温和谦恭,可以信赖。

在家里,乔一脸困惑地来找他。她现在是个小淑女了,很淑女地蹙着眉头,前额有一道柔软的细纹,她妈妈乔安也是这样。"先生,我们该怎样画复活节彩蛋呢?"

"你们去年是怎么画的?"

"在这之前的每一年,我们都会画上红衣主教那样的帽子。"她望着他的脸,观察他听到这话的反应;这恰恰是他自己的习惯,他想,不只是你亲生的孩子才是你的孩子。"有什么不对吗?"

"没有啦。如果我早知道就好了。我会给他送一个。他肯定会喜欢的。"

乔把柔软的小手放到他的手中。这还是个孩子的手,指关节上的皮肤有点擦伤,指甲有咬过的痕迹。"我现在是国王枢密院的顾问官,如果你们愿意的话,也可以画王冠。"

跟她妈妈之间的这件傻事,这件维持了这么久的傻事,该了结了。乔安对此也心知肚明。她过去总是找借口,跟他呆在一起。但是现在,如果他在奥斯丁弗莱,她就在斯特普尼的家里。

"茉茜知道了，"她经过他身边时低声说。

没想到她过了这么久才知道，不过其中倒是有个教训：你以为别人总是在盯着你，其实是你内心有鬼，看到影子就心惊肉跳。但是最后，茉茜终于发现自己长了一双眼睛，还有一张能说话的嘴，于是找了一个没有旁人的机会。"他们告诉我说，国王找到了一个起码能绕过一块绊脚石的方法。我指的是，他怎么能娶安妮小姐这件棘手事儿，因为她姐姐玛丽已经上过他的床了。"

"我们听取了各种好的建议，"他轻松地说，"克兰默博士根据我的建议去了威尼斯，去找那些学识渊博的拉比①，听听他们怎么理解那些古老的文本。"

"这么说不是乱伦？除非真的娶了两姐妹中的一个？"

"神学家们是这么说的。"

"那得花多少钱？"

"克兰默博士不会知道。那些神父和学者来到谈判桌上，接着，有个不那么虔诚的人拿着一袋钱跟了进来。进来的人和出去的人不必彼此碰面。"

"这对解决你的事情没什么帮助，"她直通通地说。

"我的事情无从解决。"

"她想跟你谈谈。乔安。"

"有什么可谈的的呢？我们都知道——"我们都知道这不会有结果。即使她丈夫约翰·威廉逊还在时不时地咳嗽：不管是在这儿还是在斯特普尼，大家总是有意无意地留意他的咳嗽声，留意他在楼梯上或者隔壁房间里的预告性的喘息声；约翰·威廉逊有这样一点好，他绝不会给你一个出其不意。巴茨医生建议他多呼吸田园的空气，远离烟尘。"那是一时的软弱，"他说。接着呢……是什么？又是一时。"上帝能看到一切。他们是

---

① 犹太教学者或教师，尤指犹太教律法研究者或传授者。

这样给我说的。"

"你必须听她说一说。"茉茜转过身来时,脸上带着怒意。"你欠她这样一个机会。"

"我觉得,觉得它就像是过去的一部分。"乔安的声音有些颤抖,她动了动手指,放下半月形面罩,将丝质面纱移到一边肩膀上。"有很长一段时间,我总是觉得丽兹并没有真的离去。我以为哪一天会看到她走进来。"

他一直都很想把乔安打扮得漂漂亮亮,并且也付诸了行动,用茉茜的话说,就是不断地把钱砸在伦敦的金匠和绸布商身上,乃至奥斯丁弗莱的女人成了城里太太们的谈资,她们掩着嘴说(不过是用一种崇拜的低语,几乎是一种卑躬屈膝),亲爱的上帝啊,那些钱肯定是像上帝的恩典一样源源不断地流向托马斯·克伦威尔。

"所以,现在我想,"她说,"我们因为她的去世、因为感到震惊、因为感到难过而做的事情,现在得终止了。我是说,我们仍然很难过。我们会一直很难过。"

他明白她的意思。丽兹是在另一个时代去世的,当时红衣主教依然风光盖人,而他依然是红衣主教的心腹。她说,"如果你想结婚,茉茜手上有一串名单。不过话说回来,你可能有你自己的名单。上面都是些我们不认识的人。"

"当然,"她说,"如果约翰·威廉逊已经——上帝饶恕我,但每年冬天我都以为他会熬不过去——那么,我当然,毫无疑问,我是说,马上,托马斯,在合乎礼仪的情况下尽快,不是在他的棺材上方牵手……但是教会不会允许的。法律也不会允许。"

"这可很难说,"他说。

她挥动着双手,连珠炮似的说了起来。"他们说你是有意,是存心,要整垮那些主教好让国王成为教会的首脑,好把教皇的收入拿过来交给亨利,然后亨利就可以随意颁布法律随意抛弃他的妻子再娶安妮小姐,他会说什么是犯罪什么不是犯罪以及可以娶谁。而玛丽公主,上帝保佑她,将成为私生女,而在亨利之后的下一任国王则会是那女人给他生的任何一个孩子。"

"乔安……议会下一次开会时,你愿意去把刚才这番话给他们也说一遍吗?因为这样可以省很多时间。"

"你不能这样,"她骇然说道,"下院是不会通过的。上院也不会。费希尔主教不会允许这样。还有渥兰大主教。诺福克公爵。托马斯·莫尔。"

"费希尔病了。渥兰老了。至于诺福克,几天前他还对我说,'我已经厌倦'——请原谅他的用词——'在凯瑟琳的脏床单的旗帜下战斗了,不管亚瑟当时是能够还是不能享用她,谁他——谁还在乎呢?'"公爵的话不堪入耳,他飞快地换了一个说法。"'让我的外甥女安妮过来,'他说,'使出她的恶招吧。'"

"她的恶招是什么?"乔安微张着嘴;公爵的话会传到格雷斯彻奇街,传到河边,跨过大桥,直到南华克区那些涂脂抹粉的女人们口口相传,将它们像溃疡感染一般传播开去;但霍华德家的人就是如此,博林家的人就是如此;不管有没有他,关于安妮性格的议论都会传到伦敦和全世界。

"她有意激怒国王,"他说,"他抱怨说,凯瑟琳一生都没有像安妮那样跟他那么说过话。诺福克说,她对国王说的那些话你甚至对狗都不会说。"

"天啊!真奇怪他怎么没有拿鞭子抽她。"

"也许他会的,等他们结婚之后。你瞧,假设凯瑟琳从罗马撤销起诉,假设她接受英格兰对她的案子的审判,或者假设教皇对国王的愿望做出让步,那么所有这一切——你所说的一切,都不会发生,而只会是——"他做出一个流利的收回手势,就像卷起一张羊皮纸。"假设哪一天早上，克雷芒睡眼惺忪地来到桌前，用左手在一张他没有看过的纸上签了字，谁又能怪他呢？那么我就不会打扰他，我们就不会打扰他，而让他拥有他的收入，拥有他的权威，因为亨利现在的愿望只有一个，就是让安妮上他的床；但时间在一天天过去，相信我，他也开始思考他想要的其他一些东西。"

"是的。这是他一贯的作风。"

"他是国王。他习惯了这样。"

"如果教皇仍然固执己见呢？"

"他就只有靠乞讨来获得收入了。"

"国王会夺走基督徒的钱吗？国王很富有。"

"那你就错了。国王很穷。"

"哦。他自己知道吗？"

"我不确定他是否知道他的钱是从哪里来，又往哪里去。红衣主教大人在世时，从来没有为自己的帽子要过一颗宝石，也没有要过一匹马或一幢气派的房子。亨利·诺里斯掌管着他的内库①，但除此之外，我觉得他还对税收插手过多。亨利·诺里斯，"他不等她开口就抢着说，"是我命中的灾星。"当我需要单独见安妮时，他总是在她身边，这句话他没有说出来。

"我猜亨利如果想吃晚餐，可以上这儿来。不是那位亨利·诺里斯。我指的是，我们的穷光蛋国王亨利。"她站起身；在镜子中看到了自己；她低下头，好像羞于见到自己的映像，接着调整了一下表情，摆出一种更轻松、更好奇、更淡然、不像是谈私事的样子；他看着她做这些，看着她稍稍扬了扬眉毛，翘了翘唇角。我可以把她画出来，他想；如果我有这种手艺的话。我已经看了她这么久；但仅仅是看并不能让死者复活，你看得越紧，他们走得越快，越远。他从没指望丽兹·维基斯会在天堂里笑吟吟

---

① 指王室的私财。

地看着他跟她妹妹所做的事情。不,他想,我所做的事情是把丽兹推入了黑暗;他想起了一件往事,想起沃尔特曾经说过,他妈妈以前总是对着一尊圣徒小雕像祈祷,那小雕像是她年轻时代从北方过来时在包裹中带来的,而她在跟他上床之前,总是要让小雕像背过脸去。沃尔特说,亲爱的上帝啊,托马斯,如果我没弄错的话,那是圣人在操快乐女神,我造出你的那个晚上,她肯定是脸对着墙壁。

乔安在房间里走动起来。这是一个很大的房间,光线明亮。"所有这些东西,"她说,"我们现在拥有的这些东西。这台钟。那个新柜子,你让史蒂芬从佛兰德斯①给你运来的,上面刻有花鸟的图案,我亲耳听到你对托马斯·艾弗里说,哦,告诉史蒂芬我要这个,我不在乎花多少钱。所有这些我们不认识的人的画像,所有这些,我也说不清楚,这些诗琴和乐谱,我们以前从未有过,小时候我从来没有照过镜子,但是现在我每天都照照自己。还有一把梳子,你送给我一把象牙梳子。我以前从来没有自己的梳子。以前是丽兹帮我编辫子并塞进面罩里,然后我再帮她,如果我们看上去不得体,马上就会有人告诉我们。"

对过去的艰难困苦我们为什么总是念念不忘?我们熬过了父母的管束,熬过了没有火、没有肉的日子,熬过了寒冷的冬天和人们的蜚短流长,我们为什么感到无比自豪?倒不是说我们有别的选择。他们年轻的时候,就连丽兹有天一大早看见他在火旁给格利高里烘衣服,也曾不客气地说道,别那样,他会每天都指望的。

他说,"丽兹——我是说,乔安……"

你这样的次数已经太多了,她的表情在说。

"我想好好地待你。告诉我,我能给你些什么。"

他等着她大嚷大叫,女人通常都是这样,你以为你能收买我吗?可是她没有,她只是听着,当她聆听他关于金钱能买什么的理论时,他觉得她

---

① 中世纪欧洲一伯爵领地,包括现比利时的东佛兰德省和西佛兰德省以及法国北部部分地区。

有些出神，她的表情很专注，目光与他的相对。"在佛罗伦萨，有一个人，一位名叫弗拉·萨佛纳罗拉的修道士，他劝导人们相信美丽是一种罪。有些人认为他是魔法师，他们有好长一段时间都中了他的魔，他们在街道上生起大火，把自己喜爱的所有东西都扔了进去，所有他们制造的或者挣钱买来的东西，一匹匹的丝绸，他们的母亲为他们的婚床而绣的亚麻床单，诗人手写的诗集，债券和遗嘱，地租账簿，产权证书，小狗小猫，身上穿的衬衫，手上戴的戒指，妇女们的面纱，你知道最糟的还是什么吗，乔安——他们把镜子也扔进了火里。这样他们就看不到自己的脸，不会知道自己与户外的野兽以及在柴火堆上嗷嗷叫的禽畜有什么区别。烧毁镜子后，他们回到空荡荡的家中，躺在地板上，因为他们已经烧掉了床，第二天起来时因为地板坚硬而全身酸痛，然后没有桌子吃早餐因为桌子已经被当成柴禾来加大火势，也没有凳子坐因为凳子已经被砍成七零八碎，还没有面包吃因为面包师已经把面盆、酵母、面粉和秤都扔进了大火中。你知道最糟的是什么吗？他们很清醒。头天晚上他们把酒袋——"他扬起胳膊，模仿别人把东西扔进火中的动作。"所以他们很清醒，头脑也很清晰，但他们环顾四周，却没有任何可以吃或者喝的东西，也没有任何可以坐的东西。"

"但这还不是最糟的。你说最糟的是镜子。不可能再看到自己了。"

"是的。嗯，我就是这么想的。我希望我总能正视自己。而你呢，乔安，你应该始终有一面漂亮的镜子来看看自己。因为你是个值得一看的女人。"

你都可以写诗了，托马斯·怀亚特给她写了诗，也不会有这样的效果……她转过头去，但透过她面纱的那层薄纱，他还是能看到她容光焕发。因为女人会哄着你说，告诉我，快告诉我嘛，告诉你我是怎么想的；而他所做的正是这样的事情。

他们友好地分手了。两人甚至没有为了过去的情谊而最后一次鸳梦重温。他们并没有真的分开，但现在关系不一样了。茉茜说，"托马斯，等你身子冰冷地躺在石头底下时,你那张嘴巴会把自己说得从坟墓里爬出来。"

家里一片安宁和平静。城里的混乱被锁在大门之外;他正在让人换锁,并加固铁链。乔给他送来一枚复活节彩蛋。"瞧,我们特意为您留了这个。"这是一枚毫无斑点的白蛋。普普通通,但在一顶歪斜的王冠下,有一道洋葱皮颜色的弧形在向外凝视。你选择了自己的国王,你也知道他是什么样的人:真是这样吗?

孩子说,"我母亲让我捎个信:告诉你伯伯,我想要一个用狮鹫①蛋壳制成的口杯当礼物。狮鹫是狮子身,但长着鹫头和翅膀;现在已经灭绝了,所以您再也找不到了。"

他说,"问问她想要什么颜色。"

乔在他脸上亲了一下。

他朝镜子里看去,整个明亮的房间顿时跃入他的眼帘:诗琴,画像,丝帘。在罗马,曾经有位名叫阿戈斯蒂诺·齐吉的银行家。他来自锡耶纳,家乡的人都以为他是世界上的头号富人。当阿戈斯蒂诺有幸宴请教皇时,他用金盘子款待他。接着,他看了看接下来的局面——那些四肢伸展、酒足饭饱的红衣主教,他们留下的杯盘狼藉,啃了一半的骨头,吃了一半的鱼,还有牡蛎壳和橘子皮——说,把它们扔了吧,这样就不用去洗了。

客人们将各自的盘子从敞开的窗户里扔了出去,直扔向台伯河中。污渍斑斑的亚麻桌布随后也飞了出去,展开的白色餐巾犹如贪婪的海鸥在奔抢食物的残渣。罗马人开心的笑声流进了罗马的夜色之中。

齐吉在岸边张了网,并布置了潜水员等在一旁,好打捞那些漏网之鱼。天亮时,他府上的一位眼睛很尖、地位较高的仆人站在岸边,拿着清单逐一核对,并用一枚针在每一件从水底打捞上来的物品上戳了一个

---

① 希腊神话中狮身鹫首的怪兽。

印记。

1531年：这一年的夏天出现了彗星。在漫长的黄昏中，在一弯升起的月亮和那颗陌生新星的光芒下，身着黑袍的绅士们手挽着手，在花园中漫步，谈论着救赎。他们中有托马斯·克兰默，休·拉蒂摩，还有些人原本是安妮府上的神父和职员，现在离开了那里，一窝蜂地来到奥斯丁弗莱聊着神学的问题：教会是哪儿出了错？我们怎样才能让它重新回到正轨？他透过窗户看着他们，说，"如果以为那些先生们在圣经的理解上有任何共鸣，那可就错了。让他们离开托马斯·莫尔一段时间，他们就会开始互相迫害。"

格利高里正坐在垫子上跟他的狗玩耍。他用一根羽毛轻拂着它的鼻子，它就打喷嚏来逗他乐。"先生，"他说，"为什么您养的狗总是叫贝拉，而且总是这么小呢？"

在他的身后，国王的天文学家尼古拉斯·克拉泽坐在一张橡木桌上，面前摆着星盘①，还有纸和墨水。他放下笔，抬起头。"克伦威尔先生，"他轻轻地说，"要么是我的计算错了，要么是宇宙跟我们想象的不一样。"

他问，"彗星为什么是坏兆头呢？为什么不是好兆头呢？它们为什么预示着国家的衰败，而不是兴盛呢？"

克拉泽是慕尼黑人，年龄跟他相仿，皮肤黝黑，嘴巴很宽很有趣。他来这里是为了结交朋友，为了跟优秀博识之士交流，有时甚至是用他自己的语言交流。红衣主教曾经是他的保护人，而他则为他制作了一座漂亮的金日晷。那位伟人一看到日晷，就兴奋得满面红光："九个面，尼古拉斯！比诺福克公爵的多七个面。"

1456年，也出现过这样的彗星。学者们有过记载，但卡利克斯特斯教

---

① 早期的一种用于测量天体高度及航海时测量纬度的仪器。

皇将它逐出了教会①,很可能还有一两位在世的老人曾经亲眼目睹过。据记载,它的尾巴呈马刀状,就在那一年,土耳其人包围了贝尔格莱德。不妨还是关注上天可能提供的预兆;国王在寻求最佳的建议。1524年秋天,双鱼座的行星排成了一线,然后德国就爆发了几场大战,路德教兴起,平民掀起暴动,导致皇帝的十万子民丧命;另外,还有三年的大雨。罗马遭劫也有兆头,在事情发生之前整整十年的时候,空中和地下都有战争的喧嚣;看不见的军队间的交锋,钢铁兵刃的撞击,弥留之际者的哀号。他自己当时不在罗马,没有听到,但是他碰到过不少人都说,他们有某某朋友认识某个亲身经历过那一切的人。

他说,"嗯,如果你能读出角度,那么我可以帮你检查一下运算。"

格利高里说,"克拉泽博士,当我们看不到彗星的时候它去哪儿了?"

太阳已经下山;鸟鸣声也歇停了;药草圃的气息透过敞开的窗户飘了进来。克拉泽仍然埋首于面前的纸张,他那修长、指节突出的手指交叉相握,似乎在虔心祈祷,也可能是被格利高里的问题所难住。在下面的花园里,拉蒂摩博士抬头仰望,朝他挥了挥手。"休已经饿了。格利高里,去叫我们的客人们进来吧。"

"我得先检查一下这些数字。"克拉泽摇摇头。"路德说,上帝凌驾于数学之上。"

仆人给克拉泽端来了蜡烛。在暮色中,桌子的木面颜色很黑,蜡烛放在上面,烛光映照出一个个摇曳不定的环形。学者的嘴唇在嚅动,就像僧侣在做晚祷;液体的数字从他的笔尖流了出来。他,克伦威尔,在门口转过身,看见了它们。它们飞快地离开桌子,消失在房间的各个角落。

瑟斯顿从厨房里"嗵嗵"地走上来。"有时候我都想不明白,别人以

---

① 古代认为彗星是灾难的预兆和上帝的信使,因此教皇也将它作为罪恶的工具而逐出教会。

为这里是怎么回事呢！准备些晚宴吧，要不然我们就闲死了。那些打猎的绅士，还有太太小姐，给我们送来的肉都可以喂饱一支军队了。"

"那就送给邻居吧。"

"萨福克每天给我们送一头鹿。"

"查普伊斯先生是我们的邻居，他没有收过很多礼物。"

"还有诺福克——"

"从后门分发出去吧。问问教区里谁在挨饿。"

"可问题是宰杀！要剥皮，要分块！"

"要不我来帮帮你？"

"您不能干这个！"瑟斯顿绞着围裙。

"我非常乐意。"他取下红衣主教的戒指。

"坐着别动！坐着别动，做一位绅士，先生。干那些起诉什么的，不行吗？或者去写法律！先生，您得忘掉自己曾经干过这些行当。"

他重新坐了下来，重重地叹了口气。"我们的捐助者们会收到感谢信吗？我最好自己来署名。"

"他们在一遍遍地感谢呢，"瑟斯顿说，"十来个职员在那儿写个不停。"

"你得多找几个厨工。"

"而您得多雇几个职员。"

如果国王找他，他就离开伦敦，前往国王所在的地方。八月的一天，国王与一帮大臣在一起，观看装扮成少女玛丽安①的安妮小姐在一片阳光下练射箭。"威廉·布莱里顿，你好呀，"他说，"怎么没在柴郡？"

"我在那儿。除了躯壳之外，我在那儿。"

我真是自找没趣。"我只是以为你会在自己的属地上打猎。"

布莱里顿瞪了他一眼。"我的行踪都得向你汇报吗？"

---

① 传说中侠盗罗宾汉的女友。

在绿色的草地上,穿着绿色绸缎的安妮发恼了。那张弓她很不喜欢。一气之下,她把弓扔在地上。

"她小时候就是这样。"他转过头来,发现玛丽·博林在他身边:比其他人挨得要近一英寸。

"罗宾汉在哪儿?"他的眼睛看着安妮。"我带来了快信。"

"他日落之前是不会看的。"

"那日落之后他就不忙了吗?"

"她在一寸一寸地卖自己。大家都在说是你给她的建议。从她的膝盖往上每进一寸,她就要一笔钱做礼物。"

"不像你,玛丽。每往上撩一寸,就是,好姑娘,赏你四便士。"

"嗯。你知道。如果动手撩的是国王的话。"她笑了起来。"安妮的腿可是很长。等他到达她的私处时,他就会破产了。相比之下,法国战争算是便宜的了。"

安妮推开了谢尔顿小姐递给她的另一张弓。她从草地上朝他们大步走来。束着头发的金色发网上,钻石熠熠生辉。"这是在干吗,玛丽?又在诋毁克伦威尔先生的声誉吗?"人群中传出吃吃的笑声。"有好消息带给我吗?"她问他。她的声音以及表情都柔和起来。她把一只手搭在他的胳膊上。笑声停止了。

他们避开强烈的阳光,在一个面北的房间里,她对他说,"事实上,我有消息要告诉你。加迪纳将成为温彻斯特主教了。"

温彻斯特是沃尔西最富裕的主教辖区;他脑海中保存着所有的数据。"这份恩宠会让他更加顺从。"

她笑了:撇了撇嘴巴。"不是对我。他为甩掉凯瑟琳出了力,但是他不愿让我取代她。这一点他对亨利都毫不隐瞒。我但愿他不是国务大臣。你——"

"太快了。"

她点点头。"是的。也许吧。你知道他们烧死了小比尔尼吗?当时我们正在树林里玩捉强盗的游戏。"

比尔尼是因为在公共场所传道并向听众散发廷德尔的福音书而被抓,他被带到诺里奇主教面前。他被处以火刑的那一天,风很大,不断地把火焰从他身上刮走,因此他熬了很长时间才死。"托马斯·莫尔说,他在火中的时候放弃了信仰。"

"我从观看过的人那儿听到的不是这样。"

"他是个傻瓜,"安妮说。她的脸红了,因为愤怒而涨得通红。"人们只要能活命,就应该要他们说什么就说什么,直到好的时光来临。这不是罪过。你不会这样吗?"他平常很少犹豫。"哦,得了,这问题你早就想过了。"

"比尔尼把自己推向了火中。我总是说他会这样的。他以前放弃过信仰,然后被释放了,所以再也不可能对他施以仁慈。"

安妮垂下目光。"我们是多么幸运啊,上帝对我们总是仁慈为怀。"她似乎有些颤抖。她伸出双臂。她身上有绿叶和薰衣草的芳香。在暮色中,她的钻石如雨点一样清凉。"强盗之王就要回来了。我们最好去迎接他。"她挺直脊背。

正值收获的季节。夜空呈现出一片紫色,彗星照耀在收割过的田野上。猎人把狗唤了进来。过了圣十字节,鹿就安全无虞了。当他还是个孩子时,每到这个时候,那些在荒郊野外混了一个夏天的男孩们就会回到家中,跟他们的父亲讲和,就会在举行丰收晚宴的夜晚,趁着整个教区醉意盎然时溜进家门。从圣灵降临节①之前开始,他们就靠到处找食乞讨来度日,有时是抓鸟捕兔用铁锅煮了吃,有时看到女孩子,就会追得她们大呼小叫地奔回家,碰到下雨阴冷的夜晚,就溜进别人家的外屋或仓房,靠唱歌、猜谜和讲笑话来取暖。这段时间一过,就到了他卖锅的时候,他拿着它挨家挨户地推销,说得天花乱坠。"这口锅从来不会空,"他总是说,

---

① 复活节后的第七个星期日。

"如果你只有一些鱼头,把它们扔进去,就会游上来一条大比目鱼。"

"它有破洞吗?"

"这口锅很牢靠,如果您不信的话,夫人,您可以在里面尿尿试一试。好了,告诉我您会给多少钱。从梅林还是个小孩子的时候起,就没有哪口锅能跟它相比。从捕鼠夹里抓只老鼠扔进去,转眼就能看到一颗喷喷香的野猪头,口里还衔着苹果呢。"

"你多大了?"有个女人问他。

"这我可不能说。"

"明年再来吧,到时候咱俩可以在我的羽毛床上睡一觉。"

他有些犹豫。"明年我就走掉了。"

"你是准备上路去搞巡回表演吗?带着你的锅?"

"不,我想我会去荒野当劫匪。要不当狗熊看管员也是稳定的工作。"

那女人说,"希望你当得顺畅。"

那天晚上,在沐过浴、用过餐、唱过歌、跳过舞之后,国王想去散散步。他有乡村生活的偏好,喜欢来点儿所谓的山寨酒①,味道很淡,但这些日子里,他总是将第一杯一饮而尽,然后点头示意再来一杯;所以离席时,他需要弗朗西斯·韦斯顿的胳膊来搀扶他。下了很重的露水,举着火把的侍从嘎吱嘎吱地踩在草地上。国王吸了几口潮湿的空气。"加迪纳,"他说,"你们两个关系不好。"

"我跟他没有过节,"他淡淡地说。

"那是他跟你有过节了。"国王隐入了黑暗之中;接着,他在明亮的火把后面说话了,就像上帝在燃烧的荆棘中显现。"我能管住史蒂芬。我知道他有几斤几两。眼下,他是那种我所需要的坚定的仆人。我不想要害

---

① 原文为 hedge wine,即劣质葡萄酒。

怕争议的人。"

"陛下该进室内去了。这夜里的湿气对身体不好。"

"口气很像红衣主教,"国王笑了起来。

他走到国王的左边。年轻而略显单薄的韦斯顿膝盖已经有些发软。"靠在我身上吧,陛下,"他劝道。国王将一只胳膊环在他的脖子上,像摔跤一般搂住他。狗熊看管员是一份稳定的工作。有片刻工夫,他觉得国王在哭。

他第二年并没有走掉,不管是去看管狗熊还是干别的活儿。就是在第二年,康沃尔人杀声震天地开了过来,那些叛贼在伦敦四处放火,还抓住了英格兰国王,并逼迫他屈服于康沃尔人的意志。他们的军队还没有到,人们就惊恐万状,因为大家都知道,他们总是烧毁干草堆,割断牛的肌腱,连人带屋一起焚烧,他们还屠杀神父,生吃婴儿,践踏圣坛上的献祭。

国王突然松开了他。"回我们冰冷的床上去吧。也许只有我才是这样?明天你得去打猎。如果你装备不够的话,我们可以提供。我要看看能不能把你累垮,虽然沃尔西说这是不可能的事情。你和加迪纳,你们得学会齐心协力。今年冬天你们得套在一块儿,劲往一处使。"

他想要的不是耕牛,而是那种头挨着头、为了他的利益而在战斗中相互伤害、彼此拼命的野兽。很显然,如果他与加迪纳的关系维持现状,他在国王面前会有更好的机会。分而治之。可话说回来,统治的毕竟是他。

尽管议会还没有重新开会,米迦勒节[①]期间还是他有生以来最繁忙的时期。几乎每过一小时,就会收到厚厚一沓有关国王的事务的文件,奥斯丁弗莱挤满了城里的商人、形形色色的僧侣和神父以及求见者,他们希望能见他五分钟。他们似乎感觉到了什么,感觉到了权力的更替,还有随之

---

① 为纪念天使长米迦勒而设立的节日,时间为9月29日。

而来的格局，于是，三五成群的伦敦人开始聚集在他的大门外，辨别着在他家进出的那些人的装束：这是诺福克公爵的亲信，那是威尔特郡伯爵的仆人。他在一扇窗子旁俯视着他们，觉得能认出他们；以往每年的秋天，他们的父亲也是三三两两地站在他父亲的铁匠铺外说长道短，或者在门边取暖。而他们则像他以前一样：很不安分，盼望着发生什么事情。

他看着下面那些人，并调整着自己的表情。伊拉斯谟说你每天早晨出门之前都要这样："也就是说，要戴上面具。"他无论身在何处都会采取这个原则，管它是城堡、酒馆还是贵族家的座位，只要他是在那儿醒来。他让人给伊拉斯谟送了一些钱，像红衣主教过去那样。"给他买点粥吧，"他以前常说，"也让他的灵魂安心于鹅毛笔和墨水之中。"伊拉斯谟很意外；关于托马斯·克伦威尔，他听到的只有负面消息。

自从宣誓加入国王的枢密院那天起，他就调整了表情。在这一年的头几个月里，他一直在观察别人的表情，留心他们显出怀疑、保留、反抗的时刻——在他们摆出那副温文尔雅的臣子面孔，摆出那种忠心不二、唯唯诺诺的模样之前，捕捉住那短暂的一瞬。雷夫对他说，我们不能相信赖奥斯利，而他则笑了起来：对"简称"我自有分寸。他在宫里虽然有显赫的关系，却是起步于红衣主教府：实际上，谁又不是呢？可加迪纳是他在三一学堂的老师；他一直看着我们在这个世界上一步步上升。他看着我们像两只斗狗一样积蓄力量，所以无法决定把赌注押在谁的身上。他对雷夫说，我如果处在他的位置，也会这么想的；我当时更容易，只能把赌注押在沃尔西身上。他毫不害怕赖奥斯利或者这一类人。对那些无原则的人，你能琢磨出他的行为。你只要给他们一点甜头，他们就会跟在你的屁股后面。更不好琢磨、更危险的是史蒂芬·沃恩那样的人，是那些像沃恩一样给你写信的人：托马斯·克伦威尔，我愿为你赴汤蹈火。那些口口声声说理解你、那些拥抱时把你搂紧不放的人，会把你推下深渊。

在奥斯丁弗莱，他派人把啤酒和面包送给那些站在他家门外的人；当早上的凉意加重时，还送肉汤。瑟斯顿说，好吧，如果你打算救济这一带的所有人的话。他说,就在上个月,你还抱怨食物储藏室已经装不下,酒窖里也是满当当了。圣保罗告诉我们要学会怎样发达,不管是贫穷还是富足的时候,不管是饱着肚子还是饿着肚子。他下到厨房,去向瑟斯顿找来的厨工问话。孩子们大声自报家门,并说明自己能干什么,他也一本正经地在本子上记下他们的专长:西蒙,会拌沙拉和敲鼓,马修,会背诵主祷文。这些小伙子一定能培养成人。有朝一日,他们必须能像他当年那样走上楼梯,在会计室里占据一席之地。他们都得有温暖体面的衣服,还要鼓励他们穿上,而不是卖掉,因为他还记得自己在朗伯斯时储藏室里那彻骨的寒冷;而在汉普顿宫沃尔西的厨房里,烟囱通风顺畅,保热性能好,他常看到零星的雪花在房梁间飞舞和飘落在窗台上。

在凉爽的早晨,黎明时分,他带着一群职员走出家门时,已经有伦敦人聚集在外面。他们退开几步,看着他,既不友好,也无敌意。他对他们大声说着"早上好,上帝保佑你们",有些人也会回他一声"早上好"。他们取下帽子,由于他是国王枢密院的顾问官,他们就光着头站在那儿,直到他走了过去。

十月:皇帝的大使查普伊斯先生来到奥斯丁弗莱赴宴,史蒂芬·加迪纳则成了席间的谈资。"刚被任命为温彻斯特主教,就马上被派往国外,"查普伊斯说,"你觉得弗朗西斯国王会喜欢他吗?作为外交官,有什么是他做得到而托马斯·博林爵士做不到的呢?尽管我认为别人对他有 parti pris①。因为他是那位小姐的父亲。加迪纳更加……模棱两可,对吧?应该说,是更加不偏不倚。我看不出弗朗西斯国王如果支持这场婚姻,又能得到什么,除非你们的国王能给他——什么呢?金钱?战舰?还是加来?"

与克伦威尔家的人一起用餐时,查普伊斯先生非常愉快地谈到了诗

---

① 法语,偏见或先入之见。

歌、肖像画以及他在都灵的大学生涯；他转向法语说得很好的雷夫，谈起了训练猎鹰的方法，这很可能让年轻人感兴趣。"你得跟我们先生一起出去转转，"雷夫告诉他，"这几乎是他近来唯一的消遣了。"

查普伊斯又将那双明亮的小眼睛转向他。"他现在玩的是国王的游戏了。"

从桌边起身时，查普伊斯称赞了食物、音乐、室内的陈设。你都能想象出他把自己的看法写进给他的皇帝主子的信中时的样子，能看到他的脑袋在转动，能听见那轻微的咔哒声，犹如一把精密的锁的锁芯在转动。

后来，在他的房间里，大使把自己的问题一股脑儿地问了出来；连珠炮一般，也不等他回答。"如果温彻斯特主教在法国，亨利没有国务大臣怎么行呢？史蒂芬先生的派遣期不会很短。也许这是你套近乎的机会，你说呢？告诉我，加迪纳真的是王室的私生子和亨利的表亲吗？还有你那小子理查德，也是吗？皇帝对这些事无法理解。身为国王，却这么不在意王者的身份。他想要一位穷淑女，也许就不足为奇了。"

"我倒不认为安妮小姐很穷。"

"没错，国王让她家致富了。"查普伊斯干笑了两声。"在这个国家，对一个姑娘提供的服务，通常都是提前付酬吗？"

"的确是的——你得记住一点——如果看到你在街上被人追，我会很遗憾的。"

"你给安妮小姐出谋划策吗？"

"我只是检查账目。对一位好朋友来说，这算不了什么。"

查普伊斯开心地笑了起来。"朋友！她是个女巫，你知道吗？她让国王着了魔，以至于他甘冒一切风险——哪怕是被赶出基督教世界，哪怕是下地狱。而我觉得他多少明白这一点。我看到过他在她眼皮底下时的样子，茫茫然不知所措，内心里七上八下，就像被老鹰盯上的兔子一般。没准她也让你着了魔。"查普伊斯向前探了探身子，把他的小猴爪子放在他的手上。"清醒过来吧，我亲爱的朋友。你不会后悔的。我所效忠的是一位最开明的君王。"

十一月：亨利·怀亚特爵士站在奥斯丁弗莱的大厅里；他望着墙上那片红衣主教的纹章被涂掉而留下的空白之处。"他去世才一年，托马斯。可我却觉得很久了。人们常说，人老了以后，头一年跟第二年没什么区别。我可以告诉你不是这么回事。"

哦，得了先生，小姑娘们喊道，您还不是太老，还可以给我们讲故事呢。她们扶着他走到一把新的天鹅绒扶手椅旁，让他坐了下来。亨利爵士会是所有人的父亲，或所有人的祖父，如果他们可以选择的话。他任职于现任亨利国王的财政部，还有上任亨利国王的财政部；如果都铎王朝没有钱，那不是他的错。

爱丽丝和乔刚才去了外面的花园，想把猫抓住。亨利爵士喜欢看到一只猫受到全家人的宠爱；在孩子们的请求下，他会解释其中的缘由。

"很久以前，"他开口道，"在英格兰这块土地上，出现了一位残忍的暴君，名叫理查·金雀花——"

"哦，是那些叫这名字的坏人，"爱丽丝叫了起来，"你们知道吗，他们有些人现在还活着？"

大家笑了起来。"哦，这是真的，"爱丽丝嚷道，脸也红了。

"——而我，讲这个故事的你们的仆人怀亚特，则被那位暴君扔进了地牢，只能睡在稻草上，地牢里只有一扇小窗户，上面钉有栅栏……"

冬季来了，亨利先生说，可是我没有火；也没有食物和水，因为看守把我忘了。理查德·克伦威尔托着下巴坐在那儿听着；他跟雷夫交换了一个眼色；两人都朝他看来，他做了一个轻微的手势，以缓解往事的恐怖。他们都知道，亨利爵士在塔里不是被忘了。看守们把烧得白热的尖刀插进他的肉里。他们拔掉了他的牙齿。

"所以，我该怎么办呢？"亨利爵士说，"幸运的是，我的地牢很潮湿。我可以喝从墙上流下来的水。"

"那吃什么呢？"乔问。她的声音低而兴奋。

"啊，现在我们讲到故事最精彩的部分了。"有一天，亨利爵士说，我正在想，如果再不吃点什么，我可能就要饿死了，却突然注意到我的小窗户的光被挡住了；往上一看，猜我看到了什么？原来是一只猫，一只黑白两色的伦敦猫。"噢，小猫咪，"我对它说；它"喵"了一声，与此同时，它松开了自己带来的东西。它给我带什么来了呢？

"一只鸽子！"乔叫了起来。

"小姐，你要么自己当过囚犯，要么就是听过这个故事。"

姑娘们忘了他没有厨子，没有烤肉棒，也没有火；小伙子们垂下目光，想到一个囚犯用被铐住的双手撕开一摊长满虱子的羽毛，就有些不寒而栗。

"嗯，我躺在稻草上，接下来听到的消息就是，大钟敲响了，街上有人高呼，一位都铎！一位都铎！如果不是那只猫送来的礼物，我就不会活着听到那消息了，也不会听到钥匙插进锁孔的声音，然后是亨利国王亲自在那儿叫道，怀亚特，是你吗？快过来受赏吧！"

这里有几分情有可原的夸张。去过牢房的不是亨利国王，而是理查国王；正是他监督着看守把尖刀烧烫，然后微侧着头，倾听怀亚特的惨叫；而在闻到烧焦的肉味后，他又怕脏似的走到一旁，命人把刀重新烧烫，再次使用。

据说小比尔尼在被处以火刑的前夜，曾经把手指伸到烛火上，并请求基督教他如何忍受苦痛。在受刑前自残，这可不够明智；不管明智与否，他想起了这件事情。"好了，亨利爵士，"茉茜叫着，"您得给我们讲讲狮子的故事，因为听不到的话，我们会睡不着觉的。"

"哦，那其实是我儿子的故事，他该在这儿的。"

"如果他在这儿，"理查德说，"女士们就会全都睁大了眼睛瞧着他，一边长吁短叹——是的，你会的，爱丽丝——而且也就不在乎什么狮子的故事了。"

亨利爵士出狱康复之后，成了宫廷里位高权重的人物，有位敬仰者给他送了一只小狮子作礼物。在阿林顿城堡中，我把它当亲生孩子一般养大，他说，直到像一位姑娘那样，它有了自己的想法。有一天，由于一时疏忽，是我的疏忽，它从笼子里跑了出来。利昂蒂娜，我对它说，待着别动，等我把你引回去；但它接着就蹲下身子，一声不吭，盯着我，眼睛像火一般。这时我才明白，他说，我不是它的父亲，不管我有多么爱它：我只是它的一顿主餐。

爱丽丝的一只手捂住了嘴，说，"亨利爵士，您觉得自己死定了，对吗？"

"的确是的，而且如果不是我儿子托马斯恰好走进院子，我就真的完蛋了。他一眼就看出了我的险境，于是对它叫道，利昂蒂娜，到我这儿来；于是它转过头去。那一刻，它的注意力转移了，我退开一步，又一步。看着我，托马斯对它说。那天他穿的衣服很鲜亮，长袖飘飘，一件宽松的长衫被风吹得鼓了起来，再说他有一头金发，你们知道，而且留得很长，他当时看上去肯定像一团火焰，我想，因为他身材颀长，在阳光下明亮照人，于是它站定了，有些不解，而我则朝后退，一步，又一步……"

利昂蒂娜转过身；微微下蹲；它撇开父亲，开始向儿子靠近。你可以看到它肥壮的爪子，可以嗅到它气息中的血腥。（而与此同时，他，亨利·怀亚特，已经吓出一身冷汗，正在一步步后退，后退，朝可以寻找救兵的方向。）汤姆·怀亚特还在用温柔迷人的嗓音，用亲昵的语言，用祈祷的语气，跟狮子说话，请求圣弗朗西斯打开它那颗冷酷的心，让它沐浴恩典。利昂蒂娜看着，听着。它张开嘴巴，咆哮起来："它说什么了？"

"呵呵嘿嘿哈哈，我闻到一个英格兰人的血了。"

汤姆·怀亚特站在那儿，像雕塑似的一动不动。马夫们拿着大网蹑手蹑脚地穿过院子。利昂蒂娜距离他只有几英尺了，但是它又一次停下脚步，侧耳听着。它站在那儿，有些犹豫，摆动着耳朵。他能看到它嘴里淌出的粉红色的口水，能闻到它皮毛上的霉味。它蹲坐在地上。他闻到了它的气息。它准备一跃而起。他看到它的肌肉在颤抖，它的嘴巴张开了；它纵身一跃——但是在空中翻了个滚，一支箭射进了它的肋骨。它转动着身子，撞打着箭头，怒吼着，呻吟着；又一支箭射中它结实的侧腹，它哀嚎着，不断地翻滚，这时，大网罩在了它的身上。亨利爵士镇静地走到它身旁，把他的第三支箭射进了它的喉咙。

即使在临死之前，它还在咆哮。它咳着血，奋力反抗。时至今日，有位马夫的身上还留着它的爪印。在阿林顿的墙上能看到它的毛皮。"年轻的小姐们，你们要来看看我，"亨利爵士说，"到时候，你们就明白它是一头什么样的畜生了。"

"汤姆的祈祷没有奏效，"理查德笑着说，"在我看来，圣弗朗西斯什么也没干。"

"亨利爵士，"乔拉着他的袖子，"最精彩的部分您还没有讲呢。"

"对呀，我忘了。接着，当时的英雄、我的儿子汤姆走到一旁，在灌木丛中吐了。"

孩子们长嘘了一口气。他们一同鼓起掌来。这个故事传到宫廷后，国王——当时还很年轻，性情也好——也生出几分敬畏。直到现在看到汤姆时，他还会点点头，自言自语道，"汤姆·怀亚特。能驯狮子。"

亨利爵士喜爱吃软和的水果，吃过几颗涂有黄色奶油的大黑莓后，他说，"单独跟你谈谈好吗？"于是他们避开众人。如果我处在你的位置，亨利爵士说，我会请他让你当珠宝屋[①]的管理员。"我当时任那个职务时，发现借此可以了解整体的财政状况。"

"怎么跟他提呢？"

[①] 位于伦敦塔内，从十四世纪起就是英国王室收藏珠宝的地方。

"让安妮小姐跟他提。"

"也许贵公子能帮忙去求一求安妮小姐。"

亨利爵士笑了起来;准确地说,他轻咳了一声,以表明他知道这是个玩笑。根据肯特郡小酒馆里的客人以及宫廷里下等仆人(比如乐师马克)的说法,对托马斯·怀亚特作为一个男人可能提出的合理要求——哪怕是在妓院里的要求——安妮都是有求必应。

"我打算今年从宫中告老还家,"亨利爵士说,"我该写遗嘱了。我能指定你为执行人吗?"

"我非常荣幸。"

"把事情交给别的人我都不放心。你是我所知道的最可靠的人了。"

他笑了,有些不解;他觉得在自己的世界里,没有什么是可靠的。

"我了解你,"怀亚特说,"我知道我们那位红衣老家伙几乎把你拖垮了。但瞧瞧你,能吃杏仁,嘴里的牙齿一颗不少,一家人都在身边,事业蒸蒸日上,连诺福克那些人都对你恭恭敬敬。"尽管一年前他们还当你是臭狗屎,不过这句话他没有必要说出口。亨利爵士用手指将一块肉桂威化饼掰碎,一点点地放在舌头上,这是一份谨慎的、世俗的圣餐。从塔里出来已经四十年了,甚至可能更长,但是被打碎的下巴仍然很不灵活,仍然时常发痛。"托马斯,我想求你一件事……你能照看我儿子吗?像父亲对儿子一样?"

"汤姆有……嗯……二十八岁了吧?他也许不喜欢再有一个父亲。"

"你不会比我做得更糟。我非常后悔,主要是他的婚姻……当时他十七岁,很不愿意,愿意的是我,因为那姑娘的父亲是科巴姆男爵,而且我想在肯特郡的左邻右舍中出人头地。汤姆一直都很英俊,而且心地善良,待人彬彬有礼,你会以为他跟那姑娘会很美满,但是我不知道她对他是否有哪怕一个月的忠诚。于是紧接着,他当然就以牙还牙……那儿到处都是他的情妇,在阿林顿随便打开一个衣柜,就会有个小骚货掉出来。他在国外游荡过一阵子,结果怎么样呢?他在意大利成了阶下因，那件事情我怎么都弄不明白。自那以后，他更加没有脑子了。当然，他会给你写一首三行体诗①，然后坐下来琢磨自己的钱都去哪儿了……"他摸了摸下巴。"不过你也知道。虽然有一千个不是，但没有谁比我的孩子更勇敢。"

"您愿意再回去跟大伙儿呆一会儿吗？您知道，每次您一来，我们就像过节。"

亨利爵士拄着拐杖站了起来。他身材魁伟，尽管他只能喝汤和吃糊状食物。"托马斯，我怎么就老了呢？"

他们回到大厅时，发现大家正在演一场戏。雷夫扮成利昂蒂娜，其他人都在为他喝彩。倒不是孩子们不相信狮子的故事；他们只是想加入自己的理解而已。理查德已经站在一张嘎吱作响的折叠凳上，他朝他做了一个制止的手势。"你们这是嫉妒汤姆·怀亚特，"他说。

"哦，别生我们的气，先生。"雷夫恢复人形，坐回到长凳上。"给我们讲讲佛罗伦萨吧。讲讲你们还干了些什么，你和吉奥瓦尼罗。"

"我不知道该不该讲。你们会把它编成戏的。"

哦，讲讲吧，他们都恳求他，他朝周围看了看：雷夫"唔"了一声以示鼓励。"我们确定赖斯利不在这儿吗？那好吧……当时，我们如果有一天的时间，就总是去拆屋。"

"拆屋？"亨利·怀亚特说，"是真的吗？"

"我的意思是，把它们炸掉。但是会经过主人的同意。除非我们认为那些屋子摇摇欲坠，会对路人造成危险。我们只收爆炸材料的费用。我们的技术不收费。"

"那费用不低吧，我猜？"

"辛辛苦苦地挖呀掘的，只是为了几秒钟的兴奋。不过我知道，有些

---

① 三行一节的诗体，尤指抑扬格的五音步诗行，韵式为 aba, bcb, cdc…以此类推，如但丁的《神曲》。

人是以它为职业。在佛罗伦萨，"他说，"你做这个可能只是为了消遣。就像钓鱼一样。它能避免我们惹是生非。"他犹豫了片刻。"哦，不，也没有。其实没有。"

理查德说，"'简称'告诉过加迪纳吗？关于你的丘比特雕像？"

"你觉得呢？"

国王曾对他说，听说你制作过一尊仿古雕像。国王哈哈大笑，但也许还是一种暗示；他之所以笑，是因为这个玩笑是针对教士，针对红衣主教的，他对这种玩笑很受用。

国务大臣加迪纳："雕像，法令，一个字母之差①。"

"在立法时，差之毫厘会失之千里。但我的先例不是假的。"

"只是有些夸张？"加迪纳问。

"陛下，康士坦斯大公会议②曾授予您的祖先亨利五世国王对英格兰教会的控制权，其他的基督徒国王在自己的国家都不曾享受过这种特权。"

"这种特权没有被付诸实施。没有长期实施。这是为什么呢？"

"我不知道。能力不够？"

"可我们现在不是有更优秀的顾问官吗？"

"是更优秀的国王，陛下。"

在亨利的背后，加迪纳朝他做了个怪相。他几乎要笑出声来。

开庭期结束了。安妮说，来陪我吃顿简单的基督降临节晚餐吧。我们可以用叉子。

---

① "雕像"和"法令"的英文分别是 statue 和 statute，只有一个字母之差，加迪纳在此影射克伦威尔的造假。

② 教会历史上第十六届大公会议，从 1414 年 11 月 5 日至 1418 年 4 月 22 日在德、奥、瑞士三国交接处的康士坦斯城举行。它结束了长达半个世纪的西方教会大分裂，不过也导致教会内前所未有的教宗首席权与教会会议至上主义的对峙。

他去了，但他不喜欢在场的那些人。她把国王的朋友、他寝宫的侍从都邀请了过来：亨利·诺里斯、威廉·布莱里顿等等，当然还有她哥哥罗奇福德勋爵。安妮对他们很冷淡，对他们的谄媚就像一位主妇折断鸟的脖子做成菜肴一样毫不留情。如果她脸上的浅笑消失了片刻，他们就全都探过身来，迫切地想知道怎样讨好她。比这帮家伙更蠢的人真是打着灯笼都难找。

至于他自己，不用打灯笼都可以去任何地方，他也去过无数地方。他早年是听着弗雷斯科巴尔迪家以及波尔蒂纳里家的席间谈话长大的，后来又在红衣主教家的餐桌旁聆听过专家智者的交谈，现在置身于安妮召集到身边的这些穿着考究的人之中，他不可能会觉得手足无措。天知道，为了让他不自在，这些人的确尽力了；他只管自自在在，心平气和，说话时清清楚楚，直截了当。诺里斯原本是个风趣的人，而且也不年轻了，但跟这群人搅在一起却很愚蠢：这是为什么呢？他一靠近安妮就浑身哆嗦。这简直是个笑话，但谁也不去说破。

找到机会之后，诺里斯跟着他走了出来，碰碰他的袖子，使他停下脚步面对着他。"你没看出来，对吧？安妮？"

他摇了摇头。

"那你的理想是什么？旅途中结识的某位胖太太？"

"我能爱上的女人，应该是一个国王毫无兴趣的女人。"

"如果这是一条忠告，那就说给你的朋友怀亚特的儿子听听。"

"哦，我想小怀亚特已经想明白了。他是已婚男士。他对自己说，把你的损失写成一首诗吧。我们不都是在伤了自尊之后，吃一堑长一智的吗？"

"看看我，"诺里斯说，"你能觉得我长一智了吗？"

他把自己的手帕递给诺里斯。诺里斯擦了擦脸，又把手帕还给他。他想起了圣维罗妮卡，她用面纱擦拭受难的耶稣的面孔；他心里想，不知道回到家后，亨利的绅士面孔是否会印在手帕上，而如果真是如此，他是否该将它挂在墙上？诺里斯转过脸去，轻笑了一声："韦斯顿——年轻的韦斯顿，你知道——他妒忌那个她带来给我们唱了好几夜歌的孩子。他妒忌那个来添火的男人，甚至妒忌那个替她脱长袜的侍女。她每看你一次，他就记下来，还说，瞧啊，瞧啊，你瞧见了吗，她在看那个胖屠夫，在两小时的时间里，她看了他十五次。"

"红衣主教才是胖屠夫。"

"对弗朗西斯来说，只要是商人，就都一个样。"

"我明白了。晚安。"

晚安，汤姆，诺里斯说，一边心不在焉、心烦意乱地拍了拍他的肩膀，仿佛他们是平级、是朋友一般；他的目光重新回到安妮身上，他的脚步也朝他的敌人们迈去。

只要是商人，就都一个样吗？在现实世界中并非如此。每一个手很稳、拿着砍肉刀的人都可以自称为屠夫：可如果没有铁匠，他的刀从哪儿来呢？没有那些跟金属打交道的人，你的锤子、你的长镰刀短镰刀、还有剪刀和刨子都从哪里来？你的武器和盔甲、箭头、长矛和枪炮从哪里来？你海上的舰船和锚在哪里？你的抓钩、钉子、门闩、铰链、拔火棒和钳子在哪里？你的烤肉棒、水壶、三角架、马具、扣环和其他一些七零八碎的东西在哪里？你的刀子在哪里？

他想起了他们听说康沃尔军队要打过来的那一天。当时他——大概——十二岁吧？正在铁匠铺里。他刚清理完大风箱，在给皮革上油。沃尔特走了过来，看了看，说："要填缝了。"

"是的，"他说。（这是他跟沃尔特交流的一贯方式。）

"它不会自己填的。"

"我说了，是的，是的，我这就干去！"

他抬起头来。他们的邻居欧文·马多克站在门口。"他们马上就开过来了。消息在沿岸传遍了。亨利·都铎准备迎战。王后和他们的孩子们都在塔里。"

沃尔特擦了擦嘴。"还有多长时间？"

马多克说，"天知道。那些狗娘养的能日行千里。"

他直起身。手里已经握着一把四磅重的桦树柄大锤。

接下来的几天里，他们一直忙个不停，直到累得快要趴下。沃尔特负责为他的朋友们制作盔甲，而他则在所有能够砍、切、割叛军之肉的东西上加上刀刃。帕特尼的男人们对那些异教徒决不会怀恻隐之心。他们都缴了税：康沃尔人为什么就不缴？妇女们害怕康沃尔人会糟蹋她们的贞操。"我们的神父说，他们只对他们自己的姐妹才那样，"他说，"所以你不会有事的，我们的好贝特。不过话说回来，神父还说，他们的家伙又冷又硬，还长有鳞片，所以没准你想尝尝鲜。"

贝特扔过一个东西来砸他。他闪开了。在这个家里，砸坏东西总是找这个借口：我是拿它砸托马斯的。"哦，我也不知道你喜欢什么样的，"他说。

在那一周里，各种传闻满天飞。康沃尔人在地下穿行，所以脸都是黑的。他们半瞎着眼，所以你可以用网抓住他们。你每抓住一个，国王会赏你一先令，如果是个大块头，就是两先令。只不过究竟多大呢？因为他们射的箭有一码长。

家中所有的物品如今都呈现出新的色彩。串肉扦、烤肉棒、肥肉馅灌注针：自卫的工具随手都是。左邻右舍都大把花钱光顾沃尔特的另一桩生意，也就是酿酒厂，仿佛认为康沃尔人打算把英格兰喝个精光似的。欧文·马多克进来定制了一把猎刀，要求有护手、血槽和十二英寸长的刀刃。"十二英寸？"他说，"你可别胡乱挥舞，把自己的耳朵削掉。"

"等康沃尔人抓住你，你就不会这么没礼貌了。他们把你这样的孩子插在烤肉棒上，放到篝火上烤了吃。"

"你就不能用桨劈他们吗？"

"我要劈得你闭嘴,"欧文·马多克吼道,"你这小混蛋,还没出生就有了坏名声。"

他让欧文·马多克看了看他给自己做的小刀,用细绳拴在衬衣里面:那一截短短的刀口,就像一颗孤零零的毒牙。"你看怎么样?"

"天啊,"马多克说,"你得留神插在谁的身上哟。"

他对他姐姐凯特说——他刚刚将那把四磅重的大锤放在她飞马酒馆的窗台上——我为什么还没出生就有了坏名声?

去问摩根·威廉斯吧,她说。他会告诉你的。哦,汤姆,汤姆,她说。她抱着他的脑袋亲了一下。你自己可别出去。让他去战斗好了。

她希望康沃尔人会杀掉沃尔特。她没有说出口,但是他知道。

等我成了家里的顶梁柱,他说,情况就会不一样了,我可以告诉你。

摩根告诉他——红着脸,因为他是个很正统的人——孩子们以前总是在街上跟在他母亲身后,嚷着,"快来瞧呀,老母马怀驹子啦!"

他姐姐贝特说,"康沃尔人还有一张王牌,他们有一个名叫波尔斯特的巨人,他爱上了圣艾格尼丝,到哪儿都跟着她,康沃尔人便把她的像画在他们的旗帜上,所以他一路跟着他们到了伦敦。"

"波尔斯特?"他嗤之以鼻,"我还以为有多大呢。"①

"哦,你等着瞧吧,"贝特说,"到时候你就不会这么快还嘴了。"

摩根说,这一带的女人们都围在他母亲身边,叽叽喳喳地假关心:生下来会是什么呢,她都胖成这样了!

后来,他哇哇大哭着来到了这个世界,紧握双拳,头上是湿漉漉的黑色卷发,于是沃尔特和他的朋友们跟跟跄跄地在帕特尼放声高歌。他们喊道,"过来试试吧,姑娘们!"还有"这里为不育的妻子提供服务!"

他们根本没有注意那个日子。他对摩根说,我不介意。我没有占星

---

① "波尔斯特"的原文 Bolster,还有"长枕垫"的意思。

图。所以我也没有命运。

而命运的安排是，帕特尼没有发生过战争。对那些先遣兵和逃兵，女人们准备好了餐刀和剃刀，而男人则会用铲子和锄头来痛击他们，用扁斧劈开他们，用磨刀棒钉死他们。大战最后却发生在布莱克西斯：康沃尔人被砍成了碎片，被都铎王朝的军事绞肉机绞成了肉泥。他们全都安然无恙：只是还得受沃尔特的虐待。

他姐姐贝特说，"你知道那个巨人波尔斯特吗？他听说圣艾格尼丝死了。于是他砍断自己的手臂，在伤心之中，他的血流进了大海。它填满了一个据说永远都填不满的洞穴，然后流入一个深坑，再往下穿过海底，经过地心，流进了地狱。所以他死了。"

"哦，很好。因为我真的很为波尔斯特担心。"

"他死了，直到下一次投胎转世，"他姐姐说。

因此，在不知道是哪一天，他出生了。三岁时，他就会为熔铁炉捡引火柴。"瞧见我这小子了吗？"沃尔特总是爱怜地拍拍他的头说。他的手指有糊味，手掌硬邦邦、黑黢黢的。

当然，近几年来，学者们都在努力给他一种命运；那些对天空很有研究的专家都在努力根据他现在的身份和状况倒推回去，回到他出生的时候。木星的方位很好，表明会兴旺发达。水星在上升，表明反应敏捷，说服能力强。克拉泽说，如果火星不在天蝎座，就算我外行了。他母亲当时已经五十二岁，他们都认为她既不可能怀孕也不可能生子。她把自己的力量藏了起来，把他藏在宽衣大衫里，藏在她的体内，尽可能地藏了很久。他出来时，他们说，这是什么？

十二月中旬，中殿会堂的一位大律师詹姆斯·贝恩汉在伦敦主教面前宣誓放弃他的异教信仰。城里的人说，他受过严刑拷打，当肢刑架的手柄在转动时，莫尔亲自审问他，要他供出律师会堂其他有牵连的成员的名字。几天之后，一位前僧侣和一位皮革商被一同烧死。那位僧侣曾通过诺福克的港口将书托运进来，然后，非常愚蠢地经过圣凯瑟琳码头，而大法官正候在那里逮了个正着。皮革商则拥有一本路德的《基督徒的自由》，是他自己亲手所抄。这些人他都认识，颜面尽失、饱受折磨的贝恩汉，僧侣贝菲尔德，还有约翰·图克斯伯里，天知道他根本不是什么神学博士。随着几缕青烟，人类的骨灰飘浮到史密斯菲尔德的上空，这一年就这样过去了。

新年那天，天还没有亮他就醒了，看到格利高里站在他的床尾。"您最好来一下。汤姆·怀亚特被抓起来了。"

他立刻跳下床；他的第一个念头是莫尔已经攻进安妮圈子的核心。"他在哪儿？他们还没有把他带到切尔西吧？"

格利高里似乎有些不解。"他们干吗要带他去切尔西？"

"国王不可能允许——那儿离他太近了——安妮也有书，还给他看过——他自己也读过廷德尔的书——下一步是什么，莫尔准备逮捕国王吗？"他伸手去拿衬衣。

"跟莫尔毫无关系。是有些傻瓜在威斯敏斯特闹事被抓了起来，他们在街上生起火堆跳来跳去，接着又砸起了玻璃，你知道那是什么情景……"格利高里的声音很疲倦。"后来他们跟巡夜的人打了起来，于是被关了进去，有人传话出来，克伦威尔先生是否愿意下去一趟，给看守一份新年礼物？"

"天啊，"他说。他重新坐到床上，突然意识到自己光着身子，双脚、小腿、大腿、阴茎、身上的体毛、下巴上的胡茬全都露在外面：他的肩膀上还冒出汗来。他套上衬衣。"他们得上门来请我才行，"他说，"而我得先吃完早餐。"

格利高里带着一丝坏意地说，"您答应过要像父亲一样待他。所以您现在就该去看看。"

他站起身。"叫上理查德。"

"我也要去。"

"你想去就去吧,但我需要理查德,以免有麻烦。"

没有麻烦,只是讨价还价了一番。当几位年轻人步履蹒跚地来到外面时,天已经亮了,只见他们神情憔悴,鼻青脸肿,身上的衣服又脏又破。"弗朗西斯·韦斯顿,"他说,"早上好呀,先生。"他想,早知道你也在这儿,我就把你留下来。"你怎么没在宫里呢?"

"我在呀,"那孩子说,嘴里呼出一股馊味。"我在格林威治。不在这儿。你明白吗?"

"一身在两地,"他说,"好吧。"

"哦,上帝。哦,上帝呀我的救世主。"托马斯·怀亚特站在白得发亮的雪地上,揉着脑袋。"我再也不这样了。"

"直到明年的这个时候,"理查德说。

他转过身,看到最后一个踉跄的身影来到街上。"弗朗西斯·布莱恩,"他说,"我早该想到这种事情少不了你。先生。"

乍一出现在这新年的第一股寒意之中,安妮小姐的表亲像一条湿透了的狗一样浑身哆嗦着。"他妈的圣艾格尼丝,真冷啊。"他的上衣撕破了,衬衫领也被扯掉,脚上只有一只鞋。他用手拽着马裤,以免它掉下来。五年前,他在一次比武中失去了一只眼睛;现在又失去了他的眼罩,那青色的眼窝一览无遗。他用剩下的一只眼睛朝周围看了看。"克伦威尔?我不记得你昨晚跟我们在一块儿啊。"

"我当时在自己的床上,我但愿这会儿还在那儿。"

"那干吗不回去?"由于雪地路滑,他不由得松了手。"城里哪个小媳妇在等着你呢?圣诞节期的十二天你每天换一个吗?"他几乎笑出声来,这时布莱恩加了一句,"你们教派的人不是共女人的吗?"

"怀亚特,"他背过身去,"让他把身子遮上,要不然他那玩意儿会冻掉的。少了一只眼睛已经够糟了。"

"快说谢谢,"托马斯·怀亚特大声说着,一边用拳头擂他的同伴们。"快对克伦威尔先生说谢谢,并把你们欠的钱还给他。在这节假日里,还有谁会起这么早并解囊相助呢?否则我们可能被关到明天。"

他们看上去不像是身有分文。"没关系,"他说,"我会记到账上的。"

2．"唉！为了爱情我能做些什么？"

1532 年春

现在该考虑把这个世界联结起来的契约了：统治者与被统治者之间的契约，丈夫与妻子之间的契约。这两种约定都有赖于一种密切关注，一方对另一方利益的密切关注。主人和丈夫提供保护和赡养；仆人和妻子恭顺服从。在主人之上，丈夫之上，上帝统治着一切。他记下了我们小小的反抗，记下了我们作为人所干出的蠢事。他伸出那长长的胳膊，手握成了拳头。

设想一下，跟罗奇福德勋爵乔治谈论这些事情会是什么情景。他跟英格兰的所有年轻人一样风趣、文雅、博学；但是今天，他的兴趣却在从那开叉的天鹅绒外袖里露出来的火红色软缎上。他用指尖不停地抚弄着那一小团一小团的布料，又掏又戳的，让那鼓起的部分越变越大，使他自己看上去就像一个在胳膊上滚小球的杂耍艺人。

该谈谈英格兰到底是什么，谈谈它的疆域和边界了：不是计算和测量它的港口防御工事和边境的城墙，而是要估测它的自治能力。该谈谈国王的职责，谈谈他应该给予民众怎样的信心和保护：让民众免受外来的精神或物质上的侵犯，让他们享受自由，而不必听从某些人自命不凡地告诉一个英国人该如何跟他的上帝交流。

议会在一月中旬召开。这个早春的任务是摧毁主教们对亨利的新秩序的抵抗，以法律的形式规定——虽然事情眼下还悬而未决——削减缴纳给罗马的赋税，使他在教会中的最高权力不仅仅是一纸空文。下院起草了一份反对教会法庭的诉状，在程序上非常随意，在要求的司法权上目空一切；它质疑教会法庭的司法权，甚至质疑它们的存在；文件经过了很多人之手，但最后是他自己和雷夫以及赖斯利挑灯夜战，逐字逐句地修修改改。他提出了一大堆的反对理由：加迪纳尽管身为国王的秘书，却不得不带领他的主教同行们迎战。

国王召来了史蒂芬先生。他进来时，犹如一只被牵到大熊面前的獒犬，脖子后面的汗毛根根竖起，整个人也缩成一团。身材魁梧的国王嗓音却很高，一旦生气则会进一步高八度，刺得人耳朵发痛。教士们到底是他的臣民呢，还只是他的半个臣民？也许他们根本就不是他的臣民，因为既然他们宣誓要服从和支持教皇，又怎么可能是他的臣民？他大叫道，他们难道不应该对我宣誓吗？

史蒂芬出来时，他靠在一块绘有图画的墙板上。在他的背后，是一群画中的仙女在林间空地上嬉戏。他掏出一块手帕，却似乎忘了要干什么；他的大手摆弄着手帕，把它像绷带似的缠在指节上。汗珠从他脸上淌了下来。

他，克伦威尔，连忙叫人帮忙。"主教大人病了。"他们端来一把凳子，史蒂芬生气地看看它，接着又看看他，然后小心地坐了下来，仿佛对木工的手艺不太放心。"我想他的话你都听见了？"

每一个字。"如果他真的把你关起来，我会保证让你不太受罪。"

加迪纳说，"你真该死，克伦威尔。你以为自己是谁？你有什么职务？你什么都不是。什么都不是。"

我们必须赢得这场辩论，而不仅仅是把我们的敌人打倒。他已经去见过克里斯托弗·圣·杰门，一位上了年纪的法学家，他的话在整个欧洲都备受尊重。老人在自己家中客客气气地接待了他。他说，在英格兰，所有的人都相信我们的教会需要改革，而且这种需要一年比一年迫切，如果教会做不到这一点，那么国王在议会里就必须，而且能够，做到这一点。这是我几十年来研究这个问题所得出的结论。

当然,老人说,托马斯·莫尔不同意我的看法。也许他的时代已经过去了。乌托邦毕竟不是一个可以供人生活的地方。

当他觐见国王时,亨利对加迪纳满腔怒火:不忠不信,忘恩负义,他叫道。他还能当我的国务大臣吗,既然他已经准备直接跟我作对了?(亨利曾亲口称赞这家伙是坚定的争论者。)他一言不发地坐在那儿,看着亨利,想用安静来缓和气氛,想用巨大的沉默来包围亨利,好让他,亨利,能听听他的话。能够转移英格兰雄狮的怒火,这是一件了不起的事情。"我想……"他轻声说道,"如果陛下允许的话,我想的是……我们大家都知道,温彻斯特主教喜欢争论。但不是跟他的国王。他还不敢以此为乐。"他顿了顿。"所以,他的观点虽然不对,但都是他的心里话。"

"确实如此,可是——"国王停住了。亨利听到了自己的语气,那是他当年让红衣主教下台时对他说话的语气。加迪纳不是沃尔西——除非有一点,如果牺牲了他,很少有人会带着遗憾的心情想起他。不过就眼下而言,他愿意让那位令人头疼的主教留在原位;他关心亨利在欧洲的声誉,于是他说,"陛下,史蒂芬作为您的大使已经不遗余力,因此,最好是用诚恳的劝说来争取他,而不是用您的不悦来压服他。这种方法令人更愉快,而且更有面子。"

他观察着亨利的面孔。他对任何涉及面子的事情都很感兴趣。

"你总是给人这样的忠告吗?"

他微微一笑。"不是。"

"你并不完全确定我是否应该以基督徒的温顺之心来统治国家?"

"是的。"

"我知道你不喜欢加迪纳。"

"正因如此,陛下更应该考虑我的建议。"

他心里想,你欠我的,史蒂芬。这些账到头来要一笔一笔地算。

在自己的家里,他接待了议员以及法学院和城里同业公会的先生们;

接待了下院议长托马斯·奥德利，还有他的被保护人理查德·里奇，那是个金发的年轻人，像画中的天使一般英俊，思想活跃而敏捷，不受教规的约束；接待了劳兰德·李，他是个身体健壮、性情耿直的神父，你出去找上一整天，也难以找到一个这么不像神父的人。近几个月来，他在城里的朋友由于疾病和非正常死亡而变得越来越少。他认识多年的托马斯·索默尔因为散发英文福音而被关进塔里，刚放出来就死了；索默尔喜欢华服快马，是性情中人，直到最后与大法官交手。约翰·皮蒂特已经释放回家，但落下一身的病，再也无法参与下院的事务。他去看过他；他如今足不出户。听到他艰难的呼吸让人很难受。1532年春，这一年里的第一波温暖的天气，并没有使他好受一些。他说，我觉得胸口好像有个铁环，而且他们在把它越套越紧。他说，托马斯，我死了之后，你能帮我照顾露丝①吗？

有时候，跟议员或安妮的教士们一起在花园里散步时，由于克兰默博士不在他的右侧，他感到怅然若失。他从一月起就离开了，作为国王的使节去见皇帝；在出使途中，他将拜访德国的一些学者，游说他们支持国王的离婚案。他曾对他说，"你不在的时候，万一国王又做梦了，我该怎么办？"

克兰默笑了。"上次是你自己对付的。我在那儿只是点个头而已。"

他看到了马林斯派克，它的爪子抓住一根黑色的树枝，身子悬在半空。他指着它说："先生们，那是红衣主教的猫。"一看到这些客人，马林斯派克就沿着边墙一溜烟地跑开，尾巴晃了晃就消失了，藏进远处那个未知的天地。

在奥斯丁弗莱的下面的厨房里，小伙子们正在学习制作调味威化饼。这个过程要求眼力好、手稳和时间把握得当。有许多细节稍不小心就会出错。和好的面在黏稠度上要恰到好处，长柄烤盘里要有适量的油并充分加热。当你把盘子合拢时，它们两相接触会发出动物尖叫般的声音，一股蒸

---

① Luce，露茜的昵称。

汽也随之升起。如果你心里一慌，释放了压力，就会弄得黏糊糊的，只能刮起来扔掉了。你得等到蒸汽消散之后，然后开始数数。如果你数错了一下，空气中就会弥漫着焦糊味。成败只在一秒之间。

当他在下院提交关于暂停向罗马缴纳首年圣职收入①的议案时，他建议把议院分成两方。这太不同寻常了，但是在惊讶和抱怨声中，议员们还是同意了：赞成议案的在这一边，反对议案的在那一边。国王也在场；他观察着，他知道了谁在支持他谁在反对他，在审议结束时，他沉着脸，朝他的顾问官赞同地点了点头。这一招在上院就行不通了。国王三次亲自到场，为自己进行辩护。古老的贵族们——比如埃克塞特这些本身也拥有王位继承权的骄傲的家族——都支持教皇和凯瑟琳，而且也不怕说出心里话：或者说现在还不怕。不过他在找出自己的敌人，并尽可能地分裂他们。

厨工们做出第一张值得称道的威化饼后，瑟斯顿就让他们接着做出了一百张。这变成了驾轻就熟的活儿，手腕一抖，就将半成型的威化饼翻到长木勺的柄上，再将它掀到烘干架上，直到松脆。制作成功的威化饼——过了一段时间，它们都会是成功之作——被印上都铎家族的标记，然后一打一打地装进嵌有图案的漂亮盒子里，然后端上餐桌，每一张金黄色的薄脆圆饼都散发着玫瑰花露的芳香。他还送了一些给托马斯·博林。

作为准王后的父亲，威尔特郡伯爵觉得自己应该有一个特殊的头衔，而且已经让人知道，他不反对被称为阁下。他跟伯爵、伯爵的儿子以及他们的朋友商量之后，便穿过白厅的那些房间，去见安妮。月复一月，她的架子越来越大，但在他经过时，她的下人还是对他鞠躬行礼。不管是在宫中还是在威斯敏斯特的办公室里，他的衣着决不逾越他的绅士身份，总是穿着宽松的兰姆斯特羊毛外套，布料柔软得像水流动一般，而且它们总是

---

① 根据天主教的规定，新任主教或教职人员在担任教职的第一年里，需将收入奉献给教皇，英国在1534年后献给英王。

非常接近黑色的紫色和靛蓝色,看上去犹如夜色已经融进了衣服之中;黑色的天鹅绒帽子罩在他黑色的头发上,于是,唯一的亮点就是他转动的眼睛和那双结实丰满的手所做的手势了;除此之外,还有沃尔西的绿松石戒指闪烁出的火一般的光芒。

在白厅——就是以前的约克宫——建筑工人还在里面。为了庆祝圣诞节,国王送给安妮一间卧室。他亲自带她前往,希望看到她见到里面的情景会发出惊呼——房间的墙帷由金布银布制成,雕花床上垂着绣有鲜花和孩子图案的红绸缎。亨利·诺里斯告诉他,安妮并没有惊呼;她只是缓缓地打量着四周,微笑着,眨着眼睛。接着她想起自己应该有什么反应;她假装因为荣幸而感到眩晕,直到她站立不稳而亨利用双臂将她搂进怀里时,她才惊呼出声。诺里斯说,我衷心地希望在我们的一生中,我们都起码应该有一次让一个女人发出那样的声音。

安妮跪谢之后,亨利当然不得不离开;恋恋不舍地牵着她的手,离开那个光线暧昧的房间,回去出席新年宴会,接受公众对他的表情的检视:他确信这个消息会通过密码或明码,通过陆地或海洋,传遍整个欧洲。

穿过一连串以前属于红衣主教的那些房间后,他终于看到安妮和她的侍女们坐在一起,她已经知道,或者说似乎知道,她父亲和哥哥说了些什么。他们自以为在帮她制定战术,但她自己才是她最好的战术家,她能够反思,能判断哪里出了错;他敬佩能从错误中学习的所有人。有一天,敞开的窗户外面传来筑巢的鸟儿拍翼的声音,她说,"你曾经告诉我,只有红衣主教才能使国王获得自由。你知道我现在怎么想吗?我觉得沃尔西是最不可能做到这一点的人。因为他太过自负,因为他想成为教皇。如果他更谦卑一些,克雷芒可能就会帮他了。"

"这也许有点道理。"

"我想我们该吸取教训,"诺里斯说。

他们同时转过身来。安妮说,"是吗,我们应该吗?"而他则说,"什么样的教训呢?"

诺里斯一时语塞。

"我们谁都不可能成为红衣主教，"安妮说，"就连具有雄图大志的托马斯，也不会有这种奢望。"

"哦？我才不会打这个赌呢。"诺里斯懒洋洋地走了——只有穿着绸服的人才会有这种懒洋洋的神态——将他留在女人堆里。

"嗯，安妮小姐，"他说，"当你回想起已故的红衣主教时，你有没有抽点时间为他的灵魂祈祷呢？"

"我想上帝已经评判他了，至于我，不管我祈不祈祷，都没有作用。"

玛丽·博林柔声说，"他在逗你呢，安妮。"

"如果不是因为红衣主教，你就会嫁给哈利·珀西了。"

"最起码，"她抢白道，"我会拥有做妻子的身份，那是一种很有颜面的身份，可是现在——"

"哦！但是表妹，"玛丽·谢尔顿说，"哈利·珀西已经疯了。这一点谁都知道。他花钱如流水。"

玛丽·博林笑了起来。"他的确是的，而我妹妹认为，他这是因为在跟她的事情上伤透了心而造成的。"

"小姐，"他转向安妮，"你不会愿意呆在哈利·珀西的属地的。因为你知道，他会跟那些北方领主一样，把你关在一溜螺旋式楼梯上面的冰冷的塔楼里，只在吃饭的时候才让你下来。而你才刚刚落座，他们正在端上由燕麦片混合他们劫掠来的牛血制成的血肠，你的夫君就一阵风似的进来了，晃着手里的袋子——哦，亲爱的，你说，是给我的礼物吗？他说，是呀，夫人，如果你乐意的话，接着打开袋子，于是一颗苏格兰人的头颅滚到你的腿上。"

"哦，这太可怕了，"玛丽·谢尔顿小声说，"他们真的这样吗？"安妮用手掩住嘴巴，大笑起来。

"而且你知道，"他说，"正餐的时候，你更愿意吃简单水煮的鸡胸肉，切成片，淋上龙蒿奶油浇汁。还有西班牙大使带进来的一种极好的陈年干酪，很显然，他原本是打算献给王后的，但不知怎么却跑到了我的家里。"

"对我的招待已经是再好不过了，"安妮说，"一群人埋伏在大路上，拦截凯瑟琳的干酪。"

"嗯，表演了这样一场政变之后，我得走了……"他朝角落里的琴童指了指，"让你跟你的鼓眼睛爱人在一起。"

安妮朝那个叫马克的孩子瞥了一眼。"他的眼睛的确很鼓。没错。"

"要我把他赶走吗？这地方到处都是乐师。"

"留下他吧，"玛丽说，"他是个可爱的孩子。"

玛丽·博林站起身来。"我要……"

"凯里夫人现在又要去跟克伦威尔先生会谈了，"玛丽·谢尔顿说，那语气像是在发布什么好消息。

简·罗奇福德说，"她又要向他奉献她的贞操了。"

"凯里夫人，你有什么话不能当着我们大家的面说呢？"但是安妮点点头。他可以走了。玛丽也可以走了。玛丽大概要传达某种安妮不便直接说出的信息。

到了外面："有时候我需要透透气。"他等待着。"简和我们的哥哥乔治，你知道他们互相憎恨吗？他不愿意跟她上床。他如果不是跟别的哪个女人在一起，就是通宵呆在安妮的房间。他们一起玩牌。他们玩尤里乌斯教皇[①]一直玩到天亮。你知道国王帮她还赌债吗？她需要更多的收入，还需要自己的宅子，一个安静的去处，离伦敦不是太远，在河边的什么地方——"

"她看上谁的宅子了？"

"我觉得她并没有想把任何人撵出去。"

[①] 16世纪的一种赌牌游戏。

"房子通常都是有主人的。"接着,他突然想到了什么。不禁笑了。

她说,"我以前告诉过你要离她远点儿。但现在我们没有你还真不行。就连我父亲和舅舅都这么说。没有国王的恩宠,没有他持续的陪伴,什么都办不成,什么都办不成,而现在,你只要不在亨利身边,他就想知道你在哪儿。"她退开两步,打量他片刻,仿佛他是个陌生人。"我妹妹也是这样。"

"我需要一份工作,凯里夫人。当一名顾问官是不够的。我需要在王室里有一个正式的职位。"

"我会告诉她的。"

"我想在珠宝屋里有个职位。或者在税务法庭①也行。"

她点点头。"她让汤姆·怀亚特成了诗人。让哈利·珀西成了疯子。至于让你成为什么,我敢肯定她心里已经有了些主意。"

议会召开前几天,托马斯·怀亚特为在元旦那天让他天不亮就起床而登门致歉。"您完全有理由生我的气,但我来请求您别这样。您知道一到元旦是什么情景。大家互相祝酒,酒杯不断地传递,而你必须喝干。"

他看着怀亚特在房间里走来走去,他非常好奇、不自在,又有几分腼腆,所以没有坐下来面对面地赔罪。他转动着彩色地球仪,食指停在英格兰的国土上。他停下脚步看了看画像,看了看一个小祭坛,然后探询地转过身来;这是我妻子的,他说,我为她保留着。怀亚特先生穿着一件笔挺的乳白色织锦外套,有黑貂毛饰边,他可能买不起这样的衣服;他里面是一件茶色丝绸紧身上衣。他长着一双温柔的蓝眼睛和一头日渐稀疏的金发。有时候,他小心地把指尖贴到头上,仿佛元旦的头痛还没有消失;实际上,他是在检查自己的发际线,看看在过去的五分钟里有没有后退。他停下来照了照镜子;他经常这样。亲爱的上帝啊,他说。跟那群人一起在

---

① 英国历史上专管王室岁入并审理有关案件的机构,1873年归并高等法院。

大街上晃荡。我都这个年龄了，还干这种事情。但是掉发又未免太早了。你觉得女人们在乎这个吗？很在乎？你觉得我留胡子的话，会不会分散……不，可能不会。不过我可能还是会留的。国王的胡子看起来很漂亮，对吧？

他说，"难道你父亲没有给你一些建议吗？"

"哦，有的。出门之前喝一杯牛奶。用蜂蜜炖木梨——你觉得这有用吗？"

他竭力不让自己笑出来。他想严肃地处理这件事，扮演好怀亚特的父亲这个新角色。他说，"我是说，难道他从来没有告诉过你，对国王感兴趣的女人要离远点儿吗？"

"我是离远了呀。你记得我去过意大利吗？然后又在加来呆了一年。对一个男人而言，还能离得多远呢？"

他意识到，这也是从他自己的生活中产生的问题。怀亚特在一张小凳上坐下。他把胳膊支在膝盖上。捧着头，指尖贴着太阳穴。他在倾听自己的心跳；他在思考；也许是在构思一首诗？他抬起头。"我父亲说，如今沃尔西死了，您就是英格兰最聪明的人了。因此如果我只说一遍，您能明白吗？如果安妮不是处女，那跟我毫不相干。"

他给他倒了杯酒。怀亚特一饮而尽后，说，"很浓烈。"他凝视着杯子里面，然后又看着自己握住杯子的手指。"我想，我还得多说一点。"

"如果非说不可的话，就在这里说，并且只说一遍。"

"挂毯后面藏人了吗？有人告诉我说，在切尔西有仆人给你通风报信。如今呀，谁的仆人都不可信，到处都有密探。"

"那你告诉我，什么时候没有过密探，"他说，"莫尔家有个孩子，名叫迪克·帕瑟，他成为孤儿之后，莫尔出于负罪感而收留了他——我不能说是莫尔直接杀死了他父亲，但他给他戴上枷锁并把他关进塔里，于是他的身体垮了。迪克对其他孩子说，他不相信上帝在圣餐中的圣体里，于是莫尔在全府上下所有人的面前让他挨了一顿打。现在我把他带到这儿来了。我还能怎么办呢？其他所有受他虐待的人我都会收留。"

怀亚特微笑着，用手抚摸着示巴女王：也就是安塞尔玛。国王把沃尔西的精致挂毯赏给了他。年初的时候，他去格林威治觐见国王时，国王注意到他抬眼向她致意，于是半笑着说，你认识这个女人吗？以前认识，他说，为自己解释着，找着托辞；国王说，没关系的，我们年轻时都犯过傻，而你不可能跟每个人都结婚，对吧……他先是很小声地说，我记得这是约克红衣主教的，接着又爽快地说，你回去后给她找个地方；我想她该去和你一起生活。

他给自己倒了一杯酒，又给怀亚特倒了一杯；说，"加迪纳让人站在大门外面，观察有谁在进进出出。这是城里的一座房舍，不是堡垒——但如果有不该来的人来了，我家的人会很乐意将他们赶走的。我们很喜欢战斗。我倒是宁愿把过去留在身后，但有人不让我这样。诺福克舅舅不断地提醒我，说我是一名普通士兵，而且还不在他的军队里。"

"你这样称呼他？"怀亚特笑了起来，"诺福克舅舅？"

"只是私下里。不过，我没有必要提醒你霍华德家的人认为他们该得到什么。而你从小就是托马斯·博林的邻居，所以你知道别去招惹他，不管你对他女儿怎么想。我希望你对她没什么想法了——对吧？"

"两年来，"怀亚特说，"一想到任何别的男人碰她，我就难受至极。但我能给她什么呢？我是个已婚男人，而且也不是她想钓取的公爵或王子。我想，她喜欢我，或者说她喜欢我为她神魂颠倒，这让她很开心。我们有时单独在一起，她会让我吻她，我总是想……可那只是安妮的伎俩，你瞧，她先说好的，好的，好的，然后突然说不行。"

"而你呢，当然是一位正人君子。"

"哦，难道我该强奸了她不成？她一旦说了住手，就不是闹着玩的——这一点亨利知道。但过了一些日子，她又会让我吻她。好的，好的，好的，好的，不行。最让人受不了的是，她常常暗示，几乎是在炫耀，她拒绝了我却允许其他人——"

"哪些人？"

"哦，名字，名字会败了她的兴致。整个情形就是这样设计的，好让你不管是在宫廷还是在肯特郡，每看到一个男人，你心里就想，会是他吗？是他，还是他？因此你总是在不断地问自己，为什么得不到她的垂青，为什么你总是无法讨她的欢心，为什么你总是得不到机会。"

"我想你的诗写得很漂亮。在这方面你可以聊以自慰了。陛下的诗有时候有些重复，更不用说自我中心了。"

"他那首《与好朋友共度时光》[①]的歌，我当时听到时，觉得内心有什么东西在涌动，像是有条小狗想狂吠一般。"

"没错，国王已经年过四十了。听他唱起自己年轻荒唐的日子，让人心里不是滋味。"他注视着怀亚特。这年轻人显得有些茫然，仿佛眉宇间有一种挥之不去的痛苦。他口里说安妮不再折磨他了，但看起来并非如此。他用像屠夫一般残忍的语气说，"那么，你觉得她有多少情人呢？"

怀亚特低头看着自己的脚。然后又看着天花板。他说，"十来个？或者一个都没有？或者上百个？布兰顿曾经想告诉亨利，她是被人玩过的烂货。可他把布兰顿撵出了宫。想想看，如果我去说会是什么下场。我都怀疑自己会活着走出那个房间。布兰顿强迫他自己说了出来，因为他想，到了她委身于亨利的那一天，结果又会如何？他会不知道吗？"

"相信她吧。她肯定想到了这一点。再说，国王也根本不会判断别人是不是处女。他已经这样承认过了。在凯瑟琳的问题上，他花了二十年的时间才想明白，他哥哥已经比他捷足先登。"

怀亚特哈哈大笑。"当那一天或者那一夜到来时，这种话安妮可没法跟他说。"

"听着。这件事情我是这么看的。安妮并不担心自己的新婚之夜，因

[①] 亨利八世多才多艺，除擅长运动外，还是音乐家、作家、诗人，这是他最有名的一首曲子，也被称为国王的歌谣。

为没有担心的理由。"他想说,因为安妮不是一个花瓶,她是个很有心机的人,在她那双贪婪的黑眼睛后面,有颗冷静精明的脑瓜在盘算。"我想,任何一个女人既然有能耐对英格兰国王说不,而且一遍又一遍地说不,她就有能耐对所有的男人说不,包括你,包括哈利·珀西,还包括她在以自己喜欢的方式筹备自己的事业时可能选中来折磨取乐的所有其他男人。所以我想,没错,你是被耍了,但跟你想象的不完全是一回事。"

"这算是安慰吗?"

"这应该能安慰你。如果你真的当过她的情人,我就该替你担心了。亨利相信她守身如玉。他还能怎么相信呢?但一旦他们结了婚,他就会很妒忌的。"

"他们真的会吗?结婚?"

"我正在跟议会一起努力,相信我,而且我觉得我能打败那些主教。然后呢,天知道……托马斯·莫尔说,在约翰国王统治时期,教皇曾经下令停止英格兰的宗教活动,结果牲口不繁殖,庄稼长不熟,青草不生长,鸟儿从天降。不过如果再发生那样的事情,"他微微一笑,"我相信我们能改弦易辙。"

"安妮问过我,克伦威尔这个人,究竟相信什么?"

"这么说,你们还有交谈?并且谈到了我?而不仅仅是好的,好的,好的,不行?我真是深感荣幸。"

怀亚特显得很不开心。"你不会弄错吗?关于安妮?"

"有可能会错。眼下我根据她自己的评价来看她。这样对我好。对我们两人都好。"

怀亚特告辞时,他说,"你不久得再来这儿。我家的姑娘们都听说你非常英俊。你可以戴着帽子,如果担心她们会失望的话。"

怀亚特是国王固定的网球搭档。因此他懂得谦恭的自尊。他勉强露出一丝笑容。

"你父亲给我们大家讲过狮子的故事。男孩们还用它编了一出戏。或许你愿意哪天过来扮演自己的角色?"

"哦,狮子。如今回想起来,我觉得那不像是我会做的事情。在露天下,一动不动地站着,将它吸引过来。"他顿了顿。"更像是您会做的事情,克伦威尔先生。"

托马斯·莫尔来到奥斯丁弗莱。他不肯吃,也不肯喝,尽管他看上去两者都需要。

如果是红衣主教,肯定不会接受"不"的答复。他会让他坐下来吃点奶油甜点。或者如果碰上季节的话,会给他一大盘草莓和一只小勺子。

莫尔说,"在这过去的十年里,土耳其人占领了贝尔格莱德。他们在布达的大图书馆里燃起了篝火。他们抵达维也纳的城门也只是两年前的事儿。你为什么想在基督教世界的墙壁上打开另一道缺口呢?"

"英格兰国王不是异教徒。我也不是。"

"你不是吗?我都不知道你是向路德和德国人的上帝祷告,还是向你以前到处漂泊时遇到的某位异教的上帝,或者是向你自己创造的英格兰的某个神灵。也许你的信仰是可以买卖的。如果价格合理的话,你会效忠于苏丹王。"

伊拉斯谟说,大自然难道创造过比托马斯·莫尔更仁慈、更和气、更好相处的人吗?

他没有说话。他坐在办公桌旁——莫尔来时他正在工作——用双拳支着下巴。这种样子可能使他显出几分迎战的架势。

大法官看上去似乎恨不得要扯碎自己的衣服:这样对衣服可能只会更好。人们可能会同情他,但他不打算这样。"克伦威尔先生,你以为就因为你是枢密院顾问官,就可以背着国王跟异教徒谈判。你错了。我知道你和史蒂芬·沃恩有信件往来,我知道他与廷德尔会过面。"

"你是在威胁我吗?我只是感到好奇。"

"是的,"莫尔难过地说,"是的,我正是在这样。"

他看出两人之间的力量均势发生了变化：不是作为国家的官员，而是作为男人。

莫尔离开时，理查德对他说，"他不该这样。我是说威胁您。今天，因为他的职务，他可以扬长而去，但到了明天，谁知道呢？"

他想，我小的时候，九岁左右吧，曾经跑到伦敦，目睹了一位老太太因为自己的信仰而遭受迫害。记忆的潮水朝他全身袭来，他像随波逐流似的走开了，一边扭头说，"理查德，去看看大法官有没有像样的随从。如果没有，就给他安排一个，并且尽量把他送上回切尔西的船。我们不能让他在伦敦到处乱逛，随便跑到什么人的家里去高谈阔论。"

最后半句话他是用法语说的，他也不知道是为什么。他想到了安妮，她的手伸出来，把他朝她拉去：*Maître Cremuel, à moi*①。

他已记不清是哪一年，但还记得那四月底的天气，豆大的雨点打在嫩绿的新叶上，留下点点水印。他已记不清沃尔特发火的原因，但还记得他当时是彻底吓坏了，心脏在胸腔里怦怦直跳。当时，如果不能跑到朗伯斯躲在他的约翰叔叔那儿，他就溜进城里，看看能碰上谁——看能否在码头上帮别人跑跑腿，拎个篮子或装个车什么的，来挣个一便士。别人朝他吹声口哨，他就来了；他如今知道，当时很侥幸没有跟那些牛鬼蛇神搅在一起，否则他们会让他被打上烙印或挨数顿鞭子，或是成为从河里捞上来的一具小尸体。在那个年龄，你不知道是非对错。如果有人说，那边有好玩的事情，他就顺着别人手指的方向跑去了。他跟那位老太太无冤无仇，但是他从来没见过火刑。

她犯什么罪了？他问，他们就说，她是一个罗勒②。也就是说，她说圣餐台上的上帝是一片面包。他说，什么，就像面包师烤的面包吗？让这孩子到前面去，他们说。让他受受教育，走近点儿看对他有好处，这样他

---

① 法语，意为"克伦穆尔先生，到我这儿来"。
② 指罗拉德教派的信徒，该教派反对罗马天主教的繁琐的仪式。

从此以后就总是去做弥撒并听神父的话了。他们把他推到了人群的前面。到这儿来，宝贝儿，跟我站一块儿，有个女人说。她满脸笑容，戴着一顶干净的白帽子。你只要好好看看这个，主就会宽恕你的罪过，她说。所有为这火刑带柴火来的人，都可以在炼狱中少呆四十天。

当罗勒被法警们押送出来时，人们大声嘲笑、呼喊。他发现她是个老奶奶，也许是他见过的年纪最大的人。法警们几乎是抬着她。她没戴帽子，也没有面纱。她的头发似乎被扯下了几大块。他身后的人说，肯定是她自己干的，因为对她所犯的罪感到绝望了。罗勒的身后跟着两位僧侣，大摇大摆的，就像两只肥硕的灰老鼠，粉红色的爪子上拿着十字架。戴着干净帽子的女人捏了捏他的肩膀：就像一位母亲那样，如果你有母亲的话。瞧瞧她，她说，都八十岁了，还沉浸在邪恶之中。有个男人说，她的骨头上没多少脂肪了，烧不了一会儿的，除非风向变了。

可她犯了什么罪呢？他说。

我告诉过你了。她说那些圣人只不过是木头柱子。

就像他们把她拴上去的那根柱子吗？

是呀，就像那样。

柱子也会烧掉的。

他们下一次可以再找一根，那女人说。她把手从他的肩膀上移开。她将双手握成拳头，在空中挥舞，并使尽全力发出一声尖叫，一声高呼，声音像魔鬼似的刺耳。人群顿时炸开了锅。大家群情激愤，都想涌上前去看个究竟，他们有的尖叫，有的吹着口哨，有的跺脚。想到即将看到的可怕情景，他觉得身上时冷时热。身边的女人是他在这人群中的母亲，他扭过头来，抬眼去看她的脸。你好好看着，她说。她用十分温柔的手指，将他的脸转过去，面对眼前的场面。现在要看仔细了。法警拿着铁链，把老人绑在木桩上。

木桩在一个石头堆的上面，这时来了一些绅士，还有神父，也许是主教，他也不清楚。他们大声要求罗勒放弃她的异端邪说。他站得很近，看到她的嘴唇嚅动着，但听不清她说了些什么。如果她现在改变主意，他们会放了她吗？才不会呢，那女人咯咯地笑着。瞧，她正在请求撒旦来帮她。那些绅士退开了。法警们把木柴和成捆的稻草堆在罗勒的周围。那女人拍了拍他的肩膀；但愿它们是湿的，对吧？这儿看得很清楚，上次我是在后面。雨停了，太阳出来了。当行刑人举着火把走近时，火把在阳光下显得很苍白，几乎像是一道光在移动，像是鳗鱼在袋子里蠕动。僧侣们在吟诵，并朝罗勒举起一个十字架，直到他们猛然退开，并看到第一股浓烟升起，人群才知道已经点火了。

他们高呼着一齐往前涌。法警们用棍子拦住他们，并用深沉的声音喊着，退后，退后，退后，人群又叫又闹地退了回来，接着又再一次呼着喊着涌上前，仿佛这是一场游戏。滚滚浓烟遮住了他们的视线，人们用手扇着烟雾，四下里一片咳嗽声。闻闻她！他们大叫着。闻闻这老太婆！他屏住气息，不想把她吸进去。罗勒在浓烟中哭号。现在她在求圣人了！他们说。那女人弯下腰，对着他的耳朵说，你知道他们在火中会流血吗？有些人以为他们只是烧干了，但我以前看过，所以我知道。

等到烟雾散去，他们重新能够看见时，老太太的身上已经是大火熊熊了。人群开始欢呼。他们本来说烧不了多久，但其实烧了很久，或者说他觉得是很久，直到哭叫声停了下来。没有人为她祈祷吗，他说，那女人说，有什么意义呢？即使已经没有什么能发出哭号的声音了，有人还在往火里添柴。法警们在旁边走动着，一边将飞出来的稻草踩灭，或者将大一点的柴火踢回去。

当人群渐渐散开，叽叽喳喳地走回家时，你能看出哪些人在火边站错了位置，因为他们的脸上黑乎乎的，沾有烟灰。他想回家，可是又想到了沃尔特，他那天早上说要一点一点地整死他。他看着法警用铁棒敲打着尸体的残骸。铁链上还残存着一些碎肉，紧紧地粘在那儿。他走上前去，问那些人，这火得有多烫，才能烧掉骨头？他以为他们对这种事情很了解。但他们不明白他的问题。在不是铁匠的人看来，所有的火都是一个样。他父亲跟他讲解过不同的红色：夕阳红，樱桃红，还有那种除了猩红之外没有别的名字的鲜亮的黄红色。

罗勒的头骨留在地上，还有她的胳膊和腿的长骨。她那破损的胸腔比一条狗的大不了多少。有个男人拿起一根铁棒，朝老太太的左眼原本所在的洞里戳了进去。他挑起头骨，放在石头上摆好，让它正对着他。接着他抡起铁棒，朝头骨猛砸下去。即使在那一下击中之前，他就知道瞄得不准，砸偏了。有几片碎骨像星星一样，落入了泥土之中，但大部分的头骨仍然完好。天啊，那人说。嘿，小子，你想试试吗？狠狠来一下就可以将她解决了。

他通常是有请必应。可现在他退开了，双手放到了背后。上帝啊，那人说，但愿我也有选择的资格。过了一会儿，天下起雨来。那些人擦了擦手，擤了擤鼻子就收工了。他们把手里的铁棒扔在罗勒的残骸上。所谓残骸，现在只是几块骨头和一摊厚厚的泥灰。他捡起一根铁棒，好作为武器来防身。他用手指摸了摸细细的棒头，棒头就像凿子一般。他不知道自己离家有多远，也不知道沃尔特是否会来找他。他有些纳闷，不知道你是怎样一点一点地整死别人，是用火烧呢还是用刀砍。法警们在这儿的时候，他该问问他们的，作为城市的公仆，他们肯定知道。

空气中仍然弥漫着老太太留下的焦臭味。他心里想，不知道她现在是到了地狱，还是仍然在街上，但是他不怕鬼。他们为那些绅士搭建了一个看台，尽管罩蓬已经拆了，但看台离地面很高，他可以蹲在里面藏起来。他为老太太祈祷，觉得这不会有害处。他一边祈祷，一边嚅动着嘴唇。雨水在他上面积累起来，大滴大滴地透过木板的缝隙流下来。他数着雨滴间隔的时间，并用手接住它们。他这样做只是为了消磨时间。黄昏降临了。如果这是平常的一天，他现在就会饿了，就会去找食物。

在黄昏中，来了一些男人，还有一些女人；因为其中有女人，他知道他们不是法警，也不是会伤害他的人。他们渐渐靠拢，围着石碓上的木桩形成一个松松的圆圈。他从看台下钻了出来，朝他们走去。你们肯定不知道这儿发生了什么,他说。但他们既没有抬头也没有跟他说话。他们跪了下去,他就觉得他们是在祷告。我也为她祈祷了,他说。

是吗?好孩子,有个男人说。他甚至没有抬起眼睛。他想,他如果看看我,就会发现我并不好,而只是个一无是处的孩子,只会带着狗出走玩,却忘了为锻造好的东西准备好盐水,结果等沃尔特大吼着要那该死的淬火桶时,它却不在那儿。随着肚子里一阵咕咕的叫声,他想起了自己犯的错以及沃尔特为什么要整死他。他恨不得大哭一场。仿佛疼痛难忍一般。

他现在看清那些男人和女人不是在祈祷。他们都趴在地上。他们是罗勒的朋友,正在收拾她的骨灰。有个女人张开裙子跪在地上,手里端着一个陶钵。即使在朦胧的夜色中,他的眼睛也很锐利,他从那些污泥中捡起一片骨头。这儿有,他说。那女人伸出钵子。这儿还有。

有个男人远远地站在一旁。他为什么不来帮我们?他问。

他在望风。如果法警来了他就吹口哨。

他们会把我们抓起来吗?

快点儿,快点儿,另一个男人催道。

当他们捡满一钵后,端着钵子的女人说,"把你的手给我。"

他很信任地把手伸给她。她把自己的手指伸进陶钵里。然后在他的手背上抹了一团黑乎乎的东西,有泥有沙有油有灰。"琼·鲍顿,"她说。

如今,回想起那件事时,他对自己有缺失的记忆感到不解。那个女人的一撮骨灰作为他皮肤上的一团油腻腻的污渍被他带走,他始终忘不了那个女人,但为什么他儿童时代的生活却像零星的碎片,无法连成一体呢?他不记得自己当时是怎么回家的,也不记得沃尔特干了什么而并不是一点一点地整死他,还不记得他之前为什么没有准备好盐水就逃走了。他想,也许他把盐弄撒了,因为太害怕而没敢告诉他。好像有这种可能。恐惧会造成失职,而失职会带来更大的恐惧,到了最后,当恐惧终于变得太大时,人的精神便屈服了,一个孩子就稀里糊涂、漫无目的地四处游荡,到头来跟着人群目睹了一次杀人的场面。

这个故事他从没有告诉过任何人。他不介意跟理查德,还有雷夫,谈起自己的过去——在一定程度上——但是他并不想把自己的点点滴滴都暴露出来。查普伊斯经常来吃晚餐,就坐在他的旁边,一点点地套出他的往事,就像从骨头上把肉一点点地剔下来一样。

有人跟我说你父亲是爱尔兰人,尤斯塔西说。他等待着,一副泰然自若的样子。

我还是第一次听到,他说,但我可以告诉你,他对他自己都是一个谜呢。查普伊斯吸了吸鼻子;爱尔兰人是一个粗暴的民族,他说。"告诉我,你真的在十五岁时就越狱并逃出了英格兰吗?"

"当然,"他说,"有位天使帮我砸开了镣铐。"

这会给他写信回国提供一些素材。"我就那个传闻问了克伦穆尔,他用渎神的话回答了我,陛下您不宜细听。"查普伊斯从来不愁在信件中没有消息可以汇报。如果消息不够,他就拿流言蜚语来凑。有些流言是他从可疑的渠道获取的,还有些是他有意透露给他的。由于查普伊斯不说英语,他的消息有些是用法语从托马斯·莫尔那里得到的,有些是用意大利语从商人安东尼奥·蓬维希那儿获取的,还有些是用天知道是什么语言——没准是拉丁语?——从伦敦主教斯托克斯利那儿得来的,主教家的餐桌他也频频光顾。查普伊斯在向他的皇帝主子宣扬一种观点,说英格兰人对他们的国王非常不满,因此,只要有几支西班牙军队的鼓舞,他们就会起来反抗。当然,查普伊斯完全弄错了。英格兰人也许支持凯瑟琳王后——总体而言,似乎是这样。他们也许不赞成或不了解议会最近的举措。但直觉告诉他,他们会团结起来抵抗外来的干涉。他们之所以喜欢凯瑟琳,是因为他们忘了她是西班牙人,是因为她在这里已经呆了很久。他们依然是在邪恶的五朔节①那天反抗外国人的那些人;依然是心胸狭窄、

---

① 五朔节是五月的第一个星期一,邪恶的五朔节得名于1517年发生的一场暴乱,当时主要是反对住在伦敦的外国人。

固执己见、眷恋故土的那些人。只有使用巨大的武力——比如说，弗朗西斯与皇帝联手——才会让他们改变主意。当然，我们不能排除出现这种联手的可能性。

吃完饭后，他送查普伊斯回到他的手下那里，他们都是魁梧壮实的小伙子，是他的卫士，懒洋洋地在那里用佛兰芒语聊天，经常是在谈他。查普伊斯知道他曾去过低地国家；他以为他听不懂这种语言吗？也许这是一种刻意的虚实并用的伎俩？

曾经有些日子，不是太久以前，在丽兹去世之后，他早上醒来时，需要想清楚自己是谁以及为什么，然后才能跟别人讲话。有些日子，他梦见了逝去的亲人，醒来时还在寻找他们。从梦的门槛上迈出来时，醒来的他还在瑟瑟发抖。

但那种日子不是这种日子。

有时候，当查普伊斯刨根探底，把沃尔特的尸骨都挖了出来，让他对自己的生活都感到陌生时，他几乎恨不得要为他父亲以及他自己的童年时代做些辩护。但为自己辩护毫无用处。解释毫无意义。谈趣闻轶事是一种脆弱的行为。明智的做法是把过去隐瞒起来，哪怕没有什么可以隐瞒。一个人的力量就在于半明半暗，在于他若隐若现的手势和令人费解的表情。人们害怕的就是缺乏事实：你打开一道缝隙，他们便把自己的恐惧、幻想、欲望全部倒了进去。

1532年4月14日，国王任命他为珠宝屋管理员。亨利·怀亚特曾说，从这里，你可以对国王的收入和支出有个总体的了解。

仿佛对所有从面前经过的大臣说话一般，国王大声说，"我为什么就不能，告诉我为什么就不能，任用一位正直的铁匠的儿子呢？"

听到对沃尔特的这种描述，他几乎忍俊不禁；这比西班牙大使说过的所有的话都要抬举多了。国王说，"你现在的一切，都是我给你的。是我一个人。你的一切职务，你拥有的一切东西，都将来自于我。"

这个念头让他感到愉快，这也可以理解。亨利近来心情大好，非常慷慨，而且愿意听取臣子的建议，所以他偶尔强调一下自己的身份，不管有没有这种必要，你都得原谅他。红衣主教过去常说，英国人会原谅国王的一切，直到他想向他们征税。他还常说，职务头衔其实并不重要。让枢密院的同僚们背过身去不理他好了，等他们再转过身来，会发现干事儿的是我。

四月的一天，他正在威斯敏斯特的一间办公室里，休·拉蒂摩突然走了进来，他刚从朗伯斯宫的软禁中释放出来。"喂？"休说，"你应该可以停一下笔，跟我握个手吧。"

他从桌子旁起身，给了他一个拥抱，抱住他沾有灰尘的黑外套，感受着他的筋骨。"怎么样，你对渥兰发表了一场精彩的演讲吗？"

"我即兴发挥，以我自己的方式。那些话第一次从我嘴里冒出来，就像出自婴儿之口一样。也许老家伙现在对火刑没什么兴趣了，因为他自己的日子也快到头了。他已经干瘪了，像在太阳下晒过的心皮①，他走动的时候，你都能听见他的骨头嘎吱作响。反正我也说不清是怎么回事，但是你看到我在这儿了。"

"他怎么对你的？"

"让我的藏书室四壁空空。所幸我的脑子里装满了书本。放我走时他还警告了我。他跟我说，我身上如果没有火的味道，那么也有煎锅的味道。这话以前也有人对我说过。自从我因为异端邪说而被带到红衣老鬼面前，离现在肯定有十年了，"他笑了起来。"不过沃尔西呢，把传道的许可证还给了我。还有和平之吻。还有晚餐。怎么样？我们距离一位热爱福音的王后是不是近了一步？"

他耸了耸肩。"我们——他们——正在跟法国人商议。协议还有待签

---

① 植物学家将花的各部分分为花萼、花冠、雄蕊、雌蕊，又称萼、瓣、须、心，"心皮"即雌蕊。

署。弗朗西斯有一群可能会在罗马支持我们的红衣主教。"

休哼了一声。"还在指望罗马。"

"事情本来就该这样。"

"我们要转变亨利。我们要让他接受福音。"

"也许吧。不能操之过急。要一步一步地来。"

"我要去请求斯托克斯利主教允许我探视我们的贝恩汉教友。你要去吗?"

贝恩汉是去年被莫尔逮捕并拷打过的那位大律师。就在圣诞节前,他被带到伦敦大主教面前。他宣布放弃自己的信仰,于是在二月份被释放。他只是个平常人;他想活命,谁会不想呢?可自由之后,他的良心让他寝食难安。一个礼拜日,他走进一座人群聚集的教堂,站到所有人的面前,手里拿着廷德尔的圣经,公开表明了自己的信仰。现在他被关在塔里,等待着宣判他的死期。

"怎么样?"拉蒂摩问,"你去还是不去?"

"我不应该给大法官提供口实。"

我可能会削弱贝恩汉的决心,他想。跟他说,随便相信什么吧,兄弟,就此发誓并在背后交叉手指①。可话说回来,贝恩汉现在说什么都没有用了。对他不会再施以仁慈,他必须被烧死。

休·拉蒂摩大步离去。上帝的仁慈会降临在休的身上。上帝与他同在,与他一起登上小船,然后在伦敦塔的影子下上岸;既然如此,就不需要托马斯·克伦威尔了。

莫尔说,对异教徒撒谎或者诱使他们招供没有关系。他们没有权利保持沉默,尽管他们知道自己的话会当作呈堂证供;如果他们不肯开口,就敲断他们的手指,用烙铁烙他们,绑住他们的手腕把他们吊起来。这是合法的,实际上莫尔说得更好听;这是上天的惩罚。

---

① 一种迷信,认为食指和中指交叉便可以逢凶化吉,或减轻说谎的罪过。

下院有一群人在王后头像酒馆与神父们一起进餐。他们捎出了一些话，并传到伦敦人的耳朵里，说所有支持国王离婚的人都会下地狱。他们说，上帝十分关心这些人的事业，所以议会开会时，有位天使也会拿着一卷纸出席，记下谁表示赞成并说了些什么话，还在那些畏惧亨利更胜过上帝的人的名字上涂上墨团。

在格林威治，有位名叫威廉·佩托的修士，是圣方济各会在英格兰分会的领袖，他选取那位曾经住在象牙宫殿里的倒霉的第七任以色列王亚哈的故事在国王面前布道。亚哈王在邪恶的耶洗别①的影响下，建了一座异教的庙，并让巴力的祭司担任自己的随从。先知以利亚告诉亚哈，狗将舔他的血，你也想象得到，事情后来果真如此，因为只有成功的先知才会被人铭记。撒玛利亚的狗舔了亚哈的血。他所有的男性子嗣都被灭绝。他们死在街上无人收尸。耶洗别被人从她宫中的窗户扔了出去。野狗将她的尸体撕成了碎片。

安妮说，"我是耶洗别。而你，托马斯·克伦威尔，则是巴力的祭司。"她的眼睛发亮。"由于我是女人，我便是罪恶进入这个世界的途径。我是魔鬼的门道，是受诅咒的入口。我是撒旦用来攻击男人的手段，他自己不敢攻击那些男人，只好通过我。嗯，他们觉得现在的情形就是这样。而我的看法是，学识浅薄、能力低下的神父实在太多。我但愿教皇和皇帝以及所有的西班牙人都掉进海里淹死。如果有谁要被扔出宫殿的窗户……哦，托马斯，我知道我想把谁扔出去。除了玛丽那个小丫头，野狗不会找到一块可以啃食的肉，还有凯瑟琳，她那么胖，可以像球一样弹起来。"

托马斯·艾弗里一回到家，就把装着他全部家当的旅行箱放在石板地

---

① 据《旧约》记载，耶洗别是以色列国王亚哈之妻，《列王纪》上、下两卷说她使以色列人崇拜邪神巴力，因而受到先知以利亚的严厉谴责。

上，然后站起身张开双臂，给了他的主人一个孩子式的拥抱。有关他在政府晋职的消息已经传到安特卫普。史蒂芬·沃恩似乎高兴得满面红光，把满满一杯没有兑水的酒喝了个精光。

快进来，他说，这儿有五十个人要见我，但他们可以等着，快来给我讲讲海峡对岸的所有人都怎么样。托马斯·艾弗里马上讲了起来。可一进入他房间的门内，他就顿住了。他端详着国王赏赐的挂毯。他的目光搜寻着，接着转向他主人的脸，然后又回到挂毯上。"那位女士是谁？"

"你猜不出来吗？"他笑了起来。"是示巴觐见所罗门。国王把它赏给了我。它原本是红衣主教大人的。他看到我喜欢它。而他也喜欢送礼物。"

"这肯定值一大笔钱。"艾弗里满眼敬意地望着它，显出他精明的年轻会计师的身份。

"瞧，"他对他说，"我还有一份礼物，你觉得这个怎么样？这也许是从修道院里出来的唯一一样好东西。卢卡·帕乔利教友。他花了三十年的时间才把它写成。"

这本书装订着深绿色的封面，边缘有金色压印，书页上都有镀金的页边，所以在光线下闪闪发亮。书的搭扣上饰有光滑而半透明的黑色石榴石。"我都不敢打开，"那孩子说。

"打开吧。你会喜欢它的。"

这是《算术大全》。他解开搭扣，看到一幅作者的木刻画，面前摆着一本书和一副圆规。"这是新印的吗？"

"也说不上，只不过我威尼斯的朋友现在才刚刚想到我。卢卡写这本书时，我当然还是个孩子，而你就更不知道在哪儿了。"他的指尖几乎没怎么触碰书页。"瞧，这儿他讨论了几何问题，你看到这些图形了吗？他就是在这里说，你得让账目平衡了才能上床睡觉。"

"沃恩先生就引用了这句格言。它让我经常熬到天亮。"

"我也是。"在许多个城市的许多个夜晚。"你知道，卢卡是个穷人。他来自圣塞波尔克罗。他是很多艺术家的朋友,后来他成了一名出色的数学家,在乌尔比诺那座山区小城,当时著名的雇佣军首领费德里格伯爵在那儿有间藏有一千多册图书的藏书室。卢卡先后在佩鲁贾和米兰的大学里当过教师。我感到奇怪,这样一个人为什么安于当僧侣,不过当然,有不少研究代数和几何的人被当成巫师关进了牢房,所以也许他觉得教堂能够保护他……我听过他在威尼斯的演讲,那是二十多年前的事了,我想,我当时像你这么大。他讲的是比例。各种比例,建筑的,音乐的,绘画的,司法的,联邦的,国家的等等;讲到君王和臣民的权力应该如何平衡,讲到富人应该如何将账目公开,并坚持祈祷和救济穷人。他讲到印出来的一页纸应该是什么模样。讲到法律应该如何措辞。还讲到面孔,是什么使一张面孔美丽。"

"他会在这本书里告诉我吗?"托马斯·艾弗里抬起目光,又朝示巴女王看去。"我想他们也知道,那些制作这幅挂毯的人。"

"詹妮可怎么样?"

孩子虔诚地用手翻动着书页。"这本书真美。你威尼斯的朋友肯定非常敬佩你。"

这么说詹妮可已经不存在了,他想。她要么死了,要么爱上了别人。"有时候,"他说,"我意大利的朋友们会给我寄来一些新诗,但我觉得所有的诗都在这里……并不是说一页图形就是一首诗,但所有精确的东西都是美丽的,所有各部分保持平衡的东西,所有成比例的东西……你觉得呢?"

他有些纳闷,不知道示巴具有什么力量而吸引了孩子的目光。他应该不可能见过安塞尔玛,不可能遇见或听说过她。我跟亨利讲起过她,他想。有些天下午,我向我的国王吐露一点,他就向我吐露很多:他想到安妮时如何因为欲望而浑身颤抖,他如何试过其他的女人,想用她们来排解一下欲火,好让他能够像一个有理性的男人那样思考、说话和行动,但这些都没有用……这种坦白很奇怪,不过他觉得这解释了他的理由,表明了他的追求的合理性,他说,因为我所追求的只是一头小雌鹿,一头胆小而野性的奇特的鹿,她带领我离开了其他男人走过的路,让我独自进入了树林深处。

"好了,"他说,"我们要把这本书放在你的桌上。这样,当你觉得沮丧时,它就能给你安慰。"

他对托马斯·艾弗里寄予厚望。雇一个孩子来,帮你加加减减,然后把账目放到你的鼻子底下,再根据首字母顺序排列整齐锁进箱子里,这样做并不难。但有什么意义呢?账本里的账是供你使用的,就像爱情诗一样。不是放在那儿让你点个头,然后搁置一旁;它是为了让你打开心胸,接受各种可能性。就像圣经一样:它是供你思索,让你行动的。爱你的邻里。研究市场。广施善行。明年提供更好的数据。

詹姆斯·贝恩汉行刑的日期被定在 4 月 30 日。他不能抱着丝毫的被宽恕的希望去见国王。很久以前,亨利就被授予"信仰的捍卫者"称号;他很想表明他仍然当之无愧。

在斯密斯菲尔德那座为达官贵人们搭建的看台上,他遇见了威尼斯大使卡尔洛·卡佩罗。他们互相鞠了个躬。"你是以什么身份来这儿的呢,克伦威尔?作为这位异教徒的朋友,还是由于你的职务?说真的,你的职务是什么?只有魔鬼才知道。"

"而等你们下一次密谈时,我敢肯定他会告诉阁下的。"

贝恩汉已经被烈焰所包围,临死之际还在高呼,"主啊,宽恕托马斯·莫尔吧。"

5 月 15 日,主教们签署了一份归顺国王的文件。没有国王的许可,他们将不会制定新的教会法规,而且他们将把现有的全部法律提交给一个包含教外人士——如议会的议员和国王指定的人选——在内的委员会来审查。没有国王的同意,他们将不会召开代表大会。

第二天，他站在白厅的一条走廊里，朝下看去是一个内院，还有一座花园，国王正等在花园里，诺福克公爵在忙前忙后。安妮挨着他站在走廊上。她穿着一件深红色花缎长裙，裙子沉甸甸的，她那娇小白皙的肩膀似乎被压得耷拉下来。有时候——在一种幻想中的友情里——他想象自己的手放在她的肩上，拇指摩挲着她的锁骨和喉咙之间的凹窝；想象他的食指轻抚着她那在胸衣下隆起的胸部的轮廓，就像小孩子在印出的线条上描摹一样。

她转过头来，似笑非笑地望着他。"他来了。没有戴大法官的项链。他会把它怎么样了？"

托马斯·莫尔显出一副拱背曲肩、情绪低落的神态。诺福克似乎很紧张。"好几个月来，我舅舅都想安排这次会面，"安妮说，"但国王不愿走这一步。他不想失去莫尔。他想让大家都高兴。你知道是什么情形。"

"他很小的时候就认识托马斯·莫尔了。"

"我很小的时候就认识罪恶了呢。"

两人同时转头，相视一笑。"快瞧，"安妮说，"你觉得他那皮包里装着的，会不会就是英格兰国玺？"

当沃尔西交出国玺时，已经拖了整整两天。而现在，国王站在下面的私人天堂里，正张开大手等待着。

"那么，现在会是谁呢？"安妮问。"他昨天晚上说，我的大法官带给我的只有烦恼。也许我干脆不要大法官了。"

"律师们不会喜欢那样的。法庭上总得有人主事。"

"那么你建议谁呢？"

"让他考虑任命议长先生吧。奥德利会恪尽职守的。如果国王愿意的话，叫他先让他临时履行那个职务试一试，如果到头来不喜欢他，就没有必要确认了。但我觉得他会喜欢他的。奥德利是一位好律师，而且很有主见，但他知道怎样发挥自己的用处。而且他了解我，我想。"

"居然有人了解你！我们要不要下去？"

"你忍不住了吗？"

"你也一样。"

他们从里面的楼梯里下去。安妮的指尖轻轻地搭在他的胳膊上。在下面的花园里，夜莺被挂在笼子里。它们无声无息，挤成一团抵御着阳光。一道喷泉正喷进一个水池里。香草圃里散发出百里香的气味。从宫殿里面传来一阵笑声，但是不见人影。那笑声戛然而止，仿佛有一扇门突然关上。他弯下腰，摘了一根香草，把它的香气揉在手心里。这使他想起了另一个地方，一个离这里很远的地方。莫尔向安妮鞠躬行礼。她微微点了点头。她朝亨利行了一个深深的屈膝礼，然后站到他身边，眼睛望着地面。亨利握住她的手腕；他想告诉她什么，也可能只是想跟她单独相处。

"托马斯爵士？"他伸出手。莫尔背过身去。但接着他改变了主意；又转回身来握了握他的手。他的指尖冰凉。

"你以后干什么呢？"

"写作。祷告。"

"我的忠告是少写作，多祷告。"

"嗯，这是威胁吗？"莫尔面带微笑。

"也许吧。你不觉得，现在轮到我了吗？"

国王一看到安妮，脸上顿时亮了起来。他的心热情似火；他的委员的手能感觉到它阵阵发烫。

在威斯敏斯特的一座阳光永远无法照进的阴暗后院里，他找到了加迪纳。"主教大人？"

加迪纳蹙起浓密的眉毛。

"安妮小姐请我帮她找一处乡村住宅。"

"这跟我有什么关系？"

"那好，"他说，"我就把我的想法跟你直说了。那房子必须在河边的什么地方，便于去汉普顿宫，也便于她的船去白厅和格林威治。必须是一个修葺得很好的地方，因为她没有耐心，不愿久等。要有漂亮的花园，有一定的历史……于是我想，史蒂芬成为国务大臣时，国王不是把位于汉沃思的庄园租给他了吗，那地方怎么样呢？"

尽管光线昏暗，他仍然能看到一个又一个的念头在史蒂芬的脑海中奔涌而出。啊！我的城壕和小桥，我的玫瑰园和草莓地，我的香草园，我的蜂箱，我的池塘和果园，啊！我那些意大利风格的圆形陶饰，我的细木镶嵌工艺品，我的镀金饰品，我的画廊，我的贝壳喷泉，我的鹿园。

"如果不等国王下令，你就主动转租给她，会显得你识大体。通过这件好事，也正好驳斥一下所谓主教顽固不化的说法？哦，行了，史蒂芬。你还有别的房子。你不至于会因此到干草堆下去睡觉。"

"如果真到那一步，"主教说，"我想你的哪个下人肯定会牵着一条捕鼠狗，来闹得我做梦都不得安宁。"

加迪纳的青筋在跳动；他潮湿的黑眼睛在发亮。他内心里正满腔怒火难以抑制。但沉下心来一想，想到账单这么早就来了，而他也支付得起，他可能还有几分轻松。

加迪纳仍然是国务大臣，而他，克伦威尔，现在几乎每天都会见到国王。如果亨利需要建议，他就会提供，而一旦事情超出了他的能力范围，他就会另外找一个能提供建议的人来。如果国王有什么不满，他就会说，交给我吧：如陛下恩准，我这就去处理？如果国王情绪很好，他就会附和着说笑，而碰上国王心情郁闷，他就会温和而细致地侍奉他。国王开始在其他人面前有所掩饰了，这一点没逃过目光一贯敏锐的西班牙大使的注意。"他私下里见你，而不是在会见厅里，"他说，"他不希望他的贵族们知道他经常找你商量。如果你块头小一点，就可以把你藏在洗衣篮里带出带进了。而现在呢，我想，那些怀恨在心的寝宫侍从一定会告诉他们的朋友，而那些人会对你的得宠说三道四，并散布流言中伤你，勾心斗角地想整垮你。"大使微微一笑，说，"如果我能描绘一幅让你喜欢的画面的话——我有没有一语中的？"

查普伊斯写给皇帝的一封信刚好经由赖奥斯利先生之手,从那封信中,他了解到了自己的性格。"简称"把信念给他听:"他说您的祖先是无名小卒,您年轻时鲁莽粗野,未经教化,并且您长期以来都是一个异教徒,这对枢密院顾问官的职位是一种耻辱;但就他个人而言,他觉得您很勇敢,大方,出手阔绰,待人亲切……"

"我早就知道他喜欢我。我该找他谋一个饭碗的。"

"他说您之所以赢得国王的信任,是因为您许诺将使他成为英格兰有史以来最富有的国王。"

他笑了。

五月下旬,有人在泰晤士河抓到了两条很大的鱼,更确切地说,是它们被冲到了岸边,奄奄一息地躺在泥地上。乔安进来告诉他消息时,他说,"我该为此做点什么吗?"

"不用,"她说,"起码我觉得不用。这是件怪事,对吧?只是个征兆而已。"

七月下旬,他收到克兰默从纽伦堡写来的信。在此之前,他曾从低地国家寄过信来,就与皇帝进行商业谈判之事向他咨询,因为他对这类事情感到心有余而力不足;他也从莱茵河上的一些小城写过信,满怀希望地谈到皇帝必须与路德教的主教们达成妥协,因为他需要他们的帮助,以抵御边境上的土耳其人。他谈到自己如何努力成为英格兰常见的外交游戏中的行家:表达英格兰国王的友谊,许诺奉献英国金币作为诱惑,而实际上却根本没有兑现。

但这封信不一样。这是由他口授、职员执笔的。它谈到了圣灵在人心中所起的作用。雷夫把信念给他听,并指着信纸下方以及左边空白处克兰默亲笔写的几个字给他看:"发生了一些事情。不能写在信上。可能会引起骚动。有些人会说我太轻率了。我会需要你的建议。请保密。"

"哦,"雷夫说,"让我们一言以蔽之吧:'托马斯·克兰默有了秘密,而我们不知道是什么!'"

一周之后,汉斯来到奥斯丁弗莱。他在梅登路租了一套房子,眼下正在装修,所以他暂时呆在钢院商站。"让我看看你的新画,托马斯,"他一边说,一边走了进来。他站在画前。抱着双臂。后退了一步。"你认识这些人吗?是不是很像?"

两位意大利银行家,同行,目光望着观看者,却很想交流眼神;一个穿着丝绸衣服,一个穿着皮衣;画中有一个插着康乃馨的花瓶,一个星盘,一只金翅雀,一个沙流了一半的沙漏;透过一扇拱形窗户看去,平静如镜的海上有一艘装着丝绸的船,扬着半透明的帆。汉斯满意地转过头来。"他是怎么画出那种眼神的,那么无情而又那么狡黠?"

"艾尔斯贝丝怎么样?"

"很胖。很糟糕。"

"这奇怪吗?你回家,给她一个孩子,然后又走了。"

"我没觉得自己是个好丈夫。我只管寄钱回家。"

"这一次你能在我们这儿呆多久?"

汉斯咕哝了一声,将杯中的酒一饮而尽,然后谈起他撇在身后的那些事情:谈起巴塞尔,以及瑞士的一些地区和城市。暴乱和激战。偶像,不是偶像。雕塑,不是雕塑。这是上帝的身体,这不是上帝的身体,这只是一定意义上的上帝的身体。这是他的血,这不是他的血。神父可以结婚,神父不能结婚。有七项圣礼,只有三项圣礼。我们匍匐在地用嘴唇虔诚地亲吻的十字架,我们在公共广场上砍断烧毁的十字架。"我不是教皇的拥护者,但我厌倦了这些。伊拉斯谟逃到了弗莱堡的天主教徒那儿,而现在我则逃到了你和 Junker Heinrich[①] 这儿。路德就是这样称呼你们的国王

[①] 德语,Junker 即"容克",最早是指 1525 年条顿骑士团建立普鲁士公国后那些靠对外军事征服获得土地的小地主,后来用来称呼一切普鲁士的地主和贵族;Heinrich 即亨利。

的。'英格兰国王卑下[①]'。"他擦了擦嘴。"我只想好好地画几幅画,挣一点钱。我不想看到我的一番辛苦被某个分裂教派的人用一桶石灰水给糟蹋了。"

"你来这儿是为了寻求和平与安逸?"他摇摇头。"太晚了。"

"我刚才经过伦敦桥的时候,看到有人已经袭击了圣母玛利亚的雕像。把圣婴的头砸掉了。"

"那已经有一阵子了。肯定是该死的克兰默干的。你知道他一喝酒就是什么德性。"

汉斯咧嘴笑了。"你想念他。谁会想到你们会成为朋友呢?"

"老渥兰身体不好。如果他今年夏天去世了,安妮小姐会为我的朋友争取坎特伯雷大主教一职的。"

汉斯大为惊讶。"不是加迪纳吗?"

"他在国王那儿毁了自己的机会。"

"他是他自己最大的敌人。"

"我可不会这么说。"

汉斯笑了。"这对克兰默博士是一次高升啊。他不会想要的。他才不会。那么招摇威风。他喜欢他的书。"

"他会接受的。这会是他的职责。我们这些优秀分子不得不违背自己的意愿。"

"什么,你也是这样?"

"让你的老保护人到我家里来威胁我,还要默默地承受,这就是违背意愿的事儿。我就是这样做的。你去过切尔西吗?"

"是的。那家人真是可悲。"

"听说他正在以健康欠佳为由申请辞职。这样就省得大家难堪。"

[①] 英文中 His Grace 是对第三人称的尊称,可译为"大人"或"陛下",此处路德嘲弄地称英王为 His Disgrace, 故译为 "卑下"。

"他说他这里痛,"汉斯揉了揉胸口,"而且只要开始写作就痛。但其他人看起来还好。墙上那家人。"

"你现在没必要去切尔西要订单了。国王让我在塔里负责,我们在修复城墙。他让人找来了建筑工、画师和镀金工人,我们要把王室成员以前那些房间里的东西全部拆除,再精心装饰一番,我还要为王后建一座新住处。你瞧,在这个国家,国王和王后在加冕的前夜都要下榻在塔里。等安妮的大日子到来时,你要干的活儿就多了。要设计露天舞台,还有宴会,全城的人都会订购金银器物好献给国王。跟同业公会的商人们谈谈,他们会希望露一手的。让他们筹划起来。在欧洲一半的工匠们到来之前,把你那份工作抓到手。"

"她会用新的珠宝首饰吗?"

"她会用凯瑟琳的。他还没有完全丧失理智。"

"我想为她画像。安娜·博林娜。"

"我不知道。她也许不想被人研究。"

"据说她并不漂亮。"

"没错,也许是的。你不会选她作为春天女神或者圣女雕像、和平女神的模特。"

"那是什么模特呢,夏娃的?美杜莎的?"汉斯笑了起来。"不用回答。"

"她有一种非凡的仪态,智性……你在画里可能表达不出来。"

"我猜你是觉得我能力有限。"

"有些题材你难以把握,我很肯定。"

理查德走了进来。"弗朗西斯·布莱恩来了。"

"安妮小姐的表亲。"他站起身。

"您得去白厅一趟。安妮小姐正在砸家具摔镜子呢。"

他暗暗地骂了一句。"带霍尔拜因先生去用餐吧。"

弗朗西斯·布莱恩笑得浑身打颤,他胯下的马也在不安地发抖,常常窜到路边,使过路人纷纷闪避。等他们到达白厅时,他终于明白了事情的来龙去脉:安妮刚刚听说,哈利·珀西的妻子玛丽·塔尔波特准备向议会请求离婚。她说,两年来,她丈夫一直没有跟她同床共枕,当她终于问他是为什么时,他说他再也不能自欺欺人;他们并不是真正的夫妇,从来都不是,因为他已经娶了安妮·博林。

"小姐气疯了,"布莱恩说。当他呵呵笑时,他那只缝有珠宝的眼罩也在眨动。"她说哈利·珀西会毁了她的一切。她拿不定主意是该用剑一下把他刺死,还是将他折磨示众四十天,像意大利人所做的那样。"

"那些故事都是夸大其辞。"

他从来没有见过,也不完全相信,安妮小姐怒不可遏大发雷霆。当他进去时,她正双手紧握,在来回踱步,她显得很瘦小,神经绷得紧紧的,仿佛有人把她缝了起来,并且把缝线束得很紧。三位女士——简·罗奇福德,玛丽·谢尔顿,玛丽·博林——的目光都紧跟着她。有块小地毯也许本该在墙上,现在却皱巴巴地扔在地上。简·罗奇福德说,"我们已经把碎玻璃扫走了。"托马斯·博林爵士,那位阁下,坐在一张桌子旁,面前有一沓文件。乔治坐在他旁边的一只凳子上。乔治用双手托着头。他的灯笼袖不是太大。诺福克公爵盯着壁炉,那儿摆好了柴火,但没有点燃,也许公爵想用自己凝神注视的力量让引火柴冒出火花。

"关上门,弗朗西斯,"乔治说,"不要让任何人进来。"

在这个房间里,只有他一个人不是霍华德家的人。

"我建议我们给安妮收拾好行李,把她送到肯特郡去,"简·罗奇福德说,"国王的怒火,一旦爆发——"

乔治说,"不要说了,否则我可能揍你一顿。"

"这是我真诚的建议。"简·罗奇福德这个女人,上帝保佑她,真是不知道什么时候该闭嘴。"克伦威尔先生,国王已经指示要对此进行调查。必须提交枢密院处理。这一次不能敷衍了事了。谁也不能阻止哈利·

珀西作证。国王不可能为一个隐瞒自己秘密婚史的女人做他已经做过和打算去做的一切。"

"我但愿能跟你离婚,"乔治说,"我但愿你以前有过婚约,可是上帝啊,根本没有这种可能,当时的男人都躲避你唯恐不及。"

阁下举起一只手。"拜托。"

玛丽·博林说,"把克伦威尔先生叫了过来,却不告诉他已经发生的事情,这有什么用呢?国王已经跟我亲爱的妹妹谈过了。"

"我一概否认,"安妮说。仿佛国王正站在她面前一样。

"好,"他说,"很好。"

"伯爵曾经向我示爱,我承认。他给我写诗,当时我还很年轻,以为这没什么坏处——"

他差点笑了起来。"写诗?哈利·珀西?你还留着吗?"

"没有。当然没有。没有任何书面的东西。"

"这就简单多了,"他温和地说,"显然也没有承诺,没有婚约,甚至提都没有提过。"

"而且,"玛丽说,"也没有任何形式的圆房。不可能有。我妹妹可是众所周知的处女之身。"

"那国王是什么反应呢,他有没有——"

"他走出了房间,"玛丽说,"就让她在那儿站着。"

阁下抬起头来。他清了清嗓子。"在这种紧急情况下,我觉得,有各种,有许多办法可以——"

诺福克的怒火爆发了。他在地板上跺着脚走来走去,就像撒旦在基督圣体节①的演出中那样。"哦,看在拉撒路的臭狗屎面罩上!当你还在那儿挑选一种办法时,大人,当你还在那儿表达一种观点时,你的宝贝女儿正在被全国的人泼脏水,而国王会听信那些流言,于是这个家族的命运就

---

① 基督教节日,三一主日后星期四举行,以庆祝圣体的设立。

在你的眼前毁掉了。"

"哈利·珀西,"乔治说;他举起双手,"听着,能让我说两句吗?就我所知,曾经有人说服哈利·珀西忘掉自己的说法,所以,既然他被摆平过一次——"

"没错,"安妮说,"但摆平他的是红衣主教,非常不幸的是红衣主教已经去世了。"

大家一时沉默: 如音乐一般美妙的沉默。他微笑地看看安妮,看看阁下,看看诺福克。如果说人生是一条金链子,那么上帝有时会给它挂上一个坠饰。为了延长这美妙的时刻,他走到房间的另一边,捡起扔在那儿的挂毯。细密的织法。靛蓝的底衬。不对称的打结手法。产于伊斯法罕吗?小动物们在上面僵硬地活动,穿梭于花丛之中。"瞧,"他说,"你们知道这些是什么吗? 是孔雀。"

玛丽·谢尔顿从他的肩膀后面探头看去。"那些长着脚的蛇一样的东西是什么?"

"是蝎子。"

"圣母马利亚,它们不咬人吗?"

"它们蜇人,"他说,"安妮小姐,如果说教皇无法阻止你成为王后,那么我想他也不能,哈利·珀西不会成为你的绊脚石。"

"那就把他搬开,"诺福克说。

"我能看出这对你来说为什么不是一个好主意,作为一个家族——"

"干吧,"诺福克说,"砸扁他的脑袋。"

"只是比喻性的,"他说,"大人。"

安妮坐了下来。她的脸背向其他女士。她的小手攥成了拳头。阁下在整理他的文件。乔治沉浸在思绪之中,他取下了帽子,把玩着上面的宝石别针,用食指尖试着它的针头。

他把挂毯卷起来,温和地递给玛丽·谢尔顿。"谢谢,"她小声说,脸也红了,仿佛他说了什么暧昧的话。乔治叫了一声;他终于扎着自己了。诺福克舅舅恨恨地说,"你这蠢小子。"

弗朗西斯·布莱恩跟着他走出来。

"请不必跟着我,弗朗西斯爵士。"

"我早就想跟你一起去。我想了解你干些什么。"

他停下脚步,在布莱恩的胸口上拍了一巴掌,顺势将他推到一旁,听见他的脑袋"砰"的一声撞在墙上。"快走吧,"他说。

有人在叫他的名字。赖奥斯利先生从一个拐角转了出来。"在马克与狮子酒馆。五分钟就能走到。"

自从哈利·珀西到了伦敦,"简称"就一直派人盯着他。他担心宫中那些对安妮居心不良的人——萨福克公爵和他的妻子,还有那些相信凯瑟琳会归来的梦想家们——在跟伯爵会面,并拿他们认为可以派上用场的那段往事来怂恿他。但看起来他们似乎还没有碰头:除非碰头的地点是在萨里的河边的澡堂子里。

"简称"在一条巷子里突然一转,他们就出现在一家酒馆的脏乱的小院里。他朝周围看了看;只要愿意动手,拿一根扫帚花上两小时,就可以让这里像模像样。赖奥斯利先生那金红色头发的漂亮脑袋像信号灯一样在闪亮。在他的头顶上,圣马克在嘎吱作响,头剃得像僧侣一般。狮子很小,呈蓝色,脸上笑吟吟的。"简称"碰了碰他的胳膊:"就在那儿。"他们正准备钻进一扇侧门,上面突然传来一声尖锐的口哨。两个女人从一扇窗户里探出头来,又叫又笑地将赤裸的胸脯挪到窗台上。"天啊,"他说,"霍华德家的女人真不少。"

进入马克与狮子酒馆后,只见许多穿着珀西家制服的人趴在桌上或躺在桌下。诺森伯兰伯爵在一个隐蔽的房间里喝酒。说是隐蔽,但经常有面孔透过服务窗口向里观看。伯爵看见了他。"哦。我好像觉得你会来的。"他紧张地用手捋了捋自己的短发,让它们满头直立起来。

他,克伦威尔,走到服务窗口旁,朝那些看客竖起一根手指,然后劈脸把窗口关上。但当他坐到那孩子身边跟他说话时,他的声音却跟往常一样温和。"好了,大人,现在该做些什么?我能怎么帮你?你说你无法跟你妻子一起生活。可她跟这个国家里的所有女人一样可爱,如果她有什么错的话,我可从没听说过,所以,你们为什么不能和谐相处呢?"

但哈利·珀西来到这里,可没想让人像胆小的猎鹰一样对付。他是来这里呐喊哭诉的。"既然在我们婚礼的当天我就不能跟她和谐相处,现在我又怎么可能呢?她恨我,因为她知道我们不是真正意义上的夫妻。为什么只有国王在这种事情上良心不安,而我就不能,当他怀疑自己的婚姻时,他可以向整个基督教世界大声呼吁,而当我怀疑我的婚姻时,他却打发他手下级别最低的人来对我花言巧语,要我回家去,好好过日子。玛丽·塔尔波特知道我跟安妮有了誓约,她知道我的心在别人身上而且会永远如此。我以前说的是实话,我说我们在证人面前缔结了婚约,所以我们两人都不再自由。我发过誓,可红衣主教威逼我毁了誓言;我父亲也说要跟我断绝关系,但现在我父亲死了,我再也不怕说出真相。亨利也许是国王,但他偷了别人的妻子;安妮·博林是我的合法妻子,到最后审判日那天,等他不再有随身侍从而赤裸裸地站在上帝面前时,他该如何面对?"

他让他把话说完。语无伦次,不合逻辑……真爱……誓言……她发誓要把自己的身体交给我,允许我对她那么亲密,只有一个订了婚的女人才能那样……

"大人,"他说,"你要说的话都说了。现在听我说。你把自己的钱差不多花光了。而我知道你是怎么花的。你把全欧洲都借遍了。而我认识你的债主。只要我一句话,你的账单就一股脑儿地来了。"

"哦,他们能怎么办呢?"珀西说,"银行家可没有军队。"

"你也没有军队,大人,如果你的钱箱空了的话。现在看着我。听清楚了。你的爵位和领地是国王封的。你的职责是守住北方。珀西与霍华德两个家族要一同保护我们免受苏格兰的侵略。现在想想看,如果珀西家做不到会怎么样。你的人可不会为了一句好话而战斗——"

"他们是我的佃户,战斗是他们的职责。"

"可是大人,他们需要粮食,他们需要装备,他们需要武器,他们需要修筑完好的城墙和堡垒。如果你不能保证这些东西,你就比窝囊废还糟糕了。国王会收回你的爵位,你的领地,你的城堡,然后把它们赏给某个能取代你履行职责的人。"

"他不会的。他尊重所有古老的头衔。所有古老的权利。"

"那就不妨说我会吧。"不妨说我会毁掉你的生活。我和我的银行家朋友们。

他能怎么跟他解释呢?这个世界的运作不是源于他的所思所想。不是源于他边境上的城堡,甚至不是源于白厅。这个世界的运作源于安特卫普,源于佛罗伦萨,源于一些他从未想象过的地方;源于里斯本,源于那些扬着丝绸船帆、在明媚的阳光下西行的船只所启程之处。不是源于堡垒的高墙,而是源于会计室,不是源于号角的声音,而是源于算盘的噼啪声,不是源于炮弹上膛的咔嗒声,而是源于笔尖在本票上写字的沙沙声——那些本票将用来支付枪炮、军械工人、火药和子弹的费用。

"我能想象出你没有金钱、没有地位的情景,"他说,"我能想象出你住在一间茅舍里,穿着粗布衣服,带回一只兔子下锅的情景。我能想象出你合法的妻子安妮·博林将兔子剥皮剁块的情景。我祝愿你们幸福美满。"

哈利·珀西趴在桌子上。愤怒的泪水夺眶而出。

"你们以前根本就没有什么婚约,"他说,"你们许下的任何愚蠢的诺言都丝毫不具有法律效力。不管你自认为了解了什么,其实都不存在。另外还有一件事,大人。如果你就安妮小姐的所谓亲密行为"——他怀着强烈的厌恶之情说出这个词——"再说一个字,那么我跟霍华德家还有博林家的人都会找你算账,乔治·罗奇福德对你本人可不会心慈手软,威尔特郡伯爵大人会让你颜面扫地,而诺福克公爵嘛,如果他听到半句有损他外甥女清白的话,那么不管你躲在哪个角落里,他都会把你拖出来并咬掉你的命根子。好了,"他用之前的和蔼语气说,"清楚了吗,大人?"他穿过房间，重新打开服务窗口。"你们现在又可以看了。"几张面孔出现了；或者准确地说，是几个晃动的前额和几双眼睛。走到门口时，他停下脚步，再一次转向公爵。"还有一点我要告诉你，免得你有疑虑。如果你以为安妮小姐爱你，那就大错特错了。她恨你。你现在能为她做的，除了一死了之，就是收回你对你可怜的妻子说过的话，并且该发誓就发誓，为她成为英格兰王后扫清道路。"

出来的路上，他对赖奥斯利说，"我真的为他难过。""简称"哈哈大笑得一发不可收拾，不得不靠到了墙上。

第二天，他早早地去参加国王的枢密院会议。诺福克公爵在桌子上首坐下，但听说国王将亲自来主持，便连忙让开。"渥兰也来了，"有人说：门开了，外面没有动静，接着，老态龙钟的大主教缓慢地、十分缓慢地拖着步子走了进来。他在自己的位置上坐下。他的双手放在面前的桌布上，不停地哆嗦着。他的脑袋也在脖子上颤抖。他的肤色跟羊皮纸很相似，就像汉斯给他画的那幅画。他像蜥蜴一般慢慢地眨着眼睛，环顾着桌子周围的人。

出于礼节，他穿过房间，隔着桌子站在渥兰的面前，问候他的健康情况；他显然时日不多了。他说，"你藏在自己教区的那位女先知。伊丽莎·巴顿。她现在怎么样？"

渥兰几乎头都没有抬。"你想要什么，克伦威尔？我的委员会没有发现对那姑娘不利的任何证据。你知道的。"

"我听说她告诉她的追随者们，如果国王娶了安妮小姐，他在位的时间就只剩一年了。"

"这个我无法确定。我没有亲耳听见过。"

"我知道费希尔主教曾去见过她。"

"哦……也可能是她去见他。不是这样就是那样。他为什么不能去呢？她是一位受祝福的年轻女人。"

"谁在控制她？"

渥兰的脑袋看上去似乎要从他的肩膀上掉下来。"她可能不够明智。可能受到误导。说到底，她只是一个单纯的乡下姑娘。但她有一种天赋，这一点我能肯定。别人到了她那儿，她马上就能说出他们有什么困扰。是什么罪压得他们良心不安。"

"是吗？我得去见见她。不知道她能否说出我有什么困扰？"

"安静，"托马斯·博林说，"哈利·珀西来了。"

伯爵被两位看守押了进来。他眼睛发红，身上有一股呕吐物的味道，表明他不肯让他的下人帮他打理干净。国王进来了。这天很暖和，他穿着浅色的绸衫。他手指上的红宝石看上去就像一个个血泡。他就座了。那双浅蓝色的眼睛盯着哈利·珀西。

托马斯·奥德利——代行大法官之职——主持了讯问，伯爵则一一否认。早就有了婚约吗？没有。有没有任何形式的承诺？有没有肉体上的——我很抱歉这么问——关系？以我的名誉担保，没有，没有，还是没有。

"很遗憾，我们需要的不只是你的名誉担保，"国王说，"事情已经太严重了，大人。"

哈利·珀西惊慌起来。"那我还得干什么？"

他温和地说，"到坎特伯雷大主教面前去，大人。他正拿着《圣经》呢。"

老人至少正在努力这样。阁下想帮他一把，渥兰把他的手拍开了。他扶紧桌子，桌布都被拉动了，然后吃力地站起身。"哈利·珀西，在这件事情上你出尔反尔，一会儿有，一会儿没有，一会儿又有，现在你又被带到这儿来说没有了，但这一次不仅仅是在人的面前。好了……你能把手放在这本《圣经》上，在我和国王以及他的枢密院面前发誓，说你跟安妮小姐没有非法的性关系，没有任何婚约吗？"

哈利·珀西揉了揉眼睛。他伸出手。他的声音有点颤抖。"我发誓。"

"没事儿了,"诺福克公爵说,"你会感到纳闷,这整件事最初是怎么发生的,对吧?"他走到哈利·珀西身边,抓住他的胳膊肘。"我们再也不想听到这些了,明白吗,孩子?"

国王说,"霍华德,你已经听到他发誓了,所以别再找他麻烦了。你们谁去帮帮大主教,你们可以看到他的情况不太好。"他的情绪放松下来,微笑着环顾了一下他的顾问官们。"先生们,我们这就去我的私人教堂,看着哈利·珀西领受圣餐来封住他的誓言。然后我和安妮小姐要将整个下午用来沉思和祷告。我不希望被打扰。"

渥兰颤巍巍地走到国王跟前。"温彻斯特主教在更衣为您做弥撒。我要回我的教区了。"亨利低声说了句什么,一边俯身亲吻他的戒指。"亨利,"大主教说,"我看到你在你的宫廷和枢密院里,提拔了一些原则和品行几乎经不起考察的人。我看到你神化了自己的意愿和欲望,从而让基督徒感到伤心和愤慨。我一直对你忠心耿耿,乃至于违背自己的良心。我为你尽力了,但是现在,我已经做完了我所要做的最后一件事。"

    *   *   *

在奥斯丁弗莱,雷夫在等他。"顺利吗?"

"顺利。"

"那现在呢?"

"现在哈利·珀西可以借更多的钱,好让自己向毁灭的边缘更近一步。在这件事情上,我会乐意助他一臂之力。"他坐了下来。"我想总有一天,我会让他失去那个爵位。"

"您会怎么做呢,先生?"他耸耸肩:不知道。"您不会希望霍华德家族在边境上的权力比现在更大吧?"

"是呀,是呀,可能不会。"他沉思着。"你能把有关渥兰那位女先知的文件找出来吗？"

他一边等，一边打开窗户朝下面的花园看去。他的花架上的粉红色玫瑰已经被太阳晒得褪了色。我为玛丽·塔尔波特感到遗憾，他想；在这件事情之后，她的生活仍然会很难。在这几天时间里，只有几天，她而不是安妮会成为王宫里的谈资。他想起当年，哈利·珀西手里拿着钥匙，闯进去逮捕红衣主教：他还在临死之人的床边安排了看守。

他将头探出窗外。不知道桃树会不会快开花？雷夫拿了一沓文件进来。

他剪断系带，将信件和备忘录一一展开。这件棘手之事全都起于六年前，在肯特郡沼泽地旁一所破败的小教堂里，有座圣女的雕像渐渐吸引了不少的朝圣者，同时有个名叫伊丽莎白·巴顿的年轻女子为他们做起了法事。雕像最开始是因为什么而引人注意的呢？可能是会动；也可能是流出了血泪。那姑娘是个孤儿，在渥兰的一位地产经纪人家里抚养长大。除了一个姐姐，她没有其他的亲人。他对雷夫说，"直到她二十岁左右，人们才注意到她，接着她得了一种病，等她病好之后，就开始产生幻象了，而且用奇怪的声音说话。她说她曾看见圣彼得拿着钥匙守在天堂的门口。她还看见圣米迦勒给灵魂称重。如果你问她你已故的亲人们在哪里，她都能告诉你。如果是在天堂，她的声音就很高亢。如果是在地狱，声音就会低沉。"

"那效果可能会很滑稽，"雷夫说。

"你这么想吗？我竟然养了些这么大不敬的孩子。"他看了看文件，接着又抬起头。"她有时连着九天不吃不喝。有时突然晕倒在地。并不令人吃惊，对吧？她还出现痉挛、扭转和昏迷。听起来真是令人不快。红衣主教大人曾经见过她，可是……"他的手在文件里翻着，"这儿没有，没有任何他们会面的记录。我想知道发生了什么。他可能试图劝她吃饭，而她不会愿意。从这上面看……"他读了起来，"……她留在坎特伯雷的一座女修道院里。那所破败的教堂换了新的屋顶，钱也不断地流进当地教士的手里。有些病也治好了。瘸子可以走路,瞎子重见光明。蜡烛自己点亮。路上挤满了朝圣者。我怎么觉得以前听过这个故事?她身边有一大群僧侣和神父,那些人一边引导人们的目光望向上苍,一边去掏他们的腰包。而且我们可以想象,唆使她四处宣扬她对国王婚姻问题的观点的,也正是这同一群僧侣和神父。"

"托马斯·莫尔见过她。还有费希尔。"

"是的,我已经记住了。哦,还有,……瞧这儿……抹大拉的马利亚①给她写过一封信,上面装饰着金色的图案。"

"她能读吗?"

"是的,好像能。"他抬起头。"你怎么想?国王可以容忍别人对他出言不逊,如果对方是圣洁的处女的话。我想他已经习惯了。安妮三天两头跟他取闹。"

"也许他是害怕。"

雷夫跟他一起去过宫廷;很显然,他比那些已经认识亨利一辈子的人都更加了解亨利。"他的确是的。他相信那些能跟圣人交流的单纯少女。他常常相信预言,而我……我想我们任其发展一段时间。看看哪些人去见她。哪些人给她贡品。有些贵妇淑女已经跟她接触过了,想让她帮她们算命或者祈祷她们的母亲早日脱离炼狱。"

"比如埃克塞特夫人,"雷夫说。

埃克塞特侯爵亨利·科特尼是老爱德华国王的外孙,因而是现任国王最近的男性亲属;所以,如果他带领军队来把亨利赶下台,然后将一位新国王推上王位,对皇帝会很有利。"那个头脑不清的姑娘只是给她灌输一些幻想,说她有朝一日会成为王后,如果我是埃克塞特,我才不会让我妻子去奉承那种人呢。"他开始将文件重新折叠好。"那姑娘,你知道,她说她能起死回生。"

---

① 《圣经》中的人物,从良的妓女。

在约翰·皮蒂特的葬礼上，当女人们在楼上陪伴露茜时，他在楼下的狮子码头召开了一次临时会议，跟他的商人朋友们讲了讲城里的混乱形势。莫尔的朋友安东尼奥·蓬维希起身告辞，说他要回家去；"圣父圣子圣灵保佑你们成功，"说着，他带着那团随着他出乎意料的到来而裹挟进来的寒气朝门口走去。"你知道，"他在门口转过身来，说，"如果皮蒂特夫人有需要帮忙的地方，我很乐意——"

"没有必要。她有一大笔遗产。"

"但城里那帮人会让她接手生意吗？"

他打断了他："我会处理的。"

蓬维希点点头，走了。"没想到他居然会露面。"绸布商号的约翰·帕奈尔与莫尔发生过多次冲突。"克伦威尔先生，如果你来负责这件事情，是不是说——你有没有想好怎么去跟露茜说？"

"我？没有。"

翰弗里·蒙茂斯说，"我们是不是先开会，后面再商量婚礼的事儿？我们很担心，克伦威尔先生，你肯定一样，国王肯定也是……我们都，我想，"他朝周围看了看，"我们都，既然蓬维希已经走了，很同情我们已故的兄弟皮蒂特可以说是为之献身的事业，但我们必须保持安定，不去参与那些渎神的事件……"

上个礼拜天，在城里的一个教区，正在举扬圣体的神圣时刻，神父正念着，"*hoc est enim corpus meum*①，"突然有人跟着念了起来，"*hoc est corpus*, hocus pocus②。"而在相邻的教区，举行圣徒纪念仪式时，神父正要求我们记住我们与那些殉道的圣人之间的情谊，"记住乔安娜，斯泰芬诺，玛西亚，巴纳巴，伊格纳修，亚历山德罗，马塞利诺，佩德罗……"

---

① 拉丁文，意为"因为这是我的身体"。
② hocus pocus 是魔法师的咒语，又与 corpus（身体）谐音，因此这里表现出嘲弄与不敬。

有人大叫了起来，"也别忘了我和我的堂姐凯特，还有把海贝桶放在肉类市场的迪克，以及他的妹妹苏珊和她的小狗波希特。"

他用手掩住了嘴巴。"如果波希特需要律师的话，你们知道上哪儿找我。"

"克伦威尔先生，"皮革商号的一位脾气暴躁的长者说道，"你召集了这次会议。请给我们做个榜样，严肃一点。"

"有人编了些关于安妮小姐的打油诗，"蒙茂斯说，"那些词语在这里不便重复。托马斯·博林家的佣人们抱怨说，他们在街上挨人咒骂。还有人往他们身上扔脏东西。主人家必须管住自己的下人。不敬的言论也应该上报。"

"上报给谁？"

他说，"我行吗？"

他发现乔安在奥斯丁弗莱。她找了个借口呆在家里：热感冒。"问问我知道什么秘密，"他说。

为了做做样子，她摩挲着自己的鼻尖。"让我猜猜。你对国王国库里的东西已经了解不少？"

"我了解甚少。不是这个。接着问。亲爱的妹妹。"

她猜了多次之后，他才告诉她，"约翰·帕奈尔准备娶露丝。"

"什么？约翰·皮蒂特不是尸骨未寒吗？"她背过身去，控制住自己的情绪。"你们那帮兄弟总是扎在一起。帕奈尔的家里可没少过分裂教派的人。我听说，他有个仆人被关在斯托克斯利主教的监牢里。"

理查德·克伦威尔从门外探进头来。"先生。塔里。砖块。五先令一千。"

"不行。"

"好的。"

"你还会以为她会嫁给一个更靠得住的人。"

他走到门口。"理查德，回来。"又转向乔安。"我想那些人她都不认识。"

"先生？"

"砍到六便士，而且每批都要检查。你要做的就是从每一车里挑上几块，仔仔细细地查看。"

乔安在房间里，在他的身后："不管怎么说，你做得很对。"

"比如说，把它们量一量……乔安，你以为我会因为一时疏忽而结婚吗？因为不小心？"

"您说什么？"理查德说。

"因为你如果总在量它们，就会让砖匠很紧张，然后你从他们的脸上就能看出他们是否想耍花样。"

"我想你肯定看上什么人了。在宫廷里。国王给了你一个新职务——"

"账房先生。没错。负责大法庭财务的一个职位。几乎不可能有制造风流韵事的机会。"理查德已经"噔噔"地下楼了。"你知道我是怎么认为的吗？"

"你认为你该等待。直到她——那个女人——成为王后。"

"我认为是运输抬高了价格。即使是用船运。我早该清出一块地方，来建自己的砖窑的。"

9月1日，礼拜天，温莎宫：安妮跪在国王面前，接受彭布罗克侯爵的封号。嘉德骑士们在自己的席位上注视着她，英格兰贵妇们立在她的两侧，而（公爵夫人拒绝出席，并对这一提议严词斥责）诺福克的女儿玛丽则用一个软垫托着她的冠冕；这是霍华德家和博林家的节日。阁下捋着自己的胡须，一边接受法国大使的低声祝贺，一边点头微笑。加迪纳主教宣读了安妮的新封号。她穿着红色天鹅绒和白色貂皮服装，显得妩媚动人，她黑色的头发按未婚女子的式样披了下来，卷曲着一直垂到腰际。他，克伦威尔，从十五座庄园筹措了收入，来维持她的高贵地位。

吟诵了感恩赞美诗。做了布道。仪式结束后，女士们弯腰拾起她的裙裾，他注意到有一抹蓝色闪了一下，像翠鸟一般，抬眼看去，发现约翰·西摩的小女儿也在霍华德家的女眷们之中。随着一阵小号的声音，有匹战马扬起头来，贵妇们不禁抬头微笑；但当乐师们奏着尾曲，人们从圣乔治教堂鱼贯而出时，她始终低着那张苍白的脸，眼睛盯着脚尖，仿佛害怕绊倒一般。

宴会中，安妮挨着亨利坐在台上，当她转头跟他讲话时，那黑色的眼睫毛在脸颊上忽闪忽闪的。她现在离那儿只有一步，只有一步了，她的身体绷得紧紧的，像弓弦一样，她的皮肤上撒有金粉，还有几丝杏色和蜜色，她现在经常微笑，每次一笑，就露出一口细密、洁白而锋利的牙齿。她跟他说，她准备把凯瑟琳的王室座艇要来使用，并让人烧掉"H & K"①的标记，凯瑟琳的所有标记都得毁掉。国王已经派人去取凯瑟琳的首饰，好让她在即将到来的法国之行中佩戴。在九月份的怡人天气里，他已经陪伴她一个下午，两个下午，三个下午，国王的金匠在她身边画着设计图，而他作为珠宝首饰的行家，不时地提出一些建议，安妮想要制作一些新的珠宝镶托。凯瑟琳起初不肯交出首饰。她说，她不能放弃英格兰王后的物品，把它们交到一个给基督教世界带来耻辱的人手上。直到国王下了命令，她才交出那些东西。

安妮什么事情都跟他商量；她咯咯笑着说，"克伦威尔，你是我的人。"现在风和日朗，他事事顺利。他能感觉到自己正顺风顺水。他的朋友奥德利肯定会被确定为大法官；国王对他已渐渐习惯。旧臣们不愿效忠于安妮，已经纷纷请辞；新任的王室财务大臣是威廉·波莱爵士，从沃尔西时期就是他的朋友。很多新晋大臣都是他沃尔西时期的朋友。而红衣主教用过的人都不是傻瓜。

在弥撒和安妮受封之后，他陪着温彻斯特主教更衣，等着他脱去法

---

① 亨利和凯瑟琳名字的首字母。

衣,换上更适于世俗庆祝活动的服装。"你准备跳舞吗?"他问。他坐在一处石板窗台上,心不在焉地看着下面院子里人来人往的情景,乐师们搬来了管乐器和诗琴、竖琴和三弦琴、高音双簧箫、提琴和鼓。"你可以好好露一手。要不就是你当上主教之后不跳舞了?"

史蒂芬的话还在顺着自己的思路。"你会以为对任何女人来说,这已经够了,对吧,得到了属于她自己的头衔?她现在会委身于他了。肚子里怀上继承人,求求你上帝,在圣诞节之前。"

"哦,你希望她成功吗?"

"我希望他的烦躁情绪能平息下来。能够有所结果。不要让这一切成为徒劳。"

"你知道查普伊斯是怎么说你的吗?他说你在家里藏了两个女人,让她们女扮男装。"

"是吗?"他皱了皱眉。"我想,这总比男扮女装要好。如果那样就会挨骂了。"史蒂芬哈哈大笑起来。他们一起朝宴会那边走去。乐师们在弹唱。"与好朋友共度时光,我爱你至死不渝。"灵魂具有音乐的天性,哲学家们说。国王叫托马斯·怀亚特以及乐师马克跟他一起唱。"唉!为了爱情我能做些什么?为了爱情,唉,我能做些什么?"

"凡是他能想到的事情,"加迪纳说,"没有止境,这一点我能看出来。"

他说,"国王对那些认为他好的人很好。"他顶着乐曲的声音,将这话传到主教耳中。

"嗯,"加迪纳说,"如果你的想法随时可变的话。依我看,你肯定就是这样。"

他去跟西摩小姐寒暄。"瞧,"她说。她抬起袖子。她在上面加了一道翠蓝色袖边,正是那抹翠鸟的亮色,是从他所送的那份刺绣图样礼物的包装绸布上剪下来的。狼厅的情况现在怎么样,他尽可能巧妙地问:对一个发生了乱伦丑闻的家庭,你能怎么问候呢?她用低而清楚的声音说,

"约翰爵士很好。不过话说回来,约翰爵士一向都很好。"

"那你们其他人呢?"

"爱德华很恼火,汤姆不耐烦,我亲爱的母亲咬牙切齿,把门摔得砰砰响。收获季节到了,苹果挂在枝头,女佣在牛奶场,我们的教士在祈祷,母鸡在下蛋,诗琴在演奏,而约翰爵士……约翰爵士一如既往地很好。你为什么不到威尔特郡去办点事,并顺道去看看我们?哦,如果国王娶了新妻子,她会需要已婚女子来伺候她,我姐姐丽兹准备进宫里来。她丈夫是泽西总督,你知道他吗,安东尼·奥特雷德?我自己更想去内地,到王后身边去。但是听说她又要搬走,她的随从也会减少。"

"如果我是你父亲……不……"他改口道,"如果我能给你忠告的话,建议你还是侍奉安妮小姐。"

"侯爵,"她说,"当然,谦恭是好事。她一定会让我们谦恭的。"

"眼下她也不容易。我想,等她的愿望实现之后,她会温和一些的。"即使在说这话的时刻,他也知道这不是真的。

简低下头,从眼皮底下往上看他。"这就是我谦恭的面孔。您觉得能行吗?"

他笑了起来。"它会让你畅通无阻的。"

在跳完三拍双人舞、孔雀舞、阿尔曼舞之后,大家停了下来,在一旁扇着扇子休息,他和怀亚特则唱起了当兵小调:斯卡拉梅拉上战场,带着盾牌和长枪。这首歌的曲调很忧郁,当天色渐晚,没有伴奏的人声飘向房间阴暗的角落时,不管是怎样的歌词,所有的曲调都会很忧郁。查尔斯·布兰顿问他,"那首歌讲的是什么,是关于一个女人吗?"

"不是,只是关于一个上战场的男孩。"

"他运气如何?"

Scaramella fa la gala[①]。"对他而言是一场盛大的节日。"

[①] 意大利语,意为"斯卡拉梅拉去狂欢"。

"那种日子很美好，"公爵说，"当兵的岁月。"

国王在诗琴的伴奏下唱着，他的声音洪亮、真诚而忧伤："我走向荒寂的树林。"有些女人在意大利烈酒的作用下有了几分醉意，这时便落下泪来。

在坎特伯雷，渥兰大主教冷冰冰地躺在一块木板上；他的眼皮上搁着这个国家的硬币，仿佛要把他的国王的形象永远封在他的脑海里。他正等着被葬入大教堂的地下，在贝克特遗骨旁边那块阴冷的空白停尸处。安妮一动不动地坐在那里，如同一尊雕像，她的目光凝视着她的爱人。只有她不安分的手指在移动；她把一只小狗搂在腿上，双手抚摸着它，轻拽着它的卷毛。最后一个音符消逝之后，点亮的蜡烛被端了进来。

十月，我们将启程去加来——队伍多达两千人，从温莎延伸到格林威治，从格林威治穿过肯特郡的绿地延伸到坎特伯雷：每位公爵有四十名随从，侯爵有三十五名，伯爵有二十四名，而子爵只能带二十名，他则带着雷夫和其他几个可以塞进船上某个角落的职员。国王将与他的法兰西兄弟会晤，那位兄弟打算帮他请求教皇同意他新的婚姻。弗朗索瓦已经提出让他的三个儿子——他的三个儿子，上帝是多么宠爱他呀——中的一个娶教皇的侄女凯瑟琳·德·美第奇；他说他将为这次联姻提出一个先决条件，即：不得允许凯瑟琳王后将自己的案件向罗马上诉，同意他的英格兰兄弟在他自己的司法权内，通过他自己的主教，来处理他的婚姻问题。

自从由红衣主教安排的所谓"金锦营"会晤之后，这将是两位强大君王的首次会晤。国王说此行的费用必须低于那一次，但一旦问及具体事宜，他就这个要更多，那个要加倍——所有的东西都更大，更舒适，更奢华，镀更多的金。他将带上自己的厨子和自己的床，还有他的教士，乐师，马，狗，猎鹰，以及他的新侯爵，欧洲称之为他的小妾。他还将带上几位可能的王位继承人，包括约克家族的蒙塔古勋爵，还有兰卡斯特家族的内维尔，以表明他们是多么顺服，而都铎王朝是多么稳固。他将带上自己的金器，亚麻织品，糕点师和家禽拔毛工以及试毒人，他甚至会带上自己的酒： 你可能觉得这是多此一举，但是你懂什么呢？

雷夫在帮他整理文件："我听说弗朗西斯国王将为我们的国王向罗马求情。但我不明白，他从协议中能得到什么。"

"沃尔西常说，商讨协议的过程就是协议本身。里面有什么条款并不重要，只要有条款就行。重要的是诚信。如果没有了诚信，协议就撕毁了，不管条款上说些什么。"

重要的是那一系列的场面，交换礼物，王室木球游戏，马上持矛比武以及化装舞会： 它们不是进入正题之前的热身活动，而是正题本身。安妮对法国宫廷和法国礼仪非常熟悉，指出了可能出现的问题。"如果教皇要来看他，那么弗朗西斯可以迎上前去，也许在某个院子里迎接他。但两位君王会晤，一旦能看到对方，就应该向彼此走出相同的步数。一般都是这样，除非有一位君王——唉呀——迈的步子太小，使对方不得不走更远的距离。"

"天啊，"查尔斯·布兰顿叫了起来，"那种人肯定是无赖。弗朗西斯会这样吗？"

安妮半垂着眼睑看了他一眼。"萨福克大人，你妻子为此行做好准备了吗？"

萨福克涨红了脸。"我妻子是前任法国王后。"

"我知道。弗朗索瓦会很高兴再见到她的。他当时觉得她特别迷人。不过当然了，那个时候她很年轻。"

"我妹妹仍然很迷人，"亨利息事宁人地说。但查尔斯·布兰顿已经怒火中烧，并终于像一声炸雷似的爆发了，他大吼起来："你指望她来侍奉你吗？侍奉博林家的女儿？把你的手套递给你，小姐，晚餐时先伺候你？你就死了这条心吧——绝不会有那一天的。"

安妮转向亨利，她的手紧紧地抓着亨利的胳膊。"他当着您的面羞辱我。"

"查尔斯,"亨利说,"现在退下去吧,等你平静下来再来见我们。等你完全平静再说。"他叹了口气,示意道:克伦威尔,你跟他去吧。

萨福克公爵正怒气冲冲。"去透透气吧,大人,"他劝道。

秋天已经来临;从河边吹来一股凉飕飕的风。几片潮湿的树叶被掀了起来,在他们面前的路上飘荡着,犹如某支小型军队的旗帜。"我一直认为温莎是个寒冷的地方。你觉得呢,大人?我指的是这整个的环境,而不仅仅是城堡。"他继续说着,用低沉而安慰的语气。"如果我是国王,我会在沃金的宫里呆更多的时间。你知道吗?那儿从不下雪。至少二十多年没有下过一次。"

"如果你是国王?"布兰顿慢慢地朝下坡走去。"如果安妮·博林能成为王后,你怎么不能成为国王呢?"

"我收回那句话。我应该用一种更谦卑的说法。"

布兰顿嘟哝着。"我的妻子,她决不会出现在那婊子的随行队伍里。"

"大人,你最好认为她贞洁。我们都是这样。"

"她是她亲爱的母亲培养出来的,而她母亲就是个大婊子,让我告诉你吧。丽兹·博林,以前叫丽兹·霍华德——她是第一个把亨利勾上床的女人。这些我都知道,我是他的老朋友。他当时十七岁,不知道该怎么解决。他父亲对他管教很严。"

"可我们现在都不相信那个故事。关于阁下的夫人。"

"阁下!见鬼去吧。"

"他喜欢这种称呼。也没什么害处。"

"她还是她姐姐玛丽培养出来的,而玛丽是在一所妓院里受训的。你知道法国人都干些什么吗?我妻子告诉过我。嗯,也不是告诉我,而是她写下来给我看,用拉丁文。男人勃起之后,她就把那家伙含在嘴里!你能想象出这种事吗?做得出这种龌龊事的女人,你能称她是处女吗?"

"大人……如果你妻子不去法国,如果你不能说服她……我们能否说她病了？算是你帮国王一个忙，你知道他是你的朋友。这可以省得他——"他差点儿要说，省得他去承受那位小姐的毒舌。但是他说了一半就打住了，换了另外一句话。"这可以留点面子。"

布兰顿点点头。他们还在朝河边的方向走着，他尽量放慢步子，因为安妮指望他很快回转，带着道歉的消息。公爵转向他时，现出一脸的痛苦神情。"这反正也是真的。她是病了。她那漂亮的小——"他做了一个手势，双手捧着空气——"都掉光了。无论如何我都爱她。她单薄得像一张纸片。我对她说，玛丽，如果我哪一天醒来，却找不到你了，我会把你当成床单上的一根线。"

"我真的很难过，"他说。

他擦了擦脸。"啊，上帝。回到哈利那儿去吧，好吗？告诉他我们去不了。"

"他会指望你去加来的，如果你妻子不能去的话。"

"我不愿意离开她，你明白吗？"

"安妮是很记仇的，"他说，"难以取悦，易于生气。大人，按我说的做吧。"

布兰顿嘟哝着。"我们都是这样。我们必须这样。你什么都做，克伦威尔。你现在什么都是。我们说，怎么会成这样呢？我们问自己。"公爵吸了吸鼻子。"我们问自己，可是看在基督那沸腾之血的份上，我们没有那该死的答案。"

基督那沸腾之血。这种不敬之语更符合那位老牌公爵托马斯·霍华德的性格。他什么时候成了公爵们的解读者、阐释者呢？他也问自己，可是他没有那该死的答案。当他回到国王和准王后的身边时，他们正充满爱意地凝视着对方的面庞。"萨福克公爵请求原谅，"他说。好的，好的，国王说。我们明天见吧，但是不要太早。你会以为他们已经是夫妻，即将度过一个柔情缱绻的夜晚，充满婚姻的快乐。你会这么以为，只不过他从玛丽·博林那里了解到，侯爵的头衔只是让亨利买到了抚摸她妹妹大腿内侧的权利。玛丽告诉了他这些,甚至不是用拉丁文。每次跟国王单独相处之后,安妮都会向她家里的人汇报,不漏掉任何细节。你真得佩服她;她分寸把握得恰到好处,还有她的克制能力。她像士兵一样使用自己的身体,保存着她的资源;像帕多瓦的解剖学校的老师一样,她把身体逐一分解,为各部分进行命名,这是我的大腿,这是我的胸脯,这是我的舌头。

"也许在加来,"他说,"也许到那时候,他会得偿心愿。"

"她得很确定才行。"玛丽走开了。接着又停住,转过身来,显得有些苦恼。"安妮说,克伦威尔是我的人。我不喜欢她这样说。"

在接下来的几天里,出现了一些让英方感到棘手的其他问题。等他们与法方见面时,法国王室将由哪位女性成员出面接待安妮呢?埃莉诺王后不会愿意——你不能有这种指望,因为她是皇帝的妹妹,由于"卑下"抛弃凯瑟琳而刺伤了他们家族的感情。弗朗西斯的姐姐纳瓦拉皇后以生病为由,不肯接待英格兰国王的情妇。"是跟可怜的萨福克公爵夫人一样的病吗?"安妮问。弗朗西斯建议,也许由他自己的 *maîtresse en titre*①——旺多姆公爵夫人来接待新侯爵,会更为合适?

亨利一气之下,牙疼病犯了。巴茨医生带着他的药箱来了。安眠药似乎最好,可国王醒来后,仍然感到大受伤害,过了好几个小时,还是束手无策,似乎只有取消此行了。难道他们不理解,难道他们不明白,安妮不是什么人的情妇,而是一位国王的准新娘吗?但是就弗朗西斯的天性而言,他不会理解这种事情。他决不会为了自己想要的女人而等待一个星期以上。他是骑士精神的典范不成?信仰最虔诚的国王?他只知道,亨利大吼大叫,像一头发情的雄鹿。但我要告诉你,当他的情欲得到释放后,其他的雄鹿会把他扑倒在地。找哪位猎人问一问好了!

最后提出的解决方法是,当亨利去布伦与弗朗西斯会面时,让准王后

---

① 法语,意为"有头衔的情妇"。

留在加来,留在她不会受到羞辱的英国领土上。加来是一座小城,应该比伦敦更容易控制,哪怕人们在码头边排成一队高呼"*Putain*①!"和"英格兰大婊子"。如果他们唱起下流的歌曲,我们就干脆充耳不闻。

在坎特伯雷,由于国王一行和来自各国的朝圣者,每幢屋子都被挤得水泄不通。他和雷夫住得还算舒适,离国王很近,但有些贵族只能在虱子成群的小旅馆里容身,骑士们挤在妓院的后屋,朝圣者不得不呆在马厩或谷仓,或者露宿在星光下。好在虽然到了十月,天气却很暖和。如果是在此之前的任何一年,国王就会早已去贝克特的圣坛前祈祷,并留下丰厚的祭品。但贝克特是王室的叛徒,而不是我们眼下愿意碰到的某位大主教。大教堂里,为渥兰的葬礼而焚烧的香仍然烟气缭绕,为他灵魂的祈祷还在嗡嗡不息,犹如上千蜂群发出的低鸣。给克兰默已经寄出了几封信,躺在德国某处的皇帝行宫里。安妮已经开始称他为当选大主教。谁也不知道他回家得多长时间。带着他的秘密,雷夫说。

当然,他说,他的秘密,写在页边上。

雷夫去参观了圣坛。这是他第一次去。回来时,他睁大了眼睛,说那儿堆满了鹅蛋大的珠宝。

"我知道。你觉得它们是真的吗?"

"他们给你看一个头骨,说是贝克特的,曾经被骑士们打破了,但现在又拼了起来放在一只银盘上。如果掏现钱的话,你还可以吻它。他们还用一个盘子装着他的手指甲。他们还保存了他擦过鼻涕的手帕。还有他的靴子的一块碎片。他们还拿着一个小玻璃瓶在你面前晃,说是他的血。"

"在沃尔辛厄姆,他们还保存有一瓶处女的乳汁。"

"天啊,不知道那是什么?"雷夫显出一副恶心的样子。"至于那血,你还看得出来是水里加了一点红土。还一片片地漂在那儿。"

---

① 法语,意为"妓女"。

"行了,把那支从天使加百列①的翅膀上拔下来的羽毛拿起来吧,我们要给史蒂芬·沃恩写信。我们可能得让他上路,去把托马斯·克兰默带回来。"

"得越快越好,"雷夫说,"稍等片刻,先生,我要去洗个手,把贝克特给洗掉。"

尽管不愿意去圣坛,国王还是想把安妮带在身边出现在他的子民们面前。做完弥撒后,他不听众人的劝告,走进了人群之中,周围是他的枢密院委员,他的卫士们跟在后面。安妮的头在她的细脖子上扭来转去,听着从旁边传来的议论。人们纷纷伸出手来触摸国王。

诺福克跟在他的一侧,紧张得绷直了身体,眼睛四下扫视:"我不喜欢这种做法,克伦威尔先生。"他自己曾经出刀极快,现在也警惕着视线以下的动作。不过,勉强可以被称为武器的东西只有一个被一群圣方济各会修士抬着的大型十字架。人群闪开一条道,让他们过去,接着是一群穿着法衣的在俗神父,然后是一队来自修道院的本笃会修士,他们中间有一位本笃会修女装扮的年轻女人。

"陛下?"

亨利转过头。"天啊,是圣女,"他说。卫士们冲了过来,但亨利举起一只手。"让我见见她。"这是个身材高大的姑娘,不是太年轻,也许有二十八岁;相貌平平,肤色有点黑,显得很兴奋,脸上因为急切而泛红。她朝国王挤了过来,一时间,他在她的眼中看到了他:一抹模糊的金红色,发红的皮肤,迫切而充满阳刚之气的身体,一只火腿般的手伸出去扶住她修女的胳膊肘。"小姐,你有话要对我说吗?"

她想行屈膝礼,但他手上用力不让她行礼。"神告诉我,"她说,"跟我交谈的圣徒们告诉我,您身边的那些异教徒必须被扔进大火之中,而如果您不亲自点火,那您自己会被烧死。"

---

① 《圣经》中向童女玛丽亚预报耶稣将降生的天使长,是上帝传送好消息给人类的使者。

"哪些异教徒?他们在哪儿?我不会把异教徒留在身边的。"

"这里就有一个。"

安妮躲到国王身边;她贴在他金红两色的外套上,像蜡融化了一般。

"而且,您跟这个不要脸的女人如果有了任何形式的婚姻,您在位的时间将不超过七个月。"

"得了,小姐,七个月?说得像一点儿,行吗?什么样的先知会说'七个月'的?"

"神就是这样告诉我的。"

"那么七个月之后,谁会取代我呢?说吧,说说你想让谁取代我成为国王。"

僧侣和神父们想把她拉走;这不是他们计划中的一部分。"蒙塔古勋爵,他有王室血统。埃克塞特侯爵,他是王室的血脉。"现在她也想从国王手里挣脱。"我看到您母亲了,"她说,"被白色的火焰包围着。"

亨利一把放开了她,仿佛她的肌肤烫手一般。"我母亲?在哪儿?"

"我一直在找约克红衣主教。我找遍了天堂、地狱和炼狱,但红衣主教都不在。"

"她肯定是疯了吧?"安妮说,"如果她疯了,就要挨鞭子抽。如果她没有疯,就该被绞死。"

有位神父说,"小姐,她是一位很圣洁的人。她的话是受到神启的。"

"把她给我弄走,"安妮说。

"你会遭雷击的,"修女对亨利说。他含糊地笑了笑。

诺福克咬牙切齿地冲进人群之中,挥舞着拳头。"把她拖回她的妓院去,免得她挨我的拳头,老天!"混乱之中,有个僧侣用十字架撞了另一个僧侣;圣女被拉了回去,一边还在继续预言;人群的喧闹声越来越大,亨利抓住安妮的胳膊,拉着她沿原路返回。他自己则盯着圣女,紧紧地跟在那伙人的后面,直到周围的人渐渐散去,他才有机会拍了拍一个僧侣的手臂，请求跟她说话。"我以前是沃尔西的仆人，"他说，"我想听听她的预言。"

他们商量了一下，然后让他进去了。"先生？"她说。

"你能再试试去找红衣主教吗？如果我捐一笔钱款的话？"

她耸耸肩。圣方济各会的一位修士说，"那得是一笔不小的钱款。"

"请问你怎么称呼？"

"我是里斯比神父。"

"我肯定能满足你们的期望。我很有钱。"

"你是只想找到他的灵魂到底在哪里，便于你自己的祷告，还是在考虑捐建小教堂，或许是一笔捐赠？"

"你们怎么说就怎么办吧。但是当然，我需要知道他不在地狱。花大把的钱为一件没有希望的事情做弥撒，就没什么意义了。"

"我得跟博金神父谈谈，"那姑娘说。

"博金神父是这位女士的灵魂导师。"

他点了点头。"下次再来问我吧，"姑娘说。她转过身，消失在人群之中。他当场给那些随从发了一些赏钱。为了博金神父，不管他可能是谁。博金神父似乎就是定价和管账的人。

修女的话使国王的情绪非常低落。如果有人说你将遭到雷击，你会是什么感受？到傍晚的时候，他说自己头痛，脸痛，嘴巴痛。"退下吧，"他对他的御医们说，"你们从来都治不好，现在又怎么可能呢？还有你，小姐，"他对安妮说，"让你的侍女们伺候你就寝吧，我不想听唠叨，我受不了叽叽喳喳的声音。"

诺福克小声嘟哝着：这位都铎，总是有些不对劲。

在奥斯丁弗莱，只要有人流鼻涕或者扭伤了关节，男孩们就会上演一出名为《假如诺福克是巴茨医生》的短剧。牙齿疼吗？把它们拔掉！手指卡住了？把手剁掉！脑袋疼吗？把它割掉，你还有一个。

现在诺福克从国王面前退开一半后，停住了。"陛下，她并没有说雷电一定要您的命"

"她的确没有，"布兰顿开心地说。

"不是要命而是被赶下王位，不是要命而是被击中烧焦，这是一件值得期待的事情，对吧？"国王可怜巴巴地指了指他的周围，大声叫仆人搬来一些柴火，要侍从暖一点酒。"我身为英格兰国王，难道就坐在这儿，守着一团可怜的火，连一点喝的都没有吗？"他看上去的确很冷。他说，"她看见我母亲了。"

"陛下，"他小心翼翼地说，"您知道吗，大教堂里有扇窗户的玻璃上有您母亲的画像？当太阳照进去的时候，她不就像沐浴在光芒之中吗？我觉得那修女看到的就是这种情景。"

"你不相信幻象吗？"

"我觉得，也许她无法把在外部世界看到的东西与她脑海里的东西区分开来。有些人就是这样。也许应该同情她。尽管不能太同情。"

国王皱了皱眉。"但是我爱我母亲，"他说。接着："白金汉非常重视幻象。他专门有一位为他预言的修士。跟他说他会成为国王。"他没必要补充一句，白金汉是个叛徒，而且已经死了十多年了。

当国王一行启航去法国时，他与国王一起乘坐"燕子号"。他站在甲板上，目送着英格兰渐渐远去，亨利的私生子里士满公爵在他旁边，因为这第一次海上航行，还因为能陪伴他父亲，而感到非常兴奋。菲茨罗伊是个英俊的小伙子，长着一头金发，虽然只有十三岁，但身材很高，不过有些单薄；很像亨利年轻时的样子，而且有良好的自我感觉和一种独特的高贵气质。"克伦威尔先生，"他说，"自从红衣主教下台之后，我就没有见到你了。"气氛一时有些尴尬。"我很高兴你东山再起了。因为那本名为《朝臣》的书上说过，在出生卑微的人身上，我们常常可以看到卓越的天份。"

"你读的是意大利语的吗,先生?"

"不是,但有人把那本书的一部分帮我译成了英语。那是一本好书,很值得我一读。"他顿了顿。"我但愿"——他转过脑袋,压低声音——"我但愿红衣主教没有死。因为现在诺福克公爵成了我的监护人。"

"我还听说大人将要娶他的女儿玛丽。"

"是的。我并不愿意。"

"为什么?"

"我见过她。她的胸部像一块平板。"

"但是她很聪明,大人。而且在你们共同生活之前,时间可以弥补那种不足。既然你的人能把卡斯蒂格里翁那本书上涉及淑女及其品德的那一部分给你翻译出来,那么我能确定,你会发现玛丽·霍华德拥有所有那些品德。"

他想,但愿这桩婚姻到头来不会像哈利·珀西或者乔治·博林的那样。也是为了女孩着想;卡斯蒂格里翁说,男人能够理解的所有东西女人也能理解,他们具有同样的领悟力,同样的才能,无疑也具有同样的爱和恨。卡斯蒂格里翁爱他的妻子伊波丽塔,但两人仅仅共同生活了四年,她就去世了。他为她写了一首诗,一首挽歌,但写出来却仿佛出自伊波丽塔之手:是已故的女人在向他倾诉。

船过之处的海面上,海鸥一声声地叫着,犹如迷途的灵魂。国王来到甲板上,说他的头已经不痛了。他说,"陛下,我们刚刚谈到卡斯蒂格里翁的书。您有空读过吗?"

"是的。他赞颂了 *sprezzatura*①。那是一种不刻意努力却把各种事情做得漂亮、圆满的艺术。王公贵族们也应该培养这种素质。"他很有几分怀疑地加了一句,"弗朗西斯国王就具有这种素质。"

"是的。可除了 *sprezzatura* 之外,一个人在公开场合还得始终展示

---

① 意大利语,意为"举重若轻"。

出一种庄重的克制力。我在想，也许我可以找人把它翻译出来，送给诺福克大人做礼物。"

在他的脑海中，肯定浮现出了托马斯·霍华德在坎特伯雷威胁着要揍那位圣女的情景。亨利咧嘴笑了。"你应该这样。"

"嗯，但愿他不会把它当成一种责备。卡斯蒂格里翁说，一个男人不应该刻意卷发和拔眉毛。而您知道，大人两者兼有。"

小王子朝他皱起眉头。"诺福克大人吗？"亨利发出一阵与国王身份不符的大笑，既不庄重也不克制。这对他的耳朵很受用。船上的木板在嘎吱作响。国王把手扶在他肩上，稳住自己。风鼓起了船帆。太阳在水面上跳跃。"再过一小时，我们就要靠港了。"

加来是英格兰的边远地区，是她在法国的最后堡垒，在这座小城，他有许多朋友，许多客户，许多委托人。他知道这座城市，包括水闸和灯笼门，圣尼古拉斯教堂和圣母教堂，他知道它的塔楼和防波堤，还有它的集市、广场和码头，总督所租住的斯特伯旅馆，维特希尔和温菲尔德两家的住宅——在他们那绿树成荫的花园里，绅士们远离他们觉得再也无法理解的英格兰，过着惬意的隐居生活。他知道那些防御工事——摇摇欲坠——在城墙的外面，是佩尔①的土地，有它的树林、村庄和沼泽，它的水闸、堤坝和沟渠。他知道通往布伦的路，还有通往皇帝的领土格拉沃利讷的路，他还知道弗朗西斯和查理这两位君王，随便哪一位只要下定决心，就可以一举拿下这座小城。英国人在这里已经有了两百年的历史，但如今在大街上，你会发现讲法语和佛兰芒语的人更多。

总督迎接了国王陛下；伯纳斯勋爵是一位老战士、老学者，堪称旧式美德的典范，如果不是因为腿有残疾，以及他显然担心可能由此导致的巨大开销，他就会是《朝臣》那本书的活样板了。他甚至已经把国王和侯爵

---

① 中世纪英格兰统治下的爱尔兰部分地区。

安排在两个中间有一扇连着的门的房间。"我觉得这样非常合适,大人,"他说,"只要门的两面有牢固的栓子就行。"

因为在他们离开陆地之前,玛丽告诉过他,"以前她不愿意,不过现在她会了,但是他不会。他跟她说,如果她怀上孩子,他必须确定是婚内的。"

两位国王将在布伦会晤五天,然后又在加来五天。安妮想到自己将被撇在一边,感到非常不快。他从她坐立不安的样子看出,她知道这是一个有争议的地方,可能会发生你无法预料的事情。与此同时,他还有自己的事情要处理。他甚至没有带上雷夫,独自一人溜进了位于凯尔克维尔街一座后院的小酒馆里。

* * *

这是个低矮的地方,有一股柴火的烟味、鱼腥味以及霉味。在一边墙上有一面潮湿的镜子,他在里面看到了自己的面孔,很苍白,只是眼睛还有生气。他一时有些错愕;你没想到会在这样一间脏乱的小屋里看到自己。

他坐在一张桌子旁等着。五分钟后,屋子后面有了一些动静。但什么事情都没有发生。他早就料到他们会让他等候;为了打发时间,他在脑海里将康沃尔郡去年交给国王的款项的数字过了一遍。他正准备接着回顾切斯特的收款人提交的数字时,一个黑影出现了,并渐渐地变成一个穿着长衫的老头。他颤巍巍地走了过来,接着后面还跟了两个人。你很难将他们分出彼此:都是一样的干咳,一样的长胡子。根据他们叽叽咕咕地商量出的顺序,几个人在对面的凳子上依次坐下。他讨厌炼丹术士,而这些人看起来就像炼丹术士:衣服上有些说不清的污渍,眼睛泪汪汪的,鼻子出着粗气。他用法语跟他们打招呼。他们哆嗦了一下,其中一个用拉丁语问他们是否应该有点喝的。他叫来服务生,不抱太大希望地问他有什么可推荐的。"去别的地方喝?"服务生说。

最后上了一壶酸酸的东西。等几个老头痛饮一番之后,他才开口问道,"你们哪位是卡米洛先生?"

他们交换了一下眼神。其所花的时间不亚于格利伊三姐妹①将她们共用的那只独眼轮流使用一遍。

"卡米洛先生去了威尼斯。"

"为什么?"

有人咳了咳。"去商量一些事情。"

"但他是打算回法国的吧?"

"很有可能。"

"你们手上的东西,我想为我的主人弄到手。"

沉默。他想,如果我把酒拿开,直到他们说点有用的东西,会怎么样?但有人先他一步抢夺酒壶;他的手颤抖着,酒泼到了桌子上。其他人不耐烦地咕哝着。

"我想你们可能把图纸带来了,"他说。

他们你看看我,我看看你。"哦,没有。"

"但的确是有图纸的吧?"

"没有这种东西。"

泼洒的酒开始渗进木头缝里。在痛苦的沉默中,他们坐在那儿看着这种情景。其中一人低头用手指戳着自己袖子上的一个虫眼。

他喊服务生又上了一壶酒。"我们不想让你失望,"那位发言人说,"你得明白,卡米洛先生眼下,嗯,是在弗朗西斯国王的保护之下。"

"他准备为他做一个模型吗?"

"有这种可能。"

---

① 希腊神话中三人一体的女妖,生下来就白发苍苍,且三人只有一只眼睛和一个嘴巴,大家轮流使用。

"一个实用模型？"

"从本质上说，任何模型都会是实用模型。"

"如果他对自己的工作条件有任何不满意的地方，我的主人亨利会很高兴地欢迎他去英格兰的。"

又顿了片刻，直到酒壶送了上来，服务生转身走开。这一次他自己亲自倒酒。几位老人又交换了一下眼神，其中一个说，"先生觉得他不会喜欢英国的气候。太多雾。而且，整个岛上到处都是女巫。"

这次见面令人很不满意。不过总得从什么地方开个头。离开的时候，他对服务生说，"你可以去擦擦桌子。"

"我不如等到他们把第二壶喝完再说，先生。"

"没错。给他们送点吃的吧。你们这儿有什么？"

"浓汤。我可不会推荐这个。看起来就像妓女洗完内衣后留下的玩意儿。"

"我从不知道加来的姑娘会洗任何东西。你会认字吗？"

"一点点。"

"写字呢？"

"不会，先生。"

"你得学会。而且要用好你的眼睛。如果有别的人来跟他们说话，如果他们拿出图纸、羊皮纸、纸卷或任何这一类的东西，我都想知道。"

那孩子说，"那是什么，先生？他们在兜售什么东西？"

他差一点就告诉了他。能有什么坏处呢？但是最后，他也想不起合适的名称。

布伦会晤正在进行之际，他得到消息，说弗朗西斯想见他。亨利考虑了一番才点头同意；如果是面对面，那么君王就只能跟另一国的君王以及高级贵族和教士打交道。自从上岸之后，在船上还跟他十分友好的布兰顿和霍华德就对他疏远起来，似乎在向法国人清楚地表明，他们没有给予他任何地位；他们假装他只是亨利一时兴起而留在身边的人，一个不久就会被某位子爵、男爵或主教所取代的与众不同的顾问官。

法方的信使告诉他，"这不是一次接见。"

"当然，"他说，"我明白。根本就不是。"

弗朗西斯坐在那儿等他，由于不是接见，所以他的身边只有几位大臣。他身材瘦高，肘关节和膝关节非常突出，那双骨头凸起的大脚在巨大的厚拖鞋里不停地动着。"克伦穆尔，"他说，"现在，让我了解一下你。你是威尔士人。"

"不是，殿下。"

狗一般的可怜的目光；上下打量着他，然后又再一次上下打量着他。"不是威尔士人。"

他明白法国国王的困惑。他如果不是出自哪位谦卑的都铎臣子的家庭，又是凭什么进入了宫廷呢？"是已故的红衣主教引荐我为国王效劳的。"

"是的，这一点我知道，"弗朗西斯说，"但是我心里想，这里还有其他的因素。"

"也许吧，殿下，"他连忙说道，"但显然跟是不是威尔士人无关。"

弗朗西斯捏了捏自己的鹰钩鼻子的鼻尖，使它朝下巴更钩了一些。选择你的君王：你不会喜欢每天看到这一位的。亨利是那么健康，身体壮实，干干净净，肤色白里透红。弗朗西斯移开目光，说，"据说你曾经为法国的荣誉而战斗过。"

加里格利亚诺：他一时垂下眼睛，仿佛在回想发生在大街上的一起非常糟糕的事件：一些变了形的残胳膊断腿。"在一个非常倒霉的日子。"

"不过……这些都过去了。现在还有谁记得阿金库尔战役[①]呢？"

[①] 1415年英王亨利五世于法国北部阿金库尔村重创兵力数倍于己的法军的一次著名战役。

他几乎失笑。"是呀,"他说,"再过一两代人,或者三代……四代……这些事情就算不了什么了。"

弗朗西斯说,"听说你跟那位小姐关系很好。"他吸了吸嘴唇。"告诉我,我很好奇,我那国王兄弟是怎么想的?他认为她是处女吗?至于我自己,倒是从没动过她。她在这宫廷的时候,还很年轻,身子单薄得像一块平板。不过,她姐姐——"

他很想制止他,但是你不能制止一位国王。他的声音缓缓地抚摸着玛丽的全身,从下巴到脚尖,然后把她像热饼一般翻个身,在另一面又从后颈一直到脚跟。有位侍从给他递上一块上等的亚麻方巾,他说完后擦了擦嘴角;然后把手帕递了回去。

"嗯,好了,"弗朗西斯说,"我看你是不会承认是威尔士人的,那么我的推测到此为止。"他的嘴角抬了抬;胳膊肘动了动;膝盖抖了抖;这场"非接见"结束了。"克伦穆尔先生,"他说,"我们可能不会再见面了。你突如其来的好运可能不会长久。所以,过来,把你的手给我,像一位法国士兵一样。也请你为我祈祷。"

他鞠了一躬。"我为您祈祷,先生。"

他离开时,有位大臣走上前来,低声说,"殿下送给你一份礼物,"并递给他一双绣花手套。

*　　　*　　　*

他想,如果是另一个人,一定会很高兴,并试着戴上。而他却捏了捏它们的手指,找到了他所寻找的东西。他轻轻地抖了抖手套,另一只手兜住。

他径直去见亨利。发现他正在阳光下,跟几位法国贵族一起玩木球。亨利玩起木球来,可以像比武大赛一般热闹:喝彩呀,抱怨呀,夸海口呀,叹气呀,咒骂呀,一刻不停。国王抬起头来望着他,眼睛在说,"怎么样？"他的眼睛回答，"单独谈，"国王的眼睛说，"等一会儿，"这些话一个字也没有说出口，而国王自始至终还在跟那些人开着玩笑，亲热地拍背，接着，他直起身子，看着他的球从修剪过的草坪上滚过来，并指着他这个方向。"你们看到我这位委员了？我可提醒你们，千万不要跟他玩。因为他不会尊重你们的祖先的。他既没有纹章也没有姓氏，但是他相信自己天生就是赢家。"

有位法国贵族说，"败得优雅是每一位绅士都该学会的艺术。"

"我也希望学会，"他说，"如果你们看到一个我可以效仿的榜样，请指出来。"

因为他注意到，他们一心想赢得这场游戏，一心想从英格兰国王手里得到一块金币。赌博不是罪恶，只要你能赌得起。他想，也许我能发给他一些赌博的筹码，必须亲自送到威斯敏斯特的某间办公室才能兑现：附带上一些很费神的文书工作，给职员的费用，加上一个特别的封条。那会帮我们省一笔钱。

但是国王的球顺利地朝目标球滚去。亨利还是赢定了。从法国人那边，响起几声礼貌的掌声。

当他和国王离开众人后，他说，"这里有一样您会喜欢的东西。"

亨利喜欢惊喜。他伸出一根粗壮的食指，显出粉红而干净的英国人的指甲，在手背上轻轻地推着那颗红宝石。"是一块不错的宝石，"他说，"看这些东西我是行家。"顿了顿。"这里最有名的金匠是谁？叫他来为我效劳。这是块深色的宝石，弗朗西斯会重新看到它的；在我们的会晤结束之前，我会把它戴在我自己的手指上。弗朗西斯会看到我的人是怎么对我。"他的心情非常好。"不过，我不会让你吃亏的。"他点点头，让他退下。"当然，你会跟金匠合计着抬高它的估价，然后跟他商量瓜分利润……不过在这件事情上我会很慷慨。"

转换表情。

国王笑了起来。"一个连自己的事情都处理不好的人,我为什么要把我的事托付给他呢?有朝一日弗朗西斯会给你一份养老金。你必须接受。顺便问一句,他问了你一些什么?"

"他问我是不是威尔士人。这对他好像是一个大问题,我很抱歉那么令人失望。"

"哦,你并不令人失望,"亨利说,"不过你一旦令人失望了,我会让你知道的。"

两个小时。两位国王。你知道些什么呢,沃尔特?他站在带有咸味的空气中,对他死去的父亲说。

当弗朗西斯与他的国王兄弟一起回到加来时,晚上的盛大宴会之后,最先请他跳舞的就是安妮。她脸上神采飞扬,眼睛在镀金的面具背后熠熠发亮。当她拿开面具,望着法国国王时,显出一种似笑非笑的奇特表情,看上去不太真实,仿佛面具之后还有一副面具。你可以看到他张口结舌;你可以看到他开始流出了口水。她与他十指相扣,将他带到窗户旁的一个座位上。他们用法语交谈了一个小时,窃窃私语,他那颗油亮的黑脑袋跟她凑得很近;有时候他们哈哈大笑,四目相对。他们无疑是在讨论新的结盟;他似乎觉得她的胸衣里面塞着另一份协议。弗朗西斯有一次拿起她的手。她半就半推地抽了回去,有片刻时间,他似乎想把她娇小的手指放在他那难以启齿的裤裆上。大家都知道弗朗西斯近来接受了汞盐疗法①。但没有人知道它是否有效。

亨利正在与加来的贵妇们跳舞:有吉格舞,还有萨尔塔列洛舞。查尔斯·布兰顿将他生病的妻子抛在了脑后,正把他的舞伴们高高抛起,让她们的裙子飘扬起来而尖声大叫。但亨利的目光不停地穿过大厅,朝安妮和弗朗西斯看去。他因为内心的恐惧而脊背僵直。他脸上是一副强颜欢笑的

---

① 据说可以治疗梅毒。

表情。

最后,他想,我得结束这一幕:他暗暗纳闷,难道我真的爱我的国王吗,像一个子民该做的那样?

他在一个黑暗的角落里找到诺福克,他正因为害怕受命成为总督夫人的舞伴而藏在这里。"大人,把你的外甥女带走吧。她的外交工作已经做够了。我们的国王嫉妒了。"

"什么?他现在到底又抱怨什么?"但诺福克一眼就明白了眼前的情景。他骂骂咧咧地穿过房间——从跳舞的人中间穿过去,而不是从旁边绕过去。他抓起安妮的手腕倒扭过来,仿佛要把它折断似的。"经您同意,殿下。小姐,我们来跳舞吧。"他一把拉起她。他们的确跳了起来,只不过跟这座大厅里以前跳过的舞大不一样。公爵像是迈着动物的蹄子,踩在地上嗵嗵直响;而安妮的一条胳膊像受伤的翅膀一般被人抓着,煞白着脸在那儿蹦跶。

他远远地朝亨利看去。国王的脸上显出一种平静的、心安理得的满意之色。安妮应该受到惩罚,出手的除了她的亲人,还能是谁呢?法国贵族挤在一起窃笑着。弗朗西斯眯起眼睛观看着。

那天晚上,国王早早离开众人,甚至遣退了他的寝宫侍从;只有亨利·诺里斯在进进出出,后面跟着一位手下,拿着酒、水果、一床大被子,后来还有一盆煤;天已经变冷了。女人们也变得冷漠和烦躁起来。可以听见安妮提高的嗓门。门也摔得砰砰响。他正在跟托马斯·怀亚特谈话时,谢尔顿小姐急匆匆地朝他走来。"小姐想要一本《圣经》!"

"克伦威尔先生能背出整本新约,"怀亚特热心地说。

那姑娘看起来很为难。"我想,她要它是为了发誓用。"

"这样的话,我对她就派不上用场了。"

怀亚特抓住她的双手。"今晚谁会为你取暖,年轻的谢尔顿?"她挣脱开他,飞快地跑出去找圣经了。"我会告诉你是谁。亨利·诺里斯。"

他目送着那个姑娘。"她是抽签吗?"

"我一直很幸运。"

"国王呢?"

"也许吧。"

"最近呢?"

"安妮会把她们的心掏出来烤熟。"

他觉得自己不能走远,以免亨利要见他。他找了一个角落,跟爱德华·西摩下起棋来。在移动棋子的间隙,他说,"你妹妹简……"

"是个古怪的小东西,对吧?"

"她有多大了?"

"我不知道……二十左右?……她在狼厅走来走去,一边说,'这些是托马斯·克伦威尔的袖子,'谁都不明白她在说些什么。"他笑了起来。"她非常得意。"

"你父亲为她找好人家了吗?"

"曾经说起过——"他抬起头来。"你干吗问这个?"

"好分散你的注意力。"

汤姆·西摩从门口冲了进来。"天啊,伙计,"他朝他哥哥喊道。他掀掉他的帽子,揉了揉他的头发。"有不少女人在等着我们。"

"我这位朋友建议不去。"爱德华拍了拍帽子。"他说除了更脏之外,她们跟英国女人没有两样。"

"经验之谈吗?"汤姆问。

爱德华把帽子重新端端正正地戴好。"我们的妹妹简有多大了?"

"二十一,二十二吧。怎么了?"

爱德华低头看着棋盘,伸手去拿皇后。他发现自己已经无路可走。他很欣赏地抬起目光。"你是怎么走成这样的?"

后来,他坐在那儿,面前摆着一张白纸。他想给克兰默写封信,把它投到四面八方,让它满欧洲去找人。他提起笔却没有写。他在脑海中重温了一遍与亨利关于那颗红宝石的谈话。他的国王想象他会参与某种见不得人的诡计,在他当年仿制丘比特雕像并卖给红衣主教的日子里,他可能会对这类事情感兴趣。但是对这种说法进行辩解会显得你心虚。如果亨利不完全信任他,又有什么奇怪的呢?国王是孤独的:不管是在他的枢密院,还是在他的寝宫,乃至最后赤裸裸地在地狱的前厅——正如哈利·珀西所说——接受审判的时候。

这次行程将宫中的争吵与阴谋压缩起来,将它们圈在小城四面围墙之内的狭小空间里。旅行在外的人变得亲密无间,犹如一副牌中的纸牌:彼此紧密相邻,各自的纸眼睛却视而不见。他不知道汤姆·怀亚特在哪儿,以及陷入了什么样的麻烦。他觉得自己无法入睡:虽然不是因为担心怀亚特。他走到窗边。月亮仿佛无颜见人一般,用几片黑色的云围住了自己。

他走进花园,墙壁的托架上燃烧着火把,可他避开了亮光。海水低沉的起伏跟他自己的心跳一样,平稳而持续不断。他知道这黑暗中不止他一个人,片刻之后,响起了脚步声,裙子的窸窣声,有人轻微而深深地吸了一口气,一只手悄悄搭在他的胳膊上。"是你,"玛丽说。

"是我。"

"你知道吗,他们把中间的门打开了?"她咯咯笑了起来,带着几丝残忍。"她被搂在他的怀里,像刚出生时一样赤条条的。现在她不能改变主意了。"

"我还以为他们今晚会吵架。"

"他们的确吵了。他们喜欢争吵。她说诺福克扭断了她的胳膊。亨利称她为抹大拉以及别的一些名字,我记不清了,我猜他们是罗马贵妇。不是鲁克丽丝①。"

"不是。起码我希望不是。她要《圣经》干什么?"

---

① 罗马传说中的宁死不受辱的妇女,贞节的模范。

"让他发誓。在证人面前。我。诺里斯。他作出了有约束力的承诺。他们在上帝的面前结成了夫妇。他还发誓说，等春天到来时，他会在英格兰再娶她一次，并让她加冕为王后。"

他想起坎特伯雷那位修女：您跟这个不要脸的女人如果有了任何形式的婚姻，您在位的时间将不超过七个月。

"好了，现在，"玛丽说，"问题只看他自己有没有能力成就他的好事。"

"玛丽。"他抓住她的手。"别吓唬我。"

"亨利缺乏自信。他认为你指望一种超乎常人的表现。不过如果他不好意思的话，安妮会知道怎么帮助他的。"她小心地加了一句，"我是说，我给她出了一些主意。"她的手滑上他的肩膀。"好了现在，我们两个呢？费了那么大的神才让他们走到这一步。我想我们有权利乐一乐。"

没有回答。"你不会还是害怕我的诺福克舅舅吧？"

"玛丽，你的诺福克舅舅让我胆寒。"

不过，这并不是理由，不是他犹豫不决、没有马上动手的理由。她的嘴唇与他的轻轻相触。她问，"你在想什么？"

"我在想，如果我不是国王最忠实的仆人，就可能乘下一艘船一走了之。"

"我们会去哪儿？"

他不记得邀请过朋友。"东边。尽管我承认这不是一个好的起点。"博林家的东边，他想。所有人的东边。他在想着地中海，而不是这北方的海域；尤其是一个晚上，在拉纳卡一所房子里的温暖的午夜：威尼斯城的灯火倒映在危险的海滨，奴隶的脚在地砖上啪嗒作响，空气中有熏香和香菜的气息。他伸出一条胳膊搂住玛丽，碰到了一样柔软、完全出乎意料的东西：狐狸皮。"你真是聪明，"他说。

"哦，我们把什么都带来了。包括每一块布片。以防我们会在这儿呆到冬天。"

肌肤隐约发亮。她的喉咙很白,很柔软。只要公爵呆在室内,似乎一切都有可能。他的指尖挑开狐狸皮,露出里面的肌肤。她的肩膀温暖、幽香,有一点潮湿。他能感觉到她脉搏的跳动。

背后有一丝声响。他转过身,手中握着匕首。玛丽尖叫起来,拉住他的手臂。匕首尖顶住了一个男人的上衣,就在胸骨之下。"行了,行了,"一个镇静而恼火的英国人的声音说,"把它收起来吧。"

"天啊,"玛丽说,"你险些杀了威廉·斯塔福德。"

他把陌生人推回到亮处。直到看清他的脸后,他才收起匕首。他不知道斯塔福德是谁:是什么人的养马员吗?"威廉,我以为你不会来了,"玛丽说。

"如果我没来,你似乎就有替补了。"

"你不知道一个女人的生活有多么难!你以为自己跟一个男人确定了什么事情,其实却没有。他说他会来见你,到头来却不露面。"

这是发自内心的怨诉。"祝你们晚安,"他说。玛丽转过身来,似乎想说,哦,请别走。"我祷告的时间到了。"

一阵风从海峡吹来,掀动着海港里船只的缆索,吹得内陆人家的窗户嘎吱作响。他想,明天可能会下雨。他点起一支蜡烛,重新坐下来写信。但这封信对他毫无吸引力。花园中,果园里,树叶纷纷飘落。窗玻璃的外面,有黑影在空中移动,海鸥在飞翔,如幽灵一般:他妻子伊丽莎白的白帽子闪了一下,就像她最后那天早晨送他到门口时一样。其实她没有:她在睡觉,躺在潮湿的床单上,盖着黄色的土耳其被子。如果说他想起了把他带到这儿来的运气,他还同样想起了把他带到五年前那个早晨的运气,当时他走出奥斯丁弗莱的家门,是一位有妇之夫,胳膊下夹着有关沃尔西的事务的文件:那时他幸福吗?他不知道。

距现在很久以前的在塞浦路斯的那个晚上,他已经准备向他的银行递交辞职报告,或者起码请他们帮他写推荐信带着去东边。他很好奇,想去看看圣地,去看看那里的植物和人们,去亲吻使徒们踏过的石头,去不可思议的城市里的秘密住所或去黑色的帐篷里讨价还价——在那些地方，戴着面纱的女人们像蟑螂一般飞快地躲进各个角落。那天晚上，他的运气不好也不坏。当他遥望着港口的灯光时，听到身后的房间里，有个女人手里摇着象牙骰子，发出爽朗的笑声，接着又柔声说"*alhamdu lillah*[①]"。他听到她掷出骰子，听到骰子四处滚动，然后停了下来："是几点？"

东边高。西边矮。赌博不是罪恶，只要你能赌得起。

"三点加三点。"

这算低吗？你得说是的。命运没有猛推他一把，而只是轻拍了他一下。"我要回家了。"

"但今晚不行。太晚了，涨潮了。"

第二天，他觉得幸运之神就在他的背后，犹如一阵轻风。他踏上了返回欧洲的旅程。当时的家位于一条宁静的运河边，是一座装有百叶窗的小屋，安塞尔玛跪在那儿，光滑的玉体上披着拖地的睡裙，那绿色的软缎在烛光下泛着暗黑的光泽；她跪在设置于自己房间里的小祭坛前，她跟他说过，这银祭坛对她而言很宝贵，是她所拥有的最为宝贵的东西。请稍等，她对他说；她开始用自己的语言祷告，一会儿好言劝说，一会儿甚至是威胁，从她的银神那里，她肯定终于哄到了一丝恩典，或者在那闪闪发亮、端端正正的姿态中看到了几分偏斜，因为她站起身来，转向他，说，"现在我准备好了，"一边拉开自己睡裙上的丝带，让他得以用手捧住她的双乳。

[①] 意为"赞美真主"。

3. 早间弥撒

1532 年 11 月

雷夫站在他旁边,说已经七点了。国王去做弥撒了。

他一晚上梦魇不断。"我们不想叫醒您。您从来没有起得这么晚。"

风儿在烟囱里低声叹息。零星的雨点像沙石一般打在窗户上,弹了开去,然后又卷回来。"我们可能要在加来呆一段时间了,"他说。

五年前,沃尔西去法国时,曾经要他留心宫里的形势,一旦国王与安妮上了床,就马上向他汇报。他当时说,我怎么会知道他们已经这样了呢?红衣主教说,"我想你从他的脸上可以看出来。"

当他到达教堂时,风弱了,雨也停了,但街道上满是泥泞,那些等着迎接贵族们出来的人仍然把外套顶在头上,犹如一群新出现的无头行尸。他钻进人群之中,接着一边往前挤,一边对聚在旁边的侍从们低声说:请让一让,我有紧急事情,请给大罪人让个路。他们大笑着让他过去了。

安妮挽着总督的胳膊出来了。他很紧张——似乎在受痛风之扰——但他很关注她,不停地低声说些打趣的话,却没有得到任何回应;她调整了自己的表情,刻意显出空洞的样子。国王的胳膊上挽着温菲尔德家的一位女士,她扬着脸,喋喋不休。他丝毫都没有注意她。他看上去高大、伟岸而和气。他王者的视线从人群中掠过。然后落在他的身上。国王笑了。

离开教堂时,亨利戴上了帽子。这是一顶大帽子,很新。帽子上有一根羽毛。

第五部

1. 安妮王后

1533 年

两个孩子坐在奥斯丁弗莱大厅里的长椅上。因为太小，他们的腿都直直地伸在面前，由于都还穿着罩衫，所以看不出他们的性别。在他们的帽子下面，漾着酒窝的脸上堆满笑容。两人看上去胖乎乎、乐呵呵的，这得归功于海伦·巴尔这个年轻的女人，她此刻正在缓缓讲述自己的故事：她是埃塞克斯一位破产商人的女儿，丈夫叫马修·巴尔，对她经常拳脚相加，最后还抛弃了她，"他走的时候，我肚子里正怀着那一个，"她一边指着孩子一边说。

邻居街坊总是因为教区里的事情来找他。什么地窖门不牢固呀。鹅舍臭气熏天呀。夫妻整夜吵架摔锅砸碗，闹得邻里无法入睡呀。如果这些事情打乱了他的时间安排，他尽量不烦不躁，他对海伦与对鹅舍一样关心。在脑海中，他想象着让她脱下皱巴巴的廉价毛衣，再穿上他昨天看见的六先令一码的花天鹅绒。他看到她的双手由于干粗活而破皮浮肿；他想象自己给她一副小山羊皮手套。

"尽管我说他抛弃了我，他还没准已经死了。他很喜欢酗酒闹事。有个认识他的人告诉我，他有一次被人打惨了，我应该到河底去捞他。但是，又有人在蒂尔伯里的码头上看见他带着一个旅行包。所以，我到底算什么——妻子还是寡妇？"

"我会去查一查的。不过，我想你肯定宁愿我找不到他。你们的生活是怎么过的？"

"他走了之后，我先是帮一位制帆工做缝纫。自从上伦敦来找他以来，我就按天给人家干活儿。我最近在圣保罗教堂附近一座女修道院的洗衣房里干活，帮忙做一年一度的床上用品大拆洗。她们发现我干活是一把好手，就说可以给我在阁楼上搭个床，可她们不愿意接收小孩子。"

教堂救济的又一个例子。他总是碰到这样的事情。"我们不能让你给一帮伪善的女人做奴隶。你得来这儿。我肯定你能派上用场。我这家里总是有很多活儿，而且我正在扩建，你也看到了。"他想，她肯定是个好姑娘，所以才没有以那种显而易见的方式谋生；如果她去站街拉客，生意一定不会少。"他们告诉我你想学识字，以便能读福音书。"

"我遇到的几个女人带我去过一个她们说是夜校的地方。是在布罗门的一个地下室里。在那之前，我知道诺亚，东方三博士，始祖亚伯拉罕，但是从没听说过圣保罗。在我们家乡的农场上，以前有些精灵常常变出牛奶或者呼风唤雨，可别人告诉我说他们不是基督徒。尽管如此，我但愿我们仍然在务农。我父亲根本过不惯城里生活。"她担忧的目光追随着两个孩子。他们已经从长椅上跳下来，蹒跚着穿过石板，去看从墙上长出来的图画，他们每走一步，她都禁不住要屏住呼吸。工匠是一个德国人，是汉斯推荐来做简单活儿的小伙子，他转过身来——他不会说英语——向孩子们解释他正在做的事情。一朵玫瑰。三头狮子，看它们跳起来。两只黑鸟。

"红的，"大一点的孩子嚷道。

"她知道颜色，"海伦说，脸上泛起自豪的红晕。"她还开始学数数了。"

过去绘有沃尔西纹章的地方正在被重新绘上他自己新被授予的纹章：在三头单腿直立的狮子中间，是天蓝色的横带，或者在两只康沃尔红嘴山鸦的正中间，是玫瑰红和绿色钩纹。"你瞧，海伦，"他说，"那些黑鸟以前是沃尔西的纹章。"他笑了。"有些人希望再也不要看到它们。"

"还有些人,像我们这样的,不懂得这些。"

"你是说夜校的人?"

"他们说,一个热爱福音书的人,怎么会热爱一个这样的人?"

"你知道,我从来都不喜欢他傲慢的举止,还有他每天的前呼后拥,他讲究的那种排场。但自从有了英格兰以来,还从来不曾有谁像他那样热衷于为英格兰效力。再说,"他伤感地说,"一旦你成了他的心腹,他就是一个那么优雅随和的人……海伦,你今天能来这儿吗?"他在想那些修女及其一年一度的床上用品大拆洗。他在想象红衣主教惊讶的神情。洗衣妇们跟在他的队伍后面,犹如妓女们跟随着军队,由于一小时接一小时的忙乎而汗涔涔的。在约克宫的时候,他让人做了一个浴盆,深得站得下一个人,用一座炉子加热,像你在低地国家看到的那样,有许多次,他都是与红衣主教那颗上下浮动、仿佛煮熟了一般的脑袋在谈事。亨利现在已经将它收为己有,并与他喜欢的侍从在里面玩水嬉闹,那些侍从可以让他们的主子由着自己的性子将他们按进水里,淹得半死。

画师把画笔递给较大的孩子。海伦的脸上一亮。"小心点儿,宝贝儿,"她说。一抹蓝色被涂了上去。你真是个小行家,画师说。*Gefällt es Ihnen, Herr Cromwell, sind Sie stolz darauf*[①]?

他对海伦说,他问我是不是感到满意和自豪。她说,即使您不是,您的朋友们也会为您感到自豪。

他想,我总是在解释:如果不是从一种语言到另一种语言,也是从一个人到另一个人。从安妮到亨利。从亨利到安妮。在那些他需要安慰,而她却像冬青树丛一般浑身是刺的日子里。在那些日子里——的确有这样的日子——他的视线游离开去,追随着另一个女人,而她很快会发现,然后怒气冲冲地跑回自己的房间。而他,克伦威尔,就会像一位大众诗人似的来回奔忙,代表一方向另一方传达坚定的心愿。

---

① 原文为德语。

还不到三点,房间就已经半暗下来。他抱起那个较小的孩子,小家伙一靠到他的肩上,一转眼就睡着了,快得就像从墙头扫下落叶一般。"海伦,"他说,"这个家里到处都是些鲁莽的小伙子,他们会争先恐后地教你认字,送你礼物,尽力让你过得开心。那就好好去学,接受礼物,在这里开开心心地跟我们在一起,不过如果有谁太放肆,你就得告诉我,或者告诉雷夫·赛德勒。就是那个留着一撇小红胡子的孩子。虽然我不该称他为孩子。"自从他把雷夫从他父亲家里接过来,马上就有二十年了,当时也是这样一个阴沉、灰暗的日子,下着瓢泼大雨,孩子趴在他的肩上,被他抱进了位于芬丘奇街的他家的大厅。

暴风雨让他们在加来停留了十天。从布伦驶出的船只失了事,安特卫普洪水泛滥,大部分的乡村成为一片汪洋。他很想给他的朋友们捎个信,问一问他们的生活和财产情况,可是道路不通,加来本身也成了由一位逍遥君主所统治的浮岛。他前往国王的住处求见——事情不会因为恶劣的天气而中止——却被告知,"国王今天上午不能见你。他和安妮小姐正在谱一首琴曲。"

雷夫与他视线相遇,于是他们走开了。"让我们希望他们到头来能拿出一首小曲子来吧。"

托马斯·怀亚特和亨利·诺里斯在一所小酒馆里一起喝得酩酊大醉。他们发誓永远为友。可是,他们的跟班却在酒馆的院子里打了一架,在泥地上闹得不可开交。

他一直都没见到玛丽·博林。也许她与斯塔福德找到了某个可以一同谱曲的隐蔽处。

中午时,借着烛光,伯纳斯勋爵带他参观了他的图书室,他精神抖擞,一拐一瘸地从一张书桌转到另一张书桌,对那些他做过研究并翻译的古老书稿十分小心。这里有一本亚瑟王传奇:"刚开始读的时候,我几乎读不下去。对我来说,它显然过于离奇,毫无真实可言。但随着一点一点地读下去,你知道,我发现这个故事里蕴含着一种寓意。"他没有说是什么寓意。"这是被译成英文的傅华萨①的著作,是陛下亲自吩咐我译的。我无法做其他的了,因为他只借给我五百英镑。你想看看我从意大利语翻译过来的书吗?都是些私人作品,我没有交给印刷商。"

他看了一下午的手稿,吃晚饭时两人还讨论了一番。伯纳斯勋爵担任财政大臣一职,是亨利授予他的终身职位,但由于他不在伦敦无法履职,所以,它并没有带给他该有的金钱或影响。"我知道你很会做生意。你能否私下帮我看看账目?它们可说不上是清楚有序。"

伯纳斯勋爵让他一个人与那堆乱七八糟的所谓账簿在一起。一个钟头过去了:大风在屋顶上呼啸,蜡烛的火苗在摇曳,冰雹砸在窗玻璃上。他听见主人那条行动不便的腿在地上拖动的声音:一张焦虑的面孔探进门里。"有什么发现?"

他能发现的只是欠债。你本可以在宫廷里随时准备用尖牙利眼硬胳膊肘捞取自己的好处,却要在大洋彼岸献身学术和效忠国王,到头来就是这种下场。"但愿您早些找我就好了。总能有弥补的余地的。"

"啊,但以前谁认识你呢,克伦威尔先生?"老人说。"倒是有书信往来,没错。沃尔西的事务,国王的事务。可我从来都不认识你。在此刻之前,我好像根本不可能会认识你。"

当他们终于准备上船的那一天,炼金术士小酒馆的那个男孩出现了。"你终于来了!给我带什么来了?"

男孩出示了一下空空的双手,然后用夹杂着法语的英语说了起来。"听说那些魔法师已经回巴黎了。"

"那我很失望。"

"您真难找,先生。我去了亨利国王和大婊子住的地方,说'我找克伦威尔老爷,'那里的人都笑话我,还打我。"

---

① 让·傅华萨(1337—1405),法国中世纪著名编年史家,神父,著有《编年史》。

"那是因为我不是老爷。"

"真是这样的话,我就不知道在您的国家里,老爷是什么样儿了。"他给了孩子两个硬币,一个是为他的卖力,另一个是为他的挨打,但他摇了摇头。"我想好了要伺候您,先生。我已经决定要跟您走了。"

"你叫什么?"

"克里斯托弗。"

"你有姓吗?"

"这不重要。"

"有父母吗?"

他耸了耸肩。

"你多大了?"

"您觉得我有多大了?"

"我知道你会识字。你会打架吗?"

"您家里经常打架?"

克里斯托弗身材粗短;他还需要长身体,但从现在起再过一两年,他就会难以打倒了。他猜他最多十五岁。"你做犯法的事了?"

"在法国,"他说,语气很不屑:就像有人会说,在遥远的中国。

"你是小偷?"

男孩做了一个捅的动作,手中似乎有一把无形的小刀。

"你把别人干掉了?"

"他看上去不大好。"

他咧嘴笑了。"你确定自己想叫克里斯托弗这个名字吗?你可以现在改名字,以后就不行了。"

"您真了解我,先生。"

天啊,我当然了解。你可以是我的儿子。接着他仔细打量起他来,好确定他不是他的儿子;确定他不是红衣主教所说的他在泰晤士河边留下的那些打架闹事的孩子之一,他也不可能在其他河边、其他地域留下过孩子。但克里斯托弗那双蓝色的大眼睛显得无忧无虑。"你不怕海上旅行吗?"他问。"我在伦敦的家里,有许多讲法语的人。你很快就要成为我们家的一员了。"

此刻在奥斯丁弗莱,克里斯托弗在不停地问他问题。那些魔法师,他们手里有什么?是藏宝图吗?是——他挥舞着手臂——制造飞行器的说明书吗?是可以制造大爆炸的机器,还是喷火的战龙?

他说,"你听说过西塞罗吗?"

"没有。不过我准备洗耳恭听。在今天之前,我从没听说过加迪纳主教。有人说你偷了他的草莓园,然后送给了国王的情妇,而现在他打算……"男孩停住了,然后重新谈起他对战龙的印象,"可以彻底毁掉你,直到你死去。"

"远不止这样,如果我了解我的对手的话。"

关于他的情形,还有更糟的说法。他想说,她不是情妇,再也不是了,可这个秘密——尽管很快就会成为公开的秘密——不该由他说出来。

1533年1月25日,黎明,在白厅的一座小教堂,由他的朋友劳兰德·李充当神父,安妮和亨利进行了宣誓,确认了他们在加来订下的婚约;几乎是秘密进行,没有庆祝,只有一群证人,除了应仪式的要求而不得不承认自己意愿的三言两语之外,夫妇二人一言不发。亨利·诺里斯脸色苍白,神情严肃:让他两次作证,见证安妮被嫁给另一个男人,这样仁慈吗?

威廉·布莱里顿也是证人,因为他还是国王寝宫的侍从。"你真在这儿吗?"他问他。"没准你在别的地方?你的手下告诉我,你像那些伟大的圣人一样,可以一身在两地。"

布莱里顿生气地瞪着他。"你跟切斯特那边写信了。"

"国王的事情。怎么能不写呢?"

劳兰德正在让新娘新郎的手握在一起,所以他们必须压低嗓门。"我只跟你说一次。我家的事情你离远点儿。否则,克伦威尔先生,你会比你想象的还要惨。"

陪伴安妮的只有一位女士,就是她的姐姐。当他们离开时——国王的手扶着他妻子的上臂,领着她朝竖琴轻柔的音乐声走去——玛丽转过身,朝他嫣然一笑。她举起手,拇指和食指相隔一英寸。

她一直都说,我会是第一个知道。会是我帮她解开胸衣。

他礼貌地叫威廉·布莱里顿回来;他说,你威胁我是一个错误。

他回到自己在威斯敏斯特的办公室。他心里想,国王已经知道了吗?也许还没有。

他坐下来开始起草文件。他们送来了蜡烛。他看见自己的手的影子在纸上移动,他那只无法隐藏的拳头没有戴天鹅绒手套。他不想有任何东西阻隔在他和密纹纸以及流畅的墨水之间,因此他取下了戒指,沃尔西的绿松石以及弗朗西斯的红宝石——嵌在加来金匠做好的镶托上,新年那天,国王把它从自己的手指上取下来还给了他,并且像统治者们经常所做的那样,出于信任而一时冲动地说,现在这将是我们之间的信物,克伦威尔,把它和文件一起送来,即使没有你的印章,我也会知道是出自你之手。

亨利的一位密友——尼古拉斯·卡鲁——当时站在旁边,说,陛下的戒指不用改都适合你。他说,的确是的。

他犹豫着,鹅毛笔抬了起来。接着他写道,"本英格兰王国是一个帝国。"本英格兰王国是一个帝国,由一位至高无上的首脑和国王所统治,这一点已经得到世界的认同……

十一点钟,天色已经完全变亮时,他与克兰默在他位于炮台街的住所一同用餐,他将在这里一直住到被授予新的职位,然后再搬往朗伯斯宫。他已经在练习新签名了,坎特伯雷当选大主教托马斯。不久之后,他的用餐就会很隆重,不过今天,他只是像一位穷学者那样,把文件推到一旁,让人铺上桌布,端上咸鱼,然后画了个十字当餐前祈祷。

"这没什么帮助的,"他说,"谁在为你做饭?我会派个厨师过来。"

"这么说，已经结婚了？"这就是克兰默的性格：埋头于自己的书本之中，安静耐心地工作了六个钟头，一直等着别人告诉他。

"是的，劳兰德主持的。他没有把她嫁给诺里斯，或者让国王娶她的姐姐。"他抖开餐巾。"我知道一件事。但是你得想办法把它套出来。"

他希望克兰默的办法就是透露他在信中提到的秘密，他写在信纸旁边的秘密。但是，那肯定是某种小小的不慎，现在早都忘了。由于坎特伯雷当选大主教只是专心于有一下没一下地戳着鱼鳞和鱼皮，他便说，"她，安妮，已经怀孕了。"

克兰默抬起目光。"如果你用这种语气说话，别人会认为是你的功劳。"

"你不吃惊吗？你不高兴吗？"

"不知道这是条什么鱼？"克兰默带有几分兴趣地说。"我当然高兴。不过我早就知道，你瞧，因为这桩婚姻是纯洁的——上帝为什么不赐予一位后代呢？而且是继承人？"

"当然，是继承人。你看。"他拿出自己起草的文件。克兰默洗了洗沾有鱼腥味的手，凑到烛火下。"那么在复活节之后，"他一边读文件一边说，"就任何事情向教皇上诉，都会是违反法律和国王的君权。于是，凯瑟琳的案子就会没戏并被人遗忘。而我，坎特伯雷大主教，就可以在我们自己的法庭上决定国王的事务。哦，我们等这个等得太久了。"

他笑了起来。"等你等得太久了。"克兰默听说国王准备给他这项荣誉时，正在曼图亚。他弯弯绕绕地开始了自己的旅程：史蒂芬·沃恩在里昂遇到他，急忙送他踏上寒冬的道路，穿过皮卡第的深雪，上了船。"你为什么要耽搁？不是所有的男人都想成为大主教吗？虽然我是不会的，如果回头想想的话。我的愿望就是看管好自己的熊。"

克兰默看着他，显出若有所思的表情。"我能肯定这一点可以为你安排。"

格利高里曾经问他,我们怎样才知道克兰默是在开玩笑呢?他告诉他,你不会知道的,他的玩笑像一月份的苹果花一样罕见。而这之后的几个星期里,他都会有些忐忑,担心一头熊会出现在他的门口。那天他们分别时,克兰默从桌上抬起目光,说,"当然,我并没有正式的了解。"

"关于孩子?"

"关于婚姻。由于我是负责国王的离婚案的法官,如果听说他又结婚了,对我来说不合适。"

"没错,"他说,"劳兰德清晨一大早所做的是他一个人的事情。"他离开时,克兰默还在低头望着他们吃剩的食物,似乎在研究怎样将那条鱼还原。

由于我们还没有完全与梵蒂冈一刀两断,只有通过教皇的任命,我们才能有新的大主教。为了让克雷芒同意,在罗马的代表们暂时有权力说任何话,许任何诺言。国王难以置信地说,"为了坎特伯雷的职务,你知道教皇的诏书要花多少钱吗?而我将不得不付这笔钱?你知道让他就职还得花多少钱吗?"他又加了一句,"当然,必须办得像模像样,不能省略、疏忽任何环节。"

"如果依我的话,这将是陛下交给罗马的最后一笔钱。"

"你知道吗?"国王说,好像发现了一件令人惊讶的事情,"克兰默自己一分钱都没有?他捐不了任何东西。"

他以国王的名义,找一位他认识的热那亚人借到了这笔钱,那人叫萨尔瓦戈,很富有。为了说服他借钱,他给他家送去了一幅版画,他知道塞巴斯蒂安一直想要那幅画。画中是一个年轻人站在花园里,抬眼望着一扇空空的窗户,期待着一位姑娘很快在窗口出现;空气中已经有了她的香气,枝头的鸟儿探寻地凝视着窗口,准备展开歌喉。年轻人的双手捧着一本书;一本心形的书。

在威斯敏斯特的里屋里,克兰默每天都在召集人开会。他在为国王写一份文件,说明即使他哥哥与凯瑟琳的婚姻没有圆房,对认定他的婚姻无效也没有影响，因为很显然，他们有结为夫妇的意图，而由于这种意图，便有了婚姻关系；另外，在他们共度的夜晚，即使他们没有以正确的方式行动，他们肯定也有过生儿养女的意图。为了不让亨利和凯瑟琳任何一方成为撒谎的人，参会的人设想着他们的婚姻在某种程度或某种意义上已经圆房的情形，为此，他们不得不想象出在黑暗中男女共处一室时可能发生的每一次失败和难堪。你喜欢这差事儿吗？他问；看着那些人弯腰驼背、灰头土脸的样子，他估计他们都有所需要的经验。在自己的文件里，克兰默总是称王后为"最尊贵的凯瑟琳"，仿佛要将她陷在亚麻枕头里的平静面孔与施加于她下身的侮慢分隔开来：男孩的手在她的大腿间来来去去，乱摸一气。

此时此刻，安妮这位尚未公开的英格兰王后在穿过白厅的一条走廊时，甩掉了她的男随从；她咯咯地笑着，几乎是蹦蹦跳跳地往前跑去，他们连忙奔过来围住她，仿佛她随时有危险，可她大笑着一把甩开他们的手。"你们知道吗，我特别想吃苹果？国王说这意味着我怀宝宝了，可我告诉他，不，不，这不可能……"她转了一圈，然后又一圈。她双颊绯红，泪水盈眶，接着就像一处不受控制的喷泉里的水一样奔涌而出。

托马斯·怀亚特从人群中挤过来。"安妮……"他握住她的双手，把她拉到胸前。"安妮，好了，亲爱的……好了……"她靠在他的肩上，抽抽噎噎地哭了起来。怀亚特紧紧地搂住她；他的眼睛四下张望，仿佛发现自己正一丝不挂地站在路上，期望某位路人拿件衣服来帮他遮身蔽体。查普伊斯也在旁观者之中；大使连忙心怀鬼胎地离开了，他迈动着那双短腿，脸上挂着一抹讥笑。

于是，这个消息马上传到了皇帝那里。如果旧的婚姻已经过去，新的婚姻已经形成，并且在宣布安妮的幸福状态之前向欧洲确认，本来应该很完满。但话说回来，对国王的仆人而言，生活从来都不是十全十美；正如托马斯·莫尔以前常说，我们不要指望躺着羽毛床上天堂。

两天后，他与安妮单独在一起；她靠在一个窗口，闭着眼睛，像小猫一般享受着冬天里那一缕难得的阳光。她向他伸出手来，几乎不知道他是谁；对任何一个男人都这样吗？他握住她的指尖。她黑色的眼睛猛地睁开。犹如店铺的遮光板被取了下来：早上好，克伦威尔先生，我们今天有什么可以卖给对方的？

"我已经厌烦玛丽了，"她说。"我想甩掉她。"

她是指公主，凯瑟琳的女儿吗？"她该嫁人了，"她说，"免得碍我的事儿。我永远不想见到她。我不想总是要想到她。我早就在想着把她嫁给哪个无名小卒。"

他等待着，仍然不明白。

"对于某个准备用链子把她拴在墙上的人来说，我想她会是一位不错的妻子。"

"啊，你的姐姐玛丽。"

"你以为是谁？哦，"她笑了起来，"你以为我指的是国王的私生女玛丽。嗯，你现在倒是提醒了我，她也该嫁人了。她有多大了？"

"今年十七了。"

"还是个小矮人吗？"安妮没有等他回答。"我会为她找一位上了年纪的绅士，一位德高望重、年老体弱的绅士，他不会让她怀上孩子，我会出钱让他远离宫廷。但说到凯里夫人，该怎么办呢？她不能嫁给你。我们取笑她，说她看上了你。某些贵妇会暗恋平民。我们说，玛丽，哦，你多么渴望躺在一位铁匠的怀里……连想一想你都会浑身发烫。"

"你快乐吗？"他问她。

"是的。"她垂下眼睛，一双小手放在胸口上。"是的，因为这个。你瞧，"她缓缓地说，"过去我总是被人需要。而现在我受人重视。我发现，这很不一样。"

他没有说话，让她理清自己的想法：他知道这些想法对她很宝贵。"好了，"她说，"你有一个外甥叫理查德，勉强算是都铎家族的人，尽管我确定自己无法理解这是怎么回事。"

"我可以把家谱图画给你看。"

她微笑着摇了摇头。"就不劳烦你了。有了这之后，"她的手指向下滑动，"我早上醒来时，几乎不记得自己的名字了。我以前常常纳闷女人为什么那么愚蠢，但现在我明白了。"

"你刚才提到我的外甥。"

"我见到过他跟你在一起。他好像是个坚定的小伙子。他也许适合她。她想要的是裘皮衣服和珠宝。这些你可以给她，对吧？每隔一年摇篮里就有个孩子。至于说父亲是谁，你可以在你们家内部就此做出安排。"

"我还以为，"他说，"你姐姐早就有心上人了吧？"

他不想报复：只是澄清事实。

"是吗？哦，玛丽的心上人……常常是昙花一现，有时还很怪异——你也知道，对吧。"这不是问话。"把你的孩子们带进宫来。让我们看看。"

他离开了，而她再一次闭上眼睛，缩着身子享受着那一丝暖意，享受着二月所能洒下的微弱的阳光。

国王在威斯敏斯特的旧宫殿给他安排了住处，便于他工作得太晚不能回家时休息。于是，他只好在想象中穿过自己在奥斯丁弗莱的那些房间，重拾他留在窗台上、板凳下和挂毯上点缀在安塞尔玛脚下的羊毛花朵里的记忆中的形象。在漫长的一天结束后，他会与克兰默以及劳兰德·李共进晚餐，劳兰德白天总是在不同的工作班子之间来去，催促大家加快进度。大法官奥德利有时也会参与其中，可他们不拘礼节，只是像一帮身上沾有墨水的学生一样坐下来聊天，直到克兰默就寝时才罢休。这些人他想好好了解了解，检验一下在多大程度上可以依靠他们，并找出他们的弱点。奥德利是一位谨慎的律师，会像厨师在一袋米中筛出沙子那样检查一个句子。他口才很好，能言善辩，据理力争，忠于自己的职业；如今既然成了大法官，他志在挣得一份与职位相符的薪酬。至于他相信什么，则可以商榷；他相信议会，相信国王在议会中行使的权力，而在信仰的问题上……不妨说，他的信仰是灵活的。至于说李，他不知道他到底是否相信上帝——尽管这并不妨碍他拥有一个看得到的主教职位。他说,"劳兰德,你能把格利高里带到你家里去吗?我想剑桥已经为他做了力所能及的一切。我也承认格利高里没有为剑桥做任何事情。"

"我在跟北方的主教们争论时,"劳兰德说,"会带着他一起去。格利高里是个好孩子,算不上最上进,但这个我能理解。我们会让他成为有用之才的。"

"你不打算让他担任神职?"克兰默问。

"我说过了,"劳兰德不悦地说,"我们会让他成为有用之才。"

在威斯敏斯特,他的职员们带着新闻、传言和文件进进出出,他把克里斯托弗带在身边,表面上是照顾他的衣着起居,实际上却是为了让他开心。他想念奥斯丁弗莱的晚上的音乐,以及从其他房间里传来的女人们的声音。

他一周中多数日子都在塔里,劝说工头让他们的手下雨雾无阻地干活;检查发薪员的账目,为国王的珠宝首饰和金银器物编制一份新的清单。他拜访铸币厂的管理员,建议对国王的钱币的重量进行抽样检查。"我想要做的就是,"他说,"让我们英格兰的货币非常可靠,乃至于海外的商人都懒得去称量。"

"你有授权这样做吗?"

"怎么了,你在隐瞒什么?"

他为国王写了一份备忘录,列出他每年收入的各项来源,详细梳理了它们所流经的政府部门。非常简明扼要。国王读了一遍,又读了一遍。他把纸张翻过来,看背面是否写有任何复杂、令人费解的东西。但是,只有他一眼看到的那些信息。

"这不是新闻,"他说,语气有些歉然。"已故的红衣主教把它们记在脑子里。我会经常去铸币厂看看。如果陛下愿意的话。"

在塔里,他探视了一位名叫约翰·弗里斯的囚犯。根据他的要求——这要求还有些作用——囚犯没有被关在地下室,房间干净整洁,有暖和的被褥，充足的食物，还提供了酒、纸张和笔墨；尽管他已经建议他只要听到钥匙插进锁孔的声音，就把写的东西收起来。看守帮他开门时，他站在一旁，眼睛望着地面，不愿看到即将看到的情景；但约翰·弗里斯却从桌边站起身，这是一位温文尔雅、身材修长的年轻人，一位希腊语学者，他说，克伦威尔先生，我知道您会来的。

握住弗里斯的双手时，他发现它们骨瘦如柴，又冰又干，上面还有暴露实情的墨迹。他想，他既然活了这么久，就不可能如此脆弱。他是被关在沃尔西的学院地下室里的学者之一，当时由于没有其他的安全之处，那些藏有《圣经》的学者就被关进了那里。当夏季的疫病传到地下时，弗里斯在黑暗中躺在那些尸体旁，直到有人记起才把他放了出来。

"弗里斯先生，"他说，"如果我当时在伦敦，那么你被抓——"

"但您在加来的时候，托马斯·莫尔动手了。"

"你干吗要回英格兰呢？不，别告诉我。如果你是在从事廷德尔的工作，我最好不要知道。据说你娶了一位妻子，对吗？在安特卫普？国王无法容忍的一件事——不，很多事情他都无法容忍——可是他讨厌已婚的神父。他还讨厌路德，而你把路德的作品翻译成了英语。"

"您为我所受的迫害做了很好的辩护。"

"你必须帮助我，好让我帮助你。如果我能让你觐见国王……你就得做好准备，他是一位极为精明的神学家……你看，你能不能让自己的回答委婉一些，迁就一下他？"

房间里生了火，但仍然很冷。你无法摆脱泰晤士河的雾霭和湿气。弗里斯的声音几乎低不可闻，他说，"托马斯·莫尔仍然得到国王的一些信任。他给他写了一封信，说，"他勉强笑了笑，"我一个人相当于把威克里夫、路德和茨温利[①]三位改革者捆在一起合起来——一个人塞进另一个

[①] 威克里夫是英国宗教改革者，路德是德国乃至欧洲的宗教改革倡导者，茨温利是瑞士宗教改革领袖。

人里面，就像你办宴会时把一只野鸡塞在一只鸡的肚子里再塞到一只鹅的肚子里。莫尔打算吃掉我，所以不要为了帮我求情而损害国王对您的信任。至于说让我的回答委婉一些……我相信，而且在任何法庭面前，我都会说——"

"别这样，约翰。"

"在任何法庭面前，我都会说出我在最后的法官面前将说的话——圣餐只是面包而已，我们不需要苦修赎罪，炼狱是一种捏造，在圣经中毫无依据——"

"如果有人来这儿对你说，跟我们走，弗里斯，你就跟他们走。那会是我的手下。"

"您认为可以把我从塔里带出去？"

廷德尔的圣经里说，对上帝而言，没有什么不可能之事。"就算不是从塔里带出去，也会是被带去讯问，那将是你的机会。做好抓住它的准备。"

"但是有什么用呢？"弗里斯和气地说，仿佛在跟一个小学生说话。"您认为可以把我安置在您家里，等着国王改变主意吗？我将只好从那里跑出去，走到圣保罗十字讲坛，在伦敦人面前说出我已经说过的话。"

"你的见证[①]不能等吗？"

"不能等亨利。我可能会一直等到老。"

"他们会烧死你的。"

"而你觉得我承受不了那种痛苦。你是对的，我无法承受。但他们不会给我任何选择。正如莫尔所说，一个人一旦被绑上了火刑柱，就算你同意站着烧死，也不会让你成为英雄。我写了书，我不可能抹煞它们。我有自己的信仰，我无法将它勾销。我无法让我的生活重新来过。"

他离开了他。四点钟：河上船只稀少，在空气与水面之间，飘浮着一

[①] 指通过言谈举止公开承认自己的宗教信仰。

股细密的、无孔不入的水汽。

第二天,天气晴朗干冷,国王与新任法国大使一起乘坐王室游船顺流而下,来查看工作的进展;他们很亲密,走路时,国王的一只手搭在丹特维尔的肩膀上,准确地说,是搭在他的垫肩上;法国人身上穿着一层又一层的衣服,看上去似乎比门框还宽,可他还在瑟瑟发抖。"我们这位朋友得运动运动,好暖和一下血气,"国王说,"可他射箭很笨拙——我们上一次进靶场时,他哆嗦个不停,我还以为他会射中自己的脚呢。他抱怨说我们不是真正的放鹰者,所以我说他该跟你一起出去,克伦威尔。"

这是答应放他的假吗?国王缓缓地走开,离开了他们。"如果像这么冷就免了,"大使说,"我可不会顶着呼啸的寒风站在田野上,否则我就死定了。我们什么时候能再见到太阳?"

"哦,大概六月份吧。可到那时,猎鹰就开始换毛了。我的目标是在八月份让我的猎鹰重新飞起来,所以 nil desperandum①,先生,我们会运动运动的。"

"这场加冕礼你们不会推迟,对吧?"事情总是这样:开开玩笑、寒暄几句之后,大使的意图就从他嘴里冒了出来。"因为我的主人签订协议时,没有料到亨利会拿他所谓的妻子和她的大肚子来炫耀。如果他不声不响地金屋藏娇,事情就不一样了。"

他摇了摇头。根本不会推迟。亨利说他已经得到主教、贵族、法官、议会和民众的支持;安妮的加冕礼就是他证明这一点的机会。"没关系,"他说,"明天我们将宴请教廷大使。你会看到我的主人怎样对付他。"

亨利在城墙上喊他们,"上这儿来吧,先生,来看看我的河流的景色。"

"你对我发抖感到奇怪吗?"法国人热切地说。"你对我在他面前哆

---

① 拉丁语,意为"决不绝望","决不罢手"。

嚓感到奇怪吗？我的河流。我的城池。我的救赎，专门为我量身定制的。身为我的私人裁缝的英格兰上帝。"他小声骂了句什么，开始往上爬去。

教廷大使来到格林威治时，亨利握住他的一只手，真诚地告诉他他那些不虔诚的顾问官是如何折磨他，他是多么渴望与克雷芒教皇恢复特别友好的关系。

你可以十年如一日地观察亨利，却不会看见相同的事情。选择你的君王：他对亨利越来越敬佩。他似乎有时候很倒霉，有时候很轻率，有时候像个孩子，有时候又是行家里手。有时候，从他打量他的工作的眼神来看，他像是一位艺术家；有时候他的手在移动，他却似乎看不到它在动。如果在生命中被安排了一种低下的地位，他可能会成为一位巡回演员，成为他的剧团的头儿。

应安妮之令，他把他的外甥带进了宫里，格利高里也来了；国王已经认识雷夫，因为他总是跟在他身边。国王站在那儿，久久地端详着理查德。"我看出来了。我真的看出来了。"

就他而言，他看不出理查德的脸上有任何表明他具有都铎血统的迹象，可国王观察他的眼光不一样，那是一个需要亲戚的人的眼光。"你的弓箭手爷爷艾普埃文对我的父王忠心耿耿。你的身材很结实。我很想看看你在比武场上的样子。我想看到你在比武大赛中戴着自己的绶带。"

理查德鞠躬致意。接着，国王由于是礼节方面的典范，又转向格利高里，说，"还有你，格利高里先生，你也是一位非常优秀的年轻人。"

国王走开后，格利高里因为单纯的快乐而笑逐颜开。他把手放在自己的胳膊上，放在国王刚才碰过的地方，似乎想将那王者的优雅传到自己的指尖上。"他非常好，他真是好极了。远远超出了我的想象。还跟我讲了话！"他转向他父亲。"你每天是怎么跟他说话的？"

理查德横了他一眼。格利高里在他的手臂上擂了一拳。"别管你的弓箭手爷爷了，如果他知道你父亲只有那么大，会怎么说？"他将大拇指和食指稍稍分开，比划着摩根·威廉斯的身材。"这么多年来，我总是在比武场骑马。我总是骑着马，举着长矛朝假撒拉逊人冲去，'噗'的一声，直中撒拉逊人的黑色心脏。"

"没错，"理查德很有耐心地说，"可是，小屁孩，你会发现一位活着的骑士比一个木制的异教徒难对付多了。你从来没有想过成本——值得炫耀的盔甲，马厩里那些训练有素的马——"

"我们支付得起，"他说。"我们当步兵的日子好像已经过去了。"

那天晚上，在奥斯丁弗莱，他要理查德晚饭后过来单独跟他谈谈。也许他错了，不该把它当作一桩生意的计划一般提出来，把安妮对于他的婚姻的建议仔仔细细地告诉他。"别太当回事儿，我们还必须得到国王的同意才行。"

理查德说，"可她不认识我。"

他等待着，等待着他反对；不认识别人，这算是反对吗？"我不会强迫你的。"

理查德抬起头来。"您确定吗？"

我什么时候，我从来没有任何时候，强迫过任何人去做任何事情，他开始说道；可理查德打断了他，"是的，您没有，我同意，只不过您很善于说服人，先生，有时候很难将被您说服与在大街上被打倒和践踏区别开来。"

"我知道凯里夫人年龄比你大，可是她很漂亮，我觉得她是宫里最漂亮的女人，而且她也不是人们想象的那种绣花枕头，她还丝毫没有她妹妹那样的坏心。"他想，在某种奇特的意义上，她曾经还是我的一位好朋友。"你会成为国王的姐夫，而不是他未被承认的表亲。这对我们大家都有好处。"

"也许是一个头衔。我的，还有你的。爱丽丝和乔会有美满的姻缘。至于格利高里呢？起码会配上一位女伯爵。"理查德的声音很平淡。他是在劝说自己吗？很难确定。就许多人而言，也许是多数人而言，他们的内心这本书都向他敞开，可有些时候，读懂外人比读懂自己的家人更容易。

"而托马斯·博林就会成为我的岳父。诺福克舅舅就真的成了我们的舅舅。"

"想象一下他的表情。"

"哦,他的表情。是呀,为了看他的表情,人们都宁愿赴汤蹈火。"

"考虑一下吧,不要告诉任何人。"

理查德点了一下头,但是一言不发地走了出去。他似乎把"不要告诉任何人"理解成了"不要告诉除雷夫以外的任何人",因为十分钟之后,雷夫进来了,并且站在那里,扬起眉毛望着他。如果红头发的人扬起原本不存在的眉毛,会显得很不自然。他说,"你不必告诉理查德,玛丽·博林曾向我求过婚。我们之间什么都没有。不会像狼厅,如果你想是这个的话。"

"如果新娘不这样想呢?我都纳闷,你怎么不把她嫁给格利高里。"

"格利高里还太小。理查德二十三了,假如负担得起的话,正是结婚的最佳年龄。你已经过了这个年龄了——你也该结婚了。"

"在您为我找一位博林家的姑娘之前,我会走掉。"雷夫转过身来,柔声说,"只是,先生,我认为理查德之所以犹豫,是因为……我们所有人的生活和命运现在都有赖于那位小姐,而她不仅喜怒无常,还终有一死,国王的婚姻的全部历史也告诉我们,母亲腹中的孩子不是摇篮里的继承人。"

三月,加来传来消息,说伯纳斯勋爵去世了。在他的图书室里的那个下午,屋外狂风暴雨:回头想想,那就像一个宁静的避风港,是属于他自己的最后的时光。他想出钱买下他的书——出一大笔,好帮帮伯纳斯夫人——可那些古老的书稿似乎从桌上跳下来跑走了,有些跑到了老人的外甥弗朗西斯·布莱恩那儿,还有些跑到了他的另一位亲戚尼古拉斯·卡鲁那儿。"您能免除他的债务吗,"他问亨利,"至少在他夫人的有生之年?您知道他没有留下——"

"儿子。"亨利早就想到了:我也曾经处于那种不幸的情形,没有儿子,但我很快就会有继承人了。

他给安妮带来一些花饰陶碗。碗的外面绘有"Maschio[①]"这个词,里面是些胖嘟嘟的金发小宝宝,每人都有羞怯的小阴茎。她笑了。他告诉她,意大利人说,要想生男孩就得保暖。把酒暖热,可以活血。不要吃生冷的水果,不要吃鱼。

简·西摩说,"你觉得生男生女是早就定了,还是由上帝后来才决定的?你觉得他(她)知道自己的性别吗?你觉得我们如果能看清你的体内,是不是就能看出来?"

"简,我但愿你还在威尔特郡,"玛丽·谢尔顿说。

安妮说,"你不必剖开我的肚子,西摩小姐。是个男孩,谁也不能说或者认为并非如此。"她皱了皱眉,你可以看到她在集中、在凝聚她强大的意志力。

"我想要个孩子,"简说。

"你可当心点儿,"罗奇福德夫人对她说。"如果你肚子大了,小姐,我们会把你活生生地用砖头埋起来。"

"在她家里,"安妮说,"他们会给她一束花。在狼厅,他们不知道节欲是什么意思。"

简脸红了,浑身颤抖。"我并没有恶意。"

"别管她,"安妮说。"这像是诱逗一只田鼠。"她转过身来对他说,"你的议案还没有通过。告诉我为什么这样拖着?"

她指的是禁止向罗马上诉的议案。他开始向她解释反对的意见是如何强大,可她扬起眉毛,说,"我父亲在上院帮你说话,还有诺福克。那么,谁敢反对我们?"

"我会让它在复活节之前通过,请放心。"

[①] 意大利语,意为"男性"。

"我们在坎特伯雷看到的那个女人,他们说她的人正在印刷一本她的预言书。"

"有这种可能,不过我将保证不会有人看到。"

"他们说,在上一个圣凯瑟琳节,当我们还在加来的时候,她看到了所谓的玛丽公主被加冕为女王的幻象。"她滔滔不绝地、快速地说着,这些人都是我的敌人,这个女先知和她身边的人,正在与皇帝密谋的凯瑟琳,她的女儿玛丽、传闻中的继承人,玛丽以前的家庭教师玛格丽特·波尔、索尔兹伯里夫人,她和她的全家都是我的敌人,她的儿子蒙塔古勋爵,她在国外的儿子雷金纳德·波尔,人们议论说他有权继承王位,那么他为什么不能回来,让人检验一下他的忠心?埃克塞特侯爵亨利·科特尼,他认为自己有继承权,可等我的儿子出生之后,他就不会这么洋洋得意了。埃克塞特夫人格特鲁德,她总是在抱怨出身低微的平民把贵族们从他们的位子上赶了下来,而你知道她指的是谁。

小姐,她姐姐温和地说,不要自寻烦恼。

我没有烦恼,安妮说。她把手放在正在长大的胎儿之上,平静地说,"这些人想要我死。"

白天依然很短,国王的脾气变得更加暴躁。查普伊斯在他面前点头哈腰,扭扭捏捏,扮着鬼脸,似乎早就想好要请亨利跳舞。"带着几分困惑,我阅读了克兰默博士得出的某些结论——"

"那是我的大主教,"国王冷冷地说;花费了巨大的代价后,已经举行了涂油礼。

"——那些结论涉及凯瑟琳王后——"

"谁?你是说我已故兄长的妻子,威尔士亲王的遗孀?"

"——因为陛下知道,不管在那之前的婚姻是否已经圆房,只是为了让您的婚姻合法有效,才以那种形式颁发特许令。"

"我不想听到特许这个词,"亨利说。"我不想听你提起你所说的我的婚姻。教皇没有权力让乱伦合法化。我跟你一样不是凯瑟琳的丈夫。"

查普伊斯鞠了一躬。

"如果婚约不是无效的,"亨利最后一次耐着性子说,"上帝就不会惩罚我,让我失去自己的孩子。"

"我们并不知道神佑的凯瑟琳已经不能生育。"他抬起头来,眼里露出狡黠微妙的神色。

"告诉我,你认为我为什么要这样做?"国王的语气似乎很好奇。"出于情欲?你是这样想的吗?"

杀死一位红衣主教?分裂你的国家?分裂教会?"好像过分了,"查普伊斯喃喃道。

"可这就是你所想的。这就是你告诉皇帝的。你错了。我是这个国家的管理者,先生,如果我现在在一桩受上帝祝福的婚姻中娶一位妻子,那是为了让她帮我生一个儿子。"

"但是谁也不能保证陛下一定会有儿子。或者有任何活着的孩子。"

"我为什么不会?"亨利涨红了脸。他站起身,大吼着,愤怒的泪水从脸上淌了下来。"我难道不是一个跟其他男人一样的男人吗?我不是吗?我不是吗?"

皇帝的人是一只好斗的小猎犬;不过,就连他也知道,如果你让一位国王哭了,你就该退下了。出去时,他说——双手习惯性地、自嘲地拍了拍身上的灰——"在国家的利益与都铎家族的利益之间,应该划一条界限。也许你不这样认为?"

"那么,谁是你青睐的王位候选人呢?你赞同科特尼还是波尔?"

"你不该嘲笑具有王室血统的人。"查普伊斯抖开他的袖子。"起码我现在正式获悉那位小姐的状况了,而以前我只能从我亲眼看到的某些荒唐的情景来推测……克伦穆尔,你知道你在一个女人的身体上下了多大的赌注吗?让我们但愿她不会有什么不测,对吧?"

他一把抓住大使的手臂,让他转过身来。"什么不测?你把话说清楚。"

"如果你能松手,不抓着我的衣服的话。谢谢。你这么快就开始粗暴待人,正如他们所说,这表明了你的教养。"他说话时虚张声势,可他的身体却在发抖。"回头看看吧,看看她怎样用她的傲慢和骄横来冒犯你的高贵。连她自己的舅舅对她的伎俩都失去了兴趣。国王多年的老朋友都找借口远离宫廷。"

"等着吧,等到她加冕,"他说,"你会看到他们忙不迭地跑过来。"

4月12日,复活节主日,安妮与国王一起出席大弥撒,被祈祷成为英格兰王后。就在头一天,他的议案在议会获得通过;他期待着一份适度的犒赏,在王室成员入室开斋之前,国王挥手叫他过去,将伯纳斯勋爵以前的财政大臣职位赏给了他。"伯纳斯推荐了你。"亨利微笑着。像个孩子一样,他喜欢施与;喜欢预想你会多么高兴。

在弥撒期间,他的思绪早已穿城而过。家里边会有怎样臭气熏天的鹅舍在等着他?街上会有怎样的争吵,哪些婴儿被遗弃在教堂的台阶上,哪些不服管教的学徒需要他去与之谈心?爱丽丝和乔画好复活节彩蛋了吗?她们现在已经很大了,但她们乐意当家里的孩子,直到下一代的来临。他该考虑为她们找丈夫了。安妮如果还活着,现在就可以出嫁了,嫁给雷夫,因为他的终身大事还没有确定。他想到了海伦·巴尔;她读书识字进步得真快啊,在奥斯丁弗莱,他们都少不了她了。他现在相信她丈夫已经死了,他想,我得跟她谈谈,我得告诉她她自由了。她很传统,不会面露喜色,但是,得知她不再受制于一个那样的男人,谁都会开心的。

在弥撒的过程中,亨利一直在嘀嘀咕咕地说个不停。他把文件分成类别,交给他的委员们互相传阅;只是在圣化之际,当神迹发生,面饼圣化为上帝时,他才满怀敬畏之情地跪下。神父刚刚说完"*Ita, missa est*[①]",他就小声说,到我的密室来,单独地来。

---

① 拉丁文,意为"弥撒礼成"。

首先，聚集的大臣们必须向安妮鞠躬行礼。她的侍女们退到一旁，将她独自留在一个洒有阳光的小地方。在这个宗教节日，他注视着他们，注视着那些侍从和顾问官，其中有不少都是国王孩提时代的朋友。他特别观察了一下尼古拉斯·卡鲁男爵；他对新王后礼数周全，却情不自禁地撇着嘴角。调整你的表情，尼古拉斯·卡鲁，调整你那古老家族的表情。他听见安妮说，这些人是我的敌人：他把卡鲁加进了名单里。

在接见厅的后面，是国王自己的房间，只有他的亲信至交才能看到，他在那里接受侍从们的伺候，还可以避开大使和间谍。这是亨利·诺里斯的地盘，诺里斯对他的新任命轻声道贺，然后不声不响地离开了。

"你知道克兰默将开庭正式解除……"亨利说过，他再也不想听到关于他的婚姻的任何话，所以他甚至不会提起这个词。"我已经叫他在邓斯特布尔的修道院开庭，因为那里离她现在所住的安普西尔有，嗯，十到十二英里——这样，如果她愿意，就可以派她的律师来。或者她亲自出庭。我想要你去见见她，秘密地，去跟她谈谈——"

确保她不会有出人意料的行为。

"你不在的时候，把雷夫留给我。"由于自己的意图这么容易就被理解，国王松了口气，情绪也好了起来。"我可以指望他说出克伦威尔会说的话。你的那个小子很不错。他能比你更加不动声色。我们开枢密院会议时，我看到你用手遮住嘴巴。有时候，你知道，我自己都想笑。"他坐到一把椅子上，掩住了面孔，似乎想挡住眼睛。他又一次看到，国王快要哭了。"布兰顿说我妹妹快要死了。医生们已经无力回天。你知道，她曾经有一头那么漂亮的头发，银子般的头发——我女儿以前也是那样。她七岁的时候，长得跟我妹妹一个样，就像画在墙上的天使。告诉我，我该拿我女儿怎么办？"

他等待着，直到明白这是一个真正的问题。"善待她，先生。安慰她。她不该遭受磨难。"

"可我必须让她成为私生女。我需要将英格兰交给我合法的孩子。"

"议会会处理的。"

"没错。"他吸了吸鼻子。擦掉眼泪。"等安妮加冕之后。克伦威尔,还有一件事,然后我们就去吃早餐,因为我真的很饿了。关于已经说到的我的表亲理查德的婚姻……"

他飞快地想着英格兰的那些贵族。可是不对,他突然明白是他的理查德,理查德·克伦威尔。"凯里夫人……"国王的声音变得柔和起来。"嗯,我已经考虑过了,我觉得,不行。或者说,起码现在不行。"

他点点头。他明白他的原因。当安妮也明白时,她会变成母夜叉的。

"有时候,"亨利说,"不需要再三地说,对我是个安慰。也许你生来就理解我。"

这是对他们的情形的一种看法。他比亨利早六年左右来到这个世界,他充分利用了这几年时间。亨利取下绣花帽子,扔到一旁,用双手梳理着头发。像怀亚特的金发一样,他的头发也变稀疏了,显示出他的大脑袋的形状。有一刻,他似乎像一尊雕像,像一个更单纯的自己,或者他自己的某位祖先:那些在不列颠四处漫游的巨人中的一支,除了在他们矮小后代的梦中之外,再也没有留下自己的任何痕迹。

他一找到脱身的机会,就回到了奥斯丁弗莱。他肯定可以放一天假吧?大门外的人群已经散去,因为瑟斯顿已经让他们吃了一顿复活节午餐。他先去了厨房,拍一拍他的手下的脑袋,给了他一枚金币。"有一百张要吃饭的嘴,我发誓,"瑟斯顿说,"等到晚餐时,他们又会围过来。"

"居然有乞丐,真是不幸。"

"乞丐个屁。这厨房里做出来的东西太好了,外面还有市议员,戴着兜帽,好让我们认不出来。而且不管您是不是跟我们在一块儿,我这儿都有满满一屋子的人——法国人,德国人,还有佛罗伦萨人,个个都说认识您,还都要符合自己口味的饭菜,我把他们的仆人都安排在这下面,这儿一些,那儿一些。我们不能养这么多人,不然就得再建一间厨房。"

"我会考虑的。"

"雷夫少爷说,您为塔里把诺曼底的一个采石场全都买了下来。他说法国人的房子全都没有了地基,都要掉进地洞里了。"

那么漂亮的石头。黄油般的颜色。薪酬名单上有四百号人,凡是无所事事的马上被调往奥斯丁弗莱的建造工地。"瑟斯顿,不要让任何人把一些这个一些那个的放进我们的饭菜里。"他想,费希尔主教就是那样差点送命的;除非那是一锅没有煮过的汤。瑟斯顿的汤锅你永远都挑不出毛病。他走过去看了看,锅里正在沸腾。"理查德在哪儿,你知道吗?"

"在后台阶上切洋葱。哦,您说的是理查德少爷?在楼上,正在吃饭。还能在哪儿?"

他上了楼。他看到了复活节彩蛋,上面毫无疑问是他自己的形象。乔把他的帽子和头发画在一只蛋上,使他看上去像是戴着一顶遮耳帽。她给他画了至少两个下巴。"嗯,先生,"格利高里说,"您的确发福了。如果史蒂芬·沃恩在这儿,他会无法相信这是您。"

"我的主人红衣主教以前像月亮一样圆鼓鼓的,"他说。"简直不可思议,因为他每次刚要坐下去吃饭,就又马上跳起来去处理某个紧急事件,即使坐在餐桌上,他也总是在说话,而吃不了什么东西。我为自己感到难过。我从昨晚就没有进餐了。"他吃了几口,然后说,"汉斯想为我画像。"

"我希望他能快一点儿,"理查德说。

"理查德——"

"享用您的午餐吧。"

"我的早餐。不,别管这个了。过来。"

"快乐的新郎,"格利高里取笑道。

"你,"他父亲威胁他说,"将跟劳兰德·李一起去北方。如果你认为我很严厉,那就等你见到劳兰德时再瞧吧。"

在他的办公室里,他说,"你在竞技场上练得怎么样了?"

"很棒。克伦威尔家的人将击败所有的参赛者。"

他担心他的儿子;担心他会倒下,会受伤,会被杀死。也担心理查德;这些男孩是他家里的希望。理查德说,"那么我是吗?快乐的新郎?"

"国王不同意。不是因为我的家庭,或者你的家庭——他称你为他的表亲。眼下,他很,我得说,他对我们的态度非常好。但是他自己需要玛丽。孩子将在夏末出生,他不敢碰安妮。可他又不希望重新过独身生活。"

理查德抬起头来,"他自己说的?"

"他让我去理解。我把我理解的转达给你,我们两个都很吃惊,但事情很快会过去的。"

"我想,两姐妹如果很相像的话,有人就可能开始理解了。"

"没错,"他说,"有可能。"

"而他还是我们教会的领袖。难怪外国人会笑话。"

"假如他在私生活中是品行的楷模,人们会感到……意外……但是你瞧,对我来说,我关心的只能是他的王权。他是否暴虐,是否凌驾于议会之上,是否将下院撇至一边独统朝政……可他不是……所以我不能去关心他怎么对待他的女人。"

"但如果他不是国王……"

"哦,我同意。那就会把他关起来。可话说回来,理查德,如果撇开玛丽的事情,他其实已经做得很好了。他没有像苏格兰国王那样,让育婴室里满是他的私生子。他是有些女人,可谁能知道她们是谁呢?只有里士满的母亲和博林姐妹。他一直都很谨慎。"

"我敢说凯瑟琳早就知道她们是谁。"

"谁能说自己会是一位忠诚的丈夫?你会吗?"

"我也许没有机会。"

"恰恰相反,我为你找了个妻子。托马斯·默芬的女儿怎么样?市长大人的千金可是个不错的人选。而你的财产将远超过她,这一点我会保证的。弗兰西丝也喜欢你。我知道,因为我已经问过她。"

"您已经要我的妻子嫁给我?"

"既然昨天我在那儿吃饭——没必要拖延,对吧?"

"是呀。"理查德笑了起来。他靠在椅子上舒展了一下自己。他的身体——他那利索能干、令人羡慕的身体,连国王都十分赞赏——显得如释重负。"弗兰西丝,很好。我喜欢弗兰西丝。"

茉茜同意了。他无法想象她对凯里夫人会是什么态度;他没有跟女士们提起那个话题。她说:"格利高里的终身大事也不要拖得太久。他还很年轻,我知道。可有些男人非得自己有了儿子才能长大。"

他没有想过这一点,可这也许是对的。如果这样,英格兰王国就有希望了。

两天后,他回到了塔里。从复活节到圣灵降临节之间的时间过得很快,而安妮将在圣灵降临节加冕。他检查她的新住处,叫人拿来火盆好让石膏干透。他想接着绘一些壁画——他希望汉斯会过来,可他正在为德·丹特维尔画像,还说他需要赶工,因为大使正在请求弗朗西斯一世将他召回,每艘船上都会捎去一封满是牢骚的信。对新王后而言,我们将不会要那些随处可见的狩猎场景,或带着刑具的严肃的圣女,而是要女神、鸽子、白色的猎鹰和绿叶华盖。在远处,有城市坐落在山峦上:前景里,则是庙宇、树林、倒塌的圆柱和炎热的蓝天,周围是相框一般的由维特鲁威风格的色彩勾勒出的边界,有水银色、朱砂色、燃烧的赭色、孔雀蓝、靛蓝和紫色。他展开工匠们制好的草图。密涅瓦的猫头鹰展开双翼占满了一个画面。一位赤脚的戴安娜正在拉弓搭箭[①]。一头白色的雌鹿在树丛中凝

[①] 密涅瓦是罗马神话中掌管智慧、工艺和战争的女神,戴安娜是希腊罗马神话中的狩猎女神。

视着她。他飞快地给工头写了几句指示:箭要做成金色。所有女神都是黑眼睛。犹如黑暗中被翅尖掠过一般,他心里掠过一阵惊恐:如果安妮死了怎么办?亨利会需要另一个女人。他会把她带进这些房间。她的眼睛也许是蓝色。我们将只好把这些面孔全部刮掉重新再画,背景是同样的城市,同样的紫色山峦。

在外面,他停下脚步观看一场打斗。一个石匠和砖匠的头儿正拿着板条对打。他跟泥瓦匠们站在一旁。"这是怎么回事?"

"没怎么回事。石匠必须打砖匠。"

"就像兰开斯特和约克?①"

"是的。"

"你听说过汤顿战场吗?国王告诉我,死了两万多英国人。"

那个人目瞪口呆地望着他。"他们跟谁打?"

"自己人。"

那是1461年的棕枝主日②。两位国王的军队在大风雪中相遇。当今国王的外祖父爱德华国王获胜,如果硬要分出胜负的话。尸体在河面上堆成了一座浮桥。不计其数的人在血泊中挣扎,艰难地爬着离开:有人双眼失明,有人容貌被毁,有人终身残疾。

安妮腹中的孩子是不再发生内战的保证。他是某种开端,某种起始,是另一个国家的希望。

他走到打架者中间。大声喊他们住手。他把两个人各推一把,他们向后一个趔趄:两个脆弱的英国人,一折就断的骨头,经不住磕碰的牙齿。阿金库尔战役的胜利者。他很庆幸查普伊斯没有在这里看到这一幕。

---

① 1455—1487年,兰开斯特王朝和约克王朝的支持者之间为了英格兰王位展开了断续内战,被称为玫瑰战争。

② 复活节前的星期日,是耶稣进入耶路撒冷的纪念日,许多基督教教会举行手持棕榈树枝游行。

* * *

当他带着一小队人骑马到贝德福德郡办理非官方事务时,树木已经枝叶茂盛。克里斯托弗骑在他身边,缠着他问: 您说过会告诉我西塞罗是谁,雷金纳德·波尔是谁。

"西塞罗是个罗马人。"

"是将军吗?"

"不是,他把机会留给了其他人。比方说就像我,可能会把它留给诺福克。"

"哦,诺费克。"克里斯托弗用他特有的发音说出公爵的名字。"他就是对着您的影子撒尿的家伙。"

"亲爱的上帝,克里斯托弗!我只听说过对着别人的影子吐痰。"

"没错,可我们谈的是诺费克。西塞罗呢?"

"我们当律师的都想记住他的所有演讲。任何一个脑袋中装着西塞罗的全部智慧的人如果今天还活着,他就会……"就会怎么样?"西塞罗就会跟国王站在一边,"他说。

克里斯托弗不是很感兴趣。"波尔呢,他是将军吗?"

"是神父。也不完全正确……他在教会里有职务,但是没有被授以圣职。"

"为什么没有?"

"显然是为了可以结婚。是他的血统使他变得危险。他是金雀花的后裔。他的兄弟们都在这个国家,在我们的眼皮底下。但雷金纳德却在国外,我们担心他在跟皇帝密谋。"

"派人去干掉他。我愿意去。"

"不,克里斯托弗,我需要你阻止雨水弄坏我的帽子。"

"遵命。"克里斯托弗耸了耸肩。"不过只要您需要,我就会杀掉一位波尔,这将是我的荣幸。"

一度筑有防御工事的安普西尔庄园有通风的塔楼和一座气派的门房。它坐落于一座小山上,林木苍翠的乡村尽收眼底;这是一个令人愉快的地方,在你大病初愈后可以来此调息养气。它是用在对法国的战争中赢得的钱修建的,当时英国人总是能打败法国人。

为了与凯瑟琳作为威尔士亲王遗孀的新身份相符,亨利裁减了她府上的人,但是她身边还是围着不少教士和神父,还有数位各带着一群下人的总管,以及管家、雕刻工、医生、厨子、小工、麦芽制造工、竖琴师、诗琴演奏者、养禽工、园丁、洗衣女工、药剂师以及一帮负责服装、侍寝的女侍和她们的女仆。不过,当他被领进去时,她点头示意她的侍从们退下。没有人告诉她他会来,可沿途肯定有她的间谍。因此,她才用手头的东西显示她的淡然:腿上放着一本祈祷书,还有针线活儿。他向她跪地行礼,朝那些摆设点点头。"显然,夫人,两样只能做一样?"

"那么,今天说英语?起来吧,克伦威尔。我们不要像上次见面时那样,为了选择用哪一种语言而浪费时间。因为你如今是个大忙人。"

礼毕,她说,"首先,我不会在邓斯特布尔出庭,你来这儿就是想了解这一点,对吗?我不承认这个法庭。我的案件已经交给罗马,在等待教皇的关注。"

"他很慢,对吧?"他朝她不解地笑了笑。

"我会等。"

"但国王希望处理好他的事情。"

"他有个人会帮他处理。我不会称他为大主教。"

"克雷芒已经下了诏书。"

"克雷芒受到了误导。克兰默博士是异教徒。"

"也许您认为国王是异教徒?"

"不。他只是支持教会分裂。"

"一旦召开教会的全体会议,陛下会服从它的判决。"

"如果他被开除教籍，逐出教会，就为时已晚了。"

"我们都希望——我肯定您也希望，夫人——那一天永远不会到来。"

"*Nulla salus extra ecclesiam*。教会之外没有救赎。即使国王也要接受审判。亨利知道这一点，而且很害怕。"

"夫人，向他让步吧。暂时地。到了明天，谁知道呢？不要毁掉重归于好的每一个机会。"

"我听说托马斯·博林的女儿怀孕了。"

"的确是的，不过……"

凯瑟琳应该比谁都清楚，这保证不了任何事情。她听懂了他的意思；想了想；点了点头。"我看到了他可能会回到我身边的苗头。我有许多机会来研究那位小姐的性格，她既没有耐心也不和善。"

这没关系；她只需要幸运就行。"如果他们没有孩子，您就该想想您的女儿玛丽小姐。顺着他，夫人。他也许会确立她为继承人。如果您愿意让步，他将会给您任何荣誉，还有一大笔财产。"

"一大笔财产！"凯瑟琳站起身。针线活从她的裙子上滑落下来，祈祷书掉在地上，发出一声很重的皮质的闷响，她的银顶针在地板上跳了几下，滚到了一个角落。"在你给我更多不靠谱的承诺之前，克伦威尔先生，让我给你讲讲我历史中的一个章节。我的前夫亚瑟去世后，我在贫寒中熬了五年。我没有钱支付给仆人。我们买的是所能找到的最便宜的食物，粗劣的食物，不新鲜的食物，头一天的鱼——任何一个小商贩的桌上菜都比西班牙女儿的要强。已故的亨利国王不肯让我回到我父亲身边，因为他说还欠他的钱——在我的事情上，他就像那些上门向我们推销臭鸡蛋的妇女一样讨价还价。我始终相信上帝，我没有绝望，但是我尝到了深深的耻辱。"

"那么，您为什么要再次品尝呢？"

他们面对着面。怒视着对方。"假设，"他说，"国王有意要施加耻辱。"

"说明白点儿。"

"如果您被查明犯有叛国罪,就会对您采取法律措施,就像您是普通的子民一样。您的外甥在威胁说,要以您的名义攻打我们。"

"不会这样的。不会打着我的旗号。"

"我就是这么说的,夫人。"他的语气柔和起来。"我说皇帝正忙于对付土耳其人,他对他姨母还没有那么爱戴——恕我冒昧——以至于会分头出兵。可其他人说,哦,住口吧,克伦威尔,你知道什么?他们说我们必须对我们的港口加强防御,我们必须招募军队,我们必须让国家处于警戒状态。您知道,查普伊斯不断地煽动查理皇帝封锁我们的口岸,扣押我们在海外的货物和商船。他在每一封信中都极力怂恿开战。"

"查普伊斯在信里写了些什么,我一无所知。"

这是一个弥天大谎,他都不得不钦佩。说完这句话后,凯瑟琳好像没有了力气;重新坐进椅子里,没等他伸出手去,她就疲惫地弯下腰,拾起了她的针线活;她手指肿胀,弯那一下腰似乎让她气喘吁吁。她坐了一会儿,使自己缓过劲来,再度开口时,她很镇静,从容。"克伦威尔先生,我知道我辜负了你。也就是说,我辜负了你的国家,它现在也是我的国家。国王对我是个好丈夫,我却未能完成作为一位妻子的首要任务。不过,我过去是,现在还是,一位妻子——你也明白,我不可能相信自己当了二十年的妓女,对吧?现在的事实是,我没有给英格兰带来什么好处,但是我也不愿意伤害它。"

"可您伤害了它,夫人。也许不是您愿意,但已经造成了伤害。"

"英格兰不是维持在谎言之上。"

"克兰默博士正是这样想的。所以,不管您是否出庭,他都会宣布你们的婚姻无效。"

"克兰默博士也会被开除教籍。难道这没有让他感到不安吗?他对一切那么无动于衷了吗?"

"夫人，大主教是许多世纪以来我们所见到的教会的最佳守护者。"他想起了贝恩汉在被烧死之前说过的话：在英格兰，有八百年的蒙骗，只有六年的真理和光明；是英文福音书开始进入这个国家之后的六年。"克兰默不是异教徒。他的信仰跟国王的一样。他会改革需要改革之处，仅此而已。"

"我知道到头来会是什么结果。你会夺走教会的土地献给国王。"她笑了起来。"哦，你不说话了？你会的。你打算这样做。"她的声音几乎很轻松，就像人们有时得知自己将不久于人世时一样。"克伦威尔先生，你可以让国王放心，我不会带军队来攻打他。告诉他我每天都为他祈祷。有些人不像我这样了解他，他们说，'哦，他会一意孤行，他会不惜代价满足自己的心愿。'可我知道他需要站在光明这一边。他不像你，只管把罪孽装进马褡裢里，从一个国家带到另一个国家，当它们变得太沉时，就唤来一两头骡子，过了不久就会是一支骡队和一帮赶骡人。亨利也许会犯错，但是需要原谅他。因此，我相信，而且会继续相信，他会迷途知返，好让自己得到安宁。而我很肯定，我们大家都希望获得安宁。"

"夫人，您呈现的真是一种平静的结果。'我们大家都希望获得安宁。'就像一位女修道院院长。顺便问一下，您很确信自己不愿成为女修道院院长吗？"

她笑了。一个大大的笑容。"如果不能再见到你，我会很遗憾的。谈话的时候，你比那些公爵反应可要快多了。"

"公爵们会回来的。"

"我做好了准备。有萨福克夫人的消息吗？"

"国王说她的日子不多了。布兰顿对什么都没有心情。"

"我完全可以相信，"她喃喃道。"作为法兰西国王遗孀的所得也会随着她一起消失，而这占他收入的一大部分。不过，你无疑会以某种不公平的利率为他安排贷款。"她抬起头来。"如果知道我见过你了，我女儿会感到好奇的。她认为你对她很好。"

他只记得给过她一只凳子坐。如果她还记在心里,她的生活一定很可怜。

"按照规矩,她应该一直站着,等待我的示意。"

她自己的饱受痛苦的小女儿。她可以微笑,但是却寸步不让。尤利乌斯·凯撒一定会更内疚。还有汉尼拔①。

"告诉我,"她探着他的口风,"我的信国王会看吗?"

亨利近来对她的信总是看都不看就撕掉,或者烧毁。他说信中那些表达爱意的话让他恶心。他没有勇气把这告诉她。"那么我写信的时候,"她说,"你歇一个小时吧。除非你愿意留在我们这儿过夜?我会很高兴有人共进晚餐的。"

"谢谢,但是我得赶回去,枢密院明天要开会。再说,如果我留下,我那些骡子放在哪儿?更别提我那一帮赶骡人了。"

"哦,马厩都有一半是空的。国王刻意不让我有许多乘用马。他认为我会让我府里的人趁人不备骑马赶到海边,然后溜上一艘开往佛兰德斯的船。"

"那么您会吗?"

他已经找到她的顶针,并交给了她;她把顶针放在手里晃着,仿佛这是一枚骰子而她准备把它抛出去。

"不。我会留在这儿。或者要我去哪儿我就去哪儿。服从国王,像一位妻子该做的那样。"

直到开除教籍,他想。那会把你从各种束缚中解脱出来,不管是作为妻子,还是子民。"这也是您的,"他说。他张开手掌;上面有一枚针,针尖对着她。

---

① 即凯撒大帝,罗马共和国末期杰出的军事统帅和政治家;汉尼拔·巴卡是北非古国迦太基著名军事家。

＊　　　＊　　　＊

城里有消息说，托马斯·莫尔已经陷入了贫困。他跟国务大臣加迪纳拿这件事情说笑。"爱丽丝嫁给他的时候是一位富有的寡妇，"加迪纳说，"他还有自己的土地；他怎么可能会穷呢？还有那些女儿，他把她们都嫁得很好。"

"而且他仍然享受国王发给他的养老金。"史蒂芬将作为亨利的首席律师在邓斯特布尔出庭，眼下正在做些准备，他在帮史蒂芬筛选文件。他将贝克法亚斯听证会的所有证词都存档备查，那些听证会仿佛是另一个时代的事情了。

"天使保佑我们，"加迪纳说，"你还有没归档的东西吗？"

"如果我们一直翻到这个柜子底部，我会找到你父亲写给你母亲的情书。"他吹掉最后一沓文件上的灰尘。"给你。"文件放到了桌上。"史蒂芬，我们能为约翰·弗里斯做些什么？他曾是你在剑桥的学生。别抛弃他。"

但加迪纳摇摇头，只是埋头于那些文件，一边翻动着，一边小声惊叹，"哎呀，真是没有想到！"以及"这一点很有道理！"

他坐船前往切尔西。前任大法官正悠闲地坐在客厅里，他的女儿玛格丽特正用低得几乎听不清的声音翻译希腊文；他靠近时，听见他在给她挑错误。莫尔看见他后，说，"让我们单独呆一会儿，女儿，我不会让你跟这个魔鬼在一起。"但玛格丽特抬起头来一笑，莫尔也从椅子上起身，似乎背部不舒服似的有些僵硬，然后伸出手来。

是雷金纳德·波尔在意大利胡说八道，说他是个魔鬼。问题在于，他是当真的；对他而言这不是比喻，就像寓言中的那样，而是事实，他认为是事实，正如他认为福音书是事实一样。

"嗯，"他说，"我们听说您不能来参加加冕典礼，因为您买不起新外衣。如果您那一天去露露脸,温彻斯特主教会亲自为您买一件的。"

"史蒂芬?他会吗?"

"我可以发誓。"他想到回伦敦后找加迪纳要十英镑的情景,不禁有些得意。"要不同业公会的会员可以募捐,如果您愿意的话,为您买一顶新帽子外加一件马甲。"

"那您会怎样出现?"玛格丽特温和地说,似乎她被请来照看两个孩子一下午。

"他们在为我做准备。我把事情交给了别人。我只要不去逗得别人乐,就够了。"

安妮曾说,我加冕的那天,你不能穿得像个律师。她对在一旁像职员一样记笔记的简·罗奇福德大声说:托马斯必须穿红色。"罗珀尔夫人,"他说,"你自己不感到好奇吗,不想去看看王后加冕吗?"

她父亲接过话头,也是在说服她:"对英格兰的女人来说,这是耻辱的一天。你都可以听见她们在大街上说——等皇帝来了之后,妻子们就会重新得到她们的权利。"

"父亲,我敢肯定她们都很小心,说这话时不会让克伦威尔先生听到的。"

他叹了口气。知道所有快乐而年轻的妓女们都支持你,也没有什么用。所有的情妇,以及离家出走的女儿们。尽管安妮现在结了婚,她自己却树立了一个榜样。凯里夫人告诉他,玛丽·谢尔顿因为在她的祈祷书上写了一个谜语,而且还不是一个难登大雅之堂的谜语,她就扇了她一耳光。王后如今总是正襟危坐,肚子里是不安分的小宝宝,手上拿着针线活,当诺里斯和韦斯顿以及那帮侍从朋友一窝蜂地拥进她的房间,对着她大肆奉承时,她看他们的样子,仿佛他们在把一溜蜘蛛放在她的裙边。你靠近她时除非是嘴里念着一段圣经经文,否则根本就不要靠近她。

他说,"圣女是不是又来找过您了?那位女先知?"

"是的,"梅格①说,"可我们不愿意见她。"

"我想她去见过埃克塞特夫人了,应她的邀请。"

"埃克塞特夫人是一个既愚蠢又野心勃勃的女人,"莫尔说。

"我知道,圣女告诉过她她会成为英格兰王后。"

"我重申我的评论。"

"您相信她的幻象吗?我是说,它们的神圣性?"

"不。我认为她是骗子。她这样做是为了引起注意。"

"仅此而已?"

"你不知道年轻女人们会干些什么。我有一屋子的女儿。"

他顿了顿。"您真有福气。"

梅格抬起目光;她想起了他失去的女儿,虽然她从来没有听到安妮·克伦威尔问,凭什么莫尔小姐就该智慧过人?她说,"在此之前也有过圣女。有一个在伊普斯维奇。只是个十二岁的小姑娘,出生于很好的家庭,据说她能制造神迹,而且她什么都不要,不图任何个人的利益,年纪轻轻就去世了。"

"可后来有了莱姆斯特圣女,"莫尔说,语气中带着沮丧的快意。"据说她现在在加来当妓女,她耍弄那些真心相信的人,然后在晚饭后就跟她的客人们一起拿这些事情取笑。"

这么说他并不喜欢圣女。但费希尔主教喜欢。他经常跟她见面。他与她有交往。仿佛帮他把话从嘴里说出来一般,莫尔说,"当然,至于费希尔,他有自己的观点。"

"费希尔相信她能起死回生。"莫尔扬起一条眉毛。"不过时间很短暂,只够让尸体忏悔并被赦罪。接着就会倒下,重新死掉了。"

莫尔笑了。"这样的神迹。"

"她也许是个女巫,"梅格说。"您觉得是吗?圣经里就有女巫。我

---

① 玛格丽特的昵称。

可以背给您听。"

拜托不要。莫尔说,"梅格,我有没有告诉你我把那封信放在哪儿?"她站起身,用一根线在希腊文的书里做个记号。"我给这位圣女写过信,巴顿……我们得称她为伊丽莎白修女,因为她现在是一位正式入教的修女。我曾建议她让这个王国保持安宁,不要再用她的预言去烦扰国王,不要与那些身份显赫的人搅在一起,听从于她的精神顾问,简而言之,就是呆在家里,潜心祈祷。"

"我们都该如此,托马斯爵士,以您为榜样。"他用力地点着头。"阿门。我想您留有一份副本吧?"

"拿来吧,梅格。否则他可能永远不会走。"

莫尔迅速地给了他女儿一些吩咐。不过,令他满意的是,他并不是命令她当场编造一封这样的信。"我会离开的,"他说,"很快。我不想错过加冕典礼。我得穿上新衣服。您不来陪伴我们一起观看吗?"

"你们将相互陪伴,在地狱里。"

你忘记了这一点,这种强烈的反应;他可以对别人开些过分的玩笑,却经不起别人开他的玩笑。

"王后看起来很不错,"他说。"我是说,您的王后,不是我的王后。似乎在安普西尔很舒适。不过,您当然知道。"

莫尔坚定地说,我跟,跟亲王遗孀没有书信往来。那好,他说,因为我在监视两位经常帮她送信出国的修士——我开始觉得整个圣方济各会都在反对国王。如果我抓住他们,如果我无法说服他们,而您知道我是很善于说服人的,说服他们来证实我的猜测,我可能就不得不绑住他们的手腕把他们吊起来,让他们进行一场比赛,看看谁会先识时务。当然,我自己更倾向于把他们带回家,拿美酒佳肴来招待他们,但话说回来,托马斯爵士,我一直都很尊敬您,在这些做法上您一直是我的老师。

他必须在玛格丽特·罗珀尔回来之前把这些话说完。他在桌上敲着手指,好让莫尔坐直身体,全神贯注。约翰·弗里斯,他说。请求去见亨利。他将像一个迷途的孩子那样欢迎您。跟他谈谈,请他面对面地见弗里斯。我不是要您赞同弗里斯的观点——您认为他是异教徒,也许他就是异教徒——我只是在请您承认,并告诉国王,弗里斯有一个纯洁的灵魂,他是一位优秀的学者,所以放他一条生路。如果他的教义是错的而您的是对的,您就可以劝说他,使他接受您的教义,您是个能言善辩的人,您才是我们这个时代的头号劝说家,而不是我——劝说他回归罗马,如果您能的话。而如果他死了,您就永远不会知道自己是否能赢得他的灵魂了,对吧?

玛格丽特的脚步声。"是这封吗,父亲?"

"给他吧。"

"我猜,这封信有很多副本吧?"

"您会想到,"姑娘说,"我们完全有理由特别谨慎。"

"你父亲和我刚才在谈论那些僧侣和修士。如果他们效忠的是各自教派的首脑,而那些首脑却身处海外的其他国家,而且还可能本身就是法兰西国王、或是皇帝的子民,那么,他们怎么可能是国王的忠顺子民呢?"

"我想他们仍然是英国人。"

"我碰到过几个这样的人。你父亲会把我的话详细讲给你听。"他向她鞠了一躬。他握住莫尔的手,把那青筋突出、变形的手握在自己的手掌里;疤痕不见了,真是不可思议,如今他自己的手也变白了,变成了绅士的手,肌肉轻而易举地遮住了关节,尽管他曾经以为,那些烫伤的痕迹,任何一位铁匠在干活时留下的那些疤痕,永远都不会消失。

他回到家里。海伦·巴尔在迎接他。"我去钓鱼了,"他说,"在切尔西。"

"钓到莫尔了?"

"今天没有。"

"你的袍子送来了。"

"是吗?"

"是红色的。"

"亲爱的上帝。"他笑了起来。"海伦——"她望着他,似乎在等待着。"我没有找到你丈夫。"

她的双手插在围裙上的口袋里。那双手在里面动着,似乎她拿着什么东西;他看出她的一只手在握着另一只手。"那您认为他死了?"

"这样想会很合理。我跟亲眼看到他跳进河里的那个人谈过了。他好像是一个很好的证人。"

"那么我可以再婚了。如果有人要我的话。"

海伦的目光停留在他的脸上。她没有说话。只是站在那儿。这一刻似乎过了很久。然后:"我们那幅画怎么了?就是那幅有个人捧着他那颗书形的心脏,也可能我说的是捧着心形的书?"

"我把它送给了一个热那亚人。"

"为什么?"

"我需要为大主教付钱。"

她动了动,不情不愿,动作很慢。她把目光从他脸上挪开。"汉斯来这儿了。他一直在等你。他很生气。他说时间就是金钱。"

"我会补偿他的。"

汉斯是从加冕典礼的准备工作中抽出时间的。他正在慈爱教堂街上建造一座栩栩如生的帕纳萨斯山峰①模型,今天他得将缪斯九女神安置完工,所以他不喜欢克伦威尔让他等得太久。他在隔壁房间里弄得噼啪直响。似乎在搬动家具。

他们把弗里斯带到位于克罗伊登的大主教府,好接受克兰默的讯问。新任大主教本来可以在朗伯斯宫见他;可是到克罗伊登的路更远,而且要穿过树林。在树林的深处,他们对他说,如果你趁我们不备偷偷溜走,那

---

① 希腊南部山峰名,传说为太阳神阿波罗及诗神缪斯的灵地。

就算我们今天倒霉。因为你瞧,旺兹沃思那边的树林太茂密了。你可以在那儿藏一支军队。我们可能要在那儿搜上两天,或者更长时间——而如果你朝东边走,去肯特和河边,那么,没等我们跑到那一边,你早就没影了。

可弗里斯知道自己的路;他在走向死亡。他们站在路上,吹着口哨,谈论着天气。有人对着一棵树悠闲地小便。有人在树丛中追赶一只逃跑的松鸡。但是,当他们转身回来时,弗里斯还平静地等在那里,等待着继续自己的旅程。

四天。由城里的同业公会装备的五十艘船排成一列;从城里到布莱克沃花了两个小时,船的帆缆上挂着铃铛和旗帜;正如他所祈祷的那样,上帝唤来了一阵凉爽的轻风。调转船头,停泊在通往格林威治宫的台阶上,恭迎新王后上她自己的船——那是凯瑟琳以前的船,换了标志,有二十四只船桨;接着是她的女侍、卫兵、国王宫内的各种装饰品、所有发誓会破坏这一事件的狂妄自大的贵族。小船上装满了乐师;三百艘船漂浮在水面上,大小旗帜随风飘扬,乐声从一边河岸传到另一边河岸,两岸都站满了伦敦市民。船只顺流而下,领头的是一条喷火的水龙,不断地有兴奋的人燃放烟花。出海的船只也鸣炮致意。

他们到达伦敦塔的时候,太阳出来了。泰晤士仿佛一片金光。安妮上岸时,亨利已经等在那里迎接她。他不拘礼节地吻了她,把她的长裙束向背后贴紧两边,向英格兰展示她的肚子。

接着,亨利开始封爵:多是霍华德家和博林家的人,还有他们的朋友和追随者们。安妮在休息。

诺福克舅舅错过了这个场面。亨利已经派他去拜访弗朗西斯国王,以重新确认我们两国之间最友好的关系。他是纹章院院长,本该主持加冕典礼,但是另一位霍华德上来代行其职,再说,还有他,托马斯·克伦威尔,在操办一切,包括天气。

他已经与李尔勋爵亚瑟商量过，亚瑟将主持加冕宴会：亚瑟·金雀花，前一个时代留下来的一位温文尔雅的后代。事情结束后，他将马上奔赴加来，接替伯纳斯勋爵的总督职务，而他，克伦威尔，必须在他离开之前向他作些交代。李尔长着一张金雀花家族的瘦长脸，身材很高，很像他父亲爱德华国王，他父亲无疑有许多私生子，但只有这一位年长者才这么出色，他正弯下嘎吱作响的膝盖，向博林的女儿行礼。他的妻子奥娜，第二任妻子，比他小二十岁，小巧柔弱，是一位小娇妻。她穿着茶色的丝绸，戴着饰有金质心形的珊瑚手镯，脸上是一副近乎懊恼的戒备而不满的神情。她上上下下地打量着他。"我猜你就是克伦威尔？"如果有人用这种语气跟你说话，你就会请他到外面去，并找人帮你拿好外套。

第二天：把安妮带到威斯敏斯特。天还没亮他就起床了，从城垛里注视着淡淡的云在柏蒙西河岸的上空渐渐消散，那清净如水的清晨的凉意被持续的、金色的暖意所取代。

走在她的队伍最前面的是法国大使的随从。然后是穿着红色法袍的法官们，穿着蓝紫色古式服装的巴斯骑士，接着是主教们，大法官奥德利及其随从，穿红色天鹅绒的大贵族。安妮坐在一辆挂着银铃的白色小轿子上，由十六位骑士抬着，每走一步，每一次呼吸，银铃都叮铃作响；王后一袭白衣，她的身体在奇异的皮肤下微微发亮，脸上泛着得体的庄重的微笑，头发在一圈宝石下披了下来。在她的后面，是骑着小马、穿着白色天鹅绒的侍女们；老年贵妇们坐在自己的四轮礼车里，脸上显出不屑的神情。

沿途的每一个路口，都有壮观的游行和栩栩如生的雕像，对她的美德的吟诵和来自市政府金库的金质礼物，她的白猎鹰纹章加上了冠冕并环绕着玫瑰，在健壮的十六骑士的脚下，鲜花被踩成了花泥，于是香气像烟雾一般升了起来。沿途挂满了壁毯和旗帜，根据他的命令，马蹄下的地面被铺上了沙砾以防打滑，为了避免骚乱和拥挤，人群被限制在栏杆后面；全伦敦可以召集起来的执法人员都在人群之中，因为他已经决心，在未来的日子里，如果有人想起这一幕并讲给那些不在场的人听，绝对不能让他们说，哦，安妮王后的加冕仪式，我就是那一天被人偷了。芬丘奇街，利德贺街，奇普街，保罗墓地，舰队街，律师协会，威斯敏斯特大厅。太多的喷泉里流的是酒，以至于很难找到一个流水的喷泉。而俯瞰着他们的，是另外一些伦敦人，那些生活在半空中的怪物，那些没有被计算过的人口，包括石头男人、石头女人以及石头畜生，还有那些非人非兽的东西，长着獠牙的兔子和飞翔的野兔，四脚的鸟类和带翅膀的蛇，鼓着眼睛长着鸭嘴的小鬼，围着树叶或长着山羊头或公羊头的男人们；还有各种各样的动物，有长着一身卷毛和皮翅膀的，有长毛耳朵和分趾蹄的，有长了角在吼叫的，有长羽毛的，有带鳞片的，有的在大笑，有的在歌唱，有的拉下嘴唇露出牙齿；狮子和修士，驴子和鹅，魔鬼把孩子们塞进自己的肚子里，除了那无助的摆动着的小脚，已经全都被吃掉；有石灰石的或铅制的，有金属的或大理石的，在人们头上尖叫嘲笑，从扶壁、墙上和屋顶大声叫嚷、做鬼脸、干呕。

那天晚上，经国王的准许，他回到奥斯丁弗莱。他拜访了他的邻居查普伊斯，查普伊斯避开了这一天的活动，他关上门窗，塞紧耳朵，不听那喧闹的号角和典礼的礼炮声。他带了一支看上去有点滑稽的小队伍，由瑟斯顿领头，给大使送来了蜜饯以消解他的闷气，还有萨福克公爵送给他的一些上好的意大利葡萄酒。

查普伊斯迎接他时，毫无笑容。"嗯，红衣主教没做成的事情你做成了，亨利的愿望终于实现了。我的主人能公正地看待这些事情，我对他说，从亨利的角度来看，他没有在多年前起用克伦威尔真是遗憾。否则，他的事情会进展得更顺利的。"他刚想说，我这一切都是红衣主教教的，可查普伊斯却抢过话头。"红衣主教如果来到一扇关闭的门前，他会好言称赞——哦，漂亮而听话的门啊！然后，他会试图哄着它打开。而你也是一样，也是一样。"他给自己倒了一些公爵送的酒。"但不得已的时候，你会干脆一脚踢开。"

这酒是布兰顿所喜欢的那种陈年、名贵的酒，查普伊斯很欣赏地品味着，一边说，我真是不明白，这个愚昧的国家里的事情我完全不明白。克兰默现在是教皇吗？要么亨利是教皇？也许你是教皇？我那些今天在人群中的手下说，他们很少听到有人向情妇欢呼，倒是有很多人恳求上帝保佑凯瑟琳，那位合法的王后。

是吗？我不知道他们是在哪一座城市。

查普伊斯吸了吸鼻子：他们满可以感到奇怪。最近以来，国王身边只有法国人，而她，博林，本身也是半个法国人，而且完全被他们收买；她家的所有人都在弗朗西斯的口袋里。但是你，托马斯，你没有上那些法国人的当吧？

他让他放心：我亲爱的朋友，一刻都没有。

查普伊斯哭了；这可不像他；全是因为那名贵的酒。"我辜负了我的皇帝主子。我辜负了凯瑟琳。"

"没关系。"他想，明天是另一场战斗，明天是另一个世界。

黎明时他到了教堂。庆祝的队伍六点钟就已经整队排好。亨利将从一间有格子窗的包厢里观看加冕，包厢位于一处彩绘的石砌建筑里。八点左右的时候，他探进头去时，国王已经满怀期待地坐在一只天鹅绒坐垫上，有位仆人跪在地上为他打开早餐。"法国大使会跟我一起，"亨利说；当他匆忙离开时，正好见到了那位先生。

"听说你让人画了像，克伦穆尔先生。我也让人画了像。你看到画好的成品了吗？"

"还没有，汉斯太忙了。"即使在这个晴朗的早晨，在这扇形的拱顶之下，大使看起来还是脸色发青。"哦，"他说，"随着这位王后的加冕，我们两国的关系似乎达到了一种完美的友好状态。在完美的基础上再怎样改善？我问您，先生。"

大使鞠了一躬。"然后走下坡路？"

"我们尽力吧,您知道。尽力保持一种互用互利的状态。当我们的君王再一次地互相指责的时候。"

"又一次加来会晤?"

"也许一年之内。"

"不会更早?"

"我不会无缘无故地让我的国王漂洋过海。"

"我们得谈谈,克伦穆尔。"大使用一只平平的手掌在他的胸部,正胸口上,拍了一下。

安妮的队伍九点钟时准备完毕。她披着紫色的天鹅绒披风,上面有貂绒饰边。在一路铺至圣坛的蓝布上,她要走七百码远,她的脸上显出陶醉的神情。老诺福克公爵夫人远远地在她身后,托着她的裙裾;在较近处,温切斯特主教和伦敦主教分立两旁,牵着她长长的礼服的摆边。这两个人,加迪纳与斯托克斯利,在离婚案中都是国王的手下;可是现在,他们看上去似乎但愿远离他再婚的活生生的对象,她高高的前额上渗出了一层细密的汗,那紧闭的双唇——在她到达圣坛的时候——仿佛消失在她的面孔里。谁说两位主教该牵着她的裙摆?这全都写在一本伟大的书里,那本书很古老,以至于你几乎不敢触碰,不敢对着它呼吸;李尔似乎能将它倒背如流。他想,也许该把它抄下来重印。

他在脑海里记了下来,然后将自己的意志集中在安妮身上:要安妮在圣坛前弯腰下去伏地祈祷时,不要失足绊倒,当她的肚皮距离神圣的地面还有十二英寸时,她的侍从们走上前来搀扶住她。他发现自己在祈祷:这个孩子,他半成形的心脏此刻正贴着石头地面跳动,愿他被这一时刻圣化,愿他像他父亲的父亲,像他的都铎叔伯们;愿他坚强,机敏,留心每一个机会,充分利用好哪怕是最微小的转机。亨利是沃尔西创造的,如果他再活上二十年,然后让这个孩子继承王位,那么我就能培养出我自己的国王:以展现上帝和英格兰联邦的荣耀。因为到时候我还不会太老。看看诺福克,已经年过六旬,当他参加佛洛顿战役时,他父亲已是七十高龄。

我也不会像亨利·怀亚特那样，说，我现在已经不问世事了。因为除了世事，还能有什么呢？

安妮颤悠悠地重新站起身。在香雾缭绕之中，克兰默正在将节杖、象牙权杖放进她的手里，接着把圣爱德华王冠在她头上放了片刻，马上又换成一顶更轻便、更好戴的冠冕：就像在变戏法，他的双手非常灵活，似乎这一辈子就是在把王冠放过来，换过去。大主教看上去有几分兴奋，仿佛有人给了他一杯热牛奶一般。

施涂油礼后，安妮缓缓退下，缭绕在她身边的香雾将她隐藏了起来：安妮王后，退进了一间为她安排的卧室，去为出席威斯敏斯特大厅的宴会作准备。他不大客气地从那些达官贵人中间穿过——你们这些人，你们这些口口声声说不会来这儿的人——突然看到王室治安官查尔斯·布兰顿骑在他的白马上，准备跟这些人一起进大厅。他是一个高大、耀眼的人物，他从他身上收回目光；他想，查尔斯也不会比我活得更久。他退回到暗处，朝亨利那边走去。不过有件事情让他停住了脚步，他看到一件红色法袍的下摆在一个角落一晃而过；很显然，那是从自己队列中逃出来的某位法官。

威尼斯大使挡在亨利包厢的门口，可亨利挥手示意他让开，说，"克伦威尔，我妻子看上去难道不健康吗？她难道不漂亮吗？你能不能去看看她，并给她……"他环顾四周，看有什么东西可以当礼物，然后从自己的手指上取下一枚钻石戒指，"你能给她这个吗？"他吻了一下戒指。"还有这个？"

"我很希望去传达这份深情，"他说，并叹了口气，好像他是克兰默似的。

国王笑了起来。他容光焕发。"这是我最美好的，"他说，"这是我最美好的一天。"

"直到孩子降生之日，陛下，"威尼斯大使躬身说道。

为他开门的是玛丽·霍华德，诺福克的小女儿。

"不，您肯定不能进来，"她说。"绝对不能。王后已经脱衣服了。"

里士满说得没错，他想；她完全没有胸部。现在还是这样。都十四岁了。他想，我要逗一逗这位小霍华德，于是他站在那儿，对她大肆奉承，赞美她的衣服以及首饰，直到他听见里面响起了一个声音，仿佛是从坟墓里传出来的那样低沉；玛丽·霍华德惊跳起来，说，哦，好吧，如果她说您可以见她的话。

床帷已经关上。他把它们拉开。安妮穿着宽松的内衣躺在床上。除了那怀着六个月身孕的腹部令人吃惊地隆起之外，她看上去了无生气，就像一个鬼魂。当她穿着典礼的礼服时，几乎没怎么显出身形，只有在那神圣的时刻，当她匍匐下去，腹部快要接触石地时，才令他想到了她的身体，而此时此刻，她四肢伸展地躺在那儿，犹如一件祭品：内衣下的乳房鼓鼓的，光着一双浮肿的脚。

"圣母啊，"她说。"你就不能不去骚扰霍华德家的女人吗？你长得这么丑，却这么自信。让我看看你。"她抬起头来。"这是深红色吗？这是一种非常暗的红色。你是违抗我的旨意吗？"

"您的表亲弗朗西斯·布莱恩说，我看起来像一处可以走动的瘀伤。"

"国体上的擦伤。"简·罗奇福德笑了起来。

"您能行吗？"他问：几乎有些怀疑，几乎有些温柔。"您累坏了。"

"哦，我想她支撑得住的。"玛丽的语气中丝毫没有做姐姐的自豪。"她天生就是为了这样，对吧？"

简·西摩："国王在观看吗？"

"他为她骄傲。"他对一动不动躺在那儿的安妮说。"他说您今天看起来美极了。他把这个送给您。"

安妮轻轻地哼了一声，像是感激，又像是厌烦：哦，什么，又是钻石？

"还有一个吻，不过我说，那份礼物他最好亲自送来。"

她丝毫不像要从他手中接过戒指的样子。他几乎忍不住想把它放在她的肚子上，然后一走了之。但是他把它交给了她姐姐。他说，"宴会将等着您，殿下。您觉得准备好了之后再过来。"

她喘息着坐直身子。"我这就去。"玛丽·霍华德探身向前，摩挲着她的下背，她的手没有经验，轻轻地拂来拂去，仿佛在抚摸一只鸟。"哦，走开，"施过涂油礼的王后呵斥道。她看上去很难受。"昨天晚上你在哪儿？我需要你。大街小巷都为我欢呼。我听到了。他们说民众爱戴凯瑟琳，但其实只是那些女人，她们同情她。我们会让他们看到更好的东西。等这个小家伙生出来，他们就会爱戴我了。"

简·罗奇福德："哦，可是夫人，他们爱戴凯瑟琳，是因为她是两位受过涂油礼的君主的女儿。你就死了这条心吧，夫人——他们永远不会爱你的，就像永远不会爱……这位克伦威尔一样。这与你的功劳无关。这只是一个事实。想回避是没有用的。"

"也许够了，"简·西摩说。他朝她转过身，看到了令人吃惊的事情；她已经长大了。

"凯里夫人，"简·罗奇福德说，"我们现在得让你妹妹站起来，重新穿上礼服，所以送克伦威尔先生出去，并享受你们一如既往的谈心吧。这不是一个打破惯例的日子。"

在门口："玛丽？"他说，注意到她眼睛下方的乌青。

"怎么啦？"她的语气仿佛在说，"怎么啦，现在又有什么事儿？"

"我很遗憾你跟我外甥的婚姻没能说成。"

"当然，甚至都没有人问过我。"她勉强笑了笑。"我将永远看不到你的府上。但是却听说了那么多。"

"你听说了些什么？"

"哦……柜子都要被金币胀破了。"

"我们决不会允许这种事情的。我们会买更大的柜子。"

"他们说那是国王的钱。"

"所有的钱都是国王的钱。上面有他的肖像。玛丽，你看，"他握起她的手，"我无法说服他不喜欢你。他——"

"你努力了多少？"

"我希望你安安全全地跟我们在一起。不过当然，身为王后的姐姐，这可能不是你所期待的美满姻缘。"

"我怀疑有多少做姐姐或妹妹的，会期待着我每天晚上的待遇。"

她会又一次怀上亨利的孩子，他想。安妮会将它扼杀在摇篮里。"你的朋友威廉·斯塔福德在宫廷里。起码，我想他还是你的朋友吧？"

"想象一下，他会怎样看我的处境。不过，起码我父亲对我又有好言好语了。阁下觉得又需要我了。国王可不能去骑别人马厩里的母马。"

"这一切会结束的。他会给你自由的。他会好好安置你。一份养老金。我会帮你说话的。"

"一块肮脏的洗碗布也能有养老金吗？"玛丽的身体晃了晃；她似乎因为痛苦和疲惫而精神恍惚；泪水涌上她的眼眶。他站在那里接住了她的眼泪，把它们擦去，一边轻声细语地安慰她，一边却但愿自己在别的地方。脱身后，他回头看了她一眼，她站在门口，神态凄凉。一定得为她做点什么，他想。她的姿色在渐渐消失。

亨利坐在威斯敏斯特大厅上面的一处楼座上，看着他的王后在下面的贵宾席上就坐，身边是她的女侍，她们是宫廷里的花朵，英格兰的贵族。国王已经提前吃了一些东西，现在只是食不知味地拨弄着一只调味碟，将薄薄的苹果片蘸上肉桂。跟他一起坐在楼座上的，还有那些大使，让·德·丹特维尔穿着毛皮衣服，抵御着六月的寒意，而他的朋友拉佛尔主教，则穿着一件上好的织锦长袍。

"这一切真是太壮观了,克伦穆尔,"德·塞尔维说;那双精明的棕色眼睛打量着他,不漏过任何细节。他也把一切看得清清楚楚:针脚和衬垫,饰钉和染色;他赞美起主教织锦的纯正的紫红色。据说这两个法国人喜欢福音书,但是在弗朗索瓦的宫廷里,所谓喜欢,充其量只涉及国王出于自己的虚荣心而希望去庇护的一小群学者;他从来没有能够培养出自己的托马斯·莫尔,也没有自己的伊拉斯谟,这自然会伤害他的自尊。

"瞧瞧我的王后妻子。"亨利从楼座上探头俯视。他还不如就在下面。"她值得拥有这一切,对吧?"

"我叫人把窗户上的玻璃全都更新了,"他说。"好更清楚地看到她。"

"*Fiat lux*①,"德·塞尔维小声说。

"她表现得好极了,"德·丹特维尔说。"今天她肯定站了六个小时。得祝贺陛下娶了一位跟农妇一样强壮的王后。当然,我并无不敬之意。"

在巴黎,他们正在对路德会教友处以火刑。他很想跟大使们提及此事,但是,在烤天鹅和烤孔雀的香味从下面飘来之际,他不能这样。

"先生们,"他问(音乐像一股小小的波浪在他们身边起伏,那是声音的银色涟漪),"你们听说过吉多·卡米洛这个人吗?我听说他在你们主子的宫里。"

德·塞尔维与他的朋友交换了一下眼神。这让他们难住了。"建造那个木包厢的人,"让喃喃道。"哦,是的。"

"是个戏院。"他说。

德·塞尔维点头。"而你自己就是里面的那出戏。"

"伊拉斯谟已经给我们写信说起过这个,"亨利转过头说。"他正在让家具工人为他制造一些小木书架和木抽屉,一个套着一个。这是用来记

---

① 意为"要有光",是《圣经·创世纪》中上帝的话。

西塞罗的演讲的一个记忆系统。"

"恕我冒昧,他的目的还不仅如此。这是古老的维特鲁威设计图上的一个戏院。但不是作演戏之用。正如主教大人所言,作为剧院的主人,你将站在它的中央,然后抬头四望。你的周围排列着一套人类知识的系统。就像一座图书馆,但是仿佛——你能想象一个这样的图书馆吗,每本书里装着另一本书,然后里面还有一本更小的书?不过,还不仅如此。"

国王把一颗茴香夹心糖放进嘴里,咬了一口。"世界上已经有太多的书了。每天还有更多。谁也不能指望把它们全都读遍。"

"我不明白您对此怎么了解得这么多,"德·塞尔维说。"都是你的功劳,克伦穆尔先生。吉多只肯讲他自己的意大利方言,而就算这样他也会结巴。"

"如果你的主子愿意花钱的话,"亨利说。"他不会是巫师吧,这位吉多?我可不愿意弗朗西斯被一位巫师所控制。顺便说一下,克伦威尔,我准备把史蒂芬再派到法国去。"

史蒂芬·加迪纳。这么说,法国人不喜欢与诺福克打交道。这不奇怪。"他会在那边呆一段时间吗?"

德·塞尔维的视线与他的相遇。"但国务大臣的工作谁来干呢?"

"哦,克伦威尔会干的。对吧?"亨利笑了。

他还没有完全走进大厅,赖奥斯利先生就拦住了他。对传令官及其官员、还有他们的孩子和朋友们来说,今天是一个重大的日子;他们可以得到一大笔赏金。他这样说了,而"简称"则说,得到一大笔赏金的是您。他缓缓地靠到屏风上,声音压得很低;他说,早就可以预见到这一点,因为亨利已经厌倦了,厌倦了温切斯特每走一步都跟他较劲作对。他厌倦了争吵;现在他成了一位有妇之夫,就期待着多一些 douceur①。从安妮那儿

---

① 法语,意为"温柔"。

吗?他说,"简称"笑了起来:您比我更了解她,如果她像他们说的那样,是一位舌头不饶人的女人,那么他就更需要对他和气的大臣了。所以,想方设法把史蒂芬留在国外,到时候他会正式任命您这个职位。

克里斯托弗为了下午的活动而穿戴一新,正在附近晃来晃去,并向他示意。我得走了,他说,可赖奥斯利摸了摸他的红礼服,仿佛想沾点运气,一边说,您操持着这里的一切,操持着庆祝活动,您是国王的快乐之源,您办成了红衣主教没能办成的事情,而且还远远不止如此。就连这——他指了指周围,那些已经食言的英格兰贵族正在逐一品尝二十三道佳肴——就连这宴席也操办得这么出色。谁也不必开口要任何东西,还没等他自己想到,所有的东西都已经送到了手边。

他点了点头,赖奥斯利走开了,他招呼那男孩过来。克里斯托弗说,别人告诉我,说秘密的事情时千万不要让"简称"听见,因为雷夫说,不管听到什么信息,他就会立马跑去找加迪纳。好了先生,我有一个口信,您必须马上到大主教那儿去。宴会结束之后。他抬头朝主宾台看去,在那里,大主教正坐在安妮的旁边,头顶是她的富丽的华盖。两人都没有吃饭,尽管安妮还在做着样子,两人都扫视着大厅。

"我立马就去,"他说。他很喜欢这个词。"在哪儿?"

"他以前的住所,他说您知道。他希望你保密。还说不要带任何人。"

"你可以去,克里斯托弗。你不是一个人。"

孩子咧嘴笑了。

他有些担心;一想到教堂的周围,黄昏时醉醺醺的人群,而没有人帮着留心他的背后,他就不太踏实。遗憾的是,一个人不能有两个正面。

他们快要到达克兰默的住所时,疲惫像一件铁斗篷似的向他的肩膀袭来。"歇一会儿,"他对克里斯托弗说。最近几个夜晚,他几乎没怎么合眼。他在阴暗处喘了一口气;这里很冷,一踏进走廊,他就被夜色所淹没。周围的房间都门窗紧闭,空空的,里面没有任何动静。从他身后很远的地方,在威斯敏斯特的街上,传来一声中途戛然而止的喊叫,犹如一场战役之后死者的哭号。

克兰默抬起头;他已经坐在桌前。"这些日子我们永远不会忘记,"他说。"错过这些场面的人肯定不会相信。国王今天对你大加赞赏。我想,他是有意要我传达给你。"

"我真是不明白,当初我为什么要去考虑为塔里制砖的成本。如今看来,那一项简直是微不足道。明天还有比武大赛。你会去吗?我的孩子理查德已经报名参加徒步项目,将在单人格斗中出场。"

"他会赢的,"克里斯托弗说。"猛地一击,别人就倒了,再也起不来了。"

"嘘,"克兰默说,"你不在这儿,孩子。克伦威尔,这边请。"

他打开房间后面一扇低矮的门。他探进头去,借着从门口射进去的半明半暗的光线,他看到一张桌子,一只凳子,凳子上面坐着一个女人,年轻,平静,正埋头看一本书。她抬起头来。"*Ich bitte Sie, ich brauch eine Kerze*。①"

"克里斯托弗,给她一支蜡烛。"

他看清了她面前的书;是路德的一本小册子。"可以吗?"他一边说,一边拿起了书。

他不自觉地读了起来。他的思绪随着那些字行跳跃着。她是克兰默藏匿的某个逃犯吗?他知道如果她被抓住的代价吗?他已经读了半页,大主教才慢慢地走进来,犹如一声迟来的道歉。"这女人是……?"

克兰默说,"玛格丽特。我的妻子。"

"亲爱的上帝。"他把路德的书"砰"地一声摔在桌上。"你都干什么了?在哪儿找到她的?显然是在德国。所以你才回来得这么慢。现在我

---

① 德语,意为"劳驾,我需要一支蜡烛"。

明白了。为什么?"

克兰默温顺地说,"我不由自主。"

"如果国王知道了,你知道他会怎么处置你吗?巴黎的主行刑人设计了一种机器,带有配重悬吊式的梁——要我为你画出来吗?——当异教徒被施以火刑的时候,它会把他放进火里,然后再吊起来,好让人们看到他痛苦的各个阶段。亨利现在也会要一台的。也可能他会弄一台别的装置,花四十天的时间慢慢地让你的脑袋与肩膀分家。"

年轻女人抬起头。"*Mein Onkel*①。"

"他是谁?"

她说出了一位神学家的名字,安德列亚斯·欧西安德:纽伦堡人,路德会教友。她说,她叔叔和他的朋友们,还有她镇上的那些学者,他们认为——

"关于神父应该娶妻,夫人,也许是你们国家的信仰,可在这儿不是。克兰默博士没有提醒过你这一点吗?"

"求你了,"克兰默央求道,"告诉我她在说什么。她责怪我吗?她是不是希望自己还在国内?"

"不。不是,她说你很善良。你中什么邪了,老兄?"

"我跟你说过我有个秘密。"

你确实说过。在信纸的页边。"但是把她留在这儿,在国王的眼皮子底下?"

"我一直把她留在乡下。可是,她想看庆典,我无法拒绝。"

"她到外面的大街上去了?"

"为什么不行呢?谁也不认识她。"

没错。对城里的陌生人的保护;一位年轻女子,穿戴着漂亮的衣帽,一双眼睛藏在成千上万双眼睛中间:你可以在森林中藏一棵独木。克兰默

---

① 德语,意为"我叔叔"。

走近他。他伸出双手,这双此前刚刚涂过圣油的手;这双手很漂亮,手指修长,苍白的长方形手掌上纵横交错地布满了海上航行和结盟诸国的消息。"我请你到这儿来是作为我的朋友。因为我把你当作我在这个世界上的重要朋友,克伦威尔。"

那么,在友情中,他就只能把那些瘦长的手指握在自己的手里。"很好。我们会想个办法的。我们会为你妻子保密。我只是感到奇怪,你为什么不把她留在她娘家,直到我们能说服国王。"

玛格丽特望着他们,蓝色的眼睛一会儿看看这个,一会儿又看看那个。她站起身,把桌子从面前推开;他看到她这个动作,心里不禁一沉。因为他以前看到一位女人这样做过,是他自己的妻子,他还看到她怎样用手掌撑着桌面,让自己站起来。玛格丽特很高,她隆起的腹部刚刚露出桌面。

"天啊!"他说道。

"我希望是个女儿,"大主教说。

"大概什么时候?"他问玛格丽特。

她没有回答,而是拿起他的手,放到她的肚子上,然后用自己的手按住。与庆典活动相呼应,孩子也在跳舞:皇家艾斯坦碧舞。这可能是一只脚;这是一只拳头。"你需要一个朋友,"他说,"需要一个女人陪着你。"

他大步走出房间,克兰默跟了出来。"关于约翰·弗里斯……"他说。

"什么?"

"自从他被带到克罗伊登之后,我已经见过他,跟他私下里谈了三次。他是一个优秀的年轻人,非常温文尔雅。我花了好多个小时,不过我丝毫也不后悔,但是我无法把他从他自己的道路上拉回来。"

"他应该跑进树林。那才是他的道路。"

"我们不是全都……"克兰默垂下目光。"原谅我,但我们不是全都像你一样能看到那么多条道路。"

"那么你现在得把他交给斯托克斯利了,因为他是在斯托克斯利的教区被抓的。"

"当国王给我这个重要职位,当他坚持要我担任这个职务时,我根本没有想到,我刚刚接手的事情之一,会是去对付一个像约翰·弗里斯这样的年轻人,并且尽力说服他放弃自己的信仰。"

欢迎来到下面的这个世界。"我不能再等了,"克兰默说。

"你妻子也是。"

奥斯丁弗莱周围的街道几乎不见人影。城里到处都燃起了篝火,星星在烟雾中若隐若现。他的卫兵们站在大门口:他满意地看到,他们很清醒。他停下脚步说了几句话;有一种虽然匆忙却依旧从容的艺术。接着,他走进门去,一边说,"我要见巴尔夫人。"

他的多数家眷都去看篝火了,半夜之前都不会回家,而在外面跳舞狂欢。他们得到允许可以这样;如果他们不为新王后庆祝,还有谁该去庆祝呢?约翰·佩奇出来了:有事情要吩咐吗,先生?还有威廉·布拉巴宗,手里拿着笔,他是沃尔西的旧部下:国王的事情永远做不完。托马斯·艾弗里,刚才还在算账:总是有钱流入,有钱流出。沃尔西下台时,他的手下弃他而去,但托马斯·克伦威尔的仆人们却留了下来,与他共渡难关。

头顶有扇门"砰"地一响。雷夫走了下来,脚步很重,头发乱七八糟地竖着。他脸颊泛红,显得很不解。"先生?"

"我没找你。你知道海伦在这儿吗?"

"怎么啦?"

就在这时,海伦出现了。她正把头发挽在一顶干净的帽子下面。"我需要你收拾一个包裹跟我一起走。"

"去多久,先生?"

"不知道。"

"出伦敦吗？"

他想，我要做些安排，城里男人的妻子女儿，那些谨慎的女人，他们会为她找些仆人，还有接生婆，这些能干的女人会把克兰默的孩子交到他的手里。"也许不会太久。"

"孩子们——"

"我们会照顾好你的孩子。"

她点点头。快步走开。你会希望手下有些像她这样利落的男人。雷夫对着她的背影喊，"海伦……"他似乎很懊恼。"她要去哪儿，先生？您不能在夜里就这样把她拽走。"

"哦，我可以，"他温和地说。

"我需要知道。"

"相信我，你不需要。"他说完又有点不忍。"或者说如果你需要，现在也不是时候——雷夫，我很累。我不想争论。"

他也许可以把事情交给克里斯托弗，或者府里某个不怎么问长问短的手下，让他们带着海伦离开暖意融融的奥斯丁弗莱，走进冷飕飕的教堂辖区；他还可以把它留到早晨再说。可他的脑海中满是克兰默的妻子那孤零零的样子，举行盛大节日的城市那么陌生，炮台街上空无一人，在那里，即使教堂的影子下也一定藏有盗贼。即使在理查国王的时代，那个地区也是强盗小偷的老巢，他们在夜晚肆意出动，黎明时再一窝蜂地拥回来，寻求特殊的庇护，显然也与教士们瓜分赃物。他想，我要把那地方清理干净。我的人会追得他们无处藏身。

半夜：石头散发出苔藓的气息，城市的湿气让石板路滑溜溜的。海伦把手放在他的手里。有位仆人低垂着眼，让他们进去；他塞给他一枚硬币，让他不要抬头。没有大主教的身影：很好。点亮一盏灯。一扇门被微微推开。克兰默的妻子躺在一张小床上。他对海伦说，"这里有位女士需要你的同情。你看到她的处境了。她不会说英语。反正你也不需要问她的名字。"

"这是海伦，"他说。"她自己有两个孩子。她会帮助你的。"

克兰默夫人闭着眼睛，只是点点头微笑着。但是，当海伦将一只温柔的手放在她身上时，她也伸出手来抚摸着她。

"你丈夫在哪儿？"

"Er betet①。"

"我希望他在为我祈祷。"

弗里斯被执行火刑的那一天，他与国王在吉尔福德城外的乡村打猎。黎明前就在下雨，一阵阵的大风吹弯了树梢：英格兰到处都在下雨，庄稼浸泡在田地里。亨利的情绪却不会受到影响。他坐下来给留在温莎城堡的安妮写信。他手指摆弄着笔，并且把信纸翻来覆去好几遍之后，又不想写了：你来帮我写吧，克伦威尔。我来告诉你写些什么。

有位裁缝的学徒将与弗里斯一起被处以火刑：安德鲁·休伊特。

亨利说，以前凯瑟琳分娩时，总是有圣物带给她。圣母马利亚的一条腰带。我租来的。

我觉得王后不会要的。

还有向圣玛格丽特所做的特别祷告。都是些女人的东西。

最好留给她们自己吧，先生。

后来，他会听说弗里斯和那孩子受了不少痛苦，大风不断地把火焰从他们身上吹开。死神是一个捉弄人的家伙；呼唤他他却不来。他喜欢胡闹，藏在黑暗之中，脸上蒙着一块黑布。

伦敦出现了汗热病的病例。代表着自己的所有子民的国王每天都有各种症状。

此时此刻，亨利盯着正在下的雨。他振作一下自己，说，会变小的，木星正在升起。好了，告诉她，告诉王后……

---

① 德语，意为"祈祷"。

他等待着，握着笔。

不，就这样够了。把它给我，托马斯，我来署名。

他等着看国王是否会画上一颗心。但是，求爱阶段的轻率已经过去。婚姻是一件严肃的事情。亨利国王。

国王说，我觉得肚子痛。我觉得头痛。我感到恶心，我眼睛发花，这是个征兆，对吧？

如果陛下能休息一下，他说。并且鼓起勇气。

你知道他们是怎么说汗热病的。早餐时还开开心心的，中餐时就没命了。可你知道吗，它两个小时就可以置人于死地？

他说，我已经听说有些人是被吓死的。

到下午时，太阳好不容易出来了。亨利大笑着在滴水的树下抽打着他的猎马。在史密斯菲尔德，弗里斯，他的年轻，他的优雅，他的学识，他的英俊，变成了一摊油腻腻的泥灰和烧焦的骨头：正在被铲子铲起来。

国王有两个身体。一个存在于他的肉体之中；你可以去量，而亨利也经常这样，量一量腰围，小腿，以及其他部位。另一个是他作为君王的自我，自由自在，无拘无束，没有重量，可以同时出现在多个地方。亨利可以在森林里打猎，而他的君王自我却在制定法律。一个在打仗，一个在祈祷和平。一个笼罩在他神秘的王权之中；另一个正在享用鸭肉和甜青豆。

现在教皇说他与安妮的婚姻是无效的。如果他不回到凯瑟琳身边，他就要开除他的教籍。基督教世界会抛弃他，不管是他的身体还是灵魂，他的子民会揭竿而起驱逐他，让他名誉扫地，流亡他乡；没有基督教家庭会收留他，等他死后，他的尸体会与动物的尸骨一起埋进一个大坑。

他已经教亨利称教皇为"罗马主教"。教他在自己的名字被人提起时一笑置之。就算这笑是底气不足的笑，也强过以前的卑躬屈膝。

克兰默已经邀请女先知伊丽莎白·巴顿到他位于肯特的府里见个面。她看到前任公主玛丽当上女王的幻象了吗？是的。埃克塞特夫人格特鲁德，当了王后？是的。他温和地说，这两者都不可能。圣女说，我只是把我看到的东西说出来。他在记录中写道,她身体健壮,充满自信;她已经习惯于跟大主教们周旋,她把他当成另一个渥兰,不放过她说的每一个字。

她是猫爪下的一只老鼠。

凯瑟琳王后府里的人已经大大减少,她在搬往位于巴克登的林肯主教府邸,那是一座很老的红砖房,有一间大厅,而多座花园则延伸到灌木丛和田野,然后直到沼泽地。九月会带给她秋季的第一批水果,而十月则会带来浓雾。

国王要求凯瑟琳为他即将出生的孩子放弃玛丽受洗时穿的衣袍。得知凯瑟琳的回答时,他,克伦威尔,哈哈大笑。他说,上天对凯瑟琳真是不公,没有给她一个男儿身;否则她会超越古代的所有英雄。她的面前放着一份文件,里面称她为"亲王遗孀";她划掉了那个新头衔,他们大为惊讶地让他看她的笔划破的地方。

谣言在短暂的夏夜里播下种子。黎明时,它们就像湿草地上的蘑菇。托马斯·克伦威尔府里的人半夜三更到处去找接生婆。他在自己的一座乡间别墅里藏了一个女人,是个外国女人,给他生了一个女儿。他对雷夫说,不论你怎么做,都不要为我的名誉辩护。我在这儿到处都有这样的女人。

他们会信以为真的,雷夫说。城里有人说,托马斯·克伦威尔有一个庞大的……

记忆,他说。我有一个很大的账本。一个巨大的档案系统,里面记录着(在他们的名字下面,还在他们得罪我的事情下面)那些跟我作对的人的详细情况。

所有的占星家都说国王会有个儿子。不过最好不要理睬那些人。几个月前,有个人来找他,说要为国王做一块点金石,当他们叫他走开时,就像那些炼金术士一样,他马上就翻了脸,并且出言不逊,现在还散布消息说国王会在今年死去。他说,先王爱德华的长子就在萨克森等着。你们以为他成了伦敦塔里铺路石下的咔哒作响的骷髅，只有谋杀他的人才知道他在哪儿：你们上当了，因为他已经长大成人，准备夺回他的王国。

他掐指一算：爱德华五世国王如果还活着，在即将到来的十一月就会六十四岁了。现在来争夺未免晚了点儿，他说。

他把那个炼金术士关进了塔里，让他反省自己的立场。

巴黎那边没有了消息。不管吉多大师在干些什么，都没有大张旗鼓。

汉斯·霍尔拜因说，托马斯，你的手我已经画好了，但是我没有好好注意你的脸。我保证今年秋天帮你画完。

设想每一本书里都有另一本书，每一页上的每一个字母中都有另一种容量在不断地展开；但这些容量却丝毫不会占用桌上的空间。设想知识可以被浓缩成精华，放在一张图片里，一个标记中，放在一个不占地方的地方里。设想人类的头骨将会变得容量巨大，里面的空间不断展开，犹如蜂巢里嗡嗡作响的蜂房。

凯瑟琳的管家蒙特乔伊勋爵送给他一份清单，上面列出了英格兰王后分娩时的各种必需品。这顺利而客气的移交把他逗乐了；宫廷的事务和仪式典礼在照常进行，不管参与的是哪些人，但是很显然，蒙特乔伊勋爵认为主事的是他。

他去了一趟格林威治，将为安妮预备的住所装饰一新。公告（日期未定）已经准备好，将发给英格兰人民和欧洲的统治者，宣布王子的诞生。他建议道，在"王子"后面留一点点空，那么一旦需要，就可以再加……①可他们却用那种眼神看着他，仿佛他是叛国者，于是他不再多言。

当一个女人足不出户等待分娩时，艳阳也许会高照，但她房间的门窗却可以关上，这样她就能营造自己的天气。她置身于黑暗中，以便可以做梦。她的梦让她飘向遥远的地方，从陆地到一片潮湿的地面，到一座码

---

① 在"王子"的英文单词 prince 后面加两个字母，即变成"公主"（princess）。

头，到一条河流，河流的前方浓雾紧锁，天与地融为一体；她必须从那里驶向生和死，她自己成为一个在船尾摇桨的模糊身影。在这艘船上，祈祷的声音男人们永远不会听到。一个女人在与她的上帝达成协议。河水受潮汐的影响，在划桨的一个动作与下一个动作之间，她的局面很可能急转直下。

1533年8月26日，一列队伍护送王后前往她在格林威治的封闭的房间。她丈夫跟她吻别，并祝她一帆风顺，她既没有微笑，也没有说话。她非常苍白，非常高贵，那颗戴着珠宝首饰的小脑袋竖在她晃悠悠的腹部隆起的身体之上，她迈着小而谨慎的步伐，手里拿着一本祈祷书。在码头上，她转过头来：眼神恋恋不舍。她看见了他；她看见了大主教。最后看了一眼之后，女侍们扶着她的胳膊，她抬脚登上了船。

2. 魔鬼的唾沫

1533 年秋冬

真是了不起。在听到消息的那一刻，国王睁着眼睛，绷直了身体承受打击；他很好地经受住了打击，其力量朝着合适的方向，以合适的速度移动，被他那盔甲保护着的身体所吸收。他的面色没有改变。他的声音没有颤抖。

"健康吗？"他说。"那么我感谢上帝对我们的厚爱。正如我感谢你们，各位大人，带来这令人舒畅的消息。"

他想，亨利一直都在排练。我想我们都是这样。

国王朝自己的房间走去。接着他转头说了一声，"叫她伊丽莎白吧。取消比武大赛。"

有位博林家的人小声问："其他典礼按计划进行吗？"

没有回答。克兰默说，全部按计划进行，直到我们听到不同的命令。我将要当……公主的教父。他的声音有些颤抖。他简直无法相信。他说自己要一个女儿，现在就得到了一个女儿。他的目光追随着亨利离去的背影。"他没有问候王后。他没有问她怎么样。"

"这没什么关系，对吧？"爱德华·西摩毫不留情地说出了大家的心里话。

这时，亨利独自走了很远之后，又停下脚步，转过身来。"大主教大人。克伦威尔。但只是你们两个人。"

在亨利的密室里。"你们会想到这样吗?"

换了别人也许会笑。他没有。国王瘫坐在一把椅子上。他很想伸出手去放在他的肩上,就像对一个伤心欲绝的人那样。他忍住了这个念头;只是防备性地合拢手指,变成那个握着国王心脏的拳头。"有朝一日我们会为她举行一场盛大的婚礼。"

"可怜的家伙。她的亲生母亲会但愿她消失。"

"陛下还很年轻,"克兰默说。"王后身体强壮,她家的人都很会生育。您很快会再有一个孩子。说不准上帝是要通过小公主而带来某种特别的福气。"

"我亲爱的朋友,我确信你是对的。"亨利的声音听起来将信将疑,可他环顾四周,想从周围的环境中汲取力量,仿佛上帝可能在墙上留下了某些友好的信息:虽然其实只有不好的先例。他吸了一口气,站起身,甩了甩衣袖。他露出了笑容:你可以看到他的意志力在刹那之间,犹如一只心脏有力跳动的鸟儿飞掠而过一般,将一个可怜的人变成了他的国家的灯塔。

他后来小声对克兰默说,"这简直就像看着拉撒路站起来。"

亨利很快就在格林威治的宫里走来走去,部署各项庆典。我们都还年轻,他说,下一次会是个男孩。有朝一日我们会为她举行一场盛大的婚礼。相信我,上帝是要通过小公主而带来某种特别的福气。

博林家的人喜形于色。现在是礼拜日,下午四点。看到那些职员此前在他们的公告上写下"王子",而现在又不得不加上两个字母,他感到有些好笑,接着他回头去计算新公主府的开销。他已经建议让埃克塞特夫人格特鲁德当孩子的教母。凭什么只有圣女才能看到她的幻象?让整个宫廷的人都看到她带着勉强的笑容,在洗礼盆上托着安妮的婴儿,对她会有好处。

* * *

圣女本人被带到伦敦，安置在一处私人住所里，里面有柔软的床铺，旁边的声音，克伦威尔家的女人们的声音，丝毫不会打扰她的祈祷；在这里，钥匙在上过油的门锁里转动的声音，犹如折断鸟儿的骨头一般轻微。"她吃东西吗？"他问茉茜，她说，她的胃口跟你一样好：哦，不，托马斯，可能没有你那么好。

"我想知道，她以圣餐为生的计划怎么样了？"

"他们现在看不到她吃饭了，对吧？那些把她领上这条道的神父和僧侣们。"

远离他们的监督之后，这位修女的行为开始像一个普通女人，像任何想要活下去的人一样，承认其身体的单纯需要；但也许为时已晚。他很高兴茉茜没有说，啊，可怜的无辜的灵魂。她并非天性无辜，当他们把她带到朗伯斯宫讯问时，这一点显而易见。你会以为身材魁梧、戴着威严的大项链的大法官奥德利足以震慑住任何乡下姑娘。再加上坎特伯雷大主教，你会觉得一位年轻的修女可能会产生几分敬畏。但丝毫也没有。圣女以高人一等的姿态对待克兰默——仿佛他在宗教生活中是初出茅庐。每当他反问她，说，"你是怎么知道的？"她就同情地一笑，说，"一位天使告诉我的。"

第二次讯问时，奥德利带上了理查德·里奇，以便为他们做笔记，而且想到了什么也可以随时发问。他现在是理查德爵士，被授予了爵位并升任副检察长。在学生时代，谁都知道他说话尖刻，喜欢无中生有，对长者不敬，以及酗酒豪赌。如果人们以我们二十岁时的表现来评判我们，谁还抬得起头呢？事实证明，里奇在起草法律方面很有天赋，这一点仅次于他自己。在柔软的浅色头发下，他的面孔由于聚精会神而皱成一团；男孩子们称他为"皱皱爵士"。看到他精确地摊开文件，你绝对不会想到，他曾经是内殿律师学院最大的耻辱。当他们等待着那姑娘被带进来时,他小声地这么说着,取笑着他。克伦威尔先生!里奇说;那您与哈利法克斯的那位女修道院院长呢?

他知道没有必要否认这个:或者否认红衣大主教为他编的任何故事。"哦,"他说,"那算不了什么——约克郡的人觉得很正常。"

他担心那姑娘可能听到了他们谈话的话尾,因为今天,当她在他们为她摆好的椅子上坐下时,她特别凶狠地盯了他一眼。她整理了一下裙子,抱起双臂,等着他们款待她。他的外甥女爱丽丝·威利费德坐在门边的一只凳子上:她在那儿,只是以防发生昏厥,或其他的不适。不过,你只要朝圣女看上一眼,就会知道她跟奥德利一样根本不可能昏厥。

"可以吗?"里奇说。"开始?"

"哦,为什么不呢?"奥德利说。"你年轻又健壮。"

"你的那些预言——你总是在更改你所预见的灾难的发生时间,不过我知道你说过,国王在娶了安妮小姐之后,在位的时间将不到一个月。嗯,已经过去几个月了,安妮小姐被加冕为王后,还给国王生了一个可爱的女儿。所以,你现在还有什么可说的?"

"我说在世人的眼里,他好像是国王。可在上帝的眼里,"她耸了耸肩,"再也不是了。他不是真正的国王,就像他,"她朝克兰默点着头,"不是真正的大主教一样。"

里奇才不会上当转移话题。"那么,完全有理由起来造他的反?废黜他?刺杀他?让另一个人来取代他?"

"嗯,你觉得呢?"

"在那些王位继承人中,你选择了科特尼家族,而不是波尔家族。是埃克塞特侯爵亨利。而不是蒙塔古勋爵亨利。"

"也可能,"他同情地说,"你把他们弄混了?"

"当然没有。"她的脸红了。"那两位先生我都见过。"

里奇做了记录。

奥德利说，"嗯，科特尼，也就是埃克塞特大人，是爱德华国王的一个女儿所生。蒙塔古勋爵是爱德华国王的兄弟克拉伦斯公爵的后代。你怎么看待他们的继承权？因为如果我们在谈真国王与假国王，有人说爱德华是他母亲与一个弓箭手的私生子。我想知道你能否解释一下？"

"她怎么会知道？"里奇说。

奥德利翻了翻眼睛。"因为她跟天上的圣人交谈。他们会知道。"

他看着里奇，仿佛可以读出他的思想：尼克科洛的书里说，明智的君王会消灭嫉妒者，假如我，里奇，是国王的话，那些王位继承人及他们的家人就死定了。姑娘已经准备好应付下一个问题：她在自己的幻象里怎么会既看到一位女王又看到一位王后呢？"我猜会自行解决的，"他说，"通过打仗？如果要在国内发动一场战争，储备几位国王和女王是一件好事。"

"没必要发动战争，"修女说。哦？"皱皱先生"坐直身体：这是个新见解。"相反，上帝给英格兰降下了一场瘟疫。亨利将在半年内死去。还有她，托马斯·博林的女儿。"

"还有我？"

"你也是。"

"还有这个房间的所有人？当然，除你之外？所有的人，包括从来没有伤害过你的爱丽丝·威利费德？"

"你府里的所有女人都是异教徒，瘟疫会让他们的身体和灵魂都烂掉。"

"那么伊丽莎白公主呢？"

她在座位上转过身，对克兰默说，"他们说你为她施洗时，还把水加热，以免她受惊。你该把滚烫的水泼在她身上。"

哦，天上的基督啊，里奇说。他扔下手中的笔。他是一位慈爱的年轻父亲，有个尚在摇篮中的女儿。

他把一只手放在副检察长的手上，表示安慰。也许你认为爱丽丝会需要安慰；可当圣女判处她死刑，而他朝房间那边的外甥女看去时，却发现她脸上完全是一副嘲弄的神情。他对里奇说，"不是她自己想出来的，滚烫的水。是街上的人说的。"

克兰默缩作一团；圣女的话挫伤了他，她赢了一分。他，克伦威尔，说，"我昨天见到公主了。她长得很健壮，尽管有人咒她。"他的声音显得很平静：我们必须让大主教重新控制局面。他转向圣女："告诉我：你找到红衣主教了吗？"

"什么？"奥德利说。

"伊丽莎白修女说，她在去天堂、地狱和炼狱的旅程中会寻找我以前的主子，我当时提出为她支付旅差费用。我已经给她的人支付了首付——我希望我们可以看到些进展了？"

"沃尔西原本可以再活十五年，"姑娘说。他点点头：他自己也是这样说的。"但是后来上帝结束了他的生命，以儆戒他人。我已经看到魔鬼们为他的灵魂争吵不休。"

"你知道结果了吗？"他问。

"没有结果。我到处找过他。我还以为上帝已经让他不毁灭了，但有天夜里我看到了他。"一阵长时间的故弄玄虚的犹豫。"我看到他的灵魂在尚未出生的婴儿身上。"

一片沉默。克兰默缩在自己的椅子上。里奇轻轻地咬着笔头。奥德利扭着衣袖上的一颗纽扣，不停地扭着，直到线被拉得很紧。

"如果你愿意的话，我可以为他祈祷，"圣女说。"上帝通常会答应我的请求。"

"从前，当你身边有那些顾问，博金神父、戈尔德神父、里斯比神父以及其他人时，你这会儿就会开始讨价还价了。我会为你的好意再加一笔钱，而你的精神导师们会抬高价码。"

"等等。"克兰默把一只手放在胸口上。"我们能回去吗？大法官？"

"我们可以走你选择的任何方向,大主教大人。绕着桑树丛转三圈……"

"你看见魔鬼了?"

她点点头。

"他们是什么模样?"

"像鸟类。"

"算是还好,"奥德利淡淡地说。

"不,先生。魔鬼浑身发臭。爪子畸形。他是以一只身上糊着血和粪便的小公鸡的形象现身的。"

他抬头朝爱丽丝看去,准备把她送出去。他想,他们对这女人做了些什么啊?

克兰默说,"这对你来说肯定很恶心。但是我知道,魔鬼的特征就是以不止一种方式现身。"

"是的。他们这样是为了蒙蔽你。他以一个年轻人的模样出现。"

"真的?"

"有一次他带了一个女人。晚上来到我的房间。"她顿了顿。"对她动手动脚乱摸一气。"

里奇:"他是有名的不知廉耻。"

"跟你差不多。"

"然后呢,伊丽莎白修女?乱摸一气之后呢?"

"掀起她的裙子。"

"而她没有反抗?"里奇说。"你真是让我吃惊。"

奥德利说,"魔王路西法[①],我相信他有自己的办法。"

"在我的眼皮底下,他跟她搞上了,就在我的床上。"

里奇做了记录。"那个女人,你认识吗?"没有回答。"魔鬼没有用

---

① 路西法是魔鬼撒旦的另一个名字。

同样的方法对你吗?你可以说出来,不用顾虑。这不会成为对你不利的证词。"

"他接着就花言巧语地哄我。穿着蓝色丝绸外套,是他最好的衣服,一副自鸣得意的样子。他的新马裤的裤腿上都镶着钻石。"

"裤腿上都镶着钻石,"他说。"嗯,那肯定是一种诱惑吧?"

她摇了摇头。

"可你是一位出色的年轻女人——配得上任何男人,我得说。"

她抬起头来;闪过一丝微笑。"我不喜欢路西法先生。"

"你拒绝他时,他说了什么?"

"他要我嫁给他。"奥德利双手托着脑袋。"我说我已经立誓要保持贞洁。"

"你不同意,难道他没有生气吗?"

"哦,生气了。他啐了我一口唾沫。"

"我想他只会是这种德性,"里奇说。

"我用一条手巾把他的唾沫擦掉了。是黑色的。发出地狱的恶臭。"

"那像什么?"

"像有东西在腐烂。"

"现在在哪儿,那条手巾?我猜你没有把它送到洗衣房吧?"

"在爱德华大师①那里。"

"他拿去给别人看吗?为了赚钱?"

"为了捐献。"

"为了赚钱。"

克兰默从手上抬起脸来。"我们能休息了吗?"

"一刻钟?"里奇说。

---

① 这里的"大师"是一些罗马天主教重要人物和本笃会、天主教加尔都西会僧侣名字前面的称号。

奥德利:"我跟你说过他年轻又健壮。"

"也许我们明天再谈,"克兰默说。"我得祷告了。一刻钟的时间不够。"

"可明天是礼拜日,"修女说。"曾经有个人礼拜日出去打猎,结果掉进一个无底洞坠入了地狱,想想看。"

"既然那儿有地狱接住了他,"里奇问,"又怎么会是无底?"

"但愿我也去打猎,"奥德利说。"天知道,我很想去冒冒这个险。"

爱丽丝从凳子上起身,示意要送她。圣女站了起来。她满面笑容。她那番关于烫伤的婴儿们的话已经使大主教畏缩,让他感到身上发冷,还让副检察长几乎要哭出来。她认为她要赢了;可是她在输,在输,一直都在输。爱丽丝把一只手轻轻地放在她的手臂上,可圣女却一把甩开。

来到外面后,理查德·里奇说,"我们该烧死她。"

克兰默说,"虽然我们可能不喜欢她说的什么已故的红衣主教在她面前出现,以及魔鬼在她的卧室里等那一套,可她之所以这么说,是因为有人一直教她模仿在她之前的某些修女的说法,而罗马很乐意封那些修女为圣人。我不可能回过头去以宣传异端邪说之名判定她们有罪。同样,我也没有证据以异端邪说的罪名来审判她。"

"我的意思是,以叛国罪处以火刑。"

而女性的刑罚是:由行刑人将男人半挂起来,进行阉割,然后慢慢掏出他的内脏。

他说,"没有公开的行动。她只是表达了一种意图。"

"意图发动造反,废黜国王,那不该算是叛国吗?话语可以被认定为叛国罪,有过先例的,你自己也知道。"

"如果它们逃过了克伦威尔的注意,"奥德利说,"我会感到诧异的。"

仿佛他们可以闻到魔鬼的唾沫;几个人几乎是你推我搡地来到了外

面,这里的空气温和而潮湿:有草叶的清香,有绿金色的、摇曳的光线。他可以看到,在将来的年代里,叛国罪将会呈现出新的、多种多样的形式。在此前最后一次制定叛国罪法案时,谁也无法通过纸质书本或议案来传播他们的话语,因为纸质书本在当时还想都不敢想。对那些已逝的人,那些在时间过得更为缓慢的时代效命于国王的人,他不禁有些嫉妒;如今,一些被收买或遭毒害的头脑的产物在一个月之内就可以传遍欧洲。

"我认为需要新的法律,"里奇说。

"我正在着手。"

"我认为对这个女人的拘禁太仁慈了。我们太心慈手软了。我们只是在陪着她玩儿。"

克兰默耷拉着肩膀走开了,他拖地的法袍将树叶带了起来。奥德利朝他转过身来,神态开朗而坚定,很想转变话题。"嗯,你说,公主很健康?"

没有裹着襁褓的公主被放在安妮脚旁的软垫上:一个相貌丑陋、肤色发紫、哭哭啼啼的小丫头,竖着一头浅发,总是三下两下地踢开衣服,好像要显示她最为不幸的特征。似乎有传闻说,安妮的孩子一出生就有牙齿,每只手上有六根指头,并且像猴子一样浑身长毛,于是,她父亲将她赤裸着抱给大使们看,她母亲也总是在展示她,好让谣言不攻自破。国王将她的公主府选在哈特菲尔德,安妮说,"依我看,如果撤掉西班牙人玛丽的府邸,让她成为我的女儿伊丽莎白公主府上的一员,也许可以节省些开销,而且维护正当的秩序。"

"那身份是……?"孩子安静了下来;他注意到,这只是因为她把一只拳头塞进了嘴里,正在啃着自己。

"身份是我女儿的仆人。她还能是什么?不可能装模作样地讲平等。玛丽是个私生女。"

短暂的宁静结束了;公主突然放声大哭,吵得死人都不得安宁。安妮的眼睛向旁边望去，整张脸上渐渐挂满怜爱的笑容，她朝女儿弯下身去，但女侍们马上急惶惶地围了过来；哭闹的小家伙被搂起来，包裹好，然后抱走，王后的视线眼巴巴地跟着她，目送着从她肚子里出来的孩子前呼后拥地出去了。他轻轻地说，"我想她是饿了。"

* * *

周六晚上：在奥斯丁弗莱设宴款待经常四处奔忙的史蒂芬·沃恩：出席的还有威廉·巴茨、汉斯、克拉泽和赖斯利。交谈用不同的语言进行，雷夫·赛德勒熟练流畅地翻译着，他的脑袋不停地转来转去：高雅的话题与低俗的话题，朝野权术与街谈巷议，茨温利的神学理论，克兰默的妻子。关于克兰默的妻子，在钢院商站和城里已经无法阻止人们谈论；沃恩说，"难道亨利能够睁只眼闭只眼吗？"

"完全有这种可能。他是个度量特别大的国王。"

一天比一天大，赖奥斯利笑着说；巴茨医生说，他是一个必须经常活动的人，但近来他的腿又在困扰他，那处旧伤；可是想想看，一个在打猎场和比武场上不遗余力的人，到了国王这个年纪，怎么可能没有几道旧伤呢？你知道，他今年四十三了，克拉泽，根据你对命运星辰的解释，对一个占星图上气和火那么突出的人来说，我该为他的晚年感到高兴；顺便提一句，就婚姻宫位而言，我不是总在提醒他的月亮在白羊座（鲁莽而轻率的星座）吗？

他不耐烦地说，在他与凯瑟琳一起生活的二十年里，我们很少听到白羊宫的月亮一说。巴茨医生，决定我们命运的不是星辰，而是环境和形势所迫，是我们在压力下所做的选择；决定我们命运的是美德，可仅有美德还不够，我们偶尔还得运用一下我们的恶德。你不这样认为吗？

他示意克里斯托弗给他们斟酒。他们谈起铸币厂，沃恩将在那里任职；谈起加来，奥娜·李尔在那里似乎比她的总督丈夫事务更加繁忙。他想到了巴黎的吉多·卡米洛,在他的记忆机器里的木墙之间踱来踱去,十分苦恼,而在那些小盒子以及隐蔽的内部空间里,知识正在看不见地、自动地增长。他想到了圣女——现在已经确定她既不神圣,也非少女——此时此刻,她无疑正与他的外甥女们坐在一起吃晚餐。他想到了跟他一起讯问的人:克兰默在跪着祷告,"皱皱先生"正皱着眉头看白天的记录,奥德利——大法官会在做什么呢?肯定在擦着他的大法官项链,他想。趁着大家谈话之际,他想小声问沃恩,你府上是否有过一位叫詹妮可的姑娘?她后来怎么样了?但赖奥斯利插嘴打断了他的思路。"我们什么时候可以看到我主人的画像?你已经画了好长时间了,汉斯,它该回家了。我们很想看看你把他画成什么样子。"

"他还在为法国大使忙乎,"克拉泽说,"德·丹特维尔想在被召回时把他的画像带回去……"

他们拿法国大使笑话了一通,那位大使总是把行李收拾好了又不得不打开,因为他的主子命令他呆在原地。"无论如何,我希望他不要太快带走,"汉斯说,"因为我想把它展示展示,好争取些订单。我想让国王看到,实际上我想为国王作画,你觉得行吗?"

"我会问问他,"他顺口说道。"让我找个时间。"他顺着桌子看过去,发现沃恩因为得意而容光焕发,像天花板图画上的朱庇特。

离席之后,他的客人们享用了黄姜夹心糖和果脯,克拉泽还画了画。根据他从哥白尼神父那里听到的分布图,他画出太阳和在自己的轨道上运行的行星。他展示世界如何绕轴线自转,对此房间里无人否认。在你的脚下,你能感觉到它的推拉力量,岩石在嘎吱嘎吱地脱离岩层,海洋在倾斜和拍打着海岸,阿尔卑斯山的山口令人眩晕地侧歪,德国森林的树根在极力挣脱土壤。世界已经不是他和沃恩年轻时的样子,甚至不是红衣主教时代的样子。

客人离去之后,他的外甥女爱丽丝披着一件斗篷,从他的警卫面前经过,走了进来;送她来的是托马斯·罗瑟汉姆,是他的一位被监护人,住在他的府上。"别担心,先生,"她说,"乔在那儿守着伊丽莎白修女。什么都逃不过乔的眼睛的。"

是吗?那个总是因为针线活做坏了而泪汪汪的孩子?那个有时在桌子底下与湿漉漉的小狗打滚,或者在街上追逐小贩的邋遢的小姑娘?"我想跟您谈谈,"爱丽丝说,"您有时间吗?"当然,他说,一边扶着她的胳膊,把她的手握到自己手里;托马斯·罗瑟汉姆的脸变得苍白——这让他感到不解——接着就溜走了。

爱丽丝在他的办公室坐下。她打了个哈欠。"请原谅——但是她很难对付,时间也很漫长。"她把一绺头发塞进风帽里。"她准备放弃了,"她说。"她当着你们的面很勇敢,可晚上就哭泣,因为她知道自己是个骗子。不过即使在哭,她都从眼皮底下偷看会有什么效果。"

"我现在想把它了结了,"他说。"为了她制造的所有麻烦,我们三四位法律和圣经专家日复一日地碰头,想整倒一个黄毛丫头,我们不觉得这是一个有教育意义的场面。"

"您为什么以前不把她抓来?"

"我不想让她的预言小店关门停业。我想看看哪些人会闻风而来。有埃克塞特夫人,和费希尔主教。还有二十来个我知道名字的僧侣和愚蠢的神父,以及可能一百个我不知道名字的人。"

"国王会把他们全都杀掉吗?"

"我希望是很少的几个。"

"您想让他慈悲为怀?"

"我想让他有耐心。"

"她会怎么样?伊丽莎白圣女?"

"我们要指控她。"

"她不会蹲监牢吧?"

"不会,我会说动国王对她给予照顾,他总是——他通常——很尊重宗教生活中的那些人。可是爱丽丝,"他看到她满眼泪水,"我想这一切真是够你受的。"

"不,这不算什么。我们都是您队伍里的士兵。"

"她没有吓着你吗,讲魔鬼的邪恶要求的时候?"

"没有,倒是托马斯·罗瑟汉姆的要求……他想娶我。"

"原来他是这样才不对劲!"他被逗乐了。"他不能自己开口吗?"

"他觉得您会用那种眼神看他,仿佛您在掂量他。"

像一枚边缘缺损的硬币?"爱丽丝,他拥有贝德福德郡的一大片土地,而且他的庄园自从我照管以来也收益非常好。如果你们两情相悦,我怎么会反对呢?你是个冰雪聪明的姑娘,爱丽丝。你母亲,"他柔声说,"还有你父亲,如果他们看得见,一定会为你高兴的。"

爱丽丝正是为了这个才哭。她必须得到她舅舅的允许,因为在这过去的一年里,她成为孤儿。他姐姐贝特去世的那一天,他正与国王在内地。由于担心传染,亨利不接受来自伦敦的信使,所以他还没有获悉她生病的消息,她就已经去世并入土了。当他终于得知消息时,国王把一只手放在他的胳膊上,轻言细语地宽慰他;他说到了他自己的妹妹,那位犹如书上的公主的银发女士,离开这个世界,他说,去了专门为王室的死者所保留的天堂里的花园;因为,他当时说,你无法想象这样一位女士在任何低下的地方,任何黑暗之地,在炼狱里那烟尘飞扬、硫黄气味弥漫、沥青滚烫、冰雹乱舞的插翅难逃的存尸所。

"爱丽丝,"他说,"擦干你的眼泪,去找托马斯·罗瑟汉姆,结束他的痛苦。你明天不必去朗伯斯。乔可以去,如果她像你所说的那样令人畏惧的话。"

爱丽丝在门口转过身来。"不过,我还会见到她吧?伊丽莎白·巴顿?我想见见她,在……"

在他们处死她之前。在这个世界上,爱丽丝决不是个单纯无知的人。这倒也好。看看单纯无知者的下场;被那些居心叵测和愤世嫉俗的人所利用,为了他们的目的而受到欺压,受到践踏。

他听到爱丽丝跑上楼。他听见她喊,托马斯,托马斯……这个名字会把府里一半的人从他们的睡前祈祷甚至从他们的床上叫出来:哎,你在叫我吗?他套上皮袍,走到外面去看星星。他宅邸周围的区域灯火通明;燃着火把的花园是正在挖掘的地区,地基已经挖好,泥土高高地堆在两旁。附楼巨大的木架结构映衬在天空下;不太远处,是他新种的树木,一座城市果园,有朝一日,格利高里将在那里摘取果实,还有爱丽丝,以及爱丽丝的儿子们。他已经有了果树,可他想要在国外吃过的那种樱桃和梅子,还有晚熟的梨子,可以按托斯卡纳人的方法食用,让那吃起来嘎嘣脆的果肉配以冬季的腌鳕鱼。接着到了明年,他打算在位于坎农伯里狩猎小屋那儿再建造一座花园,使它成为远离城市的隐居之所,田野之中的避暑别墅。他在斯特普尼眼下也有工程,是扩建,约翰·威廉逊在为他看管建筑工人。很奇怪,但是像一个奇迹,家族的兴旺似乎治好了他那要命的咳嗽。我喜欢约翰·威廉逊,他想,我当初怎么会,跟他妻子……在大门之外,有哭闹和喊叫的声音,伦敦从来都不安宁或平静;墓地里有那么多人,但是有活人在大街上晃荡,醉醺醺的闹事者从伦敦桥上扔东西,圣堂里的人溜出去行窃,南华克区的妓女像屠夫叫卖死肉一样在高声叫价。

他回到室内。他的书桌把他拉了回来。在一个小匣子里,他保留着他妻子的书,她的祈祷书。里面有她夹进去的写在活页上的祈祷文。将基督的名字念上一千遍,就可以远离发烧。但其实没有,对吧?高烧最后还是来了,夺走了你的性命。在她的第一任丈夫托马斯·威廉斯的名字旁边,她写下了他自己的名字,可他注意到,她从未将汤姆·威廉斯划掉。她记下了孩子们的生日,在它们的旁边,他还写下了他们的女儿们死去的日期。他找到了一个空白的地方,他将在那里记下两位姐姐的孩子们的婚姻:理查德与弗朗西斯·默芬,爱丽丝与他的被监护人。

他想,也许我从失去丽兹的痛苦中恢复了过来。当时,心底里的这块重石似乎永远不可能移开,可如今它已经大大减轻,使他能够继续自己的生活。我可以再婚,他想,但是,这不正是人们不停地对我说的吗?他对自己说，我现在再也不想乔安·威廉逊了：不想一度属于我的乔安了。她的身体曾经具有特别的意义，可那意义现在已经消失；那在他的指尖下创造出来的、因为欲望而圣化的肉体，变成了一位城里妻子的普通的身体，一个没有具体面容的模糊的女人。他对自己说，我现在再也不想安塞尔玛了；她只是挂毯上的女人，一种编织物上的女人。

他伸手去拿笔。我从失去丽兹的痛苦中恢复了过来，他对自己说。真是这样吗？他犹豫着，手里握着笔，吸好了墨水。他把纸铺平，划去她第一任丈夫的名字。他想，好多年前我就想这样做了。

时间不早了。他上了楼，月亮像在大街上迷路的醉鬼一样，瞪着空洞的眼睛愣愣地望着窗户，他关上百叶窗。正在叠衣服的克里斯托弗说，"这儿有狼吗？在这个国家？"

"我想，当大片的森林被砍伐之后，狼全都死掉了。你听到的只是伦敦人的嚎叫。"

礼拜天：在玫瑰色的晨光中，他的手下穿着由灰色大理石花纹布料做成的新制服，从奥斯丁弗莱动身，去跟从关押着修女的城里住所出来的人会合。他想，如果有国务大臣的船就方便了，就不必在每次要过河时再做临时性的安排。他已经听过弥撒；克兰默坚持要他们全部再听一次。他观察着那姑娘，看到她流下了眼泪。爱丽丝说得没错；她不会再玩什么新花样了。

到九点钟的时候，她在解开自己花了数年时间所缠绕起来的一团乱线。招供时，她完全是一副不容置辩的样子，以至于里奇很难记录下来，她称他们为老于世故的人，有自己主意的人："你们知道是怎么回事。你一说什么事情，人们就围了过来，你是什么意思，什么意思？你说你看到了什么情景，他们就会缠着你不放。"

"你不能让别人失望吗？"他说；她同意了，说就是这样，你不能。一旦开始，你就只能继续下去。如果你想回头，他们就会宰了你。

她交代说，她的幻象都是编出来的。她从来没有跟圣人交谈过。也从来没有起死回生；那都是假的。她从来没有创造过神迹。抹大拉的马利亚的信是博金神父写的，有个僧侣在字母上镀了金，她马上就会想起他的名字。所谓天使是她自己想象的，她好像见过它们，但现在她知道那只反射在墙上的光芒。她听到的声音不是它们的声音，根本就不是清晰的声音，而只是她的姐妹们在小教堂唱歌的声音，或者是一个女人因为被殴打抢劫而在路上哭的声音，或者还可能是厨房里盘子碟子毫无意义的碰撞声；至于那些似乎从地狱里的人们喉咙里发出来的呻吟与哭喊，其实只是楼上有人在将搁板桌在地上拖动，是一只流浪狗在哀号。"我现在明白了，先生们，那些圣人不是真实的。不像你们这样真实。"

她内心里有什么东西打破了，他不知道那是什么。

她说，"我有没有可能重新回到肯特的家里？"

"我会看看该怎么安排。"

休·拉蒂摩这一次也出席了，他狠狠地盯了他一眼，好像他在做些虚假的承诺。不，是真的，他说。交给我吧。

克兰默温和地告诉她，"在你能够去任何地方之前，你必须公开承认你的欺骗行为。公开认错。"

"她不害怕人多，对吧？"这么多年来，她一直到处奔走，巡回表演，这只是重来一次，虽然表演的性质现在变了；他打算在圣保罗十字讲坛，可能还有伦敦以外的地方，让她公开忏悔。他觉得她会欣然接受骗子的角色，就像她当初接受了圣人的角色一样。

他对里奇说，尼克科洛告诉我们，赤手空拳的预言家们总是会失败。接着他一笑，说，我之所以提起这点，理查德，是因为我知道你喜欢引经据典。

克兰默倾身向前对圣女说，你身边的那些人，爱德华·博金以及其他的人，哪些是你的爱人？

她一时愕然：也许是因为这个问题出自于他，讯问者中对她最和蔼的人。她只是愣愣地盯着他,仿佛两人之中有一个是傻瓜。

他喃喃道,她也许觉得爱人这个词不合适。

够了。他对奥德利、拉蒂摩、里奇说,"我将开始抓捕她的追随者,还有她的引导者。她已经毁掉了许多人,如果我们愿意让他们的下场快一点到来的话。显然有费希尔,也许还有玛格丽特·波尔,格特鲁德和她丈夫是毫无疑问。很可能还有国王的女儿玛丽小姐。托马斯·莫尔不是,凯瑟琳不是,但是有那一大帮圣方济各会修士。"

法庭起立,如果算得上是法庭的话。乔站了起来。她一直在做针线活——确切地说,是在拆针线活,慢慢地拆掉一只绒线刺绣绷子上的石榴边——这些凯瑟琳的、尘封的格拉纳达王国的残迹,仍然在英格兰流连①。她收起针线活,把剪刀放进口袋,卷起衣袖,把针插在布上以备后用。她走到囚犯面前,将一只手放在她的胳膊上。"我们得道别了。"

"威廉·霍克赫斯特,"那姑娘说,"我现在想起那人的名字了。那个给抹大拉的马利亚的信镀金的僧侣。"

理查德·里奇记了下来。

"今天不要再说了。"乔劝她。

"你会跟我一起去吗,小姐?去我要去的地方?"

"没人跟你一起去,"乔说。"我想你根本就不明白,伊丽莎白修女。你要去伦敦塔,而我则回家吃晚饭。"

1533年的夏天,一直晴朗无云,伦敦的花园里经常举行草莓节,到处都有忙碌的蜜蜂的嗡嗡声,而在温暖的傍晚,漫步在玫瑰藤架下,可以听到小径上传来的年轻绅士们为木球而争论不休的声音。就连北方也是收成喜人。树枝被沉甸甸的即将成熟的果实压弯了腰。仿佛国王已经下令温暖

---

① 格拉纳达(Granada)是位于西班牙南部的一个古老王国,该词还有"石榴"之意,而凯瑟琳来自西班牙,故有此说。

必须继续一样,整个秋天他的宫中都是暖意融融。王后的父亲阁下像太阳一样光彩照人,围绕着他运动的是一颗更小、但仍然闪烁着正午光芒的行星,他的儿子乔治·罗奇福德。但领舞的是布兰顿,带着他年仅十四岁的新娘在舞厅里穿梭。她是一位女继承人,原本与他的儿子订了婚,但查尔斯认为像他这样一位情场老手可以把她派上更好的用场。

西摩一家已经将家丑置之身后,他们的运气正在好转。简·西摩低头望着自己的脚,对他说,"克伦威尔先生,我哥哥爱德华上周有了笑脸。"

"未免操之过急了,他为什么会这样?"

"他听说他妻子病了。他以前的妻子。我父亲的那个,您知道。"

"她可能会死吗?"

"哦,很有可能。然后他就可以再找一个了。但是他会把她留在他位于埃尔佛塞姆的房子里,决不会让她靠近狼厅一步。而当我父亲去埃尔佛塞姆的时候,她会被关在被服室里,直到他已经离开。"

简的姐姐丽琪与她丈夫一起在宫廷里,她的丈夫泽西总督是新王后的一位亲戚。丽琪穿着饰有花边的天鹅绒服装走来,她的轮廓很清晰醒目,而她妹妹的则很不起眼,她淡褐色的眼睛大胆而善于传情。简跟在她后面小声地说着;她的眼睛清澈如水,她的思绪像小得无法用钩网抓获的金鱼一般从里面掠过。

简·罗奇福德——在他看来,她经常是闲得无聊——看见他正在注视着那两姐妹。"丽琪·西摩肯定有位情人,"她说,"让她容光焕发的不可能是她丈夫,他是个老头子了。在苏格兰打仗的时候,他就已经老了。"姐妹俩只是有一点相像,她说;她们都有低着头和咬下嘴唇的习惯。"否则,"她得意地笑着说,"你会以为她们的母亲也玩过跟她丈夫一样的把戏。你知道,她年轻的时候可是个大美人,玛乔丽·温特沃斯。谁也不知道维尔特郡那边是什么局面。"

"我很奇怪你不知道,罗奇福德夫人。看起来,你好像了解所有人的事情。"

"你和我，我们都睁大眼睛。"她低下头，说，仿佛要让这些话向内转，走进自己心里，"如果你愿意，我可以在你去不了的地方睁大眼睛。"

亲爱的上帝，她想要什么？肯定不会是钱吧？问题说出口时，比他原本打算的更加冷淡："出于什么合理的动机呢？"

她抬起头与他四目相对。"我想得到你的友谊。"

"没有附加条件。"

"我觉得我可能帮得上你。因为你的盟友凯里夫人现在已经去赫弗看她女儿了。自从安妮回卧室值班之后，她就没人要了。可怜的玛丽。"她笑了起来。"上帝给了她一手很好的牌，可她根本就不知道怎么玩。告诉我，如果王后不能再生一个孩子，你会怎么办？"

"没有理由担心。她母亲以前每年生一个。博林总是抱怨把他生穷了。"

"你有没有注意到，一个男人如果有了儿子，就全部归功于自己，一旦生了女儿，就全部怪他妻子？而如果他们根本没有生孩子，我们就说是因为她的土地很贫瘠。我们不说是因为他的种子不好。"

"福音书里也是这样。怪罪的是石头地。"

布满石头的地方，长满荆棘的无用的荒地。结婚七年之后，简·罗奇福德还是没有生育。"我相信我丈夫但愿我死。"她轻描淡写地说。他不知道该怎样回答。他并没有要她说出心里话。"要是我真的死了，"她说，仍然是那种轻快的语气，"要开膛验尸。我请你看在友情的份上帮这个忙。我害怕中毒。我丈夫和他妹妹经常秘谈好几个小时，而安妮知道所有下毒的方式。她曾夸口说，她会让玛丽吃一顿让她一病不起的早餐。"他等待着。"我指的是国王的女儿玛丽。虽然我能肯定，如果能让自己高兴的话，安妮也会毫无顾忌地除掉她的亲姐姐。"她重新抬起头来。"老实说，在你的内心里，你很想知道我所了解的事情。"

他想，她很孤独，并且养成了一颗野性的心，就像被关在笼子里的利昂蒂娜。她以为所有的事情都跟她有关，每一个眼神，每一次密谈。她担心其他的女人同情她，而她讨厌被人同情。他说，"关于我的内心，你了解些什么？"

"我知道你的心放在哪儿。"

"比我自己了解得还多。"

"对男人来说这是常事儿。我可以说出你爱的人是谁。如果你想得到她，为什么不开口去提呢？西摩家并不富裕。他们会把简卖给你，并为这笔交易而高兴。"

"你误解了我的兴趣的性质。我府里有年轻人，我有被监护人，我得考虑他们的终身大事。"

"哦，得了吧，"她说。"别来这一套。对保育室里的婴儿们说去吧。对下院说去，你的确也经常对他们撒谎。但是别以为你蒙得了我。"

"对一位主动表示友谊的女士来说，你的态度可不好。"

"慢慢习惯吧，如果你需要我的情报。如果你现在走进安妮的房间，会看到什么呢？王后在她的祷告椅上。王后在为一个女乞丐缝制罩衫，她戴的首饰上的珍珠跟鹰嘴豆一般大。"

要想不笑很难。这个画面很准确。安妮让克兰默深感敬佩。他认为她是虔诚女人的典范。

"那么，你以为事情真是这样吗？你以为她不再与那些能说会道的年轻绅士亲密往来了吗？赞美她的谜语，诗篇，歌曲，你认为她放弃那一切了吗？"

"她有国王来赞美她。"

"在她的肚子再次变大之前，她从那边再也不会听到半句好听的话。"

"那有什么会妨碍她的肚子变大呢？"

"什么也没有。如果他能胜任的话。"

"你可要当心。"他笑了。

"我从来不知道谈论君王的床笫之事是叛国罪。全欧洲都在谈论凯瑟琳,身体的哪一部位放在什么地方,她的身子当时有没有破,如果破了她是否知道?"她嘲弄地一笑。"哈利的腿晚上很痛。他担心王后太过兴奋时会踢到他。"她用手捂住嘴巴,但话语还是从她的手指缝了传了出来。"可如果她在他的身子底下躺着不动,他又说,怎么啦,夫人,你对为我传宗接代这么没兴趣?"

"我不知道她该怎么做。"

"她说从他那儿得不到丝毫的快乐。而他呢,由于争取了七年才得到她,他很难承认这么快就乏味了。依我看,他们从加来回来之前就没有新鲜感了。"

有这种可能;也许他们已经厌战了,感到心力交瘁。可是,他给了她那么华贵的礼物。并且他们总在争吵。如果他们都淡漠了,会吵得那么频繁吗?

"所以,"她接着说,"考虑到她的乱踢和他的痛腿,还有他的技巧不够,以及她的性趣不大,如果我们能有一位威尔士亲王,将会是一个奇迹。哦,他的能耐没问题,既然他每周都换一个女人。如果说他喜欢新鲜的话,谁又能说她不是这样呢?她自己的哥哥就在侍奉她。"

他转过身来看着她。"愿神帮助你,罗奇福德夫人,"他说。

"我是说,把他的朋友们都争取到她那儿。你认为我是什么意思?"她刺耳地轻笑了几声。

"你知道你自己是什么意思吗?你在宫里的时间已经够长了,知道大家玩一些什么样的游戏。如果一个女人收到诗篇呀,赞美呀,就算她已经结了婚,也毫无关系。她知道她丈夫在别的地方写诗。"

"哦,她知道。至少我知道。在方圆三十英里以内,没有哪个小骚货的手上没有几首罗奇福德的诗。可如果你认为献殷勤只献到卧室的门口,你就比我所认为的还要天真。你也许爱上了西摩的女儿,但你不必以为她只具有绵羊的智慧。"

他笑了。"绵羊就是这样被中伤的。牧羊人说它们能认出彼此。听到自己的名字就会回应。它们一日为友就终生为友。"

"我要告诉你在所有人的卧室里进进出出的是谁,就是那个鬼鬼祟祟的小男孩马克。他是他们所有人的中间人。我丈夫付给他珍珠纽扣和糖果盒,还有他可以装饰在帽子上的羽毛。"

"怎么了,罗奇福德勋爵缺现钱了吗?"

"你看到了一个放高利贷的机会?"

"那还用说?"他想,起码我们有一个共同点:本能地不喜欢马克。在沃尔西的府上,他有自己的职责,就是教唱诗班的孩子们。在这里他无所事事,不论宫廷在哪儿,他只是晃来晃去,或近或远地出现在王后房间的周围。"嗯,我看这孩子不会坏什么事儿,"他说。

"他喜欢粘住那些地位比他高的人不放。他不知道自己的身份。他是个突然发迹的无名小卒,因为时局混乱而撞上了好运。"

"我猜你也可以这样说我,罗奇福德夫人。而且我肯定你已经说过了。"

托马斯·怀亚特乘坐车夫的马车,一路颠簸着来到奥斯丁弗莱,为他带来了好几篮洋榛和榛子,以及肯特郡产的大量苹果。"后面还会有鹿肉,"他说,一边跳了下来。"我是与新鲜果子一起来的,而不是动物的尸体。"他的头发散发着苹果的香气,衣服上有旅途的尘土。"现在您会责骂我,"他说,"说我不该毁了这么好的马甲,它值——"

"车夫一年的收入。"

怀亚特看上去收敛了一些。"我忘了您是我父亲。"

"我已经责骂过你了,所以现在我们可以随便地闲聊了。"他手里拿着一个苹果,站在秋天里的一团淡淡的阳光下。他用一把小刀削着苹果,果皮沙沙地离开了果肉,落在他的文件上,犹如一个苹果的影子,在白纸黑字上青翠欲滴。"你在乡下的时候,有没有见过凯里夫人?"

"乡下的玛丽·博林。如露珠般清新的喜悦涌入了脑海。我估计她正在某座干草棚里发情。"

"我只是想知道她在哪儿,好为她妹妹下次 hors de combat① 时做准备。"

怀亚特在一堆文件旁坐下,手里拿着一个苹果。"克伦威尔,你能想象一下自己离开英格兰已经整整七年吗?想象自己像故事里的骑士一样,中了魔法躺在地上?你会看看周围,心里想,这些人都是谁?"

怀亚特已经发过誓,今年夏天要呆在肯特。下雨的日子里他会看书写作,晴朗的天气就外出狩猎。可是秋天到了,夜晚越来越长,而安妮在一步一步拉他回去。他是真诚的,他相信:可如果她在虚情假意,就很难知道假在哪儿。如今你不能跟安妮开玩笑。你不能大笑。你必须认为她完美无瑕,否则她会想办法惩罚你。

"我的老父亲谈起爱德华国王的时代。他说,现在你明白,国王娶一位臣民,一个英国女人,为什么不好了吧?"

麻烦在于,虽然安妮让宫里焕然一新,但还是有人以前——在她从法国回来的时候,在她想方设法引诱哈利·珀西的时候——就认识她。他们竞相讲述她的故事,说她如何配不上现在的身份。或者不是一个人。而是一条蛇。或一只天鹅。*Una candida cerva*②。一头落单的白鹿,藏在银灰色的树叶中;她颤抖着躲在树丛里,等待那位将把她从动物重新变成女神的爱人。"把我派回意大利去吧,"怀亚特说。她那双黑色的、亮晶晶的、秋波荡漾的眼睛:她纠缠着我。在夜里,她来到我孤零零的床上。

"孤零零?我不这样认为。"

怀亚特笑了起来。"你说得没错。我不会委屈自己。"

---

① 法语,意为"失去战斗力"。
② 意大利语,意为"一头白鹿"。

"你喝了太多的酒。需要兑一些水。"

"可能会不一样的。"

"所有的事情都是如此。"

"你从不考虑过去。"

"我从不谈论过去。"

怀亚特央求道,"派我去别的地方吧。"

"我会的。当国王需要一位大使的时候。"

"美第奇家族真的提出过想娶玛丽公主吗?"

"不是玛丽公主,你说的是玛丽小姐。我曾请求国王考虑此事。但他觉得他们不够显赫。你知道,如果格利高里对银行业显示出任何兴趣,我就会在佛罗伦萨为他找一位新娘。家里有一位意大利姑娘会是一件令人高兴的事情。"

"派我回那儿去吧。放在任何我可以发挥作用的地方,不管是为你还是为国王,因为在这里,我觉得自己毫无用处甚至更糟,不会让任何人开心。"

他说,"哦,看在贝克特的白骨的份上。别自怨自怜了。"

诺福克对王后的朋友有他自己的看法。表达这些观点时,他有些气恼,身上的圣物也叮当作响,他的眼睛瞪得很大,有点凌乱的灰眉毛抬得高高的。这些男人,他说,这些总是围着女人转的男人!诺里斯,我还以为他会有点出息!还有亨利·怀亚特的儿子!写诗。歌唱。谈起话来滔滔不绝。"跟女人们交谈有什么用呢?"他诚恳地问。"克伦威尔,你就不跟女人交谈,对吧?我是说,有什么可谈的呢?你能想到什么话说呢?"

他想,等诺福克从法国回来之后,我要跟他谈谈;要他叫安妮谨慎一些。法国人正在马赛与教皇会晤,由于亨利自己不在场,就必须派地位最高的贵族做代表。加迪纳已经到了那儿。他对汤姆·怀亚特说,这两位不在的时候,我每天都像在过节。

怀亚特说,"我想,到那时,亨利可能会有了新的兴趣。"

在随后的日子里，当亨利的目光停留在宫中不同女人的身上时，他追随着他的视线。除了一般男人胡思乱想的兴趣之外，也许什么都没有；只有克兰默才会认为，如果你朝一个女人看了两次，你就得娶她。他观察着国王与丽琪·西摩跳舞，他的手在她的腰间流连。他看到安妮正望着他们，脸上是一副冷冷的、痛苦的表情。

第二天，他以非常优厚的条件借给爱德华·西摩一笔钱。

在秋天的潮湿的清晨，天还蒙蒙亮的时候，他府里的人就早早地出门，钻进潮湿、滴水的树林。只有采集到原材料，你才能够做 torta di funghi①。

八点钟时，理查德·里奇来了，一副难以置信而惊慌的样子。"他们把我拦在门口，先生。还说，你的那袋蘑菇呢？没有蘑菇就不能进来。"里奇的自尊心受到伤害。"我想他们是不会找大法官要蘑菇的。"

"哦，他们会的，理查德。不过一个小时之后，你就会吃到用奶油烤的蘑菇蛋挞，而大法官则吃不到。我们能开始工作了吗？"

整个九月，他都在抓捕与圣女交往密切的神父和僧侣。他和"皱皱先生"一起查找文件，逐一审讯。教士们被关起来后，马上就与她撇清关系，并撇清彼此之间的关系：我从来都不相信她，是某某神父劝说我的，我从来都不想惹事。至于他们与埃克塞特的妻子、凯瑟琳·玛丽的接触——每个人都说自己从未参与，并忙不迭地请他的基督弟兄作证。圣女的人与埃克塞特府有着长期的接触。她自己也去过当地的不少大修道院——希昂修道院，西恩的卡尔特修道院，里士满的圣方济各会。他之所以了解这些，是因为他在那些未受牵连的僧侣中有许多线人。每座府里都有几个，而他选取的是最机智的人。凯瑟琳本人没有见过那位修女。她干吗要见呢？她有费希尔作为中间人，还有格特鲁德，埃克塞特勋爵的

---

① 法语，意为"蘑菇蛋挞"。

妻子。

国王说，"我很难相信亨利·科特尼会背叛我。一位嘉德骑士，竞技场上的佼佼者，我儿童时代的朋友。沃尔西曾试图让我们分开，但是我不答应。"他笑了起来。"布兰顿，你还记得格林威治吗，那个圣诞节，是哪一年？还记得打雪仗的事儿吗？"

跟他们打交道难就难在这里，这些人总是在谈论古老的家族，儿时的友谊，以及你还在安特卫普交易市场做羊毛生意的年代发生的事情。你把证据放在他们的鼻子底下，他们却开始眼泪汪汪地说起打雪仗。"瞧，"亨利说，"要怪就怪科特尼的妻子。等他得知她所做的一切之后，他会希望摆脱她的。她跟所有的女人一样，变化无常，性情软弱，容易上当而卷入别人的阴谋。"

"那就宽恕她，"他说。"给她写一份赦免令。让这些人对您感恩戴德，如果您想让他们停止对凯瑟琳的愚忠的话。"

"你认为你可以收买人心吗？"查尔斯·布兰顿说。听他的语气，如果答案是肯定的话，他会很伤心的。

他想，人心就像任何其他器官一样，可以放在秤上称量。"我们所报的价格不是用钱来表示的。我有足够的证据可以对科特尼家进行审判，埃克塞特的所有人。我们如果不这样做，就是在把他们的自由和他们的土地交给他们。我们就是在给他们一个为他们的姓氏重新挣回荣誉的机会。"

亨利说，"他祖父离开了那个驼背①来效忠我父亲。"

"如果我们原谅他们，他们会当我们是傻瓜，"查尔斯说。

"我不这样想，大人。从现在开始，他们所做的一切，都会是在我的眼皮底下。"

"还有波尔家族，蒙塔古勋爵：你打算对他们怎么办？"

"他不应该以为自己会被宽恕。"

---

① 指理查三世，传说理查三世是个丑陋的驼背。

"让他忐忑不安，是吗？"查尔斯说。"我不确定自己喜欢你对付贵族们的这种方式。"

"他们是自作自受，"国王说。"嘘，大人，我需要想想。"

片刻的停顿。布兰顿的立场很复杂，需要一吐为快。他很想说，把他们当叛徒来惩处吧，克伦威尔：但是注意，杀他们的时候要怀有敬意。突然，他的脸色一亮。"啊，现在我想起格林威治了，那一年的雪有齐膝深。啊，我们当时还很年轻，哈利。现在再也没有那样的雪了，没有我们年轻时那样的雪了。"

他收起自己的文件，起身告辞。对往事的回忆将占据这个下午，可是还有工作要做。"雷夫，骑马去西祁斯里。告诉埃克塞特的妻子，国王认为所有的女人都变化无常，性情软弱——尽管我倒认为他有充分的证据表明恰恰相反。叫她写一份书面文件，说明她自己愚不可及。告诉她要说自己特别容易给人错误的印象，即使是对一个女人来说。告诉她要低首下心。帮她参考一下措辞。你知道怎么做的。对亨利而言，越谦卑越好。"

这是一个谦卑的季节。马赛会谈传来消息说，弗朗西斯国王已经跪拜在教皇的脚下，并亲吻他的鞋子。消息送来后，亨利大骂一声，把手中的信撕成了碎片。

他捡起那些碎片，摆在桌上读了起来。"弗朗西斯对您毕竟还是守信了，"他说。"真是出乎意料。"他已经劝说教皇暂缓颁布开除教籍的诏书。英格兰有了喘息的机会。

"我但愿克雷芒教皇躺在坟墓里，"亨利说。"上帝知道他是一个过着肮脏生活的人，而且他总是疾病缠身，所以也该死了。有时候，"他说，"我祈祷凯瑟琳能够获得荣耀。这有错吗？"

"只要您弹一下指头，陛下，就会有上百位神父跑过来告知您孰对孰错。"

"我好像更愿意从你口里听到。"亨利沉思着，气得颤抖，没有说话。"如果克雷芒死了，下一位当权的混蛋会是谁？"

"我已经把钱押在阿历桑德罗·法奈斯身上。"

"真的?"亨利坐直了身体。"还下赌注?"

"但胜败比率很小。这些年来,他到处贿赂收买罗马暴徒,到时候,他们会让红衣主教胆战心惊的。"

"告诉我他有多少孩子。"

"据我所知是四个。"

国王凝视着附近墙上的一面挂毯,那里有肩膀洁白的女人赤脚走在开满春花的地上。"我可能很快会有另一个孩子了。"

"王后跟您说了?"

"还没有。"但是他看到,我们所有人都看到,安妮脸上的光彩,她全身的皮肤如丝一般柔软光滑,还有她对周围的人施与恩惠与奖赏时声音中的命令语气。在刚刚过去的这一周里,奖赏多过凶狠的脸色,在卧室侍寝的史蒂芬·沃恩的妻子说,她的月事没有来。国王说,"她的月……"接着他停住了,脸红得像个小学生。他穿过房间,张开双臂拥抱他,像一颗星星一样光彩照人,他那双戴着闪光的戒指的大手抓住了他外衣上的天鹅绒。"这次肯定没问题。英格兰是我们的了。"

这是发自心底的一声古老的呐喊:仿佛他正站在血染的旗帜之间的战场上,王冠在荆棘丛中,敌人死在他的脚下。

他微笑着,轻轻地挣脱出来。他抚平国王抓住他时他攥在手里的备忘录;因为男人不就是这样拥抱吗,用大拳头你来我去,仿佛要把对方擂倒一般?亨利握紧他的手臂,说,"托马斯,这简直像是拥抱防波堤。你是由什么做成的?"他接过文件,倒抽了一口气。"这是我们今天上午得做的事儿吗?这么多?"

"不到五十项。我们很快就可以完成。"

在这一天剩下来的时间里,他不由自主地面带笑容。谁在乎克雷芒和他的诏书呢?他满可以站在奇普街,让老百姓朝他扔东西。他满可以站在圣诞花环——不下雪的年头,我们就往上面撒面粉代替——下面,唱着,

"拉里拉,拉里拉,在那苍翠的绿树下。"

十一月底的一个寒冷的日子,圣女与她的五六个主要支持者在圣保罗十字讲坛做了忏悔。他们带着镣铐,赤脚站在凛冽的寒风中。面对着吵吵嚷嚷的人山人海,进行了生动的说教,告诉人们当信仰虔诚的姐妹们正在睡觉之际,圣女在夜行时做了些什么,以及为了让她的追随者们感到敬畏,她讲了一些如何耸人听闻的魔鬼故事。她的坦白是照着念出来的,在结尾她请求伦敦民众为她祈祷,并乞求国王的宽恕。

你现在几乎认不出她就是他们带到朗伯斯的那个骨瘦如柴的姑娘。她面容憔悴,似乎苍老了十岁。倒不是受到了伤害,他不会同意那样对付一个女人,实际上他们在交谈时从来没有威逼;难题只是在于,不能让他们把谣言和幻想与他们的故事搅在一起,从而让半个英格兰都卷入其中。对那个坚持撒谎的神父,他干脆把他与一名卧底关在了一起;那人以谋杀之名而被拘禁,过了不久,里奇神父就开始拯救他的灵魂,向他解释圣女的预言,并提及他所认识的宫中要人的名字来让他受到震动。手段不够光明,的确。但是演这场戏很有必要,接下来,他会把事情交给坎特伯雷,好让伊丽莎白修女在她自己的老巢忏悔。这些人谈论着末日,用瘟疫和地狱威胁我们,必须打破他们对人们的控制。必须消除他们制造的恐惧。

托马斯·莫尔也来了,出现在城里的达官贵人们中间;现在他正朝他走来,而传教士正走下讲坛,囚犯们也被带了下去。他搓着那双冰冷的手。朝手里哈着气。"她的罪行是,被人利用了。"

他想,为什么爱丽丝让你没戴手套就出门?"依据我掌握的所有证据,"他说,"我仍然无法明白她怎么到了这儿,从沼泽地的边缘到了圣保罗的公共讲坛。她肯定没有从中赚到一分钱。"

"你会怎样起诉?"他用的是中立的、感兴趣的、律师之间探讨的语气。

"对声称自己能飞、或者能起死回生的女人,习惯法没有涉及。我将向议会提交一项剥夺公民权法案。对首犯以叛国罪起诉。从犯则是终身监禁、没收财产和罚款。我想,国王会很慎重。甚至很仁慈。我感兴趣的不是实施惩罚,而是揭露这些人的意图。我不想来一场涉及几十个辩护人和几百个证人的审判,让法庭忙乎好多年。"

莫尔犹豫着。

"行了,"他说,"你自己当大法官的时候,也会这样处理他们的。"

"你说得也许没错。反正我是清白的。"顿了一下,莫尔说,"托马斯。看在基督的份上,你是知道的。"

"只要国王知道就行。我们必须让他牢牢地记住这一点。也许你自己写封信,问候一下伊丽莎白公主。"

"我可以做到。"

"明确表示你承认她的权利和头衔。"

"这不难。新的婚姻是既成事实,必须接受。"

"你觉得你就不能让自己赞美几句吗?"

"国王为什么要别的男人来赞美他的妻子?"

"设想你要写一封公开信。信中说,在国王对教会的自然司法权问题上,你终于想明白了。"他抬起头,看着囚犯们正被装进等候的车上。"他们现在要把他们带回到塔里。"他顿了顿。"你不能站在这儿。跟我一起去我家吃晚餐吧。"

"不。"莫尔摇摇头。"我宁愿被风吹到河里,饿着肚子回家。就算我能相信你只用食物塞我的嘴巴——但是你会把话也塞进去。"

他目送他消失在回家的市政官员的人潮中。他想,莫尔自尊心太强,不愿意放弃自己的立场。他担心在欧洲的学者中名誉扫地。我们必须找到一个让他放弃立场但是又不至于丢脸的办法。天上的云现在已经散去,碧空万里。伦敦的花园浆果茂盛,色彩纷呈。接下来会是无情的冬天。但是他感觉到一种即将爆发的力量，犹如春天从枯树中爆发。随着神的话[1]的传播，民众的眼睛看到了新的真理。在此之前，像海伦·巴尔一样，他们知道诺亚和大洪水，但不知道圣保罗。他们可以历数我们圣母的不幸，并说出受诅咒的人如何被送进地狱。但他们不知道基督的各种神迹和教诲，也不知道十二门徒的言行，那些门徒都是单纯的人，像伦敦的穷人一样，从事的是单纯的职业。那个故事比他们想象的要大得多。他对他的外甥理查德说，你给人们讲故事不能讲到一半就打住，也不能只是有选择地讲某些部分。他们看到了描绘在教堂的墙壁上、或者刻在石头上的宗教，但是现在，上帝已经握好笔，准备把他的话写在他们的心灵之书上。

可在这同样的街道上，查普伊斯看到的却是煽动暴乱的暗流，是一个准备向皇帝敞开大门的城市。他没有见过罗马被劫后的场景，但有些夜晚，它会出现在他的梦中，仿佛他已经身临其境：黑色的内脏扔在古老的路面上，奄奄一息的人趴在喷水池里，大钟的响声穿过沼泽的浓雾，纵火者火把上的火焰在墙壁上跳跃。罗马失陷了，城里的一切也随之而去；但是是朱利斯教皇本人而不是侵略者们拆毁了老圣彼得教堂，它在这里已经屹立一千二百年，康斯坦丁皇帝曾经亲自为它奠基，挖出了第一条沟，十二铲土，每一铲代表一位使徒；在这里，披挂着野兽皮的基督教殉道者们被恶狗撕成了碎片。他往下挖了二十五英尺，穿过大墓地，穿过十二个世纪的鱼骨和尘土，打下新地基，他的工人们的铲子敲碎了圣人们的头骨。在殉道者们的流血之处，竖起了惨白色的石头：大理石，等待着米开朗基罗。

在街上，他看到一位神父举着圣体，无疑是前往一位弥留之际的伦敦人家里；路人纷纷脱下帽子，双膝跪地，可有个男孩从上面的一扇窗户里探出头来嘲笑道，"让我们看看你的基督复活。让我们看看你的魔匣[2]。

---

[1] 指《圣经》。

[2] 据传13世纪时，有位大主教曾经将恶魔投进自己手持的靴子里，而救了白金汉郡某个村子的人，那装有恶魔的靴子后来称为魔匣。

他抬头看去；只见一张满脸怒气的男孩面孔，一转眼就消失了。

他对克兰默说，这些人需要一个好的权威，一个他们可以完全服从的权威。许多世纪以来，罗马一直要他们相信只有孩子才会相信的东西。他们肯定会发现，服从英格兰国王——一位在议会和上帝之下行使权力的人，是一件理所当然的事情。

在看见莫尔在布道会上发抖的两天后，他向埃克塞特夫人传达了一道赦免令。他还捎来了国王针对她丈夫的一些激烈言辞。这一天是圣凯瑟琳节：为了纪念被威胁要在车轮上殉难的圣人，我们全都转着圈走向我们的目的地。起码理论上是这样。他从来没有见过十二岁以上的人真的这样做过。

似乎有一种蓄势待发的力量，一种渗透进骨头的力量，就像当你拿起斧头时，所感觉到的斧头柄的颤栗。你可以劈，也可以不劈，但如果你选择不出手，你的内心依然能感觉到那没有劈出去的一下的力量。

第二天，在汉普顿宫，国王的儿子里士满公爵迎娶诺福克的女儿玛丽。安妮为了霍华德家族的荣耀而安排了这桩婚事；同时，这也避免亨利让他的私生子娶某位外国的公主，而让那小子占取便宜。她已经说服国王放弃他所期望的丰厚的嫁妆，而由于事事称心如意，她也跳起舞来，瘦小的脸上漾着红晕，泛着光泽的发辫上戴有钻石头饰。亨利无法把自己的目光从她身上移开，他也是一样。

里士满吸引了所有其他人的目光，他像一匹小马一般欢快，炫耀着他华丽的婚服，时而转身，时而跳跃，步履轻松而有弹性。看看他，上了年纪的贵妇们说，你会看到他父亲年轻时的样子：那迷人的光彩，像小姑娘一样薄嫩的皮肤。"克伦威尔先生，"他说，"告诉我父王我想跟我妻子一起住。他说我要回我自己的府里，而玛丽要留在王后身边。"

"他关心你的身体，大人。"

"我马上就十五岁了。"

"还要过半年才到你的生日呢。"

男孩快乐的神态消失了;脸上浮现出冷冷的表情。"半年不算什么。一个十五岁的男人是有能力胜任的。"

"我们听到的也是这样,"罗奇福德夫人懒洋洋地站在一旁,说。"你的父王曾经让证人出庭,说他哥哥十五岁可以做那种事情,一晚上还不止一次。"

"你的新娘的健康也是我们需要考虑的事情。"

"布兰顿的妻子比我妻子还要小,而他可以拥有她。"

"他每次见到她都不会放过,"罗奇福德夫人说,"如果从她脸上那惊恐的表情来判断的话。"

里士满争论不休,搬出了各种先例来为自己辩护:这是他父亲的争辩方式。"我的曾祖母玛格丽特·博福特夫人,不是在十三岁就生下了后来成为亨利·都铎的王子吗?"

博斯沃思,破旧的旗帜,血染的战场;分娩时浸透了血的床单。我们不都是这样来的吗,他想,都是鬼鬼祟祟,偷偷摸摸:亲爱的,答应我吧。"我从没听说那改善了她的身体状况,"他说,"或者她的脾气。从那以后她再也没生过孩子了。"突然间,他厌倦了争论;他简明扼要地说,声音疲惫而平淡:"理智点儿,大人。你一旦做过,就会总想去做。大概要三年时间。一般都是这样。而且你父亲对你有其他的安排。他可能会派你去都柏林听政。"

简·罗奇福德说,"别着急,我的小绵羊。总可以想出办法的。一个男人总是可以遇到女人的,只要她愿意。"

"我可以作为你的朋友说两句吗,罗奇福德夫人?你如果插手这件事,可能会引起国王不悦的。"

"哦,"她满不在乎地说,"对一个漂亮的女人,亨利什么都会原谅的。他们只是想做天经地义的事情。"

男孩说,"凭什么我该活得像个僧侣?"

"僧侣？他们可都是色鬼。克伦威尔先生会告诉你的。"

"也许，"里士满说，"是王后夫人要让我们分开。在国王有了自己的儿子之前，她不想让他有一个摇篮里的孙子。"

"但是你不知道吗？"简·罗奇福德转向他。"你还没有听说安娜小姐怀孕了吗？"

她用查普伊斯的叫法来称呼她。他看到男孩显出一脸的惊愕和茫然。简说，"到了夏天，恐怕你就地位不保了，亲爱的。一旦他有了一个婚生儿子，你就可以跟女人想怎么快活就怎么快活了。你永远不会当国王，你的后代也永远不会继承王位。"

你不是经常能够看到一位小王子的希望在面前破灭，就像掐灭蜡烛的火苗一般只是一瞬间的事情；而且动作也很老练，仿佛做事一贯都很利索。她甚至没有舔一舔手指。

里士满面孔有些扭曲，说，"没准又是一个女孩。"

"这样希望，就差不多是叛国罪了，"罗奇福德夫人说。"而如果真是的话，她会再生第三个孩子，第四个孩子。我还以为她不会再怀孕了，可我弄错了，克伦威尔先生。她现在已经证明了自己。"

克兰默在坎特伯雷，赤脚踏在一条沙子路上，走向他作为英格兰首席主教的即位典礼。仪式结束后，他要清理基督座堂，那里的成员对假女先知给予了极大的鼓励。这可能会是一项长久的工作，要面见每一位僧侣，分析他们的陈述。劳兰德·李带着格利高里去了那儿，为此事助一臂之力；所以，他此刻坐在伦敦，读着儿子写来的一封信，这封信跟他学生时代的信一样短，而且一样没什么内容：由于时间关系，就此搁笔。

他写信给克兰默，对那里的民众要宽容，因为他们只不过是受到误导。放过那位给抹大拉的信镀金的僧侣。我建议他们给国王送一笔现金作礼物，三百英镑他就会很满意了。将基督座堂和整个主教辖区清理干净；渥兰当了三十年的大主教，他的家族根深蒂固，他的私生子是执事长，把他们都换掉。让自己的人去接任：你那些中东部地区的可怜职员，他们的头脑更为清醒。

桌子下面有个什么东西，就在他的脚下，他一直避免去想那是什么。他推开椅子；是半只地鼠，马林斯派克送的礼物。他捡起它，想起亨利·怀亚特在他的牢房里吃老鼠的情景。他想起了红衣主教，在红衣主教学院光芒四射。他把地鼠扔进火里。尸体滋滋作响，缩了起来，随着轻轻的"砰"地一声空响，骨头化为灰烬。他提起笔给克兰默写信，把牛津那些人从你的辖区清出去，换上我们了解的剑桥的人。

他给儿子写信，回家来跟我们一起过新年吧。

十二月：玛格丽特·波尔冷淡的面孔棱角分明，背后有一道从雪地上反射出来的蓝光，使她看上去仿佛是从教堂的窗户里穿出来的一般，衣服上的碎玻璃银光闪闪；实际上，那些碎玻璃是钻石。是他让她，女伯爵，来见他；现在，从那厚重的眼皮底下，顺着她金雀花家族的长鼻子，她望着他，她的问候像冰一般脆，直落进房间里。"克伦威尔。"仅此而已。

她开门见山。"玛丽公主。她为什么得离开埃塞克斯的府邸？"

"罗奇福德大人需要用它。您瞧，那是个不错的狩猎区。玛丽要去她公主妹妹的府上，在哈特菲尔德。在那里，她不需要自己的侍从。"

"我愿意自己出钱在她府上伺候她。你无法阻止我伺候她。"

那就试试看。"我只是执行国王愿望的一位臣子，而您，我想，跟我一样迫切希望让它们得以实现。"

"那都是那个情妇的愿望。公主和我，我们都不相信那是国王自己的愿望。"

"您疑心太重了，夫人。"

她站在那儿俯视着他：她是克拉伦斯的女儿，老爱德华国王的侄女。当她年轻的时候，像他这样的男人是跪在地上跟她这样的女人讲话。"凯瑟琳王后结婚的那天，我就在她的婚房里。对公主来说，我就像是第二个母亲。"

"天啊,夫人,你以为她需要第二个母亲吗?她现在的母亲会杀了她。"

他们隔着一个深渊,盯着对方。"玛格丽特夫人,如果我可以给您一点忠告……您家族的忠诚令人怀疑。"

"总算说出来了。正是因为这样,你才要把我与玛丽分开,以示惩罚。如果你有足够的证据来控告我。那就把我送进塔里,与伊丽莎白·巴顿关在一起。"

"这会大大有违国王的意愿。他很尊敬您,夫人。您的祖先,您的年长。"

"他没有证据。"

"去年六月,就在王后加冕之后,您的两个儿子,蒙塔古勋爵和杰弗里·波尔,与玛丽小姐一起进餐。接着,仅仅过了两个星期之后,蒙塔古再次与她一起进餐。不知道他们谈了些什么?"

"你真不知道?"

"不,我知道,"他微笑着说。"送那盘芦笋进去的孩子,是我的人。将杏子切片的那个男孩也是我的人。他们谈到了皇帝,谈到了侵略,谈到如何才能让他出兵。所以您瞧,玛格丽特夫人,您的全家都得十分感谢我的宽容。我相信他们将来会以忠诚来报答国王。"

他没有说,我是要用您这两个儿子来对付他们在国外的那位爱惹事的兄弟。他没有说,您的儿子杰弗里已经在我这儿拿薪水了。杰弗里·波尔是一个性情粗暴、反复无常的人。你不知道他会变成什么样子。他今年已经付了四十英镑,让他成为克伦威尔的人。

女伯爵撇了撇嘴。"公主不会安安静静地离开家的。"

"诺福克大人打算骑马去波利欧,去告诉她情况的变化。当然,她可能会不听他的。"

他曾向国王建议,让玛丽保留公主的称号,不要减任何东西。不要给她的皇帝表哥以发动战争的理由。

亨利吼了起来，"你去找王后，向她建议让玛丽保留住她的头衔好吗？因为我告诉你，克伦威尔先生，我是不会去的。如果你让她受了刺激，因为你会这样的，一旦她病了导致流产，我就拿你是问！我不会网开一面的！"

走出会见厅的门后，他靠在墙上。他翻了翻眼睛，对雷夫说，"上帝啊，难怪红衣主教会未老先衰。如果他认为她一生气就会流产，那就可能怀得不够稳固。上个星期我还是他的亲密兄弟，这个星期他就拿不好的下场来威胁我了。"

雷夫说，"好在您不像红衣主教。"

的确。红衣主教期望他的国王会有感恩之心，这样他就注定会失望。他虽然能力超群，却是一个容易受感情左右的人，最后会心力交瘁。而他，克伦威尔，再也不会被反复无常的情绪所影响，而且他几乎不知疲倦。障碍会被清除，脾气会平复，难题会解决。现在是1533年的年末，他心情坚定，意志坚强，面容平静。大臣们看到他能决定大事，左右时局。他可以消除别人的恐惧，在一个动荡的世界上给他们一种团结一心的感觉：这个民族，这个王朝，这个位于世界边缘的令人难受的多雨的小岛。

在这一天的结尾，为了打发时间，他查看起凯瑟琳名下的地产，看看可以怎样重新分配。尼古拉斯·卡鲁爵士既不喜欢他，也不喜欢安妮，从他这里收到几分赠予的地产，包括与他乡下现有的地产相邻的两处富饶的萨里庄园，不禁大为惊讶。他想找一个机会当面致谢；他只得求助于现在为克伦威尔登记日程安排的理查德，理查德把他安排在两天之后。正如红衣主教以前常说，拖延意味着让人等待。

卡鲁进来时，他正在调整自己的表情。冷淡，专注于自己的事情，一副典型的大臣姿态，他努力让自己的嘴角上扬。结果就是一道不自然的、与下面的大胡子很不协调的笑容。

"哦，我确定这是你应得的，"他说，耸了耸肩表示这不算什么。

"你是陛下儿时的朋友,没有什么比奖赏老朋友更让他开心的了。你妻子跟玛丽小姐有联系,对吧?她们关系密切吗?"他温和地说,"要她给那位年轻小姐一些好的建议。提醒她在所有的事情上都要服从国王。他最近的脾气不大好,如果违抗他的旨意,后果我可不能负责。"

《申命记》告诉我们,礼物能蒙蔽智者的眼睛。在他看来,卡鲁不是特别有智慧,可这个道理同样适用;即使不完全是蒙蔽,起码他看起来有些茫然。"就算是提前送的圣诞礼物吧,"他笑着说,一边将桌上的文件推给他。

在奥斯丁弗莱,他们在腾空储藏室并建造坚固的房间。他们将在斯特普尼过节。天使之翼也要搬到那里;他想留着它们,直到家里再有一个差不多大小的孩子。他看着它们被搬走,在上好的亚麻布罩下颤动,目送着圣诞之星被装上一辆货车。克里斯托弗问,"那玩意儿怎么用,那台浑身尖头的可怕的机器?"

他取下其中的一个帆布套,让他看镀金的星体。"天啊,"男孩说。"是指引我们去伯利恒的那颗星。我还以为是一种刑具。"

诺福克去了波利欧,告诉玛丽小姐她必须搬到哈特菲尔德的庄园,去陪伴小公主,并接受王后的姨妈玛丽·谢尔顿夫人的照管。随后的事情他回来后愤愤不平地说了一遍。

"王后的姨妈?"玛丽说。"只有一位王后,那就是我母亲。"

"玛丽小姐……"诺福克说,听到这里她大哭起来,并跑回自己的房间,把自己关在了里面。

萨福克去了内地的巴克登,准备说服凯瑟琳搬往另一座宅邸。她听说他们想把她送到一个比巴克登更潮湿的地方,她说湿气会要了她的命,于是她也把自己关进房里,咔嗒一声插上门闩,用三种语言对萨福克喊着要他走开。她说,她哪儿也不去,除非他准备踢开房门,用绳子将她绑起来送走。而查尔斯认为这样未免有些过分。

当布兰顿写信回伦敦请示时,完全是一副为自己大感委屈的口吻:作为一个家里有位十四岁的新婚娇妻在等待他关爱的男人，居然这样度过他的假期！当他的信在枢密院被读出来时，他，克伦威尔，不由得哈哈大笑。就是这种快乐将他带进了新的一年。

有个年轻女子走在这个王国的路上，说自己是玛丽公主，她的父亲将她赶了出来四处乞讨。北到约克，东到林肯，人们都见过她的身影，在那些郡里，心地单纯的人们留她住，给她吃，给她零钱作为上路的盘缠。他命人密切关注她，可他们还没有抓到她。他不知道如果真抓到她该怎么处理。承受着预言的负担，无人保护地漂泊在严冬的路上，已经是很大的惩罚了。他想象着她的样子，一个暗褐色的、瘦小的身形，在平坦而泥泞的田野上，艰难地朝远处走去。

3. 画家的眼光

1534 年

当汉斯把完成的画像拿到奥斯丁弗莱时，他感到有些不好意思。他想起沃尔特以前常说，看着我的脸，小子，当你对我撒谎的时候。

他望着画像的底边，然后让自己的目光慢慢朝上看去。一支鹅毛笔，一把剪刀，几张纸，他的印章在一只小包里，一本墨绿色封面的厚书：封皮上有金色压印，页边也镀了金。汉斯曾要求看过他的圣经，但认为太普通，翻得太旧而没有采用。他在屋子里到处搜索，终于在托马斯·艾弗里的书桌上发现了他所拥有的那本最精致的书。那是僧侣帕乔利的作品，一本关于怎样记账的书，是他在威尼斯的好朋友送给他的。

他看到了画中自己的手，放在面前的书桌上，微握的拳头里有一张纸。看着自己的各个部位，一根一根的手指，仿佛自己被拆散了一般，真是不可思议。汉斯把他的皮肤画得像交际花的皮肤一样细腻，但是他所捕捉的那个动作，那合拢手指的动作，却像屠夫拿起屠宰刀时一样坚定。他戴着红衣主教的绿松石戒指。

他自己也曾有过一枚绿松石戒指，是格利高里出生时丽兹送给他的。是一枚心形的戒指。

他抬起眼睛，看着自己的脸。这比乔在复活节彩蛋上画的强不了多少。汉斯把他围在一个小空间里，用一张沉重的桌子把他限制住。当汉斯画他的时候，他有时间思考，他的思绪把他带到了遥远的地方，带到了异国他乡。在他的眼睛后面,你无法看到那些思绪的痕迹。

他曾要求在花园里画。汉斯说,仅仅是想到这个就让我冒汗。我们能简单一点儿吗?

他穿着冬装。在那些衣服里面,跟多数男人相比,他似乎是由某种更无法穿透的物质构成,更坚实紧凑。他完全可以穿上盔甲。他预见到可能需要那样的日子。在这个国家以及国外(现在不仅仅是在约克郡),都有那些一见到他就恨不得拿刀子捅他的人。

他想,我怀疑他们能否捅进心脏。国王说过,你是由什么做成的?

他笑了。在画中的自己脸上,没有微笑的痕迹。

"好了。"他快步走进隔壁房间。"你们可以过来看了。"

他们推搡着一拥而进。一阵短暂的、细看慢品的沉默。沉默在继续。爱丽丝说,"他把您画得很胖,舅舅。他没必要这样的。"

理查德说,"正如莱昂纳多向我们表明的那样,一个有弧度的表面更能转移炮弹的力量。"

"我觉得您看上去不像那样,"海伦·巴尔说。"我能看出您的五官很逼真。但您脸上的表情不是那样。"

雷夫说,"不,海伦,他那种表情是留给别人的。"

托马斯·艾弗里说,"皇帝的人来了,他能进来看看吗?"

"一如既往地欢迎他。"

查普伊斯神气十足地走进来。他在画像前站定;凑近一步;重新退开。他的丝绸衣服外面套着貂皮袍子。"亲爱的上帝,"乔安捂着嘴说,"他看上去像一只跳舞的猴子。"

"哦,不,恐怕不对,"尤斯塔西说。"哦,不,不,不,不,不。你那位新教画师这一次没有把握准。因为在人们的印象中,你从来不是独自一人,克伦穆尔,而总是与别人在一起,研究着那些人的面孔,仿佛你自己打算为他们作画。你让别人想的不是'他长得什么样?'而是'我长得什么样?'"他迅速走开,又转身回来,似乎想在移动时抓住那种相像性。"不过。瞧那儿,谁也不会愿意反对你的。从这一点看,我觉得汉斯实现了他的目标。"

当格利高里从坎特伯雷回家时,没等他脱去沾有旅途上的泥浆的骑马服,他就一个人把他带进来看画;他想在府里的人见到他儿子之前,先听听他的看法。他说,"你母亲总是说,她看上我不是因为我的长相。当画像送来时,我意外地发现自己还是很有虚荣心。我印象中的自己还是二十年前离开意大利时的样子。当时你还没有出生。"

格利高里与他并肩而站。他的目光停留在画像上。没有说话。

他意识到儿子比他还要高:当然这没什么。他往旁边站开一步,尽管只是在想象中,用画师的眼光打量着儿子:这孩子皮肤细腻洁白,长着淡褐色的眼睛,身材修长,犹如某座遥远的山区小城里一幅现出湿印的壁画上的二级天使。他想象着他是一位青年侍从,在森林中骑马疾驰而过,黑色的卷发在一圈细小的金色束带下飘动;而他身边的那些年轻人,奥斯丁弗莱的年轻人,头发剪得很短,眼睛像剑尖似的锐利,像斗狗一样变得日益健壮。他想,格利高里就该如此。他完全像我所希望的那样:他的直率,他的文雅,直到考虑成熟才发表见解的那种含蓄和善解人意。他对他产生了满腔的怜爱,他觉得自己可能会哭出来。

他转向画像。"恐怕马克说得对。"

"马克是谁?"

"一个跟在乔治·博林身后的傻小子,有一次我听见他说我看起来像个杀人犯。"

格利高里说,"您难道不知道吗?"

第 六 部

1．至尊

1534 年

在圣诞节到新年之间的快乐日子里，当宫廷庆祝节日，而查尔斯·布兰顿在低地地区对着一扇门大喊大叫的时候，他在重读帕多瓦的马西略[①]的著作。1324 年，马西略为我们提出了四十二条观点。主显节之后，他去见亨利，把其中的一些向他提了出来。

有些观点国王知道；还有些他从未听说。有些对他现在的情形很适用；有些被他斥为异端邪说。这是一个明亮的、寒冷刺骨的早晨，从河面上吹来的风像刀子一般刮在脸上。我们轻松上阵去碰碰运气。

马西略告诉我们，基督降临人世时，并不是作为统治者或法官，而是一位子民：他所降临的国家的子民。他没有试图统治，也没有交给他的门徒统治的使命。他没有对哪一位使徒给予比其他使徒更多的力量；如果你不信，就再去读一读关于彼得的部分吧。基督没有选出教皇。他没有给他的追随者们制定法律或征收税赋的权力，可教士们认为这两者是他们的权利。

亨利说，"我从来不记得红衣主教这样说过。"

"如果您是红衣主教，您会说吗？"

既然基督没有劝导他的追随者们得到世俗的权力，那么，又怎么能够认为当今国王们的权力是来自于教皇？事实上，根据基督的教诲，所有的神父都是子民。应该由国王来统治他的国民的身体，谁结了婚和谁可以结婚，谁是私生子和谁是婚内生子，应该由他说了算。

国王是从哪里得到这种权力，以及执行法律的权力呢？是通过一个代表着国民的立法机构。国王是通过在议会中表达出来的人民的意愿，才得到他的王权。

他说这些的时候，亨利似乎竖起了耳朵，仿佛他可能会听到从大路上蜂拥而来、要把他赶出王宫的人们的声音。他让他放心：马西略并没有赋予叛乱者以合法性。国民的确可以联合起来，推翻一位暴君，但是他，亨利，不是暴君；他是一位依法治国的君王。亨利骑马穿过伦敦时，喜欢民众向他欢呼，但明智的国王并不总是最受欢迎的国王；他明白这一点。

他还有其他的观点要告诉他。基督没有给他的追随者们封地、加官、进爵或授予他们垄断的权力。凡此种种都属于世俗权力的范畴。一个人既然发誓甘于清贫，又怎么可能有财产权？僧侣怎么可能是地主？

国王说，"克伦威尔，凭着你在大数字方面的天赋……"他凝视着远方。他的手指扯着袖口的银色饰边。

"立法机构，"他说，"应该保障神父和主教们的日常生活。在此基础上，它应该能够将教会的财富用于公众的利益。"

"但如何把它弄出来，"亨利说，"我想可以砸掉圣坛。"他自己身上缀满宝石，所以想到的是那一类可以称量的财富。"如果有人敢这样的话。"

亨利就是这样，会在你之前跑到一个你并没有打算去的地方。他本意是想巧妙地说服他，启动一个复杂的将财产剥夺和收回的法律程序：维护君王的古老权利，收回原本就属于你的东西。他会记住，是亨利最先建议拿起凿子把圣人的蓝宝石眼睛凿下来。但是他很愿意顺着国王的思路。"基督教会了我们怎样记住他。他给我们留下了面包和酒，身躯和血液。我们还需要什么呢？我看不到他在哪儿说过要建圣坛，或者要拿身体的部

---

① 中世纪意大利的著名学者，密切关注当时的政治活动，代表作有《和平的保卫者》。

位、拿头发和指甲来做生意,或是要我们做石膏像来崇拜。"

"你能不能估算一下,"亨利说,"即使……不,我想不行。"他站起来。"哦,太阳出来了,所以……"

最好抓紧时机。他收起今天的文件。"我可以结束了。"亨利走到一旁去穿他那件双层衬垫的骑马服。他想,我们不希望我们的国王成为欧洲的穷人。西班牙和葡萄牙每年都有从美洲源源而来的财富。我们的财富在哪儿?

看看你的周围。

他的估算是,神职人员占有了三分之一的英格兰。不久后的一天,亨利会问他,怎样才能将它变为王室所有。这就像是对付一个孩子;有一天你拿来一个盒子,孩子问,里面装的什么?然后他去睡觉,就忘了,但是第二天,他又问一遍。他会纠缠不休,直到你打开盒子,把好玩的东西拿出来。

议会即将再次开会。他对国王说,我会让本届议会比有史以来的任何议会都更加努力地工作。

亨利说,"你该干什么就干什么。我会支持你的。"

这就像是你等了一辈子才听到的话。就像是听到一行美丽的诗,用你还没有出生就已经懂得的语言说了出来。

他高高兴兴地回到家里,但是发现红衣主教在一个角落里等他。他穿着红色法袍,胖得像个垫子,脸上是一副好战、固执的神情。沃尔西说,你知道吗,他会把你的好主意算成他自己的功劳,而把他的坏主意推到你的头上?一旦命运之神跟你过去的时候,你就要挨她的鞭子了:永远是你,决不会是他。

他说,亲爱的沃尔西。(因为既然这个国家已经没有了红衣主教,他就把他当做同行,而不是主人来称呼。)亲爱的沃尔西,不完全是这样——他没有怪罪查尔斯·布兰顿把长矛插进他的头盔,而是责备自己没有放下面甲。

红衣主教说,你以为这是比武场吗?你以为有规则、惯例、裁判来保证公平竞争吗?有朝一日,当你还在那儿调整马具的时候,你会一抬头,发现他大吼着朝你奔来,把你掀下山去。

红衣主教呵呵地笑着,不见了。

下院的会议尚未召开,他的对手们就已经在一起商讨方案。他们的聚会并不是秘密。仆人们进进出出,他对付波尔家族密谈的方式可以重新使用:克伦威尔府的年轻人可以降低身段,系上围裙,端着一盘比目鱼或大块牛肉。现在,英格兰的贵族们都希望在他的府里为他们的儿子、侄儿或被监护人谋一个职位,认为他们可以跟着他学习治国本领,学写秘书文件,从事外文翻译,以及知道作为朝臣该读些什么书。他很看重别人对他的信赖;他很和气地从这些吵吵嚷嚷的年轻人手里接过他们的匕首和笔,与他们交谈,了解在这些十五至二十岁的年轻人的激情和自负背后,他们到底有多大的前途,了解他们的能力以及遇到胁迫时会有怎样的表现。如果冷落别人或打击别人的自尊心,你就永远不会了解别人。你必须问问他们,在这个世界上,哪些是他们能够做并且只有他们才能做的事情。

孩子们对这种问题很惊讶,他们把心里话一股脑儿倒了出来。也许以前从来没有人跟他们谈过。他们的父亲显然是这样。

这些孩子不管是性情粗暴,还是学识肤浅,你让他们做一些卑微的工作。他们学习赞美诗。学习怎样使用剔骨刀和去皮刀;只是在这之后,出于自卫而且不是在正式的课堂上,他们学会了 estoc,那"哧"地一下捅进肋骨的动作,只需手腕一翻你就胸有成竹。克里斯托弗毛遂自荐当指导。这些先生们,他说,他们可真是高雅。他们在割下鹿头或鼠尾什么的,送回家给他们的老爸。只有你和我,先生,还有理查德·克伦穆尔,只有我们才知道怎样结果一个小浑蛋,让他当场玩完儿,连哼都不用哼一声。

春天还没到的时候,有些总是站在他的大门外的穷人走进了他的府里。目不识丁的人的眼睛和耳朵与上等人的一样敏锐,你不一定非得学富五车才有一副好脑子。马夫和养犬员可以偷听到伯爵们的秘事。拿着引火柴和吹风器的侍童在进去生火的时候,能听到凌晨时睡梦中的秘密。

在一个阳光强烈、突然暖得反常的日子里,赖斯利大步走进奥斯丁弗莱。他大声大气地说,"早上好,先生,"一边脱下夹克,坐到他的桌旁,并把凳子拖近。他拿起他的羽毛笔,看着笔尖。"好了,您对我有什么吩咐?"他的眼睛发亮,耳朵尖红红的。

"我想加迪纳肯定回来了,"他说。

"您怎么知道?""简称"扔下笔,跳了起来。他走来走去。"他怎么是这样一个人?总是争呀,吵呀,不停地追问呀,其实他根本就不在乎答案!"

"你在剑桥的时候可很喜欢这样。"

"哦,那个时候,"赖奥斯利说,好像对年轻时的自己很不屑。"那是为了培养我们的思维。我不知道。"

"我儿子说,那种学术争议的练习把他累坏了。他称之为徒劳争论的练习。"

"也许格利高里还不是太蠢。"

"我会很乐意这么想的。"

"简称"的脸猛地变得通红。"我没有不敬之意,先生。您知道格利高里跟我们不一样。相对于一般人来说,他太好了。不过也不需要像加迪纳那样。"

"以前红衣主教的顾问们开会的时候,我们会提出方案,可能会有些争论,不过我们最后会达成某种意见;然后我会完善方案,并付诸实施。国王的枢密院却不是这样运作的。"

"它怎么可能呢?诺福克?查尔斯·布兰顿?他们会跟你对着干,就因为你这个人。即使他们赞同你的观点,他们也会跟你对着干。即使他们知道你是正确的。"

"我猜加迪纳一直在威胁你。"

"要毁了我。"他把一只拳头握进另一只手里。"我不在乎。"

"但是你应该在乎。温彻斯特是一个权势显赫的人,如果他说要毁了你,那就真的想这样做的。"

"他说我不忠诚。他说我在国外的时候,应该考虑他的而不是您的利益。"

"我的理解是,你听命于国务大臣,不管坐在那个位子上的是谁。如果我,"他犹豫着,"如果——赖奥斯利,我给你,如果我被任命为这个职务,我会让你负责印玺处。"

"那我就是主管了?"他看出"简称"在盘算自己的好处。

"那么好了,去加迪纳那儿吧,向他道歉,让他给你开更好的条件。你不要明确表态。"

"简称"显出惊惶之色,脚下没有动。"去吧,小子。"他拿起他的夹克扔给他。"他现在还是国务大臣。他可以把他的印章拿回去。不过告诉他,他必须亲自来这儿把它们取走。"

"简称"笑了起来。他抚摩着额头,有些反应不过来,仿佛刚才跟人打了一架。他穿上外套。"我们真是没用,对吧?"

两个积怨已久的对手。两只争夺动物尸体的狼。两头争抢基督徒的狮子。

国王召见他,还有加迪纳,一起商定他建议提交给议会的议案,以确保安妮的孩子们的继承权。王后也在场;他想,许多没有官职的贵族都不像国王这样经常看到自己的妻子。他骑马,安妮也骑马。他打猎,安妮也打猎。她接受他的朋友,并让他们成为自己的朋友。

她喜欢在亨利的肩膀后面读东西;现在她就是这样,一边将一只探索性的手从他光滑的身体上滑过,穿过那一层层衣服,让一片细小的指甲钩在他衬衣的绣花衣领下,将衣服从他那王者的白皮肤上稍稍掀起,掀开一条小缝;亨利的大手伸过去抚摸着她,动作心不在焉,像在梦中一般,旁若无人。草案一次又一次地,也将是很正确地,提到"您最亲爱的妻子安妮王后"。

温彻斯特主教目瞪口呆。作为一个男人，他无法让自己不看这个场面，但作为一位主教，他情不自禁地清了清喉咙。安妮置若罔闻；她只是我行我素，并念着议案，突然，她惊愕地抬起头来：这里提到了我的死！

"如果您最亲爱的妻子安妮王后不幸去世……"

"我不能不提这一点，"他说。"议会可以做任何事情，夫人，除了有违自然的事情之外。"

她涨红了脸。"我不会因为难产而死的。我很强壮。"

他不记得丽兹怀孕的时候变得不可理喻。如果说有变化的话，她只是变得更冷静，更节俭，经常列一些储物清单。安妮王后从亨利手上夺过草案。她非常激动地晃着它。她生那张纸的气，妒忌纸上的墨水。她说，"这份议案说如果我去世，它说我现在去世，说我因为热病去世，说我没有留下子嗣就去世，那么他就可以再娶一位王后来取代我。"

"亲爱的，"国王说，"我无法想象任何人能取代你。这只是假设。他必须提到这种预备措施。"

"夫人，"加迪纳说，"请允许我为克伦威尔说几句，他设想的只是习惯性的情形。您不会想要陛下当一辈子鳏夫吧？我们也不知道会是什么时候，对吧？"

安妮充耳不闻，仿佛温彻斯特并未开口。"而如果她生了个儿子，这里说，那个儿子将继承王位。这里说，合法生育的男性继承人。那么我的女儿和她的权利呢？"

"嗯，"亨利说，"她仍然是英格兰公主。如果你接着往下看，上面还说……"他闭上眼睛。上帝赐予我力量吧。

加迪纳抢着说出下面的内容："如果国王一直没有儿子，没有与任何女人合法婚姻所生的儿子，那么您的女儿将成为女王。这就是克伦威尔的提议。"

"但为什么要这样写呢？上面哪儿提到西班牙人玛丽是私生女？"

"玛丽小姐不在继位之列，"他说，"所以意思很清楚。我们不需要多说。如果有任何措辞不近人情，您得原谅。我们制定法律的时候尽量谨慎。并尽量避免带上个人色彩。"

"天啊，"加迪纳煽风点火地说，"如果这都不是，那还有什么算是个人色彩？"

国王邀请史蒂芬来参加商讨，似乎就是为了跟他唱对台戏。当然，明天可能会是另一番情景；他来的时候，可能会看到亨利与温彻斯特手挽着手，在一片雪花莲中漫步。他说，"我们打算用宣誓来确定这项法案。陛下的臣民要宣誓拥护本文件所制定并由议会通过的王位继承权。"

"宣誓？"加迪纳说。"什么样的法律需要通过宣誓来生效？"

"你总会发现这样一些人，说议会受到误导，或者被收买，或者在某些方面不能代表联邦。而且，你还会发现有些人否认议会有能力就某些问题进行立法，说应该把它们交给某个其他的司法机构——也就是罗马。可我认为这是一个错误。罗马在英国没有合法的发言权。在我的议案中我要表明一种立场。一种有理有节的立场。我这样写，议会可能会乐意让它通过，国王也会乐意签署。然后我就要请求全国上下的人支持。"

"那么，你会怎么干呢？"史蒂芬说，语气有些嘲弄。"让你奥斯丁弗莱的小伙子们全国上下去跑，到酒馆里把别人拉出来宣誓？让所有的男男女女都来宣誓？"

"我为什么不能让他们宣誓？你觉得他们就因为不是主教，便是牲口吗？所有基督徒的誓言都没有区别。看看这个王国的任何一个地方，主教大人，你都可以看到废墟，看到贫穷。路上到处都是男人和女人。牧场主发展得那么大，让小农户失去了土地，耕田的人流离失所。过了一代人之后，这种人可以读书。耕夫可以拿起书本。相信我，加迪纳，英格兰可能会跟现在不一样。"

"我让你生气了，"加迪纳注意到。"因为生气，你误解了我的意思。我不是问你他们的誓言有没有用，而是问你打算让多少人宣誓。不过当然了，你在下院已经提交了一份反对羊的议案——"

"是反对圈地养羊的人，"他笑着说。

国王说，"加迪纳，这是为了帮助普通百姓——每一位牧场主的羊不能超过两千头——"

主教把国王当孩子似的打断了他的话。"两千头动物，是呀，当你的官员们跑到各个郡里去清点羊群的时候，也许他们还能同时让牧民们宣誓，对吧？还有你那些将来会读书识字的耕夫？以及他们在沟渠里找到的邋遢鬼？"

他不由得笑了起来。主教太激动了。"大人，为了保障王位继承权的安全，并把全国上下团结在我们身后，任何有必要宣誓的人我都会让他宣誓。国王有他的官员，有他的治安法官——枢密院的大人们会被要求用自己的荣誉担保让它生效，否则我会了解原因的。"

亨利说，"主教们会宣誓的。我希望他们会服从。"

"我们需要一些新主教，"安妮。她提名她的朋友休·拉蒂摩。还有他的朋友，劳兰德·李。看来，她的头脑里似乎的确装着一份名单。丽兹制作泡菜。安妮任命牧师。

"拉蒂摩？"史蒂芬摇摇头，但是他不能当面指责王后喜欢异教徒。"劳兰德·李，就我所知，他有生以来还没有站过讲坛。有些人只是出于野心才加入宗教生活。"

"甚至都不屑去掩饰一下，"他说。

"我的路主要是我自己走过来的，"史蒂芬说。"我当初是被引上了这条路。老天作证，克伦威尔，我是自己走出来的。"

他抬头看看安妮。她的眼睛里闪着快意。她每个字都听得清清楚楚。

亨利说，"温彻斯特大人，你出使国外，离开这个国家已经很有一段时间了。"

"希望陛下认为这于他有利。"

"没错，但是你没能照看好你自己的教区。"

"作为一名牧师,你该看好自己的羊群,"安妮说。"也许还要点点数。"

他鞠了一躬。"我的羊群安全地呆在羊圈里。"

除了亲自把主教踹下楼去,或是让卫兵把他拖出去之外,国王已经无计可施。"尽管如此,还是要随时照看一下,"亨利喃喃道。

从一条准备战斗的狗的身上散发出一股野性而难闻的气息。这股气息此刻在房间弥漫开来,他看到安妮有洁癖似的转向一边,而史蒂芬则将一只手放在胸口,仿佛在露出牙齿之前,要弄乱自己的毛,提醒别人注意他的体型。"我一周之内再来觐见陛下,"他说。这动听的言辞是发自他内心的咆哮。

亨利哈哈大笑。"而在这一段时间我们喜欢克伦威尔,克伦威尔对我们很好。"

温彻斯特刚刚一走,安妮又粘到了国王的身上;她朝一旁使着眼色,似乎要让他卷入密谋。安妮的胸衣仍然系得很紧,只有胸部稍稍有些丰满,表明了她的状况。还没有正式宣布;从来都不会宣布,女人的身体是难以确定的东西,可能会出现失误。但整个宫廷都相信她怀了继承人,她自己也这么说;这一次没有提到苹果,她怀公主时喜欢的所有食物都让她感到厌恶,所以这都是好的迹象,表明会是个男孩。他将提交给下院的议案并非如她所想的那样是对灾难的预计,而是确保她在这个世界上的地位。她今年应该三十三岁了。曾经有多少年,他嘲笑过她扁平的胸脯和发黄的皮肤?如今她成了王后,就连他也能看出她的美。她脸上的轮廓似乎完全是雕刻出来的,那颗脑袋像猫的一样小巧;她的喉咙上闪着矿物质的光泽,仿佛洒有黄铜粉一般。

亨利说,"史蒂芬无疑是一位坚定的大使,但是我不能把他留在身边。我总是让他来参加一些最内部的会议,他却跟我背道而驰。"他摇着头。"我讨厌忘恩负义。我讨厌不忠不信。所以我才看重像你这样的人。你的旧主子陷入麻烦的时候,你都对他那么好。这一点让我最为欣赏。"

他说这话的时候，仿佛那麻烦跟他个人无关；仿佛沃尔西是被天上的雷劈下了台。"还有一个让我失望的人就是托马斯·莫尔。"

安妮说，"你写议案反对假女先知巴顿时，把莫尔也加进去，跟费希尔一起。"

他摇摇头。"这行不通。议会不会同意的。针对费希尔的证据有很多，而且下院不喜欢他，他对他们讲话时，仿佛他们是土耳其人。但是莫尔在巴顿被捕之前就来找过我，表明他跟这件事情毫不相干。"

"但这会吓唬吓唬他，"安妮说。"我想吓唬他一下。恐惧可以毁掉一个人。我就看到过这种事情。"

*　　　*　　　*

下午三点：蜡烛端了进来。他查看着理查德记下的日程安排：约翰·费希尔正在等着。到了刺激他的时候了。他试图去想加迪纳，但是却笑个不停。"调整您的表情，"理查德说。

"你绝对想象不到史蒂芬欠我的钱。他到温彻斯特就任是我付的钱。"

"把它收回来，先生。"

"不过我把他的宅邸拿来给王后了。他还在为这个难过呢。我最好不要把他逼过头。我该给他留一点余地。"

费希尔主教坐了下来，枯瘦如柴的手拄着一根乌木拐杖。"傍晚好，大人，"他说。"你为什么那么轻信别人呢？"

主教对他们没有祈祷就开始似乎有些吃惊。不过，他还是小声做了祈恩祷告。

"你最好请求国王的原谅。恳求他的恩典。恳求他考虑你的年老体弱。"

"我不知道自己犯了什么罪。而且，不管你怎么想，我并没有越活越糊涂。"

"但我觉得你活糊涂了。要不然你怎么会相信巴顿这个女人呢？如果你在大街上碰到一场木偶表演，你难道不会站在那儿喝彩，喊着，'看啊，看它们那小木腿在那儿走路，看到它们怎样挥舞手臂了吗？听听它们吹喇叭。'你难道不会这样吗？"

"我觉得我从未看过什么木偶表演，"费希尔悲哀地说。"起码没有看过你说的那种。"

"但你却身在其中，主教大人！看看你的周围吧。整个一场盛大的木偶表演。"

"但的确有很多人相信她，"费希尔温和地说。"渥兰自己，以前的坎特伯雷就是。还有几十、上百位虔诚的学者。他们见证了她的奇迹。既然受到了神启，她为什么不能把自己知道的说出来呢？我们知道我主在施神迹之前，会通过他的仆人提醒世人，因为先知阿摩司说过……"

"别跟我来这一套，老兄。她威胁国王。还预见了他的死亡。"

"预见并不等于希望，更不是策划。"

"啊，但是她不希望发生的事情她从来没有预见。她跟国王的敌人们坐在一起，告诉他们会是什么情形。"

"如果你指的是埃克塞特勋爵，"主教说，"他显然已经被赦免了，还有格特鲁德夫人也是。如果他们有罪，国王就会起诉了。"

"这不一样。亨利希望和解。他愿意宽容。对你他可能也会这样，但是你必须认错。埃克塞特从来没有写文章反对国王，可你写了。"

"在哪儿？拿给我看。"

"你做得很隐蔽，大人，但是瞒不过我。现在你不会再发表什么了。"费希尔的目光朝上看去。他的皮肤下的骨头轻微地动了动；他的手握着拐杖，拐杖柄上是一只镀金的海豚。"你在国外的印刷商现在已经为我工作了。我的朋友史蒂芬·沃恩给他们开了更高的薪酬。"

"你是因为离婚之事才揪住我不放，"费希尔说。"不是因为伊丽莎白·巴顿。是因为凯瑟琳王后向我咨询过,而我给了她建议。"

"我只是要你遵守法律,你却说我揪住你不放吗?别想把我从你的女先知身上引开,否则我就把你带到她那儿,关在她的隔壁。如果在安妮被加冕为王后之前的一年里,她就在哪一次的幻象中看到了这一幕,并且看到上帝在对此微笑,你还会那么愿意相信她吗?如果那样的话,我敢说,你会称她为女巫。"

费希尔摇摇头;他又显出迷惑的神情。"我以前一直都很纳闷,你知道,我不明白在福音书中,抹大拉的马利亚跟马大的姐姐马利亚是否是同一个人,这一点困惑了我很多年。伊丽莎白·巴顿肯定地告诉我说是的。在这整个事情上,她毫不犹豫。"

他笑了起来。"哦,她跟那些人很熟。她总在她们的家里进出。她经常跟我们的圣母同喝一碗汤。你瞧,大人,虔诚和单纯一度是很好的事情,但那个时代已经过去了。我们在战斗。不要因为皇帝的军人没有在大街上撒野,就自欺欺人——我们在战斗,而你却站在敌营里。"

主教沉默着。他在凳子上有些摇晃。接着哼了一声,"我知道沃尔西为什么会用你了。你是个无赖,他也是。当今得势的这些人如此缺乏虔敬之心,我当了四十年的神父,还从未见过这样的人。这么邪恶的枢密院顾问官。"

"生一场病,"他说,"卧床休息。这就是我的忠告。"

2月21日,一个星期六的上午,针对圣女及其同党的剥夺公民权议案被提交到上院。里面有费希尔的名字,同样,根据亨利的旨意,莫尔也名列其中。他去塔里看看那个叫巴顿的女人,看她在死期确定之前是否还有其他需要坦白的东西。

这个冬天,她被带到各地做户外忏悔,顶着刺骨的寒风站在高台上,但是她熬了过来。他自己端了一支蜡烛进来,发现她佝偻着腰坐在凳子上,就像一堆胡乱捆着的破布;空气既寒冷又难闻。她抬起头,仿佛继续以前的一场谈话似的说,"抹大拉的马利亚说我会死。"

他想,也许她一直在脑海中跟我谈话。"她有没有告诉你日期?"

"你觉得这有用吗?"她问。他心里想,不知道她是否了解议会因为对莫尔被卷进来而大为恼火,因此可能将针对她的议案一直拖到春天。"我很高兴您来了,克伦威尔先生。这里什么事儿也没有。"

就连他最持久、最机敏的审问都没有吓倒她。为了把凯瑟琳拖进来,他使出了浑身解数:但是毫无效果。他说,"你吃得还行吧?"

"哦,是的。衣服也有人洗。不过我想念以前去朗伯斯见大主教的日子,我喜欢那样。看得到河流。人群熙熙攘攘,还有船在卸货。你知道我会被烧死吗?奥德利大人说我会被烧死。"听她说话的语气,仿佛奥德利是她的老朋友。

"我希望你能幸免。这得由国王说了算。"

"这几个晚上我总是去地狱,"她说。"路西法先生让我看一把椅子。是人骨雕成的,垫着火焰垫子。"

"是为我准备的吗?"

"上帝保佑您,不是。是为国王准备的。"

"你看见沃尔西了吗?"

"红衣主教还在我上次看到他的地方。"坐在未出世的人中间。她顿了顿;一阵良久的沉默。"他们说把身体烧掉要花一个小时。圣母玛利亚会赞美我的。我会沐浴在火焰之中,就像沐浴在喷泉里一样。对我来说会很凉爽。"她朝他的脸望去,一看到他的表情,又转移了视线。"有时他们会在木柴里加上火药,对吗?那样就快一些。跟我一起走的有多少人?"

六个。他说出他们的名字。"本来会有六十个的。你知道吗?是你的虚荣心让他们落得这个下场。"

说这话的时候,他想,也可以说是他们的虚荣心让她落得这个下场:他还看出她宁愿死的是六十个,她希望看到埃克塞特和波尔家族身败名裂；这会让她名垂青史。既然如此，她为什么不肯指证凯瑟琳参与了密谋呢？一位先知毁掉一位王后，这会是多大的胜利啊。唉，他想，我其实不该那么保守的；我应该利用她贪图出名的心理。"我不会再见到您了吧？"她说。"不过没准我受难的时候，您也在那儿？"

"那把椅子，"他说。"那把人骨椅子。你自己知道就行了。不要让它传到国王的耳朵里。"

"我认为他应该知道。应该有人提醒他，在他死后等待他的是什么。他已经打算这样对我了，还能把我怎么样呢。"

"你不想以你的肚子作借口吗？"

她的脸红了。"我没有怀孕。您在嘲笑我。"

"我会建议任何人以任何可能的方式，争取多活几周。说你在路上被人糟蹋了。或者说你的看守侮辱了你。"

"如果那样，我就得说是谁干的，他们就会被带去审问。"

他摇着头，很同情她。"当看守欺侮犯人的时候，他是不会把名字留给她的。"

不管怎么说，她显然不喜欢他的主意。他离开了她。伦敦塔就像一座小城，上午的日常事务在他周围热热闹闹地进行着，卫兵们和铸币厂的人跟他打着招呼，国王的驯犬员跑上前来说，吃饭的时间到了——那些牲口吃得很早——他想不想去看看喂食的情景？非常感谢，他说，不过还是放弃了这种乐趣；他自己还没有吃早餐，稍稍有些恶心，他能闻到那腥气扑鼻的血，能听到从笼子的方向传来的抢食的哼哼声和低沉的怒吼声。在看不见的河面之上的城墙高处，有人在哼着一支老调，到重复部分时还唱了起来；他是快乐的护林人，他唱道。这很可能不是真的。

他环顾四周找他的船夫。他心里想，不知道圣女是不是病了，不知道她能否活到被处以死刑。当他拘禁她的时候，她从来没有受到伤害，而只是受到困扰；一两个晚上不能睡觉，但不会长过国王的事务让他不能睡觉的时间，而且，他想，你不会看到我坦白任何事情。已经九点了；到十点钟吃饭的时候，他会与诺福克和奥德利在一起，他希望他们不会像那些牲口一样吼叫并且气味难闻。太阳半掩着面，冰冰的；河面上湿气很重，笼罩着一层薄雾。

在威斯敏斯特，公爵把仆人都赶了出去。"如果我需要喝的，我会自己拿的。走吧，出去，都出去。把门也关上！如果有谁趴在锁眼那儿偷看，我会活剥你们的皮，把你们腌起来。"他转过身，低声骂着，气咻咻地坐了下来。"如果我求他会怎么样？"他说。"如果我跪着求他，说，亨利，看在上帝的份上，把托马斯·莫尔的名字从被剥夺公民权的人的名单上拿掉，会怎么样？"

奥德利说，"如果我们都去跪着求他呢？"

"哦，还有克兰默，"他说。"我们得把他拉上。他可不能躲过这精彩的一曲。"

"国王明确说过，"奥德利说，"如果议案遭到反对，他会亲自去议会，必要的话上下两院都去，去坚持他的意见。"

"他可能会栽跟头的，"公爵说，"而且是公开地。看在上帝的份上，克伦威尔，别让他那么干。他以前也知道莫尔跟他作对过，却让他跑回切尔西去闭门思过。但这一次，我猜是我的外甥女要惩罚他。她把它当成了私人恩怨。女人就是这样。"

"我觉得是国王把它当成了私人恩怨。"

"依我看，"诺福克说，"这未免太脆弱。他干吗要在意莫尔怎么评价他呢？"

奥德利不确定地笑了。"你说国王脆弱？"

"说国王脆弱？"公爵大步上前，像一只学舌的鹦鹉似的对着奥德利的脸叫道。"你在干什么，大法官，表达自己的意见吗？你通常都会等到克伦威尔发话之后，然后才叽叽喳喳，是的—先生—没有—先生，照你说的办，汤姆·克伦威尔。"

门开了，赖斯利探进了半个身子。"天啊，"公爵说，"如果我手里有弓，我会把你的脑袋射下来。我说过谁也不许进来的。"

"威尔·罗珀尔来了。他带来了他岳父的信。莫尔想知道您会怎么帮他，先生，因为您也承认他并没有触犯法律。"

"告诉威尔，我们正在排练怎样恳求国王把莫尔的名字从议案中拿掉。"

公爵端起给自己斟好的酒一饮而尽。他把杯子"砰"的一声放在桌子上。"你的红衣主教过去常说，亨利宁可丢掉半个王国，也不愿别人阻挠他。他不会被人哄着改变自己的任何意愿的。"

"不过我猜想……你看呢，大法官……"

"哦，是的，"公爵说，"无论你怎么猜想，汤姆，他就会怎么猜想。嘎嘎嘎。"

赖奥斯利似乎感到愕然。"我能把威尔带进来吗？"

"那么我们说定了？跪着求他？"

"克兰默干我才干，"公爵说。"凭什么一位教外人士该累垮他的关节？"

"我们要不要把萨福克大人算上？"奥德利建议道。

"不要。他儿子快要死了。他的继承人。"公爵伸手擦了擦嘴。"他的十八岁生日只差一个月了。"他的手指摸索着他的圣章，他的圣物。"布兰顿只有一个儿子。我也是。你也是，克伦威尔。还有托马斯·莫尔也是。就那么一个儿子。上帝保佑查尔斯，他得跟他的新妻子再生一个了；我敢肯定，这对他会是件难事儿。"他哈哈大笑起来。"如果我能出一笔钱把我妻子打发掉的话，我也可以娶一位娇滴滴的十五岁的小姑娘。可是她不肯走。"

奥德利再也听不下去。他的脸红了。"大人，您结婚已经二十年了，而且很美满。"

"我难道不知道吗？感觉就像把你自己塞进一个灰不溜秋的皮袋里。"公爵枯瘦的手放了下来；捏了捏他的肩膀。"帮我离婚吧，克伦威尔，行吗？你跟大主教大人，想办法找些理由。我保证这件事情上不会出现谋杀什么的。"

"哪儿有谋杀？"赖奥斯利说。

"我们准备谋杀托马斯·莫尔，对吧？还有老费希尔，我们在磨刀对付他，是吗？"

"但愿不要。"大法官站起身，披上法袍。"这不是可判死罪的指控。莫尔和罗彻斯特主教只是从犯。"

赖奥斯利说，"这的确是够严重的了。"

诺福克耸耸肩。"早晚得干掉他们。莫尔不会宣誓的。费希尔也不会。"

"我很肯定他们会的，"奥德利说。"我们得使用有效的说服手段。为了这个国家的安全，任何一个理性的人都不会拒绝宣誓拥护王位继承权。"

"那么，"公爵说，"凯瑟琳也会宣誓拥护我外甥女的孩子的王位继承权？还有玛丽——也要让她宣誓吗？如果她们不答应，你有什么建议？把她们装进囚笼拖到泰伯恩①吊起来，任她们乱叫乱踢，让她们的皇帝亲戚看到？"

他与奥德利交换了一个眼神。奥德利说，"大人，您中午之前不该喝这么多的酒。"

"哦，吱吱唧唧，"公爵说。

一周前他去了哈特菲尔德，去看看王室的两位小姐：伊丽莎白公主和国王的女儿玛丽小姐。"一定不要把称谓弄错了，"在他们骑马前去的路上，他对格利高里说。

格利高里说，"您已经在后悔没有带理查德来了。"

---

① 位于伦敦马布尔拱门附近，约 1300—1783 年间的公开绞刑场。

他本来不想在议会这么忙的时候离开伦敦,但是国王劝说他:只用两天你就可以回来了,我需要你去了解一下情况。出城的路上到处流着融冰后的水,在太阳照不到的矮树林里,一潭死水的小水洼上仍然结着冰。当他们踏进哈特福德郡时,有气无力的太阳在朝他们眨眼,一蓬蓬的黑刺李四处开着花,向他们挥手,抱怨着寒冬的漫长。

"很多年前我经常来这儿。当时这里是莫顿红衣主教的官邸,你知道,当开庭期结束,天气转暖的时候,他就会离开城里,我九到十岁时,我叔叔约翰总是让我坐在一辆装着最好的奶酪和馅饼的食品车上,以免有人在我们停车的时候想偷东西。"

"没有守卫吗?"

"他担心的就是守卫。"

"*Quis custodiet ipsos custodes?*"①

"是我,很显然。"

"那您会怎么办?"

"不知道。用牙齿咬他们?"

那座老砖房的正面比他印象中的要小,不过人的记忆总是这样。大小侍从连忙跑了出来,马夫们牵走了马,还有热酒在等着他们,这热热闹闹、咋咋呼呼的情景,跟多年前来这儿时很不一样。搬柴提水,为炉灶生火,这些活儿超出了一个孩子的体力和能力,但当时的他不愿服输,只是跟大人们一起干着,身上脏乎乎的,饥肠辘辘,直到有人发现他快要倒了:或者直到他真的倒了。

约翰·谢尔顿爵士是这座奇特的府邸的主事者,不过他选了一个约翰爵士不在家的时机;他想跟女士们谈谈,而不是晚饭后听谢尔顿唠叨马、狗以及他年轻时的壮举。但是迈进门槛时,他几乎改变了想法;只见布莱恩夫人从嘎吱作响的楼梯上疾步走了下来,她是独眼龙弗朗西斯的母亲,

---

① 拉丁语,意为"谁来看守那些守卫呢?"

负责照料小公主的起居。她已经年近七旬,完全是一副老祖母的样子,他还没有听到她的声音,就能看见她的嘴巴在动:殿下睡到十一点,然后哭闹到半夜,把她自己累坏了,可怜的小家伙!睡着了一个小时,醒了之后又哭,满脸通红,可能是发烧,谢尔顿夫人被叫醒了,医生们也都叫了起来,小东西已经出牙了,在这种时候!给她喂了一点镇静的药,太阳出来时才安静下来,九点钟又醒了,吃了一顿……"哦,克伦威尔先生,"布莱恩夫人说,"这不可能是你的儿子!上帝保佑他!这么可爱、这么高大的年轻人!他的脸多英俊,肯定是从他母亲那儿遗传的。他现在多大年龄了?"

"到了说话的年龄,我想。"

布莱恩夫人转向格利高里,她容光焕发,仿佛准备跟他一起唱童谣。谢尔顿夫人神态傲然地走了进来。"白天好,先生们。"她稍稍有点犹豫:王后的姑母该向珠宝屋的主管行礼吗?她觉得大概不用。"我想,布莱恩夫人把她份内的事情已经全部向你汇报了?"

"的确是的,也许我们现在可以听听你这边的情况?"

"你自己不去看玛丽小姐吗?"

"会去的,但事先了解一下……"

"当然。我可没有动粗,尽管我的侄女王后建议我拿拳头对付她。"她的目光上下打量着他,揣摩着;空气中有了紧张的意味。女人们是怎么干的呢?也许,可以学得会;他感觉到,而不是看见,他的儿子在后退,直到一台橱柜挡住了他,柜子里已经摆满伊丽莎白小公主的各种金银器物。谢尔顿夫人说,"我的职责是,如果玛丽小姐不听话,我就应该,用我侄女的话说,狠狠地像对私生女一样揍她,她本来也是私生女。"

"哦,圣母玛利亚!"布莱恩夫人呻吟道。"我以前当过玛丽的保姆,她倔得像个婴儿,所以现在不管你怎么揍她,她都不会变的。你们想先去看看小家伙,对吧?跟我来……"她握紧格利高里的胳膊,牵着他走了。她一边走一边喋喋不休：你瞧，这么小的孩子，发烧可能有各种原因。可能是要出麻疹了，但愿不是。也可能是天花的前兆。一个才半岁的孩子，你不知道会是什么……布莱恩夫人喉咙上的青筋在跳动。她边唠叨边舔了舔发干的嘴唇，咽了一口唾沫。

他终于明白亨利为什么要他来这儿。这里发生的事情不能写进信里。他对谢尔顿夫人说，"你是说王后给你写过信，要你那样对玛丽小姐吗？"

"没有。她只是让人捎来了口头吩咐。"她在他的前面走着。"你认为我该照着做吗？"

"也许我们得私下谈谈，"他低声说。

"是啊，为什么不呢？"她说：转过头，也低声回答。

小伊丽莎白被一层层的衣服裹得紧紧的，两只拳头也藏了起来：这样也好，她看上去像是要打人一般。姜黄色的短头发从她的帽子底下露了出来，她的眼睛很警惕；他从来没有见过摇篮里的孩子这么容易生气的样子。布莱恩夫人说，"你认为她长得像国王吗？"

他犹豫着，试图不偏向任何一方。"该多像就有多像。"

"但愿她的腰身不要像他，"谢尔顿夫人说，"他真是发福了，对吧？"

"只有乔治·罗奇福德说不像他。"布莱恩夫人俯身看着摇篮。"他说，她从头到脚都像博林家的人。"

"我们知道，我的外甥女过了三十年守身如玉的生活，"谢尔顿夫人说，"但即使是安妮也做不到童贞生子。"

"但是这头发！"他说。

"我知道，"布莱恩夫人叹了口气。"恕我冒昧，而且我对陛下也毫无不敬之意，你简直可以把她当小猪娃带到集市上去。"她把孩子的帽子从发际线上掀起来，手指忙碌着，想把那些短头发塞进去。小家伙皱着脸，用打嗝表示抗议。

格利高里朝她蹙着眉头："她可能是任何人的孩子。"

谢尔顿夫人抬起一只手，掩住自己的笑容。"格利高里，你的意思是说，所有的娃娃长得一个样。走吧，克伦威尔先生。"

她拉着他的袖子把他带走。布莱恩夫人留在那里给小公主重新打包，她的包裹有些地方似乎松了。他扭过头去，说，"看在上帝的份上，格利高里。"有的人说得比这还少就被关进了塔里。他对谢尔顿夫人说，"我不明白玛丽怎么会是私生女。她父母生她的时候是真心相爱的。"

她停下脚步，抬起一边眉头。"你会对我的侄女王后这样说吗？我是说，当着她的面？"

"我已经说过了。"

"那她是什么反应？"

"嗯，告诉你吧，谢尔顿夫人，如果她手里当时有把斧头，她会恨不得砍下我的脑袋。"

"我也告诉你，如果你愿意的话，还可以把这话带给我的外甥女。就算玛丽真是私生女，是英格兰最穷的、没有一寸土地的人的私生女，在我的手里，她也只会得到细致的照料，因为她是一位很好的年轻女子，只有铁石心肠的人才不会同情她的处境。"

她快步走进主屋，裙裾一路从大理石地板上拖过。玛丽常年的仆人都站在旁边，他以前见过这些面孔；他们的外衣上有新的徽章，那是玛丽的徽章被拆了下来并换成了国王的徽章。他看了看周围，认出了各种东西。他在大楼梯下停留片刻。他以前从来都不许从这里上去；后面有一个楼梯，供像他这样负责送柴或煤的孩子使用。有一次他违反了规定；当他爬到楼梯顶时，从黑暗中伸过来一只拳头，打在他的脑袋上。是莫顿红衣主教自己躲在那儿吗？

他抚摸着这跟坟墓一般冰冷的石头：葡萄树叶与一种叫不出名字的花缠绕在一起。谢尔顿夫人微笑地看着他，感到有些好奇：他在犹豫什么？"也许我们该换下骑马服再去见玛丽小姐。她可能会觉得受到轻慢……"

"如果你们耽搁久了,她可能也会这么认为。不管怎么样,她都会有想法。我说我同情她,但是,哦,她真难对付!她从来不肯赏脸跟我们一起用午餐或晚餐,因为她不愿坐在小公主的下手。而我的侄女王后交代过,除了我们送去当早餐的一点面包之外,不准把食物送进她的房间。"

她把他带到了一个紧闭的门前。"大家还叫它蓝色房间吗?"

"啊,你父亲以前来过这儿,"她对格利高里说。

"他哪儿都去过,"格利高里说。

她转过身。"先生们,看你们怎么应付吧。顺便说一句,叫她'玛丽小姐'她是不会答应的。"

这是个很长的房间,几乎没有什么家具,房间里的凉意犹如鬼魂的使者一般在门口迎接他们。蓝色的挂毯已经被取了下来,石灰墙上空空如也。玛丽坐在一团快要熄灭的火旁:她缩着身子,弱小得令人怜惜。格利高里低声说道,"她看上去就像玛利金①。"

可怜的玛利金,她是一个小精灵;她晚上才吃东西,靠面包屑和苹果皮为生。有时,如果你下来得早,在楼梯上不出声的话,就会发现她坐在灰烬上。

玛丽抬起头;她的小脸出乎意料地亮了起来。"克伦威尔先生。"她站起身,朝他走了一步,由于裙边绊住了她的脚,她险些跌倒。"自从我上次在温莎见到你,已经过去多久了?"

"我不知道,"他神情严肃地说。"你这些年还不错,小姐。"

她咯咯笑了起来;她现在十八岁了。她朝周围看了看,似乎不知道自己刚才坐的凳子在哪儿。"格利高里,"他说,他儿子连忙上前,在前公主一屁股坐空之前扶住了她。格利高里的动作就像在迈一个舞步;看来他也有用处。

"我很抱歉让你们站着。你们可以,"她含糊地指了指,"坐在那只

---

① 指被仙女和地精养大的会魔法的小孩。

箱子上。"

"我想我们很健壮,还站得住。虽然我觉得你倒不一定。"他发现格利高里朝他看来,似乎从来没有听过这么温和的语气。"他们肯定不会让你一个人坐在这儿,坐在这没什么热气的炉火旁吧?"

"那个送柴火进来的人不肯称我公主。"

"你非得跟他说话吗?"

"不是。但如果我不跟他说话,就是一种逃避。"

是呀,他想:给你自己的生活尽量添难吧。"谢尔顿夫人跟我说起了一个问题……关于吃饭的问题。如果我给你派个医生来会怎么样?"

"我们这儿有一个。准确地说,那孩子有一个。"

"我可以派一个更有用的来。他会告诉你一些养生之道,并且规定你的早餐要吃很多,在你自己的房间里。"

"有肉吗?"

"很多。"

"但是你会派谁来?"

"巴茨医生?"

她的脸色柔和下来。"我在勒德洛的我自己宫里的时候,就知道他了。那时我还是威尔士公主。我现在仍然是。我怎么会被取消了继承权呢,克伦威尔先生?这怎么会合法呢?"

"议会让它合法,它就合法。"

"议会之上还有法律。是上帝的法律。问问费希尔主教吧。"

"我发现上帝的意图很模糊,而且老天作证,我发现费希尔不是一位合适的阐释者。对比之下,我发现议会的意愿很清晰。"

她咬着嘴唇;现在她不肯看着他了。"我听说巴茨医生最近成了异教徒。"

"他的信仰跟你父王的信仰是一样的。"

他等待着。她转过身,灰色的眼睛盯着他的面孔。"我不会说我父亲是异教徒。"

"很好。这些陷阱还是先由你的朋友们测试一下为好。"

"我不明白你怎么会是我的朋友,既然你还是那个人的朋友,我是说彭布罗克侯爵。"她不肯称安妮为王后。

"处在她现在的位置,那位女士根本不需要朋友,只需要仆人。"

"波尔说你是撒旦。我的表兄雷金纳德·波尔。他藏在国外,在热那亚。他说你出生的时候,还跟所有的基督徒一样,但是有一天,魔鬼进入了你的体内。"

"你知道吗,玛丽小姐,我小时候,九到十岁的时候,就来过这里?我叔叔在莫顿府上当厨师,我当时还是个可怜的拖着鼻涕的孩子,天刚亮就得捆好山楂树枝去生炉子,在太阳出来之前还得为开水房杀鸡。"他神情严肃地说。"你会认为魔鬼是在那个时候进入我的身体的吗?或者更早,大概在其他人受洗的时候?你知道我对此很好奇。"

玛丽看着他,是斜着眼睛看他;她仍然带着一顶老式的三角风帽,在那儿眨着眼睛,就像是马的包头布滑落了一样。他柔声说道,"我不是撒旦。你父亲不是异教徒。"

"我也不是私生女,我想。"

"的确不是。"他把对安妮·谢尔顿说过的话重复了一遍:"你是真诚爱情的结晶。你父母以为他们是结婚了。但这并不意味着他们的婚姻是有效的。我想,你能明白这里的区别吧?"

她用食指在鼻子底下擦了擦。"是的,我能明白这种区别。但事实上他们的婚姻是有效的。"

"王后不久会来看望她的女儿。如果你能恭恭敬敬地问候她,就像你应该问候你父亲的妻子——"

"——可她是他的情妇——"

"——那么你父亲就会把你接回宫廷,你就能得到你现在需要的一切,还有上流社会的温暖和舒适。听我说,我这是为了你好。王后没有指望你的友情,只是要一个表面的姿态。一声不吭,对她行个屈膝礼。只需要一眨眼的工夫,就能改变一切。在她的第二个孩子出生之前向她妥协。如果她生了儿子,她后面就不会有理由来跟你和解了。"

"她害怕我,"玛丽说,"就算她生了儿子,她还是会害怕。她担心我会结婚,那么我的儿子们就会威胁到她。"

"有人跟你谈过结婚的事情吗?"

她勉强低笑了两声,一副不相信的样子。"我还在吃奶的时候,就嫁进了法国。然后是皇帝,接着又是法国,法国国王,他的大儿子,二儿子,以及我都数不清的他的其他儿子,然后又是皇帝,或者是他的某个表亲。我已经订过无数的婚约,连我自己都懒得去管了。有朝一日我会动真格的。"

"但是你不会嫁给波尔。"

她微微一震,于是他知道有人已经跟她提及: 也许是她以前的家庭教师玛格丽特·波尔,也许是查普伊斯,在那儿通宵不眠地研究英格兰贵族的世系表: 好巩固她的权力,让她无可指摘,让这位有着一半西班牙血统的都铎成员嫁回古老的金雀花家族。他说,"我见过波尔。在他离开这个国家之前我就知道他了。他对你不合适。无论你想找个什么样的丈夫,他都应该有一条强壮的持剑的手臂。波尔就像个坐在炉火旁的老妇人,被角落里的幻影吓得一惊一乍的,他是个没什么主意的男人。除了他血管里的那点高贵的液体,他一无所有。就说他的仆人打死一只苍蝇都会让他大哭一场。"

她笑了: 但是她把一只手伸到口边,就像要堵住嘴巴。"这就对了,"他说。"不要对任何人说任何事情。"

她的手指仍然捂在嘴巴上,说,"我看不见,没法读书。"

"什么,他们不给你蜡烛吗?"

"不是,我是说我的视力在下降。我总是在头疼。"

"你经常哭吗?"她点点头。"巴茨医生会带些药来的。在那之前,找个人来读给你听。"

"他们是给我读了。他们给我读廷德尔的福音书。你知道吗,滕斯托尔主教和托马斯·莫尔一起在他的所谓《圣经》中找出了两千个错误?它比穆斯林的圣书还要离经叛道。"

宣战言论。但是他看到泪水涌了出来。"这都是可以改正的。"她脚步不稳地朝他走来,一时间,他以为她会忘情地扑向他,贴着他的骑马服抽泣。"医生一天之内就会到这儿。现在你得有一炉温暖的火,还要好好地吃晚餐。想在哪儿吃都行。"

"让我见见我母亲。"

"国王眼下不会答应。但情况可能会变的。"

"我的父亲爱我。只是因为她,只是因为那个坏女人,给他灌了迷魂汤。"

"谢尔顿夫人会很好的,如果你愿意让她帮忙的话。"

"她是什么人呢,管她好还是不好?我会比安妮·谢尔顿活得更久,相信我。还有她的侄女。还有所有不承认我的身份的人。让他们使出最恶毒的招数好了。我还年轻。我会等着看他们的下场的。"

他告辞而去。格利高里跟在他身后,那着迷的眼神又恋恋不舍地朝那姑娘看去,只见她在几乎完全熄灭的炉火旁重新坐下:她叠起双手,神情坚定地开始了她的等待。

"她披在身上的那件兔毛衣服,"格利高里说,"看上去像是被虫咬了。"

"她无疑是亨利的女儿。"

"怎么,有人说她不是吗?"

他笑了起来。"我不是这个意思。想想看……如果老王后是被说服与人私通,要摆脱她就会很容易,但是对一个从来只认识这一个男人的女人,你怎样找她的过错呢?"他止住了话头:就连国王最贴心的支持者都很难记住凯瑟琳应该是亚瑟王子的妻子。"是认识两个男人,应该说。"

他上下打量着他儿子。"玛丽一眼都没有瞧过你,格利高里。"

"您原认为她会吗?"

"布莱恩夫人觉得你那么迷人。一个年轻女人对此不是有注意的天性吗?"

"我不觉得她有天性。"

"找个人来把火烧大一点。我去吩咐晚餐。国王不会想让她饿死的。"

"她喜欢您,"格利高里说。"这真是奇怪。"

他看出他儿子这话很真诚。"难道就不可能吗?我想,我的女儿们都喜欢我。可怜的小格蕾丝,我一直都不确定她是否知道我是谁。"

"您帮她做天使翅膀的时候,她很喜欢您。她说要一直保存着它们。"他儿子移开了视线;说话的时候似乎有些怕他。"雷夫说您马上就是这个国家的二号人物了。他说您已经是了,除了名义上之外。他说国王会让您居于大法官之上,居于所有的人之上。甚至居于诺福克之上。"

"雷夫太迫不及待了。听着,儿子,别跟任何人提起玛丽。就连跟雷夫也不行。"

"我听到了我不该听的话吗?"

"如果明天国王死了,你认为会发生什么?"

"我们都会非常难过。"

"但是谁会继位?"

格利高里朝布莱恩夫人那边,朝摇篮里的婴儿那边点点头。"议会是这样说的。或者是王后那个还未出世的孩子。"

"但真会这样吗?在现实中?一个尚未出世的孩子?或者是一个未满周岁的女儿?让安妮摄政?我敢说,对博林家的人倒是正中下怀。"

"那就是菲茨罗伊。"

"还有一位更合适的都铎家的人。"

格利高里的眼睛又朝玛丽小姐那边看去。"正是,"他说。"你瞧,格利高里，规划你在半年之内、一年之内要做的事情，当然是好事，但如果你没有明天的计划，那一切都毫无用处。"

晚饭后，他坐在那里与谢尔顿夫人聊天。布莱恩夫人本来已经上床，但后来又跑下来催促他们尽早休息。"你们早上会很累的！"

"是啊，"安妮·谢尔顿答应道，一边挥手让她走开。"到了早上，不要来吵我们。否则我们会把早餐扔在地上的。"

他们坐在那里，直到仆人们打着哈欠去了另一个房间，蜡烛也渐渐熄灭，他们转移到屋子里更小更温暖的房间，接着谈下去。你给了玛丽很好的忠告，她说，希望她会听进去，我担心她更难的日子还在后头。她谈起她哥哥托马斯·博林，是我所见过的最自私的人，难怪安妮那么贪心不足，她从她父亲那儿听到的口口声声都是钱，都是如何不择手段去占别人的便宜，如果觉得能得到好价钱，他说不准会把那两个姑娘拖到巴巴利奴隶市场光着身子给卖掉。

他想象着自己的周围都是手持弯刀的仆人，在为玛丽·博林出价；他笑了笑，又让注意力回到她姑母身上。她给他透露了一些博林家的秘密；他没有秘密可以透露给她，虽然她以为他有。

他回到房间时，格利高里已经睡着，但是他翻了个身，说，"亲爱的父亲，您去哪儿了，上谢尔顿夫人的床了吗？"

这种事时有发生：但不是与博林家的人。"你肯定是做了些很奇怪的梦。谢尔顿夫人已经结婚三十年了。"

"我还以为晚餐后可以跟玛丽一起坐会儿的，"格利高里嘟囔着。"如果我没有说错话的话。但话说回来，她太爱嘲弄人了。我无法跟一个这么爱嘲弄人的姑娘呆在一起。"他在羽毛床上沉沉地翻了个身，又睡着了。

当费希尔恢复理智并请求原谅的时候，老主教恳求国王考虑他年老多病。国王表示，剥夺公民权的议案必须按程序进行；但是他有个习惯，对知错认错的人总是宽大为怀。

圣女将被处以绞刑。他对人骨椅子的事只字未提。他告诉亨利她已经不再预言，心里希望到了泰伯恩，当她的脖子套上绞索的时候，她不会骂他撒谎。

当顾问官们跪在国王面前，请求将托马斯·莫尔的名字从议案上拿下来时，亨利做出了让步。也许他一直在等待这样：等待着别人来说服他。安妮不在场，否则结果可能会大相径庭。

他们站起来，拍了拍灰，走了出去。他觉得听到红衣主教在房间里某个看不见的地方嘲笑他们。奥德利的自尊没有受到伤害，但是公爵显得很懊恼；当他试图站起来时，那对上了年纪的膝盖却不顶事，他和奥德利只好分头扶着他的胳膊，把他搀了起来。"我还以为可能会在那儿一动不动地再呆上一小时，"他说，"一遍又一遍地求他。"

"可笑的是，"他对奥德利说，"财政部还在给莫尔发养老金。我觉得最好停下来。"

"他现在有了喘息的机会。上帝保佑他能明白些事理。他把自己的事情都安排好了吗？"

"能转移的都转移给他的孩子们了。罗珀尔是这样告诉我的。"

"哦，你们这些律师呀！"公爵说。"到我倒霉的那一天，谁来照顾我呢？"

诺福克在冒汗；他放缓脚步，奥德利也慢了下来，于是他们就这样不紧不慢地走着，而克兰默则跟在后面，像是后来加入进来的一般。他转过身，扶住他的胳膊。他一直在出席议会的所有会议；否则，主教的席位就会明显不够数。

当他正在推动议会通过他的重要议案时，教皇选取这个月对凯瑟琳王后的婚姻终于做出了裁决——这个裁决已经拖得太久，他还以为克雷芒打算到死都让它悬而不决。克雷芒说，原先的特许令是合理的；因此这桩婚姻也是合理的。皇帝的支持者们在罗马的大街上燃放烟花。亨利很不以为然，嗤之以鼻。他通过跳舞来表达这种情绪。安妮仍然可以跳舞，虽然她的腹部已经明显隆起；这个夏天她必须平静地度过。他想起国王搭在丽琪·西摩腰间的那只手。后来没有了下文，那个年轻女人丝毫也不傻。现在他总是围着小玛丽·谢尔顿转，时而把她抛起来，时而挠她的痒，时而掐她一下，或者夸得她喘不过气来。这些都不算什么；他看见安妮抬起下巴，移开了视线，并重新靠进椅子里，小声说了句什么，脸上是一副顽皮的神情；她的面纱从那个嬉皮笑脸的小人弗朗西斯·韦斯顿的外套上飞快地擦过。很显然，安妮认为对玛丽·谢尔顿必须容忍，甚至要哄她开心。如果姐妹不在身边，那么把国王圈在堂姐妹之中，就是最为安全之策。玛丽·博林去哪儿了？在乡下，也许跟他一样盼望着天气回暖。

在一个星期一的上午，没有春天的过渡，夏天突然就来临了，像一位神采奕奕的新仆人：这是4月13日。他们在朗伯斯——奥德利，他自己，还有大主教——强烈的阳光从窗户照了进来。他站在那儿，俯瞰着宫里的花园。《乌托邦》那本书就是这样开场的：一群朋友，在花园里交谈。在下面的小道上，休·拉蒂摩和国王的几位教士们正在疯闹，像小学生似的推推搡搡，休的两条胳膊搂住他的两位教士同行的脖子，让自己双脚离地。他们现在只需要一个足球，就可以好好地乐一乐了。"莫尔先生，"他说，"你干吗不出去晒晒太阳呢？过半个小时我们再叫你，再让你宣誓：而你会给我们一个不同的答案，对吧？"

他听见莫尔站起来时关节在咔咔作响。"托马斯·霍华德竟然为了你下跪！"他说。那仿佛是几星期前的事情了。每天晚上开会熬到半夜，而白天又总是为新的问题争吵，这让他很疲惫，但同时也让他的感觉更加敏锐，所以他知道在后面的房间里，克兰默正在令自己越来越焦虑，他希望在决堤之前让莫尔离开房间。

"我不知道你觉得半个小时对我能有什么用，"莫尔说。他的语气随和而调侃。"当然，对你可能会有点用。"

莫尔要求看一看《王位继承法》。于是奥德利将它展开；他刻意地低下头去读了起来，尽管他已经读过十来遍。"很好，"莫尔说。"不过我相信我已经说得很清楚了。我不能宣誓，但我不会对你要求宣誓这件事说三道四，我也不会试图阻止其他任何人宣誓。"

"这还不够。你也知道这一点。"

莫尔点点头。他脚步不稳地朝门口走去，先还撞向一个桌子角，让克兰默身子一震，连忙伸手去扶桌上的墨水。门在他背后关上了。

"怎么办？"

奥德利卷起法案。用它轻轻地敲着桌子，看着莫尔刚才站过的地方。克兰默说，"瞧，我有个主意。我们让他秘密宣誓怎么样？他宣了誓，但我们答应不告诉任何人？或者如果他不能这样宣誓，我们就问问他能怎样宣誓？"

他笑了起来。

"这满足不了国王的目的，"奥德利叹了口气。咚，咚，咚。"我们为他，还有费希尔，做出了这么大的努力。他的名字从剥夺公民权的名单上取消，费希尔只是被罚款而不是终身监禁，他们还想怎么样？我们真是搬起石头砸自己的脚。"

"哦，算了。上天保佑和事佬，"他说。他恨不得想掐死什么人。

克兰默说，"莫尔那边我们还要再试试。如果他拒绝的话，起码要说出理由。"

他低声骂了两句，从窗口转过身来。"我们知道他的理由。整个欧洲都知道。他反对离婚。他不相信国王能成为教会的首脑。但是他会说出来吗？才不会呢。我了解他。你知道我讨厌什么吗？这出戏完全是他设计的，我讨厌被卷进来。我讨厌把大好的时间花在这上面，我讨厌这样白白地耗费精力，我讨厌看着我们的生命就这样浪费，因为我敢说，不等这场大戏演完，我们就都会发现自己已经老了。而我尤为讨厌的是，当我在那儿磕磕巴巴地念台词时——因为所有的角色都是他创造的，而且他写了这么多年——莫尔先生却坐在观众席上,暗自窃笑。"

克兰默像一位服务生似的,给他倒了一杯酒,递过来。"给你。"

在大主教的手中,杯子不由自主地带上一种神圣的色彩:不是掺了水的酒,而是某种意味含糊的混合物,这是我的血液,这就像我的血液,这多多少少有点像我的血液,为了纪念我而这样。他把杯子递了回去。德国北部的人酿造一种烈酒,*aquavitae*①:来一杯那玩意儿会更有用。"把莫尔叫进来,"他说。

不出片刻,莫尔就站在门口,轻轻地打了个喷嚏。"得了,"奥德利笑着说,"英雄不该是这样到来的。"

"我向你保证,我从来没有打算做英雄,"莫尔说。"他们在修剪草坪。"他捏了捏鼻子止住另一个喷嚏,把长袍拉到肩上,跟跟跄跄地走到他们面前;坐在为他准备的椅子上。在此之前,他一直不肯坐下。

"这就好多了,"奥德利说。"我就知道外面的空气对你有好处。"他抬起头,请他过去;但是他,克伦威尔,示意他会呆在原地,在窗户旁边。"我不知道,"奥德利好脾气地说。"先是这一位不坐。然后又是那一位不坐。你看,"他把一张纸推到莫尔的面前,"这是我们今天见过的神父的名单,他们都已经就法案宣誓了,给你树了一个榜样。而且你也知道,议会的所有议员都服从了。所以你为什么不行呢?"

莫尔从眉毛下抬起眼来。"这对我们大家都不是一个舒服的地方。"

"比你要去的地方舒服一些,"他说。

"不是地狱,"莫尔笑着说。"我相信不是。"

"如果宣誓会让你下地狱,那么所有这些人呢?"他从墙边冲了过来,夺过奥德利手上的名单,卷了起来,扔到莫尔的肩上。"他们都要下地狱吗?"

"我不能为他们的良心说话,而只能为我自己。我知道,如果我按你

---

① 即现在的白兰地,中世纪时经由法国和意大利商人带到东欧,当时称为维泰水。

的意思宣誓了，我就会下地狱。"

"有些人会忌妒你，"他说，"你对天恩如何运作居然这么了解。不过话说回来，你跟上帝的关系一直都很亲密，对吧？我不知道你怎么敢这样。你谈起你的创造主时，那口气仿佛他是在某个礼拜天的下午跟你一起出去钓鱼的邻居。"

奥德利探身向前。"我们说清楚一点儿。你之所以不肯宣誓，是因为你的良心反对你这样？"

"是的。"

"你能回答得稍稍具体一些吗？"

"不能。"

"你反对这样，但你不会说出原因？"

"是的。"

"你反对的是法案这件事，还是宣誓的形式，或者是宣誓这件事本身？"

"我不想说。"

克兰默开口道，"如果是良心的问题，那么肯定总是有些怀疑……"

"哦，但这不是一时冲动。我已经长时间地、很认真地思考过。而在这件事情上，我清楚地听到了我良心的声音。"他朝一边侧着头，微笑着。"你不是这样吗，大人？"

"不过，肯定还是有些困惑吧？因为你是一位学者，习惯了有争议，所以你肯定会扪心自问，为什么那么多的学者是那样想，而我却是这样想？但是有一点确定无疑，你理所当然地应该服从你的国王，就像所有的臣民一样。还有，多年以前，当你进入国王的枢密院时，你曾经做过一次非常特别的宣誓，宣誓要服从他。所以你现在就不行吗？"克兰默眨了眨眼。"把你的怀疑与确定无疑的方面两相抵消，宣誓吧。"

奥德利靠回到椅子上。闭上眼睛。似乎在说，我们这一招真是棒极了。

莫尔说，"当你被教皇任命，就职为大主教的时候，你对罗马宣了誓，但据说那一天，在所有仪式的过程中，你手里一直攥着一张折叠起来的小纸条，说你的宣誓不是出于自愿。这难道不是事实吗？据说那张纸条是克伦威尔先生写的。"

奥德利的眼睛猛然睁开了：他觉得莫尔为自己找到了退路。但莫尔的脸上虽然挂着笑容，却满是怨愤。"我才不会耍这种两面手腕，"他柔声说着。"我才不会在我主上帝面前，更别说在英格兰的信徒面前，来这样一场木偶表演。你们说你们在大多数人这一边。我说我在大多数人这一边。你们说你们有议会的支持，我说所有的天使和圣人都支持我，还有那一代又一代已经故去的基督徒，自从基督教的创建之日，作为一个统一的团体——"

"哦，天哪！"他说。"谎言不会因为有了一千年的历史就不再是谎言。你那统一的教会最热衷的莫过于迫害自己的教民，在他们坚守自己良心的时候，把他们烧死，将他们分尸，开膛挖肚，掏出他们的内脏去喂狗。你引历史为证，但对你来说，历史是什么呢？是一面美化托马斯·莫尔的镜子。但我还有另一面镜子，我举起它，里面出现的却是一个爱慕虚荣的、危险的人，当我转动它时，还可以看到一个凶手，因为你会把不知道多少人拖下去，他们原本只会受受苦，而不用满足你那殉道的欲望。你不是一个简单的人，所以别想把这件事情简单化。你知道我一直敬重你吗？你知道我还是个孩子的时候就敬重你吗？我宁愿看到我唯一的儿子死掉，宁愿看到他们砍下他的脑袋，也不愿看到你拒绝这次宣誓，从而让英格兰的所有敌人称心如意。"

莫尔抬起头来。有一刹那的工夫，他的目光与他的相对，但接着他就移开了视线。他小声地、好笑地低语：他恨不得就为这个而杀了他。"格利高里是一位优秀的年轻人。不要咒他。就算他以前表现不佳，以后也会做好的。我对我自己的儿子也是这种看法。他有什么用呢？但是他的价值不只在于作为一个论点。"

克兰默苦恼地摇着头。"这不是论点不论点的问题。"

"你说到你的儿子,"他说。"他会怎么样呢?还有你的女儿们?"

"我会劝他们宣誓。我猜他们不会有我这样的顾虑。"

"我不是指这个,你也知道。你背叛的是整个下一代。你希望皇帝的脚踩在他们的脖子上吗?你简直不算英国人。"

"你自己也算不上,"莫尔说。"为法国作战,对吧,还为意大利人提供贷款?你几乎不是在这个国家长大的,小小年纪就坏事做尽,在这个国家呆不下去了,为了躲避牢狱或绞索才逃之夭夭。不,我来告诉你你是什么人,克伦威尔,你是个彻头彻尾的意大利人,你有着他们所有的恶德,也像他们一样爱冲动。"他靠回到椅子上:苦笑了一声。"你这种冷酷无情的友好。我早就知道它到头来会消失的。就像一枚转过太多次手的硬币。而现在那层银面已经磨光,我们就看到普通的金属了。"

奥德利得意地笑了笑。"你好像没有注意到克伦威尔先生在铸币厂所做的努力。他的钱币都是货真价实,否则就不算是钱了。"

大法官这是情不自禁,他就是一个容易得意的人;必须有人保持镇静。克兰默面色苍白,已经渗出汗来,他还看到莫尔的太阳穴上青筋在跳动。他说,"我们不能让你回家。不过,我觉得你今天好像不大舒服,所以,我们也许可以把你羁押在威斯敏斯特修道院院长那儿,而不是关进塔里……你看这样是否合适,坎特伯雷大人?"

克兰默点点头。莫尔说,"克伦威尔先生,我不应该嘲弄你,对吧?你已经表明是我最特殊最体贴的朋友。"

奥德利朝门口的看守点点头。莫尔平稳地站起身,仿佛一想到羁押,他的脚下就有了弹性;只不过还是露出了些破绽,他仍然时不时地扯扯衣服,抬腿时动作有些艰难;而即使是抬动了腿,似乎也是走一步退两步,脚下磕磕绊绊。他想起在哈特菲尔德,玛丽从凳子上起身后,忘记了凳子在哪儿。虽然不大利索,莫尔总算被带出了房间。"好了,他完全得到自己想要的东西了,"他说。

他把一只手掌贴在窗户玻璃上。他看着有裂纹的旧玻璃上留下的手印。河面上出现了一片云；大半天时间过去了。奥德利穿过房间朝他走来。他迟疑了片刻，站在他的肩旁。"如果莫尔愿意说出来就好了，说出他反对誓言中的哪一部分，那么还可能根据他的异议做些调整。"

"算了吧。只要他说出是哪一点，他就死定了。保持沉默是他唯一的希望，而且还不算是多大的希望。"

"国王也许会接受某种折衷的做法，"克兰默说。"但恐怕王后不会。而且说实在的，"他含糊地说，"她凭什么要接受呢？"

奥德利将一只手搭在他的胳膊上。"亲爱的克伦威尔。谁能了解莫尔呢？他的朋友伊拉斯谟告诉他不要参政，他说他对这类事情没有兴趣，而且他说得很对。他当初压根儿就不该接受我现在的这个职位。他之所以接受，只是为了刁难沃尔西，他讨厌他。"

克兰默说，"他还告诉他不要研究神学。除非是我弄错了？"

"你怎么会错呢？莫尔把他的朋友们写给他的信全都发表了。就连他们指责他的时候，他也是大显谦恭地做做秀，然后又让自己从中受益。他是个公众人物。所有在他脑海中闪现过的念头他都会写到纸上。在此之前，他没有保留任何的隐私。"

奥德利伸手越过他，推开了窗户。一阵鸟鸣顿时倾泻在窗台上，并流淌进房间，那是画眉鸟婉转动人的歌声。

"我想他正在把今天的事情写下来，"他说，"然后送到国外去印发。我敢说，在欧洲人的眼中，我们会是傻瓜和压迫者，而他说得好听一些就是可怜的受害者。"

奥德利拍拍他的手臂。他想安慰他。但谁能这样做呢？他是不可安慰的克伦威尔先生：是不可捉摸、不可理解、还可能是不可打败的克伦威尔先生。

第二天国王召见他。他猜想是因为没能让莫尔宣誓而要训斥他。"谁能陪我去参加这个节日？"他问道。"赛德勒先生吗？"

他一出现在国王面前，亨利就不容分说地长臂一挥，让他的侍从全部退开，只留下他一个人。他的脸上阴云密布。"克伦威尔，我难道不是你的好主子吗？"

他开始说……仁慈，而且远不止是仁慈……是自己无能……如果哪些方面没有做好，恳请最仁慈的宽恕……

他可以这样说上一整天。他从沃尔西那儿学到了这项本领。

亨利说，"因为大主教大人认为你受到了亏待。但是，"他说，他的语气很委屈，"作为一位国王，我的慷慨是众所周知的。"他似乎对这一切感到不解。"你马上就是国务大臣。接着还会有奖赏。我不明白我为什么没有尽早这样。但是告诉我：那一次跟你提到英格兰以前的那些姓克伦威尔的贵族时，你说跟你毫无关系。你有没有再想想？"

"老实说，我从来就没有再想。我不会穿别人的衣服，或者用别人的纹章。说不准他会从坟墓里出来跟我争的。"

"诺福克大人说你喜欢出身卑微。他说你是有意这样编的，好戏弄他。"亨利握住他的手臂。"我觉得为了方便起见，"他说，"不管我们去哪儿——虽然考虑到王后的情况，今年夏天我们不会走远——在我的隔壁都应该为你安排房间，我需要你的时候我们就随时可以谈话；而且在可能的情况下，是可以直接交流的房间，这样我就不需要中间人了。"他朝那些大臣一笑；他们像潮水一般退开。亨利说，"如果我有意忽略你，让我遭天打雷劈。我知道何时我有朋友。"

到了外面，雷夫说，"天打雷劈……他发了这么可怕的誓。"他拥抱他的主人。"这个时刻已经等了太久了。不过听着，我们回家之后我有件事情要告诉您。"

"现在就告诉我吧。是好事吗？"

有位侍从走上前来，说，"国务大臣，您的船已经等候在那儿，准备送您回城。"

"我得在河边有座房子，"他说。"跟莫尔一样。"

"哦，但要离开奥斯丁弗莱吗？想想网球场，"雷夫说。"还有花园。"

国王秘密地做好了准备。涂漆上的加迪纳的纹章已经被烧掉。绣有他的纹章的旗帜在都铎王朝的旗帜旁升起。他第一次踏进自己的船，在河上，雷夫把消息告诉了他。在他们的脚下，船身的颠簸几乎难以察觉。旗帜无精打采地耷拉着；这是一个无风、有雾的上午，阳光斑驳，光线照在人的皮肤、布料或新嫩的树叶上，泛出的光泽犹如鸡蛋壳上的一般：整个世界都熠熠泛光，棱角变得模糊，气息潮湿而青葱。

"我已经结婚半年了，"雷夫说，"谁都不知道，但现在您知道了。我娶了海伦·巴尔。"

"哦，天哪，"他说。"在我自己的屋檐下。你干吗要这样做？"

雷夫一声不吭，听他一口气说了下去：她很可爱，但是她什么都没有，这个可怜的女人不会带给你任何好处，你本可以娶一位女继承人的。等着你告诉你父亲的时候吧！他会大发雷霆，他会说我没有好好为你着想。"再说，万一哪天她丈夫又露面了呢？"

"您跟她说过她自由了，"雷夫说。他在哆嗦着。

"我们有谁是自由的呢？"

他想起海伦当时说的话："那么我可以再婚了？如果有人要我的话？"他想起她曾经久久地望着他，意味深长，只是他当时没有明白。她满可以翻几个筋斗，他也不会注意到的，他的思绪已经游移到了别处；对他而言谈话已经结束，他已经在考虑别的事情。如果我自己当时想要她，娶了她，谁又能说三道四，说我娶了一个身无分文的洗衣女，甚至是从街上捡来的乞丐？人们会说，克伦威尔想要的原来是这种人，一个身材丰满的美人；难怪他看不上城里的寡妇们。他不需要钱，也不需要关系，他有能力随心所欲：他现在是国务大臣，接下来会是什么？

他凝视着河水，时而褐黄，而当阳光照在上面时又变得清亮，但是一直在流动；在河水的深处，有鱼，有水草，还有淹死的人，枯瘦的手在随水摆动。在泥地和卵石滩上，扔着皮带扣，玻璃片，以及一些变了形的、国王的面孔已经被冲蚀掉的小硬币。小时候，他曾经捡到一只马蹄铁。马掉进河里了？他觉得捡到这东西很运气。但是他父亲说，如果马蹄铁也算运气，小子，我就会是安乐乡的国王了。

他先去厨房把消息告诉了瑟斯顿。"哦，"厨师随口说道，"反正那份工作本来就是您在做。"他呵呵一笑。"加迪纳主教一定会怒火中烧。他的五脏六腑会在自己的脂肪里烧得咝咝响。"他从盘子里拿起一块沾有血的抹布。"看到这些鹌鹑了吗？一只黄蜂的肉都比它们多。"

"用玛姆齐酒？"他说，"来煮它们？"

"什么？三四十只？浪费那么好的酒。您喜欢的话，我可以给您做一点。是加来的李尔勋爵送来的。您写信的时候，告诉他如果他准备再送，我们就要壮一些的，要不就干脆别送。您不会忘吧？"

"我会记着的，"他一本正经地说。"从现在开始，我想我们有时可以让枢密院来这儿开会，如果国王不出席的话。我们可以让他们先用餐。"

"好的。"瑟斯顿扑哧一笑。"诺福克那两条小细腿上可以再长点肉。"

"瑟斯顿，你不必弄脏你的手——你手下的人已经够了。你可以带一条金链子，走来走去地发号施令。"

"您会是那样做吗？"他湿漉漉的手在鹌鹑上拍了一掌；接着瑟斯顿抬头望着他，一边擦掉手指上的鹌鹑毛。"我想我还是别歇着。万一到时候倒了霉。我不是说一定会倒霉。不过，还记得红衣主教吧。"

他记得诺福克：叫他去北部，要不然我会赶到他那儿，用我的牙齿把他撕碎。

我能不能改成"咬"这个字？

他想起一句话，*homo homini lupus*，人对人是狼。

"这么说，"晚餐之后他对雷夫说，"你已经让自己出名了，赛德勒先生。你会被当成浪费自己关系的最好的例子。做父亲的会以你为例来教训他们的儿子。"

"我没办法，先生。"

"什么叫没办法？"

雷夫说，他的语气尽量平淡，"我疯狂地爱上了她。"

"那是什么感觉？就像疯狂地生气一样吗？"

"我想是吧。也许。只不过你觉得更有活力。"

"我看我现在已经觉得再有活力不过了。"

他心里想，不知道红衣主教是否恋爱过。但是当然了，他干吗要怀疑？沃尔西那满腔的热情，因为沃尔西热情似火，简直可以烤焦整个英格兰。"告诉我，王后加冕之后的那个晚上……"他摇摇头，翻动着桌上的文件：那是赫尔市长写来的几封信。

"您问什么我就告诉您什么，"雷夫说。"我想不出当初为什么不跟您说实话。但是海伦，我妻子，她觉得最好保密。"

"但是她现在怀孕了，我想，所以你们必须说出来了？"

雷夫的脸红了。

"那天晚上，我回奥斯丁弗莱找她，要带她去克兰默的妻子那儿……她下了楼，"他的眼睛移动着，仿佛看着当时的情景，"她下了楼，但是没有戴帽子，而你跟在后面，头发乱七八糟地竖着，你对我把她带走很生气……"

"嗯，是的，"雷夫说。他不自觉地抬起手，用手掌将头发压平，仿佛这有助于解决眼下的问题。"他们都出去庆祝了。那是我第一次带她上床，不过这没有什么可指责的。在那之前她已经答应把自己交给我。"

他想，我很高兴我在家里养大的不是一个毫无感情、只在意自己前程的年轻人。你如果没有冲动,在某种程度上也就没有快乐;在我的保护之下,雷夫可以偶尔冲动。"你瞧,雷夫,这是——嗯,天知道,这是一件蠢事,但不是一场灾难。告诉你父亲,我在这个世界上的提升也会保障你的提升。当然,他还是会暴跳如雷。做父亲的都会这样。他会怒吼,说我真后悔,那一天不该让我的儿子离开,去了堕落的克伦威尔府上。但是我们会让他回心转意。一步一步地来。"

在此之前,那孩子一直站着;现在他坐到凳子上,双手抱头,脑袋后仰;他的全身如释重负。他这么害怕吗?怕我?"你瞧,等你父亲一见到海伦,他就会明白,除非他……"除非他什么?只有死了而且进了坟墓才会看不到:她那成熟迷人的身体,她那温柔和善的眼睛。"我们只是得让她解下成天系在身上的帆布围裙,打扮得漂漂亮亮的,像赛德勒夫人的样子。当然你会需要一座自己的房子。这一点我会帮你。我会想念那两个小家伙的,我已经喜欢上他们了,茉茜也是,我们都很喜欢他们。如果你希望这个没有出生的孩子成为你家里的第一个孩子,我们可以把他们留在这儿。"

"您太好了。但海伦绝对不会跟他们分开的。这一点我们已经说好了。"

这样看来,我在奥斯丁弗莱再也不会有别的孩子了,他想。嗯,除非我从国王的事务中抽出时间,开始寻找目标:除非当一个女人跟我说话时,我认真地听。"有一件事可以让你父亲接受你们,你也可以告诉他,那就是,只要我不在国王的身边,你就会在他的身边。赖奥斯利先生要戏弄那些外交官,以及做密码记录,这种需要耍手腕的工作很适合他,而理查德在我不在的时候要在这府上主事,把我的工作向前推进,你和我则要去侍奉亨利,就像两个好脾气的保姆一样,迁就他的奇思怪想。"他笑了笑。"你天生就是一位绅士。他可能会提拔你去贴身侍候他,让你进入寝宫。这对我也很有用。"

"我没有指望会这样。我没有这样计划过。"雷夫垂下眼睛。"我知道我永远不能带海伦进宫。"

"就目前来看是不行。而且我认为在我们的有生之年都不会改变。不过你瞧,你已经做出了选择,就绝对不能后悔。"

雷夫热切地说,"我怎么会想到要对您保密呢?您明察秋毫,先生。"

"啊。只是某种程度上吧。"

雷夫走后,他拿出晚上要干的工作,动手做了起来,将各种文件整理有序。他的议案已经获得通过,但总是有新的议案。当你制定法律时,你就是在测试那些词语,找出它们最大的力量。像咒语一般,它们必须让事情在现实世界发生,同样像咒语一般,只有当人们相信时它们才会有效。如果法律中规定了处罚,你就必须能够实施——不管对象是富人还是穷人,是苏格兰边界地区的人还是威尔士边界地区的人,是康沃尔人还是苏塞克斯和肯特郡的人。他写下了这条誓词,以检测人们对亨利的忠诚,他打算让每个市、每个村的男人,以及各种地位的女人都宣誓;不管是继承了遗产的寡妇,还是土地拥有者。他的人会奔走于丘陵和荒原,让那些没有听说过安妮·博林名字的人宣誓支持她肚子里的孩子继承王位。如果一个男人知道国王叫亨利,就让他起誓;别管他是否把现在的国王当成了他父亲或者之前的某位亨利。因为跟其他人一样,当国王的也会渐渐被老百姓遗忘;在他过去从河边淤泥里找出来的硬币上,他们的面孔只不过是他的手指尖所感觉到的略微的不平整,就算他把硬币带回家洗干净,他也说不出他们会是谁;这是不是恺撒大帝?他问,沃尔特说,让我看看;然后他很不屑地把硬币抛得远远的,说,这只是一枚小法寻[①],上面是在法国作战过的哪位国王。出去挣钱去,他说,别管什么恺撒大帝了;亚当还是个小子的时候恺撒就已经老了。

他就会口里哼着,"亚当耕地夏娃纺织,谁会是当时的绅士?"沃尔

[①] 英国旧货币单位、旧硬币,1961年停止流通,等于1/4旧便士。

特就会去追他，如果抓住了就会揍他：你还会唱该死的造反歌，我们这儿知道怎么对付造反的人。他们被埋进浅浅的坟墓，那些在他小时候一路打过来的康沃尔人；但总是有更多的康沃尔人。而在康沃尔之下，在这整个英格兰王国之外和之下，在威尔士潮湿的边界地区和苏格兰边界的崎岖地带之下，有另一个天地；有一个被藏匿的、他担心他的监誓官无法抵达的帝国。谁能去找那些生活在树篱和树洞里的精灵和幻形怪、或者藏在森林里的野人宣誓呢？还有壁龛里的圣人，聚集在像落叶一般簌簌有声的圣泉旁的精灵，以及被埋进未被祝圣的土里的流产儿：所有那些看不见的死者，他们大冬天里在铁匠铺和村里的炉子旁流连不去，想温暖一下自己的光骨头——谁能让他们宣誓呢？因为他们也是他的同胞：那一代又一代未被计数的死者，通过生者在呼吸，从他们那儿偷取光亮，那些贵族与无赖、修女与娼妓的无血的鬼魂，那些靠英格兰的生者为生、并吸取未来的精华的神父与修士的鬼魂。

他低头望着桌上的文件，但思绪却飘到了远方。我的女儿安妮说，"我选雷夫。"他低下头，手捂着脸，闭上眼睛；安妮·克伦威尔就站在他的面前，十到十一岁的样子，身材壮实，像全副武装的男人一般坚定，她的小眼睛一眨不眨，相信她有决定自己命运的能力。

他揉了揉眼睛。又审阅起那些文件。这是什么？一份清单。字写得一丝不苟，清清楚楚，却让人读不大懂。

两块地毯。一块被剪成了几小块。

7张床单。2只枕头。1个枕垫。

2只大盘子，4只小盘子，2只茶碟。

一只小盆，重12磅，每磅4便士，给了女修道院院长，付了4先令。

他把纸翻了一面，想看看是哪儿来的。他发现自己看的是伊丽莎白·巴顿留在女修道院的物品清单。这些都已被没收归国王所有，一个叛国者的私人财物：一块当桌子用的木板，三只枕套，两个烛台，一件值五先令的外套。一件旧披风被捐给了那座女修道院里最小的修女。还有一位爱丽丝修女得到了一床床罩。

他曾经对莫尔说，预言并没有让她致富。他写了一张便条提醒自己："伊丽莎白·巴顿需要钱打点绞刑吏。"她还可以活五天。她爬上梯子时，看到的最后一个人会是向她伸着手的行刑人。如果她无法为自己的最后一程付钱，她受痛苦的时间可能会更长。她想象过烧死要花多少时间，但没有去想在绳子的一端窒息需要多久。在英格兰，对穷人不会有恻隐之心。你什么都要付钱，哪怕是一条断脖子。

托马斯·莫尔的家人已经宣誓了。是他自己看着他们宣誓的，爱丽丝还清楚地表示，她认为他个人应该为没能说服她丈夫服从而负责。"问问他，看在上帝的份上他到底是怎么回事。问问他，这是不是，他认为这是不是很明智，让他的妻子失去伴侣，让他的儿子失去指点，让他的女儿们失去保护，让我们大家任由托马斯·克伦威尔这样的人摆布？"

"那是您说的，"梅格似笑非笑地喃喃道。她低着头，用自己的双手捧住他的手。"我父亲对您的评价很高。他说您对他一直彬彬有礼，说您言辞很热切——他认为这完全是一番好意。他说他相信您理解他，就像他理解您一样。"

"梅格？你总可以看着我吧？"

在那顶三角形风帽下，那张脸又低了下去：梅格拉了拉她的面纱，仿佛她正在外面的大风之中，面纱能给她一些保护。

"我可以拖延国王一两天。我想他不希望看到你父亲被关进塔里，他每时每刻都在期待着一些迹象，期待着他……"

"屈服？"

"是支持。到那时……多高的荣誉他都能得到。"

"我怀疑国王能给他他所在意的那种荣誉。"威尔·罗珀尔说。"很遗憾。好了，梅格，我们回家吧。我们得在你母亲吵起来之前让她去河上。"罗珀尔伸出手。"我们知道您不是一个有报复心的人，先生。尽管天知道,他对您的朋友一贯都不友好。"

"你自己也曾经是《圣经》的拥护者。"

"人的想法是可以变的。"

"我完全同意。把这话告诉你岳父。"

分手时的气氛有些尴尬。他想,我不能让莫尔,或者他的家人,保留任何关于理解我的幻想。这怎么可能呢,因为我做的事情连我自己都看不透。

他暗暗提醒自己:理查德·克伦威尔要去威斯敏斯特修道院院长那儿,押送犯人托马斯·莫尔爵士去塔里。

我为什么要犹豫呢?

我们再给他一天时间吧。

今天是1534年4月15日。他叫进一位职员来将文件整理归档,为明天做准备,然后呆在火边,陪他聊天;到了半夜,蜡烛快要烧完。他端起一支蜡烛上了楼;在他那张宽大而孤寂的床上,克里斯托弗正四仰八叉地躺在床尾,鼾声如雷。天哪,他想,我的生活真是滑稽。"醒一醒,"他说,但是声音很低;见克里斯托弗没什么反应,他就伸手把他摇来摇去,就像翻动馅饼的盖子一般,直到那孩子用不干不净的法语嘟囔着醒来。"哦,去他妈的基督的蛋。"他用力地眨着眼睛。"我的好先生,我不知道是您,我梦见我自己成了一块油酥馅饼。原谅我吧,我完全醉了,我们一直在庆祝漂亮的海伦与幸运的雷夫结为夫妇。"他抬起前臂,勾起拳头,做了一个极其下流的手势;接着他的手臂无力地垂下来落在身上,眼皮无可抗拒地合拢,最后打了一个嗝,然后又睡着了。

他把那孩子拖到他自己的小床上。克里斯托弗现在已经很沉了,像一头肥胖的小斗牛犬;他哼了两声,嘟囔了几句,但是没有再醒。

他把自己的衣服放到一边,并做了祷告。他躺到枕头上:7张床单2只枕头1个枕垫。蜡烛一灭他就睡着了。但是他的女儿安妮出现在他的梦中。她伤心地伸出左手,给他看她没有带结婚戒指。她撩起她的长发,把它像绞索一样套在自己的脖子上。

仲夏： 女人们的胳膊上搭着干净的床单，朝王后的住所匆匆走去。她们满脸的茫然和震惊，而且走得飞快，所以你明白不要去拦住她们。王后的房间里生起了火，把流出来的什么东西烧掉了。如果还有任何东西要埋掉的话，那些女人也都守口如瓶。

那天晚上，天空闪烁着尖刀般的星星，亨利缩在一个窗口，他会告诉他，我怪的是凯瑟琳。我相信是她咒了我。其实是她的子宫有病。她骗了我那么多年——她怀不上男孩，她自己和她的医生们都知道。她说她还爱着我，但她是在毁掉我。她晚上过来躺在我和我所爱的女人中间，她的双手冰凉，她的心也冰凉。她把手放在我的阴茎上，她的手有坟墓的味道。

贵族和贵妇们拿钱给那些女仆和接生婆，让她们说那孩子是男是女，可那些女人每次的答案都不一样。说实在的：安妮又怀了一个女孩，或者她怀了一个男孩却流产了，这两种情况哪一种更糟呢？

仲夏： 伦敦到处都燃着篝火，熊熊的火光送走短暂的夜晚。大龙在街上穿行，它们喷着烟雾，晃动着哐哐作响的机械翅膀。

2. 基督教世界的地图

1534—1535 年

"你想要奥德利的职位吗？"亨利问他。"只要你开口它就是你的。"

夏天已经过去。皇帝没有来。克雷芒教皇死了，他的判决也随之而去；新一轮的游戏即将开始，他已经把门开着，只开了一条缝，等待着下一任罗马主教与英格兰进行会谈。就他个人而言，他宁愿"砰"的一声把门关上；但这些不是个人的事情。

现在他认真地考虑着：当大法官对他来说合适吗？在法律系统内有个职位是一件好事，那为什么不一步到顶呢？"我不想让奥德利不安。如果陛下对他感到满意的话，我也同样满意。"

他想起这个职位曾经把沃尔西拴在伦敦，而国王却在别的地方。红衣主教很热衷于法庭上的事情；但我们已经有够多的律师了。

亨利说，你最想要什么，只管告诉我。他有些不好意思，像情人一般，想不出最好的礼物。他说，克兰默告诉我，多听克伦威尔的，如果他想要一个职位，想征税，想征收关税，想在议会里采取某项措施，或者想发表一项王室声明，就都随他去。

案卷司长一职现在空缺。这是一项古老的司法职务，掌管着国家的几大秘书处之一。他的前任将是那些在学问上出类拔萃的人，多数是主教：他们躺在坟墓里，他们的美德用拉丁文刻在墓碑里。当他揪着这成熟的果实的柄,将它"啪"的一声从树上摘下来时,他感到前所未有的兴奋。

"对法尔内塞红衣主教你也说对了,"亨利说。"现在我们有了新教皇——要我说,就是罗马主教——我打赌赢的钱已经收回来了。"

"您瞧,"他笑着说,"克兰默说得对。按我说的做。"

听说罗马人为克雷芒教皇的死举行了庆祝,宫廷里都觉得好笑。还听说他们挖开了他的坟墓,拖着他一丝不挂的尸体游街。

位于法院路的案卷司长官邸是他所见过的最奇特的房子。里面散发着潮湿、发霉和油腻的气味,在那弯弯曲曲的正面墙后,它向内蜿蜒,有很多狭小的房间,房门都很低矮;难道我们的祖先都是小矮人吗,要不就是他们不太确定怎样撑起天花板?

这座官邸有三百年的历史,是那个时代的亨利修建的;他建造它是为了给改变信仰的犹太人提供一个庇护所。一旦他们走了这一步——如果他们希望免受暴力,就最好这样——他们的财产就会被全部没收上缴王室。然后,王室就只需要在他们的有生之年保障他们的饮食起居。

克里斯托弗在他前面跑进了宅子的深处。"快看!"他伸出一根手指,从一张巨大的蜘蛛网上划过。

"你毁了它的家,你这狠心的孩子。"他打量着阿丽亚娜①的摇摇欲坠的猎物:一条腿,一个翅膀。"趁它还没回来,我们快走吧。"

亨利出钱建造这座宅子的五十年后,所有的犹太人都被赶出了这个国家。但这处庇护所从来都不是空无一人;即使是现在,还有两个女人住在这里。我要去拜访一下她们,他说。

克里斯托弗轻轻地敲着墙壁和房梁,仿佛知道自己在找什么一般。他饶有兴致地说,"如果你这样敲呀敲的有了回应,你会跑吗?"

"哦,天哪!"克里斯托弗在胸前画了个十字。"我猜这里死了上百

---

① 希腊神话中克里特岛国王迈诺诺斯的女儿,曾用线团帮助忒修斯走出迷宫。

人，既有犹太人也有基督徒。"

的确，在这块墙板的后面，他能感觉到老鼠的小骨头：有上百代，它们那关节连着的前腿在永远的长眠中蜷曲着。它们的后代正茁壮成长，他在空气中能闻到这种气息。这是马林斯派克的活儿，他说，如果我们能抓住它的话。红衣主教的猫现在成了野猫，时而在伦敦的花园肆意乱跑，时而追踪着城中修道院池塘里鲤鱼的味道，或者被诱惑到——就他所知——河的另一边，依偎在那些松弛的乳房上擦过玫瑰花瓣和龙涎香的妓女的胸前；他想象着马林斯派克耷拉着脑袋，咕咕地叫着，想挣脱出来重新回家。他对克里斯托弗说，"我想，如果我管不了一只猫，又怎么能管得住案卷。"

"案卷没有腿可以走路。"克里斯托弗在踢着一块踢脚板。"我的脚可以进去，"他一边说，一边示范着。

他会舍得奥斯丁弗莱的舒适条件，来忍受这玻璃上有裂纹的小窗户，嘎吱作响的走廊，以及陈腐的空气吗？"从这里去威斯敏斯特会近一些，"他说。他的目标已经确定在那里——白厅，威斯敏斯特以及河流，国务大臣的船往下可达格林威治，往上可抵汉普顿宫。我会经常回奥斯丁弗莱，几乎每天都回去，他对自己说。他正在建一间贵重物品室，国王委托他保管的所有金器都要安安全全地储藏在里面；他所存放的任何东西都能很快变成现钱。那些贵重物品从街上运来时，用的是普通的马车，以免引起注意，虽然也有机警的侍从护卫着。大酒杯用特制的柔软皮套套着。碗碟装在帆布袋里，中间用七便士一码的毛料白布间隔起来。各种珠宝用丝绸包着，装在挂着锃亮的新锁的箱子里；而钥匙在他身上。有刚从大海里出来不久的光润的大珍珠，有光彩炫目的蓝宝石。有些宝石就像某个下午在乡下采摘的水果：黑刺李一般的石榴石，玫瑰果一般的粉钻石。爱丽丝说，"有了几颗这样的东西，我一个人就能把基督教世界的任何一位女王或王后赶下台。"

"国王没有遇见你可真是件好事，爱丽丝。"

乔说，"我宁愿弄到出口许可证。或者军队的合同。有人会在对爱尔兰战争中发财的。大豆，面粉，麦芽，马匹……"

"我来看看能为你做些什么，"他说。

他所持有的奥斯丁弗莱的租契为期九十九年。他的曾孙一辈还会拥有它：那是些他不认识的伦敦人。当他们看那些文件时，他的名字会在上面。他的纹章会刻在门口。他把手放在大楼梯的扶手上，抬头望着从一扇很高的窗户里照进来的、里面有尘埃飘舞的光线。我此前什么时候也像这样过？年初的时候，在哈特菲尔德：抬起头，聆听多年前的莫顿府上的声音。既然他自己去过哈特菲尔德，托马斯·莫尔肯定也去了吧？也许他所期待的头顶上的就是他的轻轻的脚步声？

他又开始想了起来，想着那只不知道从哪儿伸出来的拳头。

他起初的念头是，将职员和文件转移到案卷司官邸，那么奥斯丁弗莱就又像个家了。但是是谁的家呢？他已经拿出丽兹的祈祷书，在她记录的家庭成员那一页上，他做了些改动和添加。雷夫不久就会搬出去，搬到哈克尼的新房子；而理查德与他的妻子弗兰西丝正在这同一个街区盖房子。爱丽丝将嫁给他的被监护人托马斯·罗瑟汉姆。她哥哥克里斯托弗已经被授予圣职和领取圣俸。乔已经定制了结婚礼服；她被他的朋友约翰·艾普·赖斯相中，赖斯是一位律师，学者，是他钦佩的人，他相信他的忠诚。我已经为家里人做得不错了，他想：他们没有一个人受穷，或不幸，或者对自己在这个不确定的世界上的位置忐忑不安。他犹豫着，仰头看着那束阳光：时而是金黄色，而当云彩飘过的时候则变成蓝色。如果谁想下楼来得到他，就必须现在下来。他的女儿安妮那"嗵嗵嗵"的脚步声：安妮，他会对她说，我们能不能在你那小马蹄一般的脚上套一双厚脚套？格蕾丝像尘埃一般飘了下来，卷进一个漩涡，一个飞速转动的漩涡……不知飘向了哪里，消失了，不见了。

丽兹，下来吧。

但丽兹保持着沉默；她既没有留下也没有走开。她总是既在他身边又不在他身边。他转过身。那么这座房子将成为办公的场所。就像他所有的房子都会成为办公的场所一样。我的职员和文件资料在哪里,我的家就在哪里;要不然,我的家就会跟国王在一起,在他所在的地方。

克里斯托弗说,"既然我们要搬往案卷司长官邸去,我就可以告诉您,亲爱的先生,我真高兴您没有把我撇下。因为您不在的时候,他们总是叫我蜗牛脑子或者萝卜头。"

"哦……"他打量了一下克里斯托弗,"你的头的确像萝卜。谢谢你让我注意到这一点。"

在案卷司长官邸安顿下来后,他总结了一下自己的现状:很令人满意。他卖掉了位于肯特郡的两处庄园,但国王将蒙默思郡的一座庄园赏给了他,他还在购买埃塞克斯的一座庄园。他看中了哈克尼和肖尔狄奇的几块土地,而且正在办理奥斯丁弗莱附近的地产的租约,他打算将它们纳入自己的建筑计划之内;然后建一座高墙把它们围起来。他正在找人勘察贝德福德郡和林肯郡的两座庄园,以及埃塞克斯的两处地产,他准备将它们转到格利高里的名下。所有这些都是小菜一碟。跟他即将得到的东西相比,或者说跟亨利将要欠他的东西相比,这些都微不足道。

不过,他的支出会让一些实力较弱的人大惊失色。如果国王要干什么事情,你就必须能够配备相关的人员并提供资金。要满足他的贵族顾问官们的开销并不容易,不过他们有些人是靠当铺来维持生活,而且每个月都要跑来找他,好填补他们账户上的空洞。他知道什么时候该放债;在英格兰,有不止一种货币。他所感觉到的是,一张大网正在他的周围撒开,一张施惠和受惠的网。那些想接近国王的人愿意拿钱疏通,而他是最接近国王的人。与此同时,已经有一种说法:你帮克伦威尔,他也就会帮你。为了他而忠诚、勤奋、机敏;你一定会有回报。那些效命于他的人会得到提拔,受到保护。他是益友和良师;到处都在这样说。另一方面,也有那些老生常谈的攻击。他父亲是铁匠,奸诈的酿酒商,是爱尔兰人,是罪犯,是犹太人,而他自己以前也不过是一位羊毛商,一个剪刀手,现在成了一个巫师：如果不是巫师，他怎么可能这样一手遮天？查普伊斯在给皇帝的信中谈起他；他的早年生活仍然是一个谜，但他是一位绝好的朋友，他把他的府上以及他的仆人管理得非常出色。他是一位语言大师，查普伊斯写道，他极富口才；尽管他的法语，他补充了一句，只是还过得去。

他想，对付你绰绰有余。对付你只需要点个头，眨个眼就行。

过去的几个月里，枢密院一直在繁忙工作。通过一个夏天的艰难协商，终于达成与苏格兰的条约。但爱尔兰发生了叛乱。只有都柏林城堡本身和沃特福德市还坚守着国王的阵地，而那些举行叛乱的领主则在为皇帝的军队提供支援和港口。在所有这些岛屿中，那里是最令人头痛的地方，国王花费大量的人力财力去驻守，却得不偿失；但是他不能置之不理，以免他人插手进来。那里的人目无法纪，因为爱尔兰人认为杀了人可以用钱摆平，而且像威尔士人一样，他们用牲口来抵算人的性命。由于苛捐杂税，巧取豪夺，罚没财产以及光天化日下的抢劫，人们十分贫困；虔诚的英格兰人每个星期三和星期五吃斋，但是有笑话说，爱尔兰人太虔诚了，每隔一天都要吃斋。他们的大贵族都是些冷酷专横的人，他们为人奸诈，性情多变，彼此积怨很深，动不动就敲诈勒索，劫持人质，他们不把效忠于英格兰当一回事，因为他们毫无忠诚可言，藐视法律而喜欢武力。至于当地的首领，则认为自己拥有无限的权力。他们说在他们的土地上，他们拥有每一片长着蕨类植物的山坡和每一座湖泊，他们拥有那里的石南，青草，以及从上面刮过的风；他们拥有每一头牲口和每一个人，在食物短缺的时候他们可以拿面包去喂猎狗。

难怪他们不想成为英格兰人。这会妨碍他们作为奴隶主的地位。诺福克公爵在自己的领地上仍然有农奴，即使法庭要求解放他们，公爵也希望从中得到一笔钱。国王建议派诺福克去爱尔兰，但是他说，他已经在那里白白地浪费了那么多的时间，如果要他再去，唯一的办法就是他们架起一座桥，好让他周末回家的时候不用打湿双脚。

他与诺福克在会议室里争了起来。公爵大吵大嚷，而他则靠在椅子上,抱着双臂,看着他大吵大嚷。你们早该把小菲茨罗伊送到都柏林,他对枢密院的顾问官们说。去学着当国王——去露露脸,做一场秀,撒一点钱。

理查德对他说,"也许我们应该去爱尔兰,先生。"

"我觉得我战斗的日子已经过去了。"

"我很想去打仗。每个男人在自己的一生中都应该当过兵。"

"你这说的是你祖父的话。弓箭手艾普埃文。眼下专心准备吧,在比武大赛上露一手。"

理查德在竞技场上的确身手不凡。差不多就像克里斯托弗说的那样:"哧"的一下,别人就趴下去起不来了。你会觉得他的外甥生来就擅长这项运动,正如那些参赛的贵族生来就擅长这项运动一样。他佩戴着克伦威尔家的徽章,国王喜欢他这样,正如他喜欢一切有天赋、有勇气、体力过人的人一样。由于腿上的伤痛,他不得不越来越多地坐在观众席上。每次腿一痛,他就很慌张,这一点你能从他的眼神中看出来,而疼痛好转后,他就坐立不安。由于对自己的健康状况不是很有把握,他已经不太愿意花钱费神去组织大型的比武赛事。而当他的确参加某场比赛时,凭着他的经验,他的体重和身高,以及他精良的马匹和钢铁般的意志,他很可能会赢。不过为了避免意外,他宁愿跟他了解的对手一较高下。

亨利说,"两三年前的时候,皇帝在德国时,不是说他的大腿有过毛病吗?他们说那种天气不适合他。可话说回来,他的领土范围内有其他的气候。而在我的王国里,从一个地方到另一个地方,找不到任何变化。"

"哦,我想都柏林那儿更糟。"

亨利无可奈何地望着外面的倾盆大雨。"我骑马出去的时候,百姓冲着我喊叫。他们从沟渠里起来,就凯瑟琳的事情对我大喊,说我应该把她接回来。如果我说他们应该回自己家里去对自己的老婆孩子发号施令,他们会怎么想?"

即使天放晴朗后,国王的忧虑也没有减少。"凯瑟琳,"他说,"她会逃走并举兵来攻打我。你不知道她会做出什么。"

"她告诉过我她不会逃走。"

"而你认为她决不会撒谎吗？我知道她撒谎。我有证据。她对自己的贞节问题就撒谎了。"

哦，又是这个，他疲倦地想。

亨利似乎不相信武装卫兵的能力，不相信那些门锁和钥匙。他认为查理皇帝招募的某位天使会让他们全部都消失。出行的时候，他会带上一把大铁锁，还专门带着一个仆人，好把大锁锁在他的房门上。他吃的东西要检查是否有毒，睡觉之前还要检查床铺，看是否藏有武器，比如说缝衣针；但即使如此，他还是担心自己睡着之后会被人谋杀。

* * *

秋天：托马斯·莫尔日渐消瘦，他原本就从来不胖，现在则变成了一个干瘦的小老头。他让安东尼奥·蓬维希给他送些吃的进去。"不是因为你们这些人知道怎么吃。我倒是愿意自己送，但如果他病了，你知道人们会怎么说。他喜欢吃鸡蛋，不知道还喜欢别的什么。"

对方叹了口气。"牛奶布丁。"

他笑了。现在是吃肉的日子。"难怪他长不好。"

"我认识他已经四十年了，"蓬维希说。"差不多是一辈子，托马索。你不会伤害他的，对吧？请向我保证，在你可能的情况下，不要让任何人伤害他。"

"你为什么以为我跟他一样呢？你瞧，我没必要给他施加压力。他的家人和朋友会给他压力的。对吧？"

"你就不能随他去？不管他吗？"

"当然可以。如果国王同意的话。"

他安排梅格·罗珀尔去探视。父女俩手挽着手，在花园里散步。他有时从治安长官住处的一扇窗户里看着他们。

到了十一月,这项策略宣告失败。正如你出于好心在街上捡回一条狗,没想到它回过头来,朝你的手上猛咬一口。梅格说,"他告诉我,还让我转告他的朋友们,任何形式的宣誓都将与他无关,如果我们听说他宣誓了,我们就要相信他是被强迫的,是因为他受到了虐待和酷刑。如果有人把一份有他签名的文件交给枢密院,我们就要明白那不是出自他之手。"

现在要求莫尔宣誓支持《至尊法案》,该法案将国王在过去两年里所获得的权力和地位集中为一体。正如有些人所言,它没有使国王成为教会的首脑。它说他是教会的首脑,而且始终都是。如果人们不喜欢新思想,就让他们保持旧思想好了。他们如果要先例,他就有先例。还有一项将在新年里开始生效的法案界定了叛国罪的范围。否定亨利的头衔或司法权,以书面或口头形式攻击他,说他是异教徒或教会分裂分子,都将是叛国罪。有了这项法律,就能对付那些散布恐慌、说西班牙军队会马上开过来帮玛丽小姐夺取王位的修士。有了这项法律,就能对付那些在布道时大肆攻击国王的权威、说他在把自己的臣民跟他一起拖下地狱的神父们。对于一位君王来说,要求他的臣民说话礼貌,这不过分吧?

人们对他说,这真是新鲜,连说话也可能叛国,他说,不,你一定要知道,这很陈旧了。这只是把法官们已经用自己的智慧界定为习惯法的东西变成了成文法。这是一种把问题解释清楚的方法。我完全赞成这样清清楚楚。

在莫尔就此再一次拒绝宣誓后,一份针对他的议案被提交上去,他的财产将被没收归王室所有。他现在没有释放的希望;或者准确地说,希望取决于他自己。他的职责是去看他,并告诉他不再允许有人探视,也不再允许去花园散步。

"在一年中的这个时候,也没什么可看的。"莫尔抬起头,透过高高的窗户,朝那片狭窄的灰色天空看了一眼。"我的书还会留给我吧?可以写信吗？"

"暂时还可以。"

"还有约翰·伍德，能留在我这儿吗？"

是他的仆人。"是的。当然。"

"他偶尔会带给我一点消息。据说，国王在爱尔兰的军队里爆发了汗热病。而且是在一年里这么晚的时候。"

鼠疫也在爆发；他不会告诉莫尔这个，也不会告诉他整个爱尔兰战役败仗连连，钱像水一样流了出去，而他但愿当初听了理查德的话，自己去了那里。

"汗热病会夺去很多人的生命，"莫尔说，"而且是转眼之间，还是在他们年富力强的时候。就算你逃过这一劫，你也没有能力去跟那些野蛮的爱尔兰人作战了，这是毫无疑问的。我记得梅格染上它的时候，差点儿死了。你得过吗？不，你从来不病，对吧？"他漫无目的地聊着，接着抬起头来。"告诉我，安特卫普那边有什么消息吗？据说廷德尔在那儿。据说他过得很艰难。他不敢走出那些英国商人的家门。据说他被关起来了，差不多跟我一样。"

这是事实，或者说在一定程度上是事实。廷德尔一直在清贫和默默无闻中辛勤工作，现在在他的世界已经缩成了一个很小的房间；而在外面的城里，根据皇帝的法律，印刷商们遭到火烙和挖眼，无数的男女教徒因为自己的信仰而丧生，男人被砍头，女人被活埋。莫尔在欧洲仍然有一张结实的网，一张用钱编制的网；他相信这几个月来他的人一直在跟踪廷德尔，但尽管他想尽办法，而且还有史蒂芬·沃恩督阵，他们还是未能查清在那座繁忙的城市里穿行的英格兰人中，哪些是莫尔的人。"廷德尔在伦敦会更安全，"莫尔说。"在你的亲自保护之下，你这位错误的包庇者。好了，看看今天的德国吧。你也看到了，托马斯，异端邪说会把我们带向何方。它会把我们带到明斯特，对吧？"

分裂派和再洗礼派教徒已经控制了明斯特城。与此相比，你最可怕的梦魇——你醒来时无法动弹，以为自己已经死去——也是极大的快乐。市长们被赶出议会，盗贼与疯子取而代之，说末日已经来临，一切需要重新洗礼。持异见的市民被赤身裸体地赶到城墙之外，在雪地上冻死。现在这座城市正被它自己的兼任主教的公国君主所围困，他打算断绝城里的食物来源以迫使他们交出政权。据说，守城的多是留下来的妇女和儿童；他们被一位自封为耶路撒冷王、名叫波克尔松的裁缝所控制，整天提心吊胆。有传闻说，波克尔松的朋友们已经像《旧约》里提倡的那样实行一夫多妻制，对他们打着亚伯拉罕的幌子实施强暴的行为，有些女人坚决不从，结果被绞死或淹死。这些先知以共产的名义，光天化日之下四处抢劫。据说他们霸占了富人的房子，焚烧他们的信件，劈烂他们的画像，用精致的绣品拖地，毁掉他们的财产记录，以便过去的日子永远不会重来。

"是乌托邦，"他说，"对吧？"

"我听说他们在焚烧市图书馆的书籍。伊拉斯谟的作品也被扔进火焰之中。那是一群什么样的魔鬼，居然对温和的伊拉斯谟也不放过？不过毫无疑问，毫无疑问，"莫尔点点头，"明斯特会恢复秩序的。我敢肯定，赫斯的菲利普亲王，路德的朋友，会把自己的大炮和炮手借给这位了不起的主教，于是一位异教徒会镇压另一位异教徒。教友们自相残杀，你明白吗？就像在大街上淌着涎水的疯狗，一见面就要把彼此的内脏都撕咬出来。"

"我告诉你明斯特最后会怎么样。城里有人会投降，会把它交出来。"

"你这样想吗？看起来你似乎愿意跟我打赌。不过，你瞧，我从来都不怎么会赌。而且我的钱现在都在国王那儿。"

"那样一个人，一个裁缝，蹦跶一两个月——"

"一个羊毛商，一个铁匠的儿子，蹦跶一两年——"

他站起身，拿起披风：黑色的羊毛，小羊皮衬里。莫尔的眼睛发亮，啊，你瞧，我把你赶走了。接着他又喃喃道，仿佛这是一次晚宴，你非走不可吗？再呆一会儿，行吗？他抬起下巴。"这么说，我再也见不到梅格了？"

那种语气，那种空洞，那种失落：直刺进他的心底。他转过身，尽量用老一套的话平静地回答，"你总得说几句，要有点文字的东西。仅此而已。"

"啊。仅仅是文字而已。"

"如果你不想说，我可以让人帮你把它写下来。你签上名，国王就会满意了。我会用我的船把你送到切尔西，停靠在你自己的花园一端的码头——正如你所说，在一年中的这个时候，也没什么可看的，但是想一想里面的热烈欢迎。爱丽丝夫人在等你——她做的饭菜，哦，仅仅是这一点就会让你恢复精神；她站在你旁边，看着你大快朵颐，你刚擦嘴巴，她就把你搂进怀里，吻掉你嘴边的羊油，哎呀亲爱的，我想死你了！她把你拥进她的房间，锁上房门，把钥匙扔在自己的口袋里，脱掉你的衣服，直到你全身上下只剩一件衬衫，两条细白腿杵在那里——嗯，你得说，女人有权这样做。到了第二天——想想看——天不亮你就起床，拖着脚走到你熟悉的小房间，抽自己一顿鞭子，再叫人送来面包和水，到八点钟你再重新换上你的刚毛衬衣，外面套上你的旧羊毛长袍，那件血红色的，上面还有个裂口……你双脚翘在凳子上，你的独生儿子给你拿来了信件……你撕开亲爱的伊拉斯谟的信……等你读完信后，可以出去溜达溜达——假设这一天阳光明媚——看看笼子里的鸟，还有围栏里的小狐狸，你可以说，我曾经也被囚禁，但现在不是了，因为克伦威尔告诉我我可以自由了……你不想这样吗？你不想离开这个地方吗？"

"你应该去写剧本，"莫尔赞叹地说。

他大笑起来。"也许我会的。"

"比乔叟的还要精彩。文字，文字，仅仅是文字而已。"

他转过身，盯着莫尔。仿佛灯光变了。一个陌生国家里的一扇窗户打开了，吹进来一股来自小时候的冷风。"那本书……是字典吗？"

莫尔蹙起了眉头。"你说什么？"

"在朗伯斯，我上楼去——让我想想……我跑上楼去，拿着你的那份淡啤酒以及一条小麦面包，以免你半夜醒来时肚子饿。当时是晚上七点。你在看书，当你抬起头时，你把双手蒙在书上，"他比划着翅膀的样子，"就像是在保护它。我问你，莫尔先生，那本大书里有什么？你说，文字，文字，仅仅是文字而已。"

莫尔偏着头。"那是什么时候？"

"我想我七岁吧。"

"哦，胡说八道，"莫尔和蔼地说。"你七岁的时候我还不认识你。哎呀，你是……"他皱着眉头，"你肯定是……而我当时……"

"即将去牛津。你不记得了。不过你干吗要记呢？"他耸耸肩。"当时我以为你在笑话我。"

"哦，很有可能，"莫尔说，"如果我们的确那样见过面的话。但是看看眼前的日子，是你到这儿来笑话我。跟我谈爱丽丝，还有我的细白腿儿。"

"我想那肯定是一本字典。你确定你不记得了吗？嗯……我的船在等着，我不想让桨手在外面挨冻。"

"这里的白天很长，"莫尔说。"夜晚更长。我的胸口很难受。呼吸也很吃力。"

"那就回切尔西吧，巴茨医生会去看你的，啧啧，托马斯·莫尔，你对自己干了些什么？捏住鼻子，把这难闻的药剂喝下去……"

"有时我觉得我会看不到早晨。"

他打开门。"马丁？"

马丁三十岁，身材瘦而结实，帽子底下的浅发已经变得稀疏：和善的面孔总是笑眯眯的。他出生在科尔切斯特，父亲是一位裁缝，他学会了阅读威克利夫的福音书，他父亲把那本书藏在屋顶的茅草下。这是一个新英格兰；在这里，马丁可以擦掉那本旧书上的灰尘，把它拿给邻居们看。他有几个兄弟,都支持新译的《圣经》。他妻子怀了他们的第三个孩子正在待产,用他的话说,是"爬进了稻草堆里"。"有消息吗?"

"还没有。不过您能当孩子的教父吗?如果是男孩就叫他托马斯,如果是个女孩,您就给她取个名字,先生。"

他合起双掌,笑了。"格蕾丝,"他说。不用说,要送一笔钱当礼物;孩子人生的开端。他转过身,对着现在正趴在桌上的病人。"托马斯爵士说,他晚上呼吸很吃力。给他拿些枕垫、靠垫什么的来,只要你能找到的东西,让他垫高舒服一点。我希望他有足够的机会,能活着反省自己的立场,向国王表示忠诚,然后回家。好了,跟你们两位再见。"

莫尔抬起头。"我想写封信。"

"当然可以。你会有墨水和纸的。"

"我想给梅格写信。"

"那就对她说几句人话。"

莫尔的信说的不仅仅是人话。收信人也许是他女儿,但这封信是写给他在欧洲的朋友们看的。

"克伦威尔……?"莫尔把他叫住了。"王后怎么样?"

莫尔从不出错,不像有些人一不小心说成"凯瑟琳王后"。他指的是,安妮怎么样?但他能跟他说什么呢?他要走了。他出了门。在那扇狭窄的窗户里,灰色的天空变成了蓝色的薄暮。

他听到了她在隔壁房间的声音:低沉,毫不留情。亨利在愤怒地大叫。"不是我!不是我。"

在前厅,托马斯·博林阁下,板着那张长脸。几个攀附博林家的人,在那里交换着眼神:弗朗西斯·韦斯顿,弗朗西斯·布莱恩。乐师马克·史密顿在一个角落里,尽量让自己不引人注意;他在这里干什么?这不完全是一次家庭会议:乔治·博林在巴黎谈判。有人在传一个说法,认为小伊丽莎白应该嫁给法国的某个王子;博林家的人真的以为会发生这种事情。

"到底是出什么事了，"他说，"让王后这么生气？"他的语气很惊讶：仿佛她是世上性情最温和的女人。

韦斯顿说，"是凯里夫人，她已经——也就是说她发现自己——"

布莱恩哼了一声。"怀上了野种。"

"哦。你们事先不知道吗？"周围人的诧然让他感到很满意。他耸耸肩。"我以为这是一件家事。"

布莱恩的眼罩今天是黄疸似的黄色，朝他眨了眨。"你得看紧她，克伦威尔。"

"这件事情我没有处理好，"博林说。"很显然。她说孩子的父亲是威廉·斯塔福德，而且她已经嫁给他了。你认识这位斯塔福德，对吧？"

"一面之交。好了，"他开心地说，"我们进去好吗？马克，这件事情我们不需要配乐，所以去别的地方，给自己找点事儿干。"

只有亨利·诺里斯在侍候国王；简·罗奇福德在侍候王后，亨利的大脸煞白。"夫人，你为了我在认识你之前所做的事情而责怪我。"

他们跟在他后面涌了进来。亨利说，"威尔特郡伯爵，你对自己的两个女儿一个都管不住吗？"

"克伦威尔早就知道，"布莱恩说。他笑着哼了哼鼻子。

阁下开口了，说话结结巴巴——他，托马斯·博林，因巧舌如簧而闻名的外交官。安妮打断了他："她怎么会怀上斯塔福德的孩子？我不相信是他的。他怎么会答应娶她，除非是出于野心——嗯，他这步棋可是走错了，因为他以后再也不会进宫了，她也一样。就算她跪着来求我也没用。我才不管呢。让她饿死好了。"

如果安妮是我的妻子，他想，我下午会呆在外面。她看上去很憔悴，无法平静下来；如果她手边有一把尖刀，你可就要小心了。"怎么办？"诺里斯低声说。简·罗奇福德隔得远远地站着，背靠着挂毯，挂毯上的仙女们藏在树丛中；她的裙摆浸在一条美丽的溪流中，她的面纱擦着一朵云彩,有位女神正从云中探出脸来。她扬起脸,显出冷静而得意的神情。

我可以让人把大主教请来,他想。安妮不会当着他的面暴跳如雷。现在她把诺里斯招了过去;她要干什么?"我姐姐这样做是存心要让我难堪。她以为她会挺着大肚子在宫里走来走去,并且可怜我,嘲笑我,因为我失去了自己的孩子。"

"我能肯定,这件事情如果换一个角度——"她父亲开口道。

"出去!"她说。"让我一个人呆着。告诉她——斯塔福德夫人——她失去了我们家族的所有权利。我不认识她。她不再是博林家的人。"

"威尔特郡伯爵,走吧,"亨利跟着说,听他的语气,就像一个即将挨鞭子的小学生,"我以后再跟你谈。"

他装出若无其事的样子,对国王说,"陛下,我们今天不办公吗?"亨利哈哈大笑。

罗奇福德夫人在他身边跑着。他没有放慢脚步,所以她不得不提起裙子。"你真的早就知道吗,国务大臣?还是你故意这么说,好看他们那种表情?"

"你对我太了解了。你能看透我所有的花招。"

"幸好我看透了凯里夫人的花招。"

"是你发现她的情况的吗?"还会有谁呢?他想。由于她丈夫乔治不在身边,她没有监视对象了。

玛丽的床上胡乱地堆着一些丝绸衣服——火红色,橘红色,粉红色——仿佛床垫着了火一般。在几只凳子和一处窗台上,扔着些细麻布衬衫,几团丝带和几只手套。还有那双绿色的长袜,在她求婚的那一天,当她飞快地朝他跑来时,一直露到膝盖的就是这双袜子吗?

他站在门口。"威廉·斯塔福德,对吧?"

她直起身,满脸通红,她的手里拿着一只天鹅绒拖鞋。既然秘密已经暴露,她的胸衣就没有系紧。她的视线从他身上越过。"好姑娘,简,把它拿到这儿来。"

"请原谅,先生。"是简·西摩,她抱着一摞叠好的干净衣服,轻手轻脚地从他身边走过。她的后面跟着一个男孩,吃力地拎着一只黄色的皮箱。"就放在这儿,马克。"

"您瞧,国务大臣,"史密顿说。"我是在找事儿干。"

简跪在箱子跟前,把它打开。"垫一层麻纱布吗?"

"别管麻纱布了。我还有一只鞋在哪儿?"

"最好是不见了,"罗奇福德夫人提醒道。"如果诺福克舅舅看到你,他会拿棍子来对付你的。你的王后妹妹认为国王是你孩子的父亲。她说,怎么会是威廉·斯塔福德呢?"

玛丽哼了一声。"她知道得可真多。你接受一个人只是因为这个人本身,安妮对此能懂什么呢?你可以告诉她他爱我。你可以告诉她他关心我,没有人像他这样关心我。世界上再没有其他的人。"

他弯下腰,小声说,"西摩小姐,我没想到你是凯里夫人的朋友。"

"其他人谁都不肯帮她。"她仍然低着头;她的脖颈涨红了。

"那些床帷是我的,"玛丽说,"把它们取下来。"他看到,床帷上绣着她丈夫威廉·凯里的纹章,他已经死了——七年了吧?"我可以把那些徽章拆掉。"当然:一个死人和他的纹章还有什么用呢?"我的镀金脸盆在哪儿,罗奇福德,在你那儿吗?"她朝黄色的箱子踢了一脚;上面到处印着安妮的猎鹰徽章。"如果他们看到我带着这个,他们会把它从我手上夺走,把我的东西都倒在大街上。"

"如果你能再等一小时,"他说,"我可以让人给你送一只箱子来。"

"上面会印有托马斯·克伦威尔的徽章吗?上帝保佑,我等不了一小时。我知道了!"她开始把床单扯下来。"把东西打包!"

"真是不成样子,"简·罗奇福德说。"像偷了银子的仆人一样逃走吗?再说,你到了肯特郡根本不需要这些东西。斯塔福德有个农场什么的,对吧?有一座小庄园?不过,你可以把它们卖掉。我想,你将不得不这样。"

"我亲爱的哥哥从法国回来后会帮助我的。他不会看着我走投无路。"

"我不敢苟同。跟我一样,罗奇福德勋爵会明白,你已经让你的全家蒙羞。"

玛丽像一只现出爪子的猫一样手臂一挥,给了她一下。"这也好过你婚礼那天,罗奇福德。这就像是收到满屋子的礼物。你无法去爱,你不懂得爱是什么,你唯一能做的就是嫉妒那些懂得的人,他们一碰到麻烦你就幸灾乐祸。你是一个可怜的、不幸的、被丈夫厌恶的女人,我可怜你,我也可怜我妹妹安妮,我不会愿意跟她交换位置,我宁愿睡在一个只关心我的本分的穷绅士的床上,也不愿意像王后那样,只能靠娼妓的那些老把戏来留住自己的男人——是的,我知道是这样,他跟诺里斯说过她愿意为他干什么,但是这不会让她怀上孩子,我可以告诉你。她现在害怕宫里的每一个女人——你们注意过她吗,你们最近注意过她吗?为了当王后,她处心积虑了七年,上帝保佑我们。她以为每一天都像是她的加冕典礼。"玛丽气喘吁吁地爬到她那堆东西里,扔给简·西摩一对袖套。"拿着吧,亲爱的,祝福你。你是宫里唯一一个心地善良的人。"

简·罗奇福德摔门走了。

"让她走吧,"简·西摩低声说。"别在意她。"

"走了更好!"玛丽没好气地说。"我应该感到高兴,她没有拿起我的东西,给我开个价钱。"大家一声不吭,只有她的话在房间里来回飘荡撞击,犹如惊慌失措、在墙上拉屎的被困住的鸟儿:他跟诺里斯说过她愿意为他干什么。到了晚上,她那些新奇巧妙的花样。他把它换了一个说法,变成:说真的,一定得这样吗?我敢说诺里斯一定听得聚精会神。天哪,这些人!那个男孩马克目瞪口呆地站在门后。"马克,如果你像一条被扔上岸的鱼一样站在那儿,我就要把你切片油炸。"那孩子撒腿就跑了。

西摩小姐打好包裹后,它们看上去就像断了翅膀的鸟儿。他把它们从她手里接过来,重新捆了一遍,用的不是丝带,而是结实的绳子。"您总是随身带着绳子吗,国务大臣?"

玛丽说,"哦,我的爱情诗集!在谢尔顿那儿。"她飞奔出房间。

"她会需要它的,"他说,"在肯特可不会有诗歌。"

"罗奇福德夫人会告诉她,那些诗是不会为她保暖的,"简说,"倒不是说我收到过别人写的诗。所以我其实也不知道。"

丽兹,他想,把你那只没有了生命的手从我身上拿开吧。你不愿意让我得到眼前这个小姑娘吗?她那么小,那么瘦,那么平凡。他转过身。"简——"

"国务大臣?"她膝盖一弯,挪到床垫的一侧,坐起来,拉出被压着的裙子,稳住身体:扶着床柱往上爬,将手够过头顶,开始取下床帷。

"快下来!我来取。我会派一辆车给斯塔福德夫人送去。她拿不下这么多东西。"

"我能干这个。国务大臣不管床帷的事情。"

"国务大臣什么事情都管。我都感到惊奇,我怎么没有为国王做衬衣。"

简站在上面轻轻地摇晃着。她的脚踩在柔软的羽毛床上。"凯瑟琳王后为他做。现在还在做。"

"是亲王遗孀凯瑟琳。快下来。"

她跳了下来,站在灯芯草上,抖了抖裙子。"在他们之间发生那么多事情之后还是这样。她上个星期还送来一包新衣服。"

"我还以为国王已经不让她这样了。"

"安妮说应该把它们撕掉,用来,嗯,您知道用来干什么,在茅房里。他很生气。可能是因为他不喜欢'茅房'这个词。"

"他的确不喜欢。"国王不喜欢粗俗的语言,有不少大臣因为讲荤故事而被赶了出去。"玛丽说的是真的吗?王后很害怕?"

"眼下他对谢尔顿小姐产生了兴趣。嗯,这个你知道。你已经注意到了。"

"但这肯定没什么问题吧?作为一个国王,总是会很殷勤的,一直要到他穿上长袍,与他的教士们坐在火边这个年纪。"

"去解释给安妮听吧,她不明白这一点。她想把谢尔顿送走。但是她父亲和她哥哥都不同意。因为谢尔顿家跟他们是表亲,所以如果亨利要开开小差,他们希望离家近一点。乱伦现在太普遍了!诺福克舅舅说——我是说,诺福克大人——"

"没关系,"他说,有些心不在焉,"我也这样喊他。"

简拿起一只手捂着嘴。这是一只小孩子的手,指甲小巧发亮。"等我到了乡下没什么可消遣的时候,我会想想这个的。那么他是不是说,亲爱的克伦威尔外甥?"

"你要离开宫廷?"她肯定是找好了一位丈夫:一位乡下丈夫。

"我希望再侍候一季之后,就可以走了。"

玛丽冲进了房间,一边愤愤地叫嚷着。她隆起的肚子之上抱着两个绣花靠垫,那肚子现在已经显眼了;她还腾出一只手来拿着镀金脸盆,盆里装着那本诗集。她扔下靠垫,张开拳头,撒下一把银纽扣,纽扣像骰子一样滚进盆里。"在谢尔顿那儿找到的。那该死的什么都要。"

"王后好像不喜欢我,"简说。"而且我已经很久没有回狼厅了。"

他委托汉斯在羊皮纸上画一幅微型画,作为送给国王的新年礼物,画中是坐在王位上的所罗门接见示巴女王。它是有寓意的,他解释道,表示国王接受教会的收益和人民的效忠。

汉斯不屑地看了他一眼。"我明白。"

汉斯在画草图。所罗门庄严地坐着。示巴女王站在他的面前,背对着观看者,抬起那张看不见的脸。"在你的想象中,"他说,"你能看见她的脸吗,就算它被挡住了?"

"你只付了她后脑勺的钱,所以看到的只能是这个!"汉斯摸了摸自己的额头。他有些不忍。"不是这样。我能看见她。"

"就像能看见在街上碰到的女人一样吗?"

"不完全是这样。更像是你记忆中的某个人。像是你小时候就认识的某个女人。"

他们坐在国王赏给他的那幅挂毯面前。画师的眼睛朝挂毯看去。"墙上的这个女人。曾经是沃尔西的,后来是亨利的,现在又是你的。"

"我向你保证,她在现实生活中没有原型。"嗯,除非威斯敏斯特藏有一个举止谨慎又多才多艺的妓女。

"我知道她是谁。"汉斯用力地点点头,闭着嘴巴,眼睛发亮并带有挑衅的意味,就像一条偷了你的手绢好让你去追赶它的狗。"安特卫普的人谈论过。你干吗不去那儿把她找回来?"

"她结婚了。"想到自己的私事成为众人的谈资,他很是吃惊。

"你觉得她不会跟你走?"

"这已经是很多年前的事了。我已经变了。"

"是呀。你现在很富有了。"

"但是,如果我把一个女人从她丈夫身边拐走,别人会怎么说我?"

汉斯耸了耸肩。这些德国人,真是太现实了。莫尔说路德教派的人在教会内通奸。"而且,"汉斯说,"还有一个问题——"

"什么问题?"

汉斯又耸了耸肩:没什么。"没什么!你准备把我的手捆着吊起来,直到我坦白吗?"

"我不干这种事。我只是威胁要这样。"

"我只是说,"汉斯安抚地说,"还有一个那么多的女人都想嫁给你的问题。英格兰的妻子们,她们都有一本秘密的账,盘算着在毒死自己的丈夫后,下一任丈夫再找谁。在所有人的心目中,你都是名列前茅。"

空闲的时候——每周有两到三次——他一直在信手查阅案卷司的档案。虽然犹太人不许进入这个王国,但是你无从知道那些被弃之人会被命运的潮水冲上来,而在这三百年来,只是有一次,这幢房子空了一个月的时间。他的眼睛浏览着一任接一任的管理员所做的记录,他好奇地翻看着死去的居民用希伯来文出具的接受救济的收据。其中有些人因为害怕外面的伦敦人,在这几堵墙内生活了五十年。当他走在这弯弯曲曲的走廊上时,在他的脚下,他能感觉到他们的脚步。

他去看望那两个留在这里的人。这是两个安静而谨慎的女人,看不出年龄,她们报出来的名字是凯瑟琳·维特利和玛丽·库克。

"你们是怎么过的?"他指的是,你们的时间。

"我们做祷告。"

她们观察着他,想弄清他的意图,看他是出于好意还是来者不善。她们的脸上在说,我们是两个一无所有的女人,除了我们的人生经历之外。我们凭什么要把这告诉你?

他给她们送了些鸡肉作为礼物,但是他不知道她们是否会吃一个外邦人带来的肉食。圣诞节快到的时候,坎特伯雷基督座堂的副院长给他送了十二个肯特郡产的苹果,每个都用灰色亚麻布包着,这是一种特殊的品种,适合饮酒时食用。他把这些苹果送给这两位改变信仰的人,同时还有他亲自挑选的酒。"1353年,"他说,"这幢房子里只有一个人。想到她孤零零地住在这里,我感到难过。她最后的居住地是埃克塞特城,但不知道在那之前是住在哪儿?她的名字叫克拉丽莎。"

"对她我们一无所知,"说话的是凯瑟琳,也可能是玛丽。"我们要是知道才怪呢。"她用一个指尖试探着那些苹果。也许她不知道它们的珍贵,也不知道它们是副院长所能找到的最好的礼物。如果你们不喜欢,他说,或者如果你们喜欢,我还有蒸梨。有人送了我五百个。

"这人是想引起别人注意,"凯瑟琳或者玛丽说,另一个则说,"如果是五百英镑会更好。"

两个女人笑了起来,但她们的笑声很冷。他明白自己永远不可能跟她们友好相处。他喜欢克拉丽莎这个名字,真希望之前把这个名字推荐给了看守的女儿。这名字属于一个你可能会梦见的女人:一个你一眼就能看透的女人。

国王的新年礼物准备就绪后,汉斯说,"这是我第一次为他作画。"

"我希望你不久就会再画一幅。"

汉斯知道,他有一本英文版《圣经》,一个即将完成的译本。他把一根手指压在嘴唇上;现在说为时太早,也许要到明年。"如果你打算把它献给亨利,"汉斯说,"他现在会拒绝吗?我会把他画在扉页上,周围有光环,教会的首脑。"汉斯踱着步,低声说出了几个数字。他在考虑纸张和印刷商的费用,估算自己的利润。卢卡斯·克拉纳赫为路德画了扉页画像。"马丁和他妻子的那些画像,他一篮子一篮子地卖了出去。而克拉纳赫还把每个人都画得像头猪。"

没错。就连他画的银色裸体像也都长着一张张可爱的猪脸,以及劳动者的脚和软塌塌的耳朵。"但是如果我画亨利,我想,我就必须画得好看一些。画出他五年前的样子。或是十年前。"

"还是五年吧。不然他会觉得你在嘲笑他。"

汉斯的手指从自己的喉咙上划过,双腿一软,又像被绞死的人一样伸出舌头;他似乎想象到了各种处决的方法。

"我们需要的是一位很平易近人的陛下,"他说。

汉斯眉开眼笑。"这样的要多少我就能画多少。"

年底时,天气寒冷,泛着绿色的水一般的光芒照在泰晤士河和整个城市上。无数信件飘飘洒洒地落在他的桌子上,犹如巨大的雪花:有神学博士从德国的来信,有大使从法国的来信,还有玛丽·博林从肯特郡流放地的来信。

他打开信封。"听听这个,"他对理查德说。"玛丽需要钱。她说,她知道当初不该那么仓促。她说，爱情战胜了理智。"

"爱情，是吗？"

他接着读。她一分一秒都没有后悔接受了威廉·斯塔福德。她说，她本来可以找别的丈夫，既有头衔又有财富。但是"如果我有自由能够选择，我向你保证，国务大臣，我发现他为人那么真诚，所以我宁愿跟他去乞讨，也不愿成为最高贵的王后。"

她不敢写信给她的王后妹妹。也不敢找她父亲或舅舅或弟弟。他们那帮人都太冷酷无情。所以她给他写信……他心里想，当她写信的时候，斯塔福德是不是就靠在她的肩上？她有没有咯咯笑着说，托马斯·克伦威尔，我曾经钓起过他的希望。

理查德说，"我都不记得我跟玛丽当初怎么会谈婚论嫁了。"

"那都是以前的事儿了。"而理查德现在很快乐；看看如今的情形吧；没有博林家的人我们也能兴旺发达。但是由于博林的婚姻，摇篮里有了那个姜黄色头发的小猪娃，而让基督教世界天翻地覆；如果情况真是这样，如果亨利腻味了，如果整个这件事情受到了诅咒，该怎么办？"把威尔特郡伯爵请来。"

"到案卷司这儿来吗？"

"他会忙不迭地跑来的。"

他要羞辱他——以他一贯的亲切方式——然后让他给玛丽一份年金。那姑娘为他效了力，用自己的身体，所以现在他得给她发退休金。理查德会坐在暗处做记录。这会让博林想起过去的日子：大约六七年前的日子。上个星期查普伊斯对他说，在这个国家，你现在跟过去的红衣主教一个样，而且你有过之而无不及。

*　　　*　　　*

平安夜时，爱丽丝·莫尔来见他。有一盏很亮的小灯，像旧刀的刀刃，在这种灯光下爱丽丝显得很苍老。

他像迎接公主一样迎接她，然后把她带进一间他换过墙板并油漆过的房间，房间里炉火很旺，直往新修的烟囱里窜。空气中弥漫着松枝的香气。"你在这里过节吗？"爱丽丝为了来见他专门收拾打扮了一下；她的头发紧紧地束在脑后，上面戴着一顶饰有小珍珠的帽子。"哎呀！我以前来这儿的时候，这地方陈旧发霉。我丈夫以前常说，"他注意到了她话语中的过去时，"我丈夫以前常说，你早上把克伦威尔关进一间很深的地牢里，等你夜晚再来的时候，他就会坐在舒适的坐垫上吃鸟舌了，而且所有的看守都欠了他的钱。"

"他经常谈起把我关进地牢的事吗？"

"口里说说而已。"她有些不安。"我想你也许可以带我去见国王。我知道他对女人总是彬彬有礼，并且很和气。"

他摇摇头。如果他带爱丽丝去见国王，她会谈起他曾经去过切尔西，在那儿的花园里散步。她会让他不踏实：会扰乱他的思想，让他想起莫尔，而他现在没有想他。"他现在非常忙，要接待法国的使节。他这个时节准备大宴宾客。你得相信我的判断。"

"你对我们一直都很好，"她勉强地说。"我问自己这是为什么。你总是有些手段。"

"天生如此，"他说，"没办法。爱丽丝，你丈夫为什么那么倔强？"

"我对他就像对神圣的三位一体一样无法理解。"

"那么我们该怎么办？"

"我想他会对国王说出他的理由。私下里。如果国王之前已经说过会取消对他的所有处罚。"

"你是说，准许他犯叛国罪？国王不能那么干。"

"我的天啊！托马斯·克伦威尔，告诉国王哪些他不能干！我曾经看到一只公鸡在仓院里趾高气扬地晃悠，先生，直到有一天，有个姑娘跑来拧断了它的脖子。"

"这是国家的法律，民族的习俗。"

"我还以为亨利是凌驾于法律之上的。"

"我们不是生活在君士坦丁堡，爱丽丝夫人。虽然我不是要说土耳其人的不好。如今我们为异教徒喊加油，只要他们把皇帝拖住。"

"我手里的钱已经不多了，"她说。"我每周得弄到十五个先令来维持他的开销。我担心他会冷。"她吸了吸鼻子。"不过，他可以自己告诉我的。他从不给我写信。总是她，她，他亲爱的梅格。她不是我亲生的。我但愿他的前妻就在这里，好告诉我她是不是一出生就像现在这样。她把什么都闷在心里，你知道。从来不提她自己的事情，还有他的事情。她现在告诉我，他把自己的衬衫交给她，要她洗掉上面的血迹，说他在亚麻衣服里面还穿了件刚毛衬衣。我们结婚的时候他就是这样，我恳求他脱掉它，我以为他答应了。但我怎么会知道呢？他独自睡觉，还栓上自己的房门。如果他身上哪儿痒我却从来不知道，他就只好自己去挠了。嗯，反正只是他们两人之间的事情，我根本插不上手。"

"爱丽丝——"

"别以为我对他毫不关心。他娶我可不是为了像太监一样生活。我们也亲热过，偶尔有一两次。"她的脸红了，与其说是不好意思，不如说是生气。"而一旦这样了，你们已经血肉相连，你就会不由自主地想，他会不会冷，会不会饿。你对他就会像对一个孩子一般牵挂。"

"想办法让他出来，爱丽丝，如果你有这个能力的话。"

"你比我更有能力。"她苦笑道。"你家小子格利高里回家来过节吗？有时我对我丈夫说，真希望格利高里·克伦威尔是我的孩子。那样我就能用甜面包皮把他裹起来烤熟，然后把他给吃掉。"

* * *

格利高里回家来过圣诞节，还带着一封劳兰德·李的信，说他很讨人喜欢，可以随时返回他的府里。"那么我得回去吗，"格利高里说，"或是我现在已经受完教育了？"

"我有一个计划，让你在新的一年里提高一下法语。"

"雷夫说，您像培养王子一样在培养我。"

"就目前而言，我只能在你身上练习了。"

"亲爱的父亲……"格利高里抱起他的小狗。他搂着它，用鼻子摩挲着它的后颈。他等待着。"雷夫和理查德说，等我接受了一定的教育后，您打算让我娶一个有大笔财产满口黑牙的老寡妇，她的淫荡会把我慢慢拖垮，她还会随心所欲地支使我，由于她不会把财产留给她自己的孩子，他们会憎恨我并密谋陷害我，然后哪天早晨我就会死在自己的床上。"

那只长毛狗在他儿子的怀里扭动着，那双柔和、好奇的圆眼睛望着他。"他们在逗你呢，格利高里。如果我认识一个这样的女人，我会自己娶了她。"

格利高里点点头。"她永远都不会支使您，先生。而且我敢说，她会有一座很不错的鹿场，打猎起来会很方便。那些孩子也会怕您，即使他们已经成年。"他似乎有些放心了。"那是一幅什么地图？是印度群岛吗？"

"这是苏格兰边境，"他温和地说。"哈利·珀西的家乡。来吧，我指给你看。他把这几块土地给了他的债主们。我们不能让这种情况继续下去，因为对我们的边境我们不能任其自然。"

"听说他病了。"

"病了，或者疯了。"他的语气很淡然。"他没有继承人，他跟他妻子一直合不来，所以他不可能会有了。他跟他的兄弟们也已经闹翻，他还欠着国王不少钱。所以，如果让国王做他的继承人会说得过去，对吧？会让他明白这一点的。"

格利高里似乎大吃一惊。"剥夺他的爵位？"

"他可以保持他的称号。我们会给他一些东西维持生计。"

"这是因为红衣主教的事儿吗?"

沃尔西南下的时候,在考伍德被哈利·珀西拦住。他走了进来,手里拿着钥匙,身上溅有路途的泥浆:大人,我以叛国罪逮捕你。看着我的脸,红衣主教说:活着的人我谁都不怕。

他耸了耸肩。"格利高里,出去玩去吧。带上贝拉,跟它练练法语;它是从加来的李尔夫人那儿来到我这儿的。我不会要很长时间的。我得处理一下国家的账单。"

下一批发往爱尔兰的东西有:铜炮和铁丸,通条和装料桶,蛇形大炮的火药和四英担①硫黄,五百只紫杉弓和两大桶弓弦,锹、铲、铁撬棍、尖嘴镐各两百把,马皮两百张,一百把伐木斧,一千只马蹄铁,还有八千枚钉子。金匠科尼利斯为国王的最后那个从未见过光明的孩子做了一个摇篮,还没有拿到报酬;他说因为请汉斯在摇篮上画亚当和夏娃已经支付了二十先令,另外还要付他白缎子、金流苏和饰边以及制作伊甸园里的苹果所用的银子的钱。

他在跟佛罗伦萨的人说,要招募一百名火绳枪兵参加爱尔兰战役。如果不得不在树林或岩石地带作战时,他们不会像英格兰人一样怠工停战。

国王说,祝你新年好运,克伦威尔。而且好运连连。他想,这跟运气没有任何关系。在所有的礼物中,亨利最满意的就是示巴女王,以及一只独角兽的角和一个榨橙汁的小玩意,上面有一个很大的金字母"H"。

年初的时候,国王给了他一个此前从未有人享用过的称号:宗教特使,作为他的副手处理宗教事务。关于修道院会被关闭的传闻在这个国家已经传了三年多。现在他有权去访问、视察和改革修道院;如果需要的话,甚至将它们关闭。对每一座修道院的事务他都清清楚楚,这得益于他在红衣主教手下受到的训练,以及日复一日地到来的信件——有些僧侣投

---

① 英制衡量名,一英担为112磅。

诉腐败、丑闻及其上级的不忠，还有些人希望在自己的地区内谋求一官半职，并向他保证说，如果他能在某个地方帮着说句话，他们就会一辈子对他感恩戴德。

他对查普伊斯说，"你有没有去过沙特尔的大教堂？你顺着路上的迷宫走，看上去好像走不出什么名堂。可如果你老老实实地跟着它走，它就会把你直接带到中心。带到你该到的地方。"

在公开场合，他与大使基本上不怎么搭话。私下里，查普伊斯给他送了一大桶上好的橄榄油。他回送了一些阉鸡。接着大使本人来了，后面还跟着一位拿着一大块帕尔马干酪的仆人。

查普伊斯显得闷闷不乐，表情冷淡。"你们可怜的王后在金博尔顿过的节太苦了。她非常害怕她丈夫身边的那些异教徒顾问官，所以她完全是在自己房间的炉火上做饭吃。而金博尔顿的府邸比马厩还不如。"

"瞎胡说，"他轻松地说。他给大使递上一杯温热的香料酒。"我们之所以让她从巴克登搬出来，是因为她抱怨那里湿气很重。金博尔顿是一座很好的宅邸。"

"啊，你这么说是因为那儿有厚实的城墙和宽阔的护城河。"蜂蜜和桂皮的香气在房间里飘散开来，壁炉里的柴火在劈啪作响，装饰大厅的绿色树枝也散发出它们特有的树脂香气。"而且玛丽公主也病了。"

"哦，玛丽小姐总是病怏怏的。"

"那就更应该关心她！"不过查普伊斯的语气已经缓和下来。"如果她母亲能见见她，对她们两人都会是很大的安慰。"

"对她们的逃跑计划也是很大的安慰。"

"你真是铁石心肠。"查普伊斯抿了一口酒。"你知道，皇帝已经准备容忍你的朋友了。"他顿了顿，意味深长；接着，大使叹了一口气。"有传言说安娜小姐很不安。说亨利盯上了另一位女士。"

他深吸一口气并开口说了起来。亨利没有时间应付别的女人。他现在忙着数钱都数不过来。他已经变得非常吝啬，不愿让议会了解他的收入情况。我想从他手里要出钱来拨给大学、支付建筑师乃至救济穷人,都非常困难。他一心想的是大炮。军火。造船。烽火台。堡垒。

查普伊斯撇了撇嘴。他知道他是在胡编;如果他不胡编,又哪儿来的乐趣呢?"那么我该告诉我的主人,说英格兰国王一门心思要打仗,以至于没有时间谈情说爱,对吧?"

"不会发生战争,除非是你的主人挑起的。而由于土耳其人正跟在他的后面,他几乎也无暇这样。哦,我知道他的金库深不见底。皇帝只要愿意的话,就能毁了我们所有的人。"他笑了笑。"但这对皇帝自己有什么好处呢?"

两个人呆在小小的房间里,民族的命运常常就是这样被决定下来。别管什么加冕典礼,红衣主教们的秘密会议,以及各种排场和仪式。世界的变化就是这样发生的:计数器被推到桌子的另一边,一支笔划了几下修改某个句子的语气,一个从旁边经过、在空气中留下橙子花或玫瑰水香味的女人发出一声叹息,她的手放下床帷,肌肤相亲时的细微声响。擅长统握大局的国王在精明的贪欲驱使下,现在必须学会在细节上下工夫。作为他深谋远虑的父亲的儿子,他了解英格兰的所有家族以及他们拥有的一切。他们的财产,小至最后一条沟渠和最后一片杂树林,在他的脑海中都有一本账。如今,教会的财产都将转入他的控制之下,他需要知道究竟有多少。关于财产拥有的法律——所有的法律——具有了一种寄生的复杂性——它就像藤壶的壳,背上长着黏湿的苔藓。但是有足够的律师,而且你按照盼咐将它们刮掉又需要多大的能力呢?英格兰人也许很迷信,他们也许害怕未来,他们也许不知道英格兰到底是什么;但加加减减的技能并不少见。威斯敏斯特有上千支写个不停的笔,但是他想,亨利会需要新的人,新的结构,新的思维。与此同时,他,克伦威尔,将他的官员派了出去。*Valor ecclesiasticus*[①]。我要

[①] 拉丁语,意为"教堂估值",是一项关于英格兰、威尔士及英属爱尔兰地区所有教会的财务调查,于 1535 年由亨利八世下令执行。

用半年的时间处理这件事情,他说。的确,这种做法前所未有,不过,许多别人以前从未想过的事情,他都已经做到。

初春的一天,他从威斯敏斯特回来后,全身发冷。他的脸很痛,仿佛骨头露在外面,承受着天气的威力,在他的脑海中,不断浮现出那天他父亲把他打倒在鹅卵石地面上的情景:他从侧面看到了沃尔特的靴子。他想回到奥斯丁弗莱,因为那里已经装上炉子,整个宅子都暖融融的;而位于法院路的宅邸只是部分地方比较暖和。再说,他也想呆在自己的四壁之内。

理查德说,"一天工作十八个小时,先生,您不能总是这样。"

"红衣主教以前就是这样。"

那个晚上,他在梦中去了肯特郡。他查看着贝汉修道院的账目,根据沃尔西的命令,该修道院将要关闭。僧侣们站在一旁,满脸敌意,他不由得暗骂几声,对雷夫说,把这些账簿装起来放到骡背上,我们可以一边吃晚饭,喝一杯勃艮第白葡萄酒,一边仔细查看。正是盛夏时节。他们骑着马,骡子不声不响地跟在后面,他们选了一条小道,穿过修道院里那些无人看管的葡萄园,接着钻进一片阴暗的树林,来到谷底那片长满苍翠的阔叶树的低地。他对雷夫说,我们就像两只在色拉中爬动的毛毛虫。他们出了树林,重新来到阳光之下,面前是斯科特尼城堡的塔楼:它的砂岩城墙,金色中点缀着灰白,护城河上波光闪烁。

他醒了。他是梦到了肯特,还是真的去了那儿?阳光还照在他的皮肤上。他叫了一声克里斯托弗。

没有任何回应。他躺着一动不动。没有人进来。天很早:楼下没什么动静。百叶窗都关着,星星在吃力地往里挤,让那发亮的角从木片缝里钻进来。他突然明白自己其实并没有叫克里斯托弗,而只是梦见自己叫了。

格利高里的众多教师们给他送来了一沓账单。红衣主教站在他的床尾,法衣穿得整整齐齐。红衣主教变成了克里斯托弗,正在对着光,打开百叶窗。"您发烧了,先生?"

他肯定知道吧，是发烧还是没发烧？难道我得什么都经受，又什么都知道？"哦，是意大利热，"他说，仿佛这样就算不了什么了。

"那么我们得找意大利医生吗？"克里斯托弗似乎不大相信。

雷夫在这儿。整个府里的人都在这儿。查尔斯·布莱顿也在，他以为这是真的，直到已故的摩根·威廉斯进来了，还有藏在安特卫普的英国商人家里、不敢随便出门的威廉·廷德尔。他可以听见他父亲那双钢头靴子在楼梯上发出的沉重、要命的声响。

理查德·克伦威尔吼了一声，我们就不能安静一点儿吗？这样吼的时候，他像是在说威尔士语；他想，如果是平常的日子，我绝对注意不到这一点。他闭上眼睛。女士们在他的眼皮内走动：像小蜥蜴一般透明，摆动着尾巴。英格兰的蛇类女王和王后们，长着黑色的毒牙，目空一切，拖着浸透了血的床单和劈啪作响的裙子。她们杀死并吃掉自己的骨肉；这一点人尽皆知。孩子还没出生她们就吸食他们的骨髓。

有人问他想不想忏悔。

"有必要吗？"

"是的，先生，要不然别人会认为你是分裂教派的人。"

但我的罪孽正是我的力量，他想；我所犯下的罪孽，别人甚至还没有机会去犯的罪孽。我紧紧地抱着它们；它们是我的。而且，当我接受审判时，我准备在手里拿着一份备忘录：我会对我的创造主说，这里有五十条，也可能更多。

"如果我必须忏悔，我就要找劳兰德。"

李主教在威尔士，他们告诉他。可能需要好多天。

巴茨医生来了，还有其他的医生，他们有一大群，是国王派来的。"这是我在意大利染上的热病，"他解释道。

"就算是吧。"巴茨朝他皱着眉头。

"如果我要死了，就叫格利高里来。我有些事情要交代他。但如果不是这样，就不要打扰他的学习。"

"克伦威尔,"巴茨说,"我就算拿大炮轰你都打不死你。大海也不要你。发生海难后你会被冲上岸来。"

他们在谈论他的心脏;他听见了他们的话。他觉得他们不该这样:他心里的书是属于私人的书,而不是放在柜台上的订货簿,经过的职员都可以在上面写上几笔。他们让他服了一剂药。过了不久,他又回到他的账簿上。那些线条在不停地滑动,数字都混在一起,他刚刚加完一栏,总数就不见了,一切又变成原样。但是他继续努力,反复地加着,直到毒性或治病的药在他体内的作用已经过去,他才醒来。账簿里的纸张仍然在他眼前。巴茨以为他在遵医嘱休息,但在他隐秘的脑海里,一些胳膊腿用墨水画成的小人儿从账簿里爬了出来,四处走动。他们搬来了炉灶里用的柴火,但是,架好了准备屠宰的鹿重新变成了活鹿,一派天真地在树皮上蹭来蹭去。为蔬菜炖肉准备的鸣禽还原了自己的羽毛,飞回到尚未被砍成柴火的树枝上,而用作浇卤汁的蜂蜜又返回蜜蜂身上,蜜蜂又回到了巢里。他能听见楼下的声响,不过是另一处楼房,在另一个国家:硬币转手时的叮当声,还有木箱在石板地上拖动的声音。他能听见自己的声音,在讲一个故事,用托斯卡纳语,帕特尼语,军营里的法语,以及野蛮人的拉丁语。也许这就是乌托邦?那是一个小岛,它的中央有一个叫亚马乌罗提①的地方,是梦幻之城。

他因为努力去了解这个世界而累坏了。因为努力对敌人笑脸相迎而累坏了。

托马斯·艾弗里从会计室来到这儿。他坐在他身边,握着他的手。休·拉蒂摩来为他唱赞美诗。克兰默也来了,不大放心地看着他。也许他担心他烧糊涂了,会问,你妻子格蕾塔近来怎么样?

克里斯托弗对他说,"我真希望您的老主人红衣主教能在这儿安慰您,先生。他是个很会安慰人的人。"

---

① 托马斯·莫尔的作品《乌托邦》中乌托邦首都的名字。

"你对他了解些什么?"

"我偷过他的东西,先生。您难道不知道?我偷过他的金器。"

他挣扎着坐起身。"克里斯托弗?在贡比涅的那个男孩是你?"

"当然是我。楼上楼下地跑,拎着一桶桶的热洗澡水,而每次空桶里就会装一只金杯子。很抱歉我偷了他的东西,因为他待人那么好。'什么,你又拎一桶来了,法布里斯?'您得知道,法布里斯是我在贡比涅时用的名字。'给这可怜的孩子吃顿饭,'他说。我吃了些杏子,以前都从来没尝过。"

"但他们没抓到你吗?"

"我的主人被抓了,一个很有名的大盗。他们给他打了烙印。很多人来追我。但是您瞧,先生,我注定要走大运。"

我想起来了,他说,我想起了加来,炼金术士,记忆机器。"吉多·卡米洛为弗朗索瓦造了这个东西,好让他成为世界上最英明的国王,可那个笨蛋永远也学不会怎么使用。"

这是胡思乱想,巴茨说,体温还在升高,但克里斯托弗说,不,我向您保证,巴黎有个人造了一个灵魂。那是一座房子,但是有生命。它到处都排列着小架子。在架子上你能找到一些羊皮纸和一些作品的片断,它们就像是钥匙,可以打开一只盒子,盒子里面装有钥匙,然后里面还有钥匙。但那些钥匙不是金属做的,那一层套一层的盒子也不是木头做的。

那是什么做的呢,法国佬?有人说。

它们是用灵气做的。如果所有的书都被烧毁,这会是我们留下的东西。它们能让我们不仅记住过去,而且记住未来,能让我们看到有朝一日会出现在世界上的各种规矩和习俗。

巴茨说,他又烧起来了。他想起了小比尔尼,想起他在临死前的晚上把一只手伸到烛火中,试试会有多痛。烛火烧伤了他的皮肉;他夜里哭得像个孩子,并吮吸着自己的伤手,第二天早晨,诺威奇的市政议员们将他拖到他们的祖先曾经烧死过罗拉德教徒的广场上。即使在他的脸被烧掉之后，他们仍然在往火中投掷教皇的徽章和旗帜：那些织物被烧得卷起了边，眼神空洞的圣女们像熏制的鲱鱼一般在烟火中不断卷曲。

他很客气地用好几种语言要水喝。别喝太多，巴茨说，先来一点点。他听说过一个叫霍尔木兹的岛屿，是世界上最干旱的国家，那儿没有树木，没有庄稼，只有盐。你站在它的中央环顾四周，只见方圆三十英里都是灰茫茫的平原；平原之外是满地珍珠的海岸。

晚上他的女儿格蕾丝来了。她制作了自己的灯，包在她发亮的头发里面。她定定地望着他，眼睛一眨不眨，直到早上，当他们打开百叶窗时，星光已经变弱，太阳和月亮同时悬挂在灰白的天空上。

一个星期过去了。他渐渐好转，想要人把工作拿进来做，但医生们不允许。那事情不都停下来了？他问，理查德说，先生，我们都受过您的训练，我们都是您的学生，您制造了一台有思想的机器，仿佛有生命似的向前运转，您不需要时时刻刻盯着它。

不过，克里斯托弗说，听说亨利国王也在哼哼着，仿佛他身上很痛一样：哦，克伦穆尔在哪儿？

有人传信来。亨利说，我要去探望一下。是意大利热，所以我肯定不会染上的。

他几乎不敢相信安妮患汗热病时，亨利离她而去：何况那时亨利与安妮正如胶似漆。

他说，把瑟斯顿找来。他们为他提供的一直是低脂饮食，比如火鸡之类的食物。好了，他说，我们得准备——什么呢？——一只乳猪，要像我以前在一次招待教皇的宴会上看到的那样，放上填料烤熟。你会需要鸡肉丁、肥腊肉、山羊肝，要剁成碎末。还要有茴香籽、马郁兰、薄荷、生姜、黄油、食糖、核桃、鸡蛋以及藏红花。有些人还会放奶酪，但我们伦敦这儿没有那种奶酪，而且我个人也觉得没有必要。如果有任何不清楚的问题，就去找蓬维希的厨师，他会帮你解决的。

他说，"派人去隔壁找乔治副院长，告诉他国王来的时候，让他的修士们不要在街上晃悠，要不然他的改革会马上拿他们开刀。"他觉得这整个过程要一步一步地慢慢来，好让人们明白它的合理性；没有必要把宗教信徒都赶到大街上。在他家门口蹭饭吃的修士们对他们的圣职是一种耻辱，但对他来说他们是不错的邻居。他们放弃了自己的食堂，晚上从他们房间的窗户里，会传出晚宴的欢声笑语。不管是哪一天，在他家门外的"两桶井"那儿，你都能跟他们一大帮人一起喝几杯。修道院教堂更像是一个市场，还是一个人肉市场。这个地区到处都是从意大利商人府里来的年轻单身汉，他们要在伦敦工作一年；他经常招待他们，当他们离开他的餐桌后（也被彻底套出市场信息之后），他知道他们会马上赶往修士们的地盘，一些有商业头脑的伦敦姑娘正在那儿躲雨，并等待着达成友好的协议。

* * *

4月17日国王前来探望。黎明时下了阵雨。到十点钟时，空气像脱脂乳一般柔和。他已经起床坐在椅子里，这时从椅子里起身。亲爱的克伦威尔：亨利毫不犹豫地亲了亲他的两颊，握住他的手臂并且（为了不让他以为他是这个王国里唯一强壮的男人）不容分说地让他坐回椅子里。"坐下吧，不要跟我争，"亨利说。"这一次不要跟我争，国务大臣。"

府里的女眷们，茉茜以及他的妻妹乔安，都打扮得像基督教节日里沃尔辛厄姆①的圣母玛利亚。她们深深地行了屈膝礼，亨利大摇大摆地站在那儿，他穿得不太正式，银锦缎外套的胸前挂着一条大金链，手上的印度翡翠珠光闪闪。他没有完全弄清这家人之间的关系，这也无可指摘。"国务大臣的姐妹？"他对乔安说。"不对，请原谅。我现在想起来，你失去你姐姐贝特的时候，也正是我可爱的妹妹去世的时候。"

---

① 仅次于坎特伯雷座堂的朝圣中心。

从一位国王的口里，说出了这么朴实、这么有人情味的话；一提起她们才失去不久的亲人，两位女士的眼里就涌上了泪水，亨利逐一转向她们，用食指小心地拂去她们脸上的泪滴，让她们破涕为笑。他拥起两位小新娘爱丽丝和乔，让她们像蝴蝶一般在空中旋转，并亲吻她们的嘴唇，说真希望自己还小的时候就认识了她们。你注意到了吗，国务大臣，可悲的事实就在于，姑娘们年龄越大，就越迷人？

那么八十岁会有它的好处，他说：每个平淡乏味的女人都会成为宝贝。茉茜对国王说，仿佛对邻居说话一般，别这么说，先生：您可看不出年纪。亨利伸展手臂，在大家面前展示自己："到七月份就四十五岁了。"

他注意到大家吃惊得说不出话来。要的就是这种效果。亨利非常得意。

亨利四处走动，看着他的那些画，问都是些什么人。他望着墙上的安塞尔玛，也就是示巴女王。他抱起贝拉，用奥娜·李尔那糟糕透顶的法语跟它交谈，逗得大家开怀大笑。"李尔夫人给王后送了一只比这还要小的小家伙。它朝一边歪着头，竖起耳朵，似乎在说，你为什么要跟我说话？因此她就叫它'为什么'。"说起安妮时，他的声音里洋溢着宠爱：满腔的柔情蜜意。女人们面露微笑，很高兴看到自己的国王树立了这样一个榜样。"你知道它，克伦威尔，你见过安妮抱着它。她去哪儿都带着它。有时候，"说到这里，他心中有数点点头，"我觉得她爱它更胜过爱我。是的，我排在那条狗的后面。"

他微笑着坐在那儿，没什么胃口，只是看着亨利用汉斯设计的银碟子进餐。

亨利与理查德亲切交谈，他称他为表亲。当他跟他的顾问官谈话时，他示意理查德站在他身旁，其他人则稍稍退开。如果弗朗西斯国王这样或者那样该怎么办，我是否应该亲自跨过海峡，签订某项协议，如果你身体好了，你愿意亲自去一趟吗？如果爱尔兰人，如果苏格兰人，如果一切都乱套了，我们像德国一样多面作战而农民则自封为王，如果这些假先知，如果查理占领了我的领土，凯瑟琳上阵作战，那该怎么办，她是个很有胆魄的人，民众都喜欢她，天知道是为什么，反正我不知道。

如果那样的话，他说，我会离开这把椅子，手上握着我自己的剑，征战沙场。

国王用完晚餐后，与他坐在一起，低声谈起自己的往事。这清新多雨的四月天让他想起了他父亲去世的日子。他谈起他的童年：我住在埃尔特姆的宫殿，我有一个叫笨蛋的弄臣。七岁那年，康沃尔叛军来了，由一位巨人率领，你记得吗？我父亲把我送进塔里以保证我的安全。我说，让我出去，我要去战斗！我不怕从西部来的巨人，但我害怕我的祖母玛格丽特·博福特，因为她的面孔就像骷髅，她抓着我的手腕时也像是骷髅在抓着我。

在我们小的时候，他说，总是有人跟我们说，你们的祖母还是个十三岁的小家伙时就生下了你们的父王。她的过去就像一把她悬在我们头上的剑。什么，哈里，你在大斋节期间居然大笑？而我比你大不了一点儿的时候，就生下了都铎国王！什么，哈里，你在跳舞吗，什么，哈里，你在玩球？她的一生都是尽职尽责。她在沃金的府里收留了十二个穷人，有一次，她要我端着盆子跪在那儿洗他们的黄泥巴脚，还算她运气，我没有吐在他们身上。她总是每天早晨五点就开始祷告。当她跪在祷告椅上时，她的膝盖痛得她叫出声来。而只要有庆祝活动，不管是婚礼还是孩子出生，或者是消遣和娱乐活动，你知道她会干什么吗？每一次？次次如是？她都会哭。

而且在她的心里，完全只有亚瑟王子。那是她的明灯，她的圣人。"结果到头来我成了国王，于是她一病不起，怀着一腔怨愤死了。你知道她临终时对我说的什么吗？"亨利哼了一声。"一切都要听费希尔主教的！真可惜她怎么没有要费希尔听我的！"

当国王与他的侍从们离开后，乔安走过来坐在他身边。他们轻声地交谈;尽管两人的话完全不用避人耳目。"嗯,一切都很顺利。"

"我们得给厨房一个礼物。"

"全府上下都表现不错。我很高兴见到他了。"

"是你想象中的样子吗?"

"我没有想到他那么温柔。我明白凯瑟琳为什么对他始终不肯放手了。我是说,不仅仅是王后的身份,她觉得那本来是她的权利,而且要拥有他这位丈夫。我得说他是一个很讨人喜欢的男人。"

爱丽丝闯了进来。"四十五岁!我还以为他不止这个年龄。"

"为了几颗石榴石,你都愿意跟他上床,"乔嘲弄道。"你自己这么说过的。"

"哦,那你呢,为了出口许可证还不是一样!"

"住口!"他说。"你们这些姑娘!这话让你们的丈夫听见多不好。"

"我们的丈夫知道我们是什么样的人,"乔说。"我们自以为是,对吧?你来奥斯丁弗莱可不是要找羞答答的小丫头。我都感到纳闷,姨夫怎么没有把我们武装起来。"

"是习俗限制了我。要不然我会送你们去爱尔兰的。"

乔安目送着她们跑开。等她们听不见之后,她扭头看了看两边,然后低声说,你不会相信我下面要说的话。

"说说看。"

"亨利怕你。"

他摇摇头。谁能让英格兰雄狮感到害怕呢?

"真的,我向你保证。当你说你会手里握着自己的剑时,你如果看到他的脸就会知道了。"

诺福克公爵前来探望,让他的仆人们牵着他那匹鬃毛顺溜润泽的马等在院子里,自己咚咚咚地走了上来。"是肝脏,对吧?我的肝脏都不成样子了。这五年来，我的肌肉也在不断地消瘦。你瞧！"他伸出一只爪子般的手。"这个国家的医生我全都试过了，但谁也不知道我的病根在哪儿。不过他们从来不会忘记寄来账单。"

他十分清楚，诺福克这个人，绝对不会支付诸如医疗费用之类的小账。

"还有肠胃绞痛，"公爵说，"让我简直是生活在炼狱里。有时候，我一晚上都在蹲厕所。"

"大人应该过得轻松一些，"雷夫说。他指的是，吃东西不要狼吞虎咽。不要像驿站里的马一样奔突不安。

"我也想这样，相信我。我外甥女明确地说不需要我的任何陪同和建议。我准备回我位于肯宁霍尔的府里去，亨利需要我的时候可以在那儿找到我。上帝保佑你早日康复，国务大臣。圣沃尔特很有效，我听说，如果是工作太累的话。圣尤博尔德可以止头疼，帮我止住过。"他在外套里摸索着。"给你带了一枚圣章。教皇祝福过的。是罗马主教，对不起。"他把它放在桌子上。"我想你也许没有这些。"

他出了门。雷夫拿起圣章。"没准是诅咒过的。"

他们能听见公爵在楼梯上说话，他的声音提高了些，语气里带着抱怨："我还以为他快要死了！他们告诉我他快要死了……"

他对雷夫说，"打发掉他了。"

雷夫咧嘴一笑。"还有萨福克。"

萨福克娶国王的妹妹时，被罚了三万英镑，亨利从未免除那笔罚款。他经常会想起这件事，此刻又想了起来；布兰顿为了还债，不得不卖掉了他在牛津郡和伯克郡的土地，他现在在乡下守着那点薄产度日。

他闭上眼睛。想一想都令人高兴：两位公爵都远离他了。

他的邻居查普伊斯进来了。"我写信告诉我的主人国王看望了你。他很惊奇国王居然会驾临一处私宅，甚至不是贵族的宅邸。但我告诉他，你该看看克伦威尔为了他有多么劳苦功高。"

"他应该有这样的仆人,"他说。"但是尤斯塔西,你是个老滑头,你知道。你会在我坟墓上跳舞的。"

"亲爱的托马斯,你永远是一位绝无仅有的对手。"

托马斯·艾弗里偷偷给他带来一本卢卡·帕乔利的象棋迷局大全。他很快解开了所有的迷局,还在后面的空白页里添加了几局。他的信件被送了进来,他浏览着最近一轮的灾难。据说明斯特的那个裁缝,那个拥有十六房妻子的耶路撒冷王,跟其中一个妻子吵了一架,然后在集市上将她斩了首。

他重返世界。将他打倒后,他会重新站起。死神上门探访过他,掂量过他的情况,朝他脸上吹了一口气;然后又走了。他的衣服告诉他,他比以前瘦了些;有一段时间,他感觉轻飘飘的,似乎不再立足于这个世界,每天都充满了各种可能。博林家的人衷心祝贺他康复,他们当然应该这样,因为如果没有他,他们怎么会有今天的局面?克兰默见到他时,不停地探过身来拍拍他的肩膀,握握他的手。

在他渐渐康复的同时,国王剪短了头发。他这样做,是为了掩饰自己越来越严重的秃顶,尽管没能掩饰住,丝毫都没有。他忠诚的顾问官们也纷纷效仿,过了不久,这成了他们之间友情的一种标志。"天啊,先生,"赖奥斯利先生说,"如果说我以前不怕您,我现在也会怕的。"

"但是'简称',"他说,"你以前就怕我呀。"

理查德的样子没什么变化;他经常要去比武场,所以头发本来就短,便于戴头盔。剪过发的赖奥斯利先生显得更精明,如果还能更精明的话,而雷夫则显得更坚决,更机敏。理查德·里奇已完全看不出年少时的痕迹。萨福克的大脸显出一种奇怪的天真神情。阁下看上去像一位苦行僧。至于诺福克,谁也没有注意到他有什么变化。"他以前留的是什么样的头发?"雷夫问。一块块的铁灰色保护着他的头皮,犹如军事工程师设计出来的一样。

这种潮流在全国各地流行开来。当劳兰德·李下一次闯进案卷司时,他以为是一发炮弹朝他射了过来。他儿子的大眼显得很镇静,仍然是金黄色。他爱怜地摩挲着他的脑袋,说,如果看到你那头可爱的卷发都没了,你母亲一定会哭的。格利高里说,"是吗?我都不大记得她了。"

四月底时,有四个犯叛国罪的僧侣受到审判。已经一次次地要求他们宣誓,但他们都拒绝了。离圣女被处决已有一年。国王对她的追随者们表现了仁慈;他眼下还不想处死他们。事情最先起于伦敦的卡尔特修道院,这是一所提倡苦行的修道院,里面的人以稻草为床;托马斯·莫尔在明白这个世界需要他的才能之前,就是在这里小试身手。他,克伦威尔,视察过这所修道院,正如他已经视察过位于锡恩的拒不服从的修道院。他轻言细语地讲过,也直言不讳地谈过,还威逼和利诱过;他派开明的教士来帮国王说话,他还对修道院里那些早就心存不满的人面授机宜,让他们去做自己的教友们的工作。但是都无济于事。他们的答复是,走开,走开,让我为神圣的事业奉献至死好了。

如果他们以为能够在平静的祷告生活中终其一生,那他们就错了,因为法律要求对他们以叛国罪严惩,在空中旋转几圈后,在意识清醒的情况下当众开膛破肚,把他们的内脏掏出来扔进烧得正旺的火盆。这是最为可怕的一种死刑,会受尽痛苦、愤怒和羞辱,而且太令人恐惧,以至于行刑者还没有拿起刀子动手,连最坚定的反叛者都会魂不附体;每个人死前都会看着自己的同伴,而从绳子上割下来后,他会像动物一样在洒满了血的木板上四处乱爬。

威尔特郡伯爵和乔治·博林将代表国王监督行刑,而诺福克则从乡下嘟嘟囔囔地被拽了过来,得知要准备出使法国。亨利想亲自去看僧侣们被处死,因为宫里的人会戴着面具,骑在他们的高头大马上,周围会有市政官员,还有衣衫褴褛的平民百姓,遇到这种场面,他们就会成百上千地前来观看。但国王的体形使他很难掩饰自己,他也担心会有支持凯瑟琳的人示威游行,在每一群人中,总是有一小撮坏分子仍然喜欢她。小里士满可以代表我,他的父亲最后想;有朝一日,他可能得在战场上捍卫他同父异母的妹妹的权益,所以,耳闻目睹一下杀人的场面对他也好。

那孩子晚上来找他,因为死刑定于第二天执行:"国务大臣,您行行好,代我去吧。"

"我早上与国王的会面,你能代我去吗?不妨这么想吧,"他坚定而愉快地说,"如果你称病不去,或者明天从马上摔了下来,或是在你岳父面前吐了,他会让你永远记住的。如果你想早日上你的新娘的床,就证明自己是个男子汉。眼睛看着公爵,他怎么做你就怎么做。"

但行刑结束后,诺福克自己跑来找他,说,克伦威尔,我拿我的生命发誓,有个僧侣在心脏被挖出来后还在说话。耶稣啊,他喊道,耶稣保佑我们吧,可怜的英格兰人。

"不,大人。他不可能这样。"

"你能肯定吗?"

"我这是经验之谈。"

公爵有些恐惧。让他这样想好了,让他以为他过去干过掏人心脏的事情。"我敢说你是对的。"诺福克自我反驳道。"那肯定是人群里发出的声音。"

僧侣们被处死的头一天晚上,他给玛格丽特·罗珀尔签署了一张探视许可证,这是几个月来的第一次。他想,很显然,当叛国者们被拉出去受死的时候,让梅格去陪陪她父亲;她的决心肯定会动摇,她会对她父亲说,好了,国王在大开杀戒,您得像我一样宣个誓。您心里可以持保留意见,在背后交叉手指;只需要叫克伦威尔或者国王的任何一位官员来,说几句话,就可以回家。

但是他这一招没能见效。当叛国者们仍然穿着自己的僧侣服,被带了出去,走向泰伯恩刑场时,她和她父亲站在窗边,没有一滴眼泪。我总是忘了,他想,莫尔从来不怜惜自己,也从不怜悯别人。因为我会保护我的女儿们,不让她们看到这种场面,我就以为他也会这样。可他却用梅格更坚定了他的决心。如果她不屈服,他就不可能屈服;而她是不会屈服的。

第二天他自己去看莫尔。雨水打在脚下的石板地上,发出淅沥沥的响声;墙面和雨水已经难分彼此,风儿在小角落里呜呜地叫着,犹如冬天的寒风。当他吃力地脱下湿外套后,他站在那里与看守马丁聊了几句,打听他妻子和刚出生的宝宝的情况。我怎样才能找到他,他最后问道,马丁说,您有没有注意过,他的肩膀一边高一边低?

是因为伏案写东西太多了,他说。一只胳膊在桌子上,另一边肩膀垂下来。哦,也许吧,马丁说:他看上去就像是坐在凳子一端的一个木雕的小驼背。

莫尔留起了胡须;乍一看去,他的样子很像你想象中的明斯特的先知,尽管他会厌恶这种比较。"国务大臣,国王怎么看国外传回来的消息?听说皇帝的军队正在行动。"

"是的,不过是开往突尼斯,我想。"他看了看外面的雨。"如果你是皇帝,难道你不会选择突尼斯,而选择伦敦吗?你瞧,我来这儿不是要跟你争论。只是来看看你是否舒服。"

莫尔说,"我听说,你们已经让我的弄臣亨利·帕廷森宣誓了。"他笑了起来。

"而昨天死去的那些人却仿效了你的榜样,拒绝宣誓。"

"让我说清楚一点。我决不是什么榜样。我只是我自己,仅此而已。我对法案没有说过任何不是。对制定法案的人没有说过任何不是。对宣誓,或者宣誓的人,我都没有说过任何不是。"

"哦,是的,"他在莫尔存放物品的箱子上坐下。"但你的所谓没有说过任何不是,在陪审团面前却毫无作用,你知道。如果真到了陪审团那一步的话。"

"你是来威胁我的。"

"皇帝的战绩让国王沉不住气了。他准备派一个委员会来,他们会要你就他的头衔给一个直接的答案。"

"哦,我能肯定你的朋友们一定会有办法对付我。是奥德利大人吗?还有理查德·里奇?听着。自从我来到这儿,我就做好了死的打算,死在你的手上——是的,你的手上——或者是自然的手里。我所要求的只是让我安心平静地做祷告。"

"你想要做一个殉道者。"

"不,我想要的是回家。我很脆弱,托马斯。我跟我们所有的人一样脆弱。我希望国王把我当作他的仆人,当作爱戴他的子民,而我始终也正是如此。"

"我一直都不明白,牺牲与自戕之间的分界线是怎么划的。"

"是基督划的。"

"你没看出这种比较里有什么问题吗?"

沉默。莫尔的沉默带有无声胜有声的争辩意味。它从几面墙上弹了回来。莫尔说他热爱英格兰,他担心整个英格兰会遭受天罚。他在跟他那位喜欢杀戮的上帝讨价还价:"一个人为民众而死是死得其所。"哦,我告诉你,他对自己说。你尽管讨价还价吧。把你自己交给绞刑吏好了,如果你非得这样的话。民众才他妈的不介意呢。今天是5月5日。两天之后委员会会来找你。我们会请你坐下,你会谢绝。你会像一位没人管的老父亲一样站在我们面前,而我们会穿得暖暖和和抵御初夏的凉意。我会说出我的一番话。你会说出你的一番话。也许我还会承认你赢了。我会走开,留下你在这儿,你这位国王的好子民,像你说的那样,直到你的胡须一直长到膝盖,而蜘蛛在你的眼睛上结网。

嗯,那是他的计划。但是计划赶不上变化。他对理查德说,有哪位该死的、患有梅毒的罗马主教在自己的司法权历史上干过这么愚蠢、这么不合时宜的事情呢?法尔内塞已经宣布英格兰将有一位新的红衣主教:费希尔主教。亨利气坏了。他发誓要将费希尔的人头送到海峡那边去戴他的法帽。

6月3日：他自己来到塔里，一起来的还有威尔特郡伯爵，代表博林家族的利益，还有查尔斯·布兰顿，看上去似乎宁愿去钓鱼。里奇来做记录；奥德利来说笑话。又下雨了，布兰顿说，这肯定是有史以来最糟糕的夏天，对吧？是呀，他说，所幸陛下还不迷信。他们笑了起来：萨福克的笑声有点犹疑。

有人曾说1533年会是世界的末日。也有人说过是去年。为什么不是今年呢？总是有人随时会说末日已经来临，并声称自己的邻居是伪基督。从明斯特传来的消息说，天空正在急速地垮塌。包围者在要求无条件投降；被包围的人在威胁要集体自杀。

他走在最前面。"天啊，这种地方，"布兰顿说。滴下来的雨打湿了他的帽子。"不让你觉得压抑吗？"

"哦，我们经常来这儿。"理查德耸耸肩。"总是有些事情。国务大臣不是要去铸币厂就是要去珠宝屋。"

马丁让他们进去。他们一进门莫尔就抬起头来。

"今天必须有个结果了，"他说。

"甚至都不打个招呼说声你好什么的。"有人给了莫尔一把梳子让他梳理胡须。"嗯，安特卫普有什么消息？我好像听说廷德尔被抓了？"

"不要扯题外话，"大法官说。"你对宣誓表个态吧。还有法案。它的制定是合法的吗？"

"听说他跑了出去，让皇帝的士兵给抓住了。"

他冷冷地说，"你事先就知道吧？"

廷德尔不仅仅是被抓，而且是被出卖了。有人把他从他的藏身之处骗了出来，而莫尔知道是谁。他看到他自己，另一个他，在另一个下雨的上午正像这样：把囚犯拽起身，猛揍一顿，逼他说出那个人的名字。"好了，大人，"他对萨福克说，"你的样子看起来很凶，请保持镇静。"

我吗？布兰顿说。奥德利笑了起来。莫尔说，"廷德尔的魔鬼现在要抛弃他了。皇帝会烧死他。而国王不会为了救他而动一根指头,因为廷德尔不肯支持他的新婚姻。"

"也许你认为他这么干有道理?"里奇说。

"你必须回答,"奥德利说,他的语气很温和。

莫尔很激动,一股脑儿地说了起来。他没有理会奥德利,只是对他,克伦威尔,说话。"你不能强迫我将自己置于危险之中。因为如果我反对你的《至尊法案》——不过我并未承认——那么我的宣誓就会是一把双刃剑。如果我拒绝,我的身体就肯定有危险,如果我同意,我的灵魂就在劫难逃。所以我什么也不会说。"

"当你审问你所谓的异教徒时,你可没有允许回避。你强迫他们开口,不然就用肢刑。既然他们被迫做出了回答,你为什么不行呢?"

"情况不一样。当我强迫异教徒回答时,我的身后有全部的法律,以及基督教世界的全部力量在支持我。可我在这里被威胁要面对的是一项特殊的法律,一项新近制定的特别规定,除了这里之外不被任何其他国家所承认——"

他看见里奇在做记录。他转向一边。"结局是一样的。他们被烧死,你被砍脑袋。"

"如果国王开恩让你死得这么痛快的话,"布兰顿说。

莫尔有些畏怯;他在桌上勾起手指。他注意到了,但不动声色。那么这不失为一种手段。让他害怕但求速死的痛苦。即使这样想着的时候,他也知道自己不会这样做;想一想都令人难受。"我想,在数量上你胜我一筹。但是你最近看过地图吗?基督教世界已经今非昔比了。"

里奇说,"国务大臣,费希尔比我们面前这个犯人还更像个男人,因为费希尔明确反对并承担后果。托马斯爵士,我以为你会公开承认自己的叛国,如果你有胆量的话。"

莫尔轻声说,"不是这样。我不能强迫上帝接受我。而应该是上帝将我拉向他。"

"我们注意到了你的顽固不化,"奥德利说。"我们不会用你对付别人的办法来对付你。"他站起身。"国王会乐意看到我们下一步的起诉和审判。"

"看在上帝的份上!我在这个地方能产生什么危害呢?我不伤害任何人。我不说任何有害的话。我不想任何有害的事。如果这都不能让一个人保命——"

他打断了他,难以置信地说,"你不伤害任何人?那贝恩汉呢,你还记得贝恩汉吗?你没收了他的财物,把他可怜的妻子送进监狱,亲眼看着他受刑,再把他关进斯托克斯利主教的地下室,然后你又把他弄回你的府里,在柱子上吊了两天,又重新把他送回斯托克斯利那儿,让他被毒打摧残了一个星期,而你还没有完全泄愤;又把他送进塔里,对他再度用刑,直到最后他的身体已经散架了,当他们把他带到史密斯菲尔德活活烧死时,不得不用轿子抬着他去。而你,托马斯·莫尔,居然还说你不伤害任何人?"

里奇开始从桌上收起莫尔的那些纸张。他们怀疑他在给楼上的费希尔传信:这不是坏事,如果它能表明他跟费希尔串通叛国。莫尔伸手压在纸上,手指张开;接着他耸耸肩,任它们被收走。"拿走好了,如果你们必须这样的话。我写的所有东西你们都读过。"

他说,"在听到你改变主意之前,我们必须拿走你的纸笔。还有你的书。我会派人过来。"

莫尔似乎不大情愿。他咬了咬嘴唇。"既然要拿走,现在就拿好了。"

"不像话,"萨福克说。"你当我们是搬运工吗,莫尔先生?"

安妮说,"都是因为我。"他鞠了一躬。"等你终于从他口里问出是什么在困扰他非凡的良心时,你会发现,其根本症结就在于他不肯屈膝承认我的王后身份。"

她看上去瘦小、苍白而愤怒。她修长的十指指尖相抵，让手指向后弯曲；她的眼睛明亮有神。

在他们深入这个话题之前，他得向亨利汇报去年的灾害；提醒他不可能只靠口里说说就实现自己的意愿。去年夏天，北方的一位领主戴克勒勋爵被人以与苏格兰人勾结之名而指控犯有叛国罪。幕后操作的是戴克勒家的世仇和对头克利福德家族；而克利福德家的幕后指使则是博林家，因为戴克勒曾公开宣称支持前王后。审判在威斯敏斯特大厅举行，身为审判贵族法庭的审判长，诺福克主持庭审：根据戴克勒的权利，他将由二十个同样是领主的人作出判决。但是接着……频频出错。也许整个事件都算计不周，是博林家对这件事逼得太急太狠。也许他不该没有亲自负责这桩案子；他原本以为最好不要出面，因为许多贵族都不满于他现在的地位，可能会不顾一切地跟他作对。也可能问题在诺福克身上，让法庭失控……不管是什么原因，结果是指控不成立，使国王又惊又恼大发雷霆。戴克勒被国王的卫兵直接带回塔里，而他被派去达成一项交易，他知道，交易的目的是必须整垮戴克勒。庭审过程中，戴克勒滔滔不绝地讲了七个小时，为自己辩护；但是他，克伦威尔，可以讲上一个星期。戴克勒最后承认对叛国罪知情不报，这是一项较轻的罪行。他用一万英镑换取了国王的赦免。他被释放出来，重回北部时已经一文不名。

但是王后懊恼至极；她需要杀一儆百。法国的情形也对她不利；有人说一提起她的名字，弗朗索瓦就会暗自窃笑。她怀疑，而且怀疑得没错，相对于跟法国的结盟，她的心腹克伦威尔更热衷于跟德国贵族们交好；但现在不是她为此发火的时候，而且她说费希尔不死，莫尔不死，她就没有宁日。所以，她现在正在房间里走来走去，显得焦虑不安，有失王后的风范，她还时不时地走到亨利身边，摸摸他的袖子，碰碰他的手，亨利每次都是甩开她，仿佛她是一只苍蝇。他，克伦威尔，观察着这一幕。这对夫妻的关系每天都不一样：时而溺爱有加，时而冷淡疏远。总体而言，看到他们卿卿我我让人更为难受。

"对费希尔我毫不担心,"他说,"他的罪行已经很明确。但是莫尔的情况……从道义上说,我们的理由无可指摘。谁都不会怀疑他对罗马的忠诚,以及对陛下作为教会首脑这一头衔的憎恨。但是在法律上看,我们的胜算不大,莫尔会竭尽所能地利用所有法律上、程序上的依据为自己开脱。这不容易对付。"

亨利激动起来。"我留着你是为了对付容易之事的吗?上帝怜悯我的单纯,我把你提拔到这个国家里的这样一个位置,还没有任何人,这个王国有史以来,还没有任何像你这样出身的人有过这种荣幸。"他放低声音。"你以为这是因为你长得帅吗?是因为你的个人魅力吗?我之所以留着你,克伦威尔先生,是因为你像一袋子蛇那么狡猾。但是不要成为我怀里的毒蛇。你知道我的决定。只管去实施。"

他离开时,感觉到背后安静了下来。安妮走到窗边。亨利盯着自己的脚。

所以,当里奇走进来,迫不及待地要讲出自己的秘密时,他恨不得像拍苍蝇那样把他一掌拍死;不过他控制住了自己,并搓着双手:变成了全伦敦最开心的人。"嗯,皱皱先生,你把那些书收好了吗?他怎么样?"

"他拉下了百叶窗。我问他为什么,他说,货物已经拿走了,现在我的店铺要关门了。"

想到莫尔坐在黑暗中,他简直无法忍受。

"您瞧,先生。"里奇拿出一张折叠的纸。"我们谈了一会儿。我把那些话记了下来。"

"我们两个再谈一遍。"他坐下来。"我是莫尔。你是里奇。"里奇盯着他。"要我关上百叶窗吗?在黑暗中表演是不是效果更好?"

"我离开他的时候,"里奇迟疑着说,"忍不住想再一次——"

"很好。你有你的方法。不过,既然他不愿意跟我谈,又怎么会愿意跟你谈呢?"

"因为他讨厌我。他认为我无关紧要。"

"你还是副检察长呢,"他说,语气有些嘲弄。

"所以我们只是在推理。"

"什么,就像晚饭后在林肯会堂那样吗?"

"老实说我很可怜他,先生。他渴望有人交谈,而且您知道,他一开了口就喋喋不休。我对他说,假定议会要通过一项法案,说我,理查德·里奇,将成为国王。您会不把我当国王吗?他听了哈哈大笑。"

"嗯,你得承认没有这种可能。"

"于是我就追问他;他说,是呀,理查德陛下,我会当你是国王,因为议会可以这么做,而且鉴于他们已经做出的事情,如果我哪一天醒来,发现是在克伦威尔国王的统治之下,我也不会惊讶的,因为既然一个裁缝能成为耶路撒冷王,那么我想,一个从铁匠铺里出来的小子也就能当英格兰国王。"

理查德顿了顿:他让他生气了吗?他朝他一笑。"我如果成了克伦威尔国王,你就会是一位公爵。好了,进入正题吧,皱皱……有正题吗?"

"莫尔说,嗯,你做了这样的假定,我也给你做一个更高一级的假定。假定议会通过一项法案说上帝不是上帝呢?我说,这是无效的,因为议会没有权力这样做。然后他说,是呀,年轻人,至少你还能知道这是荒谬的。接着他停了一下,看了看我,好像在说,现在让我们看看现实世界的情况。我对他说,我给您做一个中等级别的假定。您知道我们的国王已经被议会任命为教会的首脑。您为什么不投票赞成,就像您赞成它任命我为君王一样呢?而他则说——仿佛在给一个小孩子讲道理一般——这两者不是一回事。因为一个是现世的裁判权,议会可以决定。另一个是宗教的裁判权,议会不能行使这种权力,因为这种裁判权超出了这个王国的范围。"

他盯着里奇。"以教皇制信奉者之名绞死他,"他说。

"是,先生。"

"我们知道他是这样想的。他从来没有说出来。"

"他说有更高一级的法律在统治这个以及所有的王国。如果议会违反上帝的法律……"

"他指的是教皇的法律——因为他把这两者等同了起来,他对此无法否认,对吧?他为什么总是在省察自己的良心呢,如果不是为了日夜检查是否跟罗马的教会保持一致?那才是他的安慰,那才是他的引导者。在我看来,他既然明确地否认议会的职责,也就否认了国王的头衔。这就是叛国。不过,"他耸耸肩,"这对我们有多大用处呢?我们能证明这种否定是恶意的吗?他会说,我以为那只是说说而已,好打发一下时间。他会说你们只是在推理,而在那种情况下说出来的任何话都不能被用作对一个人不利的证据。"

"陪审团不会理解这个的。他们会以为他说的是心里话。毕竟,先生,他知道那不是学生之间的辩论。"

"没错。你不会在塔里开展那种辩论。"

里奇把他的记录递了过来。"我把我所能回想起的东西如实记了下来。"

"你没有证人吗?"

"他们在进进出出的,把书装进箱子里,他有很多书。您不能怪我疏忽,先生,因为我怎么会知道他愿意跟我谈呢?"

"我不怪你。"他叹了口气。"实际上,皱皱,我很器重你。在法庭上你会为此作证吧?"

里奇疑虑地点点头。"告诉我你会,理查德。要么就告诉我你不会。我们实话实说。如果你认为自己可能失去勇气,好歹现在就告诉我。如果这场审判我们又失败了,我们这辈子就完蛋了。而且我们所有的努力都会付之东流。"

"您瞧,他一定不会放过反驳我的机会,"里奇说。"我小时候干的事情,他从来不会让它过去。他以前说教时总是拿我当反面材料。嗯,等他下一次说教时,让他拿枕木①当材料好了。"

费希尔死前的那个晚上,他去看莫尔。他带了一支力量很强的卫队,但是他把他们留在外屋,自己一个人进去。"我已经习惯了把百叶窗拉上,"莫尔几乎是开心地说。"你不介意坐在昏暗中吧?"

"你不必害怕太阳。现在没有太阳。"

"沃尔西以前常常夸口自己能改变天气。"他呵呵笑了。"你真好,托马斯,现在还来看我,因为我们已经没什么可谈的了。你觉得还有吗?"

"卫兵们明天一大早会来把费希尔主教带走。我担心他们会吵醒你。"

"如果不能为他守夜,我就是个可怜的基督徒了。"他的笑容渐渐消失了。"关于他的死法,听说国王恩准对他仁慈。"

"他上了年纪,身体也很弱。"

莫尔既心酸又快意地说,"我一直都很尽力,你知道。一个人自有定命。"

"听着。"他从桌上伸过手去,握住莫尔的手,握得很紧:比他原本打算的要紧。我这铁匠的手劲,他想:他看到莫尔有些畏怯,感觉着他的手指,他骨头上的皮肤像纸一样干燥。"听着。你一上法庭,就马上请求国王的宽恕。"

莫尔不解地说,"这对我有什么好处?"

"他不是个冷酷无情的人。这你知道。"

"我知道吗?他以前不是。以前他的性情很温和。但是后来他交往的那些人变了。"

"对于宽恕的请求,他总是能接受的。我不是说他会让你活命,因为

---

① 指断头台上的枕木。

你没有宣誓。但他可能会像对费希尔那样对你仁慈一些。"

"我的身体会怎么样,并不是太重要。从某种意义上说,我的生活一直很幸福。上帝始终善待我,没有考验我。现在他要考验我,我不能辜负他。我对我的内心世界一直很警惕,对在里面发现的东西我并不总是很满意。如果我最后会落到绞刑吏的手上,就随它去吧。很快就会到上帝的手里了。"

"如果我说我不想看到你被残杀,你会不会觉得我自作多情?"没有回答。"你不怕痛苦吗?"

"哦,是的,我非常害怕,我这个人不像你这么勇敢、强壮,我会不由自主地在脑海中设想那种情景。但我只会有很短暂的感觉,事后上帝会让我忘却的。"

"真高兴我不像你。"

"当然。否则坐在这里的就会是你了。"

"我是说,我心里想着另一个世界。我发现你认为当前的世界没有改善的可能。"

"你认为有可能?"

这几乎是一个无礼的问题。一阵冰雹砸在窗户上。两人都吃了一惊;他站起身,有些不安。他很想知道外面是什么情景,看看夏天在风吹雨打时的凄凉景色,而不愿意缩在这百叶窗后,琢磨造成了什么损失。"我曾经满怀希望,"他说。"我想,是这个世界让我堕落了。也可能只是天气的原因。它让我萎靡不振,让我也像你这么想,认为我们应该蜷缩起来,慢慢地缩进一个小亮点中,把孤独的灵魂像玻璃下面的火苗一般保存起来。我在自己身边看到的那些痛苦和耻辱的场面,还有无知,不计后果的恶行,贫困,绝望,哦,还有雨水——雨水降落在英格兰的土地上,毁掉谷物和庄稼,扑灭了人们眼中的光明,同时还有学术之光,因为如果牛津变成了大水坑,剑桥被大水冲走,谁还能进行理性的思考,如果法官们都在水中逃命,谁还来执行法律?上周有人在约克掀起暴乱。在粮食这么紧缺、物价比去年翻倍的情况下,他们凭什么不暴乱呢?我得鼓动法官们杀一儆百,我想,否则整个北部就会到处是钩镰和长矛,到头来他们不就只会自相残杀吗?我真的相信,如果天气更好的话,我也会是个更好的人。如果我生活在一个阳光明媚、民众富裕并自由的国家里,我会是一个更好的人。如果现实真是这样,莫尔先生,你也就完全不必这么努力地为我祈祷了。"

"你可真能说,"莫尔说。文字,文字,仅仅是文字而已。"当然,我的确为你祈祷。我全心全意地祈祷你会明白自己走入了歧途。等我们在天堂相见的时候,我希望我们会相见,我们的分歧会被彻底遗忘。但是现在,我们无法希望它们消失。你的任务是杀掉我。我的任务是要活着。这是我的职责和义务。我唯一拥有的就是我的立场,而这个立场就是托马斯·莫尔。如果你想得到它,你就得从我这里夺走。千万不要以为我会放弃。"

"你会需要纸和笔把你的辩护词写出来。我可以给你这些。"

"你从来都不死心,对吧?不用了,国务大臣,我的辩护词在这里,"他拍了拍前额,"在这里它会避着你,很安全。"

房间里没有了莫尔的书,显得那么陌生,那么空荡:到处都是影子。"马丁,拿蜡烛来,"他喊道。

"你明天会来这儿吗?为主教的事?"

他点点头。不过他不会目睹费希尔被处死的时刻。按照惯例,观看的人会跪地脱帽,以示灵魂的消逝。

马丁送来一个插好蜡烛的烛台。"还需要别的吗?"他放下烛台时,他们没有说话。他走了之后,他们仍未开口:囚犯驼着背坐在那儿,眼睛望着烛火。他怎么知道莫尔是开始了沉默,还是准备说话?有人会在沉默之后开始讲话,还有人会用沉默代替讲话。你不必用意义明确的句子去打破沉默,而可以用犹豫的口气:如果……也许……如果可能的话……他说,"我可能不会打搅你,你知道。而是会让你了此余生。为你残害别人的事忏悔。如果我是国王的话。"

烛光变暗了。囚犯仿佛退出了房间,只在他所在的位置上留下一个模糊的影子。一阵风吹来,烛火摇曳着。莫尔奋力写作的东西被清走后,两人之间的桌子上现在空空的,犹如一座祭坛;而祭坛不就是用来献祭的吗?莫尔终于打破沉默:"如果,到了最后,我被审判之后,如果国王不同意,如果实施极刑……托马斯,那是怎么干的呢?你会以为一个人的肚子被剖开之后,他会马上死去,会流大量的血,但好像并不是这样……难道他们有某种特别的器具,可以用来活活地宰割一个人吗?"

"很遗憾你会认为我精通此道。"

但是,他不是告诉过诺福克,差不多也就是告诉了他,他曾经挖出过别人的心吗?

他说,"这是行刑者的秘诀。它被保密起来,好让我们畏惧。"

"让我痛快地死去吧。除此之外,我别无所求。"他摇摇晃晃地坐在凳子上,心跳一阵阵加快,全身都焦躁不安;他叫出声来,从头到脚都在颤抖。他的手无力地敲着干净的桌面;他离开他的时候,说,"马丁,进去吧,给他一些酒"——而他还在叫着,还在颤抖和敲着桌面。

下次见面时,将是在威斯敏斯特大厅。

审判的那一天,多条河流的水漫出了堤岸;泰晤士河也涨了水,像地狱里的河流一般波涛汹涌,将浮渣冲到了码头上。

这是英格兰与罗马的对抗,他说。是生者与死者的对抗。

诺福克将主持审判。他告诉他将如何进行。前面的几条控状将不会成立:包括莫尔就法案和宣誓在各种时候说出的各种言论,莫尔与费希尔串通叛国——两人之间有信件往来,但那些信现在好像已经被销毁。"在进入到第四条时,我们会听取副检察长的证词。请注意,大人,这会让莫尔来劲的,因为只要一看到年轻的里奇,他就会对他年少时的放荡不羁大肆挖苦——"公爵抬起一边眉头。"酗酒。斗殴。玩女人。赌博。"

诺福克摩挲着自己长着胡茬的下巴。"我注意到了,那小伙子长相那么温和,但的确经常打架。好引人注意,你瞧。而我们这些该死的老家伙呢,都是大脸盘,身形彪悍,出生时就全身盔甲,所以用不着去引人注意。"

"正是,"他说。"我们是最心平气和的人。大人,现在请注意。我们不希望再出现戴克勒案件那样的错误。否则我们可能就完蛋了。前面几条控状将不会成立。到了下面这一条,陪审团就会很留心了。而我为你准备的陪审团可是很出色的。"

莫尔面对的将是他的同行;都是伦敦人,同业公会的商人。他们见多识广,带有伦敦人的各种成见。像所有的伦敦人一样,他们对教会的贪婪与自大多有了解,也不喜欢被告知他们没有资格阅读用自己母语出版的圣经。他们早就知道莫尔,这二十年来一直都知道。他们知道他怎样让露茜·皮蒂特守了寡。他们知道他如何毁掉了翰弗里·蒙茂斯的生意,只因为廷德尔曾经是他家的客人。他们知道他怎样在他们府里安插眼线,有些是他们像儿子一般对待的学徒,还有些是跟他们亲近密切、每天晚上都能听见主人睡前祷告的仆人。

有个名字让奥德利犹豫了一下:"约翰·帕奈尔?也许是写错了。你知道,自从莫尔在大法官法庭做出不利于他的判决之后,他就一直跟随莫尔——"

"那个案子我知道。莫尔把它办砸了,他当时没有读那些文件资料,而只是一心忙着给伊拉斯谟写情书,或者在切尔西给哪个可怜的基督徒上镣铐。你想怎么办,奥德利,要我去威尔士找陪审团吗,或者去坎伯兰,或其他某个人们对莫尔印象更好的地方?我只能用伦敦人对付了,而除非是弄一群刚刚出生的人进来,否则我无法彻底抹去他们的记忆。"

奥德利摇摇头。"我不知道,克伦威尔。"

"哦,他是个厉害的角色,"公爵说。"沃尔西垮台的时候,我就说过,瞧着吧,他是个厉害的角色。你得早早地起床才能走在他的前头。"

*　　　*　　　*

　　审判的前夜,他正在奥斯丁弗莱处理文件时,有颗脑袋从门外探了进来:一颗又小又瘦的伦敦人的脑袋,头皮刮得很干净,面孔年轻稚嫩。
　　"迪克·珀瑟。进来吧。"
　　迪克·帕瑟环视着房间。他负责照料在夜间看家护院的大猛犬,以前从未来过这儿。"过来坐下。别害怕。"他用红衣主教以前的一只细薄的威尼斯玻璃杯给他倒了一点酒。"尝尝这个。威尔特郡伯爵送给我的,我自己不怎么喝。"
　　迪克接过酒杯,灵巧地摇晃着它。酒的颜色像稻草或夏天的光线一样浅。他喝了一大口。"先生,我能跟在您的随从中去看审判吗?"
　　"你还在难过,对吧?"迪克·珀瑟就是当初因为说圣体是一片面包而在切尔西被莫尔当着全府上下鞭打的孩子。他当时还是个孩子,现在也没有长多大;听说他刚到奥斯丁弗莱时,经常在睡梦中哭泣。"去找一件制服穿上,"他说。"早上还要记得洗手洗脸。我不希望你给我丢人。"
　　"丢人"这个词刺中了孩子的痛处。"我并不在乎疼痛,"他说。"我们大家,恕我冒昧,先生,都挨过父亲不少的打,就算不是打得更重的话。"
　　"的确,"他说。"我父亲打我的时候,简直当我是钢板。"
　　"是因为他扒光了我的衣服。而且有女人在一旁看着。爱丽丝夫人。年轻姑娘们。我以为她们有谁会帮我说句话,可当她们看到我光着身子时,只是对我感到厌恶。只是让她们觉得好笑。那家伙抽我的时候,她们在那儿大笑。"
　　在故事里,总是有年轻的女子,天真无邪的姑娘,让男人放下手里的棍棒或斧头。但我们听到的似乎是一个截然不同的故事:一个孩子的瘦屁股在寒冷中瑟缩着,他那小睾丸上的皮皱巴巴的,羞怯的鸡鸡缩成了纽扣一般,而屋子里的女人们却咯咯地笑着,男仆们在跟着起哄,他的皮肤上出现了一道道细痕,并流出血来。

"已经过去了,大家也忘了。不要哭。"他从桌子后面走过来。迪克·珀瑟把那颗刮得很干净的脑袋靠在他的肩上,嚎啕大哭,既有羞辱,也有释放,还有满足,因为他熬过来了,而折磨他的人马上就要死去。莫尔当初以私藏德语书籍为由迫害约翰·珀瑟,并将他处死;现在他搂住这孩子,感觉着他脉搏的跳动,还有他坚硬的肌腱,结实的肌肉,他轻声安慰着他,当他自己的孩子还小的时候,他也是这样安慰他们,这也像安慰一条尾巴被踩的猎犬。他发现,只要消灭一两只跳蚤,常常就能带来安慰。

"我会一辈子都跟着您,"孩子说。他的胳膊紧紧地抱住他的主人:双拳紧握,指关节顶着他的脊背。他吸了吸鼻子。"我想我穿上制服会很棒的。我们什么时候出发?"

一大早。他和他的随从在所有人之前抵达威斯敏斯特大厅,到最后一分钟都要提防出现意外。审判员们在他旁边坐定,当莫尔被带进来时,厅里的人看到他的模样都大吃一惊。谁都知道伦敦塔从来不是个好地方,但是他那么消瘦,一脸乱蓬蓬的白胡子,丝毫不像他的实际年龄,而更像一个七十岁的老头。奥德利低声说,"他看上去像是受了虐待。"

"而他说我不会放过任何手段。"

"嗯,我问心无愧,"大法官轻松地说。"已经什么都为他着想了。"

约翰·帕奈尔朝他点点头。理查德·里奇,既是法庭官员也是证人,对他微微一笑。奥德利叫人为犯人拿来一把椅子,但是莫尔只是不安地坐到椅子边上:他神情激动,一副战斗的架势。

他环顾了一下周围,看是否有人为他做记录。

文字,文字,仅仅是文字而已。

他想,我一直都记得你,托马斯·莫尔,可你却不记得我。你甚至根本没有看到我来了。

3．去狼厅

1535 年 7 月

莫尔被处死的那天傍晚，天气转晴，他与雷夫和理查德在花园里散步。太阳出来了，在几片云团之间露出迷蒙的白光。遭受过风吹雨打的药草园失去了清香，一阵轻风吹拂着他们的衣服，袭击着他们的后颈，然后又转到面前拍打着他们的脸颊。

雷夫说，这像是在海上。他们走在他两边，挨得很近，仿佛存在着来自鲸鱼、海盗或美人鱼的危险。

这是审判后的第五天。从那一天到现在，已经发生了不少事情，但他们仍然不由自主地回想着当时的情景，彼此交流着脑海中的画面：总检察长在起诉书上写下最后一笔；莫尔嘲笑一位书记员在拉丁语上的错误；博林父子坐在审判员的席位上，表情冷漠而平静。莫尔一直都没有提高声音；他坐在奥德利为他准备的椅子上，聚精会神，脑袋歪向左侧，不停地扯着自己的衣袖。

所以，当莫尔突然对里奇发难时，里奇的惊讶显而易见；他后退了一步，让自己靠在一张桌子上。"我早就认识你了，里奇，我为什么会跟你谈心呢？"莫尔站起身，语气里满是鄙夷。"你年轻的时候我就认识你，浪荡公子一个，连在自己家里都没什么好名声……"

"看在圣朱利安的份上！"菲茨贾姆斯法官叫道；这是他的口头禅。接着，他低声对他，克伦威尔，说："这会对他有利吗？"

陪审团不喜欢这样：你永远无法知道陪审团会喜欢什么。他们以为莫尔突然开口是因为听到自己说的那些话而感到震惊和愧疚。当然，他们都知道里奇的名声。但总体而言，对一个年轻人来说，酗酒、赌博、打架不是比斋戒、祷告、自我鞭笞更理所当然吗？诺福克打断了莫尔的长篇大论，他声音干巴巴的："不要去管别人的品行。你对此有何话说？那些话是你说的吗？"

就是在这时，莫尔先生又玩起了惯用的伎俩吧？他控制住自己，把松垮垮的衣袍又拉到肩上；衣服整理好后，他顿了顿，让自己平静下来，把一只拳头放在另一只手里。"里奇指控的那些话我没有说过。或者即使我说过，也没有恶意，所以在法律上我是无辜的。"

他看到帕奈尔的脸上闪过嘲弄的神情。如果一位伦敦市议员认为自己在被人当成傻瓜，那么，就没有什么比他更难对付了。奥德利或者任何一位律师都可能让陪审团改变看法：只取决于我们这些当律师的怎样辩论。但他们要的不是律师的辩论，他们要的是事实：你到底是说了，还是没有说？乔治·博林探身向前：犯人能不能跟我们说说他自己的原话？

莫尔微笑着转过头，仿佛在说，这个问题提得好，年轻的乔治先生。"我没有做记录。我没有纸笔，你们瞧。他们已经把东西都收走了。因为如果你还记得的话，罗奇福德勋爵，里奇当时去那儿就是这个原因，把做记录用的东西从我那儿拿走。"

接着他又顿了顿，望着陪审团，似乎在期待着掌声；他们也看着他，一个个毫无表情。

那就是转折点吗？他们可能相信了莫尔，因为像他一样，莫尔曾经是大法官，而皱皱呢，所有的人都知道，以前总是游手好闲。你永远无法知道陪审团会怎么想：尽管他把他们召集起来时，当然也做过一番很好的说服工作。那天早上他跟他们谈过：我不知道他会怎样为自己辩护，但我觉得我们大概不会在中午之前结束；我想你们都吃了一顿不错的早餐吧？等你们退庭表决时，当然不用赶忙，不过，如果我估计你们超过了二十分钟,我会进来看看你们的情况。就任何法律问题解答你们的疑问。"

他们只用了十五分钟。

现在是7月6日,圣戈黛尔娃节(戈黛尔娃是布鲁日的一位无可指摘的年轻妻子,被她邪恶的丈夫淹死在池塘里),这个傍晚,在花园里,他抬头望着天空,感觉到空气中有了一种变化,飘浮着一股秋天般的湿意。无力的太阳犹如昙花一现。云团飘动着,密布在塔楼和城垛上,它们从埃塞克斯飘来,积聚在城市的上空,随风飘过被雨水浸透的宽阔田野,飘过潮湿的草场和涨水的河流,飘过西部湿漉漉的森林,最后越过海洋向爱尔兰飘去。理查德从薰衣草的草圃上捡回自己的帽子,低声骂着甩掉上面的水滴。一阵雨点打在他们脸上。"该进去了。我还有信要写。"

"您今晚不要工作得太晚了。"

"不会的,雷夫爷爷。我去吃了面包,喝了牛奶,然后说完万福马利亚就上床睡觉。我能把我的狗带上去吗?"

"当然不行!让您很晚了还在楼上追着它跑吗?"

他昨晚的确睡得不多。下半夜时,他突然想到,莫尔自己无疑已经睡着,不知道这将是他在人世间的最后一晚。通常情况下,要到早晨才为死囚做准备;因此,他当时想,如果能为他守夜的话,就让我独自为他守夜吧。

他们匆匆走了进来;大风"砰"的一声关上了他们身后的一扇门。雷夫握住他的胳膊。他说,莫尔的那种沉默,从来都不是真正的沉默,对吧?那是无声胜有声的叛国;是一种遁词,只要他能够用这种遁词来应对,是他的反对和指摘,是一种老练的含糊其辞。那是对明白的词句的恐惧,是在表明明白的词句会曲解他的意图;莫尔的词典,跟我们的词典很不一样。沉默中可以有无尽的话语。诗琴弹过一曲之后,琴箱里仍然音韵缭绕。六弦琴演奏完毕,琴弦上依然有协和音。枯萎的花瓣可能留有余香,祈祷中可能不乏诅咒;主人们出去之后,一座空荡荡的房子可能仍然有幽灵闹出的声响。

有人——大概不是克里斯托弗——把一束装在一只闪闪发亮的银盆里的矢车菊放在他的桌上。那卷曲的花瓣底部的暗蓝色让他想起了今天早晨的晨曦;是七月里的一个迟来的黎明,天色阴沉。五点钟时,塔里的副官应该已经去押解莫尔了。

他能听见下面不断地有信差走进院子。在死者的身后,有很多清理工作要做;毕竟,他想,我小时候也干过这个,跟在莫顿的年轻侍从后面收收捡捡,而这将是我最后一次处理这种事情;他想象着自己在晨光中,把一些七零八碎的东西扔进一只皮罐里,将蜡烛头取下来送进蜡烛房重新熔化。

他能听见大厅里的声音;暂且不管他们:他重新处理起信件。鲁里修道院院长为他的朋友谋求一个空出的职位。约克市长写信向他汇报拦鱼栅和渔网的事;亨伯河仍然水质清净,他读道,乌斯河也是如此。还有一封加来的李尔勋爵的信,啰啰嗦嗦地就某件事情为自己申辩:他说,然后我说,于是他说。

托马斯·莫尔站在他的面前,死后比生前更具体实在。从现在起他也许永远都会在这里:思维那么敏捷,态度那么坚定,就像在法庭上的最后那个小时一样。奥德利对有罪的裁决非常高兴,甚至没有询问犯人是否还有话说,就开始宣判;菲茨贾姆斯伸手拍拍他的胳膊,莫尔自己也从椅子里站起来阻止他。他有很多话要说,他的声音很有力,语气很犀利,从他的眼神和动作来看,他根本不像一个死囚,一个在法律上已经死去的人。

不过没有什么新鲜的内容:反正对他而言不新鲜。我忠于自己的良心,莫尔说,你们也得忠于你们的良心。我的良心使我相信——现在我要明白地说出来——你们的法律是错误的(诺福克对他吼了一声)——你们的权力是没有根据的(诺福克又吼道:"现在我们终于看清你的恶意了")。帕奈尔笑了起来,陪审员们交换着眼神,彼此点着头;当整个威斯敏斯特大厅都在交头接耳时,莫尔顶着吵吵嚷嚷的声音,又提出了他那叛国式的计数方法。我的良心站在大多数人的一边,这使我知道它说得不会错。"我反对亨利的王国,但是我有基督教世界所有王国的支持。我反对你们每一位主教,但是我有上百位圣人的支持。我反对你们这届议会,但是我有可以上溯至一千年的历届教会代表大会的支持。"

诺福克说,把他带出去。审判结束了。

现在是星期二,八点钟。雨点不断地打在窗户上。他拆开里士满公爵的一封来信。那孩子目前在约克郡,他抱怨那里没有鹿园,所以没有什么可供他的朋友们消遣。哦,你这可怜的小公爵,他想,我该怎样解除你的痛苦呢?格利高里要娶的那个满口黑牙的寡妇;她倒是有一个鹿园,所以,小王子也许应该跟诺福克的女儿离婚,再去娶她?他将里士满的信扔到一旁,很想把它丢在地上;他继续读其他的信。皇帝率领他的舰队离开了撒丁岛,正驶往西西里。圣玛丽沃尔邱奇教堂的一位神父说克伦威尔是分裂派教徒,他不怕他:蠢货。默里勋爵哈利送给他一条猎狗。有消息说大量难民从明斯特地区涌出,有些人正奔往英格兰。

奥德利当时说,"犯人,在你的死刑方式上,法庭将请求国王对你仁慈。"奥德利探身过来:国务大臣,你对他做过什么承诺吗?没有,决不可能;但国王肯定会对他开恩的吧?诺福克说,克伦威尔,在这一点上你能说动他吗?你去说他会听的;但如果他不听的话,我会亲自去求他。真是不可思议:诺福克,帮别人求情?他抬起目光,想看看莫尔被带走时的样子,但已经看不见他,一群高大的持戟士兵紧紧地跟在他的身后:开往伦敦塔的船正等候在码头边。感觉肯定就像回家:那开着一扇小窗的熟悉的房间,没有了文件的桌子,插在烛台上的蜡烛,被拉下来的百叶窗。

窗户突然咔哒作响;他吃了一惊,心里想,我得把百叶窗拴上。他正要起身去做时,雷夫手里拿着一本书进来了。"这是莫尔的祈祷书,他到最后时刻都带着它。"

他仔细看了看。还好,没有血迹。他拿着书脊,让书页散开。"我已经检查过了,"雷夫说。

莫尔在书中写有自己的名字。里面有些句子底下已经划线：不要记住我年轻时的罪过。"真遗憾，理查德·里奇的他倒是记住了。"

"我要不要派人把它送给爱丽丝夫人？"

"不要。她会以为她也是罪过之一。"那女人已经承受得太多。在他最后一封信里，他甚至都没有跟她告别。他合上书。"把它送给梅格吧。也许他本来就是留给她的。"

整个屋子都在他身边摇晃；屋檐上的风，烟囱里的风，门缝底下钻进来的刺骨的风。天这么冷，已经可以生火了，雷夫说，要我去生吗？他摇摇头。"告诉理查德，明天早上去伦敦桥见管桥的长官。罗珀尔小姐会去找他，请求将她父亲的头带回去安葬。告诉他梅格给他什么就接着，叫他不要为难她。还有，叫他不要多嘴。"

年轻的时候，他曾经在意大利参加过一支埋葬队。那不是你自愿参加的事情；而是有人叫你参加。他们嘴上蒙着布，把自己的同伴们埋进未被祝圣的地里；离开的时候，他们的靴子上带着腐烂的气味。

哪一种情况更悲惨，他想，是你的女儿们在你之前死去，还是让她们去收拾你的遗骸？

"有件事情……"他皱着眉头看着那些文件。"我忘记什么了，雷夫？"

"晚餐？"

"稍后再吃。"

"李尔勋爵？"

"李尔勋爵的事我已经处理了。"亨伯河的事情也处理了。还有圣玛丽沃尔邱奇教堂那位信口雌黄的神父；哦，不，他的事情还没有处理，不过已经归入有待处理的那一类。他笑了起来。"你知道我需要什么吗？我需要一台记忆机器。"

听说吉多离开了巴黎。他已经跑回意大利，那台机器成了半拉子工程。听说在他逃走之前，他连着几个星期既不说话也不吃点东西。善意的人说他疯了,说他惊惧于自己创造的东西的力量:坠入了神的深渊。心怀恶意的人则认为,魔鬼们从那台机器的各种缝隙里爬了出来,让他惊恐万状,所以晚上逃跑的时候只穿着一件衬衫,连路上吃的面包和奶酪都没有带,还扔下了他所有的书籍和魔法服。

吉多可能在法国留下了一些文字的东西。花上一笔钱,也许就能得到它们。到意大利去找到他也不是没有可能;但这有任何意义吗?他想,我们可能永远都不会知道他发明的到底是什么。一台会自动写书的印刷机?一个会反思自己的大脑?如果我得不到它,起码法国国王也不会得到。

他伸手去拿笔。他打了个哈欠,放下笔,又拿起来。我会死在桌子上的,他想,就像诗人彼特拉克。诗人写了很多没有寄出的信:他写给在他出生之前就已经去世一千二百年的西塞罗。他写给可能根本就不曾存在过的荷马;但是我呢,我要做的事情有很多,李尔勋爵,渔网,还有皇帝那些在地中海上颠簸的大帆船。笔蘸过墨水之后,彼特拉克写道,"笔蘸过墨水之后和下一次再蘸之前,时间在不断地流逝:我匆匆忙忙,从不停歇,快步走向自己的死亡。我们一直都在死亡——我在我书写的时候,你在你阅读的时候,其他人在他们聆听或堵住耳朵的时候;我们都在死亡。"

他拿起第二沓信。一个叫拜特考克的人希望得到进口100桶靛蓝的许可证。哈利·珀西又病了。约克郡当局已经抓住闹事者,并对他们分别处理,一部分被控在公共场所闹事和过失杀人,另一部分被控谋杀和强奸。强奸?从什么时候开始,因粮食引发的暴乱竟然跟强奸扯上了关系?不过我忘了,这是在约克郡。

"雷夫,把国王的行程给我拿来。我再检查一下,然后今天就到这儿了。我想我们睡觉之前可以听听音乐。"

国王一行这个夏天要骑马西巡,直到布里斯托尔。尽管还在下雨,国王已经准备动身。他们将从温莎启程,途经雷丁,米森登,艾宾顿,穿过牛津郡,我们希望,远离伦敦之后,能让他们精神振奋;他对雷夫说,如果乡下的空气帮上忙的话，王后回来的时候会是大肚子了。雷夫说，我都不明白，国王每次怎么承受得起那种希望。换成别的人，肯定会受不了。

"如果我们 18 号离开伦敦，可以争取在休德利赶上他们。这样行吗？"

"最好提前一天出发。要考虑路况。"

"不会有什么捷径，对吧？"他会从桥上过河而不会涉水而行，会坚持走大路尽管内心想走小道；如果有好一点的地图就好了。早在红衣主教那个时代，他就经常问自己，这会不会是我们可以承担的一项工程？地图倒是有，但是很糟糕，陆地上点缀着城堡，城垛描绘得很漂亮，猎场和公园用一排排茂密的树木所标示，还画有雄鹿和满身刚毛的野猪。难怪格利高里把诺森伯兰当成印度群岛，因为这些地图几乎没有什么实际的意义；比如说，它们没有告诉你北部是哪个方向。如果能知道哪里有桥梁，以及桥与桥之间的距离，就会很有用处。如果能知道你离大海有多远，也会很有用处。但问题是，用到的地图都是头一年的。英格兰在不断地变化，悬崖被侵蚀，沙洲在移动，寸草不生的地方冒出了泉水。当我们睡着的时候，那些我们从其中穿过的风景，甚至跟在我们身后的历史，都在重新整合；逝者的面孔消失在其他人的面孔里，就像山脊消失在云雾之中。

当他还是一个小孩子，大约六岁左右的时候，有一次，他父亲的学徒在用废料做钉子：就是用来钉棺材盖的普通的老式平头钉，他说。钉子在炉火中发亮，显出鲜亮的橘红色。"把死人钉那么紧干什么？"

那男孩手也不停，在每个钉头上利索地敲两下。"这样那些可恶的老家伙就不会跳出来追赶我们了。"

他现在知道不是这么回事。是活人转头去追赶死人。把长骨和头骨从裹尸布里扒拉出来，把石头般的话语塞进他们格格响的嘴里：我们编辑他们的文字，我们改写他们的生活。托马斯·莫尔曾经散布谣言，说被绑上火刑柱的小比尔尼在点火之后宣布放弃了信仰。对他而言，夺走比尔尼的生命还不够；他还要夺走他的死亡。

今天，莫尔被现任伦敦司法长官的汉弗莱·蒙茂斯押上了断头台。蒙茂斯太过善良，不会为命运的这种逆转感到高兴。不过也许我们可以代他高兴？

莫尔站在枕木旁，他现在可以看到他。他套着一件质地粗糙的灰色披风，他记得那是他的仆人约翰·伍德的。他在跟行刑人讲话，像是在调侃着什么，一边擦去脸上和胡子上的雨水。他脱下披风，披风的下摆已经被雨水湿透。他在枕木边跪下，嘴唇翕动着，做最后的祈祷。

像所有观看的人一样，他也掀起自己的斗篷，跪了下来。听到斧头砍在人肉上发出的令人揪心的声响，他抬头看去。尸体似乎被那一斧头震得往后跳了一步，然后像一堆旧衣服似的软塌下来——在那里面，他知道，脉搏还在跳动。他划了个十字。过去在他心里沉甸甸地移动，是场地的转换。

"这么说，"他说，"国王离开格洛斯特后，将去索恩伯里。然后在铁阿克顿的尼古拉斯·博因兹府上停留：博因兹知不知道他要做些什么样的事情？从那里再到布朗厄姆……"

就在去年，有位学者，一个外国人，写了一部不列颠编年史，该书以亚瑟王根本不存在为由省去了这个人物。理由很不错，只要他能证实这一点；但格利高里说，不，他错了。因为如果他是对的，阿瓦隆[①]会怎么样？还有石中剑呢？

他抬起头。"雷夫，你快乐吗？"

"跟海伦？"雷夫的脸红了。"是的，先生。我是世界上最快乐的人。"

"我早就知道你父亲一看到她，就会回心转意的。"

"这都多亏了您，先生。"

从布朗厄姆——到时候是九月初——到温彻斯特。然后是毕肖普沃尔

[①] 传说中的西方乐土岛，据说亚瑟王及其部下死后尸体被移往该岛。

瑟姆，奥尔顿，再从奥尔顿到法纳姆。他计划着这一路的行程。目的是要在十月初让国王回到温莎。他在一张纸上画着草图，英格兰的疆域内到处是星星点点的墨迹；他在下面快速地记下自己的日程表。"我好像空出了四五天的时间。哎呀。谁说我从来没有假？"

在"布朗厄姆"之前，他在空白处打了一个点，然后在整张纸上划了个长长的箭头。"嗯，我们在去温彻斯特之前，能腾出一些时间，我在考虑，雷夫，我们要去拜访西摩一家。"

他记了下来。

九月初。五天。狼厅。

作者手记

在中世纪欧洲的部分地区，法定新年始于3月25日天使报喜节，即人们所公认的天使告诉马利亚她已经怀上耶稣的日子。早在1522年，威尼斯就将1月1日作为新年之始，其他欧洲国家也相继效仿，但直到1752年，英格兰才加入这一行列。如多数史书一样，本书将1月1日定为一年之始，这也是长达十二天的圣诞节期中的一天，人们会交换礼物相互庆贺。

沃尔西死后，门役乔治·卡文迪什退隐乡间，并于玛丽登上王位的1554年开始写作《已故红衣主教托马斯·沃尔西生死录》一书。该书已有多种版本问世，网上还可以找到最初拼写法的版本。该书虽然不是绝对准确，但对沃尔西的政治生涯以及托马斯·克伦威尔在其中的作用进行了感人、直接而生动的描述。它对莎士比亚的影响显而易见。该书花费了卡文迪什四年的时间，在伊丽莎白登基之后不久，他离开了人世。

致 谢

我要感谢为本书中的威尔士语提供帮助的德里斯·尼尔,为德语部分提供帮助的莱斯利·威尔逊,以及为佛兰芒语部分提供帮助的一位诺福克女士。 感谢瓜达·阿贝尔为我提供了一首歌曲。 感谢朱迪斯·弗兰德斯在我无法到达大英图书馆时对我的帮助。 感谢克里斯托弗·黑格博士邀请我到基督座堂的沃尔西厅参加美好的晚宴。 感谢简·罗杰斯与我一起去坎特伯雷朝圣并在艾斯洛克顿的克兰默纹章酒馆与我举杯共饮。 感谢杰拉德·麦克伊文驾车带我游览并容忍我忘乎所以的入神。 感谢我的经纪人比尔·汉密尔顿和我的出版商们的支持与鼓励。 尤其值得一提的是玛丽·罗伯逊博士,她是研究克伦威尔生平史实的学者,但在我创作这部小说的过程中,她不断地给予我鼓励和专业的指点,容忍我拙劣的推测,并非常友好地辨识我所描绘的图画。 谨以此书,还有我的谢忱与爱,献给她。